녹음의 관

III

시야 장편소설

녹음의 관 3

초판 1쇄 인쇄 2019년 6월 12일
초판 1쇄 발행 2019년 7월 10일

지은이 시야
발행인 오영배
편집 편집부
디자인 Purpleplum
본문디자인 오정인
제작 조하늬

펴낸 곳 (주)삼양출판사 · 피오렛
주소 서울시 강북구 도봉로 173
대표 전화 02-980-2112 / **팩스** 02-983-0660
편집부 전화 02-987-9393 / **팩스** 02-980-2115
블로그 blog.naver.com/dan_gul
출판등록 1999년 3월 11일 제9-00046호

ISBN 979-11-283-9676-2 (04810) / 979-11-283-9673-1 (세트)

+ 이 도서의 국립중앙도서관 출판시도서목록(CIP)은 서지정보유통지원시스템홈페이지(http://seoji.nl.go.kr)와 국가자료공동목록시스템(http://www.nl.go.kr/kolisnet)에서 이용하실 수 있습니다. (CIP제어번호: CIP2019022328)

fiore ret 은 (주)삼양출판사의 로맨스 판타지 문학 브랜드입니다.

녹음의 관
III
시야 장편소설

Contents

Chapter 1.

복수는 보름달이 뜨는 날에

배 아래 선창은 깜깜했다.

유스타프는 제 숨을 깊게 내쉬기 위해서 애썼다. 쓰러진 채로 란은 미동도 하지 않고 있었다.

"란, 란, 란 로미아."

몇 번이나 애원하듯 불러 봐도 그녀에게서는 작은 신음조차 들리지 않았고, 그게 그를 극도로 초조하게 만들었다.

유스타프는 기둥에 제 뒷머리를 부딪쳤다. 분노와 짜증과 불안이 뒤섞여서 제대로 사고하는 게 어려웠다.

잡혀 있다는 사실 자체는 걱정되지 않았다.

하지만 지금 그 뒤로 한나절이 지났는데도 깨어나지 않는 란은?

"……달……."

그때 중얼거리는 소리가 들려 유스타프는 숨을 삼켰다.

"란?!"

"…름……달……."

"란!"

란은 몽롱한 가운데서 자신을 부르는 목소리를 들었다.

"보름달이 뜨면 날아올라라."

그 목소리와 자신을 부르는 소리가 합쳐져서 들렸다가 다시 나뉘어졌다.

란은 천천히 정신이 수면 위로 올라오는 것과 동시에 극심한 통증을 느꼈다.

"흐윽—"

그녀는 몸을 움츠리고 소리를 냈다가 다시 신음을 삼켰다.

"란, 괜찮습니까?"

란이 상처 입은 작은 짐승처럼 몇 번 숨을 가파르게 내쉬다가 대답했다.

"유스……?"

그녀는 몸을 일으키다가 컥 하고 숨을 삼켰다.

'뭐야……?'

더듬더듬 목 주변을 더듬으니 쇠줄로 목줄이 채워져 있었다.

"으……."

팔을 움직이니 팔도 너무 아팠다.

"란, 정신이 드십니까?"

다급한 목소리에 란은 다시금 그의 이름을 불렀다. 깜깜해서 보이지 않는 건지, 아니면 자신이 또 시력을 잃은 건지.

란은 눈을 꽉 감았다.
"유스, 나 아무것도 안 보여."
목소리가 와들와들 떨려서 나왔다. 자신이 들어도 형편없는 목소리였다.
"여기가 어두워서 그럴 겁니다."
그러나 유스타프의 목소리는 침착했고, 란은 용기를 얻어 몇 번 눈을 깜박였다.
그제야 주변의 윤곽이 희미하게 보이기 시작했다.
시야를 잃지 않았다는 안도감에 그녀는 한숨을 내쉬고 주변을 살폈다. 창고는 어두워서 어둠에 익숙해지는 데 시간이 필요했다.
란은 지끈지끈한 머리로 어떻게든 기억을 조합하며 말했다.
"납치당했다는 건 알겠어."
그녀의 침착한 목소리에 유스타프는 안도의 숨을 삼켰다. 그대로 그녀가 일어나지 않는 줄 알았다.
아니면 일어난다고 해도 부상이 심할까 걱정했다.
"지금 배 밑입니다."
유스타프는 간단히 상황을 설명했고 란은 비명을 질렀다.
"청염을 강에 던졌어?!"
"네."
"뭐가 그렇게 당당해!"
"아니면 란이 더 심하게 다쳤을 테니까요."
"하지만 청염이 없으면."
"괜찮습니다."
"안 괜찮아. 게다가 너마저 잡히면 어떻게 하자는 거야."
말하다가 란은 기침을 했다.

'아.'

피 맛 난다.

란은 숨을 골랐다. 아직도 전신이 욱신거렸다. 아파서 더 신경이 날카로운 건지도 모른다.

란은 손으로 제 몸을 더듬어 보았다.

'팔도 아프고, 머리도 아프고, 발목이 너무 아파.'

왼쪽 발목이 아팠다.

'그래도 낙마해서 이 정도니 다행인가. 안에 갑옷을 항상 착용하길 잘했네. 머리를 다치기는 했지만 시간이 흘러도 괜찮으니 내출혈은 없는 것 같고…….'

몸뚱이는 나디움 갑옷이 보호해 줬지만 보호받지 못한 다른 부분들은 엉망이었다.

왼팔도 욱신욱신해서 살피니 뭔가 상처가 있었다.

'엉망이네.'

"유스타프는 괜찮아? 다치지 않았―"

그쪽으로 다가가다 다시 목이 졸려 란은 신음을 삼켰다. 그녀는 짜증을 내며 줄을 당겼지만, 기둥에 걸린 쇠줄이 끊어질 리가 없었다.

란은 멍하니 있다가 물었다.

"보름달은 언제 뜨지?"

유스타프는 엉뚱한 물음에 고개를 갸웃했다가 말했다.

"얼마 전이 달 없는 밤이었는걸요. 2주는 더 있어야 할 겁니다."

"그런가."

란은 크고 둥근 보름달을 떠올렸다. 자신은 날개가 없고, 보름달이 뜨는 날 날아오르면 바닥에 떨어져서 산산조각 날 거다.

하지만 보름달이 뜨니까.

‘어쩔 수 없는걸.’
“내가 정령을 부를게.”
란의 말에 유스타프가 “미쳤습니까?” 하고 말했고 란은 “그럼 어쩌려고?” 하고 되물었다.
“부하들을 믿죠.”
유스타프의 말에 란은 입을 떡 벌렸다.
“뭐?”
유스타프가 길게 숨을 내쉬고 말했다.
“녹영이 절 놓쳤을 리가 없습니다. 저에게 마법 추적기 같은 걸 달아 놓는 놈들인데요.”
그 말에 란의 몸에서 힘이 쭉 빠졌다.
“정말?”
“네.”
“다행이다…….”
란은 안도했고, 유스타프는 제 손을 꼼지락거렸다. 어지간히도 단단히 묶어 뒀다.
뒤로 꽉 당겨진 어깻죽지가 시간이 지나서 불타듯 아프다가 이제는 고통마저 무뎌진 상태였다.
란이 말했다.
“유스타프는? 괜찮아?”
“전 괜찮습니다.”
“그보다 여긴 어떻게 온 거야?”
“가든파티에 참석하러 왔지요. 란 혼자 황태후를 상대하러 보낸 게 걸려서.”
“……유스.”

복잡한 심경이 되어 란은 입술을 깨물었다. 그가 와줘서 기쁘기도 했고, '왜 왔어!' 하는 기분도 들었다.

"내 생각에는 올리비아가 무슨 수작을 부린 것 같아."

란이 작게 말했다.

"저도 그렇게 생각합니다."

유스타프의 말에 란이 "그래?" 하고 되물어 그가 고개를 끄덕였다.

"란을 노릴 만한 사람, 그리고 군이 살려서 끌고 오게 하는 오만함. 미로 공작 영애나 할 법한 생각이죠."

게다가.

유스타프는 범인을 고민하다가 뒤늦게야 올리비아를 거절했던 일을 떠올렸다. 그래도 이렇게까지 멍청한 여자라고는 생각 안 했는데.

하지만 정황이 그녀를 가리키고 있었다.

"그렇군…… 그리고 카트야 황태후께서—"

란이 그녀의 상태가 이상했다는 이야기를 하자 유스타프가 눈을 가늘게 떴다.

"그건 신기하네요."

"그지? 사람을 조종하는 마법인가."

그때 위의 선창 문이 열리고 거친 발소리를 내며 선원 한 명이 내려왔다. 배불뚝이 선원이 안으로 등불을 비추며 큰 소리로 외쳤다.

"뭘 이리 떠들어!"

란은 입을 꾹 다물었다. 배불뚝이는 아래로 내려와 란에게 등불을 들이댔다. 마법 램프라 뜨겁지는 않았지만, 눈이 부셔 란은 고개를 돌렸다. 배불뚝이가 란의 턱을 붙잡으며 말했다.

"야들야들하네, 아주 그냥."

란은 있는 힘껏 그의 뺨을 때렸다. 철썩하는 소리가 나고 램프가 한쪽으로 떨어져 요란한 소리를 내며 나뒹굴었다.
"이년이!"
그가 란을 걷어차자 란의 몸이 나가떨어졌다.
그가 기둥에 걸린 목줄을 홱 당기자 란의 상체가 강제로 들리며 란은 컥컥거렸다.
배불뚝이가 그걸 보고 웃으며 말했다.
"이제 곧 얼굴 못 들고 다니게 될 거다. ―윽?!"
유스타프가 뒤에서 선원을 걷어찼다. 정확하게 발목 부분을 걷어차서 배불뚝이는 요란한 소리와 함께 벌러덩 넘어졌고, 이어 유스타프가 그의 머리를 뒤꿈치로 강하게 찼다.
빡, 하는 묘한 소리와 함께 선원의 몸이 축 늘어졌다.
"란, 란, 괜찮습니까?"
란은 목을 어루만지며 고개를 끄덕였다. 몸은 갑옷 때문에 아프지 않았지만, 당겨진 목이 아팠다.
란은 떨리는 눈으로 쓰러진 선원을 바라보았다.
"주, 죽은―"
그녀의 말이 끝나기도 전에 외침이 들려왔다.
"이게 무슨 소란이야?!"
위에 있던 다른 선원이 선창 문을 열며 외쳤다. 하지만 쓰러진 선원은 꼼짝도 하지 않았다.
"어이, 이봐, 괜찮아?"
대답이 들려오지 않자 검을 빼 들고 그가 조심스럽게 아래로 내려왔다.
바닥에 나뒹군 마법 램프가 아직 꺼지지 않아서 선창 내부는 희미하게 밝았다.

그는 쓰러진 선원을 보고 움찔하더니 검을 도로 꽂아 넣고 다가와 검집으로 유스타프를 후려쳤다.

란은 비명을 삼켰고, 유스타프는 피를 흘리며 히죽 웃었다.

"왜? 묶여 있는 인간에게 당한 멍청이가 동료인 게 창피해서?"

선원은 일단 쓰러진 동료의 숨을 확인했다. 숨을 쉬지 않는 걸 확인한 그가 이를 빠드득 악물고 몸을 일으켰다.

"이 새끼가! 넌 죽여도 상관없는 덤이야! 살려 오라는 건 저 여자뿐이라고!"

그러며 그가 유스타프를 두들겨 패기 시작했고 란은 비명을 질렀다.

"그만해! 유스! 유스!"

선원은 숨을 몰아쉬며 피에 젖은 검집을 도로 검대에 차고 란을 향해 돌아서서 말했다.

"저 여자가 네 약혼녀라지? 씨x, 이제 도착하면 저 여자가 어떻게 되는지 네 눈으로 전부 다 보게 될 거다."

그가 퉤 하고 침을 뱉고는 쿵쾅 발소리를 내며 위로 올라가고, 선창이 닫혔다.

"유스타프, 유스, 괜찮아?"

흐느끼며 란이 물었고, 유스타프가 퉤 하고 피를 뱉어 낸 후에 부드럽게 말했다.

"괜찮습니다."

일부러 도발을 했다. 란에게 관심을 가지는 것보다는 자신에게 화풀이하는 게 나으니까.

이 정도는 익숙하다.

"안 괜찮아—"

란이 울며 말해서 유스타프는 "울지 마세요." 하고 작게 속삭였다.

란은 깊게 숨을 들이마시고 쓰러진 선원의 시체를 바라보았다.

방금까지는 저자가 죽었을까 무서웠는데, 유스타프가 맞는 것을 보자 그런 게 조금도 무섭게 느껴지지 않았다.

"내 열쇠를 혹시 저 자식이 가지고 있지 않을까."

란은 그러며 더듬더듬 시체를 뒤지기 시작했다. 사후경직이 일어난 뒤에 만지는 것보다, 아직 온기가 남아 있는 지금이 더 만지기가 나을 것 같았다.

손이 부들부들 떨려 왔지만, 란은 꼼꼼하게 옷을 뒤졌다.

"없어."

그녀가 그렇게 말하자 유스타프가 말했다.

"부츠 안쪽을 봐 주시겠습니까?"

"부츠……?"

란이 의아해하며 손을 뻗어 부츠 안쪽을 더듬자 뭔가가 느껴졌다.

"아!"

란은 있는 힘껏 힘을 주어 그걸 빼냈다. 단검이었다.

"이쪽으로 밀어 주세요."

유스타프의 말에 란은 조심스럽게 그의 손 쪽으로 단검을 밀었다. 유스타프는 몇 번 시도한 끝에 간신히 단검 손잡이를 붙잡았다.

란의 목줄과 달리 그의 것은 짚으로 된 줄이었기 때문에 곧 줄이 끊어졌다. 뒤로 당겨져 있던 어깨가 풀리면서 불이 붙는 듯한 통증이 느껴져 그는 천천히 어깨를 움직여서 풀었다. 통증이 사라지자 그제야 피가 통하며 저릿한 느낌이 들어 유스타프는 몇 번 주먹을 쥐었다가 폈다.

발목의 밧줄까지 끊고서 단검을 허리춤에 도로 찔러 넣고 유스타프가 다가와 란의 목줄을 살폈다.

쇠줄은 자물쇠로 단단히 기둥에 고정되어 있었다.

그는 계단을 올라가 선창 뚜껑을 살짝 밀어 보았다.

하지만 아무래도 자물쇠로 잠근 후에 무거운 걸 옮겨 둔 듯했다.

"유스타프 혼자서만이라도 탈출해."

란이 절박하게 말했다. 그는 잠시 생각하다가 란에게 다가와 말했다.

"일단은 도착지까지 가 보죠."

"뭐? 탈출하는 게 아니라?"

"상대 얼굴은 봐야 하지 않겠습니까? 게다가 이 상황에서 탈출하려면 위의 선원이 문을 열게 해야 하는데 그게 가능할 것 같지 않습니다."

"하지만……."

란은 고민하다가 고개를 끄덕였다.

"알았어. 유스가 그렇게 말한다면."

"이제 곧 도착한다고 했고, 슬슬 물 냄새도 바뀌었습니다. 금방 만나게 될 겁니다."

유스타프가 란의 앞에 앉아서 그녀의 상처를 살피기 시작했다. 그녀에게서 상처가 하나 발견될 때마다 유스타프의 푸른 눈동자가 점점 더 깊게 가라앉았다.

하지만 그의 목소리는 침착했다.

"아무래도 이런 일에 전문가는 아닌 것 같습니다."

"전문가가 아니라고?"

"램프를 두고 간 것도 그렇고, 인질을 다루는 방식도 그렇고 말입니다. 저를 때릴 때도 비효율적이더군요."

그는 그렇게 말하며 이제 딱지가 앉기 시작한 란의 팔을 보고 입술을 깨물었다.

그가 자신을 살피는 손길이 너무 부드러워서 란은 몸에 힘이 빠지는 기분이었다. 그녀가 정신을 차리려 애쓰며 물었다.

"효율적으로 때리는 방식이 있어?"

"있지요."

상대에게 효과적으로 고통을 줘서 굴복시키는 방법을 유스타프는 여럿 알고 있었다.

유스타프는 단검으로 란의 페티코트 일부를 잘라서 그녀의 발목에 테이핑하듯이 천을 감았다.

그의 손가락이 그녀의 머리 상처를 살피며 살며시 머리를 더듬을 때 란은 저도 모르게 신음을 흘렸다.

"아프십니까?"

"아니, 괜찮아."

"어지럽거나 토할 것 같지는 않으시고요?"

"처음에는 그랬는데 지금은 멀쩡해."

유스타프가 안도의 숨을 내쉬고 말을 이었다.

"그리고 이 배에 달린 마법 세공품도 있지요. 아무리 그래도 마법 세공품은 귀족이 아닌 자가 쉽게 구할 수 있는 게 아닙니다. 즉, 저 선원들은 미로 공작가 소속일 겁니다. 그쪽에도 더러운 일을 해주는 연줄은 있겠지요."

중앙 정치와 가까이에 있다면 더더욱.

란은 한숨을 내쉬었다.

"유스, 다시 한 번 말하는데, 이렇게 위험을 무릅쓰면 안 돼."

아직도 어떻게 될지 모르잖아?

란의 말에 유스타프가 잠시 란을 바라보다가 말했다.

"제 어머니가 저에게 충고한 말이 있었습니다."

란은 고개를 갸웃했다.

"사랑하는 사람이 생기면 죽여 버리라고요."

란이 크게 움찔했고, 유스타프는 희미하게 미소 지었다.
"상대방이 배신하기 전에 말입니다. 그러면 영원히 사랑하는 사이라고 말이지요."
"무서운…… 말이네……."
란이 간신히 말을 내뱉어서 유스타프가 고개를 끄덕이고 말했다.
"저는 그렇게까지 할 필요가 있나 했습니다. 고작 그런 것 때문에."
유스타프가 천천히 란의 뺨을 쓸었다.
"사랑을 모르는 자에게 사랑은 한없이 모호한 것이지요."
란의 입술이 떨렸다. 그녀가 말했다.
"사랑을 한 사람에게 그것보다 더 확실한 건 없고."
유스타프가 빙긋 웃었다가 눈을 찌푸렸다.
"여기도 상처가 있네요."
"아, 말에서 떨어질 때 다쳤나 봐."
란이 중얼거렸다. 그녀가 멋쩍게 덧붙였다.
"이제 결혼 다 했네."
"다 했지요. 저와 할 테니까."
유스타프는 그렇게 말하고 이어 말했다.
"그래서 저는 사랑에 빠지면 뭐 세상에 둘밖에 없고, 그런 묘사들 있잖습니까? 그렇게 될 줄 알았습니다."
란이 바람 빠지듯 웃었다.
"그렇지."
"그런데 아니었습니다."
그의 푸른 눈이 란에게 고정되어서 그녀를 똑바로 보았다.
"저조차도 보이지 않더군요."
란은 숨을 삼켰다.

"당신밖에 보이지 않아."

"유스……."

떨리는 숨으로 내뱉은 소리에, 유스타프가 그 숨결 위에 가볍게 입을 맞췄다.

"피 맛 나."

란이 걱정스럽게 중얼거리자 유스타프가 혀로 입 안을 훑고 말했다.

"별거 아닙니다."

"그래도……."

란이 어쩔 줄 모르자 유스타프가 속삭였다.

"그러니 사랑에 푹 빠진 남자의 무모한 선택을 용서해 주시죠. 게다가 그렇게 무모한 것도 아니었고요."

"충분히 무모해."

그녀가 유스타프의 얼굴에 난 상처를 만지며 말했다. 터진 입술로 유스타프는 가볍게 웃었다.

"란을 혼자 보내는 것보다는 낫지요."

유스타프가 배 위쪽에서 들리는 소리에 귀를 기울였다가 말했다.

"걱정하지 않으셔도 됩니다. 배가 슬슬 느려지고 있는 게 이제 정말로 도착한 것 같군요."

"벌써?"

란이 놀라 묻자 유스타프가 고개를 끄덕이고는 밖에서 나는 소리에 귀를 기울였다.

그가 그녀의 이마에 입 맞춰 준 다음 말했다.

"휘파람 소리가 들리면 눈을 꼭 감으세요."

"응."

란이 고개를 끄덕이자 그는 자기 자리로 돌아가서 밧줄로 대강 손이 묶인 것처럼 하고 앉았다.

란은 긴장으로 심장이 터질 것 같았지만, 그래도 그렇게 무섭지는 않았다.

유스타프가 함께 있으니까.

쿵.

작은 울림이 배에 전해졌다. 선착장에 배가 닿은 모양이었다.

밖에서 요란한 목소리가 들려왔다.

몇 명이 우르르 배 위에 올라타는 소리가 났다.

그러고서야 선창 문이 열렸다.

"올라 와."

유스타프가 줄을 푼 걸 알고 있는 듯이 밖에서 말했다.

"유스……."

란이 초조하게 그의 이름을 부르자 유스타프가 "괜찮아요." 하고 속삭인 뒤 말했다.

"나가길 원하면 내려오든가?"

그러자 선창으로 기름이 쏟아졌다. 이어 목소리가 들렸다.

"산 채로 통구이가 되고 싶지는 않겠지?"

유스타프는 가볍게 숨을 내쉬고 선창 위로 순순히 올라갔다. 잠시 후 좀 전에 보았던 선원과는 다른 남자가 내려왔다.

그가 먼저 란의 손을 묶은 다음 그녀의 목줄을 기둥에서 떼어내고 잡아당겼다.

란은 왼쪽 발목을 디뎠다가 비명이 터져 나오려는 걸 억누르고 절뚝거리며, 그리고 계단에서는 네발로 기다시피 해서 올라갔다.

배 위에 올라가니 햇살이 눈을 찔러 란은 눈을 감았다. 어둠 속에 있다가 나오니 눈이 아팠다.

"목줄이라니, 딱 개에게 어울리는 장신구네요."

웃음기 섞인, 승리에 도취된 목소리에 란은 눈을 떴다. 선착장가에 로브를 뒤집어쓴 올리비아가 서 있었다. 그녀의 눈은 흥분으로 가득 차 있었다.

"올리비아……."

란이 중얼거리자 그녀의 목줄을 잡고 있던 남자가 힘차게 줄을 잡아당겨 란은 몇 번 컥컥거렸다.

"올리비아 님이라고 불러야지."

선원의 말에 란은 숨을 몰아쉬고 "올리비아 님." 하고 말했고 올리비아는 짜릿한 기쁨을 느꼈다.

그동안 답답하고 괴로웠던 것이 싹 내려가는 기분이었다.

생각보다 너무 일이 수월하게 풀리니, 신도 그녀를 돕고 있다는 생각마저 들었다.

신들도 그녀의 억울함을 아는 거다.

그래서 본래는 숲 안쪽 오두막에서 기다리기로 했던 것도 참지 못하고 허둥지둥 선착장까지 나온 거였다.

목줄이 걸린 채 비참하게 끌려 나오는 란의 모습이 올리비아의 마음에 쏙 들었다.

그녀는 이어 유스타프를 바라보고 우아하게 인사했다. 유스타프는 포박되어 있지는 않았지만, 남자 둘이 그의 옆구리에 창을 들이대고 있었다.

"오랜만입니다, 라치아 공작님. 본의 아니게 함께 잡게 되어서 영광이군요."

"본인이 여기까지 나올 줄이야."

유스타프의 중얼거림에 올리비아가 소녀처럼 천진난만하게 웃었다.

"앉아서 선물을 기다릴 수가 없더군요."

유스타프가 정말로 궁금하다는 듯이 물었다.

"그래서, 정말로 저까지 처리할 생각입니까?"

"설마요."

올리비아는 깜짝 놀란 얼굴로 말했다.

"란도 죽일 생각은 없는걸요."

그건 너무 쉽잖아요?

올리비아가 그렇게 말하며 웃었고, 란은 등에 소름이 돋았다. 올리비아는 자기가 생각하기에 가장 끔찍한 일을 준비했다.

올리비아는 안타깝다는 얼굴로 유스타프를 바라보았다.

"란을 위한 환대는 준비했지만, 공작님을 위한 환대는 준비하지 못했습니다."

올리비아가 순진해 보이는 미소를 지으며 말했다.

"대신 란이 환대받는 걸 같이 지켜보시는 게 어떨까요? 꽤 즐거울 거랍니다."

"어떤 환대인지 궁금한데요."

유스타프는 그렇게 말하며 숲을 바라보았다. 바람이 사락사락 나무들을 흔드는 소리가 들려왔다.

"역시 지금 말씀드리는 게 기대감을 높이는 걸까요?"

올리비아가 그렇게 말하며 손짓하자 목줄을 잡은 남자가 란을 잡아끌었고, 유스타프도 옆구리를 창끝으로 밀어서 두 사람을 배에서 내리게 했다.

"안쪽에 여러 가지로 란을 즐겁게 해 줄 사람과 물건이 있답니다. 우리가 흔히 고문 도구라고 하는 거죠."

올리비아의 말에 란은 등에 소름이 돋았다. 그녀의 얼굴에 공포가 서리자 올리비아는 기쁨이 솟구치는 걸 느끼며 재빠르게 이어 말했다.
"그 모든 게 끝나고 나면 예쁜 얼굴도 흉터투성이로 끔찍해지겠죠. 가엾어라. 물론 얼굴만은 아니겠지만요."
올리비아가 제 손을 내려다보고 한숨을 내쉬었다.
"손톱이 없으면 불편하겠죠?"
올리비아가 생각하기에 추한 여자보다 쓸모없는 건 없었다. 그녀가 여기까지 올라올 수 있었던 것도 제 미모가 뒷받침되어서다. 남자를 홀리려면 외모가 필요할 거 아닌가?
란이 추해지면, 유스타프도 란을 버릴 것이다. 가치가 없어졌으니 말이다.
란이 저도 모르게 중얼거렸다.
"왜 그렇게 날 적대하는 거죠?"
올리비아가 불타오르는 눈으로 란을 노려보며 말했다.
"정말 네가 그 이유를 모른다고? 넌 내 자존심에 상처를 입혔어, 란 로미아. 감히, 하급 귀족의 딸, 아니 창녀의 딸 따위가―"
지고한 여인인 자신의 자존심에 상처를 입혔다.
사교계에서 자신의 이름이 웃음거리가 되지 않았는가?
올리비아는 자기 자신에 대한 자존심이 강했고, 무엇보다도 그것에 상처를 준 란을 용서할 수 없었다.
"너만 없었으면, 난 최고였을 거야. 네가 날 이렇게 만들었어."
"내가 뭘 어쨌는데?"
"내 남편을 유혹했지."
"무슨―"
"황태후도 네 편으로 만들고―"
그녀가 바싹 다가와 란을 강하게 밀치며 말했다.

"그리고 라치아 공작가까지 삼키려고?"

란이 앗 하며 물에 풍덩 빠졌다.

"란!"

유스타프가 뛰어들려고 하는 걸 남자 여럿이 달려들어 붙잡았다.

손이 묶여 있어 란은 발로 헤엄을 칠 수밖에 없었고, 드레스 차림으로는 그것도 한계가 있었다.

란은 물 위로 고개를 내민 채 고통스러운 얼굴로 콜록거렸다. 수면 아래로 내려갔다가 필사적으로 위로 올라오지만, 점점 아래로 내려가는 시간이 길어졌다.

올리비아는 너무나도 행복한 얼굴로 란을 내려다보며 말했다.

"네 분수에 맞는 환대를 해 주마."

그리고 올리비아가 유스타프를 향해 돌아서서 말했다.

"어떤가요? 지금이라도 제 것이 된다고 해 주세요. 늦지 않았어요."

올리비아가 덧붙였다.

"제가 라치아 공작 부인이 되면, 라치아는 지금보다 더 번영할 겁니다. 어떤가요? 게다가 제 계획을 들어서 아시겠지만 이제 란은 쓸모가 없잖아요?"

제가 더 아름답지 않나요?

"왜?"

유스타프의 의문에 올리비아의 얼굴이 굳는 순간, 날카로운 휘파람 소리가 숲 안쪽에서 들려왔고 유스타프는 잇새로 욕을 내뱉었다.

올리비아가 놀라 자리에서 일어나 주변을 둘러보았다.

"이게 무슨—"

그때 화살이 날아와 란의 목줄을 잡은 남자를 맞혔다.

란은 순식간에 물을 빨아들여 무거워진 드레스 때문에 물 아래로 끌려 들어가듯 내려갔다. 숨이 괴로웠지만, 란은 보름달을 떠올렸다.

둥글고 환한 보름달.

그러자 어쩐지 아무래도 괜찮다는 생각이 들었다. 마음속이 깊이깊이 가라앉는다.

그때 누군가가 자신의 허리를 붙잡았고, 수면 위로 전신이 끌어올려졌다.

"켁, 컥, 쿨럭—"

유스타프는 기침하는 그녀를 선착장 위로 끌어올렸다.

"란, 란."

그의 목소리가 너무 애달파서 란은 기침을 하면서도 미소를 지으려 애썼다.

"주인님!"

익숙한 목소리가 들려 란은 눈을 깜박였다. 루미에의 선명한 주홍색 머리카락이 시야에 들어왔다.

유스타프가 이를 빠드득 갈고 말했다.

"늦었어."

"죄송합니다."

루미에는 그렇게 말하고 란을 조심스럽게 안아 들었다. 유스타프가 말했다.

"넌 전투에서 빠져. 나머지는 내가 알아서 할 테니까."

"네."

정중하게 고개를 숙여 보이고 루미에는 빠르게 걸음을 옮겼다.

유스타프는 강 위로 손을 내밀고 말했다.

"세레카."

수면을 뚫고 빛나는 검이 그의 손으로 빨려 들어오듯이 날아왔다. 나디움으로 만들어진 드워프제 검은, 그 주인의 부름에 착실하게 응했다. 그의 옆에 잽싸게 녹영의 첫 번째가 와서 섰다.

“몇 명이나 있지?”

“스무 명 정도입니다.”

“그래? 깨끗하게 죽이지 마라.”

“존의.”

첫 번째가 그렇게 말하며 고개를 숙였고 유스타프는 화살에 맞아 쓰러진 채로 바르작거리는, 란의 목줄을 잡았던 남자를 찔렀다.

“끄아아악!!”

끔찍한 비명에도 유스타프는 아랑곳하지 않았다. 버둥거림이 멈출 때쯤이나 되어서 유스타프는 상대의 목을 쳤다.

그의 시선에 올리비아가 들어왔다. 숲 안쪽으로 호위들의 보호를 받으며 도망치는 모습이었다.

유스타프는 히죽 웃었다.

녹영의 두 번째— 키리는 등에 소름이 돋았다.

그녀는 사실 잔소리가 하고 싶었다.

‘가주님까지 같이 잡히시면 어떻게 합니까! 라치아의 혼란을 어쩌시려고요?’

하지만 지금 그 말을 내뱉는다면, 그 순간 제 목이 날아갈 거라는 걸 직감했다.

주군은 지금 분명히 자신들에게도 화가 났다. 단지 적이 눈앞에 있으니 분노를 그곳으로 표출하고 있는 것뿐이다.

지금까지는 적을 죽여도 저렇게 잔혹하게 군 적은 없었다.

키리는 눈을 굴렸다가 말했다.

“란 님을 지키러 가도 되나요?”

유스타프가 돌아보지도 않고 가라고 손짓했고, 키리는 잽싸게 그곳을 빠져나왔다.

'첫 번째, 힘내요.'

그렇게 애도하며 말이다.

키리는 전투에서 벗어나 잽싸게 란과 루미에를 따라잡았다.

그녀는 란의 모습을 보고 입을 떡 벌렸다.

'이거, 화내실 만한데.'

"백작님, 괜찮으세요?"

키리의 말에 란은 "키리……?" 하고 그녀를 바라보았다.

암록색의 전투 복장을 한 키리의 모습이 눈에 들어왔다. 어쩐지 낯설기도 하지만 이게 그녀의 본모습이겠지 싶었다.

"유스타프를 도와주러 가야 하지 않아?"

"지금 가주님 앞에 서는 인간은 어리석은 인간일 거예요."

"하지만 유스타프 다쳤는데……."

"아가씨보다 맷집이 있으신 분이니 걱정 마세요."

란은 다시 기침을 했다. 그녀의 손바닥에 피가 묻어 나와 루미에는 그 자리에서 쓰러질 듯한 기분이 되어 말했다.

"내상을 입으셨습니까?"

뚜렷하게 말하고 싶었는데 쉰 목소리가 새어나오듯이 나왔다.

"아냐. 그냥 목이 좀 다쳐서……."

란의 목소리도 다 쉬어 있었다. 키리가 말했다.

"말하지 마세요. 목줄에 당겨지셔서 그런 걸 거예요."

란이 고개를 끄덕여 대답하고 지친 고개를 루미에의 어깨에 묻었다.

그가 그녀를 좀 더 편하게 추스르며 말했다.

"이제 곧 도착할 겁니다."

"어디에?"
란의 작은 중얼거림에 키리가 대신 대답했다.
"저희도 배를 타고 왔거든요. 아, 보이네요!"
란은 그 말에 눈동자만 돌렸다. 시선이 닿은 곳에는 생각보다 큰 배가 서 있었다.
루미에가 배에 올라타자마자 디모디아가 마중을 나왔다.
"세상에, 아가씨!"
디모디아는 어쩔 줄 모르며 키리를 보았고, 키리가 물었다.
"치료사는?"
"안에 있습니다."
"얼른 모셔."
상당히 호사스러운 배여서, 작기는 해도 침실과 거실이 따로 분리되어 있었다. 란이 거실에 앉자마자 디모디아가 루미에를 밖으로 내쫓고 란의 옷을 벗기기 시작했다. 란이 조금 안절부절못하며 말했다.
"저, 디아……."
"어디 안 좋으신가요? 말씀하세요!"
"……생리 현상……."
란이 붉어진 얼굴로 작게 중얼거렸다. 디모디아가 "아." 하고는 재빠르게 란을 화장실로 안내했다.
볼일이 끝나자 긴장이 풀려서 그런지 란은 더더욱 몸이 아파진 것 같았다.
그녀가 화장실에서 나오자 기다리고 있던 치료사가 란을 보고 고개를 조아렸다.
"제가 살펴보겠습니다."
란은 고개를 끄덕이고 디모디아에게 물었다.

"디아, 보름달은―?"

"네?"

"아니, 보름달까지 얼마나 남았어? 나 시간을 잘 모르겠어."

디모디아는 란의 머리 상처를 보며 조심스럽게 말했다.

"이제 12일 정도 남았어요. 왜 그러세요?"

"아니, 아무것도 아냐."

란은 고개를 저었다. 자신이 말하면 모두가 말리려고 들 터였다.

하지만 그래서는 안 된다. 자신은 반드시 날아올라야 한다.

그 사이 치료사가 란의 상처를 살핀 후에 말했다.

"먼저 씻으시는 게 좋겠습니다."

"그거 반가운 말이네."

란이 희미하게 웃으며 말했다.

"하지만 배에서 씻을 수 있나?"

란이 갸웃하자 키리가 "물론이지요." 하고 란을 부축했다.

치료사가 란의 발목에 부목을 해 주어서 그래도 통증이 좀 덜했다.

디모디아와 키리가 란의 몸을 조심스럽게 씻겨 주었다. 머리카락에 굳은 피를 떼어내고, 더러워진 상처도 씻어냈다.

배에서 씻을 수 있다니, 사치라는 생각이 들었다. 디모디아가 시퍼렇게 멍이 든 란의 목을 보고 입술을 깨물었다.

"파티에 같이 갔어야 했어요."

디모디아가 말했다.

"하지만 시녀를 데려가는 분위기는 아니었는걸."

란이 그런 그녀를 달래듯이 말했고, 디모디아가 고개를 저었다.

"아니에요. 눈총을 받았어도 같이 가는 거였는데."

키리가 고개를 끄덕이며 거품을 듬뿍 낸 스펀지로 조심스럽게 란의 몸을 문질렀다.

"팔에는 흉터가 남겠어요……."

디모디아가 이미 딱지가 앉은 팔의 상처를 살피며 말했고 란이 말했다.

"괜찮아. 살았으니까 됐지."

키리가 가위를 들고 와서 말했다.

"머리에 상처 난 부분은 짧게 잘라야겠어요. 그래야 꿰맬 수 있거든요.

란은 신음을 흘렸다.

"땜빵이라니……."

"다른 머리카락이 길어서 안 보일 거예요. 자, 얌전히 계세요."

키리가 그렇게 말하고 란의 머리카락을 짧게 잘라내서 상처가 잘 보이게 했다. 한 움큼 잘라진 머리카락을 보자 란은 괜히 우울해졌다.

'아냐. 어차피 잠시 후면 보름달이 뜨는걸.'

그렇게 마음을 달래고 란은 몸을 헹구고 욕조에서 나왔다.

기다리고 있던 치료사가 란의 전신에 연고를 치덕치덕 발랐다.

낙마한 탓에 온통 멍이 들어 있었고, 팔의 상처도 꿰맸으며, 다리에도 습포를 붙였다.

목줄을 당긴 탓에 목 주변에도 띠처럼 멍이 생겨서, 치료사는 조심스럽게 목 주변의 상처를 치료해 주고 말했다.

"말은 하지 않으시는 게 좋겠어요. 보니까 목 안쪽까지 다치신 것 같던데."

란은 기침하다가 피 맛이 난 걸 생각하며 고개를 끄덕였다. 그 위에 조심스럽게 옷을 겹쳐 입자 그제야 안도감이 물밀듯이 밀려왔다.

곧 루미에가 식사를 가지고 들어왔다. 음식 냄새에 갑작스레 허기가 느껴져서 란은 허겁지겁 뜨거운 빵을 집어 들며 속삭이듯 물었다.

“내가 잡힌 지 얼마나 된 거야? 중간에 정신을 잃고 있어서 잘 모르겠어.”

그녀가 작은 소리로 말해도, 모두가 알아들었다.

“오늘로 3일째입니다.”

루미에의 설명에 란은 눈을 휘둥그레 떴다.

“그렇게 오래됐어?!”

목소리가 저절로 커져서 작게 기침하니, 루미에가 눈을 찌푸렸다.

“목을 쓰지 마세요.”

하지만 란은 황당해서, 목의 힘을 뺀 채로 작고 빠르게 말했다.

“뭐야, 그럼 나 이틀이나 정신을 잃고 있었다는 건가……?”

유스타프가 걱정할 만했다.

“다른 사람들은? 시나는?”

“시나는 녹색 아치에서 대기하고 있습니다. 그녀 덕분에 찾기가 쉬웠어요.”

“시나 덕분에?”

“주인님 뒤를 쫓아갔더군요. 중간중간 자기 드레스 자락을 잘라 흔적을 남기면서요.”

“진짜? 시나가 쫓아왔었구나…….”

“대체 어떻게 된 건가요?”

루미에의 추궁에 란은 한숨을 내쉬고 얘기했다.

“황태후마마가 같이 경주를 하자고 하셔서…….”

이야기를 들은 루미에가 눈을 찌푸렸다.

“황태후가 조종당했다는 말입니까.”

“그런 게 아닐까.”

란은 그렇게 말하며 마지막 빵을 입 안에 던져 넣은 후에 몸에서 힘을 빼 소파에 쓰러지듯이 누웠다.

"하지만 이제 해결되겠지. 더는 그런 거 신경 쓰지 않아도 되고."

루미에가 팔걸이에 앉아 그녀의 아직 덜 마른 머리카락을 부드럽게 쓸어 넘기며 말했다.

"제 심장을 가만두지 않으시네요, 주인님은."

란이 고개를 들고 배시시 웃었다.

"그래서 싫어졌어?"

루미에는 눈을 찡그리고 그녀의 얼굴을 가볍게 당겼다가 놓아주었다.

"이런 걸로 싫어질 거면 예전에 싫어졌지요."

말하고 루미에의 얼굴이 살짝 어두워졌다. 란이 상체를 들었다.

"무슨 일 있어?"

"제 걱정을 하실 때가 아니지요."

루미에가 걱정 따위는 지워버리는 교태스러운 미소를 지었다.

"몸이나 회복하세요. 치료사에게 들으니 완전히 나으시려면 한참 걸린다면서요."

"타박상인데 뭐."

"머리를 꿰맨 사람은 그런 말을 안 하지요."

"동감이에요."

큰소리로 말하며 디모디아가 약을 가지고 들어와 말했다.

"아직은 진통제 때문에 괜찮지만 시간 지나면 꿰맨 곳이 아파올 겁니다. 자, 약을 먹고 가서 푹 주무세요."

"유스타프는?"

란의 물음에 디모디아가 미소 지었다.

"나중에 오실 거예요."

란은 잠시 생각하다가 중얼거렸다.

"유스가 올리비아를 죽일까?"

디모디아가 멈칫했다가 화가 난 어투로 말했다.

"그럼 용서해 주길 바라세요?"

"아니, 그건 아니지만."

그렇다고 해서 유스타프가 올리비아를 죽이기를 바라지는 않는데…….

올리비아가 죽는 게 싫은 게 아니라, 유스타프가 누군가를 죽이는 게 싫었다.

란은 한숨을 내쉬었다.

이런 소리를 해 봐야 소용없겠지.

저쪽 세계에서 왔기 때문에 남은 감각은 이곳에서는 필요 없다.

만약 한국에서 상사가 애인을 괴롭혔다고 남친이 살인 청부업자를 고용해서 상사를 죽였다면 "도망쳐." 소리가 저절로 나오겠지만, 이곳에서는 아니다.

죽고 죽이는 게 당연한 세계.

'하긴, 나도 사형 선고를 내린 적도 있고.'

란은 마음을 다잡았다.

"먼저 약을 드세요."

디모디아가 내민 녹색의 지독한 맛이 나는 약을 삼키고, 란은 얼른 물을 마셨다.

디모디아가 단호하게 말했다.

"자, 이제 양치하고 주무세요."

마치 훈계 받는 어린아이가 된 기분에 란은 "네에—" 하고 얌전히 대답한 후에 씻고 침대에 쓰러지듯이 누웠다.

그리고 진짜로 베개에 머리가 닿자마자 잠든다는 게 무슨 말인지 경험했다.

란은 서늘한 기운에 잠에서 깨어났다. 조심조심 제 목의 상처를 만져보는 손길에 란은 웃으며 눈도 뜨지 않고 팔을 벌렸다.

그러자 침대에 반쯤 눕듯이 그녀를 마주 안으며 유스타프가 속삭였다.

"누군지 확인도 안 하시고 팔을 벌리십니까?"

그 말에 란이 화들짝 놀라는 척하며 눈을 떴다.

"어? 유스였어?"

유스타프의 눈이 가늘어졌다. 란이 그의 시선을 피하며 짐짓 진지하게 말했다.

"아, 그럼. 당연히 유스타프지. 어서 와. 다녀왔어?"

"제가 아니면 누구 기다리는 사람이 있으십니까?"

란이 싱긋 웃었다.

"유스타프 말고 있을 리가 없잖아."

그녀의 손가락이 유스타프의 얼굴을 훑다가 그의 미간이 찡그려진 걸 발견하고 웃음을 터트렸다.

"유스, 진짜로 화난 거 아니지?"

"아닙니다. 하지만 상상만 해도 화가 치밉니다."

그가 그렇게 말하고는 란의 몸을 조심스럽게 더듬었다.

"치료사에게 이야기를 들었습니다. 좀 괜찮으십니까? 괜히 저 때문에 깬 거 아닌가요?"

"유스타프가 왔는데 깨우지 않았으면 더 화가 났을 거야."

란은 그렇게 말하며 그의 팔을 잡아당겨 팔베개를 하며 말했다.

"유스타프야말로 몸은 어때? 괜찮아?"

"그 정도는 모기에 물린 정도지요."

"모기가 그러면 난 칼을 들고 모기와 싸워야 할 거야."

그러며 그의 반대 손과 깍지를 끼다가 란은 흠칫하고 그의 손을 들여다보았다.
"청염!!"
"네."
"어떻게 찾았어? 뭐야? 강바닥 뒤진 거야?"
"청염이 '한 번 더 날 버리면 뒤진다?' 하는 말과 함께 돌아왔습니다."
"진짜?"
"아뇨."
유스타프의 말에 란은 멍하니 그를 보았고, 어둠 속에서 그녀의 얼굴을 본 유스타프가 웃고 이마에 키스해주며 말했다.
"청염은 어디로 가든 라치아의 가주에게 돌아오게 되어 있습니다. 방식과 방법은 모르지만요. 제 방 테이블에 올라와 있더군요."
란은 안도의 한숨을 내쉬며 말했다.
"그러면 미리 말해 주면 좋았잖아! 엄청 걱정했어."
자기 때문에 청염을 잃어버린 가주가 되면 어쩌나, 그래서 규탄받으면 어쩌나.
란이 투덜투덜 제 걱정을 말하자 유스타프가 속삭였다.
"그럼 란이 절 데리고 도망치면 되지요."
그 말에 란이 키득거리며 말했다.
"그러게. 그러면 같이 도망치면 되지요."
그녀가 그 쪽으로 돌아누우며 파고들었다. 좀 더 가까이 붙어 있고 싶다. 유스타프는 막 씻고 나왔는지 희미하게 비누 냄새가 났다.
란이 웅얼거리듯 물었다.
"일은? 잘 해결됐어?"
유스타프가 그녀의 머리카락을 쓸어내리며 "네." 하고 작게 대답했다.

"어떻게 됐어?"

유스타프는 말을 망설였다.

그가 했던 잔혹한 행동을 란에게 전부 말해주고 싶지 않았다. 그녀가 그걸 어떻게 생각할까가 두려웠다. 유스타프는 이야기할 수 있는 부분만 조심스럽게 골라냈다.

"일단 주술사는 살려 뒀습니다."

"주술사……?"

"네. 황태후마마의 정신을 흐린 것을 인정했습니다."

"진짜로 그랬구나. 황태후마마가 어딘지 이상하다고 생각하기는 했어."

"네. 사람의 정신을 조종하는 마법은 금기입니다. 그런데 그런 짓을 하다니."

잠시 유스타프는 입을 다물었다가 열었다.

"죽음을 면치 못하겠지요. 반역자이니 관대함을 바랄 수도 없을 겁니다."

"반역자?"

"네. 제국이 세워지기 전에 왕국이 있었다는 걸 아십니까?"

"아, 알아. 트라반 왕국 말이지? 지금도 그 왕국 후손이라고 말하면서 제국에 대해 독립을 주장하는 무리가 있다는 이야기는 들었어."

란의 말에 유스타프가 고개를 끄덕였다.

"네, 이번에도 역시 그랬습니다."

유스타프는 잠시 그가 악의에 차서 피와 함께 내뱉었던 말을 떠올렸다. 제국이 있기 전에는 라치아 역시 왕국의 공작이었다.

'왕국을 위해 싸워보지도 않고 항복한 배신자인가?'

벌써 300년이나 전 이야기다.

그런 말을 들어도 와 닿지는 않았다. 오히려 유스타프는 300년이나 그런 원한을 생생히 가지고 있다는 게 놀라웠다.

'게다가 어쩐지 걸리는 소리도 내뱉어서.'

유스타프는 살짝 미간을 좁혔다.

"네 소중한 것 역시 빼앗아주마."

잡혀서 꼼짝도 하지 못하면서도 주술사는 그런 말을 지껄였다. 물론 패자의 저주야 익히 들어온 바였다. 그런데 뭐랄까.

'확신이 있는 목소리라고 해야 할까.'

그때 란의 목소리가 그의 생각을 깼다.

"그럼, 올리비아는―?"

란이 조심스럽게 묻자 유스타프는 드물게도 "글쎄요." 하는 모호한 대답을 했다.

란은 놀라 토끼 눈을 하고 그를 바라보았다.

"안 죽었어?"

"역시 죽이는 게 나았을까요?"

"아니, 그건 아니지만……."

유스타프가 란의 이마에 입 맞춰주고 말했다.

"걱정할 일은 더 이상 없을 겁니다."

그녀가 란을 위해 준비했던 환대를, 올리비아에게 그대로 베풀어 주었다.

유스타프는 그런 과정을 란에게 알리고 싶지 않아서 그냥 죽이지 않았다는 부분만 이야기했다.

"응."

란은 고개를 끄덕이고 작게 하품을 했다. 유스타프가 몸을 일으키며 말했다.

"주무세요."

그가 팔베개해 준 팔을 빼기 전에 란이 그의 팔을 꼬옥 잡으며 말했다.

"같이 자면 안 돼?"

보름달이 뜨기까지 얼마 남지 않았는데, 너랑 있고 싶은걸.

"……란."

신음처럼 그가 이름을 내뱉어서 란이 "안 돼—?" 하고 다시 말꼬리를 늘렸다. 유스타프가 거칠게 한숨을 쉬고 말했다.

"다친 란을, 이런 흔들리는 배 위, 그것도 좁은 침대에서, 결혼도 하지 않고, 그러고 싶지는 않은데요."

란이 눈을 꿈벅였다.

"난 그냥—"

"잠만 자자는 유혹은 이미 충분히 받았습니다."

그러며 그가 자리를 떨치고 일어나는데 "유스으—" 하고 란이 우는 소리를 냈다. 평소와는 전혀 다르게 애원하는, 마치 어린아이 같은 투정이었다.

거기에 저항할 수 있을 리가 없다.

유스타프는 신음을 흘리며 그 자리에 서 있다가 도로 자리에 누워서 그녀의 팔베개를 해주며 말했다.

"란이 잠들 때까지만입니다."

"응."

헤헤 웃으며 그녀는 그를 꼭 끌어안았고 유스타프는 한숨을 삼켰다. 그녀가 자신을 가장 사랑하는 덩치 큰 인형처럼 끌어안는 상황에서 더 무슨 말이 필요할까?

란이 자신과 함께 자고 싶어 한다는 사실—그의 옆에서 완벽하게 안전하다고 느끼는 것이 기쁘기도 했고, 동시에…….

'결혼을 앞당길 수는 없을까.'

유스타프는 그런 생각을 하며 눈을 감았다.

어차피 잠들지 못할 밤일 터였다.

*　　*　　*

배를 타고 호수를 거슬러 올라가 사냥터에서 다시 마차를 달려 녹색 아치에 도착했을 때, 란은 휴식 생각이 간절했다.

아무리 호화스럽다고 해도 여행은 여행, 마차는 마차다.

하지만 눈물을 뿌리며 뛰쳐나오는 시나를 보자 휴식 생각이 날아갔다.

"란 언니!"

빽 소리를 지르고 시나는 란을 확 끌어안았고, 란은 비명을 삼켰다. 시나가 화들짝 놀라 손을 떼며 물었다.

"다, 다치셨어요? 괜찮으세요?"

"괜찮아."

란이 웃으며 말했지만 그녀의 얼굴이 창백해 시나는 어쩔 줄 몰라 했다. 유스타프가 못마땅한 얼굴로 시나를 한 번 보고 란에게 말했다.

"들어가서 이야기하시죠."

"응."

란은 고개를 끄덕이고 시나에게 손을 내밀었다. 시나는 다시 눈물이 왈칵 쏟아지는 걸 느끼며 그녀의 손을 잡고 졸졸 그녀를 따라 안으로 들어갔다.

란은 시나의 불안을 충분히 이해했다. 물론 란 자신이 걱정되기도 했겠지만, 란이 없어지면 자신은 이 세계에서 어떻게 될까? 공작가에서 쫓겨나는 건가, 하는 걱정도 있었을 게다.

'어쩌지. 내가 가고 나면.'

시나가 혼자 남게 되면…….

란은 혼란스러워졌다.

유스타프와 시나, 루미에를 남겨두고 싶지 않다.

하지만 자신은 날아오르지 않으면 안 된다.

란이 절뚝절뚝 걷는 걸 보고 시나는 흘러넘치는 눈물을 닦고 물었다.

"다리 다치신 거예요?"

"응, 으앗!"

마지막 비명은 보다 못한 유스타프가 그녀를 안아 들었기 때문에 나온 비명이었다. 자동적으로 시나와 란은 손을 놓게 되었다.

"올라가서 이야기하죠."

그러며 유스타프는 성큼성큼 걷기 시작했고 시나는 약간 풀이 죽어 그 뒤를 따랐다.

루미에가 그런 시나에게 말했다.

"괜찮아."

시나가 루미에를 돌아보았다. 루미에는 씁쓸하게 미소 지었다.

란과 함께 서 있는 시나를 본 그의 마음은 복잡했다.

예전의 자신이라면 시나가 붙잡든 말든 뒤도 돌아보지 않고 란에게 달려갔을 거다.

그리고 그래야 했을 터였다.

적어도 유스타프 혼자 란을 구하러 가게 두지는…….

하지만 두려움과 겁에 찬 시나의 눈동자를 보고 그대로 그녀를 뿌리치고 달려갈 수가 없었다.

"넌 최선을 다했어."

루미에가 그렇게 말하며 시나의 어깨를 가볍게 두들겼다.

그래, 그녀는 최선을 다했다.

그렇다면 나는?

"시나?"

계단을 위쪽에서 란이 그녀를 불러 시나는 얼른 후다닥 뛰어서 계단을 올라갔다. 그 뒤를 루미에는 무거운 발걸음으로 따라 올라갔다.

란은 침대에 누워 습포를 대네, 뜨거운 주머니를 가져오겠네, 어미 새처럼 부산을 떨어대는 카라와 소다에게 괜찮다고 몇 번이나 말하고 똑같은 말을 시나에게도 반복했다.

"정말로 괜찮아. 그리고 고마워. 날 쫓아와 줬다면서?"

"아니에요. 제가 좀 더 강했으면 좋았을걸요."

시나가 고개를 저으며 말해서 란은 웃음을 터트렸다. 거기서 란이 웃을지 몰라 시나는 입을 벌렸고, 란이 킥킥거리며 말했다.

"거기서 악당을 다 물리치고 날 구해주려고? 마음은 고맙지만, 거기까지는 바라지 않아."

그 말에 시나가 뺨을 부풀렸다.

"제가 못 할 거라고 생각하시는군요?"

"그래. 그리고 그런 걸 하기를 원하지도 않고. 돌아갈 거잖아?"

란이 부드럽게 말하며 시나의 둥근 뺨을 어루만졌다.

"그런데 그런 일을 하면 안 되지."

그 말에 시나가 "언니이—" 하고 다시 란의 이불 위에 얼굴을 푹 묻었다.

"언니는 왜 그렇게 사람이 좋아요? 네에?"

란은 웃으며 시나의 머리를 문질문질 쓰다듬어 주었다. 결 좋은 검은색 머리카락은 묘한 향수를 가져다주었다.

'여기 사람들은 모질도 좀 다르니까.'

유스타프도 검은 머리카락이지만, 시나와는 달랐다. 란은 '귀여워라.' 하고 생각하며 고개를 들어 루미에를 보았다.

그의 동의를 구하기 위해서였다. 하지만 루미에의 표정이 뜻밖에도 어두워서 란은 흠칫했다.

"루미에?"

그녀의 부름에 루미에가 표정을 싹 밝게 바꾸며 대꾸했다.

"네, 주인님."

란은 미묘한 표정을 지었고 루미에가 걱정스럽게 물었다.

"어디 안 좋으신가요?"

"아니, 그건 아닌데……."

고민하다가 란은 고개를 저었다. 그가 말하고 싶지 않다면 굳이 캘 필요 없겠지.

'모든 걸 나에게 말해야 하는 것도 아니고.'

란은 그렇게 생각하며 시나를 토닥였다.

"이제 괜찮으니까. 시나 이야기도 해봐. 그래서? 어떻게 된 거야? 리제는— 그러니까 키릭스 후작 부인은? 황태후마마는 어떠시고?"

시나가 후 하고 길게 숨을 뱉어 떨리는 목소리를 진정시키고 말했다.

"저도 곧바로 언니를 쫓아가서 잘은 모르지만, 황태후마마께서 말씀하시길 언니가 혼자 산책하고 싶다 했다고 하시더라고요."

"내가?"

"네. 그래서 제가 그럴 리가 없다고 하고, 쫓아갔어요. 그 후에 키릭스 후작 부인께서 저에게 따로 연락을 주셨거든요."
황태후의 상태가 이상하다고 생각한 잘린이 그녀의 기억에 혼란이 있는 걸 보고 바로 황궁으로 돌아가겠다고 말했다.
파티는 혼란에 빠졌다.
귀부인들은 "황태후마마, 괜찮으신가요?" 하고 말하며 연신 부채질하고 찬 음료를 날랐다.
황태후가 고개를 저으며 말했다.
"이렇게 파티가 끝나게 되어 미안하지만, 그대들은 더 즐기고 가도록 하시오."
"아닙니다, 어찌 마마께서 용태가 좋지 않으신데 저희끼리 놀 수 있겠습니까. 같이 돌아가지요."
우슬라 공작 부인의 말에 모두가 고개를 끄덕여 동의했다.
모두가 마차며 말을 불러 가든파티는 그대로 접게 되었다.
엘리제가 "로미아 백작은 어쩌고요?" 하고 물어서야 황태후가 "기사들을 시켜서 찾게 하게." 하고 말했다.
엘리제가 너무 화가 나서 자기가 직접 말을 타고 가서 찾아보겠다며 말하고 있을 때 유스타프와 루미에가 도착했다.
"그러고서 저와 가주님이 주인님을 찾으러 간 거지요."
루미에가 마무리를 해서 란이 "그렇구나." 하고 고개를 끄덕였다.
배에서는 너무 정신이 없어서 뭐가 뭔지 알지도 못했다.
그냥 너무 아파서 깨어나니까 누군가가 자신을 붙잡고 있고, 배? 강? 유스?
그런 혼란스러운 느낌이었을 뿐.
"시나 덕분에 날 찾기 쉬웠다고 들었어. 고마워."
시나가 고개를 휘휘 저으며 말했다.

"제가 아니었으면 루미에도 언니를 구하러 갔을 거고, 그러면 이렇게 되지 않았을지도 몰라요."

"루미에가?"

의아한 얼굴로 란이 시나를 보고 루미에를 보았다. 그의 얼굴에서 살짝 미소가 흐려졌다가 곧 그가 씩 웃으며 말했다.

"그렇다고 시나 양을 거기에 두고 갈 수는 없어서요."

"당연하지."

란이 고개를 끄덕였다.

"그럼 나에게 혼났을 거야."

란이 눈을 부릅뜨며 하는 말에 루미에는 힘없이 웃었다.

"내가 뭐라고 했어?"

그의 말에 시나는 젖은 눈으로 다시 웃었다.

"그러네."

카라가 손뼉을 짝짝 치고 말했다.

"자, 이제 다들 나가 주세요. 아가씨에게는 휴식이 필요하다고요."

두 사람은 어어 하고 밀려서 란의 방을 떠났다.

시나가 조심스럽게 루미에에게 물었다.

"괜찮아?"

움찔하고 루미에는 "뭐가?" 하고 저도 모르게 날카롭게 되물었다. 그의 말에 날이 선 게 느껴져 시나가 눈을 찌푸렸지만 부드럽게 말했다.

"역시 기분 상했구나."

"그러니까 뭐가."

"란 언니가 네가 안 와도 됐다는 식으로 말해서."

말하는 그녀의 얼굴도 어쩐지 우울해졌다. 루미에는 숨을 삼키고 말했다.

"아니, 그것 때문에 상한 게 아니야."
말하고 나서 루미에는 작게 웃음을 터트렸다.
"그러네, 그것 때문에 상했을 수도 있겠네."
"뭐야? 괜찮아?"
시나가 팔짱을 꼈다.
"괜히 걱정했네. 그럼 뭐 때문이야?"
시나의 말에 루미에가 잠시 고개를 기울였다가 말했다.
"믿을 수가 없어서."
"뭘?"
"내가 주인님을 놔두고 널 챙겼다는 걸."
시나는 눈을 크게 떴고, 루미에는 그녀의 검은색 눈동자를 지그시 들여다보았다. 그의 주홍색 눈동자에서 시나는 먼저 시선을 돌렸다. 그녀의 뺨이 약간 붉어져 있었다.
뭔가 말할 듯이 입을 벙긋거리다가 시나가 결심한 듯 고개를 들어 루미에를 보았다.
"나 두 번째라도 괜찮아."
루미에는 누군가가 "나 날개가 달렸어."라고 말했다고 해도, 이렇게까지 놀라지는 않았을 거다.
"뭐?"
저도 모르게 되묻는데 시나가 헛기침을 하고 말했다.
"난 그래도 괜찮다고."
그가 뭐라고 답해야 할지 몰라 혼란스러운 눈으로 그녀를 내려다보니, 시나는 어색하게 웃으며 어깨를 으쓱했다.
"그냥, 그렇다는 이야기야. 별 뜻 없어. 어— 그래서? 언니를 찾은 다음에 어떻게 된 거야? 이야기해 줄 수 있어?"

시나는 말을 돌렸고, 루미에는 잠시 그녀를 보다가 고개를 끄덕였다.

란은 발을 바닥에 내려놓고 힘을 줘 보았다. 꽉 힘을 주면 아직 찌릿한 느낌은 있었지만, 이제 혼자서 걸을 수 있을 만큼 회복되었다. 치료사가 란의 상태를 확인하고 만족스러운 얼굴이 되었다.

"좋습니다. 이제 거의 다 나으셨네요."

그가 진찰판을 이리저리 대보며 그녀의 머리와 팔의 상처도 살폈다.

"잘 아물고 있습니다. 흉터는 남겠지만……."

"긴 장갑을 유행시켜야겠네."

란은 가볍게 말했고, 치료사는 몇 가지 주의 점을 더 알려주고서 물러났다.

그때 가볍게 문 두드리는 소리가 나서 란은 "들어와." 하고 말했고, 들어온 사람의 얼굴을 보고 화들짝 놀랐다.

"라벨?!"

라벨은 손에 꽃다발을 들고 들어오며 빙긋 웃었다.

란은 제 옷차림을 한 번 내려다보고, 그제야 왜 시녀들이 치료사를 만나는데 그렇게 신경을 썼는지 깨달았다.

"아니, 이제 황제 폐하라고 불러드려야겠지요."

"라벨로 충분한데."

라벨의 말에 란이 피식 웃었다.

"그런 식의 친밀감이 좋지 않은 소문을 가져오는 걸 저희 둘 다 알지요, 폐하."

"하긴, 그런가."

라벨은 그렇게 중얼거리고 꽃다발을 옆에 서 있는 시종에게 건넨 후에 소파 근처로 다가왔다.

"몸은 어떤가?"
"이제 다 나았어요."
"그러니까 내 궁으로 오라고 했지."
짐짓 꾸짖는 듯한 장난기 서린 말에 란이 웃음을 터트렸다.
"그러게요."
란이 그렇게 말하고는 얼른 자리에서 일어나며 말했다.
"오신다고 미리 알려주셨으면 좋았을 텐데요."
"몰래 온 거니까."
"굳이 신하의 집에 살금살금 오실 필요는 없잖습니까?"
유스타프가 이어 방으로 들어오며 말했다. 란의 눈이 반짝 빛났다.
"유스타프."
라벨이 불편한 얼굴로 유스타프를 보고 란을 바라본 후에 양손을 들며 말했다.
"난 이미 청혼했다가 차인 몸일세."
"저도 폐하께서 제 약혼자에게 손댈 만큼 굶주리지 않으셨다고 믿습니다."
란은 둘 사이에 흐르는 친밀한 분위기에 눈을 깜박였다. 그러고 보니 둘이 몰래 만난 적도 있었다고 하고, 란은 아직 내용을 모르지만 동맹을 맺는다는 이야기도 나왔으니 상당히 만남이 잦았겠지.
"게다가 신하니까 더더욱 몰래몰래 와야지. 라치아 공작가에 왔으니 다음에는 미로와 우슬라 공작가도 차례로 들러야 할걸."
"총애는 공평하게, 입니까? 애첩도 아니고."
유스타프가 비웃듯 말했고 라벨이 한숨을 내쉬었다.
"우스워 보이겠지만, 그게 현실이라네. 라치아 공작."
"적어도 라치아는 그 총애 전쟁에서 빼주시죠."

유스타프가 그렇게 말하고 란에게 앉으라고 손짓했다. 란이 저도 모르게 라벨을 보았고, 라벨은 희미하게 웃으며 고개를 끄덕였다.

"여기는 황제가 아니라 친구로서 온 거니, 신경 쓰지 말게."

그의 말에 란은 그렇다면, 하고 소파에 도로 앉았고 유스타프가 그 앞에 무릎을 꿇은 후 란의 발목을 눌러 보았다.

란이 짧게 신음을 흘리자 유스타프가 미간을 좁혔다.

"아직 덜 나은 거 아닙니까?"

"뛸 정도는 아니지만, 걸을 수는 있어. 그렇게 꽉 누르지만 않는다면 말이야."

라벨은 이 모습을 꽤 흥미진진하게 지켜보았다. 황제인 자신 앞에서도 무릎 꿇지 않는 유스타프가 순순히 제 약혼녀 앞에서 무릎을 꿇는 모습은 상당히 흥미로웠다.

란의 투덜거림에 유스타프가 손을 떼고 자리에서 일어났다.

라벨이 란에게 말했다.

"몸이 괜찮아졌다니 다행이네."

"감사합니다. 폐하."

인사하고 란이 짓궂은 미소를 지었다.

"하지만 일부러 제 문병을 오신 것은 아니지요?"

라벨이 그녀의 말에 부드럽게 웃었다.

"문병 온 것이 맞는데……."

란의 뺨이 살짝 붉어졌다.

"그렇다면 제가 잘못 생각한 거네요. 죄송합니다. 폐하."

"좋은 소식도 함께 전해 주려고 겸사겸사 온 거야."

"좋은 소식이요?"

"올리비아가 죽었네."

란의 얼굴에 작은 충격이 지나가자 라벨은 잠시 그녀를 바라보다가 말했다.

"좋은 소식처럼 받아들이지 않는군."

란은 저도 모르게 되물었다.

"어떻게 죽었습니까?"

"자택에서 목을 맸어."

란은 가볍게 숨을 삼켰다가 내뱉었다.

"그렇군요."

"꼭 문병 와서 그런 피비린내 나는 이야기를 하셔야 합니까?"

유스타프가 한숨 섞인 목소리로 말하자 라벨은 약간 충격을 받아 눈을 크게 떴다.

"피비린내라고?"

란이 희미하게 웃었다.

"정치는 싫으시다더니, 이제 익숙해지셨군요. 폐하."

라벨은 그 말에 란을 돌아보고 이마를 짚으며 한숨을 내쉬었다.

"그런가 보네. 이거 참."

그가 씁쓸하게 웃었다.

"나는 변하지 않는다고 생각했는데 말이지."

"변하지 않은 점도 있으시다고 생각해요."

란의 말에 라벨은 가만히 그녀를 내려다보다가 말했다.

"역시 나에게 오지 그랬나?"

유스타프가 위협하듯이 "폐하." 하고 말했고, 란은 희미하게 웃었다.

"그러게요."

그렇다면 유스타프가 슬퍼할 일도 없었을 텐데.

둥글고 환하고 아름다운 달을 떠올리며 란이 말하자 라벨은 순간 멈칫했고, 유스타프도 그랬다.

"란?"

저도 모르게 라벨이 조심스럽게 그녀를 부르자 란이 아, 하고 씩 웃어 보였다.

"두 번째 정도로는 생각해 드리죠. 폐하."

라벨이 눈을 꿈벅이다가 웃음을 터트렸다. 황제에게 "넌 두 번째다." 하고 말하는 여인은 없을 거다.

라벨이 란에게 말했다.

"문병은 여기까지 해야겠군. 아니면 라치아 공작이 나에게 장갑을 던질 것 같아서."

"설마요."

유스타프는 그렇게 대답하고, 라벨이 방을 나가자 란에게 쉬라고 말한 후에 그를 따라 나갔다.

란은 자리에서 벌떡 일어났다.

'역시 날 보러 온 게 아니라니까.'

유스타프와 할 이야기가 있어서 온 거겠지.

란은 설렁줄을 당겨서 시녀를 불렀다.

"옷 좀 제대로 입혀 주겠어?"

란의 말에 카라와 디모디아가 마주 보았다가 말했다.

"아직 덜 나으셔서 코르피스를 조이시면 어떨지……."

"괜찮아. 멍만 심하지 이제 안 아프니까."

할 수 있을 때 할 수 있는 일을 해야 한다.

시간이 지나면 하지 못하는 일들이 얼마나 많은가?

란의 말에 시녀들은 고개를 끄덕이고 오랜만에 그녀에게 제대로 된 드레스 차림을 해주었다.

엉킨 머리카락도 살살 풀어서 촘촘하게 땋았지만, 머리가 당기거나 무거울까 봐 장신구는 달지 않았다.

"유스타프 말이야, 요즘 제대로 자?"

란의 말에 그녀의 귀걸이를 고르던 키리가 고개를 저었다.

"아니요. 요즘 밤새 일하시는 게 잦으세요. 밤낮으로 뭐가 그리도 바쁘신지."

"역시."

란은 심각한 얼굴이 되었다.

"내가 일을 안 하고 있잖아?"

그녀의 말에 디모디아가 고개를 끄덕였다.

"그것도 분명히 있지요."

란이 유스타프의 일에서 상당분을 맡아 주고 있었다. 하지만 유스타프는 요즘 란에게 일을 맡기지 않았고, 당연히 그만큼 그의 업무는 가중되었다.

"가주님은 좀 쉬셔야 해요."

카라도 말을 거들었다.

란이 빙긋 웃었다.

"나도 그렇게 생각해."

단장을 끝낸 란이 자리에서 일어나서 말했다.

"일단은 치료사를 찾아가겠어."

란은 치료사에게 들렀다가, 다시 유스타프를 찾아갔다.

막 라벨이 저택을 떠난 참이었다. 유스타프는 란을 돌아보고 살짝 미소 지었다.

란이 빙긋 웃고 한 바퀴 돌아 보였다.

"어때?"

"어떤 차림이라도 빛이 나시는군요."

란은 가볍게 웃고 말했다.

"요즘 무리하고 있다면서?"

"별로 그렇지 않습니다."

"유스."

"네."

"내 일로 네가 죄책감을 느낄 필요 없어."

그녀의 말은 이중적인 의미였지만, 유스타프는 그게 단지 올리비아의 일이라고만 생각했다.

그가 작게 말했다.

"제가 좀 더 주의를 기울였어야 했습니다."

"모든 사고로부터 날 보호할 수는 없는 거야."

그녀가 그렇게 말하고 아직 딱지가 남아 있는 유스타프의 눈가를 부드럽게 엄지로 쓸었다.

"그러니까 오늘은 일찍 자? 몸도 챙겨가면서 해야지."

유스타프는 망설이다가 한숨을 내쉬었다.

"알겠습니다."

*　　*　　*

유스타프는 서류를 넘기다가 문이 열리는 소리에 고개를 들었다. 란이 쟁반을 들고 서 있었다.

유스타프가 벌떡 자리에서 일어나서 그녀의 쟁반을 받아 들며 눈을 찌푸렸다.

“밤이 늦었습니다.”
“맞아. 늦었어. 그런데 이 시간까지 유스 혼자 뭐 하는 거야?”
“일이 남아 있어서요.”
“내가 낮에 뭐라고 했지요?”
란의 말에 유스타프가 어색하게 미소 지으며 말했다.
“잠이 오지 않아서 그랬습니다. 이 일만 끝내면 잘 겁니다.”
“가주님.”
란의 얼굴이 진지해졌다.
“가주님 혼자서 모든 일을 다 하실 수는 없습니다. 저에게도 맡겨 주십시오.”
란의 말에 유스타프는 당혹한 얼굴로 쟁반을 내려놓으며 말했다.
“누님은 아직 아프시잖습니까?”
“아프기 전부터 이미 내, 아니 제 일을 줄이고 계셨잖습니까?”
란이 얼른 책상으로 다가가 유리잔에 찻물을 따랐다.
유리잔에는 이미 얼음이 가득 채워져 있어서 쩍 하고 얼음이 깨지는 소리와 함께 순식간에 아이스티가 만들어졌다.
란이 잔을 유스타프에게 내밀며 물었다.
“저에 대한 신뢰가 없으신 겁니까?”
유스타프가 그녀의 어투에 그녀를 바라보며 말했다.
“로미아 백작을 신뢰하지 못할 이유는 없지.”
“그러면 어째서입니까?”
란이 제 몫의 아이스티에 시럽을 쏟듯이 붓는 걸 보고 유스타프는 희미하게 웃으며 차를 마셨다.
“내가 싫으니까.”
“싫다고요?”

"걱정 없이, 일할 필요도 없이. 그냥 편하게 있었으면 좋겠어. 란은."

유스타프는 그렇게 말하다가 순간 눈앞이 어질해지는 걸 느꼈다. 그의 눈이 경악으로 크게 벌어졌다.

그는 손끝으로 잔을 쳐내며 란에게 마시지 말라고 말하려다가 그녀가 태연하게 자신을 바라보는 걸 보자 순간 말을 잃었다.

그리고 푹 쓰러지는 그를 란이 화급하게 붙잡았다.

'무거워!'

그녀는 끄응, 하고 있는 힘껏 유스타프를 들쳐 업었다.

"블레인 경, 들어와 줘요."

블레인은 방으로 들어왔다가 쓰러진 유스타프를 보고 입을 떡 벌렸다.

"가주님! 무슨, 쓰러지신 겁니까? 당장 치료사를 부르겠습니다!"

"아니, 치료사는 안 불러도 되고, 일단 유스타프를 침대로 옮겨주겠어요?"

블레인이 그 말에 화급히 란 대신에 유스타프를 부축했다. 란이 말했다.

"내가 약 먹인 거니까, 치료사는 필요 없어요."

"예……?"

저도 모르게 블레인의 말끝이 떨렸다. 란이 어깨를 으쓱하며 말했다.

"일단 사람이 잠도 자고 쉬어야지 뭘 하죠. 들어 보니 제가 다친 후로 거의 잠을 자지 않았다면서요."

"그야 그렇습니다만."

블레인은 등에서 식은땀이 흘렀다.

"가주님이 깨어나시면……."

"나에게 화내겠죠. 하지만 그건 내 일이에요."

란은 그렇게 말하고 짧게 숨을 들이마셨다.

"일단 유스타프가 쉬는 게 가장 중요해요."

적어도 보름이 오기 전에, 해줄 수 있는 건 다 해줘야 한다.

그것은 일종의 절박함이었다.

란도 자신이 뛰어내리는 게 끔찍한 일이라는 걸 알았다. 유스타프가 상처받을 거라는 것도 알고 있었고, 그건 그녀 자신도 원하지 않는 일이었다. 하지만 이건 그녀의 의무였다.

벗어날 수 없는.

조악한 비유를 하자면, 적게 먹고 운동하면 다이어트에 성공한다는 것을 알지만 실제론 성공하지 못하는 그런 것과 비슷하다고 할까?

그래서 란은 극단적인 방법까지 써버렸다.

'어차피 그냥 자라고 하면 절대로 안 잘걸.'

"괜찮으니 안으로 옮겨줘요."

그녀의 말에 블레인은 뭐라고 말하지 못하고 서 있다가 고개를 끄덕였다.

"알겠습니다."

그가 제 주군을 조심스럽게 침실로 데려가는 걸 보고 란은 후― 하고 한숨을 내쉬었다.

'무섭다.'

유스타프가 깨어나면 뭐라고 하려나.

'하지만…….'

그래도 내가 해줄 수 있는 건 해주고 싶어.

'이 란 로미아는 호락호락하지 않단 말이지요.'

란은 유스타프의 자리에 털썩 앉아 그가 보던 서류를 넘겨 보았다.

'어라? 벌써 올해 겨울 예산 집행서 짜고 있는 거야? 으응? 여기 금액이 좀 이상하지 않나?'

란은 눈을 가늘게 뜨고 펜을 꺼내 들었다.

침실에 유스타프를 눕히고 나온 블레인은 란이 그의 책상에서 일하는 모습을 보고 물었다.

"안 주무십니까?"

"일만 좀 마무리하고요. 블레인 경은 가서 자요."

그러며 그녀는 팔락팔락 여러 가지 서류를 동시에 펴 두고 이리저리 넘겨보기 시작했다.

그걸 보니 란이 가주가 되었던 초기가 생각나서 블레인은 추억에 잠겨 잠시 그 모습을 보다가 물러났다.

이튿날, 란은 펜으로 사정없이 표시를 한 서류들을 모두 돌려보냈고, 행정관들은 황망한 표정으로 서류를 받았다.

이어 서류에 적힌 글씨를 보고 식은땀을 흘리며 다시 새로운 서류를 작성하기 시작했다.

팔랑팔랑.

란이 서류를 넘기는 속도는 여전히 빨랐고, 블레인은 제 보고서가 뭔가 틀린 점이 있는 게 아닌가 하고 긴장했다.

란이 펜을 들어 찍 하고 줄을 그은 후에 말했다.

"겨울 사냥도 있잖아. 이 예산으로 괜찮은 건가? 신병도 새로 모집해야 하는 건 아니고?"

"충분하다고 생각합니다."

"그런가."

란은 가볍게 펜 뒤쪽을 깨물었다.

"이대로 드래곤과 싸울 수 있나?"

그녀의 물음에 블레인은 숨을 삼켰다가 진지하게 말했다.

"드래곤 한 마리라면 가능하지 않을까 합니다."

란이 희미하게 웃고 서류를 돌려주었다.

"그렇다면 알겠네."

블레인은 재빠르게 서류를 받으며 인사하고 그 자리를 나왔다. 그가 나오자 기다리던 다른 행정관들이 긴장한 얼굴로 안으로 들어갔다.

란은 서류들을 처리하다가 익숙한 얼굴이 기웃거려 웃으며 손짓했다.

"들어와도 괜찮아. 시나."

"언니 일하시잖아요?"

"응. 하지만 시나랑 이야기할 짬은 돼."

그녀가 그렇게 말하며 미소 지었고, 시나는 어쩐지 부모님의 사무실에 들어온 어린애가 된 기분이 되어 말했다.

"아니에요, 다음에 이야기할게요."

시나가 그러며 얼른 사라지자 란은 "그러지 않아도 되는데……." 하고 이어 다른 서류를 열었다.

이틀째 밤이 되어서야, 란은 비틀비틀 침실에서 나오는 유스타프를 보고 자리에서 벌떡 일어났다.

"유스타프. 일어났어?"

그녀가 쪼르르 다가가니 유스타프가 그녀의 어깨를 붙잡았다. 푸른색 눈에 불꽃이 튄다.

빠드득 이를 가는 소리가 그의 잇새에서 흘러나왔고, 란은 그의 눈을 똑바로 바라보았다.

만약 그에게 약을 먹인 상대가 란이 아니었다면, 유스타프는 바로 목을 부러트려 버렸을 거다.

혹은 베어 버리거나.

하지만 상대는 란이었고, 그는 턱이 덜덜 떨릴 정도로 화가 났지만 그 화를 란에게 퍼부을 수가 없었다.

그녀가 손을 뻗자 그가 휙 고개를 돌려 피했다.

"못 써!"

란이 단호하게 말하자 유스타프는 어이없는 얼굴이 되었다. 란이 이어 말했다.

"내 엉덩이를 때리는 건 일단 씻고 나서 하는 게 어떨까?"

유스타프는 "하." 하고 짧은 웃음인지 뭔지를 흘리고 잡은 손을 놓은 후 말했다.

"엉덩이 딱 붙이고 기다리고 있는 게 좋을 겁니다."

란은 "얌전히 있을게." 하고 말했고 유스타프는 안으로 들어갔다. 그가 씻는 걸 확인하고 란은 설렁줄을 당겨 뭔가 가벼운 먹을 것을 준비하게 한 후에 재빨리 시녀 복장으로 갈아입었다.

남색 옷자락과 흰 앞치마를 가볍게 두들겨서 펴고 란은 문을 두들겼다.

"누구야?"

"들어가겠습니다."

"뭐—"

문이 열리고 란이 당당히 김이 자욱한 욕탕 안으로 들어왔다.

"씻는 거 도와드릴까요? 주인님?"

유스타프는 욕조 안으로 몸을 더 밀어 넣으며 "대체—" 하고 뭔가 말하려다가 한숨을 내쉬고 젖은 팔을 내밀었다.

"이리 와."

란은 그가 정말로 부를 줄 몰라 눈을 크게 떴다가 수건을 든 채로 살며시 그에게 다가가서 욕조 옆에 앉았다. 건식 욕실이라 바닥은 나무였고, 그의 팔에서 떨어진 물에 약간 젖어 있었다.

그가 손으로 살며시 란의 얼굴을 어루만졌다. 란이 가르릉 하고 목이 울리는 듯한 소리를 내자 유스타프는 웃어버렸다.

"정말이지."

전 언제쯤 당신에게 이겨 봅니까?

유스타프는 그런 생각을 하며 란을 보았고 그녀가 물었다.

"고양이 같았어요?"

"같았습니다."

유스타프가 그의 검은 머리카락을 쓸어 올렸다. 젖은 그의 상체가 움직이는 모습을 란은 감탄하며 바라보았다.

유스타프가 푸른색 눈동자를 슥 움직여 란을 바라보았다가 말했다.

"침 떨어집니다."

"아, 안 흘렸어."

당황하며 란이 말하자 유스타프가 피식 웃고 욕조에 팔을 올린 뒤 턱을 괴었다.

"란."

"응?"

"다시는 이런 짓 하지 마십시오. 약을 먹여서 강제하는 짓 말입니다."

"다시는 안 할게요."

란이 맹세하듯이 한 손을 들며 말했다. 어차피 두 번 할 생각은 없었다. 그럴 시간도 없을 테고.

그러자 유스타프가 고개를 끄덕이고 이어 말했다.

"그럼, 누님. 머리 감겨 주세요."

소년처럼 씩 웃으며 그가 말해서 란은 홀린 기분이 되었다. 잠시 후 란이 눈을 꽉 감고 수건을 내밀며 말했다.

"이, 일단 이걸 먼저 두르고."

그러자 그가 자리에서 일어났고, 란은 제 손에서 수건이 빠져나가는 것을 느낌과 동시에 쏟아지는 물소리를 들었다. 수건을 허리에 두르고, 유스타프는 다시 욕조에 앉았다.

"이제 됐습니다."

그의 말에 란은 슬그머니 실눈을 떴다가 그가 앉아 있는 걸 확인하고 완전히 눈을 떴다.

란이 제 팔을 걷어붙이고 조심스럽게 주전자를 가져왔다.

"자, 머리를 뒤로 젖혀 주세요."

그녀는 최대한 그의 얼굴에 물이 떨어지지 않게 주전자로 그의 머리카락을 적셨다.

그 다음 유스타프의 눈에 작은 수건을 덮고 머리에 비누칠을 시작했다. 꾹꾹 두피 마사지를 해주니 유스타프에게서 만족스러운 신음이 흘러나왔다.

'어쩐지 야하다.'

란은 그렇게 생각하며 얼굴을 붉히고 정성스럽게 머리를 감겨준 후에 꼼꼼하게 주전자로 헹궜다.

생각보다도 품과 정성이 들어가는 일이라서 머리를 다 감기고 나자 란은 힘이 빠졌다.

"이제 끝났습니다. 주인님."

란이 시녀답게 공손하게 말하자 유스타프가 자리에서 일어났다. 그가 그녀의 허리를 붙잡더니 그대로 욕조 안으로 끌고 들어갔다.

대리석으로 만든 둥근 욕조는 두 사람이 들어가기에 충분한 크기였다. 란은 몸이 첨벙 따뜻한 물에 잠기자 당황했지만, 얌전히 있었다. 그러자 오히려 놀란 건 유스타프였다. 그가 그녀의 상체를 빼내며 외쳤다.

"반항 정도는 해 주십시오!"

"하지만, 유스타프인걸."

란이 물을 뚝뚝 흘리며 하는 말에 그는 신음을 내뱉고 그녀를 꽉 끌어안았다.

"저라고 해도 반항해 주세요."

란이 가볍게 웃었다. 그녀가 그의 목에 팔을 감으며 키스했다. 유스타프는 부드럽게 그녀에게 키스를 돌려주었다.

어쩐지 절박한 란의 키스를 달래는 듯한 다정하고 집요한 입맞춤이었다.

"유스……."

란이 허덕이며 입술을 떼자 유스타프가 그녀의 목덜미에 입술을 묻고 깊게 숨을 빨아들였다.

"허기가 지네요."

그의 속삭임에 란이 속삭였다.

"먹을 걸 준비해 뒀답니다."

"먹어치워도 됩니까?"

그가 그녀의 연약한 살을 빨아들이며 말했고 란은 파르르 숨을 내쉬었다.

"좋으실 만큼 드세요, 주인님."

유스타프는 불만족스러운 신음을 내뱉고 그녀의 목에서 고개를 들었다.

"얼른 결혼하죠."

"어?"

"이대로는 제가 죽겠습니다."

그 말에 란은 저도 모르게 웃었다. 유스타프가 "농담이 아닌데요." 하고는 그의 하체를 슬쩍 밀어붙였고 란은 화들짝 놀랐다.

"유스타프!"

"네."

대답하며 유스타프는 유혹하는 듯한 미소를 지었고 란의 뺨이 달아올랐다.

"이, 이, 일단 여기서 나갈래."

유스타프는 순순히 팔을 풀어주었고 란은 젖어서 엉키는 치맛자락을 붙잡으며 필사적으로 욕조에서 나왔다.

"저는 좀 더 있다가 나갈 테니 편히 옷 갈아입으세요."

유스타프의 말에 고개만 끄덕이고 란은 젖은 채로 밖으로 나와 젖은 옷을 벗었다.

그때 창문 너머로 부풀어 오르는 달이 눈에 들어왔다.

'아.'

이제 아주 보름에 가까워진 달이 황금색으로 빛나며 란의 녹색 눈을 가득 채웠다.

어디선가 달콤한 향기가 나는 것 같았다.

"보름달이 뜨면 날아올라라. 저택의 가장 높은 곳에서."

"알고 있어……."

란은 저도 모르게 중얼거리고 양손으로 얼굴을 가렸다가 다시 떼었다. 그리고 본래 옷으로 갈아입고 거실로 나가니, 이미 시종이 트레이에 음식을 싣고 기다리고 있었다.

란은 음식만 남겨두고 나가라고 손짓하고 털썩 소파에 앉았다.

힘없이 앉아 있는데 유스타프가 들어왔다.

"란?"

그가 조심스럽게 란을 불렀다.

"응."

그녀가 고개를 들어 자신을 보며 웃는데 뭔가가 이상했다. 유스타프가 다가가 그녀에게 속삭였다.

"무슨 일 있습니까?"

"아니, 괜찮아."

"그건 대답이 아니지요."

그의 추궁에 란의 눈동자가 흔들렸다.

"유스."

"네."

"내가, 만약에, 내가— 널— 혼자 두게 되면……."

뒷이야기는 한숨처럼 흔들리며 꺼질 듯 나왔지만, 유스타프는 똑바로 들었다.

그의 푸른색 눈동자가 어둠 속에서 생생하게 빛났다.

"혼자 둔다고요?"

그의 되물음에 란은 벌써 후회하는 마음이 되었다.

"아냐. 아무것도 아니야. 일단 먹자. 다 식겠어. 배고프지?"

자리에서 일어나려는 란을 유스타프가 도로 앉혔다.

"란."

"나중에."

란이 가로막듯이 말했다.

"나중에 이야기할게."

눈도 마주치지 못하고 하는 말을 들으며 유스타프는 생각에 잠겼다가 말했다.

"알겠습니다."

란은 한숨을 내쉬었다.

식사는 조용하게 이뤄졌고, 유스타프는 제 책상의 서류를 보고 물었다.

"제가 얼마나 잔 겁니까?"

"이틀."

"그 사이에 예산 집행서를 다 짜놓으셨네요."

"응. 열심히 했지."

유스타프는 확실히 잠을 자고 나니 머릿속이 맑아진 걸 느꼈다.

"란이야말로 자야겠는걸요."

란은 웃었다. 확실히 졸리기는 졸리다.

"그러게."

"주무십시오."

그의 나지막한 말에 란이 중얼거렸다.

"하지만 시간이 아까운걸."

"앞으로 시간은 많이 있습니다."

"……그러네."

란을 중얼거리고 자리에서 일어났다.

"그럼 내일 아침에?"

"방까지 바래다 드리겠습니다."

"응."

고개를 끄덕였고, 유스타프와 란은 복도를 걸었다.

"란."

"응."

"이제 보름까지 이틀이네요."

란의 눈동자가 훅 커졌다. 움찔하는 그녀의 어깨를 바라보고 유스타프가 말했다.
"계속 달을 바라보고 계셔서."
"어, 달, 예쁘지?"
"란이 더 예쁩니다."
그의 말에 란이 미소 지었다.
"유스타프."
"네."
"사랑해."
그는 잠시 숨을 멈췄다가 허리를 숙여 살며시 입 맞추고 말했다.
"저도 사랑합니다."
이어 그가 부드럽게 달래듯 눈가와 이마에도 입 맞춰주고 말했다.
"들어가서 이제 쉬세요. 나머지는 제가 알아서 하겠습니다."
"남아 있는 것도 없을걸."
란의 말에 유스타프는 그저 빙긋 웃을 뿐이었고, 란은 제 방으로 돌아왔다.
어쩐지 긴장이 풀려 란은 침대에 눕자마자 곧 잠이 들었다.

* * *

시나가 눈썹을 찌푸리며 말했다.
"요즘 란 언니가 이상해."
"주인님이?"
루미에가 고개를 갸웃했다가 말했다.
"맞아. 생각이 어디로 가 계시는 것 같지."

그와 그녀는 검술 훈련 중에 잠깐 쉬는 중이었다. 시나가 말했다.

"물론 PTSD가 충분히 올 수 있는 상황이기는 하지만……."

"피티에스디?"

"아, 외상 후 스트레스 장애……던가? 뭔가 큰 충격을 받고 나서 제대로 생활을 할 수 없는 그런 거?"

"아."

루미에는 이해했다는 듯 고개를 끄덕였다. 시나는 고개를 저었다.

"여기는 뭐 상담사도 없고……."

납치되었다가 풀려났으니 멍해지는 것 정도라면 당연한 걸지도 모른다.

"여기보다는 차라리 라치아로 돌아가는 게 낫지 않을까, 싶기도 해."

도시보다는 산속에 있는 편이 좀 더 마음 편하고 힐링되지 않을까.

시나는 그렇게 생각하며 작게 한숨을 내쉬었다. 루미에가 문득 말했다.

"그러고 보니 오늘이 보름이네."

루미에는 잠시 생각에 잠겼다. 시나가 그런 루미에를 바라보다가 툭툭 그의 허벅지를 제 목검으로 찔렀다.

"검 연습, 계속하자."

루미에가 씩 웃었다.

"얻어맞은 데는 괜찮고?"

"괜찮고말고. 이번에는 내가 한 방 먹여 줄 줄 알아."

시나가 자신만만하게 하는 말에 루미에는 "부디 해보시지." 하고 빙긋 웃었다.

그 웃음에 시나는 자신이 아주 나쁜 사람이 된 것처럼 느껴졌다.

'루미에가 란 언니 생각을 하는 게 싫었어.'

그래서 슬쩍 말을 돌렸다.

'나 정말 최악이다. 두 번째로도 괜찮다고 했으면서.'

그런 생각을 하다가 시나는 제 검에 이마를 부딪쳤다. 루미에의 공격을 막았는데, 손에 힘이 하나도 안 들어가서 검이 밀린 거다.

"시나!"

놀라 루미에가 제 검을 거뒀고, 시나는 눈앞에 별이 반짝이는 걸 느끼며 이마를 더듬었다.

"찢어지지는 않았네."

루미에가 눈을 찌푸리며 말했다.

"하지만 혹이 생기겠는데. 일단 치료사에게 가 보자. 무슨 생각을 하기에 검도 못 받아쳐?"

"내가 나쁜 사람이라는 생각."

"뭐?"

"루미에가 란 언니 생각을 안 했으면 해서."

빤히 루미에를 보다가 시나는 힘없이 웃었다.

"한심하지. 바보 같아. 사실 나도— 돌아가고 싶다고 생각하면서."

시나는 고개를 숙였다.

"……."

루미에는 잠시 시나를 내려다보다가 그녀의 손을 잡아당겼다.

"가자."

그의 어투에 짜증이나 화는 없었다. 시나는 말없이 고개를 끄덕이고 그의 뒤를 따라갔다.

란은 잠을 이루지 못했다.

새벽이 되어서야 란은 침대에서 빠져나왔다.

'가장 높은 곳.'

그녀는 그렇게 생각하며 방을 나섰다. 맨발이어서 복도를 걷는 데 아무런 소리도 나지 않았다.

그녀는 저택에서 가장 높은 탑으로 올라갔다. 탑으로 올라가는 계단은 좁고 가팔랐다.

마지막 계단을 딛고 올라서자 사방이 뻥 뚫린 탑 꼭대기였다.

바람이 이리저리 불어서 그녀의 머리카락과 옷이 마구 흔들렸다.

란은 하늘을 바라보았다.

은색으로 빛나는 완벽한 동그라미가 높이 떠 있었다. 란은 달을 바라보며 홀린 듯이 탑의 좁은 난간 위로 올라갔다.

망설임 없이, 란은 허공으로 발을 디뎠고 그녀의 몸이 앞으로 떨어지는 찰나, 홱 허리가 붙잡혔다.

놀라 란이 돌아보니 창백한 얼굴의 유스타프가 서 있었다.

"란."

유스타프는 말도 나오지 않는 듯 보였다.

"이게 무슨—"

란은 당혹했지만, 그보다 그녀의 의무가 실패했다는 것이 중요했다.

"유스—"

란이 몸을 뒤로 빼며 그의 팔을 풀어내려고 하자 유스타프가 그녀를 난간에서 끌어내렸다.

"놔 줘! 싫어!"

버둥거리며 란은 양손으로 난간을 붙잡고 버텼지만 유스타프의 힘을 이길 수는 없었다. 그는 억지로 란을 난간에서 떼어냈다.

아무리 봐도 란이 제정신이 아니었다.

번쩍 공중으로 들어 올려져 란은 애처롭게 흐느꼈다.

"안 돼, 안 돼, 안 돼, 빨리—"

목소리만 듣는다면, 유스타프가 반대로 그녀를 떨어지게 밀고 있는 듯한 애원이었다.

란은 보름달을 바라보았다. 지독한 불안감과 초조함이 그녀의 머릿속을 꽉 채웠다.

보름달이 뜨면 날아올라라. 저택의 가장 높은 곳에서. 보름달이 뜨면 날아올라라. 저택의 가장 높은 곳에서. 보름달이 뜨면 날아올라라. 저택의 가장 높은 곳에서. 보름달이 뜨면 날아올라라. 저택의 가장 높은 곳에서. 보름달이 뜨면 날아올라라. 저택의 가장 높은 곳에서.

머릿속을 윙윙 그 소리만이 가득 메우고 채우고 울렸다. 그녀가 제 허리를 안은 유스타프의 팔을 마구 할퀴었다.

"놔! 이거 놔아—!"

발이 땅에 닿게 내려놓자마자 그녀가 난간으로 달음박질치는 걸 유스타프가 붙잡았다. 양팔을 꽉 붙잡고 유스타프는 그녀를 흔들었다.

"란!"

목소리가 높아지자 란은 화들짝 놀라 유스타프를 바라보았다. 그녀의 얼굴은 이미 흘러내린 눈물로 엉망이었다.

"유스, 유스, 나—"

헐떡이며 란이 제 머리를 마구 흔들었다.

"나 가야 하는데, 나 가야 해."

"어디로요."

"날아가야 하는데—"

"저만 두고요?"

유스타프의 어조는 질책이 아니었고 부드러웠지만, 란은 채찍에라도 맞은 사람처럼 전신을 움찔 떨었다. 그녀의 몸이 부들부들 떨리기 시작했다.

"나 널 두고 가고 싶지 않아."

"그럼 가지 마세요."

"하지만, 유스, 하지만―"

란은 혼란에 빠진 녹색 눈을 들어 유스타프를 보았다.

"쉬이― 괜찮습니다. 저와 함께 여기에 있어요."

"하지만, 하지만, 유스, 나 무서워. 무서워서―"

참을 수 없는 감각이 그녀를 날카롭게 붙잡았다. 누군가가 그녀의 등 뒤에서 칼끝으로 찌르고 있는 듯한 불안감이었다.

공황 발작이라도 올 것 같은 감각에 란은 흐느꼈다.

유스타프의 손이 그녀의 어깨를 부드럽게 쓸어내렸다. 하지만 다른 손은 그녀의 손목을 단단히 쥐고 있었다.

란이 땅바닥을 내려다보며 거친 숨을 내쉬었다. 몇 번 심호흡한 후에야 란은 내뱉듯 말할 수 있었다.

"나 이상해졌어. 유스타프."

그녀의 말에 유스타프는 란이 이야기를 할 수 있는 상태인가 살피며 조심스럽게 말했다.

"그 주술사의 주술에 걸리신 게 아닐까 합니다."

란은 제 발가락을 오므렸다. 차가운 돌바닥의 한기보다 지금 뛰지 못한다는 게 더 괴로웠다.

"주술사……?"

"네, 전에 이야기했던, 황태후를 조종했던 주술사 말입니다."

"그래……."

란은 숨을 몰아쉬었다. 그녀가 눈을 질끈 감고 말했다.

"일단 내려가자."

그러며 몸을 빼려는 란을 유스타프가 붙잡고 말했다.

"내려가는 길은 그쪽이 아니라 이쪽입니다."

유스타프는 그렇게 말하고 란의 팔을 붙잡고 좁은 계단을 도로 내려가기 시작했다.

그 역시 침착함을 유지하기가 힘들었다. 당장이라도 그녀를 들어서 창문 없는 방에 가두고 문을 잠가버리고 싶었다.

하지만 그랬다가는 란에게 더 큰 충격을 줄지도 모른다.

그러고 싶지 않았다.

그래서는 안 된다.

제 손끝이 란에게 닿아서 다행이다. 아슬아슬한 순간은 지금 다시 생각해도 전신의 피가 빠져나가는 기분이었다.

란은 몇 번이나 뒤를 돌아보며 멈춰 섰고, 그럴 때마다 유스타프는 상처 입은 새끼 양을 달래는 것처럼 부드러운 목소리로 란을 불러서 그녀가 비틀거리며 제 발로 내려오게 만들었다.

유스타프는 가장 가까운 방으로 그녀를 데리고 들어갔다.

란이 들어가자 그는 안에서 문을 잠갔고, 란이 초조해하며 방 안을 맴도는 동안 재빠르게 창문도 닫았다.

어둠 속에서 따뜻한 오렌지색 램프만이 빛을 발했다.

란은 머리카락을 잡아당기며 제 머릿속을 진정시키려 애썼다. 논리적으로는 그래, 자신이 뛰어내리려는 게 바보 같은 짓이라는 걸 안다.

그런데도 견딜 수가 없었다.

"란, 란, 날 봐."

유스타프가 그녀의 어깨를 가볍게 흔들며 말해서 란은 고개를 들었다. 그의 새파란 눈에 빨려 들어가는 것 같다.

"정확하게 이야기해. 그가 뭐라고 했지?"

란이 저도 모르게 눈을 돌리자 유스타프가 "날 보고." 하고 다시 말했다. 란은 떨리는 숨을 내쉬며 그의 눈을 바라보았다.

“보름달이 뜨면 날아올라라. 저택의 가장 높은 곳에서.”

유스타프의 푸른색 눈이 더 짙게 가라앉았다. 그가 란의 젖은 뺨을 부드럽게 어루만지며 말했다.

“란, 내가 하는 말 다 믿지?”

란은 고개를 끄덕였다. 유스타프가 착하다, 하고 그녀에게 속삭였다.

“보름달은 없습니다. 달은 없어요.”

란은 눈을 크게 깜박였다.

“달도 달빛도 전부 다 제가 먹어치웠습니다.”

유스타프가 그렇게 말하고 란의 입술을 살짝 벌리며 입 맞췄다. 그가 부드럽게 그녀를 유도해서 굳어 있던 란도 조금씩조금씩 그의 키스에 반응하기 시작했다.

유스타프가 키스를 끝내고 가볍게 혀로 입술을 핥았다.

“이렇게 전부 먹어치웠으니까요.”

어차피 암시란 말놀이다.

스위치를 바꾸는 것만으로도 효과를 발휘한다.

란은 고개를 끄덕였다.

그녀가 유스타프를 끌어안고 깊게 숨을 들이마셨다. 그에게서는 겨울 냄새가 났다.

라치아의 눈 냄새.

조금씩 정신이 돌아오는 것 같다.

“유스.”

“네.”

“미안.”

“아닙니다.”

유스타프가 그렇게 말하고 란의 얼굴을 양손으로 감싸 자신을 보게 하고 뺨을 핥아 올렸다.

"유스타프!"

란이 펄쩍 뛰었고, 그는 "짜네요." 하고 빙긋 웃었다.

란은 떨리는 몸과 불안한 생각이 조금 사그라진 것을 느꼈다. 그녀는 불안감을 한쪽 구석으로 밀어 넣고 말했다.

"이제 어떻게 하지."

"마법사나 하레쉬를 불러야지요."

"그 주술사는—"

"마지막 선택이 되겠죠."

유스타프의 말에 란은 고개를 끄덕였다.

"약점 잡히는 건 싫어."

그녀가 중얼거리고는 다시 제 머리카락을 당겨서 유스타프가 그 손을 제지했다. 란이 고개를 저었다.

"아니, 괜찮아. 이제."

미심쩍은 얼굴을 했지만, 유스타프는 손을 놓았고 란은 후— 커다란 한숨을 내쉬었다.

그때 저택이 소란스러워졌다.

"주인님! 어디 계십니까!"

루미에의 필사적인 목소리에 란은 눈을 크게 떴고 유스타프는 문 쪽으로 시선을 돌렸다가 란을 바라보았다.

"여기 얌전히 계실 수— 아니, 같이 가죠."

유스타프가 손을 내밀어 란은 순순히 그 손을 잡았다. 잠긴 문을 열고 복도로 나가 유스타프가 날카롭게 휘파람을 불었고, 그러자 저쪽에서부터 뛰는 소리가 나더니만 루미에가 달려왔다.

란을 보고 그는 눈에 띄게 안심하는 얼굴을 했다.
루미에가 양손으로 얼굴을 쓸어내리고 말했다.
"밀회를 하신다면 한다고 말씀해 주세요, 주인님. 침실이 텅 비어 있어서 놀랐다고요."
그의 웃음에 란은 유스타프를 바라보았다.
"루미에에게도 말해야 해."
루미에의 얼굴이 진지해졌다.
"무슨 일입니까?"
그때 루미에의 소동과 유스타프의 휘파람에 잠이 깬 시종들이 램프를 들고 "무슨 일입니까?" 하며 달려오는 게 보였다.
그 무리 중에는 시나도 섞여 있었다.
유스타프가 손을 들어 그들을 조용히 시키고 "끝났으니 돌아가." 하고 말했고, 모두가 한밤중에 일어났으니 불만을 표할 만한데도 순순히 물러났다.
가주에 대한 믿음과 그의 통솔력을 보여 주는 점이었다.
남은 것은 루미에와 시나 둘뿐이었다. 시나가 울먹이며 말했다.
"언니가 없어져서 정원을 찾았어요. 그런데 위쪽에서 소리가 들리는 것 같아서……."
'아, 유스타프와 다투는 소리를 들었구나.'
란은 고개를 끄덕이고 말했다.
"일단 들어와서 이야기하자."
방 안으로 들어와 란 대신 이야기를 한 것은 유스타프였다. 란은 소파에 앉아서 내내 유스타프에게 기대어 눈을 꾹 감고 있었다.
루미에는 눈을 크게 떴고, 시나는 곰곰이 생각하다가 말했다.
"그럼 그냥 뛰어내리면 되지 않아요?"

"뭐?"
루미에가 고개를 획 돌렸고 유스타프의 눈이 가늘어졌다.
란이 시나를 보자 시나가 뺨을 긁적이며 말했다.
"마법 같은 걸로 몸을 진짜 날아오르게 하면 되지 않아요? 아니면 밑에서 받아준다든가. 게다가 어, 그냥 그…… 음음달에 날아올라라, 라는 거였으니까 계속 그렇게 하라는 반복 명령어도 아니잖아요."
시나의 말에 란은 멍하니 입을 벌렸다.
당연히 반복 명령어일 리가 없다. 그건 한 번 하면 끝나는 일이니까.
자신에게 향한 시선에 시나가 민망해져서 변명하듯 말했다.
"물론 저는 잘 모르는 일이니까……."
"해 볼 가치는 있지."
유스타프가 그렇게 말하고 몸을 일으켰다.
"키릭스 후작에게 말해서 마법사를 빌려 달라고 하죠. 비행 마법 정도는 쓸 겁니다."
마법사가 없는 고위 귀족은 라치아 공작가 정도니까, 키릭스 후작가에도 마법사는 있을 거다.
유스타프가 자리를 뜨자 그 자리를 잽싸게 시나가 차지했다. 루미에는 자리에서 일어나 문가로 물러났다.
시나가 란의 손을 꽉 잡으며 말했다.
"언니 괜찮으세요?"
"응."
란은 한숨 쉬듯이 말했다. 사실은 괜찮은지 아닌지 모르겠다.
"하지만 시나의 아이디어는 좋은데. 해볼 만한 것 같아. 고마워."
"아니에요. 이런 거라도 도움이 된다면 다행이지요."
시나가 고개를 저었다.

루미에와 그녀, 두 사람 다 란이 이상하게 보름을 확인했던 게 마음에 걸렸다.

시나의 방은 란의 방 바로 옆이었고, 한 번도 쓴 적은 없지만 통하는 문도 있었다.

이번에 처음으로 시나가 그 문을 써 본 참이었다.

"그리고 란 언니가 없어서…… 놀라서 루미에를 깨우러 갔어요."

란이 눈을 찌푸리며 물었다.

"나 그렇게 이상했어?"

시나가 고개를 갸웃했다.

"아뇨, 거의 괜찮아 보이셨는데, 이상하게 보르, 아니, 그 둥근 거 이야기할 때만 그렇더라고요."

아까부터 혹시라도 '보름달'이라는 단어가 트리거가 될까 봐 은근슬쩍 말을 바꾸는 시나였다.

란은 '그랬나.' 하고 고개를 갸웃했지만, 덕분에 유스타프가 자신을 뛰어내리지 못하게 붙잡았으니…….

"잘된 거야."

란은 소리를 내서 입 밖으로 말을 내뱉었다. 다른 생각이 파고들 틈을 주고 싶지 않았다.

이어 란이 생각을 돌리려 재빠르게 시나에게 말했다.

"왜 내 시녀들은 깨우지 않고? 루미에를 바로 깨우러 가다니—"

싱글싱글 웃으며 란이 말하자 시나는 당황해서 멀리 문가에 있는 루미에를 한 번 보았다가 란을 보고 변명했다.

"그게, 언니 시녀들은 아직 좀 어색해서…… 그리고 몰래 방에 들어갔다는 걸 들키면 안 될 것 같아서요. 루미에는 믿을 만하니까……."

"뭐라고 하는 거 아닌데? 잘했어."

란이 시나의 손을 토닥이자 시나는 안도한 얼굴을 했다. 그리고 이어 그녀가 말했다.

"일단 언니는 제대로 옷을 입으시는 게 좋겠어요. 마법사를 만나려면요. 시녀분을 부를게요."

시나의 말에 란은 고개를 끄덕였고, 시나는 힘차게 설렁줄을 당겼다. 항상 당기는 거지만 당길 때마다 신기한 기분을 지울 수가 없었다.

잠시 후 들어온 시종에게 명령해서 옷을 가져오게 하고, 지금껏 깨어 있었던 것처럼 깔끔한 차림을 하고 있는 디모디아와 키리가 들어와서 란의 옷을 갈아입혀 주었다.

그러는 사이, 키릭스 후작가에서 마법사가 도착했다.

마법사는 얼떨떨한 얼굴이었고, 탑에서 뛰어내리는 란에게 비행 마법을 걸라는 말에는 더더욱 당혹스러운 얼굴을 했다.

"안 되나?"

"아뇨, 됩니다."

유스타프의 물음에 마법사는 고개를 저으며 잽싸게 대답했다.

"그렇다면 부탁하지."

마법사는 공손하게 "알겠습니다." 하고 대답했다.

어쨌든 라치아 공작의 심기를 거슬러서 좋을 것은 없었다.

게다가 귀족들의 변덕스러움은 익히 소문으로 들어왔기도 하고 말이다. 이 새벽에 무슨 비행 마법인가 싶기는 했지만, 그래도 이 일이 끝나면 돌아가 잘 수 있겠지.

마법사와 란, 유스타프는 좁은 계단을 다시 올라갔다. 마법사를 먼저 올라가게 하고, 탑에서 나가기 전에 유스타프가 란에게 키스하고 말했다.

"달빛은 전부 돌려드립니다."

란은 저도 모르게 웃었다가 눈을 찌푸린 뒤 다시 미소 지었다.

이제 마음 편하게 뛸 수 있다.
그 사실이 즐거웠다.
란이 탑 위로 올라가자 마법사가 말했다.
"잠시만 기다려 주십시오. 마법을 걸겠습니다."
마법사는 지팡이를 흔들고 작게 주문을 외웠고, 란은 반짝이는 마법진이 그녀의 발밑에 그려지는 걸 보았다. 마법사가 "후우—" 하고 숨을 내쉬고 말했다.
"이제 뛰셔도 됩니다."
"응."
란은 웃으며 너무나도 가뿐하게 난간 위에서 망설임 없이 뛰어내렸고, 유스타프는 알면서도 심장이 내려앉는 기분이었다.
탑 아래서 지켜보던 시나와 루미에도 같은 심정이었다.
그러나 아래로 떨어지던 란의 몸은 다시 둥실 떠올랐고 그녀는 웃음을 터트렸다.
밀색 머리카락이 환한 달빛에 금실처럼 빛나서 흩날리고, 그녀의 녹색 눈을 둘러싼 속눈썹도 금테처럼 반짝였다.
아찔함을 느끼며 유스타프는 란의 모습을 바라보았다.
그의 마음속에는 작은 불안이 하나 있었다.
어느 날 갑자기 란이 자신의 삶에 온 것처럼, 어느 날 갑자기 그녀가 사라지는 게 아닐까.
그런 생각이 들 때면 자신에게서 그녀를 빼앗아가려고 하는 그 모든 것에 대한 분노를 참을 수 없을 때가 있었다.
그리고 지금, 가볍게 허공에서 춤추듯 빙글 도는 란의 모습을 보면서도 불안해졌다.
정말로 그녀가 날아갈 것 같아서.

"봐봐, 유스. 정말로 날고 있어."

천진난만한 얼굴로 드레스 자락을 붙잡고 가볍게 빙글 도는 그녀의 말에 그가 고개를 끄덕였다.

"네, 그러네요."

유스타프가 난간가로 다가가 손을 내밀었고, 란은 순순히 그의 손을 잡았다.

란의 몸이 둥실, 가볍게 끌려와서 반짝이는 구두가 탁 하는 작은 소리를 내며 난간에 닿았다.

하지만 무게가 전부 실리지 않아서 아직도 그녀의 드레스 자락이며 머리카락은 가볍게 떠 있는 채였다.

"어떠십니까?"

유스타프의 말에 란은 녹색 눈을 가볍게 굴렸다가 안도의 한숨을 내쉬었다.

"속삭임이 사라졌어."

그 말에 유스타프가 그녀를 휙 당겨서 꽉 끌어안았다. 발이 둥둥 뜬 채로 그에게 안겨서 란은 그를 꼭 마주 끌어안았다.

"이제 괜찮아. 걱정 끼쳐서 미안."

유스타프는 아무 말도 하지 않고 그녀의 향기를 깊게 들이마셨다. 깊은 안도가 그의 마음속 안쪽에서부터 솟구쳐 올랐다.

란이 마법사에게 빙긋 웃었다.

"이제 마법을 풀어 주셔도 돼요."

멍하니 란을 보다가 마법사는 허겁지겁 지팡이를 다시 휘둘렀고, 유스타프는 이제 란의 무게를 뚜렷이 느낄 수 있었다.

"란."

그가 다시 이름을 부르며 란을 안은 팔에 힘을 주었다.

"날아가지 마."

유스타프의 말에 란은 그를 꼭 마주 안았다.

"응."

작게 대답하고 란이 제 팔을 뒤로 돌려 유스타프의 팔을 부드럽게 쓸고 말했다.

"상처, 연고 발라야겠다."

아까 그녀가 할퀴었던 상처들이었다. 유스타프가 말했다.

"이런 건 핥으면 낫습니다."

"나에게 핥아 달라고 하면 싫다고 할 거야."

란의 말에 유스타프는 웃음을 터트리고 그녀의 목덜미에 얼굴을 꽉 묻었다.

"크흠, 크흠."

참다못한 마법사가 몇 번 헛기침하고 나서야, 유스타프는 란을 놓아주었다. 그런데도 그가 불안해하는 게 보여, 란은 보란 듯이 먼저 계단을 내려가기 시작했다.

탑에서 내려오자 기다리고 있던 시나와 루미에가 초조한 얼굴로 물었다.

"언니, 어때요? 괜찮아요?"

"응, 이제 괜찮아."

란이 웃으며 말하자 시나가 안도의 한숨을 푹 내쉬었다.

"다행이에요. 진짜 다행이에요."

"고마워, 시나. 덕분이야."

"아니에요."

시나는 펄쩍 뛰었고, 란이 "오늘은 그만 가서 자. 내일 이야기하자." 하고 말해 고개를 끄덕였다.

"네, 언니도 쉬세요."

"루미에가 바래다 줘."

란의 말에 루미에는 물끄러미 그녀를 보다가 고개를 끄덕였다. 루미에와 시나가 함께 자리를 뜨자 란이 유스타프에게 말했다.

"오늘은, 같이 밤샐까?"

유스타프가 란을 바라보자 그녀가 멋쩍은 표정으로 말했다.

"그냥, 각자 가서 자기에는 불안할 것 같아서……."

"물론입니다."

유스타프는 란의 손등에 입 맞추고 미소 지었다.

"같이 게임이라도 할까요?"

"응."

란은 고개를 끄덕였다.

Chapter 2.

연쇄

란은 제 침대에서 눈을 떴다.

'헉?'

놀라 몸을 일으키니 손을 꽉 잡혀 있어서 란은 시선을 돌렸다.

'아…….'

유스타프가 의자에 앉아서 자고 있었다. 불편해 보이는 자세다, 하는데 그가 눈을 떴다.

방금까지 안 잔 것처럼 말이다.

"안녕히 주무셨습니까?"

"나 언제 잤어?"

"카드 게임하시면서 졸다가요."

"이런. 깨우지."

란이 하는 말에 유스타프가 고개를 저었다.

"어차피 저는 졸리지도 않았습니다. 그보다 요즘 누님께서 피곤하셨지요."

란은 "그랬나?" 하고 눈을 비볐다. 유스타프가 허리를 숙여 잡고 있는 그녀의 손등에 키스하고 자리에서 일어났다.

"그럼 전 이만 물러가겠습니다."

란은 고개를 끄덕였고, 유스타프는 침실을 나갔다.

잠시 후 카라가 들어오면서 한숨을 폭폭 내쉬었다.

"이제 더는 가주님이 백작님의 침실에서 밤새는 걸 말리지도 못하겠네요. 너무 자주 일어나는 일이라서."

카라의 말에 란은 멋쩍게 웃었다. 이어 들어온 키리가 커튼을 열어 환한 빛이 침실로 쏟아졌다.

"그냥 빨리 결혼해 버리세요. 방도 나무그늘로 옮기시고요."

키리의 말에 소다가 작게 고개를 끄덕였다. 카라가 고개를 흔들며 말했다.

"보통은 결혼하는 데 최소 반년에서 길게는 2년까지 시간이 걸리는데, 제 생각에 공작님은 이미 '결혼 허가서'를 받아두셨을 것 같네요."

"결혼 허가서……."

중얼거리고 란은 '아, 맞다. 그런 게 있었지.' 하고 고개를 끄덕였다.

제국의 귀족이 결혼할 때는 황제의 승인이 필요하다. 승인이라고 해도 요식이고, '결혼 신청서'를 작성하면 황제는 검토하겠다는 말과 함께 신청서를 받고 4주 후에 '결혼 허가서'를 내준다.

커튼을 여는 경쾌한 소리가 끝나자 카라가 란의 발에 얇은 여름 슬리퍼를 신겨 주었고, 란은 자리에서 일어났다.

화려한 수를 놓은 비단 천을 댄 파티션이 쳐지고 따뜻한 세숫물이 들어왔다. 세수하고 수건으로 얼굴을 닦고 네글리제를 벗겨내고 새로 옷을 입힌다.

란은 가볍게 하품을 하다가 코르피스가 꽉 조여져서 신음을 흘렸다.

코르셋보다는 나은데, 어째 점점 더 조여지는 기분이다.

드레스를 입은 란이 화장대 앞에 앉자 커다란 은빗으로 머리끝부터 조심스럽게 빗어 내려서 그녀의 밀빛 머리카락에 아침햇살이 미끄러질 정도로 빗은 후 카라가 물었다.

"전부 다 올릴까요?"

"아니, 반만 올려줘. 가볍게 하고 싶어."

란의 말에 카라가 고개를 끄덕이고 앞머리부터 정성스럽게 땋아 내려서 머리를 반 묶음으로 내렸다.

란은 거울을 바라보며 어젯밤의 소동이 거짓말 같다고 생각했다.

소다가 조심스럽게 가느다란 다이아몬드 목걸이를 란의 목에 거는데 란이 물었다.

"혹시 사교계에 내가 납치되었다고 소문이 돌았어?"

그 말에 시녀들이 얼굴을 마주 보았다가 고개를 저었다. 카라가 진지한 얼굴로 말했다.

"아닙니다. 곧 아가씨를 찾았고, 다치셔서 요양 중이라는 말만 해 뒀습니다."

"그런 소문이 나 봐야 좋을 게 없으니까요."

디모디아의 말에 란이 고개를 끄덕였다. 란이 목걸이를 손끝으로 더듬고 물었다.

"이거 처음 보는 목걸이 같은데."

"아, 공작님이 선물해 주셨어요."

소다가 눈을 반짝이며 말했다. 란은 작은 다이아몬드가 촘촘히 박힌 목걸이를 보고 미소 지었다.

"고맙다고 인사해야겠네."

지나치게 화려하지 않은 게 제 취향이다.

란이 자리에서 일어나 식당으로 아침을 먹으러 내려갔을 때에는 이미 유스타프가 식당에 도착해 있었다.

시종이 밀어주는 의자에 앉아 냅킨을 펼치며 란이 물었다.

"오늘 계획 어떻게 돼?"

"글쎄요. 딱히 없는데요."

유스타프의 말에 란이 물었다.

"그럼 키릭스 후작 부인에게 갈 건데 같이 갈래?"

"벌써 움직이시려고요?"

유스타프의 물음에 란이 고개를 끄덕였다.

"응. 하려던 건 마저 해야지."

"파티 말입니까?"

"응."

어쨌든 지금 자신은 유스타프 라반 드 라치아의 약혼녀다.

해야 할 일은 해야 하는 거지.

"알겠습니다."

유스타프가 고개를 끄덕였다.

"같이 가죠."

"응, 그러면 그렇다고 키릭스 후작가에도 전해 둘게."

유스타프는 고개를 끄덕였고, 잠시 후 시나가 내려와 식탁에 합류했다. 그녀는 손님 자격으로 공작과 겸상을 하고 있었다.

"언니, 어떠세요?"

아침 인사 대신 걱정이라 란은 웃으며 "괜찮아." 하고 대답했다. 그제야 시나의 얼굴이 밝아졌다.

시나는 힐끗 공작의 얼굴을 보았다가 란을 바라보았다.

'공작님 얼굴이 괜찮은 걸 보니 정말로 괜찮은가 보다.'

시나는 그렇게 생각했고, 란이 말했다.

"그래서 오늘 리제에게 찾아가려고 하는데. 그때 파티 아이디어 적어뒀던 거 가지고 있지?"

시나가 고개를 끄덕였다.

"네, 가지고 있어요."

"어제 마법사에 대한 이야기도 할 겸 해서, 오늘 가려고. 같이 갈 거지?"

"물론이죠."

시나는 고개를 끄덕였다.

아침 식사를 끝내고 란과 시나는 외출 준비를 끝낸 후 마차에 올랐다. 시나는 마차의 천장을 접어 내리는 모습을 보고 신기해하며 말했다.

"꼭 스포츠카 같네요."

"그—"

그러네, 하고 무의식적으로 동조할 뻔한 란이 재빠르게 말을 바꿨다.

"그게 뭔데?"

"아, 마차 비슷한 거예요. 기름의 힘으로 가는데…… 아! 마력석의 힘으로 가는 마차 같은 거죠."

"신기하네."

란은 고개를 끄덕이고 블레인 경의 손을 잡고 가볍게 마차에 올랐다.

여름 날씨에 뚜껑이 열린 마차를 타고 경쾌하게 길을 달리는 건 즐거운 일이었다. 시나 역시 이번에는 드레스 차림이었다. 시나는 화려한 양산을 이리저리 어루만지다가 말했다.

"남자들은 소드 스틱(sword stick:검이 숨겨진 지팡이)을 들고 다니잖아요. 여자들은 이 양산에 검을 넣으면 어떨까요?"

"하나 주문 제작 해 줄까?"

란의 말에 시나의 눈이 반짝였다.

"정말로요?"

"그래. 뭐 어렵겠어?"

그러다 문득 시나가 고개를 저으며 말했다.

"아니에요, 괜찮아요."

란은 갸웃하며 그녀를 보았다가 웃으며 말했다.

"가격은 신경 쓰지 않아도 돼. 시나가 어제 내 목숨을 구해줬는걸. 이 정도는 충분히 받아도 괜찮아."

"하지만……."

먹고 입고 자는 걸 모두 란에게 신세지고 있는데— 하고 시나가 란의 눈치를 살피자 란이 웃으며 시나의 어깨를 감싸 안았다.

"걱정할 거 없어. 언니 돈 많아."

"으앙— 언니, 저랑 결혼해 주세요."

"그럴까? 시나랑 결혼해 버릴까."

"으음— 공작님이 무서우니 그만두겠습니다."

시나의 말에 란은 다시 웃었다.

키릭스 후작저인 '와일드 로즈'는 녹색 아치에서 마차로 십여 분 걸리는 거리에 있었다.

분홍빛 대리석으로 지어진 저택은 이름처럼 담장에 온통 야생장미 덩굴이 엉키어 여름 태양 아래 새빨간 장미를 화려하게 피우고 있었다.

'장미의 우슬라, 라는 이름을 이쪽이 가져가야 하는 게 아닌가.'

그런 생각을 하며 란은 마차에서 내렸다. 말을 타고 왔던 유스타프는 이미 앞에서 내려 현관에 서 있었다.

일행이 안으로 들어가니 시원한 냉풍기 바람이 반겨 주었다. 잠시 후 응접실에 후작 부처가 나타났다.

엘리제는 란의 무사한 모습을 보고 안심하며 달려와 그녀의 손을 꼭 잡았다.

"그때 이후로 못 봐서 걱정했어."

"미안. 하지만 이제 괜찮아."

"다행이다."

엘리제가 자리를 권해서 일행은 소파에 앉았다. 카로크가 물었다.

"마법사를 불러 간 일은 잘 해결되었나?"

유스타프가 고개를 끄덕였다.

"그거 다행이군."

빙긋 카로크가 미소 지었고 유스타프가 말했다.

"라치아는 은혜를 잊지 않아."

"물론 그렇겠지."

카로크가 그렇게 말하고 시종에게 마실 것을 시켰고, 엘리제가 눈을 찌푸렸다.

"낮부터 술인가요?"

"여름 와인은 술도 아니야. 자네는 어떻게 하겠나?"

"나도 한잔 하지."

"저는 그냥 차로 하겠어요."

란의 말에 시나도 고개를 끄덕였다. 그렇게 다과와 술이 준비되고서 란이 물었다.

"황태후마마는 어떠셔?"

"그 이후는 요양하시는 모양이야. 그리고—"

머뭇머뭇 엘리제가 말했다.

"전 황후마마께서 돌아가셨다는 얘기 들었어?"

"들었어."

엘리제가 한숨을 내쉬고 말했다.

"실족사라니, 운이 없다고 해야 할지……."

"실족사?"

란이 놀라 묻자 엘리제가 "아, 그건 몰랐구나." 하고는 설명했다.

"2층 난간에 기대어 있었는데, 난간이 부서지면서 떨어졌대."

란이 작게 신음을 흘렸고, 엘리제가 어깨를 으쓱했다.

"덕분에 미로 공작가는 완전히 어두운 분위기고…… 물론 실족사가 아니라는 소문도 있더라."

엘리제가 목소리를 낮췄다.

"본인이 뛰어내린 게 아니냐는 소문도 있어."

"그렇구나……."

란은 한숨을 내쉬었다. 라벨이 직접 와서 '목을 맸다.' 하고 알려줬으니 그게 맞을 거다.

미로 공작가에서는 공녀가 자살했다는 걸 밝히고 싶지 않으니 저렇게 이야기를 했겠지.

"마음에 안 들던 사람인데도, 그렇게 갔다니 기분이 안 좋아."

엘리제가 눈을 찌푸리며 말해서 란은 고개를 끄덕였다.

"그러네."

물론 엘리제는 올리비아가 란에게 어떻게 했는지 모르니까 할 수 있는 말이었다.

란이 숲 속에서 길을 잃고 낙마한 후 발견된 사건이며, 그날 하필 황태후마마가 서둘러 가든파티를 접고 돌아왔다든가 하는 일이 겹쳐져서 사냥당한 동물의 원한이라는 오컬트스러운 소문도 돌았다고 한다.

'정말 소문의 방향은 알 수 없군.'

란은 그렇게 생각하며 차를 마셨다.

"하여간 그래서 요즘 사교계는 침체기란 말이야. 네가 여는 파티에 기대를 거는 사람이 많을 거야."

엘리제의 말에 란은 "그런 기대는 안 해도 되는데." 하고 말했지만, 어차피 파티를 여는 김에 두고두고 회자되는 파티를 열자는 마음이었다.

한다면 하는 것이 란 로미아인 것이다.

"그래서 시나와 몇 개 파티 아이디어를 생각해 봤거든. 같이 보지 않을래?"

"어머? 나야 좋지."

엘리제가 고개를 끄덕였고, 카로크가 유스타프에게 말했다.

"우리는 무서운 이야기에서 빠질까."

"흥, 끼워 줄 생각도 없었네요."

아내의 말에 카로크는 "이크." 하고 어깨를 움츠렸고 유스타프는 고개를 끄덕였다.

두 사람이 이어진 옆방으로 옮기고서 여자들은 본격적인 수다를 시작했다.

결국 일행이 저택을 나선 것은 노을이 질 무렵이었다.

저녁을 먹고 가라는 엘리제에게 다음을 기약하고 란은 마차에 올라탔다.

"뚜껑을 닫을까요?"

마부의 물음에 란은 고개를 저었다. 달리며 노을 지는 하늘을 바라보는 것도 좋았다.

하늘은 비가 올 듯 흐렸다. 덕분에 노을이 굉장했다. 구름은 불길할 정도로 새빨간 빛을 띠고 있었고, 그 테두리는 황금빛 띠를 두른 것처럼 보였다. 공기는 습기를 머금어 촉촉했다.

곧 비가 올 듯한 날씨 때문인지 거리에는 사람들이 적었다. 마차 바퀴가 포장된 길을 달리는 소리가 경쾌하게 났다.

귀족들의 저택이 연이어 이어진 타운하우스 구역에 들어오자 고요함이 느껴졌다.

그때 앞쪽에 기사들이 서 있는 게 보였다. 그냥 서 있는 게 아니라, 문외한인 란이 보기에도 길을 막고 서 있는 모습이었다.

그것도 한둘이 아니라 여럿이서 말이다.

"뭘까?"

란이 중얼거렸고, 유스타프의 신호에 따라 마차는 속력을 줄였다.

시나가 속삭였다.

"언니, 뒤에도 있어요."

그 말에 란이 놀라 뒤를 돌아보자 뒤쪽에서 같은 옷을 입은 기사들이 다가오는 게 보였다.

유스타프가 마부에게 말했다.

"마차를 닫아."

그 말에 마부가 허둥지둥 좌석에서 내려서 마차 뚜껑을 올리기 시작했다. 란이 마지막으로 본 것은 앞쪽의 기사들이 가까워지는 모습이었다.

"대체 뭐지?"

란이 불안감에 젖어 말하는데 밖에서 목소리가 들렸다.

"라치아 공작!"

유스타프가 상대를 보고 고개를 까닥했다.

"미로 공작."

드반의 얼굴이 창백했다. 그와 그의 기사들은 새까만 상복을 입고 있었다.

물론, 그 상복 위에 완전 무장을 해서 보이는 건 팔에 두른 검은 천뿐이었지만 말이다.

"이 시간에 기사들과 여기서 무슨 일입니까?"

유스타프가 말했다.

그의 호위 기사들은 마차를 둘러싸고 이미 대형을 갖추고 있었다. 루미에는 적의 수가 자신들의 두 배라는 걸 금방 눈치챘다.

하지만 아무도 두려워하는 모습을 보이지 않았다.

"경고하러 왔다."

드반의 눈은 충혈되어 있었고 그의 목소리는 거칠었다.

"내 동생의 죽음에 대한 책임을 물으러 왔다."

"무슨 말씀이신지?"

속눈썹 하나 까닥하지 않고 유스타프가 물었고, 드반은 가증스러운 걸 보는 얼굴로 말했다.

"올리비아가 죽기 전에 유서를 남겼다. 네가 자신의 명예를 해쳤다고 말이다! 내 누이의 목숨값을 받아낼 테다."

"무슨 말인지 모르겠군요. 누이분이 뭔가 착각한 게 아닐까요."

"네놈!"

분노한 드반이 검을 빼 들자, 휘하의 기사들이 모두 검을 빼 들었다.

라치아의 기사들 역시 마찬가지로 검을 빼 들었다.

"이건 선포전이다!"

드반이 그렇게 외치고 검을 휘둘러 마차의 말을 베었다. 그러자 말이 날뛰기 시작했고, 동시에 미로 공작가의 기사들이 공격해 왔다.

"워어-!"

마부가 말을 진정시키려고 했지만 크게 베인 말은 피를 뿜으며 날뛰었고, 당연히 같이 묶인 말 역시 공포에 질려 뛰었다.

덜컹거리는 마차 안에서 란과 시나는 비명을 삼켰다.

그때 마차 문이 벌컥 열리고 미로 공작가 기사가 두 사람을 향해 손을 뻗었다가 그대로 머리가 사라졌다. 루미에가 발로 시체를 차고 말했다.

"안에 있어."

그리고 꽝 다시 문이 닫혔다. 시나는 "이 날뛰는 거나 어떻게 해 봐!" 하고 비명처럼 소리쳤다.

그러자 거짓말처럼 마차의 움직임이 멈췄다. 루미에가 단숨에 말과 마차를 연결하는 연결대를 잘라 버렸기 때문이었다. 덕분에 말은 도망갔지만, 마차는 멈췄다.

"시, 시나, 괜찮아?"

란의 물음에 시나는 고개를 끄덕였다. 그때 뭔가 펑 하는 소리가 들리더니 연기가 나기 시작했다. 블레인이 문짝을 뜯어내듯이 열고 말했다.

"마차에 불이—"

그가 검을 휘두르는 상대의 검을 제 건틀릿으로 퉁겨내고 상대의 목을 찌른 후 걷어찼다.

"물러나라! 라치아 공작가를 향한 선포전은 여기까지지만, 다음은 영지전이 기다리고 있으니까!"

그러더니 잠시 후 소란스러움이 가라앉았다. 마차에 붙은 불은 순식간에 타올라서, 시나와 란이 마차에서 내리자마자 마차 전체가 불길에 휩싸였다.

"세상에……."

란이 중얼거리자 유스타프가 다가와 물었다.

"다친 곳은 없으십니까?"

란은 고개를 끄덕이다가 그를 덥석 붙잡았다.
"유스타프는? 괜찮아?"
"전 괜찮습니다."
시나가 "루미에……." 하고 그를 부르자 루미에가 빙긋 웃어보였다.
"이 정도는 아무것도 아냐. 하지만—"
루미에의 시선을 따라 시나의 시선도 돌아가는데 그가 손을 뻗어 그녀의 눈을 가렸다.
"보지 마."
시체는 볼 만한 게 아니다. 블레인이 유스타프에게 다가와 말했다.
"다시 습격해 올지도 모릅니다. 빨리 움직이는 게 좋겠습니다."
그제야 길에 구경꾼들이 하나둘 나오기 시작했다. 모두가 지켜보고 있기는 했지만, 길로 나오지는 않았던 거다.
유스타프는 혀를 찼다.
블레인이 가볍게 휘파람을 불자 도망갔던 말 중 한 마리가 돌아왔다. 다른 말은 이미 쓰러져 죽어 있었다.
"백작님과 시나 아가씨를 태워서 돌려보내죠."
유스타프가 고개를 끄덕였다.
"저는 동료의 시신을 수습하겠습니다."
블레인의 갈색 눈은 이제 적의로 거의 검게 보였다. 유스타프가 말했다.
"곧 우리가 갚아주게 될 거다."
"고대하고 있겠습니다."
란과 유스타프가 말 하나에 타고, 루미에와 시나가 같이 말에 올라탔다.
란은 붉은 노을을 배경으로 불타오르는 마차를 힐끗 돌아보았고 유스타프가 말했다.
"새 마차를 맞춰야겠군요."

"그런 말이 나와?"
저도 모르게 신경질적으로 말이 나왔다가 란은 눈을 꾹 감았다.
"미안. 좀 날카로워졌어."
"아닙니다."
유스타프는 신기하다는 듯이 말했다.
"미로 공작이 저렇게까지 분노할 줄은 몰랐군요."
"올리비아가 왜 죽었는지 아는 게 아닐까……?"
란은 유스타프가 구체적으로 뭘 어떻게 했는지는 모르지만, 하여간 유스타프가 올리비아를 그냥 살려 보내지 않았을 거라는 걸 안다.
그래서 올리비아가 죽었다는 것 역시 짐작 가능하고.
"아뇨, 모를 겁니다."
란이 흠칫하며 "그래?" 하고 작게 말했고 유스타프는 고개를 끄덕였다. 거기 있던 사람은 올리비아와 주술사만 빼면 전부 죽었고, 올리비아는 제 자존심—그걸 정확히 자존심이라고 해야 할지 모르겠지만. 비대한 자아라고 하는 편이 어울리지 않을까?— 때문에 그런 말을 할 사람이 아니었다.
"무슨 일이 있었다는 건 알겠지요. 드반이 란을 납치하려는 올리비아에게 사람을 빌려준 건 확실하니까요."
그제야 란은 납치되었을 때 유스타프가 '납치범은 공작가 사람일 거다.' 하고 말했던 게 생각났다.
'맞아. 내가 녹영을 움직인다고 하면, 당연히 가주의 인가가 있어야겠지. 올리비아가 사람을 빌린다면 드반도 알고 있었을 거야.'
란이 한숨을 내쉬었다.
"적반하장이네."
이어서 그녀가 작게 속삭였다.
"죽은 사람은 누구야?"

"타일러입니다."

란은 가볍게 입술을 깨물었다.

"아직 성인도 아니잖아."

그녀의 말에 유스타프가 고개를 끄덕였다.

"수도 안에서 이동하는 단순한 임무여서 종기사인 그를 데려왔던 게 실수였던 것 같습니다."

말하고 유스타프가 "속도를 올리겠습니다." 하고 말했고 란이 고개를 끄덕였다.

이제 말은 달리기 시작해서 순식간에 녹색 아치에 도착했다.

마차는 어디에 두고 말을 타고 돌아온 가주의 모습에 얼떨떨한 표정을 한 집사는 "미로 공작에게 습격당했다." 하는 유스타프의 말에 펄쩍 뛰었다.

"뭐라고요!"

"선포전이라고 하면서 공격하던데— 공작으로부터 영지전 예고장은 와 있나?"

"아뇨, 도착하지 않았습니다. 영지전이라니, 미로 공작가와 저희가 영지전이라고요?"

집사의 말에 유스타프가 고개를 끄덕이고 말했다.

"타일러가 죽었어."

집사는 숨을 삼켰고, 로스의 눈이 커졌다.

"그 꼬맹이를 죽였단 말입니까?!"

"검 앞에 그게 문제는 아니니까."

"하지만 타일러는 종기사잖습니까! 검부터 기사와 다른데……."

종기사에게 지급되는 검은 기사의 것보다 검 길이가 더 짧았다. 로스가 한탄했다.

"베일드 경에게 뭐라고 말해야 할지……."

타일러의 아버지인 제 동료를 떠올리며 하는 말에 유스타프가 낮게 대답했다.

"사실대로 말해야지."

란이 머릿속에서 지도를 떠올리며 말했다.

"그럼 당장 라치아로 돌아가야 하는 거 아닌가? 미로 공작령과 라치아는 상당히 거리가 있지 않아? 병사를 끌고 다른 영지를 통과하는 것도 문제일 텐데."

"게다가 폐하께서 영지전을 허락하셨는지도 모르겠습니다."

과연 라벨이 라치아와 미로 간의 영지전을 허가했을까?

유스타프가 그렇게 말하고 덧붙였다.

"물론, 이미 전쟁은 시작되었지만 말이죠."

그의 눈이 시퍼런 불꽃을 머금고 있는 것처럼 일렁였다.

란이 말했다.

"내가 황제 폐하를 만나러 갈게."

라벨이라면 이야기가 통할 상대다. 유스타프가 말했다.

"공작은 접니다."

순간 움찔한 란이 유스타프를 바라보았고, 그의 눈을 똑바로 보다가 한 걸음 물러서며 말했다.

"원하시는 대로 하십시오, 공작 각하."

확실히 여기서 나설 건 로미아 백작이 아니다. 란은 그렇게 생각하며 심정적으로 한발 물러섰다.

유스타프가 덥석 그녀의 손을 잡고 걷기 시작하며 차례로 명령했다.

"폐하께 갈 말을 새로 준비해, 라치아에 전령을 보내라. 지금 청염 기사단이 라치아에 몇이나 남아 있지? 길에 마차와 말 사체가 남아 있을 테니 사람을 보내 수습하도록, 그쪽도 시신을 가지러 올 텐데 부딪치지 않게 주의하고."

말이 끝나기가 무섭게 집사는 부리나케 사라졌다. 유스타프는 멈추지 않고 계속 걸으며 란에게 말했다.

"상단은요?"

"어?"

"영지전을 하면 모든 상행위도 멈추게 될 겁니다."

란은 갸웃했다가 말했다.

"상관없어. 어차피 엘프나 드워프 세공품은 전부 다 주문 제작품인걸. 게다가 배송은 따로 맡기는 곳이 있으니까."

말하고 란이 덧붙였다.

"영지전이 오래 갈까? 현재 라치아의 재정 상태는 염려할 필요가 없기는 하지만—"

"압니다. 밀이 자라는 계절이죠."

"응, 혹시라도 대규모 전투라도 벌어지면 밀이 전부 못쓰게 될걸."

"식량은 미리 수급해두는 쪽이 낫겠지요."

"역시."

원래도 비축분이 적은 편은 아니긴 하지만, 그래도 대비는 해 두는 게 좋으리라.

란의 머릿속에서 주판알 튕기는 소리가 돌아갔다. 회계관들에게 맡기고 있다고는 해도, 결국 모든 것을 총괄하고 있는 건 란과 유스타프였다.

구석구석 알지 못하면, 밑의 사람들에게 지시를 내릴 수 없다.

피곤하지만 어쩔 수 없는 윗사람의 업이었다.

"저는 황궁으로 들어가 보겠습니다."

"가는 길 조심해."

란의 말에 유스타프는 고개를 끄덕였다. 사실은 하고 싶은 말이 산더미 같았다. 란이 갑작스럽게 웃음을 터트렸다.

"뭡니까?"

"유스타프, 눈으로 떠들고 있어."

"떠든다고요?"

"날 깃털 이불로 폭 감싼 다음에, 라치아의 보물관 깊숙한 곳에 넣어두고, 호위를 붙이고 싶다는 말."

란의 말이 유스타프의 마음을 정확히, 자신이 생각했던 것보다 더 날카롭게 대변한 터라 유스타프가 제 눈가를 누르며 말했다.

"제 눈이 저보다 달변가인 것 같군요."

"맞았어?"

"맞았습니다."

유스타프는 한숨을 삼켰다. 란이 미소 지으며 말했다.

"나도 유스에 대해서 똑같은 생각 하고 있는 거 알아?"

그 말에 유스타프는 놀라 그녀를 바라보았다. 란은 올리비아를 유스가 죽이지 않았으면 했던, 그 기억을 떠올렸다.

자신이 죽여야 했다면 망설임 없었을 거다.

"힘든 일은 다 내가 할래. 유스타프에게 힘든 일 시키고 싶지 않아. 꽃길만 걸었으면 좋겠어."

"꽃길이요?"

"음, 그러니까, 평탄한 길?"

란의 말에 유스타프는 미소 지었다.

"말씀이라도 감사합니다만, 여기는 제 장소입니다."

란은 깊게 숨을 들이마시고 고개를 끄덕였다.

그건 자신도 알고 있다.

"뒤는 맡겨도 좋아. 일단 마법사 협회에 연락할게."

미로 공작가와 캐머론 후작가에 있는 마법사가 그들과 싸우지 않도록 권고할 생각이었다.

그녀의 자신만만한 모습을 보며 유스타프는 한없이 든든하고 또 한없이 불안한, 모순된 감정을 느꼈다.

"그럼 다녀오겠습니다."

"응."

란이 대답하기 무섭게, 그는 그녀의 입술에 입 맞췄다. 복도에서 하기에는 상당히 농후하고 대담한 키스였다. 란의 허리 힘이 살짝 빠지자 그가 허리에 두른 손에 힘을 주어 그녀를 똑바로 세우고는 미소 지어 보이고 그대로 가 버렸다.

란은 주변을 둘러보았다.

복도에는 아무도 없었다. 물론 키스가 진행되는 와중에 사라진 건지, 아니면 처음부터 없었던 건지는 란으로서는 알 수 없었지만 말이다.

란은 제 입술을 가볍게 누르고 복도에 서 있다가 걸음을 옮겼다.

전투에서 시간은 금보다 가치가 있었다.

*　　*　　*

"이 시기에 영지전이라고."

라벨은 기가 차서 유스타프를 바라보았다. 유스타프가 말했다.

"어차피 벌어질 일이었다면, 차라리 지금 벌어지는 게 낫지요."

"하필 지금? 제국의 공작가 둘이서? 영지전?"

라벨은 털썩 소파에 앉으며 양팔을 들어 올렸다가 툭 떨궜다.

황제와 공작이라고 하기에는 너무 격의 없는 모습이었지만, 라벨은 유스타프에게는 이런 모습도 상관없다는 걸 알고 있었다.

그는 황제의 권위나 위엄에 복종하는 인간이 아니다.

"내가 황제가 된 지 얼마 지나지도 않아서 꼭 이런 문제를 벌여야겠나?"

"그럼 어떻게 하시려고 그러십니까? 지금 다른 알현실에는 미로 공작이 와 있지 않습니까?"

"그래."

미로 공작과 라치아 공작, 둘에게서 거의 동시에 알현 요청이 들어왔다. 라벨이라도 눈과 귀가 없는 건 아니라서 이미 그는 둘 사이의 소식을 들은 후였다.

라벨이 고개를 흔들었다.

"어차피 내 허락이 없으면 영지전은 벌어지지 않아. 황제의 허락 없이 영지를 벗어나 사병을 움직이는 건 반역이나 마찬가지다."

"전 캐머론 후작이 언제 반역죄가 됐었나요?"

그가 아직 미성년일 때, 가주가 란이었을 때 후작가에서 쳐들어왔던 일을 유스타프는 기억했다.

"그건 미리 거래가 있었으니까—"

"그러니까 그건 어차피 상관없는 조건 아닙니까?"

"드반 미로 공작은 제 명예를 중요시 여겨. 황제의 명을 어기면서까지 영지전을 벌이지는 않을 거야."

"하지만 이미 라치아는 피해를 입었습니다."

갚아주지 않으면 직성이 풀리지 않지요.

"미로 공작가의 기사도 죽었다고 들었네."

유스타프가 차가운 미소를 지었다. 라벨은 등골이 오싹해지는 걸 느꼈다. 저건 웃는 게 아니다.

이를 드러내기 직전 입꼬리가 올라간 야생동물의 표정 같은…….

"상대가 열이 죽었든 백이 죽었든, 라치아의 손해는 손해지요."

라치아는 종기사 한 명과 마차를 잃었고, 상대는 기사 셋이 죽었으니 사실 피해 규모를 따지면 미로 공작가가 더 컸다.

하지만 그게 뭐?

남이 염병으로 죽어가든 말든, 내 손톱 밑 가시가 더 아픈 것.

유스타프에게는 라치아가 그랬다. 라치아에 손톱만큼이라도 피해를 줬다면, 상대는 그걸 갚아야 한다.

쌍방이라니, 턱도 없는 소리다.

주변 사람들이 보기에는 지독하게 이기적인 엄살쟁이가 따로 없었다. 라벨이 음울하게 말했다.

"지금 미로 공작 혼자인 게 아니야."

"캐머론 후작이라도 함께 있습니까?"

"그래."

"공작과 후작의 연합이라."

유스타프는 재미있는 얼굴을 했다.

"나쁘지 않군요."

"그러다가 자네가 지기라도 하면? 라치아가 패배하면 돌이킬 수 없어. 지금까지 그대와 내가 무슨 논의를 하고 있었는지 잊은 건 아니겠지?"

"잊지 않았습니다."

유스타프는 그렇게 말하고 가볍게 고개를 숙였다.

"영지전을 윤허해 주십시오, 폐하."

"그럼…… 모의 영지전은 어때?"

"모의 영지전이요?"

"그래, 각각 기사 열 명씩을 뽑아서 사냥터에서 싸운다든가—"

유스타프가 코웃음을 쳤고, 라벨은 이를 악물었다.

그는 이런 싸움은 질색이었다. 소모적이고 얻는 것도 없는, 단순한 감정적인 싸움.

'그 여자는 마지막까지 불씨를 놓고 가는군.'

라벨은 올리비아에 대해서 차가운 평가를 하고 잠시 생각에 잠겼다.

"이길 생각이겠지?"

"폐하."

유스타프가 태연자약하게 말했다.

"새로운 미로 공작을 뽑을 때가 가까우니 폐하의 입김이 닿는 사람을 준비시켜 놓는 게 좋을 것 같습니다. 현재 미로 공작은 아이가 없다지요."

"허, 참."

기가 차서 내뱉고 라벨은 자리에서 일어났다.

"좋아, 그렇게 자신만만하다면 해 보시지, 영지전."

"감사합니다."

절도 있게 인사하고 유스타프는 알현실을 물러났다. 후, 하고 한숨을 내쉬고 라벨은 미로 공작을 불러들였다.

"폐하를 뵙습니다."

깍듯한 인사에 라벨은 그가 아까운 생각도 들었다.

'아니지, 라치아 공작이 이겼다고 정해진 것도 아닌데.'

애써 마음을 가다듬으며 라벨이 말했다.

"꼭 이 싸움을 해야겠는가?"

"제 누이의 명예가 걸린 일입니다. 폐하. 양보할 수 없습니다."

"그렇습니다. 제 형님의 원수를 갚기 위해서라도."

뒤에 서 있던 캐머론 후작이 입술을 깨물며 말했다.

라벨의 호박색 눈이 어두워졌다.

"알겠네. 윤허하지."

"감사합니다. 폐하."

두 사람이 나가는 모습을 보며 라벨은 잠시 생각에 잠겼다.

'미로 공작가와 가장 가까운 친척이 어디더라……?'

유스타프의 말에 기가 막히기는 했지만, 미리 대비해 두는 것도 나쁘지는 않다.

그렇게 생각하며 라벨은 종을 흔들어 시종을 불렀다.

* * *

소식을 듣자마자 달려온 것은 키릭스 후작이었다.

녹색 아치는 이미 라치아로 내려갈 준비를 모두 마친 후였다. 영지전이 시작되었으니, 이제 가는 길에 급습을 당할지도 모른다.

최대한 신속하고 빠르게 이동해야 하니 예전 같은 마차 여행과는 구성이 완전히 달랐다.

그 상황에 찾아온 키릭스 후작이 말했다.

"동맹하지."

유스타프는 뜻밖의 말을 들은 사람처럼 눈을 깜박였다. 키릭스 후작이 히죽 웃었다.

"왜? 혼자 힘으로도 충분하다는 말을 하고 싶은 건가?"

"아니, 뜻밖이라서. 키릭스 후작가가 라치아 공작가와 손잡을 이유가 없잖아?"

그동안의 사교 활동 따위는 장난이었다는 듯, 인정사정없는 평가였다. 하지만 카로크는 고개를 끄덕였다.

유스타프의 말은 틀리지 않았다.

"이쪽도 나름 얻을 게 있어서 말이지."

유스타프는 잠시 생각에 잠겼다. 키릭스 후작령은 폴스 백작령을 끼고 캐머론 후작가와 접하고 있다.

"캐머론 후작가?"

유스타프의 말에 카로크가 고개를 끄덕였다. 그가 왼쪽 눈을 습관처럼 문지르며 말했다.

"내가 재미있는 이야기를 들었는데 말이야, 제국의 공작가가 확연히 줄어들 거라는 말이지."

유스타프의 눈에 경계와 호기심이 동시에 비쳤다.

"나도 내 나름대로 줄이 있어."

싱긋 웃고 카로크가 이어 말했다.

"빈 공작가를 채워볼까 하고."

"캐머론 후작가를 삼켜서?"

"에이—"

카로크가 손사래를 쳤다.

"삼키다니. 전쟁 배상으로 영지를 좀 받아내려는 것뿐이지."

이어 그가 씩 웃었다.

"그리고 슬슬 기사단도 몸을 풀어 줘야 할 때고."

유스타프는 그 말에 생각에 잠긴 듯 눈을 내리깔았다.

"물론 청염 기사단만으로도 충분하겠지만—"

카로크가 느긋하게 덧붙였다.

"귀찮으니 빨리 끝내고 싶지 않나?"

그의 말에 유스타프는 미소 지었다.

"좋아."

카로크는 "후회하지 않을 거야." 하며 가볍게 인사했다.

유스타프가 깊게 숨을 삼키며 말했다.

"그럼 그대에게 부탁할 게 있는데……."

*　　*　　*

유스타프가 너무 빤히 자신을 바라보아 란은 의아해졌다.
"이상해?"
"아뇨, 그게."
유스타프는 꿀꺽 입에서 튀어나오는 불만을 삼켰다.
란은 지금 드레스가 아니라 기사처럼 편하게 셔츠와 바지 차림이었다. 딱 달라붙은 바지는 그녀의 다리 굴곡을 고스란히 드러내고 있었다.

"선정적이다."

그렇게 말하고 싶지만, 유스타프가 다른 여자의 바지 차림을 보고 그런 생각을 한 적은 없었다.
그러니까 이 불만은 상대가 란이니까 나오는 거다. 말하면 자신이 어떤 눈으로 란을 바라보는지 다 들킬 것 같아서 유스타프는 말을 아꼈다.
'잠깐, 그럼 란을 그런 눈으로 보는 놈팡이가 있으면 나처럼 느낀다는 거 아닌가.'
그런 생각이 들자마자 그 가상의 놈팡이 눈알을 뽑아버리고 싶은 충동이 들었다.
"유스?"
그의 표정이 딱딱해져 란이 더더욱 이상하다는 얼굴을 했다.
란은 머리카락을 촘촘히, 장식 없이 땋아 올렸지만 유스타프는 그 머리 자체가 보석관 같다고 생각하며 말했다. 잘 익은 밀알빛을 띤 머리카락은 황금처럼 반짝였다.

"아무것도 아닙니다."

"아무것도 아닌 게 아닌데."

란은 그렇게 말하며 허리에 양손을 얹었다가 한숨처럼 말했다.

"그나저나 키릭스 후작과 동맹이라니, 이건 생각지도 못한 수확이라고 해야 하나?"

"그 문제 말입니다만, 란을 하늘 저택까지 호위하는 일은 키릭스 후작가에 맡기려고 합니다."

란은 잠시 생각하다가 고개를 끄덕였다.

"알았어."

그녀가 너무 순순히 대답해서, 유스타프는 억울한 기분이 되었다.

란이 어깨를 으쓱했다.

"아무리 해도 난 느린걸. 날 챙기다가는 제시간에 기사단이 도착하지 못 할 거야. 유스타프가 청염 기사단을 끌고 라치아령으로 먼저 들어가는 것. 그게 첫 분수령이니까."

"어쩐지 억울하네요."

"뭐가?"

"떨어지면 저만 불안합니까? 저만 괴롭습니까?"

"유스타프."

"네."

"나에게 어리광부리고 싶어?"

빼꼼 고개를 들며 하는 말에 유스타프는 저도 모르게 웃었다. 란이 미소 지으며 팔을 벌려 그가 그녀를 꽉 끌어안았다.

란은 팔을 두르며 다 안기도 벅찬 그의 넓은 어깨와 품에 고개를 기댔다.

“난 괜찮을 거야. 너도 괜찮을 거야.”
그제야 유스타프는 란도 불안하다는 걸 알았다. 하지만 란은 무섭다거나 불안하다는 말은 하지 않을 거다.
그녀는 란이니까.
그렇다면 그녀를 달래야 하는 것은 자신이다. 유스타프가 그녀를 안은 팔에 힘을 주며 말했다.
“저는 무사할 겁니다. 란도요.”
그가 노골적으로 말했다.
“미로 공작의 머리를 선물로 가져다 드릴까요.”
“그런 선물은 싫은걸.”
란의 중얼거림에 유스타프가 웃었다. 그가 그녀를 놓아주자 란이 유스타프에게 속삭였다.
“청염의 가호가 있기를.”
“불꽃의 축복이 그대에게.”
유스타프가 짧게 덧붙였다.
“하늘 저택에서 보죠.”
“응. 저택에서 봐.”
유스타프는 란의 이마에 입 맞춘 후에 재빠르게 방을 나섰다. 이미 기사단은 전부 준비를 하고 그만을 기다리고 있었다.
키릭스 후작의 도착이 아슬아슬했다. 란은 현관에서 배웅하지 않고, 창가에서 기사단이 떠나는 걸 바라보았다.
어쩐지 울 것 같았기 때문이었다. 눈물이라도 보이면 다들 불길하다고 할지도 모른다.
란은 깊게 숨을 들이마셨다.
그녀가 돌아서며 말했다.

"키릭스 후작을 만나겠다고 전해라."

* * *

시나는 날이 여름이라서 다행이라고 생각했다. 말을 타고 달리기에 딱 좋은 날씨였다.

'하긴, 이런 날씨니까 전쟁을 하는 건가.'

그녀는 힐끗 옆에서 나란히 달리고 있는 란을 바라보았다. 그녀는 최대한 꼿꼿하게 허리를 펴고 있기는 했지만 피로한 기색이 역력해 보였다.

"언니, 괜찮아요?"

"아니. 안 괜찮아."

란은 억양 없는 어조로 대답했다. 허리와 허벅지, 엉덩이가 아팠다. 하지만 쉴 틈도 없었고, 하루에 7, 8시간씩 말을 타고 있으려니 머리까지 아파 왔다.

그렇다고 우는 소리를 내면서 못 가겠다고 드러누울 수도 없어서 란은 이를 악무는 중이었다.

"마차를 타는 게 좋았겠지만……."

시나의 중얼거림에 옆에서 함께 달리던 다른 기사가 조심스럽게 물었다.

"많이 피곤하십니까? 잠깐 쉴까요?"

"아니. 그보다는 빨리 라치아에 도착하고 싶네."

란의 말에 기사는 고개를 끄덕였다. 마차를 타면 화살 같은 습격에는 강할지도 모르지만, 눈에 지나치게 띄고 습격의 위험이 있다.

그렇다고 수레를 쓰자니 말을 달리는 것보다 현저히 느리다.

말로 달리는 게 가장 빨랐다.

더해서 키릭스 후작의 제안으로 가짜 란 일행이 마차를 타고 다른 길로 영지를 향해 가는 중이었다.

이쪽은 그 길과 겹치지 않게 가장 빠르지만 좀 험한 길로 가는 중이라 마차가 들어가지 못하는 길도 지났다.

해가 질 때쯤 되어서야 카로크는 일행을 멈추고 야영 준비를 했고, 말에서 내린 란은 후들후들 떨리는 다리를 스트레칭했다.

간편하지만 맛없는 여행식을 먹고, 시나와 란은 한 텐트로 꾸물꾸물 들어갔다.

자리에 눕자 저절로 한숨이 흘러나왔다.

시나가 속삭였다.

"언니 제가 좀 주물러 드릴까요?"

"아냐, 너도 힘든데."

괜찮아, 하고 란이 다시 한숨을 내쉬었다. 요즘 머리만 대면 곯아떨어진다는 말이 뭔지 실감하는 중이었다.

"언니."

"응?"

잠에 취해 몽롱히 대답하자 시나가 작게 말했다.

"제가 루미에를 좋아하면 바보짓이겠죠?"

순간 잠이 확 달아났다.

란은 눈을 번쩍 뜨고 시나를 돌아보았다. 하지만 어둠 속에서 그녀의 시력은 별 볼 일 없었으므로 란은 다시 눈을 감았다.

"루미에가 좋아?"

당황했지만, 란의 목소리는 침착했고 그게 시나에게 안정감을 주었다.

"저도 모르겠어요. 그런데 좋아하는 것 같아서……."

"좋아하는 것 같은 건 뭐야?"

놀리듯 란이 말하자 시나가 한숨을 내쉬었다. 머뭇머뭇하다가 시나가 작게 말했다.

"언니에게 질투가 나요."

"나?"

란이 놀라 되물었다.

"루미에의 모든 게 언니를 중심으로 돌아가는걸요."

시나는 어둠 속에서 눈을 찌푸렸다가 말했다.

"그러니까, 제가 루미에를 좋아하는 게 아닐까요?"

"아니지."

란의 말에 시나는 허를 찔린 듯했다가 물었다.

"어째서요?"

"그런 감정은 헷갈리지 않거든."

란의 경쾌한 말에 시나는 신음을 내뱉었다. 그녀가 한숨 섞인 목소리로 말했다.

"하지만 전 돌아가잖아요? 그런데 좋아해도 되는 걸까요?"

"마음은 자유잖아."

"언니, 너무 간단히 말하시는 거 아니에요?"

"하지만 사실이니까."

시나는 다시 한숨을 내쉬었다. 그녀가 작게 속삭였다.

"언니."

"응?"

"저 루미에를 좋아해요."

결심한 듯 굳게 말하는 목소리였다. 란은 눈을 감았다.

말하고 나자, 시나는 "으아—" 하고 소리를 내며 얼굴을 가렸다.

"와, 이거 말하니까 장난 아닌데요. 그냥 생각으로만 내가 좋아하나?

할 때랑 누군가에게 이야기하는 거랑은 완전히 달라요. 와—"

란은 궁금해져서 물었다.

"루미에의 어디가 좋아?"

"처음에는 뭐 이런 재수탱이가 다 있어? 했거든요?"

'재수탱이? 루미에가?'

란이 대답하지 못하고 있자, 시나가 "흥." 하고 콧방귀를 뀌고는 말했다.

"언니는 루미에가 얼마나 언니 앞에서 요사스럽게 얌전하게 구는지 모르죠? 아주 그냥 여우예요, 여우."

란은 그 말에 저도 모르게 웃었다가 문득 정색하고 물었다.

"루미에가 너에게 거칠게 대하거나 그런 건 아니지?"

"에이— 당연히 그런 건 아니죠. 그런데 그 깐죽깐죽한 게—"

다시금 시나는 흥 하더니 잠시 후 누그러진 목소리로 말했다.

"그런데 잘 보면 은근히 친절하더라고요. 게다가 잘생겼잖아요!"

"그건 사실이지."

인정하며 란도 고개를 끄덕였다.

"그리고…… 절 대하는 게 점점 뭐라고 해야 하나, 부드러워진다고 할까요. 처음에는 친한 남사친인가 했는데— 아, 남사친은 남자 사람 친구를 뜻하는 말이에요. 하여간 그랬는데…… 그게…… 얼마 전에, 알몸으로 한 침대에서 일어났거든요."

"뭐?!"

목소리가 저절로 올라가자 시나가 "쉿, 쉿—" 하고 속닥거렸다.

"아무 일도 없었어요. 제가 술 취해서 그랬대요."

시나의 설명에 란이 한탄했다.

"그래서 그때 표정이 안 좋았구나?"

"네. 여하튼, 근데 그 이후로 자꾸 루미에가 다르게 보이더라고요. 아, 정말 왜 그렇게 멋있는 거죠?"

'나도 유스타프에 대해 똑같이 생각해.'

란은 속으로 그렇게 생각하며 고개를 끄덕였다.

"하지만 언니, 저는 어차피 돌아가잖아요."

말하고 작게, 절박하게 시나가 되물었다.

"돌아갈 수 있겠죠?"

"돌아갈 수 있을 거야."

란이 힘주어 말했다. 읽은 바로는 돌아가지 못하지만, 이미 모든 것이 달라졌다. 그렇다면 시나도 돌아갈 수 있을 거다.

란은 그렇게 생각하며 어둠 속에서 시나의 손을 꼭 잡아주었고, 시나도 그 손을 마주 잡았다.

가끔 시나는 이상할 때가 있었다. 어째서 란은 자신에게 이렇게나 잘 해주는 걸까?

'루미에 이야기를 들어보면 원래 사람을 버려두지 못하는 사람인 걸까?'

시나는 그렇게 생각하며 눈을 꼭 감았다.

란에게 털어놓고 나니 속이 시원했다. 루미에를 좋아하는 마음을 가진 게 왜인지 란을 배신하는 것처럼도 느껴졌었다. 하지만 이야기하고 나니 그렇게 생각한 자신이 바보 같았다.

"언니."

"응?"

"제가 먼저 루미에를 만났으면 좋았을 거라는 생각도 해요."

란은 거기에 아무런 말도 할 수가 없었다. 시나가 웃었다.

"만약 그랬다면 진짜 루미에가 고생했겠지만요. 그러니까 알아요. 제가 아무리 좋아해도 루미에의 최고는 될 수 없겠죠. 그건 언니 자리일 거고……. 그리고 저도 반드시 돌아가겠다고 생각하고 있으니까, 이 정도 거리가 딱 좋은 걸지도 몰라요. 그냥, 두 번째인."

란은 침묵했다.

마음이 그렇게 간단한 거라면 얼마나 좋을까?

좋아하겠다고 하면 좋아하고, 미워하겠다고 하면 미워지는.

하지만 그걸 입 밖으로 내지는 않았다. 시나도 그 정도는 알고 있을 테니까.

"언니는 왜 공작님이 좋아요?"

란이 고개를 돌려 시나를 보았다. 어둠에 익숙해진 눈은, 시나가 멋쩍은 표정을 하고 있다는 걸 잡아냈다.

"음, 그러니까…… 루미에도 언니를……."

"아하. 유스를 선택한 이유가 궁금하다, 이거지?"

"아뇨, 꼭 그런 건 아니고."

그냥, 궁금해서요. 이럴 때가 아니면 묻기도 그렇고. 아니, 이럴 때가 아닌가?

시나가 횡설수설 덧붙이는 말에 란은 작게 웃고 말했다.

"잘 모르겠어서."

"네?"

"유스를 잘 모르겠어. 잘 모르겠는데― 그가 날 사랑하고 있다는 것만은 아주 잘 알겠어."

의뭉스러운 구석이 많은 주제에, 사랑한다는 고백과 말은 정면으로 부딪쳐 온다. 란이 가볍게 미소 지었다.

"그리고 나에게 현실감이 들게 해 줬어."

"현실감이요?"

"응, 어쩐지― 계속 꿈을 꾸는 것 같았거든."

현실이라는 건 알지만, 현실감이 없었다. 어쩐지 자신만이 유리된 것 같은 느낌. 어디서 누가 언제 튀어나와 “짜잔, 지금까지 전부 몰래카메라였습니다.” 하고 말한다고 해도 “아, 그랬군요.” 하고 납득할 수 있을 터였다.

“언니처럼 현실에 충실한 사람은 없다고 생각했는데요.”

시나의 말에 란은 피식 웃었다.

라치아를 위해서 필사적으로 일해도, 그건 란에게는 신기루 같은 무언가였다.

하지만 유스타프가 그녀를 잡아당겨서 땅에 발이 딱 닿게 만들었다. 그에게 전부 고백한 그 날, 란은 피부로 와 닿는 공기의 감촉을 느꼈다.

‘이게 현실이야.’

그런 깨달음은 아무렇지도 않게, 극적이지도 않고 번개처럼 온 것도 아니라 그냥, 유스타프의 온기에서 부드럽게 번져 왔다.

“유스타프가 나에게 이 세계를 줬어.”

란의 말에 시나는 가볍게 숨을 삼켰다. 란이 빙긋 웃었다. 어둠 속에서도 그 미소가 화사해서 시나는 부신 듯 눈을 가늘게 떴다.

“답이 됐어?”

“네.”

시나가 고개를 끄덕였다. 란은 작게 하품을 했다.

“더 궁금한 건?”

“없어요.”

“그럼 잘 자. 더는 눈을 못 뜨고 있겠어…….”

란이 중얼거려 시나도 “언니도 주무세요.” 하고 길게 숨을 내쉬었다.

이튿날, 동이 트기도 전— 하늘이 희뿌옇게 밝아올 때에 란은 화급히 자신을 깨우는 목소리에 잠이 깼다.

"키리……?"

그녀가 웅얼거리자 키리가 빠르게 말했다.

"미끼로 썼던 마차가 습격당했어요."

란은 벌떡 자리에서 일어났다. 키리가 나지막한 목소리로 말했다.

"빠르게 이동하는 게 좋겠습니다. 무리하면 이제 이틀 안에도 도착할 거리예요."

"말이 힘들지 않을까."

"이럴 때 쓰라고 마법 세공품이 있는 거지요."

말의 체력을 보강해 줄 겁니다.

키리의 말에 란은 고개를 끄덕였고, 아직 쿨쿨 자는 시나의 어깨를 흔들어 깨웠다.

옷을 갖춰 입고 나오니, 이미 아침 식사가 준비되어 있었다.

란은 자신이 가장 게을러진 기분이 되어 어쩐지 부끄러워졌다. 디모디아가 뜨거운 물수건을 가져와서 그걸로 세수를 대신하고, 란은 묽게 끓인 스프를 먹었다.

카로크가 다가와 물었다.

"소식은 들으셨습니까?"

"들었어요."

란은 고개를 끄덕였다. 그녀의 표정이 좋지 않아 카로크가 덧붙였다.

"미끼와 우리 사이에는 거리가 상당하니 바로 눈치채는 일은 없을 겁니다."

"아뇨, 그게 아니라. 정말로 공격을 해 왔구나 싶어서요."

"치사한 짓이죠."

카로크가 그렇게 말하며 왼눈의 흉터를 습관처럼 가볍게 문질렀다.

"하지만 그만큼 상대가 바싹 독이 올라 있다는 뜻도 되지요."

기사도 같은 건 내다 버린 셈이니까. 란이 유스타프와 떨어져 가고 있는 걸 모를 리가 없다.

그런데도 란을 습격했다.

만약 붙잡힌다면, 그녀가 어떤 꼴을 당할지는 뻔했다. 카로크가 낮게 말했다.

"아까 시녀에게 들으셨겠지만, 최대한 빠르게 이동하려고 합니다. 너무 많이 드시지는 마세요."

란이 제 수프 그릇을 내려다보자 카로크가 덧붙였다.

"토할지도 모릅니다."

'얼마나 달리려고?!'

란은 그렇게 생각했지만, 배에 힘을 주며 결연히 대답했다.

"알겠어요."

그 후로 일행은 정말로 계속 말을 달렸다. 말의 입가에 거품이 맺히고 땀이 뚝뚝 떨어졌다.

카로크가 했던 "토할 겁니다."라는 말이 어떤 의미인지 란은 깨달았다.

정말로 토할 것 같았다.

중간에 잠깐 휴식은 꿀맛이었지만, 동시에 전신이 더 무거워지는 것 같았다.

음식도 먹히지 않는 걸, 키리가 억지로 몇 입 먹게 만들었다.

"체력이 필요해요. 아가씨."

시나는 "언니, 괜찮아요?" 하고 몇 번이나 물었다. 란은 자신과 분명히 체력이 비슷해 보이는데도 멀쩡한 시나가 부러웠다.

'이러니까 여주인공이었겠지만.'

솟구치는 눈물을 삼키며 란은 모래 씹듯이 억지로 빵을 씹어 삼켰다.

그렇게 이틀을 달려서 라치아령에 들어오니 분위기가 달라져 있었다. 영지 입구를 지키는 병사에게 인사하며 란은 멍하니 생각했다.

'아, 갑옷 새 거다.'

"로미아 백작님!"

첫 번째 관문을 지키고 있던 것은 와일드 남작이었다. 그는 완전 무장을 하고 있었는데, 그 뒤에 와일드 가문 문장이 새겨진 겉옷을 갑옷 위에 입은 젊은 남자가 있었다.

"첫 번째 관문을 와일드 남작이 지키고 있는지는 몰랐네."

란이 말 위에서 말하자 와일드 남작이 제 가슴을 두들기며 말했다.

"라치아 공작가를 향한 제 충심을 공작님께서 좋게 보아주셨지요. 이쪽은 제 조카인 로든입니다."

"안녕하십니까, 백작님."

"말 위에서 인사를 받는 무례를 용서하게."

"아닙니다."

로든이 고개를 저었다. 뼛속까지 기사 가문인 듯한 와일드 남작가에서 로든은 이질적으로 보였다. 와일드 남작은 물론이고, 제 사촌들인 블레인이나 로스를 닮지도 않았다. 게다가 아직 미성년인 듯 보였다.

'아무래도 조카라서 그런 건가? 그래도 전쟁터에 데리고 나오다니 신경 쓰고 있구나. 뭐, 체질은 아닌 것 같지만. 나처럼.'

란은 그렇게 생각하며 한숨을 내쉬고 후작을 바라보았다. 이제 여기서 쉴 수 있을지, 아니면 이곳을 지나서 계속 직진할지는 후작의 판단에 달려 있었다.

"말을 갈아탈 수 있나? 가능하면 하늘 저택까지 들어가고 싶네만."

키릭스 후작의 말에 와일드 남작은 고개를 끄덕였다.
"말은 바로 준비할 수 있을 것 같습니다."
"유스타프는?"
란이 묻자 와일드 남작이 손가락을 두 개 펴보였다.
"이틀 전에 이미 이곳을 통과하셨습니다."
'진짜 빠르다.'
란은 기가 질렸다.
"그럼 지금쯤 하늘 저택에 도착했겠군요."
카로크는 그렇게 말하고서 말에서 내려 란에게 손을 뻗었다. 란이 말에서 내려올 수 없는 상황이란 걸 이미 알고 있기 때문이었다.
와일드 남작은 그 모습을 휜 눈을 뜨고 바라보았지만, 란이 거의 쓰러지듯 자리에 앉는 걸 보고 놀라 물었다.
"어디 부상이라도 당하셨습니까?"
"오늘 아침에 레벤튼에서 출발해서 지금까지 계속 달렸거든."
카로크의 말에 와일드 남작은 입을 떡 벌렸다. 그가 진중하게 말했다.
"말이 쓰러져 죽지 않은 게 다행이군요."
"마법으로 계속 보충했으니까. 그나저나 라치아의 마법 세공품 수준은 굉장하군…… 판매는 하지 않는 겁니까?
카로크의 말에 란이 손을 흔들고 말했다.
"비매품이에요."
아쉬워하며 카로크는 입맛을 다셨다.
말이 바뀌는 동안 일행은 잠시 쉬었다가, 다시 말에 올라탔다. 와일드 남작이 란에게 "공작님께 안부를 전해주십시오." 하고 말했고 란은 고개를 끄덕이고 말을 출발시켰다.

하늘 저택은 라치아 영지 가장 북쪽에 있다. 빙벽이 솟구친 그 자리에 있으니 당연한 일이다.

그래서 중간에서 만난 일루미니티 백작은 키릭스 후작에게 남을 것을 권했다.

“하늘 저택까지 갔다가 다시 돌아오는 게 더 힘들 겁니다. 이제 기사도 추슬러야 하고 말이죠.”

일루미니티 백작의 말에 카로크가 갸웃하며 물었다.

“그건 유스타프의 의견인가?”

“네.”

그가 고개를 끄덕였고, 란 역시 고개를 끄덕였다.

“공작님께서는 격전지로 둘시들 평원을 생각하고 계시니까요.”

“평원?”

카로크가 눈을 찌푸렸다가 한숨과 함께 말했다.

“꽤나 기병에 자신이 있나 보지.”

일루미니티 백작이 으스스한 미소를 지으며 말했다.

“청염 기사단과 부딪친 것들은 살아남지 못할 겁니다.”

란은 그제야 봄에 드워프들이 만들어 주었던 마갑을 떠올렸다.

‘확실히 그런 아이템은 사기지…….’

그렇게 생각하는데 일루미니티 백작이 란에게도 말했다.

“백작님도 하루 쉬고 가시지요?”

“그래도 될까요. 저 푹신한 침대가 너무 그리운데요.”

란의 말에 백작은 희미하게 미소 지었다.

“하루 정도는 괜찮을 것 같군요. 어차피 더 달린다고 해도 얼마 달리지 못할 겁니다. 해가 곧 질 테니까요.”

“좋아요. 그럼.”

란이 고개를 끄덕이고 후작을 보자 후작 역시 고개를 끄덕였다.

란은 만세 삼창을 하고 싶은 걸 간신히 참고, 대신 일루미니티 백작—팔튼 경에게 질문을 던졌다.

"지금 여기가 세 번째 관문인 거죠?"

팔튼은 고개를 끄덕였다.

"하늘 저택으로 가는 길은 하나뿐입니다. 상대가 기병대를 끌고 온 거면 이곳을 통과하지 않을 수가 없습니다."

"말이 달리기 좋게 도로가 닦여 있으니 말이지요."

팔튼이 싱긋 웃었다.

"부지런히 길을 닦으셨으니까요."

란은 한숨을 내쉬었다.

"이게 침략에 도움이 될 줄은 몰랐어요. 만약 알았다면……."

"알았더라도 공작님은 만드셨을 겁니다."

란은 그게 유스타프를 말하는 거라는 걸 알았다. 잠시 생각하다가 그녀가 웃었다.

"맞아요. 그랬을 것 같아요."

"올 테면 오라고 하죠."

유스타프의 목소리가 꼭 귓가에 들리는 것 같다. 일루미니티 백작이 말했다.

"그럼 란 님은 들어가서 쉬시지요. 내일 또 떠나셔야 하니."

"그 말을 기다리고 있었지요."

란은 그렇게 말하고 자리에서 일어났다. 밖으로 나오자 횅한 돌벽이 눈에 들어왔다.

순전히 전투만을 위한 성이다. 거취하기에는 적절하지 않았다.
머물고 있는 자들도 기사나 종기사들이었지, 따로 시종은 없었다.
복도에서 디모디아가 기다리고 있었다. 자신은 이렇게 파김치가 되었는데, 디모디아는 멀쩡한 모습이었다.
"이야기 잘 끝나셨나요?"
"응, 난 하룻밤 묵고 출발하기로 했어."
"알겠습니다. 뜨거운 물을 준비해 뒀습니다."
"진짜?"
란이 놀라 눈을 크게 떴다.
"어떻게? 너무 고생한 거 아냐?"
"여기도 씻을 수 있는 욕조 정도는 있더군요."
"아, 진짜 사랑해, 디아."
란의 말에 디모디아가 가볍게 웃었다. 모처럼의 목욕이었다.
달리는 동안은 머리도 감을 수 없었으므로, 란은 지금 매우 더러운 상태였다.
뜨거운 욕조에 들어가서 졸다가 죽을 뻔하고, 란은 엉금엉금 욕조에서 나왔다.
온몸이 상쾌해지자 이제 아무래도 좋다는 생각마저 들었다.
시나는 빵을 먹으면서 조는 란을 보고 웃었다.
"언니, 그만 들어가서 주무세요."
"응, 그게 좋겠어……."
란은 길게 하품을 하고 양치한 후 침대로 꾸물꾸물 들어갔다. 침대는 딱딱했지만, 란은 그대로 푹 잠들었다.
밤중에 란은 뭔가가 얼굴을 스르륵 스쳐서 잠에서 깨어났다.
벌레?!

순간 다리 많은 생물이 생각나 란은 뭔가를 쳐내며 소스라쳐 상체를 벌떡 일으켜 세웠다.

하지만 그녀의 시야에 들어온 건 어둠 속에 누군가가 서 있다는 거였다. 더더욱 깜짝 놀라 란은 그대로 굳어버렸다가, 상대방 목소리에 몸에서 힘을 풀었다.

"그렇게 놀라실 줄은 몰랐습니다."

"유스……?"

"네."

"벌렌 줄 알았어."

란의 중얼거림에 유스타프는 묘한 얼굴을 했다가 말했다.

"죄송합니다. 그냥 자는 모습을 확인만 하려고 했는데."

붙박인 듯이 발이 떨어지지 않았다. 만지면 안 된다고 생각하면서도, 딱 한 번만 쓰다듬고 싶다고 생각했다.

"유스."

"네."

"다음에는 그냥 깨워."

란이 팔을 벌리며 말했다.

"나도 보고 싶으니까."

유스타프는 숨을 내쉬며 몸을 숙여 그녀를 꽉 끌어안았다. 사실 그렇게 길지도 않은 시간이었는데, 너무나도 길게 느껴졌다.

불안감도 컸다.

품에 그녀를 안고, 그녀를 느끼고, 향기를 맡고, 온기에 위로받아 유스타프는 말없이 한참 란을 끌어안고 있었다.

란은 가볍게 웃으며 그의 어깨에 뺨을 기대고 그를 꼭 마주 안았다.

'아, 갑옷 차림.'

얇은 옷감 너머로 단단한 금속 감촉이 느껴졌다.

잠시 후 란이 물었다.

"그런데 여기까지는 어떻게 온 거야?"

"영지에 미로 공작가의 사병이 들어왔습니다."

란이 깜짝 놀라 몸을 떼고 물었다.

"와일드 남작은?"

그가 첫 번째 관문을 지키고 있던 게 기억나서 하는 말에 유스타프가 고개를 저었다.

"관문을 통과하지 않고 왔습니다."

란이 그 말에 눈을 찌푸렸다.

"길을 통해서 온 게 아니라고?"

"영지전 선포 전부터 야금야금 병사들을 저희 영지로 넣었더군요."

란은 소름이 쫙 돋았다.

"진짜? 그러면, 이미 영지에 병사들이 들어와 있다고?"

"네."

대답하고 유스타프가 "쉬이—" 하고 란을 달래듯 속삭이며 그녀의 광대 위에 부드럽게 입술을 눌렀다.

"불안해하지 않으셔도 됩니다."

"하지만—"

"오히려 유인하지 않아도 되니 잘되었지요."

"유인?"

"그들은 바로 네 번째 관문으로 갈 예정인 것 같습니다. 어딘지 아십니까?"

"알아."

유스타프가 빙긋 웃었다.

"그곳을 린드버그 남작에게 맡겨 두었거든요."

너무 오랜만에 듣는 이름이라, 란은 순간 누군가 했다. 그녀의 목소리가 날카로워졌다.

"숙부?"

"네."

"왜?!"

"영지전 소식이 들려오자마자 가장 먼저 달려오더군요. 꼭 선봉에 세워 달라고 하면서 말입니다."

유스타프는 그 상황을 생각하며 비소를 지었다.

"어찌나 절절하게 혈육의 정까지 내비치시며 말씀하시는지…… 심금을 울리더군요."

"하! 그러시겠지."

차갑게 란이 내뱉자 유스타프가 달래듯 그녀의 등을 쓸었다.

"꼭 명예를 회복하고 싶으시다고, 라치아가 망하면 자신도 망하는 게 아니겠냐고 하시며 말이죠. 과거를 후회하신다는 말씀이셨죠."

란이 잠시 그 이야기를 듣다가 머뭇머뭇 물었다.

"진심일까?"

유스타프가 웃더니만 그녀의 입술을 살짝 제 입술로 잡아당겼다가 놓아주었다.

"그렇게 생각되십니까?"

"으—음. 아니."

"저도 그렇게 생각했는데, 꼭 첫 번째 관문을 맡고 싶다고 하더군요. 하지만 거기는 와일드 남작의 자리죠."

"아, 맞아. 안 그래도 만났어. 안부 전해 달라고 하시던데."

"그랬군요."

"그래서? 어떻게 됐는데? 첫 번째 관문 대신 네 번째 관문을 맡으라고 한 거야?"

"네. 제가 안 되겠다고 했더니, 꽤나 타협하듯이 네 번째 관문을 말하더군요."

"미리 약속되어 있었던 걸까……."

란은 중얼거렸다.

미로 공작의 병사가 네 번째 관문 앞에 모인다고 하고, 린드버그 남작이 자처해서 네 번째 관문을 맡겠다고 했다.

우연이라기에는 너무 딱 들어맞는다. 유스타프가 그녀의 목덜미를 가볍게 깨물었다.

"유스, 앗."

혀로 연약한 부분을 핥아 올리자 저절로 목소리가 튀어나왔다. 란이 유스타프의 머리카락을 잡아당기자 그가 순순히 당겨져 몸을 떼었다. 란이 눈을 부릅떴다.

"이럴 때가 아니잖아."

"아닌가요."

유스타프는 중얼거렸고, 란이 이어 말했다.

"아니야. 그래서? 그대로 네 번째 관문을 맡기고 온 거야? 누구 남겨두고 온 거지?"

"아뇨, 맡겨두고 나왔습니다."

"그럼 네 번째 관문이 뚫릴 거 아냐!"

"그렇지요."

"그럼 바로 다섯 번째 관문이야."

란이 눈을 찌푸렸다.

"하늘 저택 코앞이라고."

"그렇게 코앞은 아닙니다."

란이 고개를 기울였다.

"무슨 생각을 하고 있는 거야, 유스타프 라반 드 라치아."

"캐머론 후작가의 병사들은 지금 첫 번째 관문에 도착했습니다."

란은 흠칫했다. 유스타프는 여전히 느긋한 목소리로 말했다.

"한마디로 양동작전이지요. 하지만, 누님. 싸움에서 이기려면 적의 왕을 잡아야 합니다."

"유스타프를 잡아야 한다는 말이지."

"네, 그리고 저도 미로 공작과 캐머론 후작을 잡아야 하죠. 하지만 둘 중에서 잡길 원하는 건 미로 공작입니다."

란은 고개를 끄덕였다.

"그들이 네 번째 관문을 끝내고 다섯 번째 관문으로 갈 때는 저와 기사단이 기다리고 있을 겁니다."

란이 눈을 찌푸렸다.

"지금 유스는 세 번째 관문에 와 있잖아."

"네, 숙부에게 그렇게 보여야 했으니까요. 하지만."

유스타프가 느긋한 미소를 머금고 그녀를 안은 팔에 더 힘을 주어 밀착시켰다.

"청염 기사단은 이제 돌아갈 겁니다. 네 번째 관문에서 다섯 번째 관문까지 가는 길은 중간에 딱 한 번 넓어지지요."

속고 속이는 게임이로군.

란은 그렇게 생각하며 머릿속을 정리했다. 한마디로 말해서 유스타프는 지금 적에게 속은 척하면서, 다시 뒤통수칠 준비를 하고 있다는 거다.

란이 조심스럽게 물었다.

"말이 지치지 않을까?"

"마갑의 능력이 뛰어나더군요."
"하긴, 드워프와 프란체의 합작 세공품이지, 그거."
"그래서 아직 동트기 전에 떠나려고요. 떠나기 전에 뵈러 온 거였습니다."
"그래서 갑옷을 입은 채였구나."
"네."
"하지만 진짜 그걸로 괜찮을 걸까?"
걱정되어 란이 물었다.
그녀가 아는 전쟁이란 뭔가 계략과 음모가 판치는 공간인데, 지금 눈 앞의 현실은 지극히 단순했다.
"혹시 미로 공작이 이미 알고 있다든가…… 그래서 다시 한 번 반전이 있다든가……."
"란."
"응?"
"계략은 약한 자가 꾸미는 겁니다."
유스타프의 말에 란은 입을 딱 벌렸다.
그래, 그건 그렇다.
유스타프가 느긋하게 말했다.
"그들이 무슨 흉계를 꾸미든 상관없습니다. 양이 많아 봐야 사자를 이길 수 있습니까?"
오만하다 못해 광오하기까지 한 말이었다.
"두 번, 세 번, 계략을 꾸미고 싶으면 꾸미라고 하지요. 하지만 제가 이길 겁니다."
유스타프가 몸을 떼며 일어나려 하자 란이 힘주어 그를 꽉 끌어안았다.

"유스, 다치지 말고 돌아와."

유스타프는 그 말에 곧장 대답하지 않았다. 잠시 망설이다가 그가 말했다.

"약속 하나 해주시면요."

란은 뜻밖이라 눈을 크게 떴다가 진지하게 말했다.

"뭐든 말해."

무사히만 돌아온다면, 뭐든 못 들어주겠는가.

"제가 무사히 돌아오면—"

유스타프는 말하다가 멈췄다. 란이 의아해져서 "유스?" 하고 그를 부르자 유스타프는 초조한 듯 주머니를 뒤지다가 말했다.

"잠시만요."

"으응……."

'뭐지?' 하고 란은 의아해져서 유스타프를 바라보았다. 유스타프는 동그란 유리 공 같은 것을 꺼내더니 방 중앙에 내려놓았다.

그리고 유리 공을 빙그르 돌리자 사방에서 빛 가루가 쏟아지기 시작했다. 란은 멍하니 입을 벌리고 주변을 바라보았다.

환영 마법이다.

은가루와 금가루가 섞여서 쏟아져 내리고, 반짝이는 분홍색 하트들이 생겼다가 거품처럼 터져나갔다. 바닥에는 초 수백 개가 일렁이며 빛났고, 천장에 가끔 유성 같은 것이 떨어지기도 했다. 어두운 방 안에서 빛으로 그려내는 것들은 환상적이었지만, 이게 뭔가 싶었다.

'대체 뭐지?'

유스타프가 헛기침을 하고 말했다.

"제가 무사히 돌아오면 결혼하죠."

란은 눈을 크게 떴다. 란에게서 대답이 나오지 않자 유스타프는 약간 초조해졌다.

청혼은 예쁜 배경이 필수라고, 시나가 말했다. 불꽃놀이도 보고, 바닥에 촛불도 켜고 그러는 거라고 분명히 시나에게 들었다. 그래서 프란체에게 특별히 의뢰해서 환영 마법을 만들게 했다.

하지만 역시 예법에 맞지 않았던 걸까?

그러다가 유스타프는 아차 했다. 분명히 시나가 '비싸고 맛있는 것을 먹고'라고도 언급했었다.

"란—"

유스타프가 이걸 어떻게 만회해야 하나 하는데 란이 대답했다.

"하자."

유스타프는 퍼뜩 고개를 들어 란을 보았다. 빛 속에서 란이 웃었다.

"결혼하자, 유스."

유스타프는 란을 꽉 끌어안았다. 가슴이 부풀어 올라 터질 것 같았다.

"정말이지요?"

"응, 정말로."

란은 웃다가 물었다.

"왜 이런 배경을 한 거야?"

"시나 양이 청혼은 이렇게 하는 거라고 알려줬습니다."

"아, 유스."

란은 순간 할 말을 잊었다. 그는 자신에 대해서 알고, 최대한 맞춰 주려고 애쓰고 있었다.

감격에 목소리가 떨려나왔다. 눈물이 흘러나오는 걸 감추려 그녀가 그의 어깨에 얼굴을 묻으며 말했다.

"고마워, 유스타프."

"별것 아닙니다."

유스타프가 속삭였다. 그의 커다란 손이 부드럽게 란의 젖은 뺨을 감쌌고 그는 살며시 키스했다.

란은 호응에 그의 키스는 점점 더 거칠어졌고, 란은 자극에 다시 눈물이 흘러나오는 걸 느꼈다.

유스타프가 꽉 란을 침대에 내리누르고 거친 숨과 함께 속삭였다.

"당신 안으로 더 들어가고 싶어."

"들어와서 채워줘."

란이 마주 속삭이며 그의 뺨을 어루만지자 그가 신음을 내며 그녀의 옷 안으로 손을 밀어 넣었다.

말랑한 맨살을 어루만지는 촉감에 그는 번개라도 맞은 것처럼 몸이 떨려왔다.

똑똑.

그때 문 두드리는 소리가 났다. 유스타프의 동작이 딱 멈췄다.

"공작님."

란이 깨는 걸 염려하는 듯한 작은 목소리였다.

"출발하셔야 합니다."

블레인의 재촉에 유스타프는 커다란 한숨과 함께 손을 빼며 말했다.

"결혼식이 끝나고 나면 전 그동안 참아왔던 걸 전부 보상받을 겁니다."

그가 그렇게 말하고 그녀의 눈물을 가볍게 핥아 올린 뒤 침대에서 일어났다.

유스타프가 방을 나가자 멍하니 누워 있던 란은 꾸물꾸물 다시 이불 속으로 들어갔다.

'우와아—'

나 결혼하는 거야?

유스타프랑? 결혼?

실감이 나지 않았다. 눈을 몇 번 깜박이다가 란은 자리에서 벌떡 일어났다.

떠나는 유스타프를 배웅이라도 할 생각이었다. 허둥지둥 로브를 걸치고 란은 머리카락을 대강 쓸어 넘기며 후다닥 성 아래로 내려갔다.

성 아래 현관 앞에는 검은색 갑옷으로 무장한 청염 기사단이 말이 타고 서 있었다.

검은 마갑까지 갖추고 일렬로 도열한 모습은 강렬한 인상을 주었다.

말구종이 막 대령한 말에 올라타려던 유스타프는 달려온 란을 보고 멈춰 섰다. 그의 미간이 저절로 좁아졌다.

로브 차림에, 머리카락을 푼 란을 아무에게도 보여 주고 싶지 않았기 때문이었다.

그가 쯧 하고 혀를 차자, 란을 바라보던 기사들은 재빠르게 시선을 말의 귀 사이에 고정했다.

키릭스 후작도 일루미니티 백작도 얌전히 시선을 내렸다.

"유스타프. 잘 다녀와."

아직도 근육통에 시달리는 몸으로 달려와 란은 헉헉거리며 말했고, 유스타프는 화가 나면서도 동시에 웃음이 나오는 걸 참을 수가 없었다. 그가 들고 있던 투구를 내밀었다.

"씌워 주십시오."

그러며 그가 허리를 숙였고, 란은 조심스럽게 그의 머리에 투구를 씌워 준 후에 투구창에 키스했다.

"무사히 돌아와."

"약속 잊지 마십시오."

"안 잊어."

란의 말에 유스타프는 미소를 머금고 말에 올라탔다. 도무지 전장으로 떠나는 자의 떨리는 마음이 아니었다.

"출발."

그의 명령에 따라 청염 기사단이 어둠 속으로 미끄러지듯이 빠르게 사라졌다.

말발굽 소리가 맞춘 듯 일정해서 란은 소름이 돋았다.

그가 완전히 사라질 때까지 보고 있으려니 카로크가 말했다.

"열렬하네."

그 말에 란의 뺨이 붉어졌다. 팔튼이 부드럽게 말했다.

"그만 올라가 보시는 게 좋겠습니다. 눈에 띕니다."

란은 그제야 제 차림을 자각하고 다시 후다닥 방으로 돌아왔다. 방 안의 환영은 이제 빛나는 별 무리로 바뀌어 있었다. 란은 유리 공이 돌아가는 걸 멈췄고 그러자 환영도 사라졌다.

란은 양손으로 유리 공을 소중하게 감쌌다.

마음 안이 꽉 차 오르는 것 같기도 했고, 붕 떠오를 것 같기도 했다.

유스타프가 전장에 나간다는 불안감은 깨끗하게 지워졌다. 란은 유리 공을 소중히 안고 이불로 들어가 몸을 웅크렸다.

'내가 할 수 있는 일을 하자.'

란은 그렇게 생각하며 깊게 숨을 들이마시고 내쉬었다. 그녀는 곧 미소를 머금고 그대로 잠들었다.

* * *

"네 번째 관문은 함락당했습니다. 린드버그 남작이 안에서 문을 열고 호응했다고……."

전령의 말에 유스타프는 그다지 놀라지 않았다. 그가 물었다.
"다른 병사들은?"
"네, 미리 주신 말씀대로 반항하지 않고 도망치거나 항복했습니다."
"그래."
알았다, 하고 유스타프가 전령에게 물러나라고 손짓했다. 블레인이 묘한 얼굴로 물었다.
"기분이 좋아 보이십니다."
유스타프가 눈만 돌려 그를 보자 블레인이 이어 말했다.
"예상대로라고 해도 네 번째 관문이 함락당했는데요."
"이제 윗사람 안색 살필 줄도 아나?"
유스타프의 말은 타박처럼 들릴 수도 있지만, 블레인은 이제 그게 농담이라는 걸 알아차릴 수 있을 만큼 주군과 가까워졌다.
"그 정도는 압니다."
그의 말에 유스타프가 빙긋 웃고 말했다.
"돌아오면 란이 결혼해 준다고 했거든."
어딘가에 자랑하고 싶었기 때문에 말은 쉽게 튀어나왔다. 블레인은 눈을 크게 떴다가 웃으며 말했다.
"감축드립니다."
유스타프는 힐끗 루미에를 보았고, 근처에 있었던 루미에 역시 놀란 듯한 기색이었지만 그와 시선이 마주치자 고개를 살짝 숙여 보였다.
루미에는 제 말의 콧등을 어루만졌다. 말은 따뜻한 숨을 내쉬며 푸륵거렸다.
'……생각보다 충격이 아닌데?'
오히려 그 사실이 루미에에게 놀라웠다. 더는 유스타프와 란이 잘되는 게 가슴 찢어지는 고통으로 와 닿지 않았다.

그보다는 란이 행복한 모습을 보는 게 즐거웠다.

그녀가 세상에서 가장 안전하고, 가장 행복하기를 바랐다.

내 소중한 주인님.

'이렇게 변해 가는 건가.'

기묘한 느낌이었다. 문득 어떤 검은 눈동자가 떠올랐다. 그 제멋대로인 망아지 같은—

가볍게 미소를 머금고 루미에는 시선을 들었다.

블레인이 기승하라는 손짓을 했고, 기사들은 조용히 말 위에 올라탔다. 이제 멀리서 희뿌연 동이 터오고 있었지만, 산안개가 내려와 시야는 좋지 않았다.

루미에가 말을 좀 더 빠르게 몰아 유스타프의 옆으로 다가와 물었다.

"다섯 번째 관문까지 바로 올까요?"

유스타프가 그를 바라보지도 않고 대꾸했다.

"올 거다."

"근거가 있나요?"

경쾌한 질문이었지만, 감히 상관에게 토를 단다고도 느껴질 질문이었다. 블레인이 약간 긴장하는데 유스타프는 태연히 대답했다.

"미로 공작이니까."

"그 말뜻은?"

"교과서적으로 움직인다고. 승리를 했으면, 바로 전투를 이어 한다. 게다가 네 번째 관문 탈환에 병사를 잃거나 한 것도 아니야. 그렇다면 빠르게 소식이 퍼지기 전에 다섯 번째 관문을 지나 하늘 저택으로 향한다는 게 교과서적이지."

유스타프가 그제야 루미에에게로 시선을 돌리고 물었다.

"답이 됐나?"

"네. 감사합니다."
루미에가 말 위에서 연극적으로 인사하자 유스타프가 말했다.
"병법의 기초 정도는 읽어 보는 게 어때?"
"애쓰지요."
루미에는 그렇게 말하고 말고삐를 늦춰서 제 대열로 돌아갔다. 블레인의 바로 뒷자리, 로스와 나란히 달리는 자리였다.
갑옷부터 말까지, 새까만 색으로 된 기사단은 마치 사신처럼 보였다. 갑옷 특유의 금속성 소리가 아니라 울리는 듯한 묵직한 소리는 더욱 그들을 현실에서 동떨어진 듯한 분위기로 만들었다.
청염 기사단은 뱀의 목이라고 불리는, 다섯 번째 관문 직전에 위치한 넓은 장소 양쪽에 쐐기꼴 모양으로 매복했다.
푸르륵—
간헐적으로 말들이 가볍게 목을 떨고 발굽으로 땅을 파는 소리가 들렸지만, 그것만 빼면 고요했다.
대기한 지 얼마 지나지 않아, 유스타프의 예측대로 미로 공작가의 기사단이 달려왔다.
기동성을 위한 것인지 기사단원들은 경장비를 착용한 상태였다.
두두둑!
땅을 달리는 소리가 요란하게 났다. 그들이 눈앞을 통과하기 시작하자 블레인은 유스타프를 바라보았다.
유스타프는 아직 신호를 내리지 않고 있었다.
'이러다가 지나가 버리는 게 아닌가.'
약간의 초조함이 드는 순간, 유스타프가 손을 들었고 동시에 라치아의 문장이 그려진 깃발이 올라갔다.
그러자 청염 기사단은 깃발 신호를 보고 양쪽에서 튀어나왔다. 함성도 없었고, 소리도 없었다. 뱀이 달려드는 듯한 날카로운 공격이었다. 매복을 예측하지 못한 미로 공작가의 백은 기사단은 허를 찔려 주춤하는 모습을 보였다.

쐐기꼴로 된 청염 기사단이 정확하게 백은 기사단의 허리를 잘라 양단했다.

"당황하지 말고 전열을 지켜라!!"

백은 기사단 단장이 창을 치켜 올리며 소리쳤다.

하지만 백은 기사단원들은 속수무책이었다. 창을 찔러도 청염 기사단의 갑옷에는 통하지 않았다. 마갑을 입은 청염 기사단은 몸통 박치기도 서슴지 않고 행했고, 백은 기사단의 말들은 놀라거나 부상을 입었다.

"이, 이런—!"

무기가 통하지 않는 상대.

근원적인 두려움이 백은 기사단의 마음에 솟아났다.

유스타프가 두 번째 신호를 보내자 청염 기사단원들은 이제 두 개로 나눠진 백은 기사단을 감싸는 형태로 움직이기 시작했다.

땅에 내린 백은 기사단원들은 창을 들어 말을 찌르려고 했지만, 검은색 마갑은 그 창을 전부 튕겨냈다.

일방적인 학살이었다.

루미에가 백은 기사단 단장의 목을 잘랐다. 머리가 땅에 굴러 떨어지자 루미에는 아차 싶었다.

'머리를 붙잡았어야 했나?'

그렇다고 이제 와 내려서 머리를 주울 수도 없고, 어쩐다— 하며 그는 다음 상대를 향해 검을 휘둘렀다. 창도 나쁘지는 않았지만, 첫 전투이니만큼 란이 선물해 준 검을 사용하고 싶었다.

그때 누군가가 소리쳤다.

“마법이다!!”

루미에가 의아해하며 고개를 드는데 저쪽에서 불덩어리가 날아오는 게 보였다.

“!!”

주춤한 순간 불덩어리가 작열했다. 루미에는 저도 모르게 팔을 들어 얼굴을 가렸다. 뜨거운 열기가 훅 끼쳐왔다. 놀란 말들이 투레질하며 앞발을 드는 것을 기사들이 능숙하게 진정시켰다.

‘아무렇지도 않아.’

루미에는 그렇게 생각하며 제 팔을 내려다보았고, 거기 불씨가 한두 점 남아 있는 게 보였다.

“훅—”

불씨를 불어내며 둘러보니 다른 기사들도 비슷한 행동을 하는 게 보였다. 동시에 그들의 눈이 재빠르게 마법사를 찾았다.

“어, 어떻게—?”

마법사는 등에서 식은땀이 흘렀다.

마법을 쏜 마법사를 찾기는 쉬웠다. 지팡이를 들고 있으니까.

“로스.”

유스타프의 부름에 로스는 “존의.” 하고 대답하고는 마법사를 향해 말머리를 향했다. 놀란 마법사는 그 뒤로도 몇 번 더 마법을 쏘았지만 로스는 멈추지 않았고, 마법사는 등을 돌리고 도망치다가 로스의 손에 쓰러졌다.

그러고서 로스는 다 쓴 얼음수정을 뽑아서 버리고, 새 수정을 끼워 넣었다.

유스타프는 약간 짜증이 났다.

“멍청한 것.”

란이 분명히 마법사 협회에 이야기를 했다고 말했다. 협회에서도 그들에게 라치아와 부딪치지 말라고 이야기했다고 했고.

그런데도 부득불 남아서 이 원정에 따라온 거다.

저 멍청한 마법사가 란의 호의를 거절한 것 같은, 말도 안 되는 생각에 그는 기분이 나빠졌다.

유스타프는 슬쩍 마갑에 달려 있는 얼음수정을 살폈다. 지금 마법을 막아냈기 때문인지 남은 마력량이 눈에 띄게 줄어든 게 보였다.

'하지만 이 정도면 충분해.'

그는 남은 백은 기사단을 바라보았다.

전의를 상실한 기사들은 잠시 전투를 멈추고 자기들끼리 뭉쳐서 이쪽을 바라보고 있었다.

유스타프는 쉽게 미로 공작을 찾아냈다. 투구 위에 장식된 깃털이 화려하기도 하다.

드반이 소리쳤다.

"다들 싸워라! 마지막까지 싸워! 캐머론 후작을 생각해라! 저들이 항복을 받아줄 것 같으냐?"

유스타프는 미소 지었다.

"그렇지."

그의 중얼거림에 백은 기사단의 얼굴에 절망이 스쳐 지나갔다. 드반은 유스타프를 노려보다가 외쳤다.

"라치아 공작! 너에게 일대일 결투를 신청한다!"

또? 하는 생각에 유스타프가 한숨처럼 중얼거렸다.

"귀족 놈들 머리통이란."

루미에가 어깨를 으쓱하며 말했다.

"공작님도 귀족이시면서."

작게 기사단원들이 웃었다. 유스타프가 한 손을 들어 올리자 청염 기사단원들은 물러나며 거리를 벌렸다. 드반이 말에서 뛰어내리며 검을 뽑았고, 백은 기사단원들 역시 결투 장소를 위해 물러섰다.

유스타프도 안장에서 내려와 검을 뽑아들었다.

드반은 독이 올라, 시작 인사도 없이 검을 휘둘렀다. 유스타프는 검을 맞부딪쳤다. 드반의 보라색 눈이 증오에 휘감겨 그를 노려보았다.

"어떻게 그 아이에게 그런 짓을! 얼굴에 그런 흉을……!"

유스타프가 아무렇지도 않게 대답했다.

"그녀가 원하는 대로 해 줬을 뿐이지."

"악마 같은 놈!"

"그걸 처음에 고안한 건 그 여자였어."

유스타프의 반박에 드반은 어이가 없는 얼굴을 했다.

"그 애가 그랬을 리가 없어! 헛소리하지 마라!"

"뭐, 그런 건가."

드반은 올리비아가 어떤 사람인지 몰랐다. 올리비아 역시 그걸 아무에게도 보이지 않았다.

남매가 손을 잡았다면, 정말로 골치 아픈 적이었을 테지.

하지만 그런 일은 없었다.

드반에게 올리비아는 그저 어린 여동생일 뿐이고, 올리비아도 거기서 벗어나지 않았다.

아마 대부분이 그런 식이겠지.

'난 행운아지.'

란은 자신이 어떤 인간인지 안다. 하지만 똑바로 보고서 좋아한다고 해준다.

유스타프는 단숨에 드반의 검을 튕겨냈다. 나디움으로 만든 검이다.

일반 강철을 두들겨 만든 검과 비교가 되지 않는 강도를 가지고 있어, 유스타프는 드반의 검신을 단숨에 잘라냈다.

"그럼 저승에서 물어보는 게 좋겠지."

유스타프가 그렇게 말하는데 드반이 소리를 지르며 그에게 달려들었다. 유스타프의 검이 갑옷을 뚫고 그의 가슴을 관통했다. 하지만 드반은 유스타프에게 한 발이라도 더 가까이 가려는 듯이 발에 힘을 주었다.

"너도 같이 가는 거다."

"!"

유스타프가 움찔하는데 "쾅!" 하는 요란한 소리와 함께 폭발이 일어났다. 드반이 몸이 산산조각 나며 그의 갑옷 안에 있었던 쇠구슬도 사방으로 비산해 백은 기사단원들은 비명을 지르며 쓰러졌다.

"가주님!!"

블레인이 폭발에 나가떨어진 유스타프를 향해 달려갔다. 폭발에서 가장 가까웠던 탓에 유스타프의 갑옷 앞쪽에는 온통 쇠구슬이 박혀 있었다. 그리고 피와 살점 역시.

유스타프는 신음을 삼키며 몸을 일으켰다. 구슬들이 투툭 떨어졌다. 한숨과 함께 유스타프가 말했다.

"란이 내 목숨을 구했군."

그가 무사한 것 같아 블레인은 안도의 한숨을 내쉬며 말했다.

"그건 저희도 마찬가지죠."

이 갑옷과 마갑이 누구의 공인지, 누구도 잊지 않았다. 유스타프는 자리에서 일어나며 혀를 찼다.

투구창에 아슬아슬하게 걸린 쇠구슬을 떼어내고 유스타프는 투구창을 올렸다.

란이 그의 투구창에 키스해 줬던 게 생각나, 그는 깊게 숨을 들이마셨다.

분명 그녀는 신들의 사랑을 받고 있는 것이리라.

유스타프가 말에 올라타며 말했다.

“여기를 마저 치워. 난 네 번째 관문으로 간다. 거기에는 아직 병사들이 남아 있으니 말이야.”

블레인은 가슴에 손을 대며 허리를 숙였고, 유스타프가 달리기 시작하자 약속되어 있는 듯 청염 기사단의 반이 그의 뒤를 따라서 달리기 시작했다.

얼마 가지 않아서 그들은 백은 기사단의 뒤를 따라 오고 있던 창병들과 마주쳤다.

생각지도 못한 청염 기사단의 출현에 지휘관이 재빨리 명령하자, 보병들은 창을 삼중으로 내밀며 대열을 정돈하려 했다.

하지만 대열을 정돈하기 전에, 중장기병에게는 있을 수 없는 속도로 들이닥친 청염 기사단의 발굽에 그들은 박살이 났다. 방패는 말발굽에 부서졌다. 내민 창은 마갑에 막혀 소용없었고, 군마들은 사정없이 뼈와 살을 내리 밟았다. 바리케이드가 없어진 이상, 단순 보병은 중장기병의 상대가 되지 않는다.

지휘관의 목이 베이자마자 그들은 전의를 상실하고 개미 새끼들처럼 도망치기 시작했다.

이쯤 되면 일방적인 학살이다.

“항복하는 자는 검을 버려라!”

로스의 외침에 병사들은 빠르게 무기를 버렸다. 유스타프는 보병의 항복은 기꺼이 받았다.

그들을 관리하기 위해 또 일부 기사단원을 남겨두고 유스타프는 계속 달려 네 번째 관문에 도착했다.

‘말도 안 돼!’

린드버그 남작은 제 눈을 믿을 수가 없었다.

마치 사신의 무리처럼 청염 기사단이 네 번째 관문 앞에 서 있었다.

'방금 백은 기사단이 출발했는데?'

어떻게 세 번째 관문으로 향했던 청염 기사단이 다섯 번째 관문 쪽에서 달려온 거지?

게다가 마갑이라니.

저런 건 듣지도 못했다.

'괘씸한 놈.'

자신을 속이다니, 억울함이 밀려들었다. 만약 유스타프가 자신을 정당하게 대우했다면 그 역시 저 마갑에 대해서 알고 있어야 했다.

"숙부님, 문을 열어 주십시오."

유스타프의 목소리에 린드버그 남작은 침을 삼켰다.

'아직 모르는 건가?'

자신이 배신했다는 걸?

린드버그 남작의 머릿속이 빠르게 회전했다. 그가 위험을 무릅쓰고 성벽 가까이로 가서 외쳤다.

"유스타프냐? 어떻게 된 게야? 어제 세 번째 관문으로 출발하지 않았니."

제법 부드러운 목소리였다.

"일이 생겨서 돌아왔습니다. 문을 열어 주십시오."

린드버그 남작은 망설였다. 여기서 문을 열고 유스타프를 맞아들이는 척하면서 습격할까?

아니면 이 성을 지키고 있으면서 화살 비를 퍼부을까?

린드버그 남작은 제 몸을 아꼈다. 그래서 그는 후자를 선택했다. 공성하고 있으면, 다섯 번째 관문을 무너트린 미로 공작이 돌아올지도 모른다는 생각에서였다.

그럼 양쪽에서 유스타프를 압박할 수 있다.

그 생각에 린드버그 남작은 대기하고 있던 사수들에게 활을 쏘라고 손짓했고, 곧 성벽 위에서 화살 비가 쏟아졌다.

"와, 멍청이네요."

루미에가 쏟아지는 화살을 보며 말했고, 기사단원 몇몇이 가볍게 웃었다. 마치 이쑤시개라도 되는 것처럼, 갑옷 위로 쏟아진 화살이 퉁겨졌다.

유스타프는 손을 뻗어서 굳게 닫힌 성문을 가리키고 말했다.

"청염."

쾅―!!

엄청난 폭발음과 함께 푸른 불꽃이 타올랐다. 나무로 된 두꺼운 문은 순식간에 그을린 테두리만 남긴 채로 사라졌다.

성문을 지키던 병사도, 남작도 이 사태에 모두 입을 떡 벌리고 굳었다. 그러는 사이 유스타프는 그 안으로 말을 재빠르게 몰았다.

그제야 허둥지둥 성의 병사들이 움직였다. 하지만 우왕좌왕하는 꼴이었다.

"다, 다들 길을 막아! 성벽으로 올라오는 길을 막아라!"

린드버그 남작이 소리치며 주변을 살폈다. 제 도망갈 길을 찾는 것이었다.

그러나 한 줌도 되지 않는 남작의 사병들은 결사의 항전보다 항복이나 도주를 선택했다.

남작 역시 제 장식 달린 투구를 벗어 던지고 성벽에 있는 계단으로 달려 내려가기 시작했다.

마치 개미들이 도망치는 듯한, 정연성 없는 도망이었다. 그때 남작의 눈앞에 검은 그림자가 드리워졌다.

"히, 히이익!"

공포에 질려 짧은 숨소리를 내뱉고 남작은 팔을 저었다.

"사, 살려줘! 나는 라치아 공작의 숙부다!"

"라치아는 배신자를 용서하지 않지."

그 목소리에 남작은 눈을 번쩍 뜨고 무릎을 꿇어 엎드렸다.

"유스! 우리는 혈연이지 않니! 내가 잘못했다, 응? 내가 잘못했어! 돌아가신 형님의 얼굴을 봐서라도, 네 아버지의 얼굴을 봐서라도 용서해다오. 끄흐흐흑."

울부짖으며 매달리는 그를 내려다보다가 유스타프는 검을 휘둘렀다. 데굴데굴 숙부의 머리가 계단을 굴러 내려가는 걸 루미에가 발로 툭 멈추고 물었다.

"성벽에다가 걸까요?"

"됐어."

"그럼 제가 죽인 걸로 할까요?"

친족 살해자.

'그 악명을 쓰기 전에?'라는 의미를 내포한 루미에의 물음에 유스타프가 제 망토로 검날을 닦아 검집에 넣으며 말했다.

"됐어."

* * *

란은 기지개를 쭉 폈다.

하늘 저택에서의 이틀째 날이었다. 유스타프는 미로 공작가의 기사단을 처리하고 나자 바로 란을 하늘 저택으로 보냈다.

그는 조금의 피비린내도 그쪽으로 흘러가지 않게 조치했고, 덕분에 하늘 저택은 영지전이 막바지에 달했는데도 조금도 그런 분위기가 없이 평온했다.

평소와 다른 것은 청염 기사단실이 비어 있다는 것뿐이었다.

'오늘쯤은 소식이 오려나?'

란은 그렇게 생각하며 밖을 내다보았다.

그녀의 손아래에는 서류가 몇 장 놓여 있었다.

승전 파티 준비를 위한 서류였다.

이번 연회는 대규모로 준비했다. 마지막까지 에메랄드 홀이냐 루비 홀이냐로 고민했는데, 결국 에메랄드 홀을 개방하기로 결정했다.

모처럼 하늘 저택에서 가장 큰 홀을 개방하는 일인 데다가, 대규모 영지전의 승리다.

준비는 성대하게 이루어졌다.

'어차피 마저 정리하려면 수도로 올라가야 하니까, 그렇게 길게 기간을 잡지 않는 게 좋겠지.'

승전 축하연에 대한 자료를 조사하기 위해서 란은 70년 전 자료를 들춰야 했다.

'이렇게나 드문 영지전을 유스타프 대에서 두 번이나 치르다니.'

란은 한숨을 내쉬었다.

'어쨌든 첫 번째 영지전 때는 승전 파티를 제대로 못 했으니까, 이번에야말로 제대로 하겠어.'

굳게 결심하고 란은 음식부터 장식까지 하나하나 신경 써서 주문했다.

영지전을 한다고 밀밭을 태우거나 골든로즈 상회의 출입을 금지하거나 하지도 않아서, 란은 쉽게 축하연을 위한 물건을 구비할 수 있었다.

그때 문이 열리고, 키리가 들어왔다.

"아직도 일하고 계신 거예요? 자, 얼른 이리 오세요. 오늘 사우나를 아직 하지 않으셨어요."

"오늘도?"

"승전 연회가 곧 있잖아요. 전 주인님을 최고의 모습으로 준비시킬 의무가 있다고요."

란은 끙 하고 서류를 모아 시종에게 맡기고 자리에서 일어났다.

하늘 저택으로 돌아오자마자 시녀들은 얼굴이 거칠어지셨다는 둥 호들갑을 떨며 그녀에게 미용을 적극적으로 권하고 있었다.

'아니, 권하는 게 아니야.'

미용을 적극적으로 시킨다?

란이 갸웃갸웃하며 한숨을 삼켰다. 거의 약혼식 때와 비등할 정도의 미용 세례였다.

자신이 청혼을 받았다고 하니 시녀들은 다들 의아한 표정이었다.

아니, 이미 약혼했는데 청혼이라니 그건 또 뭐야?

하는 얼굴이어서 란이 '유스타프가 전투에서 돌아오면 결혼한다.'라고 설명하자 그제야 꺅꺅거리며 축하 인사를 건넸다.

시나가 그 말을 듣고 "언니! 반지 보여 주세요!"라고 소리치자 또다시 시녀들이 의아한 얼굴을 했다.

란 역시 약간 당황했다.

'그러고 보니 반지를 안 받았네.'

생각하고 "반지는 안 받았는데." 하니까 시나가 "네?" 하고 놀라더니 "아차!" 하며 제 무릎을 쳤다.

"반지 이야기를 깜박했다."

그녀가 힘없이 중얼거렸고, 디모디아가 갸웃하며 말했다.

"이미 약혼반지가 있으시잖아요?"

"맞아요. 그리고 결혼반지는 결혼식 당일에 교환할 테구요."
시나가 그 말에 "아, 그래요?" 하고는 안심한 얼굴로 말했다.
"제가 있는 곳에서는 결혼반지를 미리 받거든요. 하긴, 생각해 보니까 약혼반지가 없어서 그런 가봐요."
시나는 고개를 끄덕였고, 디모디아와 키리는 '약혼반지가 없다니, 신기하네요.' 하고 입을 모았다.
이어 란이 승전 축하연을 열어야겠다, 라고 하니 그때부터 두 사람은 란을 때 빼고 광내는 것에 모든 역량을 투입하고 있었다.
음식 역시 보양식과 미용식을 전투적으로 올려서 란은 피부와 모질이 맨들맨들해지는 걸 스스로도 느꼈다.
밤마다 시녀 두 명이 붙어서 빗으로 머리카락 100번 빗기를 한다는데, 란이 보기에는 100번 이상 빗는 것 같았다.
그런 케어를 받은 밀빛 머리카락은 태양을 받은 것처럼 눈부셨고, 란이 제 손가락으로 쓸어 봐도 서늘한 비단을 어루만지는 것처럼 미끄러져서 감탄이 저절로 나왔다.
오늘도 란은 미묘한 맛이 나는 차를 마시면서, 습기가 가득한 사우나를 들락날락하다가 상쾌한 향기가 나는 로션 비슷한 무언가를 전신에 치덕치덕 바른 뒤 마사지를 받고, 그걸 씻어낸 후에야 비틀거리며 욕실 밖으로 나올 수 있었다.
"언니, 날이 갈수록 깐 달걀 같아요."
시나의 말이 란은 농담처럼 들리지 않았다. 시나가 물었다.
"한번 만져 봐도 돼요? 팔?"
"당연하지."
란이 제 팔을 내밀자 시나가 그녀의 팔을 어루만지며 연신 "우와." 하고 감탄사를 내뱉었다.

"진짜 매끄럽고 촉촉하고 부드러워요. 와— 이거 뭘 바른 거예요?"

"특별한 약초와 제조 방식으로 만든 마사지 크림이죠."

디모디아가 뿌듯한 얼굴로 대답했다. 키리가 고개를 끄덕였다.

"팔의 흉터도 많이 옅어졌네요. 역시 세계수 연고가 효과가 좋아요."

그녀의 말에 란이 펄쩍 뛰었다.

"세계수 연고를 썼어?! 내가 쓰지 말라고 그랬는데!"

효과 좋은 약이니, 당연히 위급한 상황에만 써야 한다. 그래서 그녀는 팔의 흉터를 없애는 데에 연고를 쓸 생각이 없었다.

"하지만 어차피 시간이 지나면 효력이 감소한다면서요. 그러면 폐기할 것, 쓰는 게 낫지요."

공작님도 그렇게 명령하셨다고요. 하고 키리가 말했다.

하지만 지금 쓰고 있는 마사지 크림에도 그게 들어가 있다는 말은 하지 않았다.

세계수 연고로 하는 마사지는 놀랍게 효과가 좋아서, 마사지를 하는 키리의 손에 있는 굳은살과 흉터도 점점 사라지고 훈련으로 튀어나온 힘줄이나 혈관도 줄어들고 있었다.

'이대로 계속 마사지를 하면 나도 귀족 아가씨 손처럼 되는 거 아닌가.'

키리는 그런 생각을 하며 신기하게 제 손을 내려다보았다.

머리카락에 바르는 것 역시 효과가 좋아서 갈라진 머리카락이 이튿날이 되면 탱글탱글 윤기 나고 굵은 모발로 돌아와 있었다.

그런 걸로 전신 마사지를 받고 있으니, 란의 피부는 마치 아기 피부처럼 투명감 있고 부드럽게 변해 갔다.

시나는 약간 숭배하는 눈으로 란을 바라보며 생각했다.

'이렇게 예쁜 사람은 그냥 존재해 주는 것만으로도 괜찮은 거 아닐까.'

자신이 좋아하는 남자에게 가장 중요한 여자. 보통이라면 연적이 될지도 모르겠지만, 시나는 란도 좋고 루미에도 좋았다.

란이 시나의 옆에 찰싹 붙어 앉으며 말했다.

"그래서 시나는? 잘 지내고 있어? 파티 준비서는 어때?"

"아, 잘되고 있어요. 그때 준비했던 티 파티를 못 하게 되었잖아요. 그걸 알차게 써먹고 있죠."

시나가 씩 웃었다.

에메랄드 홀은 그 이름답게, 녹색으로 치장되어 있는 가장 큰 홀이었다. 거의 500명 정도가 들어갈 수 있는 홀의 바닥은 그린 오닉스와 연한 산홋빛 대리석, 흰색 대리석이 아름다운 문양을 그리며 만들어져 있었고, 아치 모양의 격자식 거대한 창문이 홀 양쪽에 나란히 도열해 있었다.

한쪽 창문으로는 라치아의 공중 정원이 보이고, 반대쪽으로는 빙벽이 보였다.

시나와 란은 그곳에 들어갈 인원과 배치할 소파와 커튼, 기둥 장식, 음식들, 식전 순서 등을 의논하며 결정했다.

"에메랄드 홀이니까 녹색 그대로, 자연식으로 하는 게 좋겠어요."

시나의 의견에 따라서 내부는 리스나 신선한 나뭇가지, 생화로 가득 들어차서 생기가 넘쳤다.

거기에 잊지 않고 은색과 금색의 장식을 곁들여 포인트를 줬다.

시나가 물었다.

"그런데 언제쯤 돌아올까요? 어차피 승전 연회를 바로 열지는 않을 테니까 준비는 해 놓지만, 음식은 미리 만들어 둘 수도 없잖아요?"

시나의 물음에 란이 고개를 갸웃하며 말했다.

"글쎄. 시나 말대로 바로 연회를 열지 않고 하루 정도는 쉬고 이튿날 열 테니까— 그리고 유스타프가 돌아오기 전에는 연락을 줄 테고."

그때, 타이밍 좋게도 집사가 안으로 들어와 정중히 고했다.

"공작님에게서 전령이 도착했습니다."

"전령이?"

란이 자리에서 일어나며 묻자 집사가 흐뭇한 얼굴로 허리를 숙이며 말했다.

"네, 이제 하늘 저택으로 돌아오신다고 합니다. 앞으로 이틀 후에 도착하신다고 전령이 왔습니다."

란의 얼굴이 확 밝아졌다.

"전령을 치하하고 푹 쉬게 하게."

란은 그렇게 말하고 시나를 내려다보았고, 시나는 반짝이는 눈으로 자리에서 벌떡 일어나 란의 손을 잡았다.

"언니 축하해요!"

"응. 시나도 마음 졸였지?"

루미에 걱정을 하고 있다는 걸, 란은 알고 있었다.

시나는 헤헤 하고 웃고 말했다.

"그래도 어디 가서 죽을 것 같지 않아요, 그 녀석은."

그 말에 란은 키득키득 웃었다.

"그러면 3일 후에 연회네요. 밑 준비 같은 건 지금 다 해놓지 않으면 안 되겠네요."

시나가 고개를 끄덕이고 물었다.

"요리사에게 지금 이야기할까요?"

"그게 좋겠다."

란은 고개를 끄덕였다. 술 창고도 시녀장에게 한 번 더 살펴보라고 할 예정이었다.

"백작님, 가봉 시간이에요."

그때 디모디아가 들어오며 말했다. 란은 한숨을 내쉬었다.

'요즘 이상하게 옷 가봉도 많이 하는 것 같단 말이야.'

승전 연회용 옷이라는데 이상하게 자주 가봉을 하는 것 같다.

그녀는 밝게 얼굴을 고치고 말했다.

"유스타프가 이틀 후에 도착한대."

"벌써요?"

디모디아가 놀라 눈을 크게 떴다가 허둥지둥 말했다.

"아니, 생각보다 빠르네요. 기쁜 일이지요."

란은 웃음을 터트렸다.

"고마워. 하긴 빠르기는 빠른가? 영지전이 원래 이렇게 빠르게 마무리되는 건지 모르겠어."

디모디아가 고개를 저었다.

"아뇨, 보통은 길게 가는 것 같아요. 심지어 이건 원정까지 온 영지전이었잖아요."

그런데도 이렇게 압도적인 패배라니.

란은 그 말에 '역시 그런 거구나.' 하고 고개를 끄덕였다. 디모디아가 "그럼 더욱 서둘러야겠네요. 얼른 오세요."라며 란을 재촉했다.

란은 디모디아에게 끌려가듯 하며 시나에게 말했다.

"연회 부탁해."

"걱정 마세요."

시나가 손을 흔들며 말했다.

건넌방에서 가봉을 준비하고 있던 시녀들에게 디모디아가 말했다.

"모레 공작님이 돌아오신답니다."

그 말에 시녀들은 하나같이 눈을 크게 뜨고 멈칫했다. 순간 침묵이 지났다가 그들이 앞다투어 말했다.

"축하드립니다."

"너무 기쁜 일이에요."

"일찍 일이 끝나셨네요."

와글와글 이야기하며 그들의 손길은 더욱더 분주해졌다. 란의 생각보다 훨씬 더 빠르게 가봉이 끝나고 그들은 후다닥 침방으로 돌아갔다.

'폭풍이라도 지나간 것 같네.'

란은 그렇게 생각하며 휴, 한숨을 내쉬었다.

"이틀 후에 공작님이 돌아오신다면서요?"

언제 디모디아가 전했는지 키리가 빠른 걸음으로 들어오며 말해서 란은 고개를 끄덕였다.

키리가 팔을 걷어붙이며 말했다.

"그럼 더 서둘러야겠네요. 자! 욕실로 오세요."

"이 정도면 충분히 꾸미지 않았어?"

저도 모르게 방어적으로 란이 말하자 키리가 "무슨 말씀을!" 하고 눈썹을 모으며 말했다.

"주인님이 가장 아름다우셔야 한다고요! 그게 제 사명입니다."

키리의 박력에 밀려, 란은 터덜터덜 욕실로 발걸음을 옮겼다.

Chapter 3.

결혼식

승리하고 귀환하는 청염 기사단을 맞이하는 영지민들의 행렬이 도로 앞에 늘어섰다.
모두가 나뭇가지와 종이꽃을 뿌리며 환성을 질렀다.
"청염의 가호가 있기를!"
"라치아 공작 만세!"
"불꽃의 가호가 함께하길!"
기사단원들은 투구를 벗고, 한껏 멋 부린 머리를 치켜들며 당당히 길 가운데를 걸었다.
"꺄악! 여기 봐주세요!"
"기사님! 멋쟁이 기사님!"
여자들 역시 소리를 지르며 2층 창문에서 손수건을 흔들었다.

하늘 저택에서 고기와 술이 나와 영지민들에게도 돌려질 예정이어서 마을은 온통 축제 분위기였다.

엉덩이가 근질근질해진 몇몇 기사들은 손을 흔들었고, 그러자 다시금 환호성이 쏟아졌다.

그렇게 마을을 통과해서, 하늘 저택으로 올라가는 길은 고요했다.

그때 로스가 "앗!" 하고 소리치며 양쪽에 높이 솟은 나무를 가리켰다.

"저걸 보십시오!"

길 양측 나무들에 녹색 리본들이 묶여서 바람에 펄럭이고 있었다.

누구를 환영하는 건지는 명백했다. 모두의 얼굴에 웃음이 그려지고, 말의 속도가 더 빠르게 올라갔다.

하늘 저택에 들어서자 사용인들이 모두 도열해 서 있었다.

제복을 꽉 빼 입고 열을 맞춰 서 있는 모습은 보기만 해도 근사했다. 그 사이를 지나 유스타프는 현관에 도착했다.

란이 치맛자락을 붙잡고 우아하게 인사했다.

"승전 축하드립니다. 공작님."

유스타프가 말에서 내려 란이 웃으며 인사말을 이었다.

"청염을 떨치— 꺅?!"

유스타프가 그녀를 번쩍 안아 들어 란은 소리를 내질렀고, 그는 웃으며 그녀를 꽉 끌어안고 말했다.

"다녀왔습니다, 약혼녀님."

란의 녹색 눈이 동그래졌다가 곧 웃음을 머금었다.

"어서 오세요, 약혼자님."

그러며 란은 그가 내려주기를 기다렸지만, 유스타프는 그녀를 내려줄 기미를 보이지 않았다. 유스타프의 양팔이 그녀를 단단히 받치고 있어서 떨어질 것 같지는 않았지만, 그래도 이건 예의가 아니다.

"유스."

란이 낮게 속삭이며 눈을 찌푸리고 고개를 들다가 모두 싱글벙글하고 있는 걸 발견하고 얼굴을 붉혔다.

그녀가 헛기침하고 말했다.

"오늘은 편히 쉬십시오. 내일 아침부터 연회가 준비되어 있답니다."

"해산."

유스타프가 짤막하게 덧붙이자 기사단원들은 금방 자유분방한 분위기가 되어 흩어지기 시작했다.

이제 기사단실로 돌아가 각자 마갑을 벗겨내고 갑옷을 벗고, 손질하고, 씻고 먹고, 푹 잘 것이다.

다들 내일 연회가 어떨지에 대한 이야기를 하며 삼삼오오 흩어졌다.

시나는 금방 루미에를 발견했다. 주홍색 머리카락은 멀리 있어도 눈에 확 들어왔다.

그녀는 루미에와 눈이 마주쳤고, 루미에가 희미하게 웃어서 가슴속이 울렁거리는 걸 느끼며 그에게로 후다닥 달려갔다.

"무사히 돌아왔네."

"무사히 돌아왔지."

루미에가 가볍게 말해서 시나는 "다행이야." 하고 작게 말했다. 루미에가 손을 뻗어 그녀의 머리카락을 부드럽게 귀 뒤로 넘겼다.

차가운 건틀릿에 살짝 몸을 움츠리자 루미에가 손을 떼며 말했다.

"너도 무사해서 다행이야."

"걱정했어?"

"했지."

루미에의 말에 시나가 활짝 웃었다.

란은 저를 안고 유스타프가 저택 안으로 들어가자 약간 반항하며 말했다.

"이제 놔줘."

"싫습니다."

"뭐? 왜?"

"누님을 만질 기회가 적으니까요."

"유스타프!"

란이 목소리를 높여서야, 그는 그녀를 내려주었다. 란은 제 치마 주름을 탁탁 쳐서 펴며 "정말이지." 하고 중얼거렸다.

유스타프가 손을 뻗어 흘러내린 그녀의 머리카락을 손가락으로 꼬며 속삭였다.

"어째 날이 갈수록 아름다워지십니다?"

란의 뺨이 붉어졌다.

"이건 키리랑 디모디아가 승전 연회를 준비해야 한다고 해서……."

변명처럼 한 말에 유스타프는 싱긋 웃으며 말했다.

"돌아오면 결혼해 주신다고 했지요."

"으응?"

"하셨지요."

그가 확인하듯 다시 물어서 란은 고개를 끄덕였다.

"해, 했지. 하지만 일단은 승전 연회가 끝나고 수도에 올라가서 영지 전 정리를 한 다음에—"

"내일 하죠."

"……네?"

저도 모르게 되물음이 튀어나왔다. 유스타프가 느긋하게 말했다.

"에메랄드 홀을 개방해서 연회를 열지요?"

"그, 그렇지?"

"그렇다면 됐습니다. 결혼식으로 변경하죠."

"말도 안 돼! 결혼 준비를 하지도 않았는……데……."

점점 란의 말이 느려졌다.

'잠깐, 이거 좀…….'

필요 이상으로 많이 가봉된 옷.

약혼식 때처럼 시작한 미용 단장.

그녀가 눈을 가늘게 뜨고 말했다.

"처음부터 이럴 계획이었지."

"뭐가 말입니까?"

"나 말고 시녀들은 알고 있었던— 하지만 어떻게? 아아, 그렇군. 녹영이었지, 둘 다."

자문자답하며 란은 깨달음을 얻었다. 어떻게 자기도 모르게 유스타프가 지시를 내렸을까, 했는데 디모디아와 키리는 녹영이다.

첫 번째인지 뭔지 하는 사람은 유스타프와 있었을 테니 유스의 계획을 전달했겠지.

"교활해."

란이 중얼거리자 유스타프가 속삭였다.

"하루도 더 참기 어렵습니다. 이제는."

란의 얼굴이 다시 붉어졌다.

"진짜, 정말이지, 유스타프."

란이 투덜투덜하자 그가 란이 약해지는, 특유의 표정을 하며 물었다.

"싫으신가요? 누님?"

"이럴 때만 누님이지?"

그의 미소가 달콤해졌다.

"열심히 유혹을 하고 있으니까요."
"정말—"
란은 시선을 획 돌렸다.
"……지 않아."
작게 말하고 란은 화끈거리는 얼굴을 가리기 위해 애쓰며 그를 꾹꾹 밀었다.
"자, 얼른 올라가서 갑옷도 벗고 쉬시죠. 그리고 어떻게 정리가 잘된 건지 이야기도 해 줘요."
"네, 네."
유스타프가 웃으며 말하자 란의 얼굴은 더더욱 붉어졌다.
"대납은 한 번만."
"알겠습니다."
유스타프는 입술을 가볍게 깨물었다. 아니면 웃음을 터트릴 것 같았고, 그러면 란이 더 화를 낼 것 같았다.
'귀여워라.'
유스타프는 그렇게 생각하며 그녀에게 밀려 제 방으로 돌아갔다.

공작의 방은 매끄럽고 짙은 시럽빛 나무와 새하얀 대리석으로 짜여져 있었다.
가구들은 크고 짙은 색에 심플한 제품이 대부분이었다.
란은 시종을 물리고 직접 유스타프의 갑옷을 벗기기 시작했고, 그는 좀 당혹해서 말했다.
"란, 이런 건 그냥 시종에게, 아니 제가 하죠."
"싫어. 또 다치고서 숨기는 걸지도 모르잖아."
저번처럼.

내 눈으로 꼭 확인을 해야겠다, 하는 란의 말에 유스타프는 "이번에는 진짜로 멀쩡한데요." 하고 중얼거리면서도 그녀가 하고 싶은 대로 놔두었다.

란이 조임쇠 때문에 낑낑거리자, 유스타프는 제 손으로 조임쇠를 풀어주었다. 사실상 란이 손을 대지만, 푸는 건 유스타프가 전부 다 하는 식이었다.

무거운 소리와 함께 갑옷들을 하나씩 벗어내고 나자 가벼운 셔츠 차림이 되었다.

란이 그의 몸을 슬슬 더듬었고 유스타프는 숨을 깊게 들이쉬고 말했다.

"차라리 제가 옷을 다 벗죠. 그리고 확인하는 게 나을 것 같습니다."

란이 얼굴을 붉혔다.

"그건 변태잖아."

"이렇게 더듬어지는 것보다는 나을 것 같은데요."

더듬는 건 변태가 아닙니까?

유스타프는 억울함마저 느끼며 항의했고, 란은 손을 뗐다.

"정말로 안 다친 거지?"

"네, 정말로요."

그가 그녀의 손을 꽉 잡으며 덧붙였다.

"만지는 건 결혼식 후에 침대에서 많이 해 주십시오."

"유스타프!"

란이 빽 목소리를 높여 유스타프가 웃고 속삭였다.

"저는 핥아 드릴 테니까요."

"―!!"

말도 나오지 않아 란이 숨 막힌 소리를 내고 소파에 있는 쿠션을 가지러 달려가자 유스타프는 낮게 웃었다.

"아, 진짜!"

란은 가져온 쿠션으로 그를 몇 번 때렸지만, 타격이 가는 것 같지도 않았다.

쿠션을 끌어안고 란이 궁시렁거리는 사이에 유스타프는 제 갑옷을 마저 벗었다.

시종에게 가져가라고 한 뒤에 유스타프는 파티션을 치고 그 뒤에서 새 옷으로 갈아입었다.

란은 소파에 털썩 앉아서, 그의 셔츠가 파티션 위에 걸쳐지는 걸 보며 물었다.

"그래서? 어떻게 됐어? 린드버그 남작은? 미로 공작은? 캐머론 후작은?"

"린드버그 남작의 시신은 유가족에게 양도하기로 했습니다. 미로 공작은 시신이 남지 않았고요."

"안 남았어?"

"네, 그게—"

유스타프가 설명하자 란이 눈을 크게 떴다. 한마디로 자폭했다는 거 아닌가?

"미스릴 갑옷이라 살았지요."

란은 그 말에 안도의 한숨을 내쉬며 끌어안은 쿠션 위에 턱을 올렸다. 아까 갑옷 앞이 이상하게 울퉁불퉁했던 게 문양이 아니라…….

등에 소름이 돋았다.

침을 삼키고 란이 이어 질문을 던졌다.

"그렇구나. 그럼 남작가는 이제 사라진 거네?"

"그렇지요."

"미로 공작가는?"

"유서 깊은 공작가를 황제 폐하가 끊기게 두지 않겠지요."

'새 미로 공작은 라벨의 입김이 들어간다는 뜻이군.'

라벨에게도 편할 것이다. 어쨌든 미로 공작가는 중앙 정치의 주축 중 하나라고 올리비아 일 때문에 황실과 사이가 껄끄러웠으니까.

이 기회에 깨끗이 정리하겠지.

파티션 위에 이번에는 바지가 걸쳐졌다. 란은 눈이 동그래져서 파티션 너머 그림자를 빤히 보았다가 얼른 시선을 내리며 말했다.

"그럼 캐머론 후작은?"

"죽이지 않았습니다. 그쪽까지 끝장낼 필요는 없지요. 포로로 잡혀 있는데, 황제 폐하께서 관대한 중재를 해 주셔서 풀려날 듯싶고요."

"흐음."

"하지만 파산하지 않을까요."

두 번이나 전쟁 배상금을 물어내는 건 아무리 후작가의 재정이라고 해도 쉽지 않을 터.

"그러네. 게다가 거기 영지도 그렇게 좋지 않잖아?"

"어쨌든 키릭스는 이 기회를 놓치지 않을 테고, 키릭스 공작가가 될 가능성이 높습니다. 후작가는 남은 영지를 팔거나, 아니면 지참금이 많은 신부를 얻어야겠지요. "

"나 같은?"

란이 피식 웃으며 말하자 파티션 뒤에서 산뜻하게 새 옷을 입은 유스타프가 제 머리를 거칠게 쓸어 올리며 나왔다.

"란은 이미 제 것이니까 안 되지요."

농담인 줄 알면서도 말투는 단호하게 나왔다. 란이 나온 그를 보고 쿠션을 옆에 내려놓은 후에 팔을 벌렸다.

"다시 안아 줘."

갑옷 너머로 말고.

란의 말에 유스타프는 망설임 없이 다가와 그녀를 꽉 끌어안았다. 란은 그의 뜨거운 체온과 단단한 몸이 자신을 완전히 감싸는 걸 느끼며 안도의 숨을 내쉬었다.

다시 한 번 유스타프가 속삭였다.

"다녀왔습니다."

"어서 오세요."

란 역시 웃으며 대답했다. 잠시 후 란이 말했다.

"정말이지, 미리 말해 주면 안 돼?"

"말하면 놀라지 않을 거 아닙니까? 게다가 란은 규모도 줄이려고 했을 거고요."

유스타프의 말에 란은 "그야—" 하고 입을 꾹 다물었다. 만약 자신의 결혼식이었다면 이러게 화려하게 열지 않았을 거다.

'잠깐, 그럼—'

"시나도 알고 있었어?"

"네."

"어쩐지……."

홀을 꾸미는 것이 날이 갈수록 화려해지더라니.

란이 "이렇게까지 해도 될까?" 하며 갸웃거리는 대목마다 시나는 "모처럼의 승전 연회잖아요!" 하고 밀어붙였고, 모두가 고개를 끄덕이며 그녀에게 동조하곤 했다.

란이 신음을 내뱉었다.

"나만 몰랐구나."

유스타프가 웃으며 그녀를 꼭 안았다. 계속 이렇게 안고만 있어도 행복할 것 같았다.

그때 문 두드리는 소리가 나고, 키리가 란을 찾으러 왔다.

“자, 이제 결혼식까지는 두 분이 보시면 안 됩니다. 란 님의 웨딩드레스도 마저 끝내야 하고요.”

유스타프가 아쉬움을 느끼면서도 순순히 란을 놓아주었고, 란은 키리와 돌아가며 말했다.

“날 속였겠다?”

그러자 키리가 장난스럽게 어깨를 움츠리며 말했다.

“저에게 중요한 것은 가주님의 명이라…… 저는 힘없는 수하일 뿐이랍니다.”

애처로운 시늉이 우습기도 했지만 키리의 말이 틀린 것도 아니어서 란은 한숨을 내쉬었다.

“어쩔 수 없지.”

키리가 방긋 웃었다.

“관대하신 처분에 감사드립니다.”

“벌 받을 거라고는 생각도 안 했으면서.”

란의 말에 키리는 호호 웃었다.

란에게 알려졌으니 이제 상관없다는 태도로, 시녀들은 웨딩드레스를 가져와서 가봉했다.

웨딩드레스는 흰색이 아니라 짙은 녹색이었다.

뒤에 길게 끌리게 되어 있는 진녹색 드레스에는 금사로 수가 촘촘하게 놓여 있었다.

드레스를 입히고 시녀들은 스스로 감탄했다.

“너무 아름다우세요.”

“녹색이 진짜 잘 어울려요.”

“세상에, 피부가 진짜로 우윳빛이에요. 거기에 눈동자가 더 돋보이고요.”

“얼른 녹음의 관까지 쓴 모습을 보고 싶네요.”

란은 당일까지 드레스를 입은 제 모습을 볼 수 없었기 때문에, 낯간지러운 탄성에 궁금해졌다.

"자, 이제 일찍 주무시고 충분히 휴식을 취하셔야 해요."

카라의 말에 시녀들은 고개를 끄덕였다. 란은 일찍 저녁을 먹고 걸쭉한 음료를 마신 후 초저녁에 잠자리에 들어갔다.

잠이 올 것 같지 않았는데, 그 음료 덕분인지 란은 스르륵 잠이 들었다.

*　　*　　*

결혼식 당일 아침이 되자 란은 긴장 때문에 일찍 일어났다. 잠을 설치지는 않았지만, 아직 동도 트기 전이었다.

란은 침대에서 나와서 침실 베란다 문을 열었다. 시원한 산바람이 불어왔다.

모슬린 커튼이 요정 날개처럼 나부꼈다. 란은 빙벽을 바라보았다.

아직 빙벽에서 일어나는 일 중에 해결된 것은 아무것도 없었다. 지나치게 고요한 빙벽은 불길했지만, '어쩌면 이대로 끝날지도 몰라. 계속 봉인 의식을 했잖아?' 하는 낙관적인 추측도 슬며시 고개를 들었다.

멀리 동이 트기 시작해 하늘이 조금씩 밝아졌다.

어두웠던 빙벽도 위부터 점점 밝아져왔다. 하늘은 놀라울 정도로 푸른빛, 좋은 날씨였다.

"란 님, 일어나실 시간이에요."

침실로 들어오며 말했던 소다가 '어머?' 하고 눈을 떴다.

"벌써 일어나셨어요?"

"응, 눈이 떠졌어."

"찬바람 맞으시면 안 돼요. 피부 거칠어진다고요."

그렇게 말하며 소다가 부랴부랴 란을 안으로 들이고 창문을 꼭 닫았다.

'겨울도 아닌데.'

란은 그런 생각을 하면서도 순순히 말에 따랐다.

란이 기상했다는 게 알려지자 시녀들이 우르르 들어오며 방의 커튼을 모두 열었다.

마지막 마사지와 몸단장이 이어졌다.

"아무래도 피부 화장은 하지 않는 게 좋겠어요."

카라가 소다와의 의논 끝에 란에게 말했다. 란도 거울 안의 자신을 보며 고개를 끄덕였다.

"응, 알았어."

카라가 설명하듯 덧붙였다.

"피부가 좋아 보이라고 화장을 하는 건데, 이미 너무 좋으시니까요. 여기에 화장하면 그편이 더 어둡고 거칠어 보일 것 같아요. 색조만 올리지요."

란은 고개를 끄덕였다.

아이라이너도 검은색이 아니라 너무 진해서 검은색으로 보이는 암록색이었다. 그걸로 길게 눈꼬리를 잡아 빼자 그녀의 녹색 눈이 더욱 그윽해 보였다.

붉은빛으로 칠한 입술은 녹색 드레스와 찰떡으로 어울렸다. 웨딩드레스를 입고, 시녀들은 란의 머리카락을 땋아 올렸다. 란의 곱슬곱슬한 머리카락을 땋아 올리고, 다이아몬드와 진주로 정교하게 만든 산호 가지 모양 장신구로 마무리를 했다.

너무 화려한 장신구는 달지 않았다. 식의 내용 중 하나가 녹음의 관을 쓰는 것이기 때문이었다.

거기에 목걸이와 귀걸이를 하고서, 시녀들은 자신의 주인을 황홀한 눈으로 바라보았다.

잠시 후 들어온 시나가 란을 보고 쓰러지는 시늉을 하며 말했다.

"아니, 현세에 여신님이 강림하시다니!"

란이 웃음을 터트렸다.

"시나도 예뻐."

란의 말에 시나가 "저는 반딧불이지요." 하고 겸손하게 말했지만, 그녀 역시 아름답게 꾸미고 있었다.

보트넥으로 파인 분홍빛 귀여운 드레스를 입고, 검은 머리카락은 웨이브를 넣은 후에 틀어 올렸다. 란을 보는 시나의 눈은 동경으로 반짝거리고 뺨은 상기되어 있어서 그녀 역시 사랑스러웠다.

"시나도 머리에 장신구를 하는 게 좋겠다. 뭐 괜찮은 게 없을까?"

란의 말에 시나가 펄쩍 뛰면서 괜찮다고 손사래를 쳤지만, 란은 강하게 말했다.

그러자 카라가 안에서 홍산호 가지로 만든 머리 장식을 가져왔다. 란이 웃으며 제 머리 장식을 돌려 보여주고 말했다.

"세트네."

시나의 눈시울이 글썽해졌다. 그녀가 말했다.

"언니, 진짜로 정말로 행복해질 거예요. 지금보다 더더 꼭, 꼭이요."

시나의 말에 란은 어쩐지 가족에게 말을 들은 것 같다는 생각이 들었다.

"시나야……."

란의 말끝이 떨려오자 소다가 허둥지둥 손수건을 가져오며 말했다.

"아래를 보고 가볍게 닦으세요."

키리 역시 시나에게 말했다.

"울면 화장이 다 번질 거예요. 자, 이쪽에 앉으시죠. 장식을 달아 드릴 테니까요."

란이 고개를 끄덕였다.

"좋은 날이니까, 웃어야지."

시나 역시 고개를 끄덕였다. 그녀의 검은색 머리에 붉은 장식은 매우 잘 어울렸다. 거기다가 시나는 홍산호의 가치를 잘 몰라서 '보석도 아니니까 그렇게 비싸지 않겠거니.' 하는 생각에 마음이 편했다.

만약 그 가격을 알았다면 머리를 끄덕이지도 못했을 거다.

마지막으로 란의 머리에 베일을 씌워주는 걸로 결혼식 채비는 끝났다. 란은 깊게 숨을 들이마시고 머릿속으로 순서를 생각했다.

홀 앞으로 이동하면, 푸른 불꽃이 담긴 금 접시가 기다리고 있다. 그 접시를 들고, 홀 안으로 들어가서 세 개의 아치를 지나 단상 앞으로 나가면 유스타프가 접시를 받아 들어 불꽃을 단상 앞에 있는 화로에 붓는다.

그리고 불꽃이 타오르면 그걸로 라치아식 결혼의 성립이었다. 그런 뒤에 유스타프가 란에게 녹음의 관을 씌워 줄 테고, 반지도 끼워 줄 것이다.

'그러고 나서 결혼 서약서에 서명을 하고 아치를 돌아서 나오면 끝.'

복잡한 건지 아닌 건지 모르겠다.

란은 그렇게 순서를 머릿속으로 복기한 뒤 자리에서 일어났다.

"이제 내려가실 시간입니다."

카라의 말에 란은 깊게 숨을 들이켜며 자리에서 일어났다. 밖으로 나가니 정복을 입은 블레인이 기다리고 있었다.

"제가 에스코트를 하러 왔습니다."

란은 고개를 끄덕였다. 그의 팔에 손을 얹고 란은 베일 때문에 시야가 답답하다고 생각하며 아래로 내려갔다.

저택은 아무도 없는 것처럼 고요했다. 에메랄드 홀 입구로 가자 입구 양쪽으로 청염 기사단이 쫙 도열해 있었다.

란은 압도되는 듯한 오싹함을 느끼며 그 사이로 지나갔다. 그 앞에 분홍색 옷을 입은 시나가 보여서 다행이었다.

시나는 푸른 불꽃이 담긴 금 그릇을 들고 있었다. 시나가 그걸 건네며 말했다.

"언니 축하드려요. 그리고 이거 좀 무거워요."

"고마워."

란은 그렇게 대답하며 조심스럽게 그릇을 받아 들었다. 푸른 불꽃이 생각보다 커서 좀 놀랐다. 그리고 금 접시도 생각보다 더 무거웠다.

'금이라서 그런 거겠지.'

접시를 들고 문 앞에 서자 시종들이 문을 열어 주었다. 소리도 없이 문이 열렸다. 란은 어렴풋한 베일 너머로 홀에 빽빽하게 들어찬 사람들을 보았다.

'베일 써서 다행이다.'

그런 생각마저 들었다. 아니었으면 진짜로 긴장했을 거다.

란은 조심스럽게 홀로 들어갔다. 베일 때문에 시야가 어지러웠고, 불꽃도 들고 있었고, 아주 긴 드레스 자락을 밟지 않기 위해 애쓰느라 주변을 볼 여유가 없었다.

녹색, 흰색, 은색, 세 개의 아치를 지나 란은 멈춰 섰다. 유스타프가 그녀에게서 그릇을 받아 들고 나서야 란은 안심하며 고개를 들고 그를 볼 수 있었다.

'헉.'

란은 작게 숨을 삼켰다.

정복을 입은 유스타프는 베일 너머로 봐도 너무 멋있었다. 란은 자신이 베일을 쓰고 있어서 다행이라고 다시 한 번 생각했다.

아니었으면 지금 이 얼빠진 표정을 모두에게 보였을 거다.

유스타프가 불꽃을 화로에 붓자, 화로에서 커다란 푸른색 불꽃이 솟구쳤다. 열기는 없었지만, 갑자기 크게 솟구쳐 란은 깜짝 놀랐다.

유스타프가 돌아서서 그녀의 베일을 걷어 올렸다. 란은 살짝 미소를 지으며 그를 보았고 유스타프는 자신의 손이 떨리는 걸 느꼈다.

그가 베일을 벗겨 불꽃에 던져 버리고 준비된 관을 들어 올렸다. 푸른 불꽃에 녹음의 관에 달린 에메랄드와 다이아몬드가 춤추듯 빛났다. 란이 살짝 머리를 기울이자 유스타프가 조심스럽게 란의 머리에 관을 씌웠다. 란이 고개를 들자 유스타프가 저도 모르게 그녀의 뺨에 키스했다. 그러자 하객 사이에서 가볍게 웃음이 흘러나왔다.

란의 뺨이 붉어졌다.

유스타프는 이 식을 빠르게 해치운 다음, 그녀를 안고 바로 침실로 올라가고 싶다고 느꼈다.

그는 란의 손을 잡고, 반지를 끼워주었다. 그녀의 손가락에 브릴리언트 컷으로 반짝이는 커다란 다이아몬드 반지가 끼워졌다.

'너무 커.'

란은 이렇게 큰 다이아몬드가? 하며 유스타프를 바라보았고, 반지를 바라보는 그의 얼굴에 뿌듯한 미소가 스치는 걸 보고 그냥 즐겁게 이 선물을 받기로 했다.

그리고 그가 그녀의 손을 꼭 잡자 홀에 모인 사람들이 한목소리로 외쳤다.

"녹음을 드리우소서!"

란은 가슴속이 떨리는 걸 느꼈다. 그러고 나자 시종이 양피지와 펜을 가지고 왔다.

결혼 서약서였다.

먼저 유스타프가 서명하고, 그 다음 란이 서명을 끝냈다.

그러자 옆에 서 있던 일루미니티 백작이 외쳤다.

"이로써 라치아와 제국의 법에 의해 두 사람이 부부가 되었음을 선포합니다!"

그러자 모두가 환호성을 질렀다. 란이 유스타프를 바라보며 '이제 출발해도 되지?' 하는 눈짓을 보내자 유스타프가 그녀를 번쩍 안아 들었다. 란은 예상치도 못한 상황에 숨을 삼켰다.

모두가 다시 웃음을 터트리며 함성을 내질렀고, 유스타프는 란을 안은 채로 다시 홀을 가로질러 세 개의 아치를 통과했다.

모두가 박수 치고 휘파람을 불고 꽃잎과 밀알, 금화를 뿌리며 환호성을 질렀다. 몇몇 금화가 유스타프 위로 떨어져서, 그는 란에게 맞지 않게 조심했다.

"신랑 너무 빨리 간다!"

짓궂게 누군가가 외치자 다들 다시 크게 웃음을 터트렸다.

란은 뺨이 더더욱 화끈거리는 걸 느끼며 유스타프의 목을 꽉 끌어안았다.

홀을 나와 시종이 홀의 문을 닫자마자, 유스타프는 란을 내려놓으며 키스했다. 란의 머리에 얹은 관이 흘러내려 떨어지는 걸 그가 한 손으로 낚아챘다. 란이 당황해 유스타프의 입술을 손으로 누르며 말했다.

"립스틱 묻었어."

유스타프가 손등으로 슥 제 입술을 문지르며 "그런가요?" 하곤 한 번 더 그녀에게 입 맞췄다.

"크흠, 크흠."

카라가 헛기침을 해서야 유스타프는 키스를 멈췄다. 란은 숨을 헐떡였다.

"연회 준비를 해야 하니, 두 분 다 옷을 갈아입으셔야 합니다."

카라가 그렇게 말해 란은 고개를 끄덕였다.

"잠시 후 뵙죠."

유스타프가 란의 귀에 속삭이고 자리를 떴고, 란은 카라의 뒤를 따라 방으로 올라가 옷을 갈아입었다.

연회복은 짙은 푸른색 드레스로, 나폴나폴한 재질이 몇 겹이나 겹쳐 있었고 그 모든 치마 아래쪽에 반짝이는 색색의 토파즈를 잔뜩 달아 마치 밤하늘처럼 보였다.

거기에 머리에는 관을 흔들리지 않게 단단히 고정한 다음, 드러난 팔에 진주 단추가 촘촘하게 달린 롱 글로브를 끼웠다.

그리고 에메랄드 홀로 돌아가니 아까와는 완전히 다른 파티장이 되어 있었다.

연회장 가장 상석에는 의자 두 개가 나란히 놓여 있었고, 란은 홀 입구에서 기다리고 있던 유스타프를 바라보았다.

옷을 갈아입은 유스타프는 심장이 떨릴 정도로 멋있었다.

"가실까요, 부인."

유스타프가 정중하게 말해 란은 고개를 끄덕였다. 말이 잘 나오지 않았다.

란과 유스타프가 홀에 들어서자 홀에 있던 모든 사람들이 둘을 주목했다. 마치 홍해가 갈라지는 것처럼 사람들은 허리를 깊게 숙이며 좌우로 물러섰다.

란과 유스타프가 자리에 앉았지만 잠깐이었다. 유스타프의 인사말이 있고 사람들이 만세 삼창을 하고 나자, 유스타프가 란에게 춤을 청했다.

란은 깊게 숨을 들이마시고 그의 손을 맞잡았다.

플로어로 들어가자 오케스트라가 음악을 연주했고, 란은 이제는 꽤 익숙하게 더블릿을 추었다.

지켜보던 사람들이 한숨을 내쉴 만큼 완벽한 한 쌍이었다.

"춤추시겠습니까?"

루미에가 손을 내밀어 시나는 웃으며 얼른 그 손을 맞잡았다. 둘이 플로어에 합류하며 다른 사람들도 플로어로 끼어들어, 곧 플로어는 춤추는 사람으로 가득 찼다.

그제야 좀 긴장이 풀려 란이 말했다.

"벌써 지쳤어."

"안 됩니다."

유스타프가 그렇게 말하며 덧붙였다.

"전 오늘 밤 란을 순순히 재워 줄 생각이 없거든요."

란의 얼굴이 빨갛게 되었다. '유스타프!' 하고 소리치고 싶었지만, 이렇게 사람들이 많은데 그럴 수는 없었다.

그래서 그녀는 침을 삼키고 그를 짐짓 노려보듯 하며 말했다.

"정말, 정말로, 유스타프 라반 드 라치아."

"네, 부인."

유스타프가 달콤하게, 노래하듯 그녀를 그렇게 불러서 란은 어쩐지 간질거렸다.

부인.

내가 라치아 공작 부인이라니.

"실감이 나지 않아."

란이 중얼거린 말에 유스타프가 고개를 끄덕였다.

"저도 실감이 나지 않습니다."

"정말?"

"네. 그러니 확인해 보고 싶어집니다."

의미심장하게 말해와 란의 뺨이 다시 붉어졌다. 유스타프가 그녀에게 속삭였다.

"너무 많이 마시지 말고, 적당히 빠르게 연회장을 빠져나가세요."

란이 입을 비죽였다.

"유스타프 좋으라고?"

유스타프가 그 말에 란의 등을 부드럽게 쓸어내리며 애원하는 어조로 말했다.

"절 한 번 살려 주시죠, 부인."

란은 잠시 입을 꾹 다물었다가 시선을 아래로 내리며 말했다.

"그렇다면, 어쩔 수 없네."

그녀의 귀 끝이 붉어진 게 보여서 유스타프는 그녀의 귓바퀴에 키스해 주고 싶고, 핥아 주고 싶다고 생각했다.

하지만 꾹 눌러 참았다.

첫 춤을 끝내고 플로어에서 나오자 몰려든 사람들이 차례로 축하인사를 건넸다.

둘은 그걸 받아주느라 정신이 없었다. 란은 같이 춤을 추자는 사람들 손에 이끌려, 콰트로움을 추며 괴로워하기도 했다.

한창 연회의 중반쯤 되었을 때, 키리가 다가와서 정중하게 말했다.

"잠시 옷매무새를 고치려 가실 시간입니다."

"아, 응."

란은 고개를 끄덕이고 사람들에게 양해를 구한 후에 홀을 빠져나왔다. 란이 휴 하고 부채질을 하며 말했다.

"힘들다."

키리가 빙긋 웃으며 돌아서서 말했다.

"마님, 저는 지금 가주님의 부탁으로 마님을 데리고 나온 거예요."

란이 눈을 동그랗게 떴다. 키리가 부드럽게 이었다.

"정말로 옷매무새를 고치고 돌아가셔도 되고, 아니면 침실로 안내를 해 드려도 되고요."

란이 뺨을 사과처럼 물들였다가 장난스럽게 말했다.

"다시 연회장으로 돌아가면 유스타프가 울겠지."

키리가 키득키득 웃고 말했다.

"갑자기 제 아내가 아프다며 번쩍 들고 사라지실지도 모르지요."

그 말에 란은 "현실성 있어." 하고 중얼거리며 어쩔 수 없다는 태도로 새침하게 말했다.

"침실로 갈래."

"네."

키리가 아무렇지도 않게 대답하고 그녀를 공작 부인의 침실로 안내했다. 거기에는 이미 카라와 소다가 기다리고 있었다.

그들은 란의 머리를 풀어주고, 목욕을 도와주고서 옷을 입혀 주었다.

"그럼."

시녀들이 썰물처럼 빠져나가자, 란은 어색함을 느꼈다.

그녀는 긴장을 삼키며 공작 부인의 방을 살폈다. 그러다가 세공이 다른 문을 발견했다. 크기도 다른 문에 비하자면 작았다. 손잡이는 은으로 만들어진 듯했고, 에메랄드 장식이 붙어 있었다. 그리고 이쪽에 잠글 수 있는 잠금쇠가 상당히 크게 달려 있었는데, 역시 은으로 된 빗장이었다.

'이건가…….'

란은 빗장을 풀고, 손잡이를 열었다. 그러자 역시나 부부 침실이 모습을 드러냈다.

'와…….'

부부 침실에 들어와 보는 건 처음이었다. 아늑하게 꾸며진 공간의 가운데에는 커다란 침대가 자리하고 있었다. 사방의 커튼은 지금 전부 올라가 있는 상태였다. 아이보릿빛 커튼에는 화려한 수가 놓여 있었다. 란은 그 침대 끝에 앉았다.

'푹신하다.'

뭘로 만든 걸까. 역시 거위 털이겠지?

그런 뻔한 생각을 하며 란은 슬리퍼를 까닥거렸다. 이곳의 침대는 대부분 높은 편이었는데, 부부 침대는 더 높아서 앉으니 발끝이 바닥에 살짝 닿을락 말락 했다.

'떨어지면 아프겠다. 아니지, 카펫이 워낙 두꺼워서 괜찮을지도.'

란은 어깨를 움츠렸다. 제 옷차림이 너무 신경 쓰였다.

그때 딸칵, 하고 문 열리는 소리가 났다. 란의 어깨가 크게 흠칫했다. 그녀가 살며시 고개를 돌리자, 역시나 입구에 유스타프가 서 있었다. 란이 진녹색 로브를 입고 있는 것처럼, 그 역시 암록색 로브를 입고 있었다.

"빨리 왔네?"

저도 모르게 말하자 유스타프가 살짝 웃었다.

"더는 기다릴 수가 없어서요."

"연회는?"

"자기들끼리 먹고 마시느라 저희가 없어진 걸 눈치채지 못할 겁니다."

말하면서도 유스타프는 입구 쪽에서 한 발도 움직이지 않았다.

"유스."

"네."

"이쪽으로 와."

란이 작게 말하자 그의 어깨가 크게 흔들리는 게 보였다. 어두운 램프 불이 그녀에게 용기를 주었다.

유스타프가 조용히 침대로 다가왔다. 란은 침대에서 일어나며 말했다.

"여기 침대 너무 높은 것 같지 않아?"

"다리를 자르라고 하죠."

"어, 아니, 그건 아니고."

란이 당황해 말하는데 유스타프가 가볍게 웃고 그녀의 허리를 당겨 키스했다.

'아.'

지금까지의 키스도 충분히 진하다고 생각했는데 지금은 또 완전히 다르다.

집요하고 질척거리고—

키스에 밀려 란은 침대에 쓰러지듯이 누웠다. 그가 그녀의 머리와 허리를 붙잡고 있어서 그건 너무 자연스럽게 이루어졌다.

그의 입맞춤이 이제 입술에서 목으로, 어깨로 미끄러져 내렸다. 그의 손이 로브 안으로 들어오자 란의 몸이 크게 뛰었다. 그녀가 그의 어깨를 살짝 밀어내자 유스타프는 순순히 밀려주었다.

"유스."

"네."

란은 자신의 목소리가 지나치게 헐떡거리는 게 아닌가 싶었다. 그녀가 작게 말했다.

"내가 유스타프 로브 먼저 벗겨도 돼?"

유스타프는 대답 대신 그녀의 손을 잡아끌어 제 로브 끈에 올렸다. 란은 깊게 숨을 들이마시고 그 끈을 잡아당겼다.

란이 살짝 로브를 잡아당기자 암록색 실크 로브가 부드럽게 그의 등을 타고 흘러내려 떨어졌다.

안은 두 사람 다 알몸이었기 때문에 란은 그의 모습을 보고 눈을 동그랗게 떴다. 유스타프가 웃으며 그녀의 입술에 키스하고 물었다.

"만족하셨습니까?"

"어― 그 이상?"

그녀의 말에 그는 크게 웃음을 터트리며 물었다.

"그럼 이제 제가 벗겨도 됩니까?"

란은 고개를 끄덕였고 유스타프는 그녀의 끈을 당겨 로브를 벗겨냈다. 그의 뚫어져라 바라보는 시선에 란의 뺨이 붉어졌다. 그가 란에게 키스를 퍼부으며 말했다.

"란은 항상 제 상상을 뛰어넘지요."

그러며 그는 찬양하는 말을 쏟아냈고 란은 부끄러움과 동시에 기쁨도 느꼈다. 유스타프가 란을 가볍게 안아 들어 침대 가운데로 데리고 갔다. 유스타프가 속삭였다.

"제가 항상 하고 싶었던 걸 전부 다 해도 됩니까?"

"하고 싶었던 게 뭔데?"

란의 물음에 그가 귓가에 작게 속삭이자 란은 웃으며 "유스타프!" 하고 외쳤고, 그의 말이 계속 이어지자 이번에는 "유스타프!" 하고 비난하는 듯한 목소리가 튀어나왔다. 유스타프가 그녀에게 입 맞추며 말했다.

"싫다고 하지 않으시면 동의하신 걸로 알겠습니다."

"유스, 읏―"

그녀의 입에서 달콤한 소리가 흘러나오자 그는 더 이상 견디기 힘들다고 생각했다. 그가 그녀에게 애무를 퍼붓기 시작하자 란이 흐느끼며 말했다.

"하, 하지만 언제 다―"

그 많은 걸 언제 다 하려고?

그녀의 물음을 충분히 알아들은 그가 씩 웃으며 말했다.

"신혼은 깁니다."

'언제까지 침실에서 안 나가려고?!'

란은 그렇게 생각하며 눈을 크게 떴지만, 곧 그가 키스를 퍼부어 생각이 희미해졌다.

'어떻게든 되겠지.'

란의 마지막 생각은 그것이었다.

*　　*　　*

유스타프는 커튼 틈으로 들어오는 희미한 빛을 바라보았다가 란에게로 시선을 내렸다.

란은 정신없이 쿨쿨 잠들어 있었다. 그 모습이 귀여워서 그는 그녀의 머리카락을 가볍게 꼬았다.

침실은 빛이 거의 들어오지 않게 커튼을 쳐 놓았기 때문에 낮밤을 구분하기가 힘들었다.

한번 커튼을 열었더니 란이 "낮인데……." 하고 부끄럽다며 이불 속으로 들어간 후로는 커튼을 절대 열지 않고 있었다.

하지만 식사는 시간에 맞춰 딱딱 들어와서 유스타프는 얼마나 지난 건지 확실히 알 수 있었다.

유스타프는 그녀의 옆구리를 부드럽게 어루만졌다가 쿡 하고 그녀의 말랑한 뺨을 찔러 보았다.

그래도 란은 꿈쩍도 하지 않고 깊은 잠에 빠져 있었다. 그 모습을 보니 안쓰럽기도 하고, 미안하기도 하고…….

희미한 빛 속에 드러난 란의 둥근 어깨에도 붉은 흔적이 가득했다. 유스타프는 그 흔적 위에 하나하나 입을 맞췄다.

점점 입맞춤이 아래로 내려가서 이불을 끌어내리고 등의 오목한 곳마다 키스를 하는데 "으응—" 소리를 내며 란이 귀찮다는 듯 그를 밀어냈다.

유스타프는 얌전히 키스를 멈추고 다시 이불을 끌어올려 덮어준 후에 가볍게 토닥거렸다.

'큰일이다.'

그는 그렇게 생각하며 눈을 감고 잠이 들었다.

란은 무거운 눈꺼풀을 들어 올렸다. 이제 유스타프의 품에서 눈을 뜨는 것도 익숙하다. 그녀는 제 허리에 두른 팔을 느끼며 하품을 하고 몸을 돌렸다.

"일어나셨습니까?"

"응……."

멍한 목소리로 란이 대답했다. 유스타프가 물 컵을 건네어 란은 반쯤 몸을 일으키고 물을 마시고서 한숨을 내쉬었다.

"씻을래."

그녀가 칭얼거리듯 말하자 유스타프가 "준비하게 하죠." 하고 자리에서 일어나 설렁줄을 당기고 로브를 걸쳤다.

란은 그의 넓은 등과 역삼각형으로 줄어드는 허리, 딱 올라붙은 엉덩이가 로브 속으로 가려지는 걸 빤히 바라보았다.

힐끗 뒤를 돌아본 유스타프와 눈이 마주치자 란이 제 이불 속으로 얼굴을 반쯤 숨기며 말했다.

"왜, 뭐?"

"아무것도, 전 아직 아무 말도 안 했는데요."

유스타프는 그렇게 말하고 미소를 돌려주며 문밖에 선 시종에게 목욕물을 준비하라고 말했다.

란이 웅얼거렸다.

"이제 내 거잖아. 내 거 내가 보겠다는데……."

그 말에 유스타프가 기쁜 듯이 미소 지으며 "그렇지요, 란의 것이지요." 하고 대답하고 침대로 돌아와 물었다.

"배고프지는 않으십니까?"

란은 고개를 저었다. 허기가 지지는 않았다. 단지 그냥 씻고 싶을 뿐이었다.

"목 아파…… 피곤해…… 대체 오늘이 며칠 째야?"

"아직 일주일은 안 되었답니다."

'채울 작정인가…….'

란은 그렇게 생각하며 빤히 유스타프를 보았고, 그는 신음을 흘린 후에 말했다.

"여자에게 빠지는 남자 이야기는 전부 한심한 이야기라고 생각했는데 말입니다. 제가 지금 그러고 있네요."

란이 눈을 샐쭉하게 떴다.

"뭐야? 그거 지금 내 탓 하는 거야?"

"제가 한심하다는 이야기입니다."

유스타프의 말에 란이 피식 웃고 말했다.

"그건 일단 라치아 영지를 말아먹고 나서 이야기해보자."

"그건 그렇군요."

유스타프가 고개를 끄덕였다. 그가 잠시 생각하더니 몸을 숙여 란의 입술에 입맞춤하며 말했다.

"그럼 말을 바꾸죠."

"바꿔?"
"제가 란에게 정신없이 푹 빠졌습니다. 라치아를 말아먹어도 상관없다는 생각이 들 정도로요."
"유스타프!"
란이 웃음을 터트렸지만, 유스타프가 그녀의 목에, 어깨에 키스하며 이어 말했다.
"이대로 계속 침실에 있고 싶어집니다. 란을 아무에게도 보이지 않고요."
란이 웃으며 그를 밀어냈다.
"그 꼴은 내가 못 보지. 내가 라치아를 일으키느라 얼마나 고생했는지 알아?"
"그럼 라치아가 망할 일은 없겠군요."
유스타프가 빙긋 웃었다.

* * *

'역시 사람은 햇빛을 보고 살아야 해.'
란은 그렇게 생각하며 테라스의 햇살을 즐겼다. 그녀는 제 눈앞에서 차를 마시는 유스타프를 노려보듯 하며 말했다.
"역시 사람은 햇빛을 받으면서 살아야 해."
"그래서 지금 받고 있지 않습니까?"
"앞으로도 계속 받을 수 있으면 좋겠는데."
"당연히 계속 받으시겠지요."
"정말?"
유스타프의 푸른 눈이 의아하다는 듯이 크게 떠졌다.
"당연하죠."

"난 유스타프가 나 침실에서 안 꺼내 주는 줄……."

"침실에도 햇빛은 들지 않습니까."

"유스타프."

"농담입니다."

란은 가볍게 한숨을 내쉬었다. 키리에게 호신술을 배운다며 키운 체력을 침실에서 써먹게 될 줄은 누가 알았는가.

유스타프가 잠시 찻잔으로 시선을 내렸다가 조심스럽게 물었다.

"혹시 저만 좋았습니까?"

란은 그 말에 뚫어져라 유스타프를 보다가 체온이 확 올라가는 걸 느끼며 말했다.

"안 좋았으면 이미 첫날밤 유스타프를 걷어찼을 거야."

좋았냐니.

단순히 좋다는 말로는 부족했다. 너무 좋아서 정신이 이상해지는 것 같았다.

유스타프의 푸른색 눈동자가 정염으로 가득 차서 흐릿해지고, 쾌락으로 일그러진 단정한 얼굴을 보는 것도 좋았다. 종종 그가 장난스럽고 달콤하게 "누님." 하고 속삭이면 어쩐지 더더욱 참을 수 없는 기분이 되어 뱃속이 짜르르하고…….

정말로 체력만 된다면 한 달 내내—

'안 돼.'

정신 차리자.

란은 그렇게 생각하며 헛기침을 하고 말했다.

이러다 진짜 라치아를 말아먹을지도 모른다.

"이제 수도로 올라가야 하지 않아? 결혼식 때문에 영지전 보고가 너무 늦어졌어."

"그렇습니다."

유스타프가 고개를 끄덕였다. 란이 잠시 생각하다가 말했다.

"하지만 지금 올라가면, 다시 하늘 저택으로 돌아오기가 빠듯하겠는걸?"

유스타프는 '아' 하고 올 게 왔구나, 하는 생각이 들어서 재빠르게 대답했다.

"겨울은 녹색 아치에서 보내시죠."

"정말?"

란이 눈을 크게 떴다.

"그래도 될까?"

작년과 재작년 겨울, 서류에 시달렸던 걸 생각하며 란은 고민에 잠겼다.

"하지만 신년회는 어떻게 하고?"

"저 혼자서도 충분합니다."

유스타프의 말에 란은 눈을 깜박였다. 당혹해서 란이 물었다.

"그럼 녹색 아치에는 나만 남는 거야?"

유스타프가 고개를 끄덕였다.

"물론 같이 남으면 좋겠지만, 겨울에 영지에서 해야 할 일들이 있으니까요. 겨울 사냥이나 봉인 의식도 그렇고—"

란은 잠시 머리를 굴렸다.

그런데 내가 녹색 아치에 남아 있어야 하는 이유가 있나? 겨울은 어차피 사교 시즌도 아닌데?

결국 이유를 찾지 못해서 란이 조심스럽게 물었다.

"유스, 다른 계획이라도 있어?"

"네?"

유스타프 역시 의아해져서 되물었고 란이 어깨를 으쓱했다.

"왜 나 혼자 녹색 아치에 남으라는 건지 잘 모르겠어서. 그러고 보니 전에 라벨과 뭔가 한다고 했잖아. 그거의 연장이야? 볼모 같은 건가?"

"아닙니다."

유스타프가 눈을 찌푸리며 단호하게 말했다.

"그러고 보니 라벨과 했던 이야기를 부인에게도 해야겠군요."

란이 고개를 끄덕이자 그가 싱긋 웃었다.

"라치아 공국으로 독립할 예정입니다."

란은 헉 하고 숨을 삼켰다.

"공국으로?"

"네."

"왜?"

"그게 더 이익이니까요."

"제국이 놔줄까?"

"그러니 라벨과 협상하고 있는 거지요."

"아니, 공국이라니…… 그럼 유스타프가 공왕이 되는 거야?"

"누님은 공비가 되시는 거고요."

너무 어마어마한 일이라서 란은 입을 떡 벌렸다. 그녀는 마음을 진정시키려 찻잔을 내려놓고 설탕을 퐁당퐁당퐁당퐁당 넣었다.

유스타프는 저건 그냥 설탕차가 아닌가 하는 시선으로 바라보고 있는데 란이 그걸 한 번에 비워 버리고 말했다.

"세상에."

유스타프가 갸웃하고 물었다.

"싫으십니까?"

"아니, 싫다기보다는…… 귀찮은 일이 늘어나지 않을까?"

"그야 그렇겠지만, 이익이 되는 일도 있습니다. 누님이 하고 계시는 삼자무역을 직접 공국에서 관리할 수 있지요. 더해서 드워프와 엘프와도 국교를 맺을 수 있습니다. 마력석을 판매하는 데 있어서도 새로운 판로가 열리겠지요."

란의 머릿속에 주판알 튕기는 소리가 빠르게 지나갔다.

'허, 그러네? 쩔어. 확실히 제국에 소속되어 있는 공작가는 아무래도 한계가 있으니까.'

기사단의 운용도 그렇고, 사병 규모에도 더는 한계가 없다.

"라치아 공국."

란은 작게 말하고 유스타프를 바라보며 웃었다.

"이름 멋있는 것 같아."

유스타프는 란이 계획을 마음에 들어 하는 것 같아서 마음을 놓았다. 혹시라도 제국을 떠나는 걸 싫어하면 어쩌나, 하는 걱정이 있었던 것이다. 그러니까…….

"단지 한 가지 문제가 있습니다."

"뭔데?"

란의 얼굴이 진지해졌다. 유스타프가 헛기침을 하고 말했다.

"그러니까—"

정말로 드물게 그가 말을 망설여서 란이 조심스럽게 물었다.

"혹시 후처로 제국의 공주를 들이기로 하기라도 했어?"

"란!"

기겁하며 유스타프가 외쳤고, 란이 어깨를 으쓱했다.

"하지만 그럴 법하잖아?"

"아닙니다! 아니, 어떻게 그런 생각을 할 수가 있습니까? 저희, 분명히 방금 전까지 침대에서 몸을 섞고 있지 않았습니까?"

"유스! 쉬— 쉬—"

얼굴을 붉게 물들이며 란이 손을 저었다.

다행스럽게도 공작 부부만 남기고 시종들은 물러난 후였지만, 그래도 저런 말을 큰 소리로 떠드는 건 민망하다.

란이 붉어진 얼굴로 말했다.

"혹시나 하고 해 본 이야기야."

"그럼 저도 혹시나 하고 이야기해 볼까요. 만약 제가 그렇다고 하면 어떻게 하시려고 하셨습니까?"

"엄청 화냈겠지."

"그리고요?"

"지옥에서 돌아온 란 로미아 드 라치아를……."

중얼거리다가 란은 가볍게 웃었다.

"미안. 내가 실언했어."

그녀가 고개를 숙여 유스타프는 한숨을 내쉬고 말했다.

"그런 말은 농담으로도 하지 말아주십시오."

"네, 죄송합니다. 그래서? 그게 아니면 무슨 이유인데?"

유스타프는 이제 어떤 이유든 쉽게 말할 수 있을 것 같아졌다.

"녹색 아치에서 겨울을 보내지 못하게 될 겁니다."

말하고 나자 란이 미간을 찌푸리는 게 보여서 그는 움찔했다. 유스타프가 말을 이었다.

"물론 최대한 불편함이 없게 하겠습니다. 무도회도, 모임도 란이 원하는 만큼 가져도 됩니다. 추위는 있겠지만, 마법 물품도 열심히 개발할 거고—"

빠르게 늘어놓는 건 변명이었다. 그래도 란은 말이 없어서 유스타프는 드물게도 안절부절못한 기분을 느꼈다.

란은 라치아를 좋아하지 않는다.

"원하신다면 크게 온실을 짓죠. 그러면 따뜻할 겁니다."
란이 물었다.
"그게 무슨 말이야?"
"그러니까 말 그대로—"
"아니, 그게 아니라. 마치, 꼭, 내가. 겨울을 녹색 아치에서 보내고 싶다고 하는 것 같은데."
그러자 이번에는 유스타프가 당혹했다. 그가 멈칫거리다가 물었다.
"아닙니까?"
"왜 그렇게 생각해?"
"라치아를 좋아하지 않는다고 하셨으니까요. 추위는 지긋지긋하다고도 하셨고요."
몇 번이나.
유스타프의 말에 란은 턱을 괴고 잠시 생각에 잠겼다.
그리고 그녀가 똑바로 유스타프를 바라보며 입을 열었다.
"유스타프 라반 드 라치아. 내 공작, 내 가주, 내 남편."
노래하듯 그녀가 말했다.
"네가 가지고 있는 것, 네가 짊어지고 있는 것. 그 모든 걸 사랑해. 당연히 라치아도 좋아해. 싫어하지 않아. 겨울이 긴 것도 좋아. 날 녹색 아치에 혼자 두지 말아줘."
란이 빙긋 웃으며 "응?" 하고 되묻듯 덧붙였고 유스타프는 잠시 말없이 란을 바라보다가 떨리는 숨을 내쉬고 말했다.
"어째서 란은 제가 듣고 싶은 말만 해주는 걸까요? 달콤한 말에 푹 빠지는 건—"
어리석은 사람이나 하는 거라고 생각했는데, 하는 뒷말을 유스타프는 삼켰고 란은 웃었다.

"그건 내가 유스를 사랑하기 때문이지."
"그럼 저도 란이 원하는 걸 들어주고 싶습니다."
"음—"
란은 갸웃하다가 말했다.
"없는데."
"란."
"정말로."
란이 웃었다.
유스타프가 한숨을 내쉬고 말했다.
"어쩔 수 없네요. 그럼 제가 좀 더 열심히 노력을 하는 수밖에 없지요."
그러며 그가 란의 빈 잔을 채워 주고 설탕을 넣어주었다.
문득 란이 물었다.
"그런데 그러면 녹색 아치도 두고 가야 하는 건가?"
"네."
"그건— 아깝군."
에메랄드로 된 아치를 생각하며 란은 아쉬움에 입맛을 다셨다. 하지만 제국 황제가 라치아 공작에게 내린 상징물이니 그걸 가져가는 것도 우습기는 하다.
"새로 하나 만들까요?"
"아니, 그건 아닙니다."
란이 손사래를 쳤다. 유스타프라면 진짜로 하나 만들 것 같아서 더욱 그랬다.
"뭐, 생각해 보면 공짜로 얻은 거니까 두고 가는 게 당연하지."
"그리고 공국이 되면 행정 구역도 새로 개편할 예정입니다."
그 말에 란은 등에서 식은땀이 흐르는 기분을 느꼈다.

"일이 장난 아닐 것 같은데……."

"돈도요."

"열심히 벌어야겠네."

"벌어야지요."

두 사람은 그렇게 말하고 동시에 가볍게 웃었다.

유스타프가 잠시 생각하다가 조심스럽게 물었다.

"그럼, 란."

"응?"

"어차피 신혼이니 올라가는 건 딱 일주일만 더 미룰까요?"

"왜?"

란이 눈을 깜박거려 유스타프가 미소 지었다.

"데이트하지 않으시겠습니까?"

Chapter 4.

새로운 방향

란은 멍하니 낯선 천장을 바라보았다. 그러고서 저를 끌어안은 팔을 느끼고 깊게 숨을 내쉬며 말했다.

"유스, 아침이야."

"알고 있습니다."

"뭐야? 깨어 있으면 깨우지."

란이 눈을 찌푸리며 그를 돌아보자 유스타프가 피식 웃고 말했다.

"자고 계신 얼굴이 귀여워서."

"말은 잘하지."

유스타프가 이렇게나 달달한 말을 늘어놓는 인간이었던가, 하고 란은 새롭다고 생각하며 몸을 일으켰다.

두 사람이 자고 있는 곳은 새로 단장한 중급 여관이었다.

'침대가 튼튼해서 다행이지.'

란은 그렇게 생각하며 약간 얼굴을 붉혔다.

'옆방이랑 소음 방지도 잘되겠지?'

그런 생각을 하며 침대에서 내려와 로브를 걸치고 세면대로 다가갔다. 도자기로 된 세면대 아래에는 물이 들어 있는 주전자가 있었다. 언제 왔는지 유스타프가 다가와 대신 세면대에 물을 부어주며 란의 머리카락을 붙잡아 주었다.

능숙한 시중이다.

란이 세수를 끝내자, 유스타프가 퇴수대에 물을 비우고, 제가 씻었다. 그 사이 란이 머리카락을 빗으려고 하자 유스타프가 외쳤다.

"제가 빗을 겁니다."

"네, 네."

란이 피식 웃고 스툴에 앉으며 빗을 들어 올리자 얼른 유스타프가 다가와서 그녀의 머리카락을 빗기 시작했다.

반달 모양 나무빗으로 꼼꼼하게 아래서부터 빗어 준 다음, 그럴듯하게 나눠서 땋은 후 묶었다.

"됐습니다."

유스타프의 허락이 떨어져서야 란은 자리에서 일어났다. 부부는 간편한 여행자 복장을 하고 여관을 나섰다.

아침은 근처 식당에서 해결할 작정이었다. 란이 주변을 둘러보며 말했다.

"진짜 빠르게 발전하고 있네."

"도는 돈의 액수가 단숨에 커졌으니까요."

유스타프가 그렇게 말하고 달리는 수레를 피해 란을 살짝 옆으로 밀었다.

란은 웃으며 그의 팔짱을 끼었고 유스타프는 그녀의 이마에 가볍게 입 맞춰 주었다.

누가 봐도 깨가 쏟아지는 모습이었다.

유스타프가 데이트라고 말한 순간, 란은 이렇게 하고 싶다고 생각했다. 평범한 커플처럼 거리를 걷고, 뭔가 사 먹기도 하고.

무엇보다 전에 유스타프를 대신해서 영지를 돌아볼 때 농민들이 너무 벌벌 떨었던 게 마음에 걸렸다.

그때 암행을 하는 게 낫겠다, 하고 생각했던 것까지 합쳐서 의견을 냈더니 유스타프는 묘한 얼굴로 "전 좀 더 호사스러운 걸 생각했습니다만." 하고는 고개를 끄덕였다.

그러고 나서 이렇게 단둘이 여행을 나온 거다.

'여행이라고 해도 영지를 둘러보는 거지만, 그동안은 이렇게 둘러볼 시간이 없었으니까 새롭고 신기해.'

란은 그렇게 생각하다 작은 가판대들이 놓여 있는 걸 보고 눈을 크게 뜨며 유스타프의 팔을 잡아당겼다.

"유스, 저거, 저거."

"네, 네."

유스타프가 웃으며 란에게 끌려 걸음을 빨리했다.

가판대에는 제법 그럴 듯한 장신구들이 놓여 있었다. 란은 은색으로 반짝이는 장신구를 가리키며 물었다.

"은도금한 건가요?"

장사꾼은 재빠르게 고개를 끄덕였다.

"은으로 도금한 거라도, 튼튼하다고. 사실은 귀족 나으리들에게 파는 건데 말이야, 쫄딱 망해서 어쩔 수 없이 싸게 싸게 팔고 있는 거야."

란은 그 말에 웃음을 삼켰다.

아무리 봐도 귀족에게 팔 만한 물건은 아니다.
하지만 모티브는 꽤 사랑스러웠다.
"그럼 아저씨가 직접 만든 거예요?"
"에이, 설마. 내가 어떻게 이런 걸 만들겠어."
장사꾼이 손사래를 쳤다.
란은 잠시 꽃과 새 같은 자연물을 모티브로 한 디자인을 바라보다가 웃었다.
"그럼 내가 여기 있는 거 다 살 테니까 누가 만들었는지 알려주면 안 돼요?"
그러자 란의 예상과는 달리, 대번에 장사꾼의 눈에 의심이 서렸다.
"글쎄, 나도 어디서 가져오는 거라서 모르겠는데……."
그가 말을 얼버무리며 가판의 물건을 주워 담기 시작하자 유스타프가 빠르게 말했다.
"사실은 저희도 장사를 해 보려고 합니다."
"뭐요?"
"라치아 영지가 살기 좋다는 말을 들어서요. 저와 제 아내가 여행을 꽤 오래 했는데, 이제 자리를 잡을까 하거든요. 그래서 이런 좌판을 열까 하고요. 죄송합니다. 속일 작정은 아니었습니다. 어떤가요? 라치아는."
그제야 장사꾼의 얼굴이 풀렸다.
"뭐야? 그런 거였소? 처음부터 그렇게 이야기를 하지, 참."
유스타프가 빙긋 웃고 말했다.
"장사 한다고 하면 기분 나빠 하실까 봐."
"아니, 아니. 하기 전에 물어보는 게 당연하지. 하지만 확실히 기분 나빠 하는 사람도 있을 거요. 참, 나. 아내분은 요령이 없구만. 난 무슨 단속이라도 나온 줄 알았네."

그러며 그는 물건 떼는 법을 소상히 알려주고 말했다.

"예전의 라치아라면 이런 건 팔리지도 않았을 거야. 다들 밀이나 사려고 안달복달했겠지. 하지만 요즘 라치아는 살기 좋아졌지. 이게 다 새 공작님 덕분이라오."

장사꾼이 이야기를 마치자 유스타프가 금화를 꺼냈다. 장사꾼은 "큰 금화!" 하고 눈을 크게 떴다. 유스타프가 말했다.

"제 아내가 말한 대로, 여기 있는 물건은 다 사지요. 감사했습니다."

그렇게 물건을 한 아름 안고 나오며 란은 한숨을 내쉬었다.

"진짜로 다 살 줄이야."

"그럴 작정 아니셨습니까?"

"그랬지만…… 큰 금화라니……."

귀족은 베라트가 기본 단위라면 평민은 금, 은, 동화가 기본 단위였다. 그중에서도 금화는 보통 금화와 큰 금화로 나눠지는데, 큰 금화는 타원형으로 만들어지고 금 함량도 높은 금화였다.

"그런데 그건 왜 물어보신 겁니까?"

"아, 아니. 이것들 디자인이 좋아. 가능하면 인재를 발굴하고 싶어서."

란이 머리핀 하나를 들어 올리며 말했다.

싸구려 유리이기는 하지만 신경 써서 만든 푸른 물총새 모양의 머리 장식이었다.

유스타프는 "그렇군요." 하고는 머리 장식을 란의 손에서 빼앗아 그녀의 머리에 달아 주었다.

"예쁩니다."

"그지?"

란이 빙긋 웃어 보이자 유스타프가 속삭였다.

"란이 말입니다."

뭘 달아도 예쁘지요. 솔직히 말해서 란에게 옷이나 장신구를 입히는 쪽이 영광 아닙니까?

줄줄 늘어놓는 찬사에 란은 눈을 크게 뜨고 '이 팔불출!' 하고 외치려다가 참았다.

"유스도 멋있어."

대신 란은 그렇게 대답해 주었다.

두 사람은 장사꾼이 알려준 골목 안쪽으로 들어갔다. 겉으로 보기에는 도무지 액세서리를 만드는 곳으로 보이지 않는, 평범한 가정집 같은 곳이었다.

"왜 이런 곳에 있는 걸까?"

란이 갸웃하자 유스타프가 "전 알 것 같은데요." 하고 대답하고는 문을 두드렸다.

곧 거칠게 문이 벌컥 열렸다.

"뭐야?"

나온 남자는 마흔 초반으로 보이는 후줄근한 남자라, 란은 적이 실망했다.

이런 세공품을 만드는 사람이면 좀 더 섬세할 거라고 생각했는데…….

유스타프가 머리 장신구 하나를 들어 보이며 말했다.

"이거 만드신 분을 보러 왔습니다."

그러자 아까 전의 장사꾼처럼 남자의 얼굴에도 의심이 서렸다.

"우리 그런 거 안 해."

그러며 문을 도로 닫으려는 걸 유스타프가 탁 붙잡았다. 남자는 놀라 양손으로 손잡이를 잡아당겨 닫으려고 애썼지만, 유스타프가 한 손으로 잡고 있음에도 꿈쩍도 하지 않았다. 낡은 문이 비명을 지르듯 삐걱거리는 소리가 났다.

"길드에서 온 사람이 아닙니다."

유스타프의 말에 남자는 멈칫하더니 유스타프와 란을 번갈아 바라보았다.

어차피 그에게 선택지는 없었다. 남자는 감으로 그걸 알 수 있었다.

그는 "안으로 들어오슈." 하고 짧게 말했고 유스타프는 란을 먼저 들여보내고 자신도 들어가며 문을 닫았다.

"그걸 만들고 있는 건 내 동생이야. 그리고 말한 대로 길드 소속이 아니지."

란은 그제야 '아.' 하고 작게 소리를 냈다. 보석 세공사들이 전부 길드에 소속되어 있다는 건 알고 있었다.

"왜 못 들어가는 거죠?"

란이 갸웃하며 묻자 남자는 코웃음을 쳤다.

"그야 혈통이 문제가 되니까. 트라반 왕국 출신이다, 이거지."

"아."

란은 짧게 소리를 냈다. 그녀 역시 얼마 전에 그 왕국 생존자에게 당하지 않았는가?

"왕국은 개뿔, 몇백 년 전에 망한 왕국 따위 알게 뭐야? 하지만 어쨌든 길드는 안 돼. 그러면 어쩌겠어? 이렇게라도 해야지."

란의 얼굴에 짙은 미소가 걸리자 남자는 움찔했고, 유스타프는 웃음을 참았다.

그가 좋아하는 미소였다.

홍정 직전에, 게임을 시작하는 듯한 그런 미소.

란은 낡은 소파에 털썩 앉아 다리를 꼬며 손가락을 모아 세웠다. 갑자기 바뀐 그녀의 태도에 남자는 당황해 버벅거렸다.

"뭐, 무슨—"

"동생분이 나오라고 하세요. 그러고 나면 서로에게 이득이 될 이야기를 하도록 하지요."

그녀에게는 명령을 따르지 않으면 안 되게 만드는, 그런 카리스마가 있었고 남자는 우물우물하다가 안쪽으로 소리쳐 동생을 불렀다.

"콜린!"

그러자 남자와는 전혀 닮지 않은 20대 초반의 남자가 안쪽에서 조심스럽게 나왔다.

연한 갈색머리가 살짝 흐트러져 있고, 긴 속눈썹 아래에는 우수에 찬 듯한 연푸른 눈동자가 자리 잡고 있는 굉장한 미남이었다.

란은 속으로 감탄하고 결론 내렸다.

'하지만 유스가 더 잘생겼군.'

"무슨 일이십니까?"

콜린의 물음에 란이 자리에 앉으라는 듯 손짓했다.

마치 제 집인 듯한 행동이라 기가 찼지만, 콜린은 얌전히 자리에 앉았다.

"장신구가 너무 마음에 들어서요."

란이 제 머리에서 물총새 모양 장식을 빼어 들어 올렸다.

"싸구려 색유리로는 이런 색이 나올 수 없어요. 밑에 끼우는 받침에다가 조개껍질을 붙이고 엎은 거지요?"

콜린의 눈이 이채를 띠었다.

란이 유혹하듯 미소를 지으며 속삭였다.

"비용과 재료에 아무런 제약 없이 장식품을 만들고 싶지 않나요?"

어떤 예술가든지 혹할, 악마의 속삭임 같은 말이었다. 콜린이 입술을 꾹 다무는데 남자가 마법에서 깨어난 사람처럼 외쳤다.

"당신이 뭔데? 골든로즈 상단이라도 되나? 아무리 골든로즈 상단주라고 해도 길드원이 아닌 자의 세공품을 팔 수는 없다고."

란이 픽 웃으며 소파에 깊게 기댔다.

"란 로미아 드 라치아."

남자의 눈과 입이 떡 벌어졌다.

그녀가 빙긋 웃으며 콜린을 돌아보았다.

"제 소개가 늦었군요. 그러면, 이제 조금 마음이 동하시나요?"

"만들고 싶습니다."

"콜린!"

남자의 외침에 콜린이 고개를 저었다.

"이제 이렇게 숨어서 만드는 것도 질렸어."

"하지만, 진짜인지도……."

모르는데, 하고 웅얼거리며 남자는 란을 보았다가 유스타프를 보았다. 그는 침을 꿀꺽 삼켰다.

'설마, 라치아 공작은 아니겠지.'

아닐 거야. 아니어야 한다.

란이 자리에서 일어나며 말했다.

"그럼 제가 나중에 사람을 보내지요."

"가능하면 일은 다 마무리를 하고 가고 싶습니다. 한 달 뒤로 괜찮을까요?"

콜린의 말에 란은 고개를 끄덕였다.

"알겠습니다."

인사를 받으며 란은 즐겁게 골목을 나왔다.

유스타프가 그녀의 표정을 보고 물었다.

"만족스러우셨습니까?"

"응, 솜씨가 있는 사람을 찾기란 쉽지 않잖아? 이제 라치아 공국이 제국 유행의 중심지가—"

흐흐, 돈을 벌겠다. 하며 란이 음흉한 미소를 지었고, 유스타프가 그녀를 골목 안쪽 좁고 어두운 길로 끌고 들어갔다.

란은 숨을 죽였다.

'누가 쫓아오는 걸까?'

하는데, 유스타프가 그녀의 턱을 들어 올리고 키스했다. 란은 숨을 삼켰다. 유스타프의 다리가 그녀의 다리 사이로 밀고 들어왔고, 그의 팔이 그녀의 목덜미를 부드럽게 감쌌다.

더, 더, 깊이깊이.

그녀의 전부를 맛봤어도 또 맛보고 싶다는 듯이, 갈증 난다는 듯 유스타프가 그녀를 안으로 파고들어와 란은 신음을 흘리며 그의 키스에 응했다.

유스타프가 그녀의 입술을 마지막으로 가볍게 핥고 속삭였다.

"큰일이네요. 이성에는 자신 있다고 자부했었는데 말입니다."

란이 뺨을 붉히고 말했다.

"도무지 그렇게는 안 보이는데?"

"란 앞에서는 그렇지요."

그가 그렇게 말하고 조심스럽게 골목을 빠져나온 후 손을 내밀었고 란은 웃으며 그 손을 마주 잡았다.

그런 키스를 하고도, 손을 잡으면 간지러웠다. 그리고 그게 너무 좋았다.

둘이 손을 꽉 잡고서 거리를 걷기만 해도 좋았고, 길거리에서 구경하는 것도, 뭘 사는 것도, 심지어 메뉴판에서 뭔가를 고르는 것조차 즐거웠다.

‘너무 즐거워서 주변이 다 배경으로 보이는 느낌이야.’

란은 그렇게 생각하며 키득거렸다. 사람들이 자신들을 어떻게 볼지는 신경도 쓰이지 않았다.

‘이래서 민폐 커플이라는 게 탄생하는 걸까?’

란은 그런 생각마저 들었다.

란은 잡화점에서 곰 인형을 내려놓으며 말했다.

“유스.”

“네.”

“난 유스랑 있으면 어디를 가도 즐거울 거야.”

유스타프는 그 말에 “동감입니다.” 하고 대답하고, 란이 한번 손을 댔다가 내려놓은 곰 인형을 기억해 두었다.

시간이 가는 줄도 몰라, 밖으로 나오니 해가 지고 있었다.

란이 말했다.

“잡화점에서 쓸모없는 예쁜 것들을 팔더라.”

유스타프가 그 말에 잠시 생각하다가 동의했다.

“그건 경기가 좋아졌다는 말이겠지. 사람들이 의식주가 아닌 다른 거에 돈을 쓰기 시작한 거니까.”

“그렇죠. 전체적으로 옷차림도 좀 달라졌습니다.”

“응, 그리고.”

란은 가볍게 웃었다.

“공작가 제복이 유행을 할지는 몰랐어.”

“공작가 문장은 없지만요.”

“그것까지 따라하면 큰일 나지.”

란은 그렇게 말하고, 공작가 제복과 흡사한 디자인의 드레스를 입고 지나가는 여성을 힐끗 보았다.

란이 다시 노을 지는 하늘을 보고 중얼거렸다.

“낮이 짧아지고 있구나. 겨울이 오는 게 실감나네.”

“전 짧아지니 좋지만요. 아주 긴 겨울밤도 고대하고 있습니다.”

유스타프의 속삭임에 란은 몸이 뜨거워지는 걸 느끼고 말했다.

“그럼 경주할까.”

“네?”

“열 세고 쫓아오는 거야? 먼저 들어가는 사람 소원 하나 들어주기.”

“좋습니다.”

“열 세는 거 잊으면 안 돼?”

란은 그렇게 말하고는 달리기 시작했다.

여관과의 거리가 그렇게 멀지 않으니까, 숫자를 셀 동안 거리를 벌려두면 틀림없이—

여관 문이 보여서 란이 마지막 박차를 가하는 순간 휙, 하고 옆을 달려서 유스타프가 지나갔다.

‘이럴 수가!’

란은 꺅, 하고 소리를 내며 가볍게 앞으로 쓰러졌다.

누가 들어도 의도적으로 넘어진 게 뻔한 꾸며낸 비명인데도, 유스타프는 놀라 달려왔다.

“란, 괜찮습니까?”

“넘어졌어.”

란이 칭얼거리며 팔을 벌렸고, 유스타프가 그녀 손에 묻은 먼지를 조심스럽게 털어내고 안아 든 후에 물었다.

“다리는요? 괜찮습니까?”

“응, 괜찮아.”

그의 걱정에 란은 멋쩍어져서 작게 대답했다. 그녀를 안고 여관 문을 들어서는데, 란이 손을 뻗어 먼저 현관 문틀을 만지려는 걸 유스타프가 붙잡았다.

"이건 안 되지요."

유스타프가 그렇게 말하고 감싼 그녀의 손에 가볍게 키스한 후에 제가 먼저 문틀을 가볍게 치고 웃어 보였다.

란이 그의 뺨을 양손으로 감싸며 물었다.

"대체 뭘 시키려고요?"

유스타프가 란에게 작게 소곤거리자 란의 얼굴이 홍당무처럼 달아올랐다.

"유스타프!"

저도 모르게 소리쳤다가 란은 화급히 제 입을 막았다. 여관 1층은 식당이라, 저녁을 먹으러 내려온 손님이 꽤 있었다.

"부부가 보기 좋구만!"

여관 주인이 소리치자, 안에 있던 사람들이 웃음을 터트렸다.

어쩔 줄 모르는 란을 데리고 유스타프는 "제 아내가 수줍어해서." 하고는 위층으로 당당히 올라갔다.

란은 부끄러움과 웃음이 동시에 터지는 걸 느끼며 유스타프의 목을 꽉 끌어안았다.

유스타프는 꼭꼭 남의 앞에서 자신을 '제 아냅니다.' 하고 소개하는 걸 좋아했다.

'정말이지.'

지나치게 행복해서 현실마저 아닌 것 같았다.

"아쉽다."

란이 작게 속삭이자 유스타프가 방문을 발로 차서 열며 물었다.

“뭐가 말입니까?”

“데이트, 오늘로 끝인 게.”

란의 말에 유스타프가 의아하다는 듯 대답했다.

“앞으로도 많이 할 텐데요. 이건 그저 시작이지요.”

그 말에 란은 눈을 크게 떴다가 웃으며 그의 목에 얼굴을 푹 묻었다.

“응, 이제 시작이지.”

* * *

란이 굳이 녹색 아치에 머물지 않아도 된다고 말하고 나서, 란과 유스타프는 의논 끝에 일정을 바꾸었다.

그녀는 라치아를 떠나지 않기로 했다. 갔다가 돌아오는 길이 험할 것이 뻔한데 굳이 힘들게 올 필요가 없다는 게 유스타프의 의견이었다.

그리고 겨울 준비를 하는 시기에 영지를 비우지 않는 게 좋겠다는 게 란의 의견이었다.

명실상부한 공작가의 안주인이 되었으니, 이제 하늘 저택을 꼼꼼히 관리하는 것도 란의 일이었다.

그동안은 아무래도 총관으로서의 역할만 했지, 안주인 역할을 하지 않았다.

겹치는 부분이 있기는 하지만, 겹치지 않는 부분도 많다.

‘일단 공작 부인 침실부터 내 취향으로 바꾸고 싶고.’

나무그늘이라고 불리는 공작 부인의 침실은 예전에 어머니가 쓰시던 그대로라서 그녀의 취향에는 지나치게 어지럽고 화려했다.

“내가 겨울 사냥도 지휘할 수 있으면 좋은데.”

란의 말에 유스타프의 눈에서 불꽃이 튀는 듯했다.

"말도 안 됩니다."

"알아. 하지만—"

좀 더 말도 잘 달리고 검술도 잘하고…….

'시나처럼.'

비교가 최악이라는 건 알지만, 그래도 아직까지 비교하게 될 때가 있었다. 만약 시나였다면, 갑옷을 챙겨 입고 유스타프가 없는 사이에 기사단도 지휘했겠지?

하는—

"란, 이미 란은 지금으로도 충분합니다."

제 마음을 꿰뚫어본 듯이 유스타프가 말해서 란은 흠칫했다.

그녀가 눈을 깜박이자, 유스타프가 란의 뺨을 부드럽게 쓸어주며 말했다.

"이미 넘치도록 충분합니다. 여기에서 더 뭘 하다니. 절 공작에서 쫓아내고 싶으신 거지요."

유스타프의 말에 란은 작게 웃었다.

"알았어."

맞다. 자신이 할 수 없는 일에 대해 생각해 봤자 어쩔 수가 없는 일. 자신이 할 수 있는 일을 잘해 내는 게 더 중요했다.

란은 유스타프에게 잘 다녀오라고 작별 인사를 건넸고, 유스타프는 고개를 끄덕였다.

"다녀오겠습니다."

어차피 영지전 보고인지라, 유스타프는 인원을 많이 데려가지 않았다.

기사 서너 명을 데리고, 유스타프는 가볍게 떠났다.

유스타프가 떠난 지 얼마 되지 않아 라치아에 첫눈이 내렸다.

항상 그렇듯이 어마어마한 적설량이었다.

"조금 더 늦게 떠났으면 큰일 날 뻔했어."

란의 말에 시나가 고개를 끄덕였다.

"진짜 라치아는 눈이 엄청 오네요. 제 평생에 볼 눈은 다 보는 것 같아요."

시나는 그렇게 말하며 고개를 흔들었다. 언뜻 그녀의 얼굴에 불안감이 스치고 지나갔다.

벌써 계절이 돌아오고 있었다. 그녀가 이 세계에 온 지도 1년이 다 되어 간다는 말이다.

그런데 아직 돌아갈 단서를 찾을 수도 없으니…….

'이대로 돌아가지 못하면 어떻게 하지?'

덜컥 불안감이 밀려들었다.

"시나?"

란이 그녀를 불러 시나는 고개를 저었다.

"아뇨, 눈이 지겹다는 생각이 들어서요."

"그럼 시나도 유스타프랑 같이 보낼 걸 그랬나. 녹색 아치는 따뜻할 텐데."

"에이, 언니랑 루미에가 하늘 저택에 있는걸요."

"후자가 더 중요한 거 아니고?"

"언니도 참─"

시나가 뺨을 붉히고 웃었다. 요즘 란이 보기에도 시나와 루미에가 부쩍 가까워져 있었다.

'루미에를 살짝 떠볼까.'

란은 그런 생각을 하며 시선을 창밖으로 돌렸다. 깃털처럼 크고 푹신한 함박눈이 펑펑 내리고 있었다. 그때 노크 소리가 들려 란은 고개를 들었다.

루미에였다.

루미에가 정중하게 란에게 인사를 하고 시나에게 물었다.

"같이 검 연습 하지 않을래?"

"좋아."

시나는 대번에 대답했고 란은 눈을 크게 떴다.

"밖에 눈 오는데?"

"네, 그러니까예요."

루미에의 말에 란은 "이해가 안 돼." 하고 눈을 찌푸린 다음 시나에게 말했다.

"단단히 입고 나가."

"네."

키득키득 웃고 시나는 자리에서 일어났다. 루미에에게 기다리라고 하고 시나는 방으로 들어가서 옷을 갈아입었다.

단단한 겨울 복장으로 말이다.

하늘 저택 안은 난로를 펑펑 돌려서 얇은 옷만 입고 있어도 괜찮을 정도지만 밖은 아니다.

마지막으로 시나는 제 검을 정비하고서 망토를 단단히 둘렀다. 망토에 달린 후드에 털이 붙어 있는 게 얼마나 중요한지, 라치아에 와서야 알았다.

'좋아.'

단단히 입었다, 하는데 시야 바깥에 뭔가 검은 그림자가 일렁이는 게 보였다.

"……?"

시나가 흠칫하며 고개를 돌렸지만 아무것도 없었다.

"잘못 봤나……."

저도 모르게 중얼거린 순간 그림자가 크게 솟구쳤다. 시나는 비명이 튀어나오는 대신에 검 손잡이를 잡아 검을 뽑았다.

그동안 몸에 수없이 익힌 훈련 때문이었다.

"루—"

밖에 있는 루미에를 부르려 시나가 입을 여는데 그림자가 말했다.

"돌아가고 싶지 않은가?"

"뭐……?"

시나는 입술을 벌렸다. 그림자는 까득까득하는 기묘한 소리를 내며 몸을 뒤틀었다.

벽에 비친 커다랗고 선명한 그림자가 다시 말했다.

"돌아가고 싶지 않은가?"

시나는 심장이 미친 듯이 뛰는 걸 느꼈다. 그녀는 저도 모르게 뒤를 돌아보았지만, 거기에는 아무것도 없었다.

뭔가가 비친 게 아니다.

그림자는 단지 그림자로서 거기에 존재하고 있는 것이다.

"너 누구야?"

시나가 하는 말에 그림자가 킥킥킥 웃었다.

"그게 중요한가? 이방인이여."

그러다가 갑자기 그림자가 흔들리듯 하며 흐려졌다. 그가 거친 목소리로, 알아들을 수는 없지만 욕설인 게 뻔한 소리를 내뱉고 비명처럼 외쳤다.

"이브리아!"

그러고는 그림자는 그대로 흐려져서 사라졌다.

시나는 한참을 검을 들고 서 있다가 간신히 검끝을 내렸다. 손이 떨려왔다. 시나는 호흡을 가다듬었다.

"시나? 뭐해?"

밖에서 루미에의 목소리가 들려 그녀는 퍼뜩 정신을 차리고 검을 검집에 꽂아 넣었다.

"아냐, 이제 나가."

방문을 열기 전 마지막으로 시나는 그림자가 비쳤던 벽을 바라보았다가 문을 열고 나갔다.

루미에는 시나가 나온 걸 보고 "무슨 옷을 갈아입는 데—" 하고 타박하다가 입을 다물었다.

"무슨 일이야?"

"어?"

"얼굴이 창백해."

루미에가 손을 뻗어, 시나는 흠칫하고 그의 손을 피했다.

"아."

작은 소리가 그녀의 입에서 흘러나왔고 루미에는 태연하게 손을 내리며 말했다.

"쥐라도 봤어?"

시나는 아무런 말도 하지 못하고 있다가 한 걸음 그에게로 다가갔다. 루미에가 조금도 물러서지 않아서 둘의 간격은 아주 가까워졌다. 시나가 작게 말했다.

"그냥 안아 주면 안 돼?"

루미에는 말없이 그녀를 양팔로 끌어안았고 시나는 한숨을 내쉬며 그에게 몸을 기댔다.

따뜻한 체온과 심장 소리가 기분 좋게 들려왔다.

시나는 팔을 그의 허리에 둘렀다. 좀 더 강하게 루미에가 그녀를 끌어안았다.

"무슨 일이야?"

다시금 루미에가 물었다. 시나는 그의 품에 얼굴을 묻고 말했다.

"아무것도 아냐."

루미에가 살짝 몸을 떼고 그녀의 턱을 부드럽게 잡아 올렸다.

연약한 표정에, 루미에는 시나를 달래주고 싶다고 생각했다. 그가 살짝 고개를 숙였다.

입술이 닿기 전 그는 잠시 기다렸다. 그러자 시나가 발꿈치를 들어 올려 먼저 입을 맞췄다.

가벼운 입맞춤이었다.

깃털이 스치는 듯한, 불안감을 지우고 달래는 상냥한 입맞춤.

잠시 후 루미에가 입맞춤을 끝내고 그녀의 뺨에, 눈꺼풀에 부드럽게 이어 키스해 주었다. 시나는 눈을 살짝 내리깔았다가 뒤로 물러났다.

심장이 터질 것 같았다.

제 심장이 뛰는 소리가 귀에서 들리는 것 같아 머뭇머뭇 그녀는 눈을 들어 루미에를 보았고, 그의 다정함이 담긴 주홍빛 눈동자를 보고 다시 시선을 내렸다.

"루미에……."

"응."

뭐라고 해야 할지 모르겠다.

시나가 망설이는 걸 보고는 루미에가 빙긋 웃고 말했다.

"훈련 갈까?"

"……응."

시나가 고개를 끄덕였고 둘은 손을 잡고서 훈련하러 아래로 내려갔다.

란은 꿈을 꾸고 있었다.

새하얀 설원이 끝없이 펼쳐져 있었는데 어쩐지 현실 같지가 않았다.

란은 하늘을 바라보았다가 다시 주변을 둘러보았다. 새하얀 지평선이 보였고, 눈이 춤추듯 느리게 내리고 있었다.

란은 앞으로 걸어갔다.

아무것도 없다는 게 눈에 보이지만, 그녀는 앞에 뭔가가 있다는 걸 알고 있었다.

그래서 란은 걸었다.

추위도 더위도 느껴지지 않았다.

얼마 걷지 않아서, 란은 곧 사람을 발견할 수 있었다.

새카만 긴 머리카락을 눈바람에 휘날리며 여자가 서 있었다.

란은 그게 누군지 알고 있었다.

"이브리아!"

란이 소리를 지르자 천천히 이브리아가 몸을 이쪽으로 돌렸다. 그녀의 손에 들린 지팡이가 반짝였다.

"이브리아!"

란이 다시 한 번 소리쳤다. 눈발이 점점 더 거세지고 있었다. 란의 옷자락이 마구 날리기 시작했다.

눈을 뜨기가 힘들어졌다.

시야가 새하얗게 변했다.

어디선가, 멀리서 땅울림 같은 소리가 들려왔고 란은 힘겹게 고개를 들었다.

그때 뭔가가 란을 힘껏 밀었다.

"—!"

란은 눈을 크게 떴다.

심장이 빠르게 뛰고 있었다. 란은 제 심장께를 꽉 누르고 한숨을 내쉬었다.

'또 이 꿈.'

란은 눈을 찌푸렸다.

요즘 들어서 계속 이 꿈을 반복해서 꾸고 있었다.

'아니, 꿈에 나와서 뭔가 말해 줄 거면 속 시원하게 말해 주든가.'

불러도 돌아보기만 할 뿐, 대답하지 않는다.

'근처까지 가까이 가야 하는 건가?'

답답하다 생각하며 란은 한숨을 내쉬고 눈을 감았다.

'그래, 어둠이 해결되었을 리가 없지.'

이브리아가 나오는 걸 보면 분명히 어둠과 관련해서 뭔가 일이 일어나고 있는 거다.

'유스가 있었으면 좋았을 텐데.'

란은 그렇게 느끼며 몸을 둥글게 웅크렸다.

그렇다면 꿈 이야기도 하고 의논도 할 수 있었을 거다.

'하긴, 유스가 있었어도 소용없나? 어차피 꿈이고…… 뭔가가 실제로 진행된 것도 아니고.'

란은 그렇게 생각하고 자리에서 몸을 일으켰다.

길게 하품을 하고서 란은 엉금엉금 침대에서 내려와 침실에 있는 램프 불을 켰다.

화장대에 놓인 서류가 눈에 들어왔다.

겨울 사냥용 예산과 장비 지급표였다. 자세한 일정도 적혀 있었다.

란은 유스타프와 피난했었던 오두막을 떠올렸다.

'겨울 사냥용으로 몇 개 더 짓는 게 좋을지도 몰라.'

할 수 있는 건 실질적인 방비뿐이다. 란은 다시 하품했다.

'일단은 좀 자고 생각을 하자.'

그래도 조금은 읽어둘까?

란은 그렇게 생각하며 서류를 한 손에 들고 침대로 돌아갔다. 따끈해진 이불 속으로 쏙 들어가니 저절로 몸의 긴장이 풀렸다.

서류를 다시 읽어볼 생각이었지만, 그건 생각뿐으로 란은 다시 푹 잠이 들었다.

Chapter 5.

자기 일은 스스로

시나는 입술을 깨물고 그림자를 노려보았다.

처음과는 다르게, 이번에 나타난 그림자는 형체가 희미했고 크기도 작았다.

"돌아가고 싶지 않나?"

그림자가 다시 속삭였다.

시나는 제 머리맡에 있는 등불을 내밀었다. 하지만 그림자가 더 짙어질 뿐, 사라지지는 않았다.

만약 그림자가 저번처럼 컸다면, 시나는 그대로 방을 뛰쳐나갔을 터였다. 하지만 이번 그림자는 작았고 그게 만만해 보였다.

"돌아가고 싶어."

그래서 시나는 그렇게 대답했다. 그러자 그림자가 일렁이며 말했다.

"그럼 이브리아를 데리고 와!"

쉭쉭거리는, 거슬리는 쉰 목소리로 외쳐 시나는 눈을 찌푸렸다.

"천 년 전 사람이야, 죽었다고."

"죽지 않았어!"

그림자가 다시 외쳤다.

"난 느낄 수 있어! 죽지 않았어! 이브리아를 내놔! 그 뼈와 살을 씹어 삼키겠다!"

갑자기 그림자가 부피를 확 늘려 시나는 놀라 침대에서 후다닥 내려갔다. 그걸 보고 그림자는 저열한 웃음을 흘렸다.

"네 두려움의 냄새가 난다. 이방인이여, 돌아가고 싶다면 은색 아치를 넘어와라."

그리고 그림자는 흐려지더니 사라졌다. 시나는 부들부들 떨리는 손으로 한참 등불을 들고 서 있었다.

도무지 다시 잠들 수가 없어서, 그녀는 방의 불을 전부 켰다.

'이브리아라니.'

소파에 앉아 시나는 무릎을 끌어안았다.

'적어도 나에게 사과 정도는 해!'

헷갈려서 데리고 왔으면, 용서 정도는 빌란 말이야!

하지만 사과를 할 정신이 있는 괴물이면, 자신을 데리고 오지도 않았겠지.

시나는 깊이 숨을 들이마셨다.

누군가에게 알려야겠다는 생각이 들었다.

'루미에……는 안 돼.'

그에게 그녀가 돌아가는 방법을 찾는 걸 도와달라고 말할 수가 없었다.

그를 생각하니 가슴이 지끈거렸다.
역시 시작하면 안 되는 관계였다.
후회가 들었다.
눈가에 열기가 몰려 시나는 무릎에 이마를 꾹 누르며 숨을 내쉬었다.
'언니에게 말해 볼까.'
란은 시나에게 유일한 아군이었다. 란이 없으면 자신은 어떻게 되었을까?
상상하기도 두려웠다.
'하지만 요즘 언니 너무 바빠 보여.'
무서운 공작님이 떠난 이후로 란은 눈코 뜰 새 없이 바빠 보였다.
'그리고…….'
혹시 자신을 의심하면 어떻게 하지?
자신은 이해할 수 없는 종교와 마법과 사상이 있는 세계다.
어둠이 말을 걸었으니 위험한 존재라고 하면서 어디에 가두거나 마녀로 몰아서 불에 태우거나 할지도 모른다.
시나는 입술을 깨물었다.
'무서워.'
그녀는 그렇게 생각하며 눈을 질끈 감았다.
겨울밤은 지독하게 길었다.

* * *

수도의 겨울은 조용했다.
대부분이 영지로 내려가 있는 계절이라 더욱 그랬다.
그래서 마담 누와즈는 시즌 전에 찾아온 손님이 반가웠다.

게다가 상대가 라치아 공작이라면 말할 것도 없다.

라치아 공작이 요즘 새로운 황제와 자주, 긴 시간 독대를 가진다는 건 익히 알려진 사실이었다.

유스타프는 진지하게 카탈로그를 들여다보다가 말했다.

“아니, 이 근처에 장식은 빼고. 이, 뭐라고 하지?”

“러플입니다.”

마담 누와즈가 재빠르게 답하자 그가 고개를 흔들었다.

“목 근처에 러플은 다 빼. 단순한 게 좋아.”

“네.”

마담 누와즈는 충실하게 고개를 끄덕였다. 보통 선물하는 신사들처럼 유스타프는 ‘최신 유행에 맞춰서 적당히’ 드레스를 지으라고 하지 않았다.

그가 자기 눈으로 디자인을 전부 체크하고서야 오케이 사인을 내주었기 때문에, 마담 누와즈는 슬슬 유스타프의 취향을 알 수 있었다.

“이런 스타일은 어떠신가요?”

그녀가 미리 스케치해 온 디자인화를 내보이자 유스타프는 힐끗 보고 고개를 끄덕였다.

“좋아.”

“그럼 이렇게 하겠습니다. 총 스무 벌 맞나요?”

“그것밖에 안 되나?”

유스타프의 말에 마담 누와즈가 입을 가리고 웃으며 말했다.

“이만큼만 해도 엄청난 거랍니다. 게다가 돌아가시기 전까지 드레스를 만들어 달라고 하시니, 저희가 전부 달라붙어도 이게 한계고요.”

“그렇군.”

유스타프는 고개를 끄덕이고 그녀에게 나가라고 손짓했다. 곧이어 들어온 것은 보석상이었다.

라치아 공작이 어마어마한 양의 보석을 매입하고 있다는 소문은 익히 들은 터라, 보석상은 새로운 시장을 개척할 마음에 부풀었다.

"이건 어떠십니까?"

그가 내미는 다이아몬드 반지를 유스타프는 심드렁한 눈으로 바라보았다.

"그것보다 더 큰 거 가지고 있는데."

"그, 그러십니까. 그렇다면—"

보석상은 침을 삼키며 비장의 무기를 내밀었다.

80캐럿짜리 에메랄드와 60캐럿짜리 에메랄드들이 사각의 에메랄드 컷으로 다듬어져 백금과 다이아몬드로 촘촘하게 둘린 에메랄드 목걸이였다.

"남쪽 왕국의 왕비님을 위해서 특별히 주문했던 것입니다만, 대금을 치르지 못하셔서 제 손까지 들어왔지요. 이 목걸이로 말하자면—"

그가 이 에메랄드가 색상이 똑같아 보일 정도로 균일하면서도 어찌나 투명한지 자랑을 늘어놓으려는데 유스타프가 손을 들어 말을 가로막았다.

"사지."

"네?"

"산다고."

당황한 보석상은 가격을 말해야 하나 말아야 하나 고민에 잠겼다.

"그리고 주문도 맡길 수 있나?"

그때 유스타프가 물어와 보석상은 납죽 엎드렸다.

"물론이지요! 어떤 걸 원하십니까?"

"곰 인형이랑 물총새."

"……?"

의아한 얼굴을 했던 보석상은 유스타프의 얼굴에 흔들림이 없는 걸 보고 곧 주먹을 꽉 쥐며 말했다.

"알겠습니다. 곰 인형과 물총새 말씀이시지요."

두말할 필요 없는 게 마음에 들어 유스타프가 고개를 끄덕였고 보석상은 "알겠습니다." 하고 다시 굳게 대답했다.

보석상이 물러나고 나서 유스타프는 한숨을 내쉬며 자리에서 일어났다. 란이 올라오지 못했으니 대신 선물이라도 잔뜩 가져가고 싶었다.

'이제 발표도 며칠 남지 않았고.'

라치아 공국의 독립 선포와 제국과 우방의 맹세가 동시에 진행된다. 이게 끝나기만 하면 유스타프는 바로 라치아로 돌아갈 예정이었다.

란이 그리웠다. 그녀의 웃음이 그리웠고, 따뜻함이 그리웠고, 그 녹색 눈동자가, 밀빛 머리카락이, 그녀의 영혼이 그리웠다.

그 그리움을 란에게 줄 선물을 사는 걸로 달래는 와중이었다.

똑똑.

노크 소리와 함께 집사가 "손님이 오셨습니다." 하고 일렀다.

"들어오시라 해."

장사꾼을 상대하느라 응접실에 있었어서 유스타프는 바로 손님을 들여보냈다. 레버리였다.

"라치아 공작님을 뵙습니다. 청염을 떨치시길."

"불꽃의 정수가 그대에게. 앉게."

유스타프가 소파를 가리켜 레버리는 빙긋 웃고 자리에 앉았다.

"이렇게 뵙게 되어 영광입니다."

"독대는 한 적이 없던가?"

갸웃하며 잊었다는 듯, 유스타프가 하는 말에 레버리의 미소가 더욱 짙어졌다.

"한 번 있지요."

그녀가 자리에 앉자 유스타프가 차를 내오게 했다. 시녀가 차를 가지고 들어와 늘어놓고 조용히 물러났다. 레버리가 찻잔을 들며 말했다.

"공작님과 이렇게 둘이니 긴장되는군요."

유스타프는 레버리를 빤히 바라보다가 물었다.

"란에게 신분을 마련해 준 게 그쪽이지."

느닷없는 일격이었지만, 레버리 역시 백전노장인 장사꾼. 그녀는 속눈썹 하나 까닥하지 않고 답했다.

"무슨 말씀이신지 모르겠습니다. 신분이라뇨?"

정말 무슨 말인지 모르겠다는 듯 그녀가 눈을 살짝 뜨며 순진한 얼굴로 되물었다. 유스타프가 다리를 꼬고 무릎 위에 깍지 낀 손을 올리며 몸을 기댔다.

"아니라면 상관없지만. 한 가지 이야기해 둘까 하고."

"일단 듣겠습니다."

"란에게 무슨 일이 생기면."

짧게 끊고 유스타프가 미소 지었다.

"상대는 죽어서 지옥에 가는 편이 더 나을 거야."

레버리는 놀랐다는 듯 눈을 크게 떴다가 고개를 숙였다.

"명심하겠습니다."

그러며 레버리가 웃었다.

"하지만 누가 감히 라치아 공작 부인을 해치려 들겠습니까? 심지어 제가 들은 소문으로는—"

의미 있게 레버리가 속삭였다.

"저희 골든로즈 상회가 더 높으신 분과 거래하게 될 거라고 하던걸요."

"소문이 빠르군."

"장사꾼에게는 정보가 생명이지요."

레베리가 웃으며 말한 뒤 깊게 고개를 숙였다.

"앞으로도 잘 부탁드립니다."

"란의 마음에 든 것 같으니까."

유스타프는 그렇게 말했고, 레베리는 철석같이 알아들었다.

"앞으로도 란 님의 눈에서 벗어나면 안 되겠네요."

알아서 잘하겠다, 하고 말하고 레베리는 침묵 속에서 차를 느긋하게 다 마신 후 자리에서 일어났다.

나가는 그녀를 보며 유스타프는 란의 안목에 감탄이 나오기도 하고 약간 짜증이 나기도 했다.

정말로 란이 숨기로 결정하면 찾는 데 골치 아프겠다는 생각 때문이었다.

'물론 그런 일이야 없겠지만.'

하지만 그 스스로도 알듯이, 자신은 교활하다.

가능성이 있든 없든, 그 구멍은 전부 제 손안에 있어야 했다. 절대로 놓치지 않도록.

* * *

'그래, 내가 잘못 생각하고 있었어.'

반복되는 꿈에서 깨어난 란은 분노가 치밀어 오르는 것을 꾹 눌러 참았다.

'이브리아 따위에게 의지하려고 했던 게 잘못이었던 거야.'

란은 드물게도 인내심의 한계를 느꼈다.

처음에는 반복되는 꿈이 신기하기도 했고, 초조하기도 했다.

뭔가 신호를 보내는가 싶어서 일부러 깊이 자려고 애쓰기도 했다.

하지만 꽃노래도 삼세번.

계속 그 꿈만 꾸자 란은 이제 짜증이 치밀었다. 침대에서 벌떡 일어나 란은 덧창을 열었다.

눈부신 겨울 햇살이 빙벽에 반사되어 반짝였다.

'어둠? 드래곤? 그래, 나오라고 그래. 그깟 드래곤 때려잡으면 되는 거 아냐? 어? 내가 누군지 알아? 란 로미아 드 라치아야.'

란은 시나를 생각했다.

시나와 유스타프가 이어져서 어둠을 물리쳤다면, 자신이라고 못 할 이유가 없다.

'아냐, 내가 더 잘할지도 몰라.'

란은 슬쩍 그렇게 생각했다가 시나에게 미안한 마음이 들어 가볍게 헛기침을 하고 책상에 앉아 새 양피지를 꺼냈다.

그리고 맨 위쪽에 목표를 적어 넣었다.

'드래곤 슬레이어 계획서.'

쓰고 나니 시원했다.

'진즉에 이렇게 할걸.'

란은 흥, 하고 콧방귀를 뀌었다. 린드버그 숙부와도, 마법사와도, 그 사교계에서도, 그리고 드반 공작가와의 싸움에서도 이겼다.

"나야 전술이나 전법은 잘 모르지만……."

물량 공세라면 할 줄 알지.

얼음수정은 잔뜩 있었고, 얼음수정 세공사 길드도 있다.

'물량 싸움으로 가면 지지 않는다, 이거야.'

십만 양병도 할 수 있습니다.

돈이 있으니까요.

'아, 인구수 때문에 어려우려나? 그건 뭐 용병이라도 사면 되지.'

란은 우후후 낮은 웃음을 흘리며 '탄도 미사일' , '대전차 지뢰' 같은 항목을 적어 내려가기 시작했다.

생각해 보면 항상 그녀 자신의 힘으로 위기를 넘겨왔다.

그런데 이제 와서 '이브리아가 뭘 남겼을지도 몰라.' 하고 남의 힘에 의지하려고 했던 게 실수였다.

'엘프와 드워프 쪽에도 원군을 요청해 두는 게 좋겠지?'

일단은 어둠이 깨어나고 있다는 사실은 양측에 알려야 했다. 이건 라치아의 문제이기도 하지만, 사실 천 년 전부터 내려온 전 대륙의 문제 아닌가?

'공국이라서 다행이다.'

만약 공작령이었다면 독단적인 판단으로 엘프와 드워프의 군사를 빌리는 일이 큰 문제가 되었을 터였다.

하지만 지금은 독립적인 나라이니 군사적 교류에도 문제가 없다.

아직 공국이 되었다고 선포된 것은 아니지만, 유스타프가 하겠다고 했다면 된 거나 마찬가지였다.

"어머? 마님, 벌써 일어나셨어요?"

깨우러 온 소다가 책상에 앉아 있는 란을 보고 눈을 찌푸렸다.

"설마 밤새서 일하신 건 아니시겠죠?"

"아냐. 그냥 일찍 눈이 떠졌어."

란이 시원시원하게 말하며 손을 젓자 소다가 방긋 웃었다.

"기분이 좋아 보이시네요."

"응."

그동안 답답했던 게 싹 내려간 기분이었다.

란이 자리에서 일어나며 말했다.
"행정관과 회계관, 기사단장을 불러 줄래?"
"아침 식사 후에 하시죠."
소다의 말에 란은 창밖을 보고 고개를 끄덕였다.
'맞아, 이렇게 아침부터 상관 호출은 좀 아니지.'
란은 헛기침을 했다.
"그러면 차 마실 시간쯤 모이자고 해줘."
"네, 그렇게 전하겠습니다. 그럼 좀 더 주무시겠어요? 아니면—"
"일어날래."
"알겠습니다."
소다가 물러가고 디모디아와 카라가 들어와서 덧창을 열고 세숫물을 준비했다.
키리가 세안 시중을 들며 말했다.
"귀부인은 침대에서 아침을 먹는다고 하던데요."
"그건 다른 귀부인에게 맡길래."
란의 말에 키리가 히죽 웃었다.
"하긴 가주님이 돌아오셔야 침대에서 아침을 먹지요."
"키리!"
란이 짐짓 눈을 찌푸리고 손끝을 튕겨 키리에게 물방울을 던졌다.
키리는 "저는 그저, 가주님이 마님을 애지중지한다고 말한 것뿐인데요." 하며 웃었다.
"키리."
디모디아가 눈을 찌푸렸다.
키리는 어머나, 하며 입을 꾹 다무는 시늉을 했다. 디모디아는 한숨을 삼켰다.

같은 녹영이지만 키리는 녹영의 두 번째. 자신과는 다르다.

'하지만 그렇다고 해도.'

완벽하게 녹아드는 자신에 비해서 튀게 활동하는 키리가 디모디아는 조금 못마땅했다.

'나중에 이야기해야겠어.'

결심하고 디모디아는 빙긋 웃으며 란에게 말했다.

"그럼 아침 식사를 가져올게요."

"응, 고마워."

란이 수건으로 얼굴을 닦으며 대답했다.

구운 토스트와 밀크티로 가벼운 아침 식사를 끝낸 란은 옷을 갈아입고 서류를 마저 보기 시작했다.

올라온 서류를 살피는 걸 끝내고 란은 이어서 아침의 계획대로 회계관, 행정관, 기사단장을 불렀다.

엘리자벳과 카루소, 블레인은 셋 모두가 불려와 어쩐지 긴장한 얼굴이었다.

란이 헛기침을 하고 말했다.

"유스타프에게 이미 들었겠지만, 라치아가 공국으로 독립한다는 건 알고 있겠지."

엘리자벳과 카루소는 고개를 끄덕였다. 두 사람 모두 눈 밑이 거뭇했다.

대량의 서류에 시달리고 있는 탓이었다.

"여기에 한 가지 더 얹어 주기는 싫은데, 그래도 말은 해 두려고."

엘리자벳이 떨리는 눈가를 누르며 '사표를 내야 할까.' 고민하는데 란이 입을 열었다.

"어둠이 깨어나고 있는 것 같아."

그 말에 블레인은 그다지 놀라지 않았다. 기사단장인 그는 겨울 사냥 내내 이상함을 느끼고 있었기 때문이었다.

게다가 작년 신년회 때 란을 습격한 마수나, 인간의 말을 하는 마수 같은 걸 만나면 눈치를 채지 못할 수가 없다.

엘리자벳 역시 놀라긴 했지만, 그녀는 라치아 사람이었다.

그녀의 놀람은 '하필 이때에.' 같은 놀람이었다. 하지만 이방인인 카루소의 놀람은 남달랐다.

"어둠?! 진짜요?! 그 막, 옛날이야기 속에 나오는 그거요?"

카루소는 앉은 자리에서 펄쩍 뛰며 말했고 란은 고개를 끄덕였다. 카루소가 멍하니 있다가 말했다.

"그, 그러면 큰일 나는 거 아닙니까? 어둠이 막 몰려나오고 봉인이 깨지고, 마왕이 나오고—"

"그건 아닐걸."

란은 그렇게 말하고 중얼거리듯 덧붙였다.

"그리고 난 마왕보다 유스가 더 무서워."

그 말에 카루소가 "아." 하고는 침착함을 되찾으며 고개를 끄덕였다.

"그건 그러네요."

그러고도 그는 "어둠이라니. 허, 참. 그게 진짜라고요?" 하는 말을 몇 번이나 중얼거렸다.

블레인이 잠시 생각하다가 말했다.

"만약에 전투가 벌어지게 된다면 문과 하늘 저택 사이에 아무것도 없는 게 문제입니다."

"임시로 바리케이드라도 치는 게 좋을까?"

란의 말에 블레인이 고개를 끄덕였다.

"그것도 괜찮을 것 같습니다."

"하지만 겨울이잖아. 아무리 그래도 나무를 구하는 게 쉽지는……."

중얼거리다가 란이 문득 말했다.

"눈으로 벽을 쌓으면 안 될까?"

"눈으로요?"

엘리자벳이 놀라 갸웃했고, 블레인의 갈색 눈이 이채를 띠었다.

"나쁘지 않을 것 같군요."

"그지? 라치아의 겨울은 기니까."

란이 말했다.

"일단 드워프분들과 의논해 보는 게 좋겠어."

모처럼 와 있는 인력이니, 써먹어야지.

란의 말에 블레인은 씩 웃었다.

"알겠습니다."

"지금 가 보게."

"존의."

인사하고 블레인이 물러가자, 란은 남은 두 사람을 바라보았다.

"행정 구역 재개편 말인데."

엘리자벳은 그 말에 기절할 것 같은 기분이 되어 재빠르게 답했다.

"그게, 저희도 최선을 다하고 있습니다."

"아니, 그게 아니라 내가 재개편 가안을 짜내 봤거든."

란은 슬그머니 종이를 꺼내 들었다.

"인구수랑 세금이랑 해서……."

예전에 배웠던 조선 시대 행정 구역을 만드는 방법을 떠올려 아이디어를 짜내본 거였다.

팔도로 나누고 부, 목, 군, 현.

4가지 행정 구역을 뒀었지.

라치아 공작령은 상당히 넓었다. 왜냐면 대부분의 땅이 황량하고 수익이 나지 않기 때문이다.

'하지만 그것도 곧 변하게 될 거야. 아니, 이미 변하고 있지.'

얼음수정을 등에 업은 막대한 자금력을 바탕으로 해서 말이다.

유스타프와 데이트를 하며 란은 그걸 몸소 체험했다.

그러니 너무 부가 한쪽에 쏠리지 않도록 균형 잡힌 발전을 미리 계획해 둬야 했다.

란이 내민 종이를 받아 든 엘리자벳은 눈을 크게 떴다.

"물론 그것만으로는 부족할 거야. 내가 낸 건 큰 틀이니까. 하지만 보통 큰 틀을 정하는 데에 가장 시간이 걸리더라고."

이 세상에서 가장 쓸모없는 '긴 회의 시간'이 그런 곳에서 나오는 거죠.

란은 그렇게 생각하며 엘리자벳에게 미소를 보냈다.

"얼마든지 가감해서 의견을 줘."

"알겠습니다."

카루소는 옆에서 힐끗힐끗 엘리자벳의 종이를 넘겨보다가 그녀가 자리에서 벌떡 일어나자 재빠르게 몸을 바로 했다.

"녹음을 드리우시길."

깊이 인사하고 엘리자벳은 자리를 떴다.

이제 회계관인 카루소만 남아서 불편한 얼굴로 차를 마셨다. 하지만 그의 얼굴에는 약간의 기대감 또한 서려 있었다.

"그러고 보니 단둘이 독대한 적은 없지?"

란의 물음에 카루소는 고개를 끄덕였다.

"그렇습니다."

"사실은 유스타프의 아카데미 시절 같은 것도 궁금하지만."
그녀의 말에 카루소는 씩 웃었다.
"얼마든지 말씀드릴 준비가 되어 있는 부분이네요."
"하지만 지금 말하고 싶은 건 그게 아니라."
란이 빙긋 웃었다.
"라치아 공국에서 직접 상단을 운영할까, 해서 말이지."

* * *

며칠 후 생각보다도 빨리 하레쉬가 찾아왔다.
드워프들은 꽤 즐거워하며 눈으로 된 성벽을 쌓았고, 생각보다 훨씬 빠른 속도로 눈 성벽은 완성이 되어 갔다.
눈 위에 물을 뿌리면 날씨에 금방 얼어붙어 아주 단단해졌다.
게다가 제법 두꺼운 데다가 성벽으로서의 기능도 전부 갖추고 있는, 제대로 된 성벽이었다.
란은 기술자들에게 기술을 잘 배워두라고 신신당부했다.
그렇게 성벽을 살펴보고 방으로 돌아와 옷을 벗는데 창문을 두들기는 소리가 났다.
이제 다들 익숙해져서 창문가를 보았고 역시나, 하레쉬가 서 있었다.
키리가 문을 열어 주며 말했다.
"겨울인데 그 차림으로 안 추워요?"
"엘프는 인간보다 추위를 덜 타지."
"빠르게 왔네요? 겨울인데 연락이 잘 갔나 보지요?"
란의 말에 하레쉬가 "연락했었나?" 하고 되묻고는 고개를 흔들었다.
"내가 연락할 말이 있어서 왔다."

그러며 그는 짧게 한숨을 내쉬었다.
엘프의 한숨이라니.
란은 경고음을 들은 기분이 되어 물었다.
"무슨 일이에요?"
"둘이 이야기할 수 있을까?"
"물론이죠."
란은 공작 부인의 알현실인 에메랄드 방으로 그를 안내했다.
차를 내오게 했지만, 하레쉬는 손도 대지 않고 바로 본론으로 들어갔다.
"네가 맡겨 줬던 아이 말이다. 릴리."
"무슨 일 있나요? 다친 거예요? 아니면 병이 재발했어요?"
그러고 보니 올봄에 올 수 있을 거라고 해 놓고서, 벌써 겨울이다.
하레쉬는 단단히 각오한 얼굴로 란을 보며 말했다.
"내 제자가 되고 싶어 한다."
으응?
예상했던 것과 전혀 다른 말이라 란은 살짝 입을 벌렸다가 다물었다. 그리고 잠시 생각하다 말했다.
"치료사가 되고 싶어 한다고요?"
'하긴, 그럴듯한 일이잖아?'
소아병동에 있는 아이들이 흔히 의사가 되고 싶다고 생각하는 것처럼, 릴리 역시 자신을 고쳐준 치료사가 되고 싶어 한다는 건 이상한 게 아니다.
"그래."
"그런데 그거랑 못 오는 거랑 무슨 상관이죠?"
"모르는 건가?"
"몰라요."

란이 당당히 말했고 하레쉬는 가볍게 한숨을 내쉬고 말했다.

"그녀는 내 제자가 되고 싶어 해. 그 말은 엘프 치료사가 되겠다는 말이다. 내게 수련을 받으려면 우리 일원이 되어야 하고."

란이 조심스럽게 물었다.

"릴리는 인간인데, 그게 가능한 건가요?"

하레쉬는 고개를 끄덕였다.

"장로들의 허락은 받았다."

"그랬군요."

란은 기묘한 기분이 되었다. 하레쉬가 말했다.

"하지만 릴리의 친족이 이곳에 있지. 그에게도 허락을 받아야 해."

"루미에에게도요?"

"그래."

"하긴, 그게 당연한 일이겠죠."

"그리고 그러면 그녀는 우리 엘프와 같이 취급된다, 그러니까……."

란은 그가 무슨 말을 하려는지 금방 눈치챘다.

"성년이 될 때까지 마을 밖으로 나갈 수가 없겠군요."

"그래."

"잠깐, 엘프의 성년은 인간과는 다르지 않아요?"

"그 아이는 인간이니까, 인간의 성년 때까지다."

"그건 다행이군요."

마흔 살이 될 때까지 마을 밖으로 못 나온다, 이런 거라면 곤란했을 테니까.

하레쉬가 두툼한 편지를 꺼내어 내밀며 말했다.

"이걸 릴리의 친족에게 전해줄 수 있나?"

"물론이죠. 그리고 직접 이야기해 주면 더 좋겠어요."

"당연한 일이지."

하레쉬는 고개를 끄덕였고, 란은 편지를 잘 갈무리한 뒤에 말했다.

"만약 필요한 게 있다면 제가 할 수 있는 모든 지원을 아끼지 않겠어요."

재료나 도구를 사는 데 돈이 들어가지 않을까?

"이미 보내고 있는 걸로 충분해."

하레쉬가 손을 저었고 란은 그런가요, 하고 고개를 끄덕였다.

란은 가볍게 숨을 내쉬고 그녀의 차에 설탕을 넣었다.

"그럼 이제 제가 이야기할 차례네요."

하레쉬가 고개를 끄덕였고 란이 입을 열었다.

"어둠이 깨어나고 있습니다."

하레쉬는 눈동자가 가늘어졌다. 란이 다리를 꼬며 느긋한 자세로 소파에 기댔다.

"제가 지금까지 조사한 바에 의하면 어둠은 드래곤이라고 하더군요. 하지만 주변 마수에게도 영향을 미치고 있는 것 같아요."

"암흑룡 델판토."

하레쉬의 말에 란은 "그렇게 불리나요." 하고 한숨을 내쉬며 말했다.

"좀 더 자세하게, 진작에 가르쳐 주면 안 됩니까?"

"엘프의 지식은 엘프의 것이니까."

이 폐쇄적인 종족 같으니라고.

"하여튼, 문지기는 맹약의 이행을 요구합니다."

"맹약?"

"천 년 전 이브리아를 두고 인간, 엘프, 드워프가 했던 삼대동맹이요."

하레쉬는 순간 굳었다가, 간신히 내뱉었다.

"그 동맹은 깨진 것 아니었나?"

"라치아는 천 년을 문지기로 있으며 하늘 저택을 떠나지 않았습니다."

우리는 잊은 적 없어.

란은 그렇게 주장했다.

"라치아가 아닌 그대가 라치아의 권리를 주장하다니."

란이 그 말에 어라, 하고 제 손을 들어 보이며 웃었다.

"아직 이야기 안 했나요? 저 이제 라치아 공작 부인입니다."

마음껏 주장할 수 있지요.

하레쉬는 놀란 듯 그녀의 결혼반지를 보았다가 미소 지었다.

"축하가 늦었군."

"감사합니다."

"드워프에게는?"

"이야기할 겁니다. 그리고 전 드워프의 친구니까요."

그들은 흔쾌히 수락할 거라고, 란은 생각했다. 문제는 눈앞의 엘프들이지.

"세계수는 여전히 잘 자라고 있습니까?"

란의 물음에 하레쉬는 눈을 찌푸렸다.

"정말, 자네는 우리에 대해서 지나치게 아는 것 같으면서도 또 무지하지."

엘프의 세계수는 이브리아가 심어 준 것이다.

별빛과 달빛을 받으며 자라는 나무는 엘프에게는 그 무엇보다 소중한 것이었다.

"그 세계수 아직도 잘 가지고 있지?"

'그때 했던 맹약도 기억하고 있죠?'라는 의미이다.

"장로들에게 말해 보지."

"그거면 됩니다."

란이 빙긋 웃었다.

"더불어서 하나 더 말씀드릴 게 있는데 말이죠."

"이제 무슨 말을 할지 걱정이 되는데?"

하레쉬의 농담에 란은 가볍게 웃었다.

처음 만났을 때를 생각하면, 정말로 하레쉬와도 가까워졌다.

"라치아와 국교를 맺지 않으시겠습니까?"

자신만만한 미소를 띠고, 자신들을 선택하면 조금의 손해도 보지 않을 거라는 얼굴로 말하는 란을 보며 하레쉬는 저도 모르게 '그러지.' 하는 대답이 나올 뻔했다.

"국교?"

"네, 라치아가 공국으로 독립하게 되었답니다."

"그것도 축하할 일이군."

"감사합니다."

"그 일 역시 장로에게 이야기하지."

"네."

란은 고개를 끄덕였다.

단지 엘프와 드워프와의 교역에서 한 가지 불편한 점이 있다면 거리 문제였다.

라치아가 북부의 촌구석—슬프게도—이었기 때문에 그들과 교류를 하려면 시간이 오래 걸렸다.

'뭐 그래도 돈이 걸린 문제면 다들 열심이지. 옛날 실크로드를 생각해 봐도.'

육로로 사막을 지나 중국과 아랍을 오가던 상인들을 생각하면 감탄이 저절로 나온다.

'뱃길을 이용하면 좋은데.'

빙벽 뒤에는 바다가 있지만, 그렇다고 빙벽을 넘을 엄간이는 없다.

란은 어쩔 수 없는 건 빠르게 단념했다. 안 되는 걸 되게 하려고 붙잡고 있는 시간만큼 아까운 건 없다.

"그럼 루미에를 불러 드릴까요."

"먼저 릴리의 편지를 읽으라고 전해 줘. 그리고 마음이 결정되면 날 만나러 오면 된다. 여기서 기다리고 있을 테니까."

"엘프의 기다린다는 무섭거든요."

란은 그렇게 중얼거렸다.

엘프가 기다린다고 하면 정말로, 올 때까지, 계속 기다린다는 말이다.

란은 그렇게 말하고 사리에서 일어났다.

시종에게 편지를 루미에에게 전해달라고 건네주며 하레쉬의 말을 전했다.

"그럼 편히 있으세요."

란의 말에 하레쉬는 가볍게 고개를 끄덕했다.

시나는 한숨을 내쉬었다.

그때 이후로 그림자가 나타난 적은 없었지만, 그림자가 했던 말은 계속 귓가를 맴돌았다.

"돌아가고 싶지 않나?"

'물론 돌아가고 싶지!'

시나는 입술을 깨물었다. 그때 뭔가 대화라도 했어야 했을까?

'아냐, 대화가 통하지 않는 상대였잖아. 이브리아를 내놓으라니 하는

헛소리나 하고.'

몇 번이나 그 상황을 생각해 보면서 그때 다른 대답을 해 볼걸, 좀 더 캐내 볼걸, 하는 후회가 들었다.

마치 말싸움을 하고 와서 나중에 '아, 이 말도 할걸!' 하고 깨닫는 것과 비슷했다.

'그게 어둠일까?'

아마 그렇지 않을까.

짐작이지만 어둠이 맞을 거다. 그렇지 않으면 이브리아를 찾을 이유도 없겠지.

'그냥…… 루미에에게 이야기해 볼까.'

시나는 그렇게 생각하며 루미에의 방 앞으로 찾아갔다. 하지만 문을 두들길 수가 없어서 한참 서성거리는데 방문이 열렸다.

"왜 들어오지 않고?"

루미에가 옅은 미소를 지으며 말했지만, 시나는 눈을 찌푸렸다.

"무슨 일이야?"

시나는 루미에의 얼굴을 보고 저도 모르게 물었다. 웃고는 있는데 그의 얼굴이 어두웠다.

"일단 들어와."

루미에는 그렇게 말하고 문에서 비켜섰고 시나는 조심스럽게 루미에의 방으로 들어갔다.

그러고 보니 예전에 술에 취해서 알몸으로 깨어난 후로 그의 방에 들어오는 건 처음이었다.

'다시 생각해도 부끄럽다.'

루미에는 근처 의자를 시나에게 권하고 자신은 책상에 걸터앉았다. 그가 책상에 있는 편지를 펴 보며 말했다.

"여동생에게 편지가 왔어."

"무슨 일 있대?"

시나도 루미에의 여동생에 대해 들어서 알고 있었다.

그가 그녀를 위해 상당한 희생을 했다는 것도.

"엘프에게 배워서 치료사가 되고 싶대. 그러려고 인간으로서의 인연은 끊고 그쪽 공동체에 소속되고 싶다는 거야. 그러려면 내 허락이 필요하고."

시나는 가볍게 숨을 삼켰다.

"인간으로서의 인연을 끊는다고? 뭐야? 그럼 오빠랑 여동생이 아니게 된다는 거야?"

"아니, 꼭 그건 아니라고 하는데…… 글 읽을 줄 알아?"

루미에의 물음에 시나는 고개를 저었다. 차원 이동자의 특권인지 말을 알아들을 수 있고 몸도 다른 사람보다 훨씬 튼튼한 것 같지만, 글자를 읽을 수 없었다.

문맹이 얼마나 불편한지, 시나는 이 세계에 와서야 알았다.

루미에는 편지를 내려다보았다.

"오빠에게는 고맙고, 미안하대. 그리고 짐이 되고 싶지 않대."

그가 눈을 찌푸렸다가 한숨을 내쉬었다.

"화가 나."

루미에의 말에 시나가 물었다.

"중요한 일을 멋대로 결정해서?"

"그것도 그렇고."

"아니면, 안심해서?"

그 말에 순간 루미에의 눈에 불똥이 튀는 듯했다.

"난 단 한 번도—!"

그가 목소리를 높이려다가, 시나의 눈을 보고 말을 멈췄다. 그녀의 검은 눈동자에는 동요도 없었고, 비난도 없었다.

그저 그의 말에 귀를 기울이듯 그를 바라볼 뿐이었다. 루미에는 입을 꾹 다물었다.

한참 후 그가 희미한 미소를 띠며 말했다.

"난 그렇게 찌르는 사람이 싫더라."

"찔렸어?"

시나가 살짝 웃으며 묻자 루미에는 제 머리를 쓸어 올리며 편지를 보았다.

"릴리가 자신을 짐이라고 생각하는 게 싫어. 하지만—"

안심한 것도 사실이었다.

그리고 그렇게 안심했다는 사실에 대해서 죄책감이 느껴졌다. 부모님이 릴리를 그에게 부탁한 후로 그는 최선을 다해서, 그녀를 위해서 무엇이든 해 왔다.

하지만 란이— 주인님이 손을 내밀었을 때, 릴리가 엘프에게 가게 되었을 때 힘들면서도 어딘지 홀가분했다.

그런데 이제 그녀가 완전히 제 다리로 설 거라고, 오빠의 짐이 되고 싶지 않다고 말하자 그는 다른 의미로 괴로웠다.

"릴리가 짐이었던 것만은 아니잖아."

시나의 말에 루미에는 눈을 깜박였다가 웃었다.

"맞아."

그녀는 짐이었지만, 동시에 그가 살아갈 힘이 되었다.

"그러니까 내 말은 틀렸지."

시나의 말에 루미에는 눈을 꿈벅였다. 그녀가 씩 웃었다.

"틀리고 맞았지. 어차피 사람의 마음은 딱 재단할 수 없잖아. 그보다 난 루미에에게 대단하다고 생각하는 점이 하나 있는데."

"하나만?"

그가 갸웃하며 장난스럽게 묻자 시나가 뺨을 붉히며 "물론 여러 개지만." 하고 재빠르게 이어 말했다.

"루미에는 릴리를 위해서 희생했잖아. 노력했으니까, 릴리에게 그 보상을 원할 법도 한데, 그런 게 없잖아? 그건 굉장하다고 생각해."

"보답을 바란 게 아닌걸."

루미에가 눈을 찌푸렸다.

"그녀가 행복한 게 내—"

말하다가 그는 말을 멈췄다.

"그녀가 행복해지기를 바라."

"루미에, 행복해져."

똑같은 말을 들은 적 있다.

'이런 거였나.'

어쩐지 웃음이 나와서 루미에는 낮게 웃었다. 시나가 의아해져서 눈을 동그랗게 뜨자 그가 팔을 벌려 이리 오라는 시늉을 했고, 그녀가 잽싸게 다가가 그를 꽉 끌어안았다.

루미에는 시나를 마주 안았다. 부드럽고 날렵한 몸은 그의 품 안에 쏙 들어온다.

"이시나."

"응?"

"네가 좋아."

그의 말에 그녀가 움찔했다. 파르르, 잠자리 날개같이 떨리는 숨을 내뱉고 그녀가 속삭였다.

"나도 좋아해."

"응."

그가 만족스럽게 웃으며 그녀를 안은 팔에 힘을 주었다.

알아, 넌 돌아가겠지.

끝날 걸 알기에, 이 순간을 더 소중하게 여기자.

작고 낮게 루미에가 속삭여서 시나는 그러자, 하고 대답하며 그를 더욱 꽉 끌어안았다.

"릴리에게 답장을 보내야겠다."

나 때문에 그런 선택을 한 거라면, 그러지 말고 네가 원하는 대로 하라고. 힘들지 않은 건 아니었지만, 네 덕분에 살아왔다고.

솔직하게 모든 걸 적어 보내야겠다.

루미에는 그렇게 결정했다.

시나가 그의 품에서 몸을 떼며 말했다.

"그럼 당장 보내는 게 좋겠네."

시나는 자신의 이야기는 잠시 미루기로 했다. 어둠에 대한 이야기는 어차피 미룰 만큼 미뤘으니까, 조금 더 미룬다고 해도 큰 문제는 없으리라.

'게다가 여동생 일로 이미 마음속이 가득할 텐데.'

지금 이야기할 타이밍은 아니지.

고민 끝에 결정한 일이었지만, 핑계가 생기니 저절로 발이 뒤로 물러났다.

루미에는 고개를 끄덕이고 가볍게 시나의 입술에 키스했다.

"그럼 먼저 하레쉬에게 이야기하고 올게."

"그 엘프?"

"응."

대답하고 루미에가 웃으며 물었다.

"만나 볼래?"

"그래도 돼?"

시나가 눈을 크게 떴다.

궁금한 것도 사실이다.

엘프라니!

루미에가 그 얼굴을 보고 가볍게 그녀의 코끝을 툭 쳤다.

"안 될 것도 없지."

게다가 엘프라면, 차원 이동자에 대해서 뭔가를 알지도 모른다. 루미에는 그렇게 생각했다.

시나는 고개를 끄덕였다.

하레쉬는 응접실에서 그대로, 소파에 앉지도 않은 채로 기다리고 있었다.

루미에가 들어가자 하레쉬의 시선이 그를 향했다가, 그의 뒤를 따라 들어오는 시나에게로 향했다.

루미에가 그와 적당히 거리를 유지한 채로 말했다.

"이야기는 다 들었습니다."

하레쉬의 눈이 그제야 시나에게서 떨어져 루미에를 향했다.

"릴리를 부탁해도 되겠습니까?"

루미에의 물음에 하레쉬가 진지하게 답했다.

"세계수의 뿌리를 걸고 그 아이를 책임질 거라고 맹세하겠다."

"좋습니다. 그럼."

루미에가 고개를 끄덕였고, 하레쉬가 희미하게 미소 지었다.

"릴리는 네가 허락하지 않을 거라고 하더군."

루미에는 놀라 눈을 깜박였다.

"그랬습니까?"

"그래."

답하고 하레쉬가 보충 설명을 했다.

"네가 자신을 과보호해서, 자신의 손안에서 놓지 않으려고 한다고."

루미에는 순간 반박하고 싶은 기분을 느꼈다가, 곧 어깨를 늘어트렸다.

"그런 생각을 하지 않은 건 아니지만, 저도 변하니까요. 릴리에게 이제 괜찮다고 전해 주십시오."

하레쉬가 신기하단 얼굴로 루미에를 보고 말했다.

"인간은 너무 빠르게 변하는군."

"당신들에게는 그렇게 느껴지는 거겠지요."

루미에의 말에 하레쉬는 고개를 끄덕였다.

루미에가 이어 말했다.

"릴리에게 편지를 쓰려고 합니다만."

"편지 같은 교류는 상관없어. 지금까지처럼 언제든지 보내도 된다."

"그렇군요."

마음이 한결 놓여서 루미에는 미소 지었다. 하레쉬는 자신을 호기심에 가득 찬 눈으로 빤히 보고 있는 시나를 바라보며 말했다.

"그쪽에 있는 인간은 어디서 온지는 모르지만, 아주 먼 곳에서 온 것 같군."

이쪽의 바다나 산 냄새가 아니다.

"저는 차원 이동자예요."

시나가 작게 말하자 하레쉬가 "그런가?" 하고 지그시 그녀를 바라보았다. 그렇다고 신기한 걸 보는 표정은 아니었다. '이건 그럭저럭 보던 샘플이군.' 하는 정도의 얼굴이라 시나는 저도 모르게 물었다.

"혹시 돌아가는 방법에 대해서 아시나요?"

"차원을 뛰어넘는 법이라면 알지."

하레쉬의 대답이 너무 순순해서 시나는 입을 떡 벌렸다. 루미에도 어깨를 움찔했다. 그는 자신이 내뱉은 말의 파장을 모르는 얼굴이었다. 멍하니 하레쉬를 바라보던 시나는 가슴속이 꽉 막히는 것 같았다.

말을 내뱉으려 했지만, 너무 절박해서 말이 나오지 않았다.

"그, 그, 그럼—"

그녀가 더듬더듬 말하는데 하레쉬가 덧붙였다.

"하지만 아무도 차원을 넘을 만큼의 힘을 가진 자가 없다."

태연한 그의 말에 시나는 전신에서 힘이 쫙 빠지는 걸 느꼈다. 그녀가 휘청하는 걸 루미에가 놀라 붙잡았다. 시나가 낮게 말했다. 허탈감이 지나가자 말이 빠르게 흘러나왔다.

"그럼 전 어떻게 건너온 거죠? 어둠이 절 데리고 왔다고 했어요. 그럼 어둠에게 그만큼 강한 힘이 있다는 건가요?"

"어둠과 드래곤, 그리고 문이 있기 때문에 가능한 일이었겠지."

하레쉬가 잠시 생각한 후에 말했다.

"아니면 얼음수정을 잔뜩 이용하면 가능하다거나? 하지만 얼마나 들어갈지 모르겠군."

시나는 입술을 가볍게 깨물었다. 루미에가 그녀의 관자놀이에 가볍게 입술을 대며 속삭였다.

"분명히 방법이 있을 거야."

그 말에 시나는 눈 안쪽이 시큰해지는 걸 느꼈다.

만약 자신과 루미에의 상황이 반대였더라도, 자신은 루미에처럼 그를 위해 애썼을까?

확답할 수 없었다. 어쩌면 돌아가려고 하는 그를 원망했을지도 모른다.

하지만 루미에는 곧고 성실하게, 정면으로 자신을 봐 주고 있다. 그의 마음에 란이 있고 없고와는 상관없이, 시나는 그의 애정을 뚜렷하게 느낄 수 있었다.

'지금 이야기해야 해.'

그녀의 마음속에 확신이 들었다. 어둠에 대해서 지금 루미에에게 이야기해야 한다.

그에 대한 확신이 들 때, 이야기해야겠다고 결심했을 때. 그렇지 않으면 한없이 미룰 것 같았다.

시나는 깊게 숨을 들이마시고 말했다.

"루미에, 나 할 이야기가 있어."

시나가 하레쉬에게도 말했다.

"엘프분도 들어보시겠어요?"

엘프에게 이야기한다면 새로운 시각이 나올지도 모른다.

시나는 어둠이 제게 와서 말을 걸었다는 이야기를 간략하게 했다.

루미에의 얼굴은 굳었고, 하레쉬는 생각에 잠겼다.

그가 느릿하게 말했다.

"난 이만 가 봐야겠군."

지체할 만큼 여유가 있는 것 같지 않다.

그는 그렇게 말하고는 가타부타 말도 없이 테라스 창을 열고 가 버렸다.

"자, 잠깐만요—!"

당황한 시나가 그를 불렀지만 이미 하레쉬는 떠난 후였다. 루미에가 말했다.

"괜찮아. 원래 저러니까."

"원래 저런다고?"

뭐 저런 인간—아니 엘프가 다 있담?

시나가 테라스 창으로 쪼르르 나갔지만, 아무것도 보이지 않았다. 심지어 눈 위에 발자국도 남지 않았다.

'엘프는 엘프구나.'

신기해하는데 정원 저쪽 끝에서 말을 달려오는 사람이 보였다.

시나는 추위에 몸을 부르르 떨며 눈을 가늘게 떴다.

"누구지?"

중얼거린 말에 루미에가 제 망토를 그녀에게 둘러 주며 말했다.

"공작님이 오셨군."

* * *

란은 고민에 잠겼다.

'드래곤 슬레이어 계획서.'

그 종이를 내려다보며 그녀는 아래에 적힌 계획들을 바라보았다.

그때 누군가가 제 눈을 가려 란은 당황했다.

"누구게요?"

들려온 목소리에 란은 휙 몸을 돌렸다. 유스타프가 서 있었다. 그가 제 손을 바라보며 말했다.

"이거 그냥 이렇게 대답 없이 돌아서도 되는 거였습니까?"

"유스!"

란이 자리에서 펄쩍 뛰어 일어나며 그를 끌어안았다.

"뭐야, 언제 왔어? 어떻게 왔어? 소리 소문도 없이?"

"제가 먼저 들어왔습니다. 란을 놀라게 해 주고 싶어서요."

유스타프가 웃으며 그녀를 안아 들었고, 이제 거기에 익숙해져 란은 그의 목을 팔로 감으며 웃음을 터트렸다.

"보고 싶었어."

"저도 보고 싶었습니다."

란이 몸을 숙여 그의 입술에 가볍게 입 맞췄다.

아직 입술이 차가웠고, 그의 옷에서는 한기가 느껴졌다.

정말로 방금 온 것이리라.

란이 조심스럽게 그의 머리카락을 넘기고 그의 뺨을 감쌌다.

"차가워. 난로 앞으로 가야겠다."

"아뇨, 일단 옷부터 갈아입고 와야겠습니다."

유스타프가 그러며 슬쩍 물었다.

"같이 씻을까요?"

"그럴까?"

란이 순순히 대답해 유스타프는 눈을 깜박이다가 정중하게 란을 내려놓으며 말했다.

"잠시만 기다려 주세요."

"응."

란이 손을 모으고 얌전히 서 있자, 유스타프가 말했다.

"금방 부르겠습니다. 금방이요."

그러며 나가려다가 물었다.

"마음 바뀌시는 거 아니겠지요."

"지금 바뀌려고 해."

란의 말에 유스타프가 가볍게 웃고 재빠르게 방을 나갔다.

"머리 풀어 드릴까요? 씻을 준비 하실 거죠?"

소다의 말에 란은 웃고 고개를 끄덕였다. 창가로 다가가서 란은 김이 서린 창문을 가볍게 닦아내고 밖을 보았다.

"진짜 이제 들어오네."

썰매와 기사들이 저쪽에서 경쾌하게 달려오는 게 보였다. 보기만 해도 썰매에 달린 방울 소리가 들리는 것 같아, 란은 가볍게 미소 지었다.

란이 욕조에 앉자, 유스타프는 묘한 얼굴이었다.

란이 피식 웃으며 그의 얼굴에 물을 튕기고 말했다.

"뭘 기대하셨나요?"

"그 수건이 없는 걸 기대했습니다만."

"그럼 아쉽게 되셨네요."

란은 그렇게 말하고 작게 신음을 흘리며 욕조에 몸을 완전히 담갔다. 뜨거운 물이 기분 좋았다.

둘이 누워도 충분한 넓이의 대리석 욕조여서 란은 다리를 쭉 뻗었다.

"수도에서는? 어떻게 됐어?"

"라치아 공국으로 독립을 선언하면, 그쪽에서 승인해 주는 형식으로 진행될 겁니다. 봄이 되면 사신을 보낼 예정이지요."

"그렇군. 하긴, 그게 가장 무난하겠네."

란이 턱을 괴며 말하자 유스타프가 제 옆을 가리키며 말했다.

"적어도 이쪽으로 와 주시죠."

"그쪽에서 오시지요?"

란이 옆으로 비켜 앉으며 말하자 유스타프는 기꺼이 자리를 옮겼다. 그의 팔이 란의 어깨에 둘러지고, 그가 그녀의 이마에 가볍게 입을 맞췄다.

"그런데 누님, 궁금한 게 있습니다."

"뭔데?"

"저택 주변에 얼음으로 된 벽이 세워져 있던데요."

"아, 그거."

란이 제 계획을 설명하자 유스타프의 입가에 재미있다는 미소가 지어졌다.

"이상한가……?"

란이 조심스럽게 되물었다. 블레인이 찬성해 주기는 했지만, 유스타프가 보기에는 아닐 수도 있다.

유스타프가 란의 양 뺨을 부드럽게 감쌌다. 그의 손은 크고 뜨거웠고, 상냥했다.

"아뇨, 제가 누님을 참 좋아한다고 생각했습니다."

그러며 그가 그녀의 입술에 살짝 키스하고 이어 말했다.

"더불어 저는 누구에게도, 그게 어둠이든 뭐든 질 생각이 조금도 없습니다."

"알아."

란이 살짝 미소 지었다.

"나도 그럴 생각이거든."

"그럼 역시 저희는 아주 잘 맞는군요."

그러며 유스타프가 그녀의 수건 매듭에 손을 대어 잡아당겼다.

"유스타프!"

당황한 란이 떨어지는 수건을 꽉 붙잡았지만 유스타프에게 쉽게 빼앗겨 버렸다.

그가 그녀의 허리를 잡아당기며 말했다.

"이쪽도 잘 맞는지 확인해 볼까 하고 말입니다."

"확인했어, 충분히 했어."

물속에서 매끄러운 살갗이 닿는 감촉이 생생해서 란은 얼굴을 붉히며 빠르게 말했다.

"누님."

그가 푸른 눈에 미소를 담고 속삭였다.

"전 제 손에 들어온 걸 절대로 놓치지 않습니다."

그가 가볍게 란의 어깨에 키스하다가 입을 벌렸다. 유스타프의 이가 둥근 어깨를 긁듯이 스쳤다.

그의 손이 부드럽게 등을 타고 내려와 척추 끝까지 훑었다. 란은 가볍게 몸을 떨고 그를 꽉 안았고, 유스타프는 만족스러운 미소를 지었다.

*　　*　　*

유스타프는 잠든 란의 뺨에 키스해 주고 자리에서 일어났다.

침실로 자리를 옮겨서 밤새 괴롭혔으니, 낮까지는 계속 잘 터였다.

그는 책상으로 다가갔다가 란의 계획서를 발견했다.

내용을 눈으로 훑고 유스타프는 저도 모르게 미소 지었다.

란다운 계획서다.

'다행이군.'

란이 자신과 시나에 대해서 고백한 후에 유스타프도 이런저런 생각을 했다.

그에게는 한 가지 걱정되는 점이 있었는데, 란이 이 상황에 죄책감을 가지고 있다는 거였다.

유스타프는 얼마든지 그걸 이용할 수도 있었다. 죄책감은 상당히 어릴 때부터 인간이 느끼는 깊은 감정 중 하나다.

그걸 이용해서 라치아에 란을 옭아매는, 그런 방식도 있었지만 그는 그렇게 하고 싶지 않았다.

'게다가.'

그런 죄책감을 느끼고 있으면 엉뚱한 곳에서 무모한 짓을 할지도 모른다.

'착해빠진 데다가 제 목숨에는 무모해서.'

7월의 빗방울마냥 여기저기 비를 흩뿌리고 다니면서도 자각이 없고, 아무 곳에나 발을 쑥쑥 내민다.

그러면서도 유스타프 자신의 위험 앞에서는 한없이 약해지는 모습을 보인다.

그 점이 사랑스러웠지만, 그래서 어디로 튈지 모른다는 점이 두려웠다.

'하지만 이런 계획을 세우는 정도면 괜찮지.'

그는 란을 전투에 내놓을 생각은 조금도 없었다.

그래도 저 문 뒤에서 뭐가 튀어나오든 그걸 없애버리지 않으면 란의 죄책감이 계속될 거라는 것 정도는 그도 알 수 있었다.

유스타프는 창가로 다가가서 빙벽을 바라보았다.

은색 아치와 흰 조약돌길, 그 안의 새하얀 문을 그는 눈앞에서 보듯이 그릴 수 있었다.

"슬슬 나오는 게 어때?"

그는 그렇게 중얼거렸고, 청염이 호응하듯 희미하게 울었다.

그걸 달래듯 가볍게 반지를 붙잡아 돌리고 유스타프는 책상으로 돌아가 란의 계획서를 수정하기 시작했다. 그러다 그의 눈에 책상 아래쪽이 들어왔다.

서류 더미가 그 아래 쌓여 있었다.

맨 위의 서류를 들어 올려 내용을 훑고 그는 '설마?' 하고 그 아래도 살폈다.

역시나였다.

겨울 내내 그가 붙어서 해야 할 일을 란이 끝내 놓은 거였다.
'정말이지.'
유스타프는 한숨을 삼키고 침대로 돌아갔다. 쌔근쌔근 자고 있는 란의 얼굴을 보고 그는 침대로 들어가 그녀의 허리에 팔을 감았다. 란이 뒤척이더니 그 쪽으로 돌아누우며 품으로 파고들었다. 유스타프는 피식 웃고 란의 이마에 입 맞춰 줬다.

란은 느지막이 일어나 침대에 누워 아침상을 받았다. 그녀가 중얼거렸다.
"진정한 귀부인이 됐네."
"무슨 말씀이십니까?"
이미 일어나 아침 훈련을 끝내고 돌아온 유스타프가 물었다.
"그런 게 있어."
란은 그렇게 말하며 구워진 토스트를 유스타프에게 내밀었고, 그는 침대가에 앉으며 입으로 그것을 받은 후에 란의 손가락을 핥았다.
란이 얼굴을 확 붉힌 뒤 손을 빼며 말했다.
"손가락은 먹는 게 아냐."
"달콤하기에."
유스타프가 그렇게 말하고는 "서류 봤습니다." 하고 덧붙였다.
"아, 맞아. 유스랑 의논할 것도 있는데."
"따로 쌓아 둔 거 말씀이시지요. 제 방으로 옮겼습니다."
"벌써?"
"란이 끝낸 서류 양에 비하면 적은 양이니까요."
유스타프가 턱을 괴었다.
"행정관과 회계관이 제발 란을 쉬게 해 달라고 애원하던데요."

“그게…….”

란이 뺨을 붉히며 말했다.

“유스가 없잖아…… 할 일이 없는걸.”

한순간, 란은 그가 자신을 덮쳐 누르려는 줄 알았다. 하지만 베드 트레이 앞에서 그는 인내심을 지키며 말했다.

“그럼 할 일을 드려야겠군요.”

“뭔데?”

란이 갸웃하자 그가 희미하게 미소 지었다.

“선물을 가져왔습니다.”

그러며 덧붙였다.

“뜯어보시는 게 일일 겁니다.”

잠시 후 란은 유스타프의 말이 무슨 뜻인지 이해했다.

썰매 3대 분량의 선물은 말 그대로, 그녀의 방 한쪽에 산처럼 쌓였다.

시녀들은 연신 감탄하며 드레스며 장신구들을 란의 앞에 내밀었다.

그냥 선물을 뜯어 구경하는 것만 해도 하루가 훌쩍 지나 버렸다.

란은 마지막으로 나온 선물을 보고 웃음을 터트렸다.

새까만 곰 인형이었다.

매끄러운 광택의 몸체는 남쪽에서 수입한 값비싼 비단으로 만들어진 것이었고, 눈과 코는 보석으로 만들어져 달려 있었다.

크기는 어찌나 큰지 란의 키 절반만 한 크기였다.

“귀여워!”

란의 외침에 유스타프는 만족스러운 미소를 지었다.

“마음에 드신다니 다행입니다.”

“내가 곰 인형 좋아하는 건 어떻게 알았어?”

“보면 알지요.”

"고마워, 유스."

란이 웃으며 말하자 유스타프가 그녀의 뺨에 키스해 주고 말했다.

"내일 봉인 의식을 하러 갈 생각입니다."

갑작스러운 말에 란이 놀라 눈을 크게 떴다.

"벌써? 아니, 벌써가 아니구나."

"네."

새해가 며칠 남지 않았다.

이미 늦어질 만큼 늦어진 상황이다. 란은 고개를 끄덕였다.

"알았어."

"이번에는 란이 저택에 있어 줬으면 합니다."

유스타프의 부탁에 순순히 그녀는 동의했다.

"응."

그가 무엇을 걱정하는지, 란도 잘 알고 있었다. 게다가 저번에 마수에게 붙잡혀 올라갔던 일은 정말이지…….

'그대로 떨어졌다가는 깨진 달걀처럼 됐겠지.'

다시 생각해도 소름이 돋았다.

"저택은 내가 잘 지키고 있을게."

란의 말에 유스타프가 "그러면 안심이지요." 하고 고개를 끄덕였다.

그때 문을 두드리는 소리가 나더니, 키리가 경쾌한 걸음걸이로 들어오며 말했다.

"시나 님과 루미에 경이 뵙자고 하는데요."

"응? 들어오라고 그래."

란의 말에 키리가 고개를 숙여 보이고는 두 사람을 안으로 불러들였다.

루미에와 시나, 둘 다 얼굴 표정이 심상찮아서 란은 의아해졌다.

"무슨 일이야?"

"언니."

시나가 떨리는 목소리로 말해서 란은 자리에서 벌떡 일어나 그녀의 손을 꽉 잡았다.

"왜 그래? 무슨 일인데?"

"그림자가 저에게 자꾸 말을 걸어요."

란은 눈을 크게 떴다.

"그림자?"

"네, 아무래도 그게 어둠 같은데, 저에게 돌아가고 싶지 않냐고……."

말하고 시나는 울상이 되었다.

"자세히 말해 봐."

란이 자리를 권하며 말했고, 시나는 깊게 숨을 들이쉬고 자신이 본 대로 최대한 자세하게 상황을 묘사했다.

그녀의 이야기를 다 듣고 란이 물었다.

"이브리아를 요구했다고?"

시나가 고개를 끄덕였다. 란은 툭툭 제 뺨을 두들겼다.

"천 년 전 없어진 사람이잖아?"

"네, 그런데 느낄 수 있다고 하면서."

시나의 말에 란은 고개를 갸웃했다.

천 년간 갇혀 있었던 자의 망상이라면 이해는 간다. 하지만 그런 망상에 빠진 사람치고는 또 시나가 이브리아가 아니라는 걸 분별해 냈다.

'헷갈려서 데려왔으니, 시나를 이브리아라고 착각할 만도 한데 말이야.'

대체 뭘까?

도무지 알 수가 없었다.

"이브리아의 흔적이 남아 있는 걸 느끼는 게 아닐까요."

유스타프의 말에 란은 "그런가?" 하고 눈을 크게 떴다.

"그럴 수도 있겠어. 어쨌든 하늘 저택도 이브리아가……."

말을 하다 그녀는 멈칫했다.

하늘 저택은 대현자 이브리아가 자신의 마력으로 세운 저택이다. 저택을 유지하고 있는 것은 이브리아의 마력이고, 저택에 보호막이 있는 것과 마찬가지다.

'그런데 들어왔어.'

그림자뿐이기는 해도, 그걸 보내어 시나에게 말을 걸었다. 그때 유스타프의 손이 란의 어깨를 부드럽게 감싸듯 짚었다.

돌아보지 않아도, 란은 그의 표정을 알 수 있었다.

뭘 걱정하냐는 얼굴이겠지.

란이 시나의 손을 가볍게 두들기고 말했다.

"고마워, 말해 줘서."

"아니에요. 진즉에 말했어야 했는데……."

란은 시나의 두려움을 꿰뚫어 보듯이 알 수 있었다.

혹시 원래 세계로 돌아가는 방법이 없어지는 게 아닌가 하는 두려움, 말한다고 해도 이들이 이방인인 자신을 믿어 줄까 하는 두려움, 혹시 자신에 대해서 오해를 하는 게 아닐까 하는 두려움.

"아냐, 믿고 말해 줘서 고마워."

란이 다시 말하자 시나는 울먹거리는 표정을 지었다가 웃었다.

"정말로, 언니는 사람이 너무 좋아요."

"내 사람에게만 그래."

"그건 아닌 것 같은데 말이죠."

루미에가 작게 중얼거렸다. 란은 "진짠데." 하고는 시나에게 말했다.

"하여간 너는 걱정하지 마. 언니가 알아서 다 할게."

란의 말에 시나는 웃었다.

"네, 그럼 언니만 믿을게요."

"응, 응."

란은 가슴을 두들겼고, 시나는 정말로 안도감이 드는 걸 느꼈다. 란이 하겠다면 한다는 걸, 시나는 알고 있었다.

시나가 이어서 손가락을 꼼지락거리고 말했다.

"그리고 언니, 하레쉬랑 이야기를 해 봤는데요."

"응."

"얼음수정을 모으면 차원 이동을 할 만한 에너지를 모을 수 있을지도 모른다고……."

시나의 말에 란은 "그래?" 하고 눈을 깜박였다가 말했다.

"봄이 되면 마법사들에게 물어볼게. 만약 그게 가능하다면 시도는 해 봐야지."

"저, 정말이요?"

시나가 입술을 떨며 물어서 란은 고개를 끄덕였다.

"응."

산맥 가득 얼음수정이다.

천 년 정도 사용할 양은 될 테니까, 모을 수 있다면 모아서…….

그렇게 생각하다가 문득, 란의 시선이 루미에에게 닿았다. 그녀의 시선을 느낀 그가 방긋 웃었다.

'으으—'

란은 가슴속이 콱 죄여드는 기분을 느꼈다.

시나가 돌아가면 루미에는…….

'시나가 못 돌아간다고 거짓말을 하면 안 될까……?'

어차피 읽은 것에서 시나는 돌아가지 못한다.

그녀는 남아서 유스타프와 행복해진다.

'그러니까…….'

남아서 루미에와.

"고마워요, 언니."

시나가 떨리는 숨소리와 함께 감사의 말을 내뱉어서 란은 시나를 보았다.

"정말로 고마워요."

몇 번이나 말하는 시나를 보며 란은 양심이 찔려 왔다.

'그래, 이렇게 돌아가고 싶어 하는데.'

란은 제 가족을 생각했다.

그녀는 저쪽에서 죽었을 테니까, 어쨌든 매듭이 지어졌겠지만 시나의 경우는 실종이다.

가족들의 마음이 어떨지 상상도 되지 않았다.

"걱정 말고 봄이 될 때까지 안심하고 있어."

"네."

시나는 고개를 끄덕였다. 루미에가 시나에게 다가가 속삭였다.

"검술 훈련이라도 할까?"

시나는 그를 올려다보았다가 "응." 하고 힘주어 대답했다. 시나가 자리에서 일어나 루미에의 손을 잡았다.

"그럼 언니, 전 연습하러 가 볼게요."

"그래."

란은 고개를 끄덕였다. 루미에와 시나, 두 사람의 시간이 필요한 거겠지.

둘이 나가고 나서 란은 한숨을 내쉬며 말했다.

"마음이 안 좋아."

"뭐가 말입니까?"

유스타프가 허리를 숙여 그녀의 목덜미에 입술을 가져다대며 물었다. 란은 간지러움에 몸을 움츠리며 말했다.

"시나랑 루미에."

"어째서요?"

"어째서냐니…… 두 사람이 서로 좋아하는데…… 상황이 꼭 좋지만은 않잖아."

"두 사람이요?"

"응, 보면 몰, 유스타프!"

"그만!" 하고 란이 지분거리는 그의 머리를 꾹 밀어내자 유스타프가 아쉬워하며 물러났다.

란이 투덜거리듯 말했다.

"두 사람 사귀고 있잖아?"

"그랬군요."

"몰랐어?"

"다른 사람의 연애사를 알아서 뭐합니까?"

"아무리 그래도……."

"전 란에게 집중하는 것만으로도 벅찹니다."

그렇게 말하며 유스타프가 덧붙였다.

"게다가 남을지 남지 않을지를 결정하는 건 두 사람이지요."

"그야 그렇지만……."

"전에 해 주신 이야기에 따르면 시나가 남았었지요? 저와 함께."

란이 작게 고개를 끄덕였다.

"그럼 루미에가 잘한다면, 남을 수도 있겠죠."

아니면 그건 그 녀석 능력 부족 아닌가?

냉정하게 잘라 말하고 유스타프가 빙긋 웃었다.

'가차 없구나.'

란은 그렇게 생각하며 지그시 그의 얼굴을 바라보았다.

그녀의 시선에 유스타프가 의아한 얼굴을 하며 그녀의 옆으로 와서 앉았다.

"왜 그렇게 보십니까?"

"유스."

"네."

"아니, 신기해서. 왜 유스가 날 좋아할까?"

란의 말에 그는 기가 찬 얼굴을 하고 말했다.

"'이래도 날 사랑 안 할 거야?' 하신 분이 누굽니까?"

"뭐?"

란이 놀라 눈을 휘둥그레 떴다.

"난 그런 적 없어!"

그녀가 당황해 항의하자 유스타프가 란의 양 뺨을 감싸며 말했다.

"그게 더 나쁩니다."

란이 눈을 찌푸렸다.

"뭐야?"

"'이렇게까지 하는데도 날 사랑하지 않을 거야? 이렇게? 이렇게까지?' 하는 행동은 하시면서, 사실은 조금도 그런 생각을 하지 않으시는 게 나쁘지요."

"아니, 난 그런 적이—"

란이 '자신이 정말 그랬나?' 하고 눈을 이리저리 굴리며 말하는 걸 보며 유스타프가 중얼거렸다.

"가끔 화가 납니다."

"대체……."

란이 진짜로 '난 억울해.' 하는 표정을 짓자 유스타프는 픽 웃었다.
그렇게나 많은 걸 해 놓고서 본인은 전혀 모른다니.
'빗방울은 제멋대로 떨어지고 흘러가는 법이니까.'
그 자리에 남아 있어야 하는 건 바위다.
유스타프가 속삭였다.
"만약에 제가 아니라 루미에를 처음부터 만나셨으면 어떻게 하셨을까요?"
란의 녹색 눈이 커졌다.
"분명히 그 자식을 위해서도 모든 걸 했겠죠. 그게 어떤 때는 참을 수가 없을 만큼 화가 납니다."
루미에를 없애버리고 싶을 만큼.
그의 엄지손가락이 란의 붉은 입술을 눌렀다. 살짝 벌어진 입술 사이로 그가 손가락을 밀어 넣으며 속삭였다.
"그래도 당신이 날 선택했을까? 란 로미아 드 라치아. 당신을 전부 열어 보고 싶어질 때가 있어."
내가 모르는 구석이 조금도 없도록, 전부, 하나도 남김없이.
란의 모든 걸 알고 맛보고 느끼고 싶었다. 그의 손가락이 입 안에 들어오자 란은 몸을 뒤로 뺐다.
유스타프가 그녀의 몸을 붙잡아 고정했다.
"도망치지 말아요, 누님."
그가 속삭여 란은 얼굴을 붉혔다. 정말이지, 이런 때만 저런 식으로.
란이 그의 손가락을 살짝 깨물고 혀로 가볍게 핥아 올린 후 말했다.
"저, 전부 봤잖아."
이 세상에서 유스타프보다 자신을 구석구석 잘 아는 사람은 없을 거라고, 란은 장담할 수 있었다.

란 자신보다도 유스타프가 더 잘 알 터였다.

"아뇨, 분명 아직 제가 모르는 부분이 있을 겁니다."

푸른색 눈이 그녀를 내려다보며 단호하게 말했다.

"그, 그건 유스타프도 마찬가지 아냐?"

란의 말에 유스타프가 웃었다.

"뭐가 궁금하십니까? 물어보시면 뭐든 알려드리지요. 제가 란의 살결을 만질 때마다 어떤 느낌을 받는지—"

그가 손등으로 란의 뺨을 쓸었다. 고개를 숙여 그의 입술이 닿을 듯 가까워졌다.

"누님의 안에 들어가 있을 때 얼마나 미칠 것 같은지. 때로는 망가트릴 만큼 흉폭하게 하고 싶고 동시에 애원할 만큼 다정하게 하고 싶은 충동을 어떻게 조절하는지."

그, 그, 그런 걸 물어보겠다는 게 아니라—

란은 그 말을 내뱉지 못하고 숨을 할딱였다. 유스타프가 미소 지으며 란에게 속삭였다.

"제가 얼마나 절제하고 있는지, 누님은 모르실 겁니다."

'절제? 이게 절제라고?'

란이 눈을 크게 뜨자, 어쩐지 유스타프는 웃고 싶어졌다. 란이 꼼지락거리다가 제 손을 들어 유스타프의 뺨을 감쌌다.

"만약은 소용없잖아. 그걸로 고민한 건 나로 족해."

시나와 유스타프를 두고 고민했던 걸 생각하면, 루미에와 자신을 두고 고민하는 게 얼마나 유스타프를 갉아먹을지 란은 알 수 있었다.

심지어 그가 그런 생각을 했다는 게 신기하게 느껴졌다.

"그건 그렇지요."

유스타프는 순순히 고개를 끄덕였다. 지금 란을 차지하고 있는 건 자신이었다.
놓아줄 생각 역시 조금도 없고.
"그리고—"
란이 얼굴을 붉히며 속삭였다.
"알아갈 시간은 아직 많이 있잖아? 우리는 계속 함께 있을 테니까."
유스타프가 눈을 크게 떴다. 그가 탄식하듯 "정말이지." 하고 중얼거리더니 란의 다리를 확 잡아당겼다.
"자극하신 건 누님입니다."
"어? 잠깐? 나 아무것도 안 했어!"
당황하며 버둥거리는 란의 드레스 자락을 올리며 유스타프가 느긋하게 말했다.
"물론 그러시겠지요. 일방적으로 제가 발정한 것뿐입니다."
"발……!"
란의 얼굴이 사과처럼 빨갛게 되었다. 그녀가 버둥거리며 말했다.
"사, 상냥하고 다정하게 대해 준다면서."
"상냥하고 다정하게 대하지 않아도 된다고, 전에 그러셨지요."
그가 씩 웃었고 란은 입을 뻐끔거렸다.
'정말이지!'
항복하며 란이 버둥거림을 멈추고 그의 목을 꽉 끌어안았다.
'이렇게 오냐오냐하시니 제 버릇이 더 나빠지는 거지요.'
유스타프는 그렇게 생각하며 란의 목덜미에 입 맞췄다. 란이 웅얼거리듯 말했다.
"다정하게 대해 줘."
유스타프는 그 중얼거림에 마음속이 꽉 조여드는 걸 느끼며 답했다.
"물론입니다."

그의 손이 부드럽게 란을 감싸며 말했다.

"애원하실 만큼 달콤하고 다정하게 대해 드리겠습니다."

'그게 어디가?'

란은 그런 생각을 잠깐 했지만, 곧 달콤한 키스에 모든 게 녹아서 흐물흐물해지기 시작했다.

디모디아가 문 앞에 서 있는 키리를 보고 물었다.

"마님은?"

키리가 씩 웃었다.

"당분간은 주인님의 괴롭힘에 시달리실 것 같은데요."

디모디아가 눈을 찌푸렸다.

"아니, 너무하시는 거 아냐? 마님 체력이 남지를 않겠어."

게다가 요즘 행정 때문에 바쁘게 일하셨는데.

키리가 동감하며 고개를 끄덕였다.

"보양식이라도 올려야겠네요."

둘만 있을 때에도, 시녀의 가면을 쓰고 있는 이상은 부드러운 존대다.

디모디아는 잠시 문을 바라보다가 키리에게 물었다.

"계속 서 있을 거야?"

"혹시 누가 들어가면 안 되잖아요?"

"하긴."

만약 누가 문을 열고 들어갔다가는…….

유스타프에게 깨끗하게 제거될지도 모른다.

우리 마님은, 란 님은, 가주님이 그렇게까지는 안 할 거라고 생각하시는 모양이지만.

'마님 앞에서만 예의라는 걸 차리니.'

디모디아는 그렇게 생각했다가, 문득 지금이 키리와 이야기할 적시라는 걸 깨달았다.

"키리 님, 잠깐 할 이야기가 있습니다."

디모디아의 말투가 변하자 키리의 자세도 바뀌었다.

"말해."

그녀가 싱긋 웃으며 말하자 디모디아가 제 불만을 말했다.

"너무 눈에 띄게 행동하는 거 아닙니까? 아무리 그래도 대놓고 시녀가 아니라는 듯이요."

키리의 검은색 눈이 재미있는, 동시에 어리석은 것을 보는 기색을 띠었다.

"만약 위험이 닥치면, 다들 내가 말하는 대로 따를 거야. 마님의 시녀들은 말이지. 내가 뒤에 남아도 별말 없을 거고. 하지만 넌 아니지."

키리의 말에 디모디아는 멈칫했다.

"네가 남는다고 하면 시녀들이 앞다투어 말리겠지. 시간을 낭비하게 될 거고. 그리고 디모디아, 넌 한번 정체를 드러내면 두 번은 시녀들 사이에 끼지 못할 거야."

키리가 빙긋 웃었다.

"하지만 난 다르지. 대신 나는 들어갈 수 없는 곳까지 넌 따라갈 수 있는 거고. 우리 둘의 역할이 다른 거야."

디모디아는 한숨과 함께 수긍했다.

"그렇군요."

키리가 덧붙였다.

"'어째서 저러는 거야?'가 아니라 '왜 저러는 거야?'를 생각하지 않으면 안 돼."

디모디아는 "참고하겠습니다." 하고 고개를 끄덕였다. 키리가 키득키득하며 입가를 가리고 말했다.

"네가 마님을 좋아한다는 건 알겠어."

그 말에 디모디아가 방어적이 되어 되묻듯 말했다.

"좋아할 만한 분이잖아요?"

"맞아."

키리가 선뜻 대답해서 디모디아는 어쩐지 맥이 빠졌다. 키리가 깔깔 웃으며 사정없이 말했다.

"라치아 공작 부인은 대대로 엉망이었으니까 말이지. 공작가의 위명이 아니면 누가 이런 촌구석의 가난한 영지에 결혼하러 오겠어? 그런데 모처럼 굉장한 게 굴러들어 왔다고."

"굉장한 게, 라니."

디모디아가 눈을 찌푸렸고, 키리가 "굉장한 분." 하고 정정했다.

"이제 라치아는 번영할 거고, 어쩌면 우리는 라치아의 최전성기에 서 있게 된 걸지도 모르지. 역사에 기록될 만한 순간에."

키리의 말에 디모디아가 "로맨티스트네요." 하고 중얼거렸고 키리가 "좋잖아?" 하고 말해 디모디아도 동의했다.

그때 문 안에서 흘러나온 소리에 디모디아의 얼굴이 빨갛게 되었고 키리는 "어머나?" 하고 입가에 손을 가져갔다.

디모디아가 헛기침을 하고 말했다.

"음, 진짜로 서 있어야겠네요."

저 소리를 다른 사람에게는 못 들려주지.

"그러네. 나중에 훈련할 때 마님은 허리 운동을 따로 시켜야겠어."

아니면 작살날 것 같으니까.

키리는 그렇게 말하며 빙긋 웃었다.

*　　*　　*

시나는 우중충한 하늘을 바라보았다. 풀썩, 루미에가 그녀의 몸 위에 두툼한 망토를 떨어트리며 말했다.

"옷 입어. 한기 든다."

"응."

시나는 연무장 바닥에서 일어나며 그의 망토로 몸을 휘감았다.

'푹신푹신하고 기분 좋아.'

이렇게 좋은 옷감이 있다니.

'현대에도 있을지도 몰라. 진짜 질 좋은 캐시미어 같은 거…….'

시나는 후— 하고 길게 숨을 내뿜었다. 루미에가 물었다.

"들어갈까?"

"아니, 조금만 더."

"몸 다 식으면 어쩌려고."

"괜찮아. 루미에야말로 감기 조심해."

시나가 그렇게 말하며 미소 지었다가 말했다.

"저 눈 성벽, 직접 가서 봐도 될까?"

"당연하지."

루미에가 그렇게 말해서 시나는 "와—" 하고 경쾌하게 탄성을 지르며 얼른 눈 성벽 쪽으로 달려갔다.

성벽은 이제 완성되어 있었다. 새하얀 눈으로 된 벽은, 돌처럼 단단했다. 시나는 연신 감탄하며 성벽을 돌았다.

성벽 위에는 걸을 수 있는 공간은 물론이고 초소까지 마련되어 있었다.

"굉장하다. 어떻게 이런 걸 뚝딱 만들지?"

시나가 중얼거려 루미에가 "드워프니까?" 하고 갸웃하며 답했다.

"그건 편견이야."

시나는 그렇게 말하고 웃었다.

빙벽과 정면으로 마주 보는 성벽에는 제대로 된 성문도 달려 있었다. 시나는 빙벽을 바라보았다.

'언제 봐도 굉장하다…….'

깎아지른 에베레스트 산맥을 눈앞에서 직접 보면 이런 느낌일까?

새하얀 눈이 가득 쌓여 있어서 정말로 빙벽이라는 말이 딱 어울렸다.

'저기서 헤매다가 죽을 수도 있었어.'

루미에가 구하러 오지 않았다면, 그 자리에서 죽었겠지.

시나는 그 생각에 가볍게 몸을 떨었다.

"은색 아치는 어디야?"

시나의 물음에 루미에는 잠시 그녀를 내려다보았다가 산맥 위쪽을 가리키며 말했다.

"저 위쪽에. 행여나 하는 말인데 혼자 갈 생각은 하지 마."

"안 가."

시나가 눈을 감으며 웃었다.

"언니가 도와준다고 했으니까."

"그래."

"루미에."

"응?"

시나가 휙 돌아서서 그를 바라보았다. 빙벽에서 거친 바람이 불어와 그녀의 검은색 머리카락이 휘날렸다. 루미에는 거기에 순간 시선을 빼앗겼다가, 다시 시나의 얼굴을 보았다.

"정말로 괜찮아? 아니, 괜찮지 않을 것 같아. 내가 돌아가겠다고 하는 거."

루미에는 저도 모르게 웃었고, 시나의 얼굴이 찌푸려졌다.

"농담 아니라, 정말로."

"아니, 농담이라고 생각한 게 아니라. 직설적이라서. 그리고 난 네가 그렇게 말하는 걸 좋아하는구나, 싶어서."

겨울바람에도 시나의 뺨은 달아올랐다. 루미에가 손을 뻗어 그녀의 휘날리는 머리카락을 부드럽게 정리해주며 말했다.

"네가 돌아갈 수 있게 최선을 다할 거야. 그리고 네가 남아 있을 수 있게도 최선을 다할 거고."

그가 이어 말했다.

"어느 쪽이든 네게 후회가 조금도 없기를 바라."

시나는 깊게 숨을 들이마시고 고개를 끄덕였다.

"응."

"그리고 나만 괴로운 것도 아니잖아."

루미에의 말에 시나는 웃었다. 그가 "그렇지?" 하고 덧붙였다.

"괴로워하지 마. 돌아가는 걸로, 돌아가지 못하는 걸로도. 어느 쪽이든."

"노력할게."

"그보다, 그쪽 이야기 해 줘."

루미에가 성벽에 기대며 물었다. 시나가 갸웃했다.

"그쪽?"

"그래. 나라 이름이라든가?"

"아, 내가 있던 세계? 들으면 놀랄걸. 우리는 말을 타고 다니지 않거든."

"그럼 소나 양?"

"아냐! 차를 타고 다녀."

"차?"

"응, 말없이 달리는 마차 같은 거."

"마법?"

"그건 아니고."

키득거리며 시나는 제가 사는 곳에 대해서, 제 가족에 대해서 이야기를 시작했다. 이어 던져지는 루미에의 질문에 시나는 성심성의껏 답했지만, 날카로운 질문들에는 시나도 "나도 그건 모르겠는데." 하고 대꾸할 수밖에 없었다.

"자신이 이용하고 있는 것의 원리를 모르는 건가?"

루미에의 말에 시나가 입을 내밀었다.

"루미에도 마법 세공품의 원리는 모르잖아."

거기에 그가 수긍해 고개를 끄덕였다.

"확실히, 그건 그렇지."

"그지?"

시나는 그렇게 말하고 검은 머리카락을 쓸어 넘겼다. 그녀는 자신을 보는 그의 시선과 마주쳐 살짝 뺨을 붉혔다가 눈을 찡그리고 입술을 열었다.

하지만 말은 나오지 않았다.

"왜?"

물은 것은 루미에 쪽이었다.

"아냐. 아무것도."

시나가 고개를 흔들자 그가 말했다.

"그렇게 말하니까 더 궁금하잖아."

"그게—"

시나가 우물거렸다.

"내가 먼저 루미에를 만났으면 좋았을 거라는 생각이랑, 그건 너무 이기적이라는 생각."

"이시나, 너는."

루미에가 픽 웃었다. 이렇게까지 직설적이지 않아도 되는 데까지 직설적이다.

하지만 그에게는 그게 편했다.

그녀가 하는 말은 전부 진심이며, 그 뒷면을 헤아리려 하지 않아도 되니까.

"다음에는 그렇게 하자."

그의 말에 시나가 눈을 크게 떴다. 루미에가 장난스럽게 말했다.

"다음에 다시 태어나면 먼저 만나자."

시나는 "에이—" 하다가, 얼른 생각을 고쳤다.

그래, 이런 이세계도 있는데 다음 생이 없다고 할 수는 없잖은가? 분명히 존재할 거다.

"그래. 그러면 다음번에는 꼭이다?"

"꼭."

시나는 씩 웃었다.

란은 눈을 떴다가 자고 있는 유스타프의 얼굴을 보게 되었다.

'자는 얼굴.'

본 적이 있던가?

잠시 생각해 보니 이렇게 침대에 누워서 진짜로 자는 얼굴은 본 적 없었다.

약혼식 때는 자는 척한 거였고.

'처음 봐!'

란은 그렇게 생각하며 잠든 그의 얼굴을 뚫어져라 바라보았다. 검은색 긴 속눈썹이 드리워진 하얀 얼굴은, 이렇게 자고 있으니 좀 어려 보였다.

'귀여워.'

란은 그런 생각을 하며 슬쩍 미소 지었다. 살짝 만져 보고 싶었지만 그러면 깰 것 같아서, 란은 바라보기만 했다.

이런 얼굴을 보고 있으면 도무지…….

란은 제 뺨을 감쌌다.

'꼭 눈을 뜨라고 한단 말이야.'

흔들리는 시야에 얼핏 들어오는, 지나친 쾌락을 참는 듯한, 살짝 찌푸린 표정을 하고 있는 그 얼굴은—

'으아아아.'

란은 고개를 푹 베개에 박았다가 다시 슬쩍 유스타프를 바라보았다.

파란 눈이 지그시 자기를 보고 있다.

란은 화들짝 놀라 눈을 크게 떴고 그가 피식 웃으며 물었다.

"뭘 하십니까?"

"아니, 그냥—"

웅얼거리는 란을 끌어당겨, 유스타프는 제 위에 그녀를 얹었다.

"좀 더 주무시죠."

"잠 다 깼어."

란이 그의 넓은 가슴에 뺨을 기대며 말했다. 그녀의 손끝이 가볍게 그의 단단한 팔을 훑어서 내려오다가 희미한 흉터에서 멈췄다.

유스타프는 간지러움에 움츠렸다가, 란이 그의 팔에 남은 흉터를 매만지는 걸 보고 상체를 들어 그녀의 입술에 가볍게 입 맞추고 말했다.

"다 지나간 일입니다."

"그래도."

매질의 흔적이었다.

유스타프의 등에도 아직 흐릿하지만 날카로운 흉터가 남아 있어서 란은 가슴이 아팠다.

그녀가 유스타프의 팔을 당겨 흉터 위에 입술을 댔다가 뗐다.

"다 사라졌으면 좋겠다."

"별로 상관없습니다."

"내가 있어."

눈을 샐쭉하게 뜨며 말한 뒤 란은 몸을 굴려 그의 몸 위에서 내려갔다. 그러고는 넓은 침대를 기어 나와 로브를 걸쳤다.

유스타프가 "어딜 가시려고요?" 하고 물었고 란은 혀를 내밀었다.

"안 가르쳐 주지."

란은 나가서 씻을 물을 준비하게 했다. 씻는다고 하면 또 분명히 같이 씻자는 둥 하고 다시 침대로 끌려 들어갈 게 뻔해서였다.

가볍게 씻고 나오니 침실에 유스타프가 없었다.

란은 부부 침실에서 머뭇거리다가 유스타프의 침실로 향하는 문을 열었다. 이 문을 열어 보는 건 처음이었다.

"유스?"

"다 씻으셨습니까?"

유스타프는 옷을 다 입고 있었는데, 그의 머리카락도 약간 젖어 있어서 씻었다는 걸 알 수 있었다.

"뭐야, 유스도 씻었어?"

"란이 씻으러 가는 것 같기에. 식사를 준비시켜 뒀습니다."

란이 창밖을 힐끔 바라보고 한숨처럼 말했다.

"이건 뭐, 점심도 아니고 저녁도 아니고……."

"그럼 저녁때까지 기다릴까요?"

"아니, 배고파."

란의 말에 유스타프는 "방탕한 생활도 나쁘지 않지요." 하고 대답했다.

밖에서 시종이 "식사 준비되었습니다." 하고 부르는 소리가 들려 란의 얼굴에 화색이 돌았다.

"나 옷 입고 올게."

란은 얼른 제 방으로 돌아가 옷을 갖춰 입고 돌아왔다.

식사를 하며 유스타프가 말했다.

"적어 두신 걸 봤습니다."

"적어 둔 거? 뭐?"

"드래곤 슬레이어 계획이요."

"아—"

란은 뭐라고 해야 할지 알 수가 없어서 묘한 소리를 냈다.

어쩐지 부끄럽기도 하고, 어땠는지 의견을 듣고 싶기도 했다.

"마법사가 없다는 게 가장 큰 고민이야. 하늘을 나는 건 어떻게 할 수가 없잖아?"

란이 턱을 괴며 말했다.

자신도 비행형 마수에게 당해 봐서 알지만, 날개가 있는 것의 상대는 상당히 성가셨다.

"그건 청염으로 해결될 겁니다."

"청염으로?"

란이 눈을 찌푸렸다.

"괜찮은 거야?"

"날개에 구멍을 내는 정도는 되겠지요. 어차피 날개에 문제가 있으면 못 나는 거 아닙니까?"

"그거야 그렇지만. 그러려면 너무 많은 힘을 소모하게 되는 거 아니야? 유스타프의 생명력을 써 버리면 어떻게 해."

"그게 란과 무슨 상관입니까?"

유스타프의 말에 란이 눈을 크게 떴다. 그녀의 입술이 떨렸다.

유스타프가 재빠르게 덧붙였다.

"제 말은, 란이 간혹 이런 식으로 행동한다는 겁니다."

그 말에 란의 얼굴이 붉게 물들었다.

"나, 난—"

"그러셨지요? 처음부터 그러셨습니다. 마법사를 만나러 갈 때도 그랬고, 드워프 광산에 갇혔을 때도 그랬지요. 그리고 절 시나와, 그건 이야기하기도 싫군요."

란이 쪼그라든 목소리로 답했다.

"지금 무척 반성하고 있습니다."

"아셨다면 되었습니다."

유스타프가 고개를 끄덕인 후에 말했다.

"그러니 저도 그렇게 무리하지는 않을 겁니다. 게다가 죽으면 소용없으니까요."

란은 맞아, 맞아 하고 고개를 끄덕였다.

"마법에 저항 능력이 있다면 청염이 빠르게 힘을 소모하는 건 맞지만, 드래곤 날개에 구멍 낼 정도는 되겠지요."

"하긴, 작은 구멍만 내도 아마 받는 힘이 강해서 구멍이 금방 찢어지거나 할 거야."

란이 비행기 날개를 생각하며 말했다. 드래곤이면 몸체가 크니까 그 무게를 버티려면 날개도—

"음, 잠깐. 생각해 보니까 드래곤은 자기 마법으로 나는 거 아냐?"

"그럴 가능성도 있지요."

"으음. 마법으로 날면 날개가 없어도 되는 건가. 그런데 그럼 뭐하러 날개가 있는 거지?"

멋?

란은 그렇게 생각하며 갸웃거렸다. 유스타프 역시 잠시 생각하다가 말했다.

"역시 날개로 나는 게 아닐까요. 날개가 있으니 비행 마법을 쓸 필요가 없겠지요."

"하긴, 그럴 수도 있겠다."

"그런데 거기 계획표에 적어 두셨던 탄도 미사일은 뭡니까?"

"아— 자동으로 날아가서 목표물을 맞히는 창?"

"신기한 생각이군요."

"그런데 프란체에게 얘기했다가 혼났어. 대신에 불덩이 같은 게 날아가는 건 가능하대. 맞추려면 실력이 필요하겠지만."

파이어 볼 같은 걸 날릴 수는 있다는 거겠지.

"그 정도면 충분하지요."

"마법사가 없으니 확실히 이런 점은 불편해."

다시금 말하고 란은 한숨을 내쉬었다. 붉은 수정이나 푸른 수정에 닿지만 않으면 되는 문제라 해도, 역시 전통적 금기 때문에 마법사들은 라치아에 오는 것을 꺼렸다.

"그 외에 드워프와 엘프에게도 얘기를 하셨다고요."

"응, 수적 우세가 최고잖아."

란의 말에 유스타프는 고개를 끄덕였다. 란이 조심스럽게 물었다.

"군사 교류 때문에 독립에 문제가 생기지는 않겠지?"

"그런 문제가 생길 단계는 지났습니다."

유스타프가 그렇게 말하고 란을 지그시 바라보아, 그녀가 되물었다.

"왜? 뭐 놓친 거 있어?"

"내가 혼자 다른 종족과 군사적 동맹을 맺어서 유스타프가 날 의심하지 않을까, 하는 생각을 전혀 안 하시는 것 같아서요."

란은 허를 찔려 눈을 깜박이다가 물었다.

"생각해?"

"아뇨, 조금도요."

란이 가슴을 쓸어내렸고 유스타프가 미소 지었다.

"제가 누님을 믿는 걸, 누님이 믿어 주시는 게 기쁩니다."

"그, 그야."

란의 얼굴에 홍조가 돌았다.

"부부잖아……."

목소리는 개미만 했지만, 그래도 유스타프는 알아들었다. 그가 만족스러운 미소를 지으며 제 몫의 고기를 썰어 란의 접시에 올려줬다. 란이 눈을 크게 떴다.

"이거 다 못 먹어."

"먹으셔야 힘을 쓰지요."

"히, 힘쓸 일 없거든요."

"그런가요?"

유스타프는 빙긋 웃었고, 란은 더더욱 얼굴을 붉히며 그가 준 고기를 썰기 시작했다.

* * *

바람이 불지 않는 겨울 날씨였다.

봉인 의식을 하러 가는 기사단원들의 얼굴에는 긴장감이 서려 있었다.

어둠이 깨어나고 있다는 이야기 때문이었다.

시나도, 란도 이번에는 따라가고 싶은 마음을 누르고 두 사람을 눈 성벽 위에서 배웅했다.

시나가 멀어져가는 기사단원들을 보며 물었다.

“돌아오는 데 얼마나 걸려요?”

“글쎄, 오늘은 날씨가 좋으니까 빠르면 한 시간 반? 두 시간?”

“생각보다 더 걸리네요.”

“그리고 봉인이 얼마나 걸릴지 또 알 수가 없어서.”

란이 그렇게 중얼거렸다.

저번 봉인 의식 때 불꽃이 느리게 타올랐다고 유스타프가 말했다. 이번에는 어떻게 되는 걸까?

‘만약 청염이 힘을 발휘하지 못하거나 하면 어쩌지.’

란은 그런 걱정을 하며 한숨을 삼켰다. 자신보다 시나가 더 불안할 터. 그녀 앞에서 불안한 모습을 보이면 안 된다.

가신들 앞에서도.

“모두 무사히 돌아올 거야. 추우니까 내려가자.”

란의 말에 시나가 “네.” 하고 고개를 끄덕였다.

유스타프는 은색 아치 앞에서 멈춰 섰다. 은색 아치는 예전처럼 반짝거리며 빛났지만…….

‘변색됐어.’

마치 독에 은이 변색되는 것처럼, 아치의 아래쪽 일부가 검게 변색되어 있었다.

유스타프는 아치 앞에서 멈춰 섰고, 블레인이 따라 멈췄다.

그 역시 아치의 색이 변한 것을 눈치챘다.

“가주님.”

어떻게 할까요?

그런 물음에 유스타프는 말없이 계속 걷기 시작했고, 블레인과 루미에가 그의 양쪽에 바싹 붙어서 걸었다.

블레인은 이미 말에서 방패까지 내려 든 상태였다.

루미에는 워낙 방패 없이 싸워 와서, 뒤늦게 방패 사용법을 배우자니 번거로워 방패는 관뒀다.

그걸 보고 다른 기사가 "넌 목숨이 여러 개냐?" 하고 말했지만, 그를 대련에서 이겨 줌으로써 논란을 잠재웠다.

하얀 조약돌이 밟히는 소리조차 루미에는 거슬린다고 느껴졌다. 자신들의 위치를 고스란히 드러내는 소리다.

하지만 유스타프는 거침없었고, 기사들도 재빠르게 뒤를 따라왔다.

동굴 앞에 다다르자 블레인이 물었다.

"혼자 들어가실 겁니까?"

"그래."

유스타프는 그렇게 말하고 슥 동굴 안으로 들어갔고, 다들 말고삐를 붙잡고 서서 기다렸다.

예전이라면 말의 몸이 식지 않게 감싸고 움직이게 했겠지만, 지금 마갑에는 체온을 유지해 주는 장치도 있어서 괜찮았다.

유스타프는 동굴 안으로 들어서자 기묘한 느낌을 받았다.

뭔가가 다르다.

그는 잠시 멈춰 섰다가 다시 걷기 시작했다.

청염은 잠잠했고, 그건 아직 문제는 없다는 뜻이니까.

새하얀 문 앞에 도착해 유스타프는 벽에 손을 댔다.

아무런 반응이 없었다.

시간이 걸리는 건가? 하고 갸웃하다가 유스타프는 깨달았다.

'비었어.'

벽 건너편이 비었다.

그걸 어떻게 알았냐고 묻는다면 대답할 길은 없다. 없는데도 그는 알 수 있었다.

문지기의 감이라고 해도 좋았다.

유스타프는 손을 뗐다.

'비어 있다면, 어디로 간 거—'

밖인가?!

그가 몸을 돌리는데 청염이 소리를 내어 울었다.

유스타프는 등골이 오싹해지는 것을 느끼며 바닥에 몸을 던지듯 굴렀다.

Chapter 6.

암흑룡 델판토

쾅—!

요란한 소리와 함께 문이 부서지며 새하얀 돌들이 튀었다.

유스타프는 검을 빼 들며 자리에서 일어났다.

문이 완전히 부서지지는 않았지만, 큰 구멍이 나 있었다.

그 구멍에서 상대방의 눈이 번득이는 게 보였다.

파충류 특유의 노란 눈동자가 세로로 깜박임을 하며 이쪽을 틈 사이로 노려보고 있었다.

'크군.'

유스타프는 그런 생각을 하며 눈을 마주 보았다. 눈동자가 저 정도 크기라면 몸체는 훨씬 크겠지.

"이브리아아—"

상대가 으르렁거리며 하는 말에 유스타프가 말했다.
"이브리아는 없다."
"내놔라!"
"이미 천 년 전 일이야."
유스타프의 목소리에 상대는 잠시 침묵했다.
후욱후욱 불꽃이 섞인 숨결이 어둠 속에서 빛났다가 사라졌다. 한순간 상대가 보이지 않게 뒤로 물러났다 싶었다.
유스타프는 방패를 들고 올걸, 하는 생각을 잠깐 했다.
쾅—!
드래곤이 다시 머리를 문에 부딪쳤고, 이번에는 완전히 문이 부서졌다. 하지만 문의 크기에 비해 드래곤의 몸체가 더 커서 그는 목이 걸렸다.
"네놈들이 이브리아를 해쳤구나!!"
그가 그렇게 외치며 목 양쪽을 부풀렸다가 불숨을 내뱉었다.
유스타프는 투구창을 내리고 달리기 시작했다.
불꽃이 동굴 입구에서 토해져 나옴과 동시에 유스타프도 동굴 입구에서 나왔다.
그가 참았던 숨을 깊게 들이마셨다. 불꽃의 열기는 갑옷이 막아 주지만, 그 불을 숨 쉬며 삼켰다가는 목 안쪽이 다 타 버렸을 터였다.
"가주님!"
"주군!"
"라치아로 돌아간다!"
유스타프가 그렇게 말하며 달려와 말에 올라탔다.
쾅!
쾅!
산을 울리는 거친 소리가 들려왔다. 그리고 잠시 울리는 소리가 멈췄다가 이번에는 커다란 목소리가 들려왔다.

“케 에헤프 라 도르후아!!”

“무슨 뜻이죠?”

루미에가 갸웃하자 블레인이 “모르지.” 하고 말하며 말에 올라탔다가 말했다.

“아군을 부르는 소리였던 것 같군.”

빙벽에 흩어져 있는 마수들이 하나둘 모여들기 시작했다.

유스타프가 외쳤다.

“포메이션 F!”

그러며 그가 달려 나가자 기사들이 따라 말을 달리며 일사불란하게 포지션을 만들고 말 뒤에 있는 장창을 꺼내 들었다.

블레인이 투구창을 내리며 말했다.

“마님께서 성벽을 만들어 두셔서 다행이군요.”

“란은 선견지명이 있거든.”

유스타프가 답했다.

“크아앙―!”

“컹컹―!”

각양각색의 마수들이 길을 막으며 달려들기 시작했다.

“낙마하지 마라!”

블레인이 소리쳤고 유스타프가 이어 말했다.

“낙마하는 녀석은 마갑과 갑옷을 빼앗고 연병장 백 바퀴 돌릴 거다.”

블레인이 피식 웃었다. 기사단원들도 희미하게 미소 지었다.

저 말은 낙마해도 두고 가지 않는다는 말이다.

단원들은 허벅지에 힘을 주며 창과 마갑으로 마수들을 뚫고 달리기 시작했다.

멀리 눈으로 된 흰 성벽이 햇빛에 반짝였다.

성문이 반쯤 열려 있는 게 보였다.

뒤에 따라오는 마수를 어떻게 해야 하나, 하는데 성벽 사이로 궁수들이 서 있는 게 보여서 유스타프가 말했다.

"전력으로 달려!"

그러자 말들의 옆구리에서 날개가 솟구쳤고, 말들이 가벼워진 발걸음으로 순식간에 달려 마수들과 거리가 벌어지기 시작했다.

성문으로 기사들이 들어가기 시작하자 성벽에 서 있던 란이 외쳤다.

"발사!"

그러자 화살 비가 마수들을 향해 쏟아졌다. 란이 두 번째로 외쳤다.

"마법 부대, 발사!"

그러자 불덩이들이 날아가 쾅쾅 요란한 소리를 내며 마수들을 흩었다. 그러는 사이 기사단원들은 전원 무사히 성문 안으로 들어왔고, 문이 요란한 소리를 내며 닫혔다.

성문의 가장 큰 고리를 걸자, 문 전체에 마법진이 번쩍하고 빛났다가 사라졌다.

유스타프가 말을 버려두고 성벽으로 올라가서 란을 붙잡았다.

"여기 서서 뭘 하십니까!"

"지휘하지."

태연하게 하는 말에 유스타프는 기가 찼다. 그녀는 지휘관답게 갑옷도 갖춰 입고 있었다.

"그렇다고 이렇게 노출이 되게—"

쿵—!

그의 말을 가르며 산맥에서 요란한 소리가 들렸다.

"니하 둠 오하르 에헤프!!"

웅웅 울리는 소리가 빙벽 전체를 감아 돌았다.
란이 혀를 찼다. 유스타프가 란에게 물었다.
"무슨 말인지 아십니까?"
"응, 아— 유스에게는 다르게 들리나. '동포들이여, 일어나라. 때가 왔다.' 그렇게 외치고 있어."
그러며 그녀가 입술을 가볍게 깨물었다.
"빙벽의 마수가 몇 마리나 될까?"
"상당히 되는 것 같군요."
유스타프가 그렇게 말하며 빙벽에서 내려오기 시작한 마수 떼를 바라보았다. 그들이 하늘 저택의 성벽 앞에 새까맣게 모여들기 시작했다.
"내려가죠."
유스타프의 말에 란은 고개를 끄덕였다. 점점이 비행하는 마수들이 보였기 때문이었다.
성벽 아래층에도 활을 쏠 수 있도록 구멍(애로 슬릿, arrow slit)이 마련되어 있어서 란은 사수들 역시 다 성벽에서 내려가도록 했다.
"이제 어쩌지?"
란이 낮게 중얼거렸다.
"란의 계획을 실행해야겠지요."
"드래곤 슬레이어 계획?"
"네."
"그렇지만—"
"키에에엑!"
쿵—!
두 가지 소리가 동시에 들려왔다. 란을 멈추게 하고 유스타프는 성벽 밖으로 나왔다.

먹이를 찾는 독수리처럼 비행형 마수들이 빙빙 상공을 돌다가 아래로 쏜살같이 내려왔다.

그리고 뭔가에 부딪쳤다.

쿵—!

그때마다 언뜻 햇빛 속에 뭔가가 반짝였다가 사라졌다.

"이브리아의 보호막인가 봐."

란이 중얼거렸고, 유스타프는 눈을 찌푸렸다.

"왜 나오셨습니까?"

"저걸 봤으니까. 안전하다고 판단했어."

그런 판단을 할 정도의 머리와 권리는 있어, 하고 란이 말해서 유스타프는 어깨를 늘어트렸다.

"저게 언제까지 버틸까요?"

유스타프의 물음에 란은 고개를 흔들 수밖에 없었다.

"그건 아무도 모를 것 같은데."

"가주님, 마님!"

블레인이 눈을 찌푸리며 다가왔다.

"두 분 다 여기에 계시면 안 됩니다."

란이 그 말에 키득 웃었다. 유스타프가 힐끗 그녀를 보자 란이 노래하듯 말했다.

"혼나는 게 나 혼자가 아니구나, 싶어서."

그사이 다가온 블레인이 란의 말을 듣고 정중하게 말했다.

"제가 어찌 감히 두 분을 혼내겠습니까. 기사들을 성벽에 배치시켰습니다. 성벽을 타고 올라오려는 시도가 있었는데, 미끄러지더군요."

"얼음이라 그런가?"

란이 갸웃하자 블레인이 고개를 살짝 흔들고 말했다.

"발톱이 몸무게를 지탱할 만큼 깊게 박히지 않는 것 같습니다."

'도대체 얼마나 얼음이 단단히 언 거야…….'

드워프제 얼음은 다른 건가?

란이 그런 생각을 하는데 유스타프가 물었다.

"얼음수정 비축은 얼마나 있습니까?"

"아, 그게—"

란이 살짝 뺨을 붉혔다.

유스타프는 얼음수정이 빽빽한 창고를 보고 말했다.

"3년은 농성해도 되겠군요."

"그, 그게— 일단 전쟁이니까 물자 비축이 중요하지 않을까 하고—"

"식량은요?"

"비슷해."

많이많이 쌓아 뒀지.

"너무 많은가—?"

란이 갸웃하며 물어와 유스타프가 빙그레 미소 지으며 말했다.

"아닙니다."

"그지?"

역시 보급이 중요하다니까, 하고 란이 의기양양한 얼굴을 해서 유스타프는 저도 모르게 그녀의 뺨에 살짝 키스했다.

"유스!"

'이런 상황에—?' 하고 란이 당황해 주변을 둘러보자 블레인과 시종장이 시선을 멀리 다른 곳으로 돌리고 있었다.

유스타프가 피식 웃고 란에게 말했다.

"나머지는 보지 않아도 되겠군요."

그때 지하 저장고 위에서 기사 한 사람이 일행을 부르며 말했다.

"드워프분들이 오셨습니다."

"알겠네."

유스타프는 고개를 끄덕였다. 평소라면 광산 근처의 돌집에서 묵을 드워프들이지만, 란이 어둠에 대해 언급하고 성벽을 부탁한 뒤로는 모두 저택에 머물고 있었다.

유스타프와 란이 나가 보니 드워프들 모두가 무장을 하고 있었다. 대표로 파센이 나와 말했다.

"우리도 한몫 끼워주게. 모처럼의 전투인데 우리도 싸우고 싶으니."

그러자 뒤에서 도끼로 제 방패를 두드리는 요란한 소리를 내며 드워프들이 "맞아, 맞아!" "몸이 굳으려던 참인데 잘됐네." 하며 목소리를 높였다.

유스타프가 고개를 끄덕였다.

"감사합니다. 그럼 배치 조를 짜도록 하지요."

그렇게 말하며 유스타프는 란을 힐긋 보았고, 그녀가 재빠르게 말했다.

"난 저택으로 돌아가 있을게."

"네."

그가 드워프들과 함께 성벽 쪽으로 가는 걸 보고 란은 가볍게 한숨을 내쉬었다.

이런 전투에서 자신은 쓸모가 없다.

'나도 좀 더 칼에 재능이 있었으면…….'

시나를 떠올리며 란이 팔짱을 꼈다가, '어라?' 하고 고개를 돌렸다.

"그러고 보니 시나가 어디로 갔지?"

분명히 기사단을 맞으러 나올 때까지는 자신과 함께 있었는데.

"시나 양이라면 아까 기사단 쪽으로 가던데요."

슥 누가 어둠 속에서 나와서 깜짝 놀라 흠칫했다가, 란은 어깨를 늘어트렸다.

"키리."

암록색 옷을 입은 키리가 히죽 웃었다.

"놀라게 해 드려서 죄송합니다."

"어떻게 그렇게 조용히 있을 수 있어?"

"10년쯤 훈련 받으면요."

"……그렇군."

란이 멋쩍게 대답하고 되물었다.

"기사단 쪽으로 갔다고?"

"네. 같이 가 드리겠습니다."

"그 차림으로 괜찮아?"

녹영은 그림자 단체잖아?

"저는 보이는 그림자라 괜찮답니다."

키리가 명랑하게 말해서 란은 "그런 거구나." 하고 고개를 끄덕였다.

란과 키리가 기사단을 향해 얼마 걷지도 않았는데, 벌써부터 목소리가 들려왔다.

그리고 그 목소리의 정체가 루미에와 시나라는 걸 란은 금방 알 수 있었다.

"잠깐, 이거 놓고 말해!"

"뭘 놓고 말해! 너 당장 옷 벗어!"

"싫어!"

두 사람이 아옹다옹하고 있는 게 보였다. 란은 시나가 갑옷을 입고 있다는 걸 알아챘다.

"시나? 루미에?"

"란 언니!"
"주인님!"
"제 말 좀 들어 봐요."
"제 이야기 좀 들어 주십시오."
둘이 거의 동시에 이야기했다가, 서로 마주 보았다.
"란 언니는 나랑 더 친하거든?"
"주인님은 내 주인님이시고, 넌 손님일 뿐이지."
키리가 여우 눈을 하고 히죽 웃었다.
"이야, 사랑싸움 중간에 껴 계시는 우리 마님."
"아니거든."
란이 키리를 향해 눈을 찡그려 보이고 다가가 두 사람을 떼어 놓았다.
"왜? 무슨 일인데? 시나는 또 왜 그런 차림이야? 갑옷은 어디서 났어?"
"남은 거 입었어요."
시나는 당당히 말했다. 키가 좀 작다는 걸 제외하면, 투구까지 눌러쓴 시나를 알아볼 방법은 전혀 없었다.
란이 말했다.
"일단 투구부터 벗고 말해. 안 무거워?"
"괜찮아요."
시나가 그렇게 말하고 투구를 벗었고, 루미에가 그걸 빼앗듯이 받아 든 후에 으르렁거렸다.
"여기 싸움이 뭐라고 네가 끼어?"
"루미에도 싸우잖아! 나도 싸울 수 있어!"
"실전 경험이라고는 조금도 없는 네가? 짐만 돼."
"하지만 한 사람이라도 더 필요한 거 아냐? 밖에 마수들을 봐!"
"그게 너는 아냐."

란이 당황해 물었다.
"시나, 전투에 나가려고?"
"네."
시나가 란을 돌아보았다.
"저도 열심히 훈련했고, 싸울 수 있어요."
"말도 안 되는 소리."
란이 딱 잘라 말했다. 루미에는 간신히 "거 봐." 하는 소리를 삼켰다. 대신 주인님에게 마음속으로 박수를 보냈다.
"왜요?"
시나가 눈을 부릅뜨고 말했고 란 역시 진지하게 말했다.
"이런 일 하면 안 돼. 전에도 내가 이야기했었잖아."
란이 손을 뻗어 시나의 뺨을 부드럽게 감쌌다.
"돌아갈 테니까."
"하지만, 언니—"
시나의 입에서 떨리는 목소리가 나왔다. 루미에가 눈을 크게 뜨고 뭐라고 하려는데 란이 살짝 고개를 흔들고 가라는 눈짓을 했다. 루미에는 "나중에요." 하고 입 모양만 벙긋하고는 그대로 물러났다.
란이 빙긋 웃고 말했다.
"혼자 아무것도 못 하는 것 같아서 그렇지?"
그 말에 금방 시나의 눈에 눈물이 글썽 고였다. 그녀가 고개를 끄덕였다.
"하, 하지만 저 계속 여기 와서 신세만 지고 있고. 어, 언니나 다른 사람들은 다들 열심히 하는데 저는 아무것도 안 하고 있고—"
시나가 손등으로 슥 눈물을 닦고 말했다.
"그리고 저렇게 마수들이 많은데요. 루미에 혼자 싸우다가 다치면—"

"루미에는 혼자가 아냐. 동료들이 있잖아. 그리고 시나도 할 수 있는 일이 있어."

"정말요?"

시나가 작게 되물었고 란은 고개를 끄덕였다.

"그러니까 얼른 갑옷 벗고 와."

"네, 네!"

환한 얼굴을 하고 시나는 도로 기사단 쪽으로 후다닥 달려갔다. 키리가 재미있다는 얼굴로 말했다.

"할 일이 없어서 싸움이라니, 저분도 성격이 참 특이하시네요."

"뭔가 조금이라도 보탬이 되고 싶다고 생각한 거겠지. 자신이 할 수 있는 게 싸움밖에 없다고 생각한 거고."

란은 그렇게 말하며 한숨을 내쉬었다. 키리가 물었다.

"그래서 무슨 일을 맡기시려고요? 전 애 보기는 안 합니다."

"키리에게 안 맡길 거야. 걱정 마."

"그러시다면야."

뭐로 쓰시든 마님의 마음, 하고 키리는 마음 놓고 미소 지었다.

란은 프란체에게 시나를 맡겼다. 마법 세공사인 그는 지금 무기며 방어구를 점검하느라 정신이 없었다.

프란체는 약간 못 미더운 얼굴로 시나에게 집게를 내주며 말했다.

"손끝이 예민해야 합니다. 이걸 집는데, 아주 살살 집어 주세요. 잘못 쥐면 터지니까요. 그리고 그걸 여기 홈에 넣어 주세요. 그러면 됩니다."

마법 세공품을 조립하는 방법에 대해 말하자 시나가 팔을 걷어붙이며 말했다.

"할 수 있어요! 제가 젓가락으로 쌀알도 집는 사람입니다."

그러며 그녀는 능숙하게 콩알 크기의 약한 부품을 집어 올려 짜 맞췄다.

프란체는 놀란 얼굴을 했다가 만족스럽게 고개를 끄덕였다.
“감사합니다, 마님. 손이 부족했거든요.”
“아니야. 도움이 됐다면 나야말로 기쁘지.”
란이 그렇게 말하고 집중한 시나를 바라보다가 조심스럽게 문을 열고 나갔다.
저택 안은 화살이며 사슬 등을 만드는 소리로 시끄러웠다.
란이 보급에 문제가 없는지 확인하고 사무실로 들어가려는 순간, 은나팔 소리가 들려왔다.
날카롭고 높게 경고를 외치는 짧은 소리가 세 번.
란은 획 몸을 돌렸다.
‘습격이다!’
저택을 뛰어나가다가 란은 어디서 나타났는지 모를 디모디아에게 팔을 붙잡혔다.
“어딜 가시려고요, 마님!”
“방금 은나팔 소리가 났어.”
“네, 전투가 시작됐겠지요. 그리고 그 자리에 마님이 계시면 됩니까?”
“하지만—”
“마님은 마님이 하실 수 있는 일을 해 주세요.”
디모디아의 말에 란은 깊게 숨을 들이마셨다가 내뱉었다. 그리고 성큼성큼 다시 저택 안쪽으로 걸어 들어가며 말했다.
“부상자 병동을 짓겠어. 치료사에게 가자.”
디모디아가 싱긋 웃었다.
“분부대로 하겠습니다.”

눈 성벽 안은 전투로 치열했다. 아래쪽에서는 애로 슬릿을 통해 화살을 계속 퍼부었고, 위쪽에서는 올라온 마수들을 처리하기 바빴다.

얼음에 발톱이 박혀 올라오지 못하자, 마수들은 자기들끼리 밟으며 놀라운 점프력을 이용해 성벽을 넘으려 했다.

하지만 대부분 실패했고, 올라온 것들은 기사단이 물리쳤다.

"으아아—!!"

성벽 위에 몸을 내민 마수를 기사단원 두셋이 장창으로 찔러 힘을 줘 밀어냈다.

쾅—!

쾅—!

화염과 함께 파이어 볼이 날아가 마수들 위로 떨어졌다.

하지만 마수들은 물러날 기미가 보이지 않았고, 성 밑에는 그들의 시체가 쌓여 갔다.

시간이 지날수록 지치는 것은 인간 쪽이었다.

블레인은 창이 무거워지는 걸 느끼며 숨을 길게 내쉬었다.

'중갑옷이었으면 지금쯤 뻗었겠군.'

그나마 드워프들이 제작해 준 가벼운 갑옷이라 체력을 어느 정도 보존하는 게 가능했다.

블레인은 해가 떨어지는 걸 보고 유스타프에게 다가가 말했다.

"해가 집니다."

"불을 지펴."

"네."

블레인이 병사들에게 불을 지피라고 명령했고, 병사들은 밝은 얼음수정 램프를 가져다가 성벽 위를 밝혔다.

"콰나트 룸 도하."

다시 빙벽 안쪽에서 낮은 목소리가 들려오자, 마수들이 물러나기 시작했다. 병사들은 그걸 보고 환호성을 지르기 시작했다.

상당한 마수의 시체를 남기고 마수들은 물러났지만, 일정 거리 이상으로 물러난 것은 아니었다.

유스타프가 잠시 물러난 마수들을 바라보다가 말했다.

“아까 말한 대로, 교대로 쉰다. 식사는?”

“준비되었습니다.”

“좋아.”

유스타프가 고개를 끄덕였다.

그때 태양을 등지고 어두운 실루엣이 펄럭 빙벽 위로 날아올랐다.

블레인은 저도 모르게 숨을 삼켰다. 병사들 역시 놀란 듯 웅성거리기 시작했다.

그 실루엣은 점점 빠르게 가까워졌고, 블레인은 그 모습이 거대한 배와 크기가 비슷하다는 걸 깨닫고는 등줄기가 오싹해졌다.

성벽 바로 위까지 날아온 검은색 드래곤은 이 세상의 것 같지 않았다. 일부는 그림자처럼 평면적으로 보였고, 일부는 검은색 비늘이 번들거리는 게 보였다.

노을과 어둠의 경계 속에서 자신이 제대로 보지 못하고 있는 건지, 아니면 저 생명체가 이상한 건지. 블레인은 몇 번이나 눈을 깜박였다.

쿵!

그 거대한 몸체가 성벽 앞에 내려앉았다. 곧이어 목 양쪽이 부풀어 오르고는 주황색 불꽃이 쏟아져 나왔다.

“헉—”

“으아악!”

“신이여!”

몇몇 병사들이 납작하게 엎드렸지만 유스타프는 미동도 하지 않았다.

드래곤의 불꽃은 이브리아의 보호막에 막혀 사방으로 갈라졌다.
불꽃을 뱉은 드래곤이 낮고 음산하게 웃었다.
"게 나히드 두 라움?"
블레인이 어색하게 물었다.
"뭐라고 하는지 아시겠습니까?"
"아니."
란은 알겠지.
유스타프는 그렇게 생각하며 드래곤을 마주 보았다.
"타 니하드르 이브리아, 니하드!"
"저건 누가 해석해주지 않아도 알겠습니다."
블레인이 말했고 유스타프가 픽 웃었다.
"이브리아를 내놔, 겠지."
"이브리아가 없다는 걸 전할 수는 없을까요?"
그때 루미에가 옆에 서며 물었다. 그는 투구창을 거칠게 들어 올리며 드래곤을 바라보았다.
"말해 봐야 안 믿을걸."
유스타프가 그렇게 말하고는 날카롭게 휘파람을 불었다.
그러자 병사와 기사 모두가 재빠르게 단단히 자세를 잡았다.
유스타프가 손가락을 들어 드래곤을 가리키고 말했다.
"청염."
드래곤의 오른쪽 눈에 확 푸른 불꽃이 타올랐다. 드래곤은 고통에 섞인 울부짖음을 내뱉으며 고개를 흔들다가 날갯짓을 해 날아올라 몸통으로 성벽에 부딪쳤다.
쿵! 쿵!
성벽이 마구 흔들리기 시작했다. 그러나 눈을 태우는 고통이 더 심했는지 드래곤은 몸을 비틀더니 그대로 날아올라 빠르게 사라졌다.
병사들이 환호성과 함께 "라치아 만세! 유스타프 만세!"를 연창했다.
유스타프는 손을 내렸다.
'엄청나군.'
그는 입술을 가볍게 깨물었다. 드래곤의 한쪽 눈을 태우는 것만으로도 어마어마하게 체력이 빨려나갔다. 등이 땀으로 흠뻑 젖었다.
문제는 이 타격이 상대에게 무의미한 타격이라는 것이다.
"괜찮으신가요?"
루미에가 작게 속삭이듯 물어왔지만 유스타프는 무시했다. 루미에의 얼굴이 심각해졌다.
"설마 걸어서 성벽을 못 내려가실 정도는 아니겠지요."
유스타프는 픽 웃었다. 그때 파센이 저쪽에서 걸어왔다.
"방금 그걸로 성벽에 금간 곳이 있어서 보수해야 할 것 같은데—"
"필요한 게 있으면 뭐든 지급하라고 하지요."
유스타프의 말에 파센이 제 수염을 쓰다듬으며 "좋아, 좋아." 하고 퍽 유스타프의 허리를 쳤다.
"청염과 드래곤의 대결이라니, 캬— 역사에 남을 순간이야!"
유스타프는 거의 쓰러질 뻔한 걸 간신히 다리에 힘을 주어 제대로 섰다. 파센은 드워프들을 이끌고 성벽 보수 작업을 하러 떠났고, 유스타프는 한숨을 내쉬며 성벽에 기대어 섰다.
블레인이 말했다.
"당분간 소강상태일 것 같으니 내려가서 쉬시지요."
"맞습니다."
로스도 옆에서 맞장구를 쳐서 유스타프는 잠시 아무 말 없이 서 있다가 고개를 끄덕였다.

저택으로 들어간 유스타프는 좀 우습다는 생각이 들었다.

'막사가 아니라 저택이라니.'

"유스!"

란이 후다닥 달려와 그를 꽉 끌어안았다. 유스타프는 작게 숨을 삼켰다.

그녀는 시녀 같은 복장을 하고, 커다란 앞치마를 앞에 매고 있었다.

유스타프가 그녀의 옷차림을 보고 물었다.

"뭐 하시느라 옷이 그렇습니까?"

"부상병 돌보고 있지."

란은 그렇게 말하고 빙긋 웃었다. 유스타프는 저도 모르게 살짝 눈을 찌푸렸다.

란에게 그런 일을 시키고 싶지 않았다. 그런 걸 보여 주고 싶지도 않았다.

그런 유스타프의 마음을 눈치챈 란이 다시 그를 꼭 끌어안으며 말했다.

"걱정하지 마. 내가 할 일은 내가 알아서 할 수 있어."

"그건 잘 압니다."

자신보다 잘 아는 사람은 없을 거라고, 유스타프는 생각했다.

란이 이어 말했다.

"그런데 유스는 괜찮아? 아까 드래곤이 공격해 왔을 때, 청염을 썼지."

유스타프가 "괜찮습니다." 하고 말했지만, 란은 의심의 눈초리를 거두지 않았다.

그녀가 한숨을 내쉬고 그를 놓아주며 말했다.

"보기만큼 상황이 좋은 건 아니니까."

"겨울이니까요."

"그러니까! 가신들에게 구원병이라도 요청할 수 있으면 좋겠는데, 겨울이라 사신이 제대로 도착할지 모르겠어. 봉화라도 만들어 놨어야 했는데. 내 잘못이야."

미리미리 준비를 해야 했는데.

란의 말에 유스타프가 그녀의 뺨을 가볍게 당기며 말했다.

"무슨 말씀을. 이 정도로도 충분합니다. 무엇보다도 성벽이요. 그게 없었으면, 하늘 저택을 버리고 다섯 번째 관문까지 내려가야 했겠죠."

"하긴."

그렇게 말하고 란이 눈을 찡그리며 빠르게 말했다.

"눈이 단단하니까, 그래도 눈폭풍만 아니면 사신이 빠르게 도착할 거야. 가장 가까운 곳이 일루미니티 백작가니, 그쪽의 사병을 빌리게 되겠지만 이 겨울에 병사를 이끌고 여기까지 오는 건 결코 쉬운 일이 아니겠지. 여러 가지 변수를 생각해 봤을 때—"

"란."

유스타프가 그녀의 말을 가로막았다. 란이 흠칫하며 유스타프를 바라보았다.

그가 단호하게 말했다.

"장기전으로 가면 안 됩니다."

"아—"

란은 작게 소리를 내고 어깨를 늘어트렸다.

"확실히 그건 그래."

"그렇죠."

"미안, 나 너무 유스를 붙잡고 있었어. 배고프지? 저녁 먹자."

란이 그렇게 말해 유스타프가 피식 웃고 고개를 끄덕였다.

차려진 저녁 식사를 보고 유스타프가 중얼거렸다.

"제 기사들은 실전이 겨울 훈련보다 낫다고 하겠군요."

"맛있는 걸 먹어야, 싸울 힘도 나지."
"저택을 등 뒤에 두고 싸우게 될 줄은 몰랐지요."
"그건 나도 그래."
란이 피식 웃었다. 그녀는 머릿속을 정리했다.
하늘 저택에는 이브리아가 걸어 준 마법이 있다. 그러니 당분간은 괜찮겠지만, 그게 언제까지 지속될지는 모른다.
"전투를 빠르게 끝내려면 역시 드래곤을 죽이는 방법밖에 없지."
"없지요."
"어떻게?"
"싸워야죠."
유스타프는 간단히 말했고, 란의 녹색 눈이 살짝 찌푸려졌다.
"그러니까 어떻게?"
"잘, 이요."
"유스타프."
"네, 부인."
얌전히 그가 대답해 란은 어쩐지 부끄러워졌다.
그녀와 그가 아내이고 남편이라는 게 어쩐지 아직도 실감이 나지 않았다.
란이 턱을 괴고 말했다.
"그 '잘', 나도 열심히 생각해 볼게요."
유스타프가 식사를 다 끝내기도 전에, 나팔 부는 소리가 들려왔다.
그는 재빠르게 란의 턱을 들어 그녀의 이마에 키스한 뒤 달리듯 방을 나갔다.
란은 길게 한숨을 내쉬었다.

*　　　*　　　*

설원이다.

'아, 또.'

란은 입술을 깨물었다. 이번에는 가만히 서 있었다.

더 이상 힘 빼려 움직이고 싶지도 않았다.

꿈에서 움직이는 게 진짜로 힘을 빼는지는 모르겠지만.

"뭔가 하고 싶은 이야기가 있으면 네가 와!"

란은 소리쳤다.

하지만 풍경은 아무런 변화도 없었고, 란은 털썩 그 자리에 주저앉아서 투덜거렸다.

"물론 천 년 동안 봉인한 상대를 해치우지 못한 게 네 잘못이라고 말하는 건 좀 억지일지도 몰라. 그렇지만 뭔가 말해 줄 게 있으면 애태우지 말아 줘. 우리는 목숨이 걸린 문제라고."

천 년 전 어둠을 물리치고 가둔 상대에게 "왜 죽이지 못했냐?" 하고 생떼를 쓰는 건 물에 빠진 사람이 보따리 내놓으라는 격일지도 모른다.

하지만 그래도 란은 붙잡고 싶었다.

그때 누군가가 란의 양어깨를 뒤에서 붙잡았다. 깜짝 놀랐지만 몸이 움직여지지 않았다.

시야 가장자리에서 새까만 머리카락이 날리는 것만 보여서 란은 소름이 돋았다.

"—의 관."

차가운 입술이 귓가에서 속삭였다. 란은 침을 꿀꺽 삼켰다.

"녹음의 관을 말하는 건가요?"

저절로 말투가 공손해졌다. 하지만 대답은 돌아오지 않았고 어깨에 얹었던 손도 사라졌다.
란은 두려움을 참고 뒤를 돌아보았다. 그러나 아무도 없었다.
여전히 텅 빈 설원이 보일 뿐이었다.
란은 눈을 감았다가 떴다.
'온건한 눈뜨기군.'
그녀의 눈에 공작 부인 침실의 천장화가 보였다.
란은 자리에서 일어나 따듯한 이불 속을 빠져나왔다.
창가로 다가가 밖을 보니, 성벽의 병사들이 어둠 속에 아른아른 보였다.
벌써 며칠째 소모전이었다.
부상자도 늘어나고 있었고, 병사들도 지쳐 갔다.
드래곤은 그 후 나오지 않은 게 다행이라고 해야 할지.
'그나마 마수 숫자가 줄고 있어서 다행인가.'
들판에 남은 마수 시체가 늘어나는 만큼, 마수의 수도 눈에 띄게 줄어든 게 보였다.
언젠가 다 물리칠지도 모른다.
그게 희미한 한 가닥 희망이었다.
'드래곤을 물리치는 게 직빵이라고 해도 말이야.'
란은 커튼을 닫으며 작전 회의에서 나왔던 여러 안건을 떠올렸다.
'왜 대장을 가장 후방에 두는지 알겠어.'
체크 메이트를 하고 싶으면, 그 앞을 가로막는 것들을 돌아가든, 잡고 가든 해야 한다.
드래곤이 지금 빙벽에 자리 잡고 있다면, 마수를 뚫고 빙벽으로 가서 드래곤과 싸워야 한다는 말이다.
그걸 어떻게 해결해서 드래곤과 대치를 한다고 해도, 만약 드래곤이 그대로 날아올라 영지를 공격한다면?

'그나마 비행형 마수들이 하늘 저택 너머 다른 마을을 공격하지 않는 게 다행이지.'

이상한 점이지만, 여튼 마수들은 집요하게 하늘 저택만을 공격했다.

'그래도 다른 방법이 없으니…….'

점점 그쪽으로 가닥이 모이고 있었다.

'녹음의 관.'

란은 꿈에서 들었던 단어를 떠올렸다.

그때 성벽에서 다시 은나팔 소리가 날카롭게 들려왔다.

란은 이를 악물었다.

그리고 겹쳐서 뿔피리가 길게 울었다. 란은 숨을 삼켰다.

은나팔은 통상 공격, 그리고 뿔피리는.

"드래곤이다!"

성벽의 외침이 희미하게 들려왔다.

시나는 창문을 열었다. 멀리 어둠 속에서도 더 짙은 어둠을 끌며 드래곤이 날아오는 게 보였다.

"케헤레 베아 루아루아 둠."

드래곤의 음산한 목소리가 겨울 공기를 타고 퍼졌다. 시나는 전신에 소름이 오싹 돋았다.

그녀는 그 말이 무슨 말인지 알아들을 수 있었다.

"죽은 자들이여, 일어나라."

시나가 그렇게 중얼거렸다. 곧 그녀는 이를 악물고 벗어 뒀던 옷을 후다닥 챙겨 입었다.

그리고 아래층으로 날듯이 뛰어 내려갔다.

루미에는 기가 차서 검을 뽑아 들며 말했다.

"지금 내가 보고 있는 게 사실인가?"

로스가 숨을 삼키며 방패를 치켜들었다.

"죽은 마수 시체가 일어나는 거?"

"그래."

루미에는 그렇게 말했다가 순간 아차 하고 뒤를 돌아보았다.

"안쪽!"

로스는 무슨 말인가 했다가 루미에가 성벽을 달려 내려가는 걸 보고 당황했다.

자리를 무단이탈하다니.

"아!!"

그러나 곧 로스도 깨달았다. 성벽에서 죽은 마수 시체 몇몇을 안뜰에 모아 뒀던 것이다.

치료사가 약재로 쓸 수 있다고 했던 놈들이었다.

그런데 지금 시체가 일어난다면—

로스도 루미에를 따라서 뛰기 시작했다.

어둠 속에서도 하늘 저택은 얼음수정 램프 덕분에 밝았다.

하지만 밝다 해도 한계가 있다.

"꺄악—!"

"괴물이야!"

안뜰에서 들리는 소리에 루미에는 발에 힘을 더 줬다. 안뜰로 들어서자 일어난 마수들이 비틀거리며 사람을 잡으려 하는 게 보였다.

곰 같은 놈이 두 마리, 개 같은 놈이 한 마리.

그러다 루미에의 눈에 단숨에 한 사람이 들어왔다.

그는 비명처럼 그녀의 이름을 부르지 않기 위해서 애썼다. 괜히 시나의 집중을 흐트러트리면 안 되니까.

방패를 단단히 쥐고 시나는 곰 괴물의 발톱 공격을 막아내고 있었다.

"활이나 가르칠 걸 그랬지."

그는 그렇게 낮게 중얼거리듯 말하고 달려가 단숨에 곰의 머리를 잘랐다. 머리가 잘린 괴물은 비틀비틀하면서도 두 발로 서 있었다.

"루미에!"

시나가 외쳐서 루미에는 그녀에게 눈을 찡그려 보였다.

'이거 죽일 수는 있는 건가?'

그때 뭔가가 퍽 하고 곰에게 맞았고 불꽃이 확 일어났다.

루미에가 고개를 드니 창백한 얼굴의 란이 손에 불붙은 뭔가를 들고 있었다.

"화염병?"

시나가 의아한 목소리를 내는데 다시 란이 병을 힘껏 던졌다.

이번에는 빗나가는 것을 루미에가 걷어차서 방향을 맞췄다. 유리병이 깨지지 않게 밀어내듯 걷어차자 다른 곰 괴물의 등에 맞았고, 다시 화염이 화르륵 일어났다.

"끄어엉—!"

목이 없던 곰과 달리 목이 있는 곰은 비명을 지르며 비틀거리더니 쿵 쓰러졌다.

"아아악!"

다른 비명 소리에 루미에는 달려가 개를 닮은 마수를 처리했다. 란이 달려와 소리쳤다.

"부상자를 안쪽으로!"

마수에게 물리고 찢긴 사람들을 안으로 옮기고, 죽은 사람들은 한쪽에 모았다.

란은 손이 와들와들 떨리는 걸 느꼈다. 하지만 떨면 안 된다.

그녀는 침착하게 행동하려고 애썼다.

그때 몸뚱이만 남은 개 괴물이 란을 덮쳤다.

"마님!"

"주인님!"

"란 언니!"

모두가 동시에 외쳤고 란은 개를 걷어차려고 애썼다. 눈앞에서 잘린 목이 적나라하게 보였다.

누가 그녀의 겨드랑이에 손을 넣어 뒤로 끌어냈고, 개 괴물의 등에 화염이 떨어졌다. 로스가 불붙은 개를 걷어찼다.

란은 숨을 헐떡였다.

"괜찮으십니까?"

루미에의 말에 란은 고개를 끄덕였다. 그녀는 심장이 마구 쿵쾅거리는 걸 느꼈다.

"옷이 다 찢어졌어요."

시나가 달려와 말하자 란이 제 옷을 내려다보았다. 옷이 다 찢어져 엉망이었다.

아무래도 발톱에 걸린 듯했다.

"괜찮아, 안에 갑옷 입었어."

란의 말에 시나의 얼굴에 안도가 스쳤다.

루미에가 말했다.

"저희는 돌아가 보겠습니다. 그리고 시나."

시나는 움찔하며 어깨를 움츠렸다. 루미에가 가볍게 그녀의 이마를 튕기고 말했다.

"방패 잘 썼어."

그 말에 시나가 저도 모르게 웃었고 루미에는 "나중에 보자." 하고는 로스와 함께 다시 성벽으로 돌아갔다.

란은 한숨을 내쉬었다.

"시나는 대단해."

그녀의 말에 시나가 "네?" 하고 눈을 크게 떴고 란이 어색하게 미소 지으며 말했다.

"나도 검이나 창을 잘 다뤘으면 좋았을 텐데."

"무슨 말씀이세요?"

시나가 란이 일어날 수 있게 도와주며 말했다.

"검이나 창을 잘 쓰면 그냥 졸이죠. 언니는 대국을 보잖아요. 장군! 참모! 그게 더 대단한 거라고요."

병사만 가지고 있으면 무슨 소용입니까?

시나의 말에 란은 "그런가." 하고 작은 안위를 얻었다.

"하지만 큰일이네요. 아까 그 괴물들, 죽은 게 다시 일어난 거면……."

시나의 말에 란은 고개를 끄덕였다. 죽은 자가 다시 일어난 게 얼마나 병사의 사기를 꺾을까.

탈영하는 자들이 생길지도 모른다.

"진짜로 드래곤이군."

그때 있을 리가 없는 목소리가 들려 란은 몸을 휙 돌렸다.

하레쉬가 눈을 가늘게 뜨고 어둠을 바라보았다.

"아니, 완전히 드래곤도 아닌가?"

"하레쉬!"

"그렇게 크게 부르지 않아도 내 이름 정도는 알아."

그렇게 말하면서도 하레쉬는 미소를 지었다. 그때 그의 옆에 로브를 쓴 사람이 스르륵 나타났다.

하레쉬가 말했다.

"시간이 잘 맞은 것 같은데. 이쪽은 우리 마법사야."

"단순히 마법사라니, 번역이 거치네요."

로브 안에서 음악적인 울림을 가진 공용어가 들려왔다. 새하얀 손이 로브를 뒤로 넘겼다.

별빛이 반짝이는 듯한 백은발에 은색 눈동자.

뾰족한 귀의 엘프가 우아하게 미소 지었다.

"마법사가 아니라 엘―파세라입니다."

그 말에 란이 저도 모르게 중얼거렸다.

"숲지기……."

그 말에 엘프가 방긋 웃었다.

"그 말이 더 고아하게 들리는군요. 맞아요. 그게 더 맞을 것 같네요. 저는 샤레이아라고 합니다."

"란 로미아 드 라치아입니다."

란은 엉망일 게 뻔한 자신의 몰골을 생각하면서도 최대한 예의를 갖춰 말했다. 샤레이아가 다시 빙긋 웃었다.

"라치아와 국교를 맺기를 바랍니다. 우리의 우정이 영원하기를."

"세계수의 시간과 같이 흘러가기를."

란이 맞받아치자 샤레이아는 더더욱 즐겁다는 얼굴을 하고 말했다.

"그럼 일단 저걸 내쫓아야겠군요. 그쪽에게 드릴 선물이지만 미리 써도 될까요."

그러며 샤레이아가 소매에서 나뭇가지를 꺼냈다.

'세계수!'

말도 나오지 않았다.

지금 세계수 가지를 친교의 선물로 가져온 거야?

샤레이아가 빙긋 웃고 가지를 치켜들며 외쳤다.

"엘-엘 드하라 밈 루흐아 알룸!"

그러자 온화한 빛이 가지에서부터 폭발하듯이 넘쳐 사방을 가득 채우기 시작했다. 눈이 부시지 않았지만, 똑바로는 볼 수 없었다.

빛은 성벽을 넘어 빙벽까지 빠르게 퍼졌다.

"세네다라, 카다움! 카다움!"

드래곤이 울부짖는 소리가 났다. 란도 시나도 무슨 말인지 알아들었다.

세계수여, 저주받아라, 저주받아라.

잠시 후 가지의 빛이 사그라졌고, 샤레이아가 그걸 정중하게 두 손으로 들어 란에게 건네주었다.

"녹음을 드리우시길."

란이 그 가지를 받아 들며 인사했다.

"생명의 정수가 그대에게."

하레쉬가 란에게 말했다.

"피 냄새가 나."

"아, 좀 전에 괴물과 싸우다 보니."

내 몰골이 지금 엉망이라는 건 네가 말해 주지 않아도 알아.

란은 제 얼굴을 문질렀다. 잘린 목에서 피가 튀어 얼굴도 엉망일 터였다.

"아니, 너 부상당했다고."

그러며 하레쉬가 그녀의 허벅지쯤을 가리켜 보였다.

란은 멍하니 그쪽을 보았다. 피투성이에 찢어진 드레스 자락 때문에 잘 보이지 않았다.

"란!"

그때 저쪽에서 유스타프의 목소리가 들렸다.

"유스!"

"괜찮습니까? 방금 그 빛은 대체 뭡니까?"

"난 괜찮아. 이분들이 가져오신 세계수 가지에서 빛이 나온 거야. 아, 이쪽은 숲지기이신 샤레이아 님이셔."

"지금 그 소개를 할 때가 아닐 텐데."

하레쉬가 그렇게 말하며 란의 허벅지에 손을 대자마자 란은 통증에 소리를 지르며 넘어질 뻔했다. 유스타프가 그런 그녀를 붙잡았다.

"아, 으―"

란은 작게 신음을 흘렸다.

아니, 갑자기 이렇게 아플 수가 있나?

'지금까지는 아드레날린 분비로 아픈 줄도 모르고 있었나 봐.'

유스타프는 이를 악물고 란을 안아 올렸다.

"안으로 들어가죠. 두 분도."

그러며 성큼성큼 안쪽으로 들어갔다.

*　　*　　*

란은 하레쉬에게 치료를 받고, 엉망인 의복을 갈아입고서 시나의 도움을 받아 알현실로 향했다.

진주 방에서 샤레이아와 하레쉬, 그리고 유스타프가 기다리고 있었다.

셋은 이미 이야기를 하고 있는 중이었는지, 그녀가 들어오자 대화를 멈추고 란을 돌아보았다.

"상처는 어때?"

하레쉬의 말에 란은 고개를 끄덕였다.

"좀 욱신거리지만 괜찮아요."

샤레이아가 걱정스러운 얼굴로 의자를 가리키며 말했다.

"자리에 앉아요."

란은 웃음이 나올 뻔했다.

손님이 주인에게 자리를 권한다는 건 인간들의 예절에서는 있을 수가 없는 일이다.

하지만 엘프에게는 아무래도 상관없는 예절이겠지.

란은 유스타프가 빼 준 의자에 앉았다. 허벅지 쪽이 발톱에 걸려 찢어졌는데 다행히도 그렇게 큰 상처는 아니었다.

'그래도 아픈 건 아픈 거지만……'

란이 그렇게 한숨을 내쉬고 유스타프에게 물었다.

"성벽은? 괜찮아?"

"네, 그 빛 때문에 마수와 드래곤이 모두 물러났습니다."

"다행이다."

란은 안도해 가슴을 쓸어내렸다. 이어 그녀는 샤레이아에게도 감사 인사를 전했다. 그러자 샤레이아가 빙긋 웃었다.

엘프답게 키가 큰 그녀는 거의 180cm에 가까운 키였는데, 그게 또 완벽한 비율로 인해 아름다워 보였다.

"딱 좋은 타이밍에 도착했지요."

유스타프가 드물게 낮게 웃고 말했다.

"드워프분들이 좋은 부분만 가져간다고 화내시더군요."

그 말에 란 역시 웃었다. 파센이 펄펄 뛰고 있을 모양이 눈에 선했다.

"땅속 친구들도 와 있군요. 정말로 천 년 전의 싸움이 기억나네요."

샤레이아가 놀랐다는 듯 말했다. 란이 조심스럽게 물었다.

"국교를 맺자고 하셨지요."

"네, 그래서 사실은 군대를 보내고 싶었지만…… 여기까지 오는 길에 거처야 할 인간 나라들을 생각하니 그건 불가능에 가깝더군요."

샤레이아의 말에 란은 낮게 신음을 흘렸다.

그녀의 말이 틀린 게 아니다. 서쪽 끝의 엘프들과 라치아 사이의 거리는 상당했으니까.

'하지만……'

란은 샤레이아를 바라보았다.

숲지기.

고귀한 인도자.

세계수의 사제.

"숲지기께서 직접 와 주실 줄은 몰랐습니다."

"제가 한번 와 보고 싶었거든요. 그리고 직접 와서 다행이라고 생각하고 있답니다."

후후 샤레이아가 웃은 후에 시나에게 물었다.

"엘프는 처음인가요, 이방인이여?"

시나가 화들짝 놀라 뺨이 붉어졌다. 너무 뚫어져라 봤나 보다, 하고 시나는 민망스러워서 말했다.

"저희 세계에는 엘프가 없거든요."

"그랬군요."

샤레이아가 고개를 끄덕였다. 시나가 조심스럽게 물었다.

"아까 그 빛은 뭔가요?"

"세계수에 응축되어 있던 달빛과 별빛이에요."

샤레이아의 말에 시나는 연신 감탄했다.

'세계수라니, 별빛과 달빛이라니, 진짜 판타지다.'

"그럼 두 번은 쓰지 못하겠군요."

란이 심각한 얼굴로 묻자 샤레이아가 고개를 끄덕였다.

"네, 세계수가 아니라 잘린 가지이니 아까 쓴 것이 전부지요. 다시 쓰려면 양지바른 곳에 심고 백 년은 기다려야 할 겁니다."

"그럼 아까 같은 마법을 또 쓴다면……."

"다른 방법을 찾아야겠지요."

샤레이아의 대답에 란은 한숨을 내쉬었다. 샤레이아가 란을 보았다가 유스타프를 보고 말했다.

"아까 얼핏 어둠을 봤어요."

그러며 그녀가 양손을 눈앞에 들어 깍지를 껴 보였다.

"어둠과 드래곤이 이렇게 섞여 있더군요."

유스타프가 고개를 끄덕였다.

"어느 부분은 실체인데 또 다른 부분은 평면적인, 그림자 같은 느낌입니다."

샤레이아가 양 깍지를 빼 보였다.

"둘을 분리할 수 있다면 그게 가장 좋겠지요."

"어떻게요?"

란이 되묻자 샤레이아가 잠시 생각에 잠긴 듯 보였다.

"본인이 해야지요."

샤레이아의 말에 유스타프가 눈을 찌푸리는데 란이 "아." 하고 짧게 소리를 내뱉었다.

"그러고 보니 꿈을 꿨어요. 아무래도 이브리아가 나오는 꿈 같았는데…… '녹음의 관'이라고 딱 한 마디만 하더군요."

"녹음의 관이요."

샤레이아가 의아한 얼굴을 해서 란이 말했다.

"가져오게 하죠."

잠시 후 시녀가 조심스럽게 관을 가지고 왔다.

백금과 다이아몬드, 크고 투명한 에메랄드로 이루어진 관은 언제 봐도 아름다웠다.

그걸 샤레이아는 가볍게 들어 올리고 이리저리 살펴보았다.

"뭔가 있기는 한 것 같은데요."

그녀가 눈을 찌푸렸다. 은색 눈동자가 거울 같다고, 란은 잠깐 생각했다.

"하지만 잘 모르겠군요. 너무 희미해요."

"어째서 제 꿈에 나타나는 걸까요?"

란의 물음에 샤레이아가 희미하게 웃고 말했다.

"그야 지금 주인이 란 님이시니 그렇지요."

샤레이아가 그렇게 말하고 란에게 관을 내밀어, 란은 두 손으로 받아 들었다.

"한번 가까이에 놔둬 보세요."

란은 고개를 끄덕였다.

샤레이아와 하레쉬는 저택에 묵으라는 말을 거절하고는 또 사라졌다. 전투가 시작되면 오겠다는 말과 함께 말이다.

'아니, 빙벽 쪽에도 갈 수 없는데 어디서 묵으려고.'

란은 그렇게 생각했지만, 엘프들을 붙잡지는 못했다.

시나가 한숨을 내쉬고 말했다.

"엘프는 진짜 신기하네요. 하레쉬는 그래도 '오, 엘프다.' 하는 느낌이었는데 샤레이아는 진짜…… 진짜 엘프 같았어요."

시나의 말에 란은 웃었다. 그녀가 무슨 말을 하는지 란도 알 것 같았다.

그때 시나가 가볍게 헛기침을 하고 말했다.

"그럼 전 나가 볼게요. 루미에가 무사한지 봐야겠어요."

그리고 재빠르게 방을 나섰고, 란은 미소를 지으며 유스타프를 바라보았다.

"둘만 남았네?"

유스타프가 한 걸음 다가왔다. 그의 눈가에 피로가 보여 란은 가슴이 욱신거렸다.

이런 전투를 계속해서 이어가고 있으니 힘든 게 당연하다.

'게다가 아직 어리잖아!'

스물 초반에게는 너무 힘든 짐이겠지. 란은 그렇게 생각하며 탁탁 제 허벅지를 두들겼다.

"앉아, 앉아."

유스타프가 바람 빠지듯 웃었다.

"상처 터집니다."

"아."

맞아. 꿰맸지.

유스타프가 털썩 란의 다리 옆에 앉아서, 예전처럼 그녀의 다리에 기댔다. 상처 나지 않은 쪽 다리라 통증은 없었다. 란이 조심스럽게 그의 머리카락을 쓸었다.

"사기는 어때? 괜찮아?"

"아까 그 세계수 덕분에 나아졌지만, 얼마나 갈지는 모르겠습니다. 부상자는 좀 어떻습니까?"

"치료사들이 바쁘긴 하지만 괜찮아. 하레쉬도 왔으니 더 나아지겠지."

"전투에 돌아올 수 있을 만한 자는요?"

"경미한 상처를 입은 사람을 최대한 빠르게 처치해서 돌려보내고 있어. 심각한 사람은…… 노력하고 있고."

"천을 엄청 삶고 계시다고 들었습니다."

"감염되지 않으려면 기본이야. 열탕 소독이라도 해야지."
"그쪽 세계의 상식입니까?"
란은 고개를 끄덕였다.
그녀는 가볍게 한숨을 내쉬고 말했다.
"내가 할 수 있는 건 그 정도니까."
"무슨 말씀을. 매우 도움이 되고 있습니다."
그렇게 말하며 그는 눈을 감았다. 란은 그의 매끄러운 검은 머리카락을 연신 쓸어 넘겼다. 그가 기댄 무게가 무거워졌다, 하고 란이 그를 내려다보니 유스타프는 눈을 감은 채 고른 숨소리를 내고 있었다.
'자나?'
하긴, 피곤하기도 피곤할 거야.
그렇게 생각하며 안쓰러운 마음으로 그를 내려다보는데 유스타프가 눈을 번쩍 뜨며 그녀를 올려다보았다.
새파란 눈이 그녀를 빤히 바라본다. 란은 그 눈을 바라보며 중얼거렸다.
"자는 줄 알았는데."
유스타프가 피식 웃고 그녀의 허벅지에 기대며 웅얼거리듯 말했다.
"모처럼 둘인데, 자면 시간이 아깝지요."
"역시 내가 좀 더—"
도움이 된다면, 이라는 말을 하려는데 유스타프가 그녀의 무릎에 입맞췄다.
"란은 자기를 너무 과소평가하는 경향이 있습니다."
"응?"
"란이 드워프, 엘프와 교류하지 않았다면, 오늘 같은 일은 없었을 겁니다. 드워프가 없으니 눈 성벽은 요원했겠고, 엘프가 없었다면 오늘은……."
유스타프가 낮게 말했다.

"패배했을지도 모르지요. 죽은 것들이 일어날 때 성벽의 소동을 들으셨어야 합니다."

"심각했어?"

"매우요."

공포는 전염된다. 공포와 두려움에 사로잡힌 병사들을 거기서 꺼내는 것만 해도 매우 힘들다.

"탈영을 걱정했을 정도니까요."

란은 그 말에 신음을 내뱉었다. 유스타프가 싱긋 웃었다.

"하지만 엘프의 등장으로 사태는 역전되었고, 그건 란의 공이죠."

그런가, 하고 란은 미소 지었다. 장난스러운 미소라 유스타프는 눈을 깜박였다.

그녀가 유스타프의 턱을 손끝으로 가볍게 들어 올렸다.

"그럼 내 공로를 치하해 줘야 하지 않나?"

유스타프가 피식 미소 지었다. 그가 살짝 고개를 뒤로 빼더니 그녀의 손가락을 가볍게 깨물고 핥았다.

"상으로 뭘 원하십니까?"

란은 속으로 '으아악!' 하는 소리를 지르며 손을 확 뒤로 뺐다.

"유스!"

당황해 소리가 저절로 튀어나왔다. 유스타프가 조용히 이어 말했다.

"보석을 줘도 심드렁하시고, 드레스를 가져다 드려도 별로인 듯하시고—"

란이 눈을 크게 떴다가 몸을 숙여 그를 바라보았다.

"아니, 둘 다 엄청 기쁜데. 정말로 좋았어. 내가 이야기했잖아."

"네, 하지만 먼저 보석이나 드레스를 요구하시지는 않잖습니까?"

"그야 유스가 말하기도 전에 사 주니까."

말할 필요가 없는걸.

란의 말에 유스타프는 '그럼 기다려야 했던 건가? 하지만 어떻게 그걸 기다리지?' 하고 고민에 잠겼다.

무엇보다도 그가 선물을 가지고 돌아왔을 때 란이 기뻐하는 모습이 너무 좋았다.

그런데 그걸 어떻게 참는단 말인가?

게다가 기다리는 사이에 란에게 어울리는 보석을 누가 먼저 사 가면?

"그럼 라치아를 줘."

란의 말에 유스타프는 눈을 크게 뜨고 그녀를 바라보았다. 란의 녹색 눈이 빤히 그를 바라본다.

유스타프는 헛웃음을 흘렸다.

"란."

"응?"

"이미 가졌습니다."

"어?"

"라치아는 제 전부입니다. 그리고 란은 저를 가졌지요. 그러니 이미 라치아 역시 란의 것입니다."

란은 멍하니 유스타프를 바라보았다. 그녀가 라치아를 달라고 한 이유는 간단했다.

란에게 있어서 라치아는 짐 같은 존재였다. 그러니, 유스 그걸 나눠 줘. 우리가 반반 들고 가자.

그런 의미였는데.

란은 제 말이 바보 같아져서, 어쩐지 울 듯한 기분이 되어 유스타프를 바라보았다.

"항상 나에게 녹음을 드리우는 내 아가씨."

유스타프가 그렇게 말하고 그녀의 드레스 끝자락을 들어 입 맞췄다.
란이 덥석 그의 양 뺨을 잡아 고개를 확 들어 올렸다.
"유스타프 라반 드 라치아."
"네."
"사랑해. 그리고, 네 라치아도 사랑해."
란은 웃었다.
"항상 물었었지, 라치아가 좋냐고. 지금 엄청 사랑하게 됐어."
유스타프가 몸을 일으켜 란에게 키스했다. 그가 속삭였다.
"란은 항상 제가 듣고 싶은 말만 해 주니까—"
"하고 싶은 말만 하는 것뿐이야."
란이 그렇게 말하며 씩 웃고 팔을 뻗었다.
"그럼 안아다 주시겠어요?"
유스타프가 그녀의 상처를 유의하며 조심스럽게 란을 안아 들고 물었다.
"어디로 가면 될까요?"
"침실로."
일단 좀 쉬어야겠어, 하고 란이 녹음의 관을 가리키며 "저것도, 저것도." 하고 말해서 유스타프는 조심스럽게 란을 한 팔로 옮겨 안고 관을 챙겼다.
란이 그의 어깨에 기대며 말했다.
"샤레이아 말이야, 진짜 엘프 같더라."
"엘프니까요."
"아니, 그게 아니라. 하레쉬는 아무래도 인간과 교류가 오래되어서 그런지 인간에 익숙한 점이 있는데, 샤레이아는 그런 점이 없으니까."
"비인간적인 면모라면 확실히."

유스타프가 고개를 끄덕였다. 게다가 그 외모에는 특히, 현실감이 없는 면이 있었다.

그런 그의 뒷생각을 읽은 듯이 란이 툭 던졌다.

"외모도 인간 같지 않고. 정말 예쁘기는 예쁘더라."

"그렇더군요."

"그으래에?"

그녀의 말이 길어져서 유스타프는 웃음을 살짝 눌렀다. 가끔씩 괜히 그녀의 질투심을 자극하고 싶어질 때가 있었다.

"하지만 전 하늘의 별보다 2월의 스노우드롭이, 5월의 장미가, 10월의 금목서가 더 좋습니다."

"아."

란이 눈을 깜박이고 웃었다.

"그럼 별을 마음껏 바라봐도 좋아."

사실 나도 보고 싶거든.

그렇게 속삭이고 란이 낮게 웃었다.

* * *

"엘프와 세계수라니."

루미에도 기가 찼다. 그의 말에 시나가 "역시." 하고 고개를 흔들었다.

"일반적인 이야기는 아닌 거지?"

"당연하지."

루미에가 눈을 찌푸렸다.

"엘프만 해도 보통은 존재만 알지 보지 못한다고. 거기에다가 세계수. 난 그게 저잣거리 음유시인 노래에나 나오는 줄 알았지."

그 말에 시나는 어째 안심이 되었다. 루미에가 픽 웃었다.

"어쨌든 그 전설 같은 이야기가 병사들 사기에 유용하게 쓰이고 있으니 다행이지."

"그래?"

"그래. 다들 세계수며 엘프며, 어둠이며."

루미에가 작게 소리 내어 웃었다.

"그리고 이세계에서 넘어온 손님까지. 언젠가 분명히 음유시인의 노래가 될 텐데, 거기에 내 이름이 들어갈 자리가 있으려나."

"루미에 이름은 꼭 나올 것 같은걸."

시나가 소곤거려 그는 히죽 웃었다. 둘은 지금 기사단 건물 뒤쪽에 나란히 서 있었다.

시나는 란에게서 받은 털 망토를 두르고 있었고, 루미에는 무장한 차림 그대로였다.

시나는 가볍게 한숨을 내쉬었다. 그녀가 그의 팔짱을 끼고 그의 어깨에 머리를 기대며 말했다.

"나도 란 언니처럼 능력이 있었으면 좋았을걸."

루미에가 웃었다.

"그건 무리지."

"너무하네."

"그리고 그러면 내 심장이 남아나질 않아. 지금도 충분히 무모해."

루미에는 방패를 들고 마수와 맞서던 시나를 떠올리며 눈을 찌푸렸다.

"지금의 너로 충분해."

루미에의 속삭임에 시나가 빤히 그를 보며 말했다.

"그리고 하나 부러운 게 더 있어."

"뭐가?"
"루미에가 주인님이라고 부르는 거."
"뭐?"
눈을 크게 떴다가 루미에는 입꼬리를 삭 올리며 미소 지었다.
요염하고 교태로운 미소.
"저에게 주인님이라고 불리고 싶으신 건가요, 주인님?"
꿀이 뚝뚝 떨어지는 달콤한 어조다. 시나는 어깨를 움츠렸다.
"원하신다면 얼마든지 불러 드릴 수 있지요. 주인님."
시나가 그를 확 끌어안았다.
"아니, 그냥 역시, 시나라고 불러 주는 편이 훨씬 좋아."
오글거려.
시나가 작게 속삭여서 루미에는 의아해하면서도 짧게 생각하고 그녀의 이마에 입 맞췄다.
그리고 이어 말했다.
"시나의 나라, 이야기해 줘. 대한민국."
"또?"
"들으면 별세계 이야기 같아서 즐거워."
"딱히 별세계는 아닌데. 아니지, 맞나?"
갸웃하고 시나는 천천히, 루미에는 한 번도 본 적 없는, 신분도 없고, 노예도 없는, 유흥을 위해서 서로 죽이지 않는 나라 이야기를 시작했다.

* * *

이브리아는 천막을 홱 젖히고 들어오는 사람을 보고 당황해 담요를 끌어당겼다.

하지만 상대는 사정 봐주지 않고 그녀의 담요를 억지로 당겨서 빼앗았다.
부상당한 후라 블랙 드래곤에게 저항할 힘이 없었다.
"델."
자신의 상처를 보고 눈을 부릅뜬 그를 보고 달래듯 이브리아가 말했다.
"난 괜찮아요."
"안 괜찮아."
흑룡은 그렇게 말하고 그녀의 앞에 무릎 꿇었다. 그가 속삭이듯 말했다.
"어둠이고 뭐고, 그냥 떠나자."
이브리아는 미소 지었다.
"이제 목표가 코앞인걸요. 그냥 두고 갈 수는 없어요. 이건 내 사명입니다."
음악적이고 달콤한 목소리는 단호했다.
델판토는 우울하게 말했다.
"언젠가 저것들이 널 삼킬 거야."
"전 그리 생각 안 한답니다."
명랑하게 말하고 이브리아가 제 드래곤의 머리를 마구 쓰다듬었다. 델판토는 짐짓 눈을 찌푸리며 피하는 척했지만, 그렇다고 그녀의 손길에서 완전히 벗어나지도 않았다.
"괜찮아요, 델. 이제 금방 모든 게 다 끝날 테지요. 그러면 같이 여행이나 다녀요."
"흥, 뒤치다꺼리나 하러 다니는 거겠지."
델판토가 금색 눈을 가늘게 뜨며 말해서 이브리아가 "아니에요. 진짜예요." 하고 항변했다.
"그렇다면."

델판토는 그렇게 말하고 눈을 내리깔았다. 밝은 금색 눈동자가 검은 속눈썹에 싸여 아름다웠다.

이브리아가 몸을 숙여 그의 이마에 키스하자 델판토가 고개를 들어 답례하듯 그녀의 입술에 키스했다.

그때 다시 천막 입구가 펄럭이고 남자가 들어왔다.

"이브리아 님, 잠깐—"

그러다 그는 델판토와 이브리아를 보고 재빠르게 돌아섰고, 이브리아가 웃었다.

"괜찮아, 라치아. 무슨 일이야?"

'아.'

란은 눈을 깜박였다.

'꿈.'

상당히 생생한 꿈이었다. 란은 고개를 들어 협탁을 바라보았다. 거기에는 부드러운 벨벳 천이 놓여 있고, 그 위에 녹음의 관이 놓여 있었다.

어둠 속 약한 빛에도 백금과 에메랄드가 희미하게 빛나 보였다.

'역시 꿈을 보여 준 건가? 과거 이야기?'

갸웃갸웃하다가 란은 옆을 돌아보았다. 어둠 속에서 자고 있는 유스타프가 보였다.

평소라면 그녀를 포도 넝쿨처럼 칭칭 감고 잘 테지만, 오늘은 란의 상처를 누를까 봐 걱정된다며 손만 잡고 있는 중이었다.

'한 침대에 누운 거 진짜 오랜만이다.'

전투가 시작된 이후로 도무지 같이 자고 일어날 수가 없었다. 란도 바빴고, 유스타프도 바빴다. 란은 방금 꾼 꿈을 생각했다.

이브리아와 델판토.

둘이 연인이라는 것은 란도 단번에 알 수 있었다. 하지만 무슨 일이 있었는지, 이브리아는 델판토를 봉인했다.

그렇게 생각하면 두 사람이 만나서 서로를 좋아하고, 또 계속 함께 있을 수 있다는 건 얼마나 대단한 일인가?

'같이 침대에서 잘 수 있다는 것도 귀중한 일이야. 정말.'

란은 그렇게 생각하며 눈을 감았다. 녹음의 관이 왜 과거 이야기를 보여 주는지는 모르겠지만, 그건 그거고 이건 이거다.

'돌파구를 찾아야 해.'

어떻게든 그 드래곤을 잡을 방법을 찾아야 한다.

'샬에게 부탁해 볼까?'

정령과 어둠이 싸우면 어느 쪽이 이길까? 그리고 얼마만큼 많이 대가를 필요로 할까.

'눈 한 짝 정도로는 안 되겠지. 아냐, 또 혹시 모르잖아. 아니지, 란 로미아 드 라치아. 교훈을 잊었어? 유스타프가 해서 싫은 건 나도 하면 안 돼. 다른 방법을 생각해내자.'

머릿속이 이리저리 굴러가기 시작하자 잠이 오지 않았다.

'어쩌지.'

그러며 몸을 돌리자 눈을 뜨고 있는 유스타프와 시선이 딱 마주쳤다. 란은 깜짝 놀라 흠칫 몸을 떨었다.

"무슨 생각을 그렇게 하십니까?"

"유스, 안 잤어?"

"자다가 깼습니다."

란이 그 말에 갸웃하고 조심스럽게 물었다.

"무슨 꿈꿨어?"

"아뇨, 그건 아니고요. 란은 꿈꿨습니까?"

"응……."

란은 제가 꾼 짧은 꿈을 간단하게 털어놓았다. 어둠 속이라 옛날이야기를 하듯 목소리를 낮춰 소곤소곤 이야기하니 유스타프가 이야기를 듣고 말했다.

"이상한 꿈이군요."

"그지? 어차피 꿈꿀 거면 좀 더 본격적으로 어둠을 물리칠 수 있는 내용이라도 나오면 좋을 텐데."

"그렇게 쉽게 풀릴 리가 없죠."

유스타프의 말에 란이 씩 웃었다. 소년 같은 웃음이라, 유스타프는 저절로 마주 미소가 지어졌다.

"그래도 다행이다, 유스가 있어서."

"저도 다행입니다. 란이 있어서."

란이 잠시 머뭇거리다가 더더욱 작은 목소리로 말했다.

"유스."

"네."

덩달아 그의 목소리도 작아졌다.

"나 허벅지 많이 안 움직이면 괜찮을 것 같은데……."

말꼬리를 흐리며 빤히 그를 바라보자 유스타프가 소리 없이 상체를 반쯤 세웠다. 하지만 아직 망설임이 남아 있어서 머뭇거리는 걸 보고 란이 팔을 뻗으며 말했다.

"상냥하고 다정하게 해 줘."

유스타프가 웃으며 그녀를 끌어안았다. 그의 손이 슈미즈를 미끄러트리며 올라왔다.

"친절하고 부드럽게 해 드리겠습니다."

이튿날 유스타프는 새벽같이 눈을 떴다. 동이 트기 거의 직전이었다. 습관으로 몸에 밴 이른 기상이다.

그는 이 시간에 란을 깨울 생각이 전혀 없었으므로 자고 있는 그녀의 흰 어깨에 입 맞추고 침대에서 빠져나왔다.

란은 세상모르고 잠들어 있는 중이었다.

유스타프는 자신의 방으로 돌아가 옷을 갈아입고 준비를 했다.

동이 트기 시작하자, 소다는 헛기침을 하고 커튼을 열며 말했다.

"마님, 이제 일어나실 시간입니다."

평소라면 좀 더 자게 두고 싶지만, 지금은 전투 중이다.

란의 생활 역시 병사들과 함께 가고 있었다.

"마님, 일어나세요."

아니면 창문 열어 버릴 거예요? 그렇게 말하며 디모디아가 란을 경쾌하게 불렀다.

하지만 침대에서 반응이 없어 두 여자는 머리를 맞대고 중얼거렸다.

"안 일어나시네요."

"어젯밤에 공작님이 너무 괴롭히신 거 아닐까요."

"어머나? 마님은 부상 중이신데!"

"파렴치!"

그렇게 주고받고 힐끗 침대를 보았는데 여전히 반응이 없다. 안으로 들어온 카라가 의아한 얼굴로 물었다.

"아직 기침하지 않으셨습니까?"

"네, 푹 주무시고 계시네요."

소다가 뺨을 붉히며 말해 카라는 헛기침을 하고 침대가로 다가갔다.

"마님, 기침하실 시간입니다."

그래도 반응이 없었다.

카라가 "실례하겠습니다." 하고는 이불 위로 살살 란을 흔들었다.

"마님, 마님."

소다와 디모디아의 얼굴이 굳었다. 카라 역시 놀라 그녀를 강하게 흔들었다.

"란 님?"

이렇게까지 흔들어도 일어나지 않는다는 건 이상하다. 카라가 뒤로 물러나며 말했다.

"의사를 불러라. 소다는 나와 함께 마님을……."

"네, 네."

디모디아는 재빠르게 물러났고, 소다는 카라를 도와 란의 의복을 정제했다. 겉보기에는 아무런 이상도 없었다. 그저 잠이 든 것처럼 보일 뿐이었다.

단지 깨어나지 않는 게 문제였지만.

치료사가 달려와서 이리저리 살펴보고는 같은 결론을 내렸다.

그는 당황스러운 듯이 이마의 땀을 닦았다. 이어 각성제를 란에게 먹이기도 하고 냄새를 맡게도 했지만, 란은 꿈쩍도 하지 않았다.

소식을 들은 유스타프 역시 공작 부인의 침실인 나무 그늘로 한달음에 달려왔다.

"란?"

너무 평온한 얼굴로 자고 있는 란을 보며 유스타프가 낮게 그녀를 불렀다.

"란, 란? 란!"

그가 그녀의 어깨를 흔들다가 흠칫 하고 놓았다. 그의 푸른 눈에 무감정한 빛이 서려 치료사는 숨을 삼키며 시선을 내렸다.

"어떻게 된 거지?"

"저도 모르겠습니다. 진찰판으로 봐도 다른 아프신 곳은 없으신데……."

그때 휙 유스타프가 몸을 돌려 성큼 그에게로 걸어갔고, 치료사는 히익 하고 몸을 움츠렸다. 하지만 유스타프는 그를 그대로 지나 테라스 문을 확 열었다.

"하레쉬."

그가 부르자 거짓말처럼 하레쉬가 테라스에 나타났다. 그가 눈을 찌푸리며 말했다.

"올 줄 알고 있었나?"

"란이 눈을 안 뜹니다."

그의 말에 하레쉬가 눈을 크게 뜨고 걸음을 빨리해 안으로 들어왔다. 샤레이아가 그림자처럼 그 뒤를 따라 들어왔다.

하레쉬는 잠든 란의 몸을 이리저리 살폈고, 눈을 찌푸렸다.

"자고 있는 거 맞아. 맞는데— 보통 이런 증상은……."

"마법이죠."

노래하듯 말하고 샤레이아가 한 발 앞으로 나섰다.

그녀의 거울 같은 은색 눈동자가 란을 바라보았다. 그녀가 속삭였다.

"꿈을 꾸고 있는 것 같은데요. 아주 오래된 꿈이네요."

그 말에 유스타프는 이를 빠득 깨물었다.

"녹음의 관."

그가 그녀의 협탁 위에 놓인 관을 집어 들었다. 그걸 던져 깨려는 걸 카라가 비명을 지르며 막았다.

"공작 각하!"

샤레이아 역시 놀란 듯 말했다.

"깨면 돌아오지 못할지도 모릅니다."

유스타프가 흠칫하며 관을 바라보았다. 그가 입술을 깨물었다.

충분히 생각해 볼 수 있는 일인데도, 머릿속에 끈이 끊어져서 제대로 생각이 되지 않았다.

그가 관을 샤레이아에게 내밀었다.

샤레이아는 조심스럽게 양손으로 관을 받았다.

파직.

작게 스파크가 일어나 샤레이아도 유스타프도 움찔했다. 유스타프가 획 란을 돌아보았지만 란은 여전히 잠든 채였다.

샤레이아가 에메랄드로 된 관을 바라보며 말했다.

"란 님은 괜찮으실 겁니다. 단순히 잠든 것뿐이니까요."

"이대로 깨어나지 않으면?"

유스타프의 말에 샤레이아는 란을 바라보고 다시 관을 본 후에 말했다.

"그렇지는 않을 겁니다. 대현자께서 하고 싶은 이야기가 있어서 잠으로 그녀를 끌어들였겠지요."

그러면 이야기를 들은 사람이 깨어나지 않으면 안 된다. 유스타프는 샤레이아를 보았다. 그녀의 눈동자에 비치는 제 모습을 보며 그는 시선을 돌렸다.

"알겠습니다. 그러면 란을 부탁하죠."

유스타프의 말에 샤레이아가 오른발 뒤꿈치로 탁 바닥을 쳤다. 하레쉬가 옆에서 덧붙였다.

"맡겨 두라는 인삽니다."

"인간은 이렇게 안 하나?"

샤레이아가 하레쉬를 돌아보고 물어 그가 고개를 끄덕였다. 두 사람이 심각해 보이지 않아서 유스타프는 어쩐지 안심이 되었다.

이러다가 내일쯤, 아니면 모레쯤 란은 태연하게 하품하고 일어나서 어젯밤처럼 "꿈꿨어." 하고 말할지도 모른다. 아니, 그럴 것이다.

유스타프는 고개를 끄덕이고 방을 나섰다. 더 이상 자신이 할 수 있는 건 아무것도 없었다. 라치아 공작으로서, 문지기로서, 그가 해야 할 일은 외부에 있다.

'괜찮아. 란은 괜찮을 거야.'

그는 마음속으로 몇 번이나 말을 되삼켰다. 그가 아는 란이라면, 어떤 역경이든지 이기고 다시 돌아올 거다.

유스타프는 마음을 달래며 눈 성벽으로 향했다.

어젯밤 충격적인 사건 이후로 마수들도 드래곤도 잠잠했다. 모처럼 짧은 휴식이었다. 병사들은 유스타프를 보고 경례를 붙였다.

"주인님은요?"

성벽에 서 있던 루미에가 물었다. 그 역시 소식을 막 들은 참이었다. 유스타프는 루미에에게도 상황을 간단히 설명했고, 그는 신음을 내뱉으며 말했다.

"정말이지, 주인님은 왜 눈 안에 둬도 불안한 일이 생기는 걸까요."

그 말에 유스타프는 저도 모르게 피식 웃었다. 그 웃음을 보고 루미에는 신기한 기분이 들었다. 자신과 그가 이렇게 태연하게 이야기를 하게 될 거라고는 단 한 번도 상상해 본 적이 없었는데.

루미에는 문득 궁금해져서 물었다.

"공작님, 하나 여쭤 봐도 됩니까?"

유스타프는 힐끗 그를 보았다. 대답이 없는 게 허락인지라 루미에는 거침없이 물었다.

"만약 제가 주인님을 데리고 라치아에서 도망쳤으면 어떻게 됐을까요?"

유스타프의 입가에 미소가 걸렸다.

한없이 차갑고 날 선, 달콤하기까지 한 미소였다. 유스타프가 매끄럽게 말했다.

"정말로 궁금해서 묻는 건가?"

"아뇨, 지금 확신이 섰습니다."

빙긋 웃으며 루미에가 대꾸해 유스타프는 시선을 정면으로 돌렸다.

'이건 뭐 땅끝까지 쫓아왔겠군.'

그럴 거라고 짐작은 했지. 그리고 루미에 자신은 십자가형에라도 처해지고, 주인님은…….

루미에는 얼른 생각을 멈췄다.

그는 지금도 란이 좋았다. 하지만 그건 또 다른 애정이었고, 시나를 좋아하는 건…….

란을 좋아하는 것과는 달랐다.

란에 대한 애정이 종교적이며 맹목적인 그런 애정이었다면, 시나와의 애정은 좀 더 달콤하고 부드러운, 한없이 그녀를 알고 가까워지고 싶은 그런 애정이었다.

'생각하니 보고 싶네.'

루미에는 그렇게 생각하며 유스타프와 마찬가지로 정면을 보았다. 자신이 라치아 공작가의 기사가 되어 있을 거라고 누가 상상할 수 있었을까?

루미에는 솔직히 말하면 탈영병이 나올 거라고 생각했다. 아니면 하늘 저택의 시종이나 하녀가 도망칠 수도 있다고 생각했다.

하지만 단 한 명도 도망치지 않았다.

모두가 이런 상황에서도 제복을 입고, 갑옷을 걸치고 라치아에 대한 충성심으로 똘똘 뭉쳐서 있는 힘을 다하고 있었다.

"오늘은 올까요?"

루미에가 그렇게 묻자 유스타프는 "글쎄." 하고 짧게 답했다. 그때 저쪽에서 파센이 다가왔다. 어깨에 도끼를 걸친 드워프가 투덜거리며 말했다.

"엘프 놈들이 왔다고 그랬지?"

"네."
유스타프가 고개를 끄덕였다.
"제기랄 토끼 귀 놈들. 번쩍번쩍하는 걸로 시선을 다 끌고 말이야. 흥, 그래도 우리가 더 오래 같이 싸운 걸 잊으면 안 돼."
"물론입니다."
유스타프가 고개를 끄덕였다.
"토끼 귀라니, 너무하네요."
갑작스러운 목소리에 파센이 뒤를 돌아보았다가 "투카!" 하고, 누가 봐도 드워프 욕일 듯한 단어를 짧게 내뱉으며 뒤로 펄쩍 물러섰다. 샤레이아가 서 있었다.
샤레이아가 미소 지었다.
"땅굴 속에 사는 종족이여, 오랜만입니다."
"땅굴이라니! 세상에서 가장 아름다운 지하 도시다! 건물도 제대로 못 짓는 미개한 풀 족속아."
"풀 족속……."
샤레이아는 눈을 크게 떴다. 그녀는 그 단어가 신선한지 재미있다는 표정을 하며 몇 번 입 안으로 말을 읊조리다가 웃었다. 방울 소리처럼 명랑한 웃음소리였다.
"땅굴 족은 유쾌하군요."
"땅굴 족이라고!"
파센이 펄쩍 뛰며 뒷목을 잡았고 루미에는 웃음을 삼켰다. 샤레이아가 살며시 하늘을 보았다가 정면을 보았다.
"2, 3일은 오지 않을 거예요. 어둠이 상당한 타격을 입었을 테니까요. 하지만 중요하게 할 이야기가 있어요."
유스타프의 입매가 살짝 굳었다.

"란에 대한 이야기입니까?"

"아뇨, 그게 아니라."

샤레이아가 목소리를 낮췄다.

"이 주변 결계에 대해서 할 이야기가 있어요."

유스타프가 고개를 끄덕이고 말했다.

"회의실로 가지요."

*　　*　　*

란은 제 손을 내려다보았다.

'반투명해.'

그녀는 시선을 들어 주변을 둘러보았다.

'천 년 전이라 그런가, 옷차림이 참.'

지금 옷차림에 비하면 진짜로 거지꼴과 다름없는 차림으로 사람들은 무장하고 있었다.

무기도 조잡하기 그지없어서, 어떻게 저런 무기로 괴물과 싸우는 걸까 싶었다.

하지만 인간, 엘프, 드워프가 각자 무장을 하고 섞여 있는 모습은 신기했다.

'또 꿈속이라는 건 알겠는데……'

란은 천천히 군중 속을 걸어서 막사 안으로 들어갔다. 처음에는 그냥 천을 통과하는 데에 약간 저항감이 있었지만, 막상 한번 통과하고 나니 의외로 편했다.

천막 안은 소란스러웠다.

백금발 머리카락을 질끈 묶은 엘프가 큰 소리로 외쳤다.

"그러니까 우리만 소모되는 거 아니오!"
"소모는 개뿔! 우리 드워프들도 얼마나 죽어 나갔는 줄 알아?"
"두 분 모두 자기 희생만 강조하는 거 아닙니까?"
"도움도 안 되는 약해빠진 인간은 빠져."
"뭐라고요?"
작전 테이블을 앞에 두고 각 종족의 대표인 듯한 사람들이 모여 아옹다옹하고 있었다.
모두 피로가 누적된 얼굴에 신경질이 가득했다. 대현자 이브리아 역시 마찬가지였다.
머리가 아픈지 관자놀이를 문지르며 듣고 있던 이브리아가 낮게 말했다.
"다들 그만해."
그러자 세 사람이 동시에 외쳤다.
"하지만!"
란은 저도 모르게 픽 웃었다가 얼른 입을 다물었다. 이브리아가 잠시 테이블 위의 상황판을 바라보다가 말했다.
"그럼 이쪽 방면은 나 혼자 맡도록 하지."
"이브!"
뒤에 서 있던 델판토가 소리 질렀다. 이브리아가 싱긋 웃었다.
"괜찮아."
드워프와 엘프, 인간 대표는 서로 시선을 교환했다. 인간 대표인 빨강머리 여자가 공손하게 말했다.
"대현자님만 혼자 보낼 수는 없지요."
"그렇습니다."
엘프 대표 역시 고개를 주억거렸다. 드워프도 한숨을 내쉬었다.

이브리아가 픽 웃었다.

"아니, 혼자가 나을 것 같은데. 이렇게 싸우는 사람들과 같이 가는 것보다는."

꼬집는 말에 셋은 헛기침을 하며 시선을 돌렸다. 이브리아가 손을 저었다.

"그렇게 됐으니까 나가 봐."

셋은 머뭇거리다가 서로 시선을 교환하고 나갔다.

란은 그 모습을 보며 눈을 찌푸렸다.

'이래도 되는 건가?'

그녀의 마음과 맞은 듯이, 델판토가 이브리아의 어깨를 붙잡았다.

"너 미쳤어?"

"안 미쳤어. 봐 봐, 동쪽 산맥은 길이 좁아서 나 혼자서도 가능해. 게다가 이제 어둠도 작아졌지. 이게 마지막이야."

"네 마지막이 될 생각이야?"

"아니라니까."

이브리아가 눈을 찌푸리는데 천막을 확 열고 라치아가 들어왔다.

검은 머리 젊은 남자는 인상을 있는 대로 쓰고 있었다.

"제정신입니까? 지금 동쪽 산맥을 혼자 감당하신다고 했다는 게 사실인가요?"

"응."

그녀가 고개를 끄덕이자 라치아가 "이브리아 님!" 하고 외쳤다가 델판토를 돌아보았다.

"좀 말려 보십시오."

"얘가 내 말을 듣냐?"

델판토가 그렇게 말하고 라치아를 바라보았다. 드래곤의 시선을 슬쩍 피하며 라치아가 말했다.

"그럼 저와 제 부대는 같이 가겠습니다."

"그러면 안 되지. 왜 화력을 집중하는데— 게다가 라치아는 정예 부대잖아. 그런데 빠지면—"

"어차피 제 충성의 대상은 플라일이 아닙니다. 이브리아 님과 함께 갈 겁니다. 죽는다면 함께 죽죠."

라치아의 말에 이브리아는 눈을 찌푸렸고 델판토는 웃었다.

"난 역시 라치아가 좋다니까."

"그거 감사한 말이군요."

라치아는 그렇게 말하고 한숨을 내쉬었다.

란은 고개를 끄덕였다.

'괜히 라치아가 문지기가 된 게 아니었군. 그러고 보니 초대 라치아의 문서에서 '너도 델판토를 좋아했지.' 하고 이브리아가 말하는 장면이 있었지.'

셋의 사이가 좋아 보여서, 가슴이 아파 왔다.

어쩌다가 델판토가 그렇게 된 걸까?

그렇게 생각하는데 장면이 빨리 감기를 한 것처럼 빠르게 넘어갔다.

전투는 상당히 오래 이어졌다.

어둠에게 물든 마수는 일반적인 마수와 달라서 훨씬 크고 강했다. 게다가 부상을 입혀도 쓰러지지 않고 목이나 심장을 찌를 때까지 끄떡없이 움직이며, 잔혹했다.

란은 몇 번이나 고개를 돌리며 눈을 감았다. 끔찍한 영화도 보지 못하는 그녀에게 이런 실전은 상상 이상의 모습이었다.

그리고 이브리아가 맡은 동쪽은…….

란은 나타난 마수를 보고 숨을 삼켰다.

'거인?'

만약 유스타프가 겨울 사냥 때 저런 마수랑 싸우는 거였다고 한다면, 란은 그가 사냥을 나갈 때마다 잠도 못 잘 것 같았다.

델판토가 드래곤의 모습으로 변해서 덤빌 정도의 크기라면 짐작이 가는지?

'물론 내가 본 드래곤과는 좀 다른 모습이기는 하지만.'

빙벽에 나타났던 드래곤보다 몸집이 더 작았다. 새까만 비늘은 흑요석으로 하나씩 세공한 것처럼 반짝이며 빛나서, 한숨이 나올 만큼 아름다운 모습이었다.

이브리아는 마법을 쏘아 댔고, 라치아는 활과 창으로 공격했다.

그렇게, 그 거대한 거인을 무찔렀나 싶은 때에 거인이 델판토의 한쪽 날개를 잡아 찢었다.

"델!"

이브리아가 비명 같은 비통한 소리를 질렀고, 델판토는 크게 소리를 지르며 거인의 목을 마지막으로 물어뜯었다. 목이 뽑혀나가고, 거인의 거대한 몸체가 쓰러졌다.

라치아 역시 고함을 지르며 쓰러진 델판토에게로 달려갔다. 날개가 찢어진 드래곤은 헐떡이며 창백한 인간의 모습으로 변했다.

"델, 델, 델!"

이브리아가 그를 끌어안고 소리를 지르다가 왈칵 피를 토했다.

란은 기겁하고 소리 질렀다.

"이브리아! 델판토!"

하지만 그녀의 비명은 아무런 소용도 없었다. 라치아가 부하들에게 명령해서 델판토와 이브리아를 안전한 곳으로 옮기게 했다.

란은 떨며 입술을 깨물었다.

다시 장면이 확 변했다.

밤의 막사였다.

란이 병사들의 이야기를 들어 보니, 승리하기는 했지만 역시 마지막이 가까운 만큼 저항도 만만찮아 상당히 많은 숫자의 사람이 죽은 것 같았다.

물론 가장 큰 손실은 델판토와 이브리아였다.

이브리아가 쓰러졌다는 말에 사기는 급속히 떨어졌다.

"이브리아 님, 몸은 괜찮으십니까?"

라치아가 걱정스럽게 묻자 이브리아는 고개를 끄덕였다.

"마법을 너무 써서 그래."

그녀가 창백한 얼굴로 물었다.

"델은?"

"아직 주무시고 계십니다. 아마 전투에는 참여하지 못하겠지요."

"응."

이브리아는 고개를 끄덕였다. 그녀가 얼굴을 감쌌다.

"내 탓이야."

"아닙니다."

"아냐, 델은 드래곤인데, 날아야 하는데―"

"회복력이 좋으니 고쳐지실 겁니다. 다시 나실 수 있을 거예요."

라치아가 위로하자 그녀가 젖은 눈을 들었다.

"그, 그럴까?"

"네, 물론입니다."

라치아의 말에 이브리아는 한숨을 내쉬며 눈물을 닦아 냈다. 라치아가 눈을 찡그렸다.

"그렇게 마법을 쓰시니 당연히 그러실 만합니다. 서쪽에 있는 자들에게 방어막을 치시면서, 동쪽 군대 전부를 상대하셨죠."

"어둠의 독기를 막으려면 어쩔 수 없는걸."

"군대가 당하는 모든 데미지를 이브리아 님이 받아내고 계시니 진작 이렇게 되지 않은 게 용합니다. 이브리아 님, 저는 당신의 희생 위에 자유의 깃발을 세우고 싶지 않습니다. 자유란 제 피를 흘리지 않으면 가치가 없는 것이지요."

"이미 다들 희생하고 있어. 죽은 사람도 많고. 내가 할 수 있는 만큼은 해야지."

라치아는 입술을 깨물었다. 이브리아가 빙긋 웃었다.

"이제 진짜 끝이야. 얼마 안 남았어. 난 알 수 있어."

라치아는 길게 한숨을 쉬고 고개를 끄덕이고는 자리에서 일어났다.

란은 막사를 나가는 라치아를 보았다가 이브리아를 보았다.

대현자는 잠시 무표정하게 바닥을 내려다보았다.

"나와라."

그녀의 말에 란은 흠칫했다. 이브리아가 고개를 들었다.

"내가 모를 줄 아나?"

"어, 아니, 그러니까—"

란이 더듬거리는데 다른 자가 대답했다.

"역시 대현자로군."

킬킬거리는 목소리와 함께 천막 한쪽에 그림자가 길게 쭉 늘어나, 란은 깜짝 놀라 뒤로 물러섰다.

"어둠."

"약해졌어, 내가 이렇게 쉽게 들어오게 하고 말이야. 으응? 이제 어떻게 싸울 거지? 망가진 몸으로?"

"너 하나는 처리할 수 있어."

"그런가? 다들 두려워하는데? 널 버리고 도망칠 거라고. 이렇게 애써 봐야 네게 무슨 이득이 있지? 네 애인은 죽어가고, 너도 죽어가고 있지."

"델은 죽지 않아. 나도 그렇고."

"아니, 넌 죽을 거야. 네 부대는 전멸할 거야. 네 애인은 십자가에 높이 박힐 거고, 난 네 사지를 찢을 거다!"

그림자가 천막 안을 새까맣게 메꿨다. 비명 소리가 들려왔다.

델판토의 울부짖는 소리가 뚜렷하게 들려왔고 이브리아는 이를 갈며 지팡이를 들었다.

"내게서 떠나가라!"

빛이 환하게 터져 나왔다. 어둠이 순식간에 작게 줄어들었다.

"별빛의 아이, 세계수의 딸, 정령에게 사랑받는 대현자여—"

빈정거리며 어둠이 점점 줄어드는 목소리로 말했다.

"그래, 넌 강하지. 하지만 네 애인도 그럴까?"

그리고 어둠은 스며들듯 사라졌다. 이브리아가 비틀거리며 지팡이에 기대서서 거친 숨을 몰아쉬었다.

"델……."

중얼거리고 이브리아가 휘청이며 지팡이를 짚고 필사적으로 천막 밖으로 나갔다. 호위를 하는 것인지 서 있던 라치아가 놀라 그녀를 돌아보았다.

"이브리아 님?"

"델, 델은?"

"막사에서 쉬고 계십니다."

라치아가 이브리아를 부축하며 말했다. 이브리아가 말했다.

"확인해 봐야겠어."

라치아는 이견 없이 고개를 끄덕였고, 그녀를 부축해 델판토의 막사로 향했다.

란은 이 일이 어떻게 진행될지 알 것 같아 가슴속이 꽉 죄여들었다.

역시나, 델판토의 막사는 텅 비어 있었다.

비통하게, 이브리아가 소리 지르고 그를 찾으러 가겠다고 하다가 그대로 쓰러졌다.

란은 눈물이 쏟아져서 얼굴을 가렸다. 이건 불공평하다.

정말로 이건 너무—

“이 다음은 별로 기억하고 싶지가 않네.”

목소리가 들려 란은 휙 고개를 들었다. 사방의 경치가 변해 있었다.

새하얀 빙벽, 그 숲 속에 그녀는 서 있었다.

란의 앞에는 이브리아가 희미하게 미소를 머금고 그녀를 바라보고 있었다.

란이 저도 모르게 되물었다.

“이브리아?”

“그래.”

이브리아가 란을 보고 서글픈 미소를 지었다.

“그리고 미안.”

이브리아의 손이 란의 시야를 덮쳤다.

* * *

유스타프는 깊게 숨을 들이마셨다. 성벽 앞에 나란히 서 있는 기사단원들도 마찬가지였다.

그들은 성벽 밖으로 나와 무장을 하고 쫙 도열해 있었다.

루미에는 하늘 저택에 있는 시나와 란을 떠올렸다.

힐끗 하늘을 한 번 보고 루미에가 말했다.

“오늘이란 말이죠.”

샤레이아가 고개를 끄덕였다. 그녀는 눈처럼 새하얀 나무 지팡이를 짚고 있었다.

샤레이아는 며칠 전 이브리아의 결계가 그 수명이 다했다고 알려왔다. 이제 곧 방어막이 깨질 거라고.

"그리고 어둠도 그 사실을 알 겁니다."

그녀는 어두운 얼굴로 그렇게 말했었다.

그리고 그게 오늘이었다.

그녀 옆에는 하레쉬가 나란히 서 있었는데, 그는 우아하게 휘어진 활을 들고 서 있었다. 화살집은 허리에 달려 있었고, 반대쪽에는 검을 차고 있었다.

사방은 고요했다.

빙벽에서 바람이 부는 소리만 울려 퍼지는 가운데 유스타프는 란을 생각했다.

그녀는 벌써 3일째 잠자고 있었고, 그는 초조함을 떨치기 위해서 애를 써야만 했다.

'천 년.'

그는 봉인되었던 어둠을 생각하고 피식 웃었다.

그래, 미칠 만하다.

부상자나 떠나고 싶은 사람은 떠나라고 말을 해 뒀지만, 아무도 떠나겠다고 하지 않았다.

얼음 땅을 달려 때맞추어 도착한 일루미니티 백작과 와일드 남작 역시 가세해서 진을 쳤다.

"우—우 세레나 드 하스."

웅웅 울리는 소리가 빙벽을 감싸고돌았다. 샤레이아가 우아하게 번역했다.

"너희 조상들에게로 돌아갈 때다."

로스는 '너네 다 뒈졌다는 말을, 참.' 하고 창을 꽉 잡았다.

드래곤이 빙벽 위에서 날아올랐다. 드래곤이라고 하기도 뭐한, 기괴한 모습이었다.

한쪽 날개는 그림자처럼 얄팍해 보이며 퍼덕였고, 몸 역시 군데군데가 그림자라 크게 보였다가 줄어들었다가를 반복했다.

동시에 남은 마수들이 몰려들었다. 죽었던 마수들 역시 거기에 포함되어 있었다.

기사단원들은 차례로 투구창을 내렸다. 짧은 입김과 함께 작게 중얼거리는 소리가 퍼졌다.

"청염을 떨치시길."

"푸른 불꽃의 광휘가."

유스타프가 제 투구창을 내리며 짧게 말했다.

"불꽃의 가호가 그대들에게."

그가 손을 들자 성벽 위에서 화살 비가 마수들을 향해 쏟아지기 시작했다. 파이어 볼 역시 날아와 콰광 터졌다. 그 상황에서도 새까만 마갑으로 둘러진 말들은 미동도 하지 않았다.

기사단원들은 등자 옆을 걷어차기 시작했다. 달깍 하고 얼음수정이 맞아 들어가면서 마법이 발동되었다.

첫 번째 화살비가 끝나자마자 유스타프가 말의 옆구리를 걷어찼고, 동시에 기사단원들이 앞으로 달려 나갔다.

말발굽 소리가 땅을 울렸다.

충분히 가속도를 받고 나서, 기사단원들과 마수들이 충돌했다.

날아온 드래곤이 성벽을 향해 불꽃을 뿜어대기 시작했다.

쩡—!

맑고 투명한 소리가 났다.

빙벽의 병사들은 하늘을 힐끗 바라보았다. 아마 하늘에 금이 간 날을 그들은 평생 잊지 못할 터였다.

드래곤이 다시 한 번 빙벽을 향해 불을 뿜자 병사들은 무기를 꽉 쥐었다.

쩍—

더더욱 결계에 금이 가기 시작했다.

"청염."

유스타프가 부르자, 푸른 화염이 드래곤의 얼굴을 감쌌다. 드래곤은 울부짖으며 하늘로 솟구쳤다가 크게 선회해서 내려오며 기사단원들을 향해 불을 뿜어냈다.

적과 아군을 구별하지 않는 공격이었다.

불꽃이 빠르게 훑고 지나가자 마수들은 재가 되거나 불타서 넘어졌지만, 기사단원들은 불꽃 속에서도 계속 움직였다. 그들이 등자를 꽉 당기자 찰칵 하는 소리와 함께 소모된 얼음수정이 탕 튕겨 나와 바닥으로 떨어지고, 새 얼음수정이 차르륵 소리를 내며 끼워졌다.

"불꽃 한 방에 수정 하나라니."

블레인이 중얼거리자 로스가 웃으며 말했다.

"목숨 값보다야 싸지."

블레인이 피식 웃으며 "그렇군." 하고 외친 뒤 재가 된 마수를 창에서 털어내고 크게 회전하며 달리기 시작했다. 깃발이나 수식 없이도, 청염 기사단원들은 단장을 따라 일사불란하게 대열을 유지했다.

마수들을 성벽에서 멀리 떼어내어 한쪽으로 모는 작전이었다.

양떼를 몰아대는 목양견들처럼 기사단원들은 빠르게 움직였다.

샤레이아는 그것을 지켜보며 길고 긴 마법 주문을 외웠다.

그녀의 지팡이 위에 별빛 같은 빛무리가 반짝이며 모여들었다.

하레쉬는 그녀의 옆에 딱 붙어 서서 혹시 기사단이 놓친 작은 마물들이 달려오면 화살로 쏘아 맞혔다.

파센이 씩씩거리며 도끼를 휘둘렀다.

"우리 몫도 좀 남기라고!"

말을 타지 못하는 그들은 샤레이아와 함께 성벽 주변에 남아서 남은 마수들을 처리하고 있었다.

어둠은 분노에 찬 소리를 내질렀다. 선회해서 돌아온 어둠은 다시 성벽을 향해 불꽃을 내뿜었다.

쨍—!

독특한, 소름 돋는 맑은 소리를 내며 방어막의 금이 빠르게 퍼져 나갔다.

"샤레이아."

하레쉬가 짧게 그녀를 불렀고, 샤레이아는 '나도 알아.' 하는 눈으로 그를 바라보고는 주문을 완성했다.

"페얄 알루빔."

빛의 너울.

그녀의 주문이 완성되자 지팡이에서 빛이 사라졌다. 그 빛은 황금빛 오로라가 되어 너울처럼 청염 기사단이 모은 마수들 위에 펼쳐졌고, 죽은 마수들은 전부 다 다시 쓰러졌다.

살아 있는 마수들 역시, 어둠에게 사로잡힌 것에서 풀려 얼떨떨한 듯 사방으로 도망치기 시작했다.

샤레이아가 그대로 쓰러지려는 걸 하레쉬가 붙잡았다. 그녀는 전력 질주라도 한 것처럼 숨을 헐떡였다.

그는 쉽게, 그녀가 더는 한 마디도 못 할 상황이라는 걸 눈치챘다.

"고생하셨습니다."

하레쉬의 말에 샤레이아는 미소를 지었다가 표정을 일그러트리며 하늘을 바라보았다.

어둠이 큰 소리로 울부짖자, 하늘 저택의 유리창이 요란한 소리를 내며 깨져 나갔다.

병사들은 귀를 막으며 몸을 웅크렸고, 예민한 말 역시 앞다리를 곧추 세우는 것을 기사들이 능숙하게 달랬다.

어둠은 새까만 그림자 같은 날개를 더 크게 펼치고 다시 눈 성벽을 향해 불꽃을 내뿜었다.

쩌저적—

방어막의 금이 점점 더 늘어나더니 결국,

쨍그랑—!

시릴 정도로 날카로운 소리와 함께 산산조각 났다.

불꽃이 눈 성벽을 훑자, 순식간에 성벽의 일부가 둥글게 녹아내렸다.

성벽 안쪽에 있던 병사들은 미칠 듯한 공포를 느끼며 성벽에서 빠져나왔다.

사방팔방으로 도망가고 싶은 걸 억누르며 그들은 저택 안으로 도망쳤다.

"이브리아! 케세!"

어둠이 외쳤다. 그가 달리는 병사들을 향해 불꽃을 뿜어냈다.

"으아악!!"

비명을 지르기는 했지만, 통구이가 되지는 않았다. 프란체와 시나가 밤샘해서 만든 마법 도구 덕분이었다. 드래곤은 곧 새하얀 하늘 저택에 발톱을 박아 넣고 꼬리를 휘둘렀다.

물리적 공격에는 어쩔 수 없는지라, 몇몇은 비명도 지르지 못하고 나가 떨어졌다.

유스타프는 말의 옆구리를 걷어찼다. 흑마는 민첩하게 더욱 속도를 올렸다.

"청염."

유스타프가 다시 부르자 드래곤이 불꽃에 휩싸였다. 어둠은 비명을 지르고 미친 듯이 꼬리를 휘두르다가 날갯짓하며 힘껏 날아올랐다.

불꽃이 사라지자 어둠이 낮게 이쪽을 향해 날아왔다. 꼬리가 바닥을 좌우로 쓸고 있어, 목적이 명확히 보였다.

"산개!"

블레인이 소리쳤고 기사단원들은 사방으로 흩어졌다. 하지만 몇몇 기사단원들은 드래곤의 꼬리를 피하지 못했고, 거대한 꼬리에 얻어맞은 기사는 말과 함께 퉁기듯이 날아가 바닥으로 떨어졌다.

이어 불꽃이 시야를 덮쳤다.

탕.

두 번째 얼음수정이 바닥으로 떨어졌다. 각자에게 예비된 수정은 총 6개.

남은 건 이제 4개다.

두 번째 불꽃도 통하지 않자, 어둠은 물리 공격으로 작전을 바꾸었다.

쿵!

묵직한 소리와 함께 그가 바닥에 안착했다.

어둠이 소리쳤다.

"이브리아를 내놔!"

'공용어.'

유스타프는 살짝 눈을 찌푸렸다. 그가 투창을 집어 들어 드래곤에게 던졌다. 비늘에 살짝 박히기는 했지만, 그렇게 큰 타격은 없어 보였다.

'그렇다면.'

유스타프는 단단히 창을 쥐고 드래곤을 향해 달리기 시작했다.

"가주님!"

블레인이 단기필마로 달려가는 가주를 보며 소리 질렀다. 유스타프가 창을 든 반대 손으로 가볍게 수신호를 보내는 게 보였다. 블레인은 이를 갈며, 유스타프와 평행하게 달리기 시작했다.

이 주군을 섬기다가는 심장이 남아나지 않을 것 같다.

루미에 역시 기가 찼다. 기도 찼지만, 경외감도 느껴졌다.

유스타프뿐이 아니라 기사단원 각각의 승마 실력 때문이었다.

그들은 유스타프와 블레인이 달리는 것을 보고 보조를 맞춰서 달리기 시작했고, 기마술은 거의 신기에 가까웠다.

루미에는 말을 배운 지 얼마 되지 않았기 때문에, 그들처럼 인마일체의 경지에는 이르지 못했다.

'대신 다른 기술은 있지.'

그렇게 생각하며 루미에는 다른 방향으로 선회하기 시작했다.

블레인은 드래곤의 뒤쪽으로 돌아가는 루미에를 보고 미간을 모았다. 저런 식으로 명령 외의 행동을 하면—

그때 쿵 하고 누가 옆에서 말을 부딪쳐서 블레인은 화들짝 놀랐다. 유스타프였다.

"죽고 싶나?"

그의 말은 달리는 말 위에서도 뚜렷하게 들려왔다. 블레인은 한눈판 것을 사죄하는 의미로 고개를 숙였고, 유스타프는 그걸 보는지 안 보는지 다시 멀어졌다. 블레인은 약간 감격에 몸이 떨려왔다.

주군이 제 몸을 걱정해서 일부러 다가와 말을 걸어 줬다는 게 감격이었다.

드래곤은 달려오는 기사들을 향해 머리를 휘둘렀다. 기사들은 재빠르게 산개해서 피했다가 다시 모였다. 그때 뒤로 돌아간 루미에가 말 등 위에 다리를 올린 후, 있는 힘껏 뛰어서 드래곤의 꼬리에 칼을 박아 넣었다.

드래곤이 몸을 홱 돌리며 꼬리를 마주 흔들다가 루미에가 떨어지지 않으니 땅에 쿵쿵 꼬리를 때렸다.

그 틈을 놓치지 않고, 유스타프가 드래곤의 다리에 창을 깊숙이 박아 넣었다.

달리던 힘 그대로였으므로 창은 드래곤의 비늘을 뚫고 뼈에까지 가서 박혔다.

"크아악!!"

드래곤은 소리를 지르고 다시 허공으로 날아올랐다.

"이브리아!!"

그는 다시 소리를 지르더니 기사들을 무시하고 하늘 저택으로 날아가기 시작했다.

유스타프는 이를 악물었다.

시나와 시녀들은 쿵쿵거리는 소리에 숨을 죽였다.

그들은 하늘 저택의 지하실에 모여 있었다. 그 가운데 간이침대에는 여전히 란이 쌔근쌔근 잠들어 있었다.

"무, 무너지면 어떻게 하죠?"

소다가 낮게 속삭였고, 아무도 대답하지 않았다. 잠시 후 경쾌하게 대답한 것은 키리였다.

"생매장이죠."

"키리!"

디모디아가 비난하는 목소리를 냈고, 키리는 키득키득 웃었다. 그리고 진짜로 종이처럼 창백해진 소다를 보고 말했다.

"그렇게 무서우면 떠나면 됐잖아요?"

결전이 있기 전에, 유스타프는 떠날 자는 떠나라고 했다.

소다가 떨리는 목소리로 말했다.

"어차피 여기서 끄, 끝내지 않으면 어디로 가나 저 드래곤이 쫓아올 거잖아요."

"하긴, 그건 그렇지요."

키리는 고개를 끄덕였다.

쿵—! 쿵—!

다시 저택이 흔들리며 머리 위로 돌가루가 떨어졌다. 시녀들은 흐느끼며 서로를 꼭 붙잡았다.

"시끄럽네."

갑작스러운 목소리에 시녀들의 시선이 획 돌아갔다.

란이 상체를 세우고 있었다.

"란 언니!"

시나가 자리에서 벌떡 일어났다.

"마님!"

카라가 감격에 겨운 목소리로 소리쳤다. 소다 역시 눈물을 글썽이며 "마님!" 하고 이름을 불렀다. 란이 묘한 미소와 함께 자리에서 일어났다. 기묘하게도, 무게가 느껴지지 않는 것 같은 동작이었다.

"녹음은?"

란이 고개를 기울이며 말했다. 시녀들은 위화감을 느끼면서도 순순히 녹음의 관을 가져왔다. 란이 그걸 붙잡고는 이리저리 돌려보며 키득키득 웃었다.

"미안하네."

그리고 그녀가 관을 머리에 썼다. 란은 깊게 숨을 들이마시고 하아, 하고 숨을 내뱉었다.

그녀의 녹색 눈이 빛났다.

"그럼 난 이만."

그러더니 그녀의 모습이 그 자리에서 팟 하고 사라졌다. 시녀들은 대경하여 다들 입을 떡 벌리고 있었다.

"……마법?"

간신히 시나가 내뱉자 키리가 으르렁거렸다.

"마님을 찾아!"

디모디아가 반사적으로 자리에서 벌떡 일어났다가 아차 하며 다른 시녀들을 바라보았다.

쿵쿵!

다시 저택이 크게 흔들리더니 요란한 소리가 났다.

"꺄악—!"

시녀들이 비명을 질렀고 키리와 디모디아는 재빠르게 균형을 잡았다. 키리는 이를 갈았다.

"무너졌어."

"어, 어딘지는 모르겠지만요."

디모디아가 대답하고 시녀들에게 말했다.

"여기 계세요! 키리."

키리는 재미있다는 얼굴로 그녀를 보고 고개를 끄덕인 후에 시녀들에게 말했다.

"디아는 내가 차출해 가지."

그리고 두 사람은 지하실을 나섰고, 시나는 망설이다 무기를 챙겨 그 뒤를 따라 나갔다. 남은 시녀들은 멍하니 셋을 바라보다가 밖에서 들리는 포효에 귀를 꽉 틀어막았다.

드래곤은 하늘 저택의 일부를 꼬리로 후려쳐 무너트렸다.
그건 저택을 무너트리기보다는 꼬리에 매달린 루미에를 처리하려는 것이었다. 드래곤의 의도대로, 루미에는 건물에 처박혔다. 그의 검은 그대로 꼬리에 남아 있었지만 말이다.
루미에는 신음을 내뱉었다.
'엄청 아프네.'
아무리 드워프제 갑옷이라고 해도, 한계는 있는 법.
그는 숨을 헐떡이며 갈비뼈에 금이 간 게 아닌가 잠깐 생각했다.
드래곤이 정면으로 그를 바라보기 전까지는 말이다.
'아.'
루미에는 반사적으로 허리에 손을 가져갔다가 허탈함을 느꼈다. 얼음수정은 전부 마갑에 달려 있다.
드래곤의 양쪽 목이 부풀어 오르고 루미에는 숨을 들이마셨다.
마지막이다.
그때, 드래곤의 몸이 뭔가에 튕겨 나갔다.
요란한 소리를 내며 그 거구가 바닥에 떨어졌고, 루미에는 멍하니 그걸 보았다가 허공으로 시선을 돌렸다.
"주인님?"
그의 입에서 저도 모르게 목소리가 새어 나왔다.
크림빛 네글리제 차림의 란이 허공에 떠 있었다. 마구 흩날리는 그녀의 머리카락 사이로 녹색 관이 반짝였다.
그리고 표정이 풍부한 란에게서는 한 번도 본 적 없는 무표정한 얼굴을 하고 있었다.

"무슨……."

"루미에!"

비명 같은 소리를 지르며 시나가 달려오는 게 보여 루미에는 눈을 크게 떴다. 그는 자리에서 휘청이며 일어났다.

"시나!"

창백한 얼굴의 시나가 그의 앞에 멈춰 섰다.

"루, 루미에, 다친—"

"안 다쳤어."

말하고 그가 그녀의 어깨를 붙잡았다.

"여기서 뭐 하는 거야? 주인님은 저게 뭐고?"

"나도 몰라."

시나가 고개를 저었다.

땅바닥을 구른 드래곤이 몸을 일으켰다.

"오랜만이야."

란의 말에 드래곤이 몸을 똑바로 세웠다.

"이브리아."

그 목소리는 모두에게 들렸으므로, 루미에도 시나도 움찔했다. 하지만 란은— 이브리아는 부정하지 않았다.

"천 년이라, 천 년, 천 년."

그녀는 한탄했다.

이브리아가 손가락을 들어 드래곤을 가리키고 말했다.

"이제 끝을 낼 때다."

어둠이 광소를 터트렸다. 그가 웃긴 이야기를 들었다는 듯이 말했다.

"그 몸으로? 어떻게? 그깟 평범한 계집의 몸으로 뭘 하려고?"

이브리아가 히죽 웃었다.

그녀가 손가락을 튕기자 빙벽이 울리기 시작했다. 란이 경쾌하게 말했다.

"내 마력의 일부는 이 산맥에 결정화가 되어 있거든."

그녀의 눈이 황금색으로 물들어 빛나기 시작했다.

웅웅웅—

빙벽이 울리는 소리가 대지와 천공을 가득 채웠다.

"너 하나 끝장내기는 충분하지."

"평범한 몸으로 네 마력을 끌어다 쓴다고? 그 계집이 죽을 텐데?"

"한 사람의 희생으로 여럿을 구한다면, 해야지."

이브리아가 지휘하듯 가볍게 허공을 휘젓자 반짝이는 거대한 마법진이 그녀의 발밑에 나타나 천천히 돌기 시작했다. 그러다 마법진은 순식간에 압축되어 사라졌고, 이브리아의 손끝에서 금색 레이저 같은 빛이 쏟아져 나갔다.

드래곤은 마주 불꽃을 쏘았고, 두 가지가 중간에 부딪치며 사방에 열기와 광풍을 쏟아냈다.

이브리아의 코에서 코피가 주르륵 흘러내렸다.

'칫.'

이브리아는 거칠게 코 밑을 닦아냈다. 불꽃을 멈춘 드래곤이 말했다.

"넌 항상 그딴 식이었어."

갑작스럽게 드래곤의 말투가 변해서 이브리아의 얼굴이 흔들렸다.

"델?"

저도 모르게 그녀가 떨리는 음색으로 속삭이듯 연인의 이름을 불렀다. 드래곤은 한 걸음씩 그녀에게 다가왔다.

"언제나, 항상, 널 생각하지 않고. 남겨진 나도 생각하지 않고."

"델, 맞아?"

드래곤의 앞발이 천천히 이브리아를 향해서 뻗어나갔다. 커다란 발톱이 그녀의 뺨을 스쳤다. 상처 나지 않게, 조심스럽게.

이브리아의 입술이 떨렸다.

"죽어."

다음 순간, 드래곤이 그녀를 움켰고 루미에는 숨이 멎는 줄 알았다.

그녀의 머리에서 관이 미끄러져 바닥으로 떨어졌다.

시나 역시 눈을 크게 떴다.

그때 푸른 불꽃이 드래곤의 눈을 집요하게 태웠고, 드래곤은 울부짖고 란을 땅바닥에 던졌다.

"언니!"

"주인님!"

루미에가 저도 모르게 팔을 뻗으며 달려가는데, 새까만 흑마가 훨씬 더 빨랐다. 전력으로 달린 유스타프는 손을 뻗어 추락하는 란을 붙잡음과 동시에 말에서 굴러떨어졌다.

그가 작게 신음 소리를 내고 몸을 일으켰다.

벌써 드래곤을 공격하는 데 청염만 세 번째.

체력적으로 지치는 게 느껴졌다. 이미 갑옷 안은 땀으로 흠뻑 젖어 있었다.

그는 란의 멱살을 잡으며 으르렁거렸다.

"란에게서 꺼져!"

그 말에 이브리아가 눈을 크게 떴다가 미소를 지었다.

"그대가 라치아로군."

"대현자인지 뭔지, 꺼지라고."

"그래도 되나? 공작 부인 한 사람만 희생하면, 다른 자를 모두 구할 수 있는데? 선택을 해라, 라치아 공작."

"꺼져."
이브리아의 얼굴이 묘하게 일그러졌다.
"이 여자 하나를 선택하겠다고?"
"란도, 라치아도 전부 내가 구해. 한 사람이라도 잃을 것 같아? 희생은 필요 없어."
그 말에 이브리아는 얻어맞은 듯이 눈을 크게 떴다.
"이브리아아—!"
자리에서 일어난 드래곤이 앞발을 휘둘렀고, 이브리아가 입술을 깨물며 손을 뻗었다.
펑—!
요란한 소리와 함께 드래곤의 몸이 튕겨져 나갔다. 동시에 그녀가 격렬하게 기침을 하기 시작했다. 피가 왈칵 쏟아져 나왔다.
"란!"
비명처럼 유스타프가 소리 질렀다. 이브리아가 유스타프에게 말했다.
"하지만 이 여자는 동의했다. 널 구하는 데 목숨을 바치겠다고."
"거짓말."
유스타프가 으르렁거리며 하는 말에 이브리아가 재미있다는 표정을 지었다.
"그래?"
"그래. 란이 그럴 리가 없어."
그녀는 절대로 날 혼자 두고 가지 않아.
예전의 란이었다면, 자신도 모르게 납득했을 거다. 이브리아의 말에 흔들렸을 터였다. 하지만 지금은 아니다.
그 말에 천천히 녹색 눈동자에서 눈물이 떨어지기 시작했다. 유스타프가 크게 눈을 떴다.

"란?"

"아파. 젠장, 내 머릿속에서—"

란이 헐떡거리며 눈을 찌푸렸다.

"가만히 있어! 다 죽고 싶어?"

"싫어, 내 몸이야!"

란이 제 입으로 빠르게 말하고 반박하는 모습은 미쳤다고밖에는 볼 수 없었다.

"란, 날 봐요. 란."

유스타프가 그녀의 턱을 부드럽게 잡아 그의 눈을 보게 했다. 그 새파란 눈을 보며 란은 이를 악물었다.

'유스, 유스, 이게 내 유스야. 이게 현실이야.'

'안 돼, 안 돼. 몇 년을 기다렸는데, 이렇게는 안 돼.'

란은 할 수 있다면 제 머리를 갈라서 이브리아를 쫓아내고 싶었다. 감정적인 면에서나 지식적인 면에서나 이브리아 쪽에서 쏟아지는 기억양이 훨씬 더 압도적이었다.

"레—샤다?"

그때 부축을 받고 달려온 샤레이아가 소리쳤다.

그 순간, 란은 다정하게 웃는 엘프들과 그들이 자신을 그렇게 불렀던 장면들이 쏟아져서—

'젠장할!'

란은 비틀거리며 자리에서 일어났다. 샤레이아가 그녀의 앞에 한쪽 무릎을 꿇었다.

"엘 레레므 데하스?"

이브리아가 묻자 샤레이아가 얼굴에 미소를 띠려 애쓰며 말했다.

"푸하난 드 라사 레레므."

"샤다."

이브리아는 중얼거리고 자리에서 일어났다. 맨발인 그녀는 바닥이 차가워 살짝 발을 굴러 보였다. 네글리제가 얇아서 추위가 느껴졌다. 이브리아는 오랜만인, 고통에 가까운 실제 감각을 음미했다.

'추운 게 뭐가 행복해!'

란이 빽 머릿속으로 소리를 지르자 이브리아는 '그러게.' 하곤 물러났다.

"란."

다시 유스타프가 그녀를 불러서 란은 관자놀이를 꾹 눌렀다.

"괜찮아. 아마도."

그녀가 유스타프의 불타오르는 듯한 푸른 눈을 보고 웃었다.

"머릿속이 좀 시끄럽기는 하지만."

튕겨져 나간 어둠이 다시 울부짖더니 날개를 펼치고 이쪽을 향해 날아오기 시작했다.

블레인이 소리쳤다.

"방패 벽!"

기사단원들이 일사불란하게 모여서 란과 유스타프를 가운데에 두고 방패를 들어 둥글게 벽을 쌓았다.

어둠이 불꽃을 쏘아냈다.

방패에 달린 얼음수정이 순식간에 줄어드는 게 보였다. 천천히 방패 가장자리가 붉게 달아오르는 게 보였다.

란이 손을 뻗자 땅바닥에 굴러떨어졌던 녹음의 관이 그녀의 손안에 들어왔다.

"란?"

"아니, 그게."

란은 제 손안의 녹음의 관을 바라보았다.

지금 그렇게 불러오는 데에 아무 어려움이 없었다. 마치, 손을 뻗어서 집는 것과 마찬가지로…….

'내 지식을 함부로 빼 가지 마!'

이브리아가 소리쳐서 란은 '아, 역시 그런 거였구나.' 하고 고개를 끄덕인 후에 녹음의 관을 띄웠다.

"안 돼!"

이브리아가 소리쳤지만, 란의 손은 정확하게 동작을 그렸다.

그녀의 손안에서 녹음의 관은 진동하며 떠 있었다. 란이 작게 말했다.

"쉐하나 드쉐."

동시에 파도처럼 강력한 힘이 녹음의 관에서 뻗어 나와 드래곤을 밀어냈다. 땅에 떨어진 어둠이 울부짖으며 발톱을 땅에 박았지만, 아무 소용없이 주르륵 밀려서 남은 눈 성벽을 부수고 그 밖까지 밀려났다.

"잠깐은 막을 수 있을 거야."

란은 그렇게 중얼거리고 한두 걸음 뒤로 물러섰다. 여전히 녹음의 관은 허공에 떠올라 있었다.

그녀가 픽 쓰러지자 유스타프가 그녀를 붙잡았다.

"란? 란."

몇 번 눈을 깜박이고 란은 숨을 내쉬었다.

"유스."

유스타프가 그녈 힘껏 끌어안았다. 란은 온몸에 격통을 느꼈지만, 아랑곳 않고 그를 마주 끌어안았다.

신경이 타는 듯한 고통은 서서히 가라앉기 시작했다. 방패를 내리고 블레인이 물었다.

"괜찮으십니까?"

"괜, 쿨럭, 찮아요."

란은 숨을 거칠게 내쉬었다. 그녀가 손을 저었다.

"방패를 내려도 돼요. 이들은, 저게 버텨 줄 겁니다."

란이 녹음의 관을 가리키며 하는 말에 블레인이 손을 흔들자 기사단원들은 재빠르게 방패 벽을 해제했다.

란이 유스타프에게 속삭였다.

"이야기를 해야 할 것 같은데."

유스타프가 그녀를 조심스럽게 안아 들었다. 란이 멍하니 반파된 하늘 저택을 바라보았다.

"부서졌네."

"다시 지으면 됩니다. 아니면, 역시 빙벽은 추우니 다른 곳으로 가든가요."

"방금 뭐였나? 세상에! 케— 하르쉐키!"

저쪽에서 달려온 파센이 빛나는 녹음의 관을 보고 소리를 내질렀다. 샤레이아가 말했다.

"레—샤다였습니다."

"뭐? 진짜?"

파센이 펄쩍 뛰어, 로스가 물었다.

"그게 뭡니까?"

"대현자."

하레쉬가 그렇게 중얼거렸다. 그와 샤레이아, 두 엘프의 얼굴은 어두웠다.

파센은 수염을 잡아당기며 씩씩거렸다.

"제길, 노래에 나올 법한 부분인데 하필 풀쟁이들만 있었다니!"

그 말에 저도 모르게 일행은 가볍게 웃음을 터트렸다. 유스타프가 심호흡하고 말했다.

"일단 안으로 들어가죠. 하늘 저택은 커서, 남은 부분이 있으니까요. 이틀은 저게 있을 거라고 하셨죠?"

"응."

란은 고개를 끄덕였다

Chapter 7.

대현자 이브리아

하늘 저택의 무너진 부분은 다행히도 본관은 아니었기에, 일행은 본관으로 모두 이동했다.

유스타프가 뒷일을 하는 사이 란은 꼼짝없이 침대에 갇혀 있었다. 란 역시 온몸이 물먹은 솜처럼 피곤했기 때문에, 침대로 들어가자마자 그대로 잠들었다.

"안녕."

이브리아를 보고 란은 신음을 내뱉었다. 그녀가 허공을 보고 낮게 말했다.

"제발 평범하게 잠들 수는 없는 건가요?"

"자고 있잖아? 그냥 꿈이 좀 특이한 거지."

이브리아의 말에 란은 팍 인상을 썼다가 한숨을 내쉬었다.

"내 머릿속에서 나가라고 하고 싶은데—"

"못 나가는 거 너도 알잖아."

"알죠."

"몸을 가진 쪽이 더 유리하다니까? 내가 분명히 이길 수 있을 거라고 생각했는데, 하필 프하니아스라니."

'사고방식의 유연함이, 일반인과는 완전히 다르다니까.' 하고 이브리아가 투덜거리는 걸, 란은 기가 차서 바라보았다.

자기 몸을 빼앗아서 죽을 때까지 써먹으려고 했던 뻔뻔한 인간이, 이제 와서 또 태연하게 못 빼앗아서 아쉽다고 말하고 있다니.

란은 앞이마를 꾹꾹 눌렀다. 다른 자의 기억과 감정이 밀고 들어오는 걸 방어하는 건 힘들었다.

기억은 자기 자신이다.

어렸을 때 놀이공원에서 행복했던 기억이 있다고 해 보자. 그런데 다음 날, 그 놀이공원에서 부모님께 뺨을 맞은 기억이 난다.

그러면 공원에 갔던 기억은 전혀 다른 의미로 바뀌게 될 것이다.

이브리아의 기억 역시 란에게 그런 식이었다. 그게 원래 기억이 아니고, 사실이 아니고, 내 기억은 이거고, 그건 가짜 기억이야.

하고 분리하며 싸우는 일이라니.

'하지만 대단하기는 대단하구나. 빙벽의 마력석이 전부 이브리아의 마력이었다니. 마력석의 종류가 셋이었던 것도 드워프, 엘프, 인간 마법의 근원이 그녀이기 때문이야.'

이브리아가 빙긋 웃었다.

근원. The origin.

마법의 시작이자, 근본이자, 원류이자 정점.

지금 엘프와 드워프와 인간의 마법은 다른 계통으로 나눠졌고, 그래서 마력석도 다르게 나눠 쓰게 되었다.

"네 도움이 필요해."

이브리아가 말했다. 이제 란의 몸을 차지할 수 없게 되었으니, 이브리아는 란에게 부탁할 수밖에 없었다.

마법을 쓰려면 육체가 필요하니 말이다.

란이 눈을 깜박였다가 말했다.

"어둠을 없애는 일이라면 협력할 생각이에요."

이브리아가 짙게 미소 지었다.

"물론, 그 일이지."

그녀가 다시 눈을 떴을 때는 한밤중이었다.

깜짝 놀란 란은 허둥지둥 침대에서 내려왔고, 디모디아가 조심스럽게 란을 바라보며 물었다.

"깨셨어요?"

"응, 그리고 진짜 나야."

디모디아의 얼굴이 살짝 붉어졌다.

"왜 이 시간까지 안 깨웠어?"

"가주님께서 푹 주무시게 놔두라고 하셔서."

"아, 진짜."

'유스타프, 이 녀석.' 하는 말을 입안으로 삼키며 란은 셔츠에 바지로 옷을 재빠르게 갈아입었다. 디모디아가 흐트러진 란의 머리를 잽싸게 땋아 내려주었다.

허둥지둥 방을 나가는데 유스타프와 마주쳤다.

"유스."

"란."

유스타프가 잠시 그녀의 안색을 살피고 안도의 숨을 내쉬었다.

"나아 보이는군요."

"응, 일시적이었던 거라서 괜찮아. 몸살 난 그런 느낌."

"피를 토하는 몸살도 있습니까?"

"아니, 지금 느낌이."

란이 손을 위아래로 팔랑거리며 이제 괜찮다는 제스처를 해 보였다.

유스타프가 물었다.

"녹음의 관은 괜찮은 거지요?"

이 말은 녹음의 관이 펼치는 결계가 란의 몸에 영향을 미치지 않느냐는 물음이다.

란은 고개를 끄덕였다.

"응, 그건 괜찮아. 하지만 시간이 거의 없네. 설마 하룻밤 동안 잔 건 아니라고 해줘."

"아닙니다."

당일 저녁이라고 유스타프가 설명해 란은 가슴을 쓸어내렸다.

"다들 모여 달라고 해 줄래?"

"회의실에 이미 모여 있습니다."

"응, 그럼 가자."

란이 앞서 걷기 시작하는데, 유스타프가 손을 뻗어 그녀를 뒤에서 확 끌어안았다.

앗, 하고 가볍게 발끝이 들리며 넘어지듯 안긴 란이 그를 돌아보았다가 웃었다.

"돌아왔잖아."

"그랬죠."

“나, 유스가 알아줘서 기뻤어. 절대로 그런 거래를 하지 않았을 거라는 거.”

라치아와 제 목숨을 바꾸는 그 거래를. 유스타프가 약간 놀라 물었다.

“기억하고 계십니까?”

“응. 내가 몸은 움직이지 못하지만 전부 보고 듣고 느꼈으니까. 덕분에 확 깨어났다니까.”

유스타프가 이를 갈았다. 그 말은 마법을 쓸 때의 타격을 란도 고스란히 느꼈다는 말이다.

대현자니 뭐니, 정말로 염치도 없는 뻔뻔한 여자다.

유스타프는 이브리아를 속으로 매도했다. 란이 손을 뻗어 그의 뺨을 감싸고 까치발을 해서 턱에 가볍게 입 맞췄다.

“유스를 혼자 두지 않아.”

“네.”

그가 미소 지으며 란을 안은 팔을 풀었고, 그녀는 그의 손을 붙잡고 씩 웃은 후 다시 걷기 시작했다.

“이브리아와 이야기를 했어.”

유스타프는 잠자코 그녀의 말을 들었다.

“드래곤을 물리적으로 죽여도, 어둠은 어떻게 될지 알 수가 없잖아? 그래서 이브리아는 어둠을 끝장내고 싶어 해. 그리고 그 비책이—”

란이 힐끗 유스타프를 돌아보았다.

“문 안에 있대.”

란의 설명에 회의실의 모두가 잠시 침묵에 잠겼다.

“만약 발견되면, 어둠은 수상하게 여길 겁니다.”

그가 봉인되어 있는 문 쪽으로 움직이는 생명체다.

절대로 가만둘 리가 없었다. 란이 한숨을 내쉬고 말했다.

"그래도 저 어둠을 물리치려면 그 수밖에 없어요. 이브리아의 힘은 지금 모두 셋."

란이 손가락을 하나씩 꼽았다.

빙벽.

녹음의 관.

그리고 문 속의 지팡이.

이 셋 중에서 빙벽만이 순수한 힘이고 녹음의 관과 지팡이에는 이브리아의 사념이 깃들어 있다.

녹음 하나로는 안 되고, 지팡이와 합쳐져야만 제대로 어둠을 잡을 수 있는 마법을 발휘할 수 있다고 한다.

그러니 문으로 들어가야 했다.

"그래서 난 무조건 가야 해."

"란!"

"어쩔 수 없어. 지금은 녹음에서 내 몸으로 사념이 넘어와 있는 상태니까. 몸이 없으면 마법을 쓸 수가 없고."

"다시 녹음의 관으로 들어가라고 하십시오. 다른 사람을 찾으라고 하죠."

"그게 안 되나 보더라고."

란이 멋쩍게 어깨를 으쓱했다. 그 태연함에 유스타프는 이를 갈았지만, 란은 설명을 계속했다.

"에메랄드라고 생각했던 그 녹색 보석이 사실은 마력석이라고 해요."

"마력석이라고?"

녹색 마력석이라는 말에 드워프인 파센의 눈이 번쩍했다.

"그거 꼭 가까이서 보고 싶군. 나도 깜빡 에메랄드인 줄 알았다고! 이

내 눈을 속이다니!"

"감탄만 하고 있을 때는 아닌 것 같은데. 그럼 널 데리고 문으로 가야 한다는 말이지. 마수들이 돌아올까?"

하레쉬가 샤레이아를 보고 물어 샤레이아는 고개를 살짝 끄덕였다.

"어둠의 영향을 받지 않아도, 그 근처에는 있을 거야."

블레인이 눈을 찌푸렸다.

"그러면 마수와 싸우며 문으로 가야 할 수도 있겠군요."

"그러니까—"

란이 고개를 기울이고 자기 남편에게 말했다.

"삼동작전, 어때?"

"미끼는요?"

"지금 저 녹음의 관 말이야. 이브리아의 사념은 남아 있지 않지만, 이브리아 느낌이 남아 있대. 그러니까 저게 어둠에게는 이브리아로 보인다는 거지."

"그럼 미끼는 누구로 하죠?"

"저 애로 하자."

활짝 웃으며 란이 손가락을 들어 시나를 가리켰고, 다음 순간 란이 팍 인상을 쓰며 손을 내렸다.

"잠깐, 지금 거 아니야."

—왜?! 딱이잖아?

'멋대로 남의 몸을 움직이지 말아 주겠어요?'

란이 머릿속으로 소리 지르자 이브리아가 말했다.

—하지만 딱이야.

"제가 할게요."

시나가 손을 들었다.

"시나!"

루미에가 그녀의 손을 잡아 내리는 걸 떨치고 시나가 말했다. 그녀의 새까만 눈동자가 란을 똑바로 보았다.

"저랑 헷갈렸다고 했잖아요. 영혼 색이 비슷하다고요. 그런데 녹음의 관까지 쓰면 완벽하겠죠. 절 이브리아라고 착각할 거예요."

란이 당황해 양손을 저었다.

"하지만, 위험해."

"알아요. 하지만 도움이 되고 싶어요."

계속 받기만 했다.

자신이 할 수 있는 일이 있다면 반드시 하고 싶었다. 시나는 미소를 지으며 슬쩍 덧붙였다.

"이씨 가문의 후계자는 절대로 물러나지 않아요."

그 말에 귀족들은 "과연." 하고 고개를 끄덕였지만, 란은 '차원 이동자의 말에 넘어가지 마!' 하고 속으로 소리쳤다.

가문의 명예야 이곳에서는 당연히 중요한 일이지만, 현대에서 김씨 가문의 명예라고 해 봐야…….

하지만 그 사실을 알 리가 없어 고개를 끄덕이는 사람들을 보고 란은 신음을 내뱉었다.

"너 미쳤어!"

대신 소리친 건 루미에였다.

"겁도 없이 미끼는 무슨 미끼야."

"내가 할 수 있는 일이잖아. 게다가 중간에 들키면 큰일 나는 거 아냐? 끝까지 착각하게 할 거면 내가 적합해."

—맞아, 맞아.

머릿속에서 중얼거리는 말에 란은 인상을 팍 썼다.

'당신은 조용히 해요.'

―머리도 검고, 풍기는 냄새가 비슷해. 속을 거야, 어둠은. 쟤로 하자.

'시나는 돌아가야 한다고요.'

―그래, 하지만 여기서 어둠을 쓰러트리지 못하면 아무것도 안 되잖아?

란은 신음을 흘렸다.

"란?"

유스타프가 민감하게 반응해 그녀를 부르자 란이 제 머리를 꾹 누르며 말했다.

"아니, 이브리아가 머릿속에서 떠들어서."

"그 여자가 아직도 란 머릿속에 있다고요."

유스타프의 푸른 눈이 번쩍 빛났고 란은 손을 저었다.

"응, 사념이 넘어와 있으니까. 그래도 괜찮아. 문으로 가면 떨어질 거야."

시나가 물었다.

"뭐래요? 대현자는?"

란은 아무런 대답도 하지 못했고, 그게 곧 대답이라 시나는 의기양양한 얼굴을 했다.

"내 말이 맞죠?"

"주인님."

루미에의 주홍색 눈이 그녀를 바라봐서 란은 움찔하면서도 즐거웠다. 그가 자신의 앞에서 무릎 꿇고, 애원하는 것보다 지금처럼 화를 내는 게 더 좋았다.

자유로운 루미에.

하지만 그 생각은 접고, 란이 깊게 숨을 들이마시고 말했다.

"유스타프가 지켜줄 거야."

"란!"

유스타프가 무슨 소리냐는 듯이 란의 어깨를 붙잡았다. 란이 말했다.

"하지만 드래곤의 시선을 끌려면 대장이, 유스타프가 필요해. 없으면 이상하잖아? 이브리아도 물론이고. 아니면 누가 드래곤을 상대해? 나는 — 하레쉬와 갈게.

"우리는?"

파센이 눈을 팍 찡그렸다. 란이 웃었다.

"유스타프와 함께 남아 주세요."

드워프의 달리기와 은밀 기동 솜씨는 믿을 수가 없다.

란이 이어 유스타프에게 말했다.

"그리고 녹영도 있잖아. 원하면 키리도 데려갈게. 하지만 인원을 많이는 안 데려가. 삼동작전이니까, 나인 척하는 다른 팀 하나가 더 필요해."

빙벽에서도 시선을 분산할 만한 다른 팀이.

유스타프는 신음을 흘렸다.

그는 회의실 가운데 테이블 위에 놓인 지도를 뚫어져라 바라보았다.

"블레인."

블레인이 한 걸음 앞으로 나왔다. 유스타프가 고개를 들었다.

"란을 부탁하지."

블레인의 갈색 눈동자가 흔들렸다가 재빠르게 그가 고개를 숙였다.

"존의."

"첫 번째— 란, 란이 이름을 지으시죠."

"응?"

당황하는데 어둠 속에서 녹영의 첫 번째가 걸어 나오며 웃었다.

"제 이름을 란 님이 지어 주시나요?"

"첫 번째로 부르는 건 그러니까."
란은 눈을 크게 뜨고 녹영의 첫 번째를 바라보았다.
아니, 어디서 나온 거야?
"란, 이름."
유스타프가 재촉해서 란은 잠시 고민하다가 말했다.
"칸, 어때요?"
키리랑 비슷하기도 하고. 란의 말에 칸은 빙긋 웃었다.
"좋습니다."
"이제 란이 네 주인이다."
그 말에 란도 칸도, 심지어 블레인도 놀라 유스타프를 보았다. 유스타프가 말했다.
"녹영은 원래 공작 부인의 거니까. 네 주인이 새로 생기자마자 사라지게 하고 싶진 않겠지."
칸은 망설임 없이 란에게 우아하게 고개를 숙여 보이고 다시 그림자 속으로 사라졌다.
유스타프가 이어 말했다.
"그리고 다른 한 팀은 키리에게 맡기지. 원하면 기사단원 중에서 두셋은 차출해도 될 거고."
유스타프가 차례로 지도에 말을 놓았다. 그 후에 그가 말했다.
"나머지는 전력으로 여기에 드래곤의 발을 묶어 두도록 하지요."
유스타프가 란을 돌아보았다.
"이걸로 된 겁니까?"
란이 고개를 끄덕였다. 그녀가 손을 뻗어 그의 손을 잡았고, 유스타프는 별말 없이 그녀의 손을 꽉 마주 잡았다.
"자세한 내용은 식사 후에 이야기 나누도록 하죠."

남은 말은 후에 하기로 하고, 일행은 회의실을 빠져나갔다. 단단히 화난 루미에의 뒤를 시나가 부르며 쫓아가는 게 마지막으로 눈에 들어왔다.

회의실에 남은 건 이제 단둘뿐.

'아니지.'

"혹시 칸이 근처에 있는 건 아니겠지?"

란이 두리번거리며 말하자 유스타프가 웃었다.

"있지요."

"으음—"

란의 표정이 미묘해지자 유스타프가 말했다.

"물러나라고 하면 됩니다."

"내가?"

"네. 이제 녹영은 란의 것이니까요."

"그래도 괜찮아? 하지만 정보기관이잖아. 중요한 거고—"

"그러니까 란에게 맡기는 겁니다."

란의 뺨이 살짝 달아올랐다. 이런 식으로 제 능력을 믿어 주는 것, 그리고 신뢰해 주는 건 기분 좋다.

"그럼 사양 않고. 음, 그러니까— 10분간 물러나."

명령하자 조용하다. 란이 갸웃했다. 그녀가 유스타프에게 속삭였다.

"물러났을까?"

"났지요."

"그럼."

란이 그를 꽉 끌어안았다. 유스타프가 한숨을 내쉬며 그녀를 마주 안았다.

"란을 생각하면서 제 마음이 평온할 때가 없는 것 같습니다. 도대체가—"

말을 잇다가 그가 문득 생각난 듯이 낮게 웃었다.
"그러네요. 책이라면 란이 주인공인 거군요."
"응?"
놀라 란이 그의 품 안에서 고개를 들자 유스타프가 빙긋 웃었다.
"그렇지 않습니까? 지금 딱 그렇죠. 란을 주인공으로 해서 전원이 휘말려 들고 있지 않습니까?"
"그―런가? 유스타프가 주인공인 게 아니고?"
"아니죠. 지금 이 모든 이야기의 주인공은 란이지요."
그가 속삭이고 란의 입술에 입 맞춘 후에 말했다.
"그러니 해피엔딩으로 끝날 겁니다. 소설이란 본디 그런 법이지요."
란이 웃으며 마주 그의 입술에 입 맞췄다. 그녀가 머뭇머뭇하다가 조심스럽게 혀를 내밀어 살짝 그의 입술을 핥았다가 얼른 떨어졌다.
유스타프의 눈이 좀 더 짙은 빛을 띠었다. 욕망이 서리는 그 눈을 보며 란이 말했다.
"돌아오면 또 데이트하자."
"공국으로 독립하면 시간도 안 날걸요."
"그럼 그거 다 끝내고. 둘이 하면 금방 끝나."
유스타프는 수긍하며 덧붙였다.
"물론 그전에 침실로 들어가서 한 달은 나오고 싶지 않습니다."
"유스!"
란의 얼굴이 붉어지자 유스타프는 작게 웃었다.

시나는 허둥지둥 앞서가는 루미에의 팔을 확 잡아당겼다.
"루미에!"
그의 몸이 제동이 걸린 듯 멈춰 섰다.

생각보다 강한 힘에 그가 당황하는데 시나가 그를 끌고 근처 방으로 들어갔다.

강제로 끌려 들어온 루미에는 기가 찼다.

작은 방은 조용했고, 부드러운 색조로 꾸며져 있었다.

란의 취향이다.

저절로 마음 한쪽이 누그러지는 게 느껴졌다.

그가 한숨을 내쉬는데 시나가 그를 벽에 밀어붙이고 쿵, 옆을 짚었다.

"화났으면 말을 해."

"이미 결정했으면서 무슨 말?"

"루미에."

"너에게 내 의견이 중요하기는 해?"

"당연히 중요하지. 하지만 내 말도 먼저 좀 들어주면 안 돼?"

"그 얘기 들으면 그 결정 바꿀 수 있는 건가?"

"아니."

"그럼 내가 왜 들어야 해?"

"루미에가 왜 화를 내는지 아니까."

"내가 화가 나는 건, 넌 그 중요한 걸 나와 상의도 없이 결정했기 때문이야."

"아냐, 내가 위험한 일을 하기 때문이야."

"그래, 그 위험한 일을 나와 상의도 하지 않고 결정했으니까."

"위험하지 않아."

"미끼가 돼서 드래곤 아가리로 뛰어드는 게?"

기가 차서 그가 시나를 노려보며 말했다.

시나는 그를 올려다보며 약간 목이 아픈 걸 느꼈다.

"루미에, 다들 목숨을 걸고 있어. 그리고 그 자리는 내가 제일 적합해.

알잖아, 내가 여기에 왜 왔는지?"

어둠이 시나를 대현자로 착각해서 이 세계로 끌고 왔다. 그러니 어딘가 그녀와 닮은 점이 있다는 말일 터. 이보다 더 좋은 미끼는 없다.

"그렇다고 네가 그 일을 해야 할 필요는 없어! 넌 피해자잖아."

"그게 싫은 거야. 피해자로 있기 싫다고."

"그 말이 아니잖아."

"그 말이지. 난 지고는 못 살아."

시나가 깊게 한숨을 내쉬고 뒤로 한 걸음 물러났다.

"이게 나야."

넌 나의 좋은 부분만을 취할 수는 없어.

시나가 입꼬리를 올려 미소를 지어 보였다.

"나는 루미에를 좋아해. 있는 그대로 루미에가 좋아. 물론, 화낼 수 있어. 하지만 그렇다면 말없이 가지 말고 화를 내줘."

시나가 고개를 숙였다.

"루미에와 상의 없이 결정해서 미안해. 하지만 이건 나에게 중요한 일이었어. 화를 낼 만한 일이라는 것도 알아. 하지만……."

시나가 그 검은 눈으로 다정하게 그를 보며 말했다.

"내가 나인 걸 바꾸진 않을 거야. 그리고 나도, 루미에가 루미에인 걸 좋아해."

란 언니를 좋아하는 루미에 그대로 좋아. 괴롭지 않다면 거짓말이지만, 그 괴로움까지 포함해서 전부.

루미에는 천장을 바라보았다. 가슴속에서부터 무거운 한숨이 저절로 흘러나왔다.

그가 팔짱을 꼈다.

"화를 내도 된다고."

어깨를 움츠리며 시나는 고개를 끄덕였고 루미에가 낮고 빠르게 말했다.

“제정신이야? 미끼? 미끼를 자처하는 정신 나간 얼간이가 어디 있어! 방패 어설프게 다룬다고 뭐라도 된 것처럼 생각하지 마! 돌아간다고 했잖아! 여기서 장례식을 치를 작정이야?”

시나는 일절 반박하지 않고 얌전히 루미에의 말을 들었다. 그렇게 퍼붓고 나서 루미에는 다시 한숨을 내쉬며 어깨를 늘어트렸다.

“하긴, 가주님이 널 다치게 두지는 않을 거야.”

그러면 주인님이 눈 뜨고는 못 볼 지경이 될 테니까.

“그지?”

슬쩍 살아나는 시나가 얄미워서 그는 그녀의 뺨을 잡아당겼다. 주욱 뺨이 늘어나도 “헤헤.” 웃는 걸 보니 더는 화내고 싶은 마음도 없어졌다.

‘있는 그대로를 좋아한다라.’

루미에는 빤히 시나를 보았다. 솔직하게 이야기하자면, 루미에는 제 자신이 그렇게 썩 마음에 드는 편이 아니었다.

그의 과거를 시나가 모르는 것도 아니다.

‘그러고 보면.’

시나도, 란도 공통적인 것은 ‘내가 네 상처를 낫게 해 줄게.’라거나 ‘바꿔 줄게.’ 하는 오만한 소리를 하지 않는다는 점이다.

그냥 있는 그대로, 그 자신을 본다는 것.

그리고 그대로도 네가 좋아, 하고 말해 준다는 것.

루미에는 몸을 숙여 시나의 입술에 부드럽게 키스했다. 그가 속삭였다.

“나도 있는 그대로 네가 좋아. 봄날 망아지 같은 내 아가씨.”

*　*　*

란은 고민 끝에 제 나디움 갑옷을 시나에게 양보했다. 물론 시나는 펄쩍 뛰며 극구 사양했지만, 란은 단호했다.

"드래곤의 발톱이 더 무서워."

란의 말에 시나는 연신 "하지만, 하지만."을 반복했고 유스타프가 말했다.

"괜찮으니까 받아."

유스타프의 말에 거기 있던 모두가 놀란 얼굴을 했다.

가장 앞장서서 반대할 사람이 그라고 생각했기 때문이다.

란도 순간 놀랐지만, 그 틈을 놓치지 않고 재빠르게 갑옷을 시나에게 밀어붙였다.

"봐 봐, 유스도 그렇게 말하잖아."

"하지만, 그게."

더듬거리다가 어쩐지 유스타프의 허락에 기가 꺾여서 시나는 나디움 갑옷을 받아들었다.

루미에의 얼굴이 복잡해졌다.

기사단원들의 갑옷은 미스릴 합금이다.

그 갑옷도 베는 게 유스타프의 나디움 검이라는 걸, 그는 알고 있었고 그래서 시나가 그 갑옷을 입자 안심되었다.

하지만 동시에 란이 걱정되었다.

'주인님도 무모한 짓을 하시는데.'

그가 가볍게 입술을 깨무는데 란이 덧붙였다.

"정말 괜찮아, 그리고 내 안의 이브리아가."

란이 눈을 살짝 찌푸렸다가 이어 말했다.

"마법을 쓸 수 있어서 괜찮아."
"그건 그거고, 란에게는 청염을 드리죠."
"뭐?"
란이 휘둥그레 눈을 뜨는데 유스타프가 청염을 빼어 란에게 내밀었다. 란이 펄쩍 뛰었다.
"무슨 소리야? 청염은 나보다 유스에게 꼭 필요하잖아! 드래곤을 막을 무기인걸!"
"네, 하지만 저보다는 란에게 필요할 것 같습니다."
"난 이거 쓰지도 못한다고."
"란."
유스타프가 시나의 손에 들린 나디움 갑옷을 가리키며 말했다.
"제가 왜 갑옷을 줘도 괜찮다고, 양보했다고 생각하시는 겁니까? 청염을 받지 않으시겠다면, 그 결정도 무를 겁니다."
"줬다가 뺏는 게―"
말하다가 유스타프의 눈초리에 란의 목소리가 줄어들었다. 그녀는 작게 신음하다가 유스타프가 그녀의 손에 반지를 억지로 쥐여 주자 한숨과 함께 받아들었다.
유스타프가 말했다.
"청염은 반드시 저에게로 돌아오니까."
란도 저에게도 데리고 돌아와 주겠지요.
뒷말을 알아들은 란은 저도 모르게 그의 눈을 보았다가 고개를 끄덕였다.
"응."
그렇게 서로 무장을 하는 걸 마지막으로 동이 틀 무렵, 란과 블레인, 칸, 하레쉬는 함께 길을 떠났다.

키리가 이끄는 또 다른 미끼가 될 팀은 이미 약간 먼저 출발한 뒤였다.

"어둠 속에 출발하는 게 더 낫지 않아요?"

시나는 그렇게 물었지만, 란이 고개를 저었다.

"어둠 속에서 우리는 안 보이는데, 어둠은 너무 잘 봐. 오히려 빛이 있을 때가 나아."

시나는 그제야 납득해 고개를 끄덕였다.

사실 어제 '마법을 쓰면 안 되나?' 하고 란이 조심스럽게 이브리아에게 물었었다.

'공간이동으로 날아갈 수는 없어요?'

—여기서? 들쭉날쭉한 마력석의 파장이 이렇게 가득한 곳에서? 팔다리가 다른 곳으로 이동하는 거면 가능하지. 원래의 나라면 모를까 반쪽짜리로는 계산이 안 돼.

'당신 마력이잖아요?'

—내가 흡수하기 전에는 아니지.

란은 한숨을 삼켰다.

정말로 몰래 숨어들 수밖에 없다는 이야기다.

녹음의 가호가 사라지기 무섭게 어둠이 제 모습을 드러냈다.

동이 터오는 빙벽을 등지고, 떠오르는 해마저 어둡게 만드는 새까만 날개를 펼쳤다.

이틀 동안 잔뜩 약이 올라 있는 상태로 어둠은 날아올랐다. 바로 눈앞에 갈가리 찢고 싶은 상대가 있는데 가로막혀 빤히 봐야만 했으니, 심지어 그 상대에게 굴욕적인 꼴까지 당했으니 당연했다.

어둠이 날아오는 걸 보며 시나가 떨리는 목소리로 물었다.

"저렇게 컸던가요?"

"더 커진 것 같군."

유스타프는 그렇게 대답했다. 긴장이 돼 바싹바싹 마르는 입술을 핥고 시나가 물었다.

"속을까요?"

"속을 거야."

한 치의 흔들림도 없는 모습에 시나는 긴장이 약간 풀리는 것 같았다.

그들의 주변에는 기사와 드워프들이 단단히 무기를 들고 서 있었지만, 드래곤의 정신을 빼놓을 뿐 곧 후퇴하기로 약속되어 있었다.

'그러고 나서 다이아몬드 홀로.'

시나는 차원 이동 덕분에 달리기를 잘하게 되어 다행이라고 생각했다. 란이 주고 간 갑옷 역시 가벼워서 속도에 영향을 거의 주지 않을 터였다.

시나는 가야 할 방향을 힐끗힐끗 바라보았다. 어제 몇 번이나 확인했지만 그래도 신경 쓰였다.

"집중해. 온다."

그의 말에 시나는 훅 숨을 삼켰다. 고개를 들자 정말로 무시무시하게 커진 어둠이 낮게 저공비행을 해오고 있었다.

"방패 벽."

유스타프의 말에 드워프와 기사단 모두가 방패로 벽을 만들었다. 그걸 기다렸다는 양, 어둠이 불꽃을 뿜어냈다.

검은색 불꽃이었다.

파센이 낮게 욕설을 내뱉었다. 방패에 달린 얼음수정의 색이 순식간에 바뀐다. 얼음수정이 완전히 색이 바래고 방패의 일부가 녹아내리고야, 아슬아슬하게 드래곤은 휙 상승하며 선회했다.

샤레이아가 제 지팡이를 치켜들었다.

"셰프라."

그러자 별똥별이 떨어지는 것처럼, 가느다란 빛이 하늘을 가르고 떨어져 바늘 같은 것이 드래곤의 등 위로 박혔다.

드래곤은 분노에 찬 소리를 짧게 내지르고 몸을 털듯이 움직인 후에 다시 날아왔다.

"이브리아아—!"

"뛰어."

유스타프의 신호에 시나는 달리기 시작했다.

파이어 볼이 몇 개 드래곤에게 맞았지만, 드래곤은 아랑곳하지 않고 시나를 향해 날아갔다.

다음 순간 시나는 뒤에서 누군가가 덮쳐서 같이 구르며 넘어졌다. 아슬아슬하게 저공비행하는 드래곤의 발톱이 머리 위를 쓸고 지나갔다.

틀어 올린 머리카락을 고정하던 장신구가 그 발톱에 걸려 올라가 뽑히는 느낌이 나서, 시나는 소름이 돋았다.

긴 머리카락이 쏟아져 내렸다. 시나는 반사적으로 관을 붙잡았지만, 다행히도 관은 다른 핀으로도 고정되어 있어 떨어지지 않았다.

하지만 제대로 생각할 시간도 없이, 자신을 넘어트린 사람이 그녀의 팔을 붙잡아 일어나게 했다.

"가."

목소리를 듣고서야 시나는 그게 유스타프라는 걸 알았다. 그녀는 떨리는 무릎에 힘을 줘서 달리기 시작했다.

목에 걸린 청염이 낮게 울어 란은 몸을 떨었다.

그녀가 청염을 꽉 붙잡고 휙 고개를 돌렸다.

빙벽 중턱에서도 드래곤의 모습은 너무 잘 보였다. 거기에서 개미처럼 움직이는 사람들의 모습도.

"마님."

블레인의 부름에 란은 파르르 몸을 떨었다.

"미안."

란은 그렇게 말하고 발에 힘을 줬다. 그녀가 가는 양을 지켜보던 하레쉬가 눈을 찌푸리더니 란의 앞에 무릎을 꿇으며 등을 내밀었다.

"하레쉬?"

"그렇게 소리 내면서 걸으면 다 들리겠어."

잠깐 망설이던 란은 곧 그의 등에 업혔다. 망설이고 있는 시간조차 아깝다.

그러고 나자 놀랄 정도로 숲이 고요해진 걸 느꼈다.

바스락바스락 걷는 소리를 내고 있었던 건, 란 자신뿐이었던 거다.

어쩐지 민망해져서 란은 작게 한숨을 내쉬었다.

일행의 속도 역시 확 올라갔다.

하레쉬는 묵묵히 쫓아오는 블레인을 보며 제법이라고 생각했다.

—어머, 이 엘프 너에게 호감이 있나 봐. 세상에, 엘프가 인간 여자를 다 업고 다니네.

머릿속에서 이브리아가 재잘재잘 떠들어서 란은 이를 악물었다.

'조용히 좀 해요.'

—천 년이야. 천 년 동안 육체 없이 있었다고. 엘프의 좋은 몸을 음미하는 게 어때서?

'그런 성격이었어요?'

—천 년이면 사람 성격도 바뀌지.

'델판토 일편단심 아니고요?'

—일편단심? 아, 이런 뜻이군.

'남의 머릿속 지식을 마구 뒤지지 말아 줄래요.'

—후후, 너도 내 지식을 마음대로 가져다가 쓰고 보고 있잖아?

'그건…….'

—내 지식과 네 지식을 생각하면 네 쪽이 훨씬 이득 아냐?

맞는 말인지라 란은 눈을 굴릴 수밖에 없었다. 가벼운 웃음소리를 흘리고 이브리아는 다시 조용해졌다.

'기분 이상해.'

내 머릿속에서 다른 누군가가 떠든다니.

정신병이라고 할 만한 증상 아닌가.

란이 그렇게 생각하는데 하레쉬가 멈췄다.

둘러보니 아직 문 근처에 오지도 않은 장소인데—

"난 양팔을 못 써."

하레쉬가 말해서 란이 갸웃하는데 블레인이 대꾸했다.

"압니다."

블레인이 앞으로 나서며 검과 방패를 뽑아 들었다.

"보조하죠."

칸이 그렇게 말하며 어둠 속으로 스르륵 녹아들었다.

'뭔가 있나?'

란이 바싹 긴장해 주변을 살폈지만 그녀의 눈에는 아무것도 보이지 않았다.

다음 순간, 풀쩍 뛰어 하레쉬가 몸을 피하고 블레인이 방패로 상대의 발톱을 막았다.

'저게 뭐야?'

란은 눈을 크게 떴다.

커다란 곤충 같은 것이었다. 얼굴은 모 애니메이션에 나오는 맨드릴 원숭이랑 비슷했는데, 몸은 사마귀 같았다.

네 발로 딛고 서 있고 앞발은 칼날 같은데, 키가 블레인보다 더 컸다. 란의 전신에 오한이 내달렸다.

"가십시오."

블레인이 짧게 말했고, 하레쉬는 바로 달리기 시작했다. 란은 당황했지만, 그의 어깨를 꽉 잡았다.

"가, 같이 하면—"

"저건 저 기사도 이겨. 다른 놈도 같이 있으니까 걱정 안 해도 돼. 하지만 드래곤은 네가 아니면 안 되지."

하레쉬의 말에 란은 입술을 깨물었다.

"혀 깨문다."

하레쉬는 경고하고 속도를 훽 올렸다. 더는 란을 배려하지 않는 움직임이라, 란은 몸이 마구 흔들리는 걸 느끼며 덕에 힘을 주고 그를 꽉 안았다.

자신도 엘프처럼 달릴 수 있었다면 좋았을 텐데.

—바보 같은 생각이네.

'그 사이를 못 참고 또 일침이에요?'

—하지만 바보 같은 생각을 하니까.

'알아요. 하지만—'

—만능인 인간은 없어. 있으면 그건 신이지.

'안다고요.'

—알면 그런 말은 하지 않지.

잠시 침묵했다가 이브리아가 이어 말했다.

—내 멍청했던 과거 때문에 말하는 거야. 난 내가 다 할 수 있을 줄 알았지.

란은 그녀의 후회를 알 수 있었다.

—난 델이 강하다고 생각했어. 나만 괜찮다고 하면 델도 괜찮을 줄 알

았지. 하지만…….

이브리아가 괴롭게 속삭였다.

—내가 힘들다고 기댔다면 달라졌을까? 아니면 좀 더 강했다면 달라졌을까?

'만능인 인간은 없다고 하지 않았어요?'

—그래, 하지만 난 이브리아잖아.

'그래도 당신이 신은 아니죠.'

—천 년이 지났어도, 똑같은 짓을 반복하고 있나.

'네.'

란의 단호한 대답에 이브리아는 바람 빠지듯 웃었다.

"뭘 생각하는지는 모르겠지만 거의 다 온 것 같군."

핫, 하고 숨을 삼키며 란이 고개를 들었다.

'말로도 30분 걸리는 거리를 이렇게 빠르게?'

하지만 주위를 보니 분명히 이제 검은색이 되어 부서진 은색 아치의 잔해 부근이었다. 란은 그의 등에서 내렸다.

흰색 조약돌 길은 흐트러졌지만 남아 있다.

"뛰어."

하레쉬가 그녀의 등을 밀며 활을 빼 들었다.

힐끗 돌아보니 까마귀 떼 같은 비행형 마수들이 이쪽으로 날아오고 있었다. 란은 마구 달리기 시작했다. 제 달리기 솜씨를 믿을 수가 없으므로 뒤도 돌아보지 않았다.

동굴 입구에 도착해 란은 숨을 삼켰다.

'무너졌어!'

새까맣게 불에 그슬린 흔적이 남아 있는 동굴 입구는 무너진 돌로 막혀 있었다.

란은 돌무더기를 움직이려 애썼지만, 그렇다고 큰 돌들이 움직일 리가 없었다.

—마법 쓴다.

이브리아의 말에 란은 고개를 끄덕였다. 다른 방법이 없다.

란은 이브리아가 넘겨주는 지식을 받았다. 스스로도 신기했다. 지식이란 자신이 배움으로써 쌓는 거다.

하지만 란은 이브리아가 가진 지식을 제 것처럼 쉽게 꺼내어 쓸 수 있었다.

'매X릭스의 지식 다운로드가 이런 건가?'

란이 돌무더기를 향해 손을 내밀었다.

"파·시스."

그러자 돌들이 허공에 떠올라 입구가 드러났다. 란은 동굴 안으로 뛰어 들어갔다.

쿠쿵—!

무거운 소리와 함께 돌들이 다시 떨어져 입구를 막았다. 한 치 앞도 보이지 않는 어둠이 동굴 안을 채웠다. 밀도 있는 어둠은 그 자체로 공포심을 만들어 냈다.

란은 마법의 여파로 인한, 짧게 전기 충격을 받은 듯한 저릿함에 잠시 숨을 몰아쉬었다가 더듬더듬 걷기 시작했다.

'만약 눈이 먼 적이 없었다면, 지금 어쩔 줄 몰랐을 거야.'

목 근처에서 희미하게 울리는 청염이 위안이 되어 주었다.

"아!"

그때 발밑에 돌이 걸려 미끄러져, 란은 그대로 쓰러졌다.

아니, 쓰러졌는데 쓰러지지 않고 떨어져 내렸다.

"꺄아아악!"

바닥에 구멍이 있었던 건가?

내장이 울렁이는 감각이 란의 위장을 쓸고 지나갔다. 자이로 드롭을 타는 듯한 추락의 감각.

'죽는구나.'

이렇게 떨어지면 죽는다.

몸이 그때 딱 멈췄다. 란은 조심스럽게 눈을 떴다. 사방이 다 암흑이었다.

—근처에 있어.

이브리아의 말에 란은 조심스럽게 다리를 뻗었다. 떨어지던 자세니까 어디가 아래인지도 모르겠다. 하지만 발을 뻗으니 바닥이 느껴져서 란은 똑바로 섰다.

"지팡이라고 했죠?"

—응, 지팡이지만 내 사념의 4분의 1이 거기에 있어. 어둠을 봉인하면서 연구하라고 놔뒀지. 지금쯤이면 분명히 방법을 알아냈을걸.

"그리고 당신은 녹음의 관에서 잠들어 있었고요."

—그래, 필요할 때에 필요한 몸을 얻으려고.

"무서워라."

—결국 못 얻었잖아.

그런 대화를 하며 란은 걷기 시작하다가 멈췄다. 어디로 가는지, 어디로 가야 할지도 알 수가 없다.

"이브리아?"

—응?

"아뇨, 당신 말고. 다른 사념체."

—아.

"이브리아! 이브리아?"

"여기야."

작은 목소리가 들려서 란은 휙 몸을 돌렸다.

—저거야!

이브리아의 기쁨이 란에게도 고스란히 전해져서 란 역시 기쁨에 들뜨게 되었다. 그녀가 발을 옮기기 시작했다.

"여기야."

"여기야."

그런데 말이 반복될수록 란은 기묘한 기분이 되었다.

"이브리아?"

"여기야."

"이브리아, 맞는 거죠?"

"여기야."

란은 침을 삼키고 멈춰 섰다. 그때 시선 끝에 희끄무레한 뭔가가 나타났다.

—저건가 봐!

"너무 작지 않아요?"

란이 중얼거렸다. 그러자 그게 "여기야." 하고 말하고 천천히 다가오기 시작했다.

—…….

청염이 크게 울었다. 란은 그 자리에 발이 딱 붙어 버렸다.

다가오는 것은 이브리아였다.

머리뿐이지만.

루미에는 초조하게 아래를 내려다보고 있었다.

란과 함께 발견했던 비밀 통로였다. 다이아몬드 홀이 한눈에 내려다

보이는, 독특한 통로.

다이아몬드 홀로 시나가 뛰어 들어오는 게 보였다. 루미에는 전신이 바짝 긴장되어 발가락마저 오므라드는 기분이었다. 이어 유스타프가 달려 들어오고, 그 뒤를 요란한 소리를 내며 드래곤이 쫓아 들어왔다. 쾅! 하는 소리와 함께 벽과 문이 부서졌다.

루미에는 드래곤의 몸체가 정확하게 홀 가운데에 왔을 때, 예전에는 미처 보지 못했던 벽에 있는 흰 돌을 꽉 눌렀다. 그리고 뒤도 돌아보지 않고 나가는 통로를 향해 몸을 날렸다. 몸이 미끄러지기 전에 살짝 돌아본 통로의 바닥은 이미 요란한 소리를 내며 무너지고 있었다.

거대한 샹들리에들이 요란한 소리를 내며 드래곤의 몸 위로 떨어졌다.

뾰족한 철창들이 구부러졌고, 몇몇은 박혔다. 드래곤이 몸을 비틀며 비명을 질렀다.

홀의 창문에서 쏟아지는 겨울 햇살을 무지갯빛으로 퉁겨내는 크리스털 조각들이 비산하는 분수 물방울처럼 사방으로 튀었다.

그 모든 게 기묘하게 느리게 보이고, 기묘하게 아름다워 보였다.

시나는 홀 벽에 딱 붙어서 입을 벌렸다. 너무 달려 숨을 제대로 쉴 수가 없었다.

이어 천장이 무너져 내린다.

시나는 제 손목을 당기는 힘을 느꼈다. 언제 왔는지는 모르겠지만 유스타프였다. 전력 질주로 후들거리는 다리에 힘을 불어넣어 그녀는 있는 힘껏 그를 따라 달렸다.

드래곤이 몸부림치며 검은색 불꽃을 뿜어냈다.

그러다가 유스타프가 갑자기 멈춰 서는 바람에 그에게 부딪쳐, 시나 역시 같이 멈춰 섰다. 그가 뭔가를 조작하자 발밑이 훅 하고 꺼졌다.

불꽃이 그녀의 긴 머리카락 끝을 지직 태우는 냄새가 났다.
아래는 푹신한 건초 더미여서 시나는 푹 그 안에 빠져들었다.
멍하니 위를 올려다보니 자신이 떨어진 구멍은 곧 쿵 하는 소리와 함께 떨어진 천장에 의해서 막혔다.
"서, 성공한 건가요?"
헐떡이며 시나가 물었다.
머리 위에서는 계속 요란한 소리가 들리고 있었다.
쿵, 쿠쿵—
건물이 무너지는 소리는 천둥이 치는 소리와 비슷했다.
"그래."
유스타프가 희미한 미소를 지으며 말해서, 시나는 왜 란이 그를 사랑하게 됐는지 이해가 될 것 같았다.
"드래곤이 이걸로 죽을까요?"
"설마."
유스타프는 그렇게 말하고 손을 뻗어 시나를 일으켜 세우며 덧붙였다.
"하지만 시간은 벌겠지."
시나는 제 머리와 옷에서 건초를 털어냈다.
"죽으면 좋을 텐데요."
"만약 죽는다고 해도, 어둠이 그 시체에 붙어 있다면 계속 움직일 거고."
그 말에 시나는 소름이 돋았다. 좁고 어두운 통로 저편에서 등불을 든 남자가 달려왔다.
"시나!"
외침에 시나는 망설임 없이 뛰어나가 그를 꽉 끌어안았다.

무서웠다고 말하고 싶지만 그렇게 말하면 루미에가 "내가 뭐라고 했어?" 하고 말할지도 모른다.

그래서 그 말을 삼키는데 그가 먼저 말했다.

"무서웠지? 잘했어."

시나는 눈물이 팍 터지는 걸 느끼며 그의 품에 더 깊게 얼굴을 묻었다. 유스타프가 뒤에서 말했다.

"아직 안 끝났어. 긴장 풀지 말도록."

루미에는 살짝 눈을 찌푸리며 유스타프를 보았다가 시나의 어깨를 부드럽게 쓸어내렸다.

"걸을 수 있겠어?"

"응."

시나는 눈물을 그의 가슴에 문질러 닦아내고 얼른 고개를 들었다. 슬쩍 천장을 올려다보니 아직 울리는 소리가 남아 있기는 했지만 조용했다.

루미에가 물었다.

"대체 뭘 위해서 저런 장치를 만들어 둔 겁니까?"

"뭘 위해서일 것 같아?"

유스타프는 그렇게 되묻고 빠르게 걷기 시작했다. 시나가 약간 몸을 떨고 중얼거렸다.

"그런데 자꾸 이렇게 집을 부수면 우리 이제 어디서 살아……?"

루미에는 저도 모르게 웃고, 덧붙였다.

"그건 살아남고 나서 생각해 보자. 뭐 공작님께서 우리를 노숙하게 하지는 않으시겠지."

시나는 떨리는 웃음을 삼키고는 아직도 머리에 잘 고정되어 있는, 머리카락에 본드로 붙인 것 같은 녹음의 관을 손으로 더듬었다.

"벗겨줄까?"

루미에의 물음에 그녀가 고개를 끄덕였다. 루미에는 잠시 그녀의 머리핀을 바라보다가 신음처럼 말했다.

"난 못 하겠다. 이건 시녀분에게 부탁하자."

"서둘러."

앞서간 유스타프의 말에 둘은 서로 마주 보았다가 달려가 얼른 통로를 빠져나왔다.

눈이 부셔 시나는 잠시 눈을 감았다가 눈을 떴다.

"세상에……."

그녀는 부서진 하늘 저택을 보고 신음을 흘렸다.

빙벽에서 아름다움을 자랑했던 저택은 이제 양 날개 같았던 새하얀 건물이 다 무너지고 본관만 덜렁 남아 있었다.

새하얀 대리석 덩어리들은 부서진 채로도 눈처럼 빛나서 마음이 더욱 아팠다. 그 사이사이에 보이는 값비싼 기물을 보면 더욱더.

그리고 그녀가 눈을 가늘게 떴다.

"저거 드래곤 꼬리야?"

"그런 것 같은데."

흰 돌덩이에 깔려 드래곤의 몸은 대부분 보이지 않았는데, 꼬리만 길게 쭉 나와 있었다.

꼬리 끝은 마치 가시 달린 철퇴 같았다. 그게 미동도 없이 가만히 놓여 있었다.

그리고 겁도 없이 드워프 몇몇이 그 꼬리 근처에 서서 떠들고 있었다.

저쪽에서 샤레이아가 미끄러지듯 가볍게 달려왔다. 그녀가 가슴에 손을 얹었다.

"무사하셔서 다행입니다."

"드래곤은?"

“일단 기절한 것 같아요. 부상도 입은 것 같고요. 정신을 차릴 때까지 얼마나 걸릴지는 모르겠지만요.”

“드워프들은 뭘 하는 거죠?”

갸웃하며 시나가 묻자 샤레이아가 눈썹을 살짝 치켜 올리고 말했다.

“드래곤 비늘이 얼마나 단단한지 궁금하다고 저러고 있는 겁니다. 제 3 시대 이후로는 드래곤을 본 적이 없으니까요.”

그녀의 목소리에 어처구니없음이 담겨 있었다.

“할 수만 있다면 저 꼬리 가시를 잘라서 연구할 기세예요.”

유스타프가 눈을 찌푸리고 ‘위험하니 그만두라고 해야 하나’ 고민하는데 번개가 치듯 빛이 번쩍했다.

그것도 눈앞에서 바로 친 것처럼 강렬한 빛이었다.

순간 눈앞이 새까맣게 변하는 빛에 다들 눈을 깜박였다가 훽 고개를 돌려 빙벽을 바라보았다.

가느다란 빛 기둥이 하늘로 솟구치고 있었다.

“맙소사…….”

시나가 중얼거렸고, 유스타프는 이를 빠득 깨물었다. 샤레이아가 떨리는 목소리로 말했다.

“저 기둥은 전 대륙에서 다 보이겠군요.”

‘란.’

유스타프는 습관처럼 반지에 손을 가져갔다가, 청염을 란에게 주었다는 사실이 떠올랐다.

그녀를 지켜줘.

단 한 번도 무엇을 빌어 본 적이 없었건만, 란에 대한 일에서는 애원이 저절로 흘러나온다.

유스타프는 깊게 심호흡하며 눈을 감았다.

"가 보시든가요."

루미에가 슬쩍 말을 꺼내서 유스타프는 눈을 뜨고 차갑게 웃었다. 그리고 그가 휘파람을 불어 제 병사들을 모으며 말했다.

"란에게 혼나."

*　*　*

어둠 속에서도 긴 검은 머리카락이 휘날리는 게 보였다. 가면 같은 미소를 띤 얼굴로 이브리아의 머리가 둥실둥실 다가왔다.

'위험해.'

본능이 경종을 울렸다. 란은 이가 다닥다닥 부딪치는 걸 느꼈다.

—저게 뭐야…… 저건…….

"이브리아……?"

간신히 폐를 쥐어짜서 묻자 이브리아가 더욱 짙은 미소를 지었다. 입꼬리가 올라가더니 주욱 입이 찢어져서 귀밑까지 미소가—

란은 저도 모르게 한 걸음 물러났고, 그 순간 이브리아의 머리가 총알처럼 빠르게 이쪽으로 다가왔다.

"으아아악!"

란은 비명을 지르며 도망치기 시작했다. 욕이 저절로 목구멍까지 나오고 눈물이 흘러나왔다.

'이대로는 못 도망쳐!'

생각과 동시에 란은 마법을 발동시켰다.

"르류디스!"

캉—!

기묘한 금속성과 함께, 란이 만든 배리어에 머리가 부딪쳤다.

캉, 캉, 캉.

"어떻게 된 거야!"

란이 소리를 지르자 머릿속의 이브리아가 허탈한 듯 말했다.

—당한 거야. 어둠에게……. 어떻게— 내 사념체가 어떻게 당했지? 어떻게? 저렇게 너덜너덜해져서 미쳐버릴 정도로, 어떻게 괴롭힌 거야?

"델판토."

어둠이 그를 쥐고 있으니까.

란이 중얼거림에 머릿속 이브리아가 고통에 찬 비명을 질렀다. 란은 그 고통이 그대로 전해져 와서 이를 악물었다.

"그럼 이제 저걸 어떻게 이겨?"

—못 이겨, 나, 나는 5분의 1밖에 안 된단 말이야. 내 지식도, 힘도……. 최상급 정령이라도 부르면 모르겠지만.

"으—"

란은 이를 악물었다. 이름은 안다. 하지만 부르면 치를 대가가—

그때 이브리아의 머리가 사라졌다. 란은 눈을 깜박였다.

'어, 어디로 간 거지?'

그때 귓가에서 키득거리는 목소리가 들렸다.

"못 들어올 줄 알았지? 못 들어올 줄 알았지? 못 들어올 줄 알았지?"

란은 비명과 함께 정령을 불렀다.

"우라스!"

빛이 있었다.

란은 그렇게 생각했다. 해가 떠오르듯이 빛이 그림자를 몰아내는 것이 아니라, 빛 그 자체가 공간을 내리누르듯 나타나 지배했다.

어둠 속에 홀로 있지 않은 것만으로도 란은 안도해 어깨를 늘어트렸다. 청염이 희미하게 계속 울어 란은 위로하듯 반지를 꼭 붙잡았다.

눈앞에 느닷없이 표범 머리가 드밀어져서 란은 비명을 삼켰다. 너 이상 커질 수 없을 만큼 커진 란의 눈을 보고 정령이 물러났다.

"놀라게 할 생각은 없었는데. 그대는 대담한 짓을 하면서도 이상하게 겁이 많군."

누구라도 표범 얼굴이 바로 코앞에 있으면 놀랄 거다. 게다가 방금 전까지 봤던 이브리아의 머리인 줄 알았다.

"우, 라스……?"

조심스럽게 부르니 표범이, 우라스가 웃었다.

"그래. 재미있는 짓을 하는군. 물질계가 아닌 곳에 불린 적은 처음인데."

"물질계요?"

"네가 있던 세계."

"그럼 여기는요?"

"경계야."

들려온 목소리에 몸을 홱 돌리니 거기에는 이브리아가 서 있었다. 그녀가 묘한 웃음을 머금고 우라스를 보았다.

"아버지."

"엑."

란이 이상한 소리를 내자 우라스가 웃었다.

"키운 딸이지. 정령은 아이를 낳지 않아."

"아, 그렇군요."

란이 가슴을 쓸어내렸다. 란이 미심쩍은 얼굴로 이브리아를 보며 말했다.

"어떻게 존재하는 거죠? 진짜 이브리아 맞나요? 아니면—"

"여기는 경계니까 존재하는 거야. 네 꿈에도 내가 나오잖아? 하지만 여전히 마법을 쓰려면 네 몸이 필요해. 그리고 두 번째는 그래, 나야. 그 4분의 1과 하나가 됐지. 빌어먹을."

이브리아는 욕을 하고 양팔로 자신을 감싸듯 안았다. 란은 그제야 그녀의 얼굴이 극도로 창백하고, 희미하게 떨기까지 한다는 걸 알았다.

"이브리아. 괜찮아요?"

란이 다가가 그녀의 어깨에 조심스럽게 손을 얹자 크게 흠칫했다. 란이 조심스럽게 그녀의 어깨와 등을 토닥거리자 이브리아가 낮게 웃었다.

"델이 갈기갈기 찢기는 걸 봤어. 어둠이 델을 계속, 계속—"

"아, 이브리아."

란은 말이 나오지 않았다. 그녀의 마음이 얼마나 괴로울지 상상조차 되지 않아 란은 그녀의 어깨에 올린 손에 힘을 꾹 주었다.

위로할 수 있는 말도 없었다. 이브리아가 울음을 터트리더니 란의 품에 폭 안겼다. 란은 깜짝 놀랐지만 계속 그녀의 등을 토닥였다.

란은 드래곤과 싸우고 있을 유스를 생각했다. 하지만 그렇다고 지금 이브리아를 재촉할 수도 없었다.

한참 후에야 이브리아는 고개를 들고 숨을 내쉬었다.

"이제 어떻게 할 거죠?"

란의 물음에 이브리아가 중얼거렸다.

"그러게. 어떻게 할까."

란이 눈을 찡그렸다.

"방법 있는 거 맞죠?"

"그래, 하지만—"

이브리아가 자신을 가리키고 란을 가리켰다.

"마법을 쓰려면 네 안으로 들어가야 하는데…… 천 년의 고문을 네가 감당할 수 있을까?"

란은 숨을 삼켰다. 이브리아가 손을 흔들며 말했다.

"물론 네 자아가 붕괴돼도 내 자아는 멀쩡하니까 마법을 쓰면 되기는 하지만. 넌 살기로 결심했다면서."

"그렇죠……."

란은 이마를 짚었다. 잠시 망설이다 란은 고개를 들었다.

"하죠."

"괜찮겠어?"

"아마도요? 게다가 당신도 멀쩡했잖아요."

"내가 돕지."

우라스의 말에 란은 놀라 그를 돌아보았다. 이브리아가 가볍게 웃음을 터트렸다.

"설마 당신 이름을 알고 있을지는 몰랐어요. 가장 적합하기는 하죠."

"적합이요……?"

"그는 빛의 정령이야. 내가 원래대로 돌아올 수 있었던 것도 덕분이고. 일종의, 정화가 되었다고 해야 할까? 좀먹은 부위는 털어낸 거지. 아니었으면 지금쯤 내가 세상을 부수겠다고 하고 있었을걸."

이브리아가 명랑하게 말하고 란을 돌아보았다.

"그러니 감사하지. 프하니아스, 란 로미아 드 라치아. 그대가 녹음의 관의 주인이라 다행이야."

이브리아가 그러며 손바닥을 폈다.

"그래도 상당히 괴로울 거야."

그녀가 낮게 속삭여 란은 식은땀이 난 손바닥을 허벅지에 문질러 닦고 고개를 끄덕였다. 우라스가 란의 어깨에 손을 올렸다.

란은 깊게 숨을 삼키고 이브리아와 손을 맞댔다.

고통이 쏟아져 들어왔다.

란은 숨을 쉴 수도 없었다.

신경 치료를 받은 경험이 있다면 이 고통을 조금이라도 이해할 수 있을까? 마취 없이 신경 치료 받는 고통을 수백 배로 부풀려놓은 듯한 고통과 괴로움과 긴장이었다.

"숨 쉬어요, 란."

유스타프의 목소리가 들려서 란은 흐느끼며 숨을 쉬려고 애썼다. 하지만 호흡을 내뱉고 들이마시는 게 너무나도 힘들었다.

"흐윽, 흐으윽—"

"그건 란의 기억이 아니에요."

"유스……."

흐느끼며 란이 간신히 그의 이름을 내뱉고 동시에 숨을 깊게 삼켰다.

"잘했어요. 천천히, 다시 깊게 들이마시고, 내쉬어요."

간신히 미친 듯이 뛰던 심장 박동이 조금 내려가고 정신이 돌아왔다.

"아파……."

란이 속삭이자 유스타프가 "당연히 그렇겠죠." 하고 말해 란은 고개를 들었다. 그리고 그의 황금색 눈동자와…….

란은 작게 웃었다.

"우라스."

그러자 유스타프의 모습을 했던 그가 본래의 모습으로 돌아왔다.

"효과가 있었나?"

"있었어요. 엄청."

란은 그러며 입가를 닦았다. 신경을 갉는 듯한 감각이 아직 남아있지만 지금은 드래곤을 처리할 때다.

"이브리아?"

—그래, 있어.

머릿속에서 이브리아가 답했다. 밀려온 방대한 지식에 란은 파르르 숨을 내쉬었다가 눈을 찌푸렸다.

"시간을 돌려요?"

—그래, 델이 그렇게 되기 전으로 되돌리는 거야. 그러면 되지.

"시간을 되돌리는 건 금기—"

—다른 방법이 없어.

"하지만 이거 너무 무모한데요. 이론이……."

란이 중얼거리자 이브리아가 웃었다. 란은 머쓱해져서 어깨를 으쓱했다.

"이제 저도 이브리아와 비슷한 지식수준을 가지고 있다고요."

—그래. 하지만 내 지식수준으로 할 수 있는 게 이 정도인 거야.

"혼자서야 그렇지만. 우라스의 도움을 받아서 어떻게 안 될까요?"

란이 슬쩍 우라스를 돌아보자 그가 부드럽게 말했다.

"내가 뭘 요구할 줄 알고?"

"당신 딸이잖아요? 한 번 도와주면 안 되나요?"

"안 된다는 걸, 너도 알 텐데."

우라스의 말에 란이 한숨을 내쉬었다. 그녀가 어깨를 으쓱했다.

"제가 모르는 뭔가가 혹시 있을까 했죠. 알겠어요."

"하지만."

우라스가 미소 지었다.

"널 죽지 않게 지켜줄 수는 있지."

란은 숨을 깊게 들이마셨다.

"그거 고맙네요."

델판토 한 마리의 시간을 돌리려고 해도 어마어마한 마력이 들어갈 테고, 고압 전류가 흐르듯이 되면—

'내 몸이 어디까지 견뎌 줬을지.'

우라스가 뭔가를 던져 란은 그걸 받았다. 작은 동전 크기의 녹색 보석이었다.

"세계수의 가호가 있기를."

우라스가 그렇게 말하고 날개를 펼쳐서 퍼덕이자 란은 몸이 둥실 떠오르는 걸 느꼈다.

"어어—?"

당황하는 사이 그녀의 몸이 뭔가에 낚아채인 듯이 어마어마한 속도로 끌려 올라갔다.

—와아, 이거 그거지? 롤러코스터?

'전 그거 진짜 무섭거든요?'

란이 비명을 삼키며 눈을 감았다가 떴을 때, 그녀는 문 앞에 나와 있었다. 란은 얼떨떨해져서 주변을 둘러보았다.

"나왔군."

"하레쉬."

란이 그를 돌아보자 하레쉬는 가만히 그녀를 바라보았다.

"하레쉬?"

"본인인가?"

"네."

란이 고개를 끄덕였고 하레쉬는 여전히 미심쩍다는 얼굴로 고개를 끄덕였다.

란은 손바닥 안의 녹색 보석을 꽉 쥐었다. 그녀가 깊게 숨을 들이마시고 말했다.

"그럼 시작할게요."

"뭘?"

"시간을 돌리는 마법이죠."

란이 빙긋 웃고 보석을 쥔 손을 들어 올렸다. 그녀의 발밑에 마법진이 그려지기 시작했다. 샤레이아의 마법진과는 전혀 다른 마법진이었다. 샤레이아가 그림 같은, 별과 달과 해가 있는 마법진이었다면 이브리아의 마법진은 온통 룬문자 같은 마법 문자로 가득한 마법진이었다.

* * *

마법사의 탑은 고함과 비명으로 난리가 났다. 마법사들은 모두 창문을 바라보며 양손을 벌리고 소리를 쳤다.

"세계가 멸망할 거야!"

"이런 미친 마력을 움직이는 게 누구야?! 저쪽에 뭐가 있지?"

"빙벽? 빙벽이 폭발하는 걸까요?"

"어둠!"

"문이 망가진 건가?"

우왕좌왕하는 마법사들은 그들만이 아니었다. 대륙 전체에 있는 마법사들은 머리를 쥐어뜯으면서 경외와 공포에 사로잡혀 누구는 외치고, 누구는 엎드려 경배했다.

그리고 자기의 마법사가 그런 미친 행동(?)을 하는 걸 바라보며 귀족들 역시 동요에 빠졌다.

라벨 역시 궁정 마법사의 발작(?)에 대해서 듣게 되었다. 그가 눈을 찌푸렸다.

"궁정 마법사가 미쳤다고?"

"그게, 세상이 멸망할 거라고 외치고 있습니다."

당황한 시종장이 말하며 덧붙였다.

"현재 모든 마법사들이 다 그 모양이라고 하더군요."
"대체 무슨 일이 일어나고 있는 거지?"
라벨은 심각한 얼굴이 되었다. 시종장이 작게 말했다.
"정말로 종말이 오는 걸까요?"
"설마."
말하면서도 라벨은 자신의 말에 확신을 가질 수가 없었다.
'대체 무슨 일이 벌어지고 있는 거지?'
그가 자리에서 일어났다.
"내가 직접 궁정 마법사를 만나러 가겠다."

* * *

쿠릉.
돌 더미에서 작게 소리가 났다. 주변을 지키던 기사들은 움찔하며 꼬리를 주시했다.
돌 더미에서 빠져나온 드래곤의 꼬리가 움찔거리기 시작했다. 역시 꼬리를 절단해야겠다고 하던 드워프들도 재빠르게 물러서며 방패를 들어 올렸다.
"크아아악—!"
커다란 소리를 지르며 돌 더미를 뚫고 드래곤이 몸을 일으켰다. 이미 몸이 엉망이었다.
날개는 찢어졌고, 등에는 샹들리에가 박혀 있었다. 뒷다리 중 하나는 부러진 듯 덜렁거린다.
하지만 고통을 느끼지 않는 것처럼 드래곤은 꼬리를 휘둘렀다.
몇몇이 방패째로 나가떨어졌다.

"이브리아아—!"
격렬한 분노만 남은 채로, 드래곤은 눈을 희번덕였다.
그때 허공에 마법진이 그려지기 시작했다. 샤레이아가 그걸 보고 속삭이듯 말했다.
"이브리아."
드래곤은 머리 위의 마법진을 눈치채지 못하고 주변을 바라보며 마구 불꽃과 꼬리를 휘둘렀다.
그러다 드래곤의 눈이 한쪽으로 향했다.
"거기구나!"
그 시선을 정면으로 받자, 시나는 전신에 소름이 돋았다. 건물이 무너질 우려가 있어서, 본관에 있던 사람들은 전부 나와 이동을 위해 짐을 나르고 있는 상황이었다.
시나도 그걸 돕고 있었다.
시나는 짐을 던지고 반대쪽으로 달리기 시작했다. 이쪽으로, 사람들이 있는 쪽으로 드래곤이 오게 하면 안 된다.
그거 하나는 확실히 알 수 있다.
드래곤은 무서운 속도로 그녀를 향해 기어오기 시작했다. 날개는 이미 별 쓸모 없는 듯 보였다.
기사들이 화살과 창을 쏘아 보아도 멈추지 않았다.
아니, 멈추게 할 수가 없었다.
드래곤이 입을 쩍 벌렸다. 훅 하고 끼쳐오는 뜨끈한 숨과 비린내가 느껴졌다.
'먹힌다.'
시나가 그렇게 생각하는데 누군가가 그녀를 확 떠밀었다. 시나는 바닥에 넘어져 굴렀다. 그녀의 손바닥과 무릎이 거친 바닥에 미끄러졌다.

"계속 뛰어!"

들려온 목소리에 그녀는 저릿한 무릎에 힘을 줘 네발로 기듯 비틀비틀 일어나 계속 뛰기 시작했다. 뒤에서 뭔가 기묘한 소리가 났다.

선뜩한 느낌이 들었다.

달리다 시나는 뒤를 돌아보았고, 그대로 우뚝 멈춰 섰다.

머릿속이 새하얗게 비었다.

입을 벌렸는데 목소리는 새어 나오지 않았다.

루미에가 드래곤의 이 사이에 있었다. 한 손으로는 위턱을, 다리로는 아래턱을 눌렀는데, 날카로운 이빨이 그의 몸을 관통한 채였다.

드래곤의 턱이 더 좁혀졌다. 루미에의 팔이 달려 있어야 하는 부분을 지나서—

아무런 생각도 들지 않았다. 그냥 발이 먼저 뛰어나갔다.

시나는 그를 향해 달려갔다. 그때 마법진이 빛을 발하며 새하얀 구멍으로 변해서 드래곤을 빨아들이기 시작했다.

"크아아아!!"

드래곤이 버둥거리며 땅에 발톱을 박으려 했지만, 흡입력이 워낙 강한지라 그대로 몸이 딸려 올라가기 시작했다. 이에 박혀 있는 루미에도 그대로 함께 말이다.

"안 돼! 루미에! 루미에—!"

시나가 새된 비명을 지르며 손을 뻗었다. 언뜻 그가 웃는 것처럼 보였다.

그리고 구멍은 드래곤을 삼키고 순식간에 줄어들어 닫혔다.

란은 고개를 들었다. 거의 수직에 가깝게 고개를 젖혀야 위쪽에서 빨려 들어오는 드래곤을 볼 수 있었다. 란의 손이 두 번째 마법을 그리는데 드래곤이 고함을 지르며 머리를 흔들었다.

그러자 드래곤의 입에서 뭔가가 툭 하고 떨어졌다.

란은 눈을 크게 떴다.

사람이다.

사람인데—

마법의 영향으로 아주 천천히, 낙엽이 떨어지는 것처럼, 그가 가까워지자 란이 비명을 질렀다.

"루미에!"

—집중을 흩트리지 마.

이브리아가 강제로 시선을 드래곤에게로 고정하자 란은 울부짖었다.

'안 돼, 루미에, 루미에가—!'

—여기서 이놈을 놓아주면 다 끝이야. 마력이 역류해도 끝이고.

란은 눈물 때문에 앞이 보이지 않았다. 몇 번이나 눈을 깜박였지만 시야가 자꾸만 일그러졌다.

하레쉬가 말했다.

"내가 돌보지."

그제야 란은 조금이나마 집중할 수 있었다. 이브리아가 손안의 보석을 꽉 쥐며 말했다.

—이거 떨어트리면 마력이 너에게 직격이야. 그러면 어떻게 될지 알지?

란은 깊게 숨을 들이마셨다.

'알아.'

그녀가 두 번째 마법진을 완성하자 빛 기둥이 솟구쳐 올랐다.

하레쉬는 땅에 가까워지자 빠르게 떨어지는 루미에를 받아들어 땅에 눕혔다.

그는 낮게 신음을 내뱉었다.

‘심각하군.’

“어라, 죽기 전에 내 주인님이 마법을 쓰는 걸 보네요.”

창백한 얼굴로 루미에가 멀쩡한 한쪽 눈을 떴다. 그의 시선이 란에게 고정되었다.

하레쉬는 태연하게 말하는 그의 정신력에 감탄했다. 지금쯤 기절하거나 고통에 울부짖으며 살려 달라고 애원하고 있어야 했다.

‘하지만…….’

하레쉬는 이를 악물었다. 할 수 있는 게 없다. 일단 하레쉬는 벨트를 푼 뒤 팔 위쪽을 묶어 지혈했다. 하지만 사실 지혈은 필요 없었다.

죽었어야 할 상처다.

갑옷도 우그러져서 그의 몸을 파고들어 있었고 다리 역시 너덜너덜해서…….

하레쉬는 할 수 있는 한 최대한 응급처치를 했지만, 하면서도 스스로 자신이 없는 적은 처음이었다.

“저 죽나요?”

루미에가 물어 하레쉬는 대답하지 못했다. 루미에가 피식 웃었다.

“그렇군요.”

그는 란을 보았다. 그녀가 집중하지 못하고 계속 이쪽을 신경 쓴다는 게 보였다.

사랑스런 내 주인님.

사랑하는 내 시나.

두 사람 다 울겠지.

‘어쩐다.’

하지만 뾰족한 수가 생각나지 않았다. 그는 눈을 들어 드래곤을 보았다. 발버둥 치던 드래곤의 크기는 아까보다 훨씬 더 작게 줄어들어 있었다.

그는 마법에 있어서 완전한 문외한이고 심지어 지금 죽어가고 있는데도 솜털이 곤두서는 듯한, 어떤 힘의 파동을 느꼈다.

지금 란을 방해해서는 안 된다.

"시나에게…… 네 잘못이 아니라고 전해 주시겠어요?"

"물론이지."

"그리고 릴리에게도."

"전하지."

"주인님에게는……."

루미에는 짧게 숨을 헐떡였다. 그가 장난스럽게 눈을 찌푸렸다.

"책에 나온 죽기 전 묘사가 틀린 건 아니군요. 주인님껜 전 행복했다고 전해 주십시오."

하레쉬는 고개를 끄덕였다. 루미에가 숨을 길게 내쉬는데 마법진이 순식간에 커졌다.

하레쉬는 전신이 저릿해지는 걸 느꼈고, 그 충격은 루미에에게도 전해졌다.

—너 미쳤어?

'안 미쳤어.'

란이 이를 악물었다.

'이건 델판토 한 마리만을 대상으로 한 마법이야. 마법진 안에 다른 사람이 들어가도, 시간이 되돌려지지는 않잖아.'

—느리게는 가지.

'그거면 돼. 그거면—'

—너도 알잖아.

'시끄러워.'

란의 말에 이브리아는 입을 다물었다. 떨어질 때 힐끗 본 것만으로도 이브리아는 그가 이미 사망에 가까운 상태라는 걸 알았다.
그렇다면 란도 알고 있다는 거다.
지금 잠깐 유예를 둔다고 해도…….
―믿고 싶지 않은 사실은 항상 있는 거니까.
이제 코끼리만큼 작아진 드래곤을 보며 이브리아가 중얼거렸다. 그때 어둠이 드래곤에게서 밀려나오기 시작했다.
시간이 돌려지자 더는 델판토 안에 존재할 수 없게 된 것이다.
란이 입술을 깨물었다. 그녀가 소리쳤다.
"이스타리프!"
푸른 불꽃이 허공으로 솟구쳐서 완벽한 모습을 갖췄다. 푸른 불꽃의 머리카락을 휘날리며 이스타리프가 웃었다.
"원하는 걸 말해."
증오를 담아, 타오르는 녹색 눈동자로 란이 명령했다.
"어둠을 삼켜 버려."
"분부대로."
이스타리프는 답하고 이를 드러내며 웃었다. 그리고 그녀는 어둠에게 달려들었고, 불꽃과 어둠은 전투를 시작했다.
이제 델판토는 아기 코끼리만큼 작아졌다. 란은 마법을 멈췄다. 어둠과 분리가 되었으니, 더는 시간을 돌릴 필요가 없었다.
그녀는 손에 든 보석을 떨어트리며, 그대로 주저앉고 싶은 걸 눌러 참고 루미에에게로 달려갔다.
"루미에!"
루미에는 피로감을 느끼며 란을 바라보았다. 이제 그녀의 얼굴이 잘 보이지 않았다.
"안 돼, 안 돼, 죽지 마. 부탁이야."

란은 흐느끼며 그의 손을 잡고 오열했다. 루미에는 미소 지으려 애쓰며 말했다.

"괜찮습니다."

"안 괜찮아!"

루미에는 제 얼굴 위로 떨어지는 그녀의 눈물을 느꼈다.

"약속 하나만 해 주시겠어요."

"할게, 뭐든 할게. 할 테니까."

"시나를 본래 세계로—"

그의 말이 끊어졌지만 란은 고개를 마구 끄덕였다.

"응, 꼭 돌려보낼게. 맹세해."

"죄송, 합니다."

루미에가 작게 말했다.

"주인님을 위해, 쓸, 목숨인데—"

"아냐, 아냐, 아냐."

란은 몇 번이나 반복했다. 무슨 말을 해야 해? 어떻게 말을 해야 해?

그는 곧 죽을 거고, 그것은 그녀의 잘못이었다.

'회복 마법은 없는 거야?'

—없어.

이브리아가 단호하게 말했다. 그러며 그녀가 머릿속에서 속삭였다.

—내가 도와줄 수 있을지도 몰라.

'살려줄 수 있다고?'

—아니.

이브리아는 제 계획을 보여 주었다. 그의 영혼만을 다른 세계로 넘겨서 다시 태어나게 하겠다는 계획이었다. 란은 숨을 헐떡였다.

그녀가 이를 악물었다.

"루미에, 나 믿지?"

"그럼요."

"그럼 남은 목숨, 나에게 줄래?"

"물론입니다."

의아해하면서도 루미에는 미소 지으며 답했고, 란은 고개를 숙여 그의 입술에 키스했다.

그의 주홍색 눈이 크게 뜨여졌다.

'불가항력이었다고, 가주님께…….'

그게 그의 마지막 생각이었다. 차가운 얼음을 삼킨 것처럼 뭔가가 그의 목구멍을 통해서 퍼졌고, 곧 그의 몸이 축 늘어졌다.

"안 돼!"

깨어질 듯한 비명에 란은 고개를 들었다. 이스타리프가 어둠을 조각내어 삼키고 있었다. 약해진 어둠은 이스타리프의 상대가 되지 않았다.

"안 돼, 안ㅡ"

어둠의 마지막 단말마는 꼭 쥐새끼의 비명 같았다.

그렇게 어둠을 전부 삼키고 나자, 이스타리프의 몸이 크게 확 부풀어 올랐다.

푸른 불꽃이 넘실거리며 사방으로 춤췄다.

"아하하하ㅡ!"

기묘하게 고조된 웃음소리가 들려왔다. 그때 우라스의 목소리만 낮게 들려왔다. 그가 란에게 말했다.

"새로 이름을 붙여라."

"네?"

"다른 정령을 삼켰으니, 격이 달라졌지. 자아를 가지려면 새 이름이 필요해."

란은 당황해 이리저리 산개하는 푸른 불꽃을 바라보았다.

'어, 음, 그러니까—'

"빨리."

푸른색, 타오르는, 불꽃, 파랑— 파랑, 파랑—

"시엘(ciel)!"

불꽃이 확 사그라들었다.

푸른빛 안개에서 천처럼 변한 불꽃은 천천히 소용돌이치며 바닥에 내려앉았다.

그리고 베일이 벗겨지듯, 그녀의 모습이 드러났다.

불꽃처럼 타오르던 새파란 머리카락은 이제 부드럽게 휘날리고, 스타사파이어 같은 눈동자는 여전했지만 얼굴이 어딘가 변한 것 같았다. 그리고 그녀의 등에는 전과 달리 반투명한 무지갯빛 날개가 달려 있었다.

시엘은 쿡쿡 웃고 손을 뻗어 란의 양 빰을 부드럽게 쓸었다.

"창공의 이름을 붙이다니. 재미있네. 재미있어."

"파란색……이라서."

중얼거리고 란은 깊게 숨을 들이마시고 말했다.

"어둠을 삼킨 푸른 불꽃, 창공을 가르는 날개를 가진 그대. 새 이름을 축하합니다."

시엘이 히죽 웃었다.

"이래서 난 그대가 좋아. 란 로미아 드 라치아. 혓바닥으로 살아남는 능력은 귀하지."

"그건 감사하다는 말이겠지."

중얼거린 말은 이브리아였다. 란은 깜짝 놀라 뒤를 돌아보았다.

반투명한 이브리아가 서 있었다.

"이제 마법 쓸 일은 끝났으니까."

사념체답게 돌아온 것뿐이야.

"하, 하지만."

당황해 란이 제 머리를 쥐었다. 마법에 대한 지식은 여전히 그녀의 머릿속에 남아 있었다. 이브리아가 희미하게 웃었다.

"그건 선물. 도와줘서 고마워. 그리고 그걸 담보로 하나 부탁하고 싶은 게 있어."

"뭔가요?"

이브리아가 쿨쿨 자고 있는 새끼 코끼리만 한 드래곤을 가리켰다. 그녀는 드래곤에게 다가가 몸을 기댔다. 하지만 그녀의 몸은 드래곤을 통과하기만 했다.

"이 아이를 부탁할게. 더 이상 델이 아니지만, 소중한 내 아이야."

"물론이에요."

란이 고개를 끄덕이자 이브리아가 희미하게 웃었다.

"고마워."

이브리아가 말했다.

"차원 이동문을 열려면 지금이야. 대규모의 마법을 써서 빙벽의 마력석들이 전부 공명하고 있는 지금."

란은 깊게 숨을 삼키고 고개를 끄덕였다. 그녀가 바닥에 떨어트렸던 녹색 보석을 주웠다.

란은 시나를 떠올리고 마법을 펼쳤다.

이윽고 나타난 시나는 울던 중이었는지 얼떨떨한 표정이다가 란을 보고 자리에서 벌떡 일어났다.

"언니! 루미에, 루미에가!"

시나가 란을 붙잡으며 울부짖었다.

"나, 나 때문이에요. 내가, 내가 제대로 달렸으면—"

"네 탓이 아냐."

란이 시나의 손을 꽉 잡으며 말했다. 시나가 주변을 두리번거렸다. 그녀의 시선이 하레쉬 앞의 루미에에게 닿았다.

"루미에!!"

그녀가 달려가려는 걸 란이 몸으로 막았다. 소리굽쇠처럼 공명하던 마력석의 공명이 순식간에 줄어드는 걸 란은 느낄 수 있었다.

"시나, 시나!"

"루미에! 루미에! 언니, 놔 줘요! 루미에가!"

란의 힘으로는 도저히 그녀를 막을 수 없어서, 란은 충격 요법을 사용하기로 했다.

"루미에는 죽었어."

시나의 몸이 굳었다. 커다래진 그녀의 눈을 보며 란은 죄책감을 느꼈다. 하지만 루미에의 시신을 보여 주고 싶지 않았다.

"하지만 괜찮아. 다시 만나게 될 거야."

란이 빠르게 말했다. 자세히 설명할 시간이 없었다.

"지금 설명해 줄 시간이 없어, 당장 네가 돌아가도록 차원의 문을 열게."

"아무리 그래도 이렇게 갑자기—"

"미안, 나도 알아. 하지만—"

점점 공명이 작아지고 있다.

란은 보석을 쥐고 마법을 쥐어짰다. 스스로도 이런 마법을 쓸 수 있다는 게 놀라웠다.

시간을 돌리는 마법만큼 화려하지는 않았지만, 효과는 확실했다. 둥근 타원형의 공간이 생기고 그 공간 너머에는 전혀 다른 풍경이 펼쳐졌다.

'아.'

란은 탄식 같은 신음을 삼켰다.

한국이었다.

너무 익숙한 풍경이 그녀의 눈앞을 지나갔다.

란은 깊게 숨을 삼키고 시나의 어깨를 떠밀었다.

“가.”

“하지만, 언니!”

“돌아가고 싶다고 했잖아.”

“하지만, 루미에는 나 때문에, 아니 나는—”

“여기 남아도 시나야, 네가 할 수 있는 건 없어. 기다리는 가족이 있잖아. 루미에의 마지막 부탁도 널 돌려보내는 거였어.”

란은 스스로가 그렇게 침착할 수 있다는 게 놀라웠다.

란은 다시 그녀를 떠밀었다.

“가. 가족이 기다리고 있잖아. 시나야, 만나서 즐거웠어.”

“란 언니, 난. 나는—”

시나는 문 너머를 보았다가 란을 보았다. 란은 그녀를 입구까지 있는 힘껏 밀었다.

“시나야. 돌아가.”

“못 가요!”

시나가 비명처럼 소리 지르며 얼굴을 감쌌다.

“어떻게 가요, 루미에가 나 때문에—”

차마 그 뒷말을 내뱉을 수가 없었다. 시나가 울부짖었다.

“그래도 이렇게는 아니죠, 아니라고요. 적어도 끝이 다 나고서, 언니, 안 돼요, 안 돼요.”

란에게 매달리며 그녀가 악을 썼다. 계속 눈물이 흘러내렸다. 란의 눈에서도 눈물이 펑펑 쏟아졌다. 하지만 이제 희미한 울림만 남았다.

만들어 둔 문이 줄어드는 게 보였다. 란은 초조해졌다.
란이 제 머리에서 핀을 하나 뽑아서 시나의 손에 쥐여 주었다.
다이아몬드가 작게 눈꽃 모양으로 달린 핀이었다.
"우리는 널 잊지 않을 거야."
"언니—"
"여기서 더 뭘 하려고? 넌 이제 아무것도 더 할 게 없어. 내가 약속할게. 분명히 다시 만나게 될 거야, 분명히."
"정말이죠?"
"그래. 더는 못 열고 있어. 빨리."
란이 힘껏 그녀를 밀었다.
"가, 빨리! 루미에를 위해서."
망설이고 망설이다가 시나는 반대쪽으로 발을 내밀었다. 시나의 모습이 사라지자 란은 깊게 숨을 내쉬었다. 그녀가 내뱉은 숨결을 따라 밝은 빛이 반짝거리며 닫히는 공간 안으로 따라 들어갔다. 그걸 마지막으로 문이 닫혔다.

훅—
모든 소리가 점멸되었다가 다시 시끄러워졌다.
시나는 주변을 둘러보았다.
눈 쌓인 지리산.
익숙한 산길.
그녀는 옷을 어루만졌다. 변한 게 하나도 없는 듯한 옷차림이었다.
'뭐지?'
분명히 방금까지 그쪽 옷을 입고 있었는데? 어떻게 된 거야?
아래쪽에서 등산복을 입은 사람들이 왁자하게 떠들며 그녀의 앞을 지나갔다.

한국어다.

시나는 얼굴을 일그러트렸다. 그녀는 양손으로 얼굴을 감쌌다. 뭔가가 얼굴을 찔러 보니, 란이 주었던 핀이었다.

멍하니 그 핀을 바라보다가 시나는 울기 시작했다.

* * *

연속으로 거대한 마법을 쓴 터라 란은 극심한 피로감을 느꼈다. 그녀는 손바닥 안의 보석을 내려다보았다.

파직—

그러자 거짓말처럼 가볍게 금이 가더니 보석이 깨졌다.

'고마워.'

그동안 그녀가 받아야 할 데미지를 대신 받아주었다.

—잘했어.

이브리아가 말해 와 란은 고개를 끄덕였다. 란이 더듬더듬 스스로를 위로하듯이 말했다.

"좋은 곳에 태어나겠죠? 그래서 좋은 부모님 밑에서, 좋은 가족들이랑, 여기서는 못 누렸던 거 다 누리고 살겠죠? 그렇겠죠?"

싸움도, 전쟁도, 신분도 없는, 사람을 죽이지 않아도 되는 나라에서.

—그럼. 아마 기억도 가지고 다시 태어나게 될걸.

"그거 좋은 걸까요……."

—그래야 다시 만나는 거 아냐?

이브리아의 말에 란은 하긴, 하고 고개를 끄덕였다. 이브리아는 이제 거의 투명하게 비쳐 보였다.

그녀가 살짝 웃고 자신의 드래곤을 돌아보았다.

"다시 한 번 부탁할게."

"네."

"내 드래곤. 그냥 새끼 드래곤이야. 이름은 새로 붙여줘. 아까 보니 이름 짓는 솜씨가 그럴듯하던걸."

"드래곤은 뭘 먹죠?"

저도 모르게 되묻자 이브리아는 웃었다.

"그냥 큰 개랑 똑같아."

'아니, 그건 아닐 것 같은데…….'

"길러 줄 거야?"

"그가 떠날 때까지는요."

란이 고개를 끄덕였다. 이브리아가 웃었다.

그녀가 허공을 향해 말했다.

"우리는 다 그녀에게 빚을 졌어요."

란은 어디로 말하는 거지? 하며 주변을 돌아보았다. 시엘이 방긋 웃어 보였다.

이브리아가 한숨을 내쉬고 마지막으로 란에게 물었다.

—그러고 보니 뭔가 원하는 게 있어?

란이 눈을 굴렸다가 말했다.

"북쪽 바다로 통하는 길이요."

이브리아는 크게 웃고 "좋아." 하고 명랑하게 말한 후에 그대로 허공에 녹아들듯이 사라졌다.

란이 놀라 "이브리아!" 하고 외쳤지만, 그녀가 있던 자리에는 대신 지팡이가 하나 서 있다가 옆으로 쓰러졌다. 란이 조심스럽게 다가가 지팡이를 어루만지자 지팡이는 재가 되어 흩어졌다.

"끝났군."

하레쉬가 다가와 말했다. 란이 떨리는 목소리로 물었다.

"어떻게 된 거죠?"

"힘을 다했으니, 사라진 거지. 이제 이브리아도 평안히 다시 별의 강으로 돌아가지 않았을까?"

시엘이 웃었다.

"맞아. 그러니, 아까 명령한 대가를 받아 볼까?"

"뭐라고?"

저도 모르게 날카롭게 반말이 나왔다.

아니, 자기가 말하라고 해 놓고서는!

시엘이 빙긋 웃고 그녀의 목에 걸린 반지를 쿡 찔렀다.

"이스타리프로서의 계약은 끝났지만, 다시 시엘로서 계약하고 싶군. 앞으로 다시 천 년. 어때?"

란은 저도 모르게 입을 벌렸다가 꾹 다물고 고개를 끄덕였다.

시엘은 빙긋 웃고 그대로 반지 안으로 빨려 들어가듯 사라졌다.

란은 반지를 꼭 붙잡았다. 푸른 보석 안에 불꽃이 가볍게 춤추는 것이 보였다.

란이 고개를 들자 귓가에서 다시 속삭이는 목소리가 들렸다.

"나도 그대에게 내 나름의 보상을 해야겠군. 하지만 일단은—"

우라스가 다정하게 속삭였다.

"돌아가게."

하늘 저택은 조용했다.

드래곤이 사라지고, 잠시 뒤 시나도 사라져서 어떻게 된 일인지 모두가 초조하게 빛기둥을 바라보았다.

저쪽에서 무슨 일이 일어나고 있는 건 확실하다.

확실한데.

유스타프는 눈을 가늘게 떴다.

천천히 빙벽의 빛기둥이 줄어드는 게 보였다.

파센이 빛기둥을 노려보다 샤레이아에게 말했다.

"끝나가나?"

샤레이아는 떨리는 목소리로 "네." 하고 짧게 말했다. 그녀는 저쪽에서 진동하는 어마어마한 양의 마력을 느낄 수 있었다.

그야말로 압도적인.

거대한 폭포나, 끝없는 낭떠러지를 볼 때 느끼는 그런 떨림.

외경.

하지만 그 마력이 점차 사라져 가는 걸 느꼈다. 그제야 그녀는 숨을 쉬는 기분이었다.

이내 빛기둥이 완전히 팟 하고 사라졌다.

유스타프가 한 걸음 앞으로 나서는데 그의 앞에 새로이 빛기둥이 떨어졌다. 놀란 로스가 "주군!" 하고 뛰쳐나갔다.

하지만 유스타프는 놀라지 않았다.

어쩐지 알 것 같았다.

"란."

그가 작게 그녀를 부르며 기둥 안으로 손을 넣었다.

위에서 아래로 떨어지는 물이 갈라지듯, 빛이 그의 손을 스치고 지나갔다.

그리고 란이 그의 손을 잡았다.

유스타프는 그녀를 획 끌어당겨 기둥 안에서 자신의 품으로 당겼다.

란이 그의 품에 폭 안기자 기둥이 사라졌다.

그녀가 헐떡이며 말했다.

"안녕, 유스."

유스타프는 긴 안도의 한숨을 내쉬며 말했다.

"어서 오십시오."

그의 목소리가 너무 부드러워 란은 파고들 듯 그를 더 꽉 안았다.

란은 유스타프에게 루미에에 대해서, 시나에 대해서 몽땅 다 말하고, 그의 품에 얼굴을 묻고 펑펑 운 뒤 기진맥진해져서 잠들고 싶었다.

하지만, 지금은 아니다.

란이 고개를 들었다.

"다녀왔어. 그리고—"

뭔가 말을 하려는데 쿵—! 하는 커다란 소리가 들렸다.

유스타프가 그녀를 내려놓으며 제 등 뒤로 돌려 란은 놀라 '뭐지?' 하고 보았는데, 눈앞에 커다란 표범 발이 있었다.

발만 해도, 란의 키쯤 될 것 같은.

고개를 들어 올리니 30층 높이는 되는 크기의 표범…….

'우라스?'

놀라 란이 입을 벙긋거리는데 우라스 역시 갸웃거리더니 말했다.

—크기 조절을 잘못한 것 같은데.

그러고는 그가 순식간에 줄어들었다. 란보다 조금 더 작게.

표범은 란을 올려다보며 변명했다.

—물질계는 너무 오랜만이라.

"여긴, 어떻게—?"

란이 당황해 말하자 우라스가 무너진 저택을 보며 말했다.

—복구할 건 하려고 말이지.

그가 눈을 찡긋하고 여섯 장의 날개 중 두 장을 펴서 펄럭이자 반짝이는 은색 빛 가루가 폭풍처럼 퍼져 나갔다.

빛 가루는 부서진 저택을 감쌌고 천천히 저택이 다시 조립되기 시작했다. 우라스가 말했다.

—뭐 변화 줄 곳이 있나?

"그, 글쎄요."

란이 더듬거리자 우라스가 고개를 끄덕였다.

—그럼 약간 내 취향을 가미하지.

모두가 입을 떡 벌리고 하늘 저택이 다시 지어지는 걸 바라보았다.

언제 무너졌냐는 듯이, 모든 것이 새로 올라가기 시작했다.

—이걸로 사람들도 고쳐질 거고.

"정말인가요?"

란이 환하게 웃으며 묻자 우라스가 고개를 끄덕였다.

—그리고, 그대의 관에 있던 보석도 이제는 못 쓰니까…….

잠시 생각하다가 우라스가 손을 내밀었다.

—받게.

란은 얼떨떨한 얼굴로 손을 내밀었고 우라스가 거기에 커다란 주머니를 떨어트렸다.

안에서 뭔가 구슬 같은 것이 부딪치는 소리가 났다.

—이걸로 세공은 저기 엘프나 드워프, 어느 쪽이든 원하는 쪽에 맡기지 그러나.

"감사합니다."

뭔지는 모르겠지만, 좋은 거겠지. 하고 란은 주머니를 꽉 쥐었다.

—그리고 이건 이브리아가 부탁한 거네.

우라스가 가느다란 팔찌를 내주었다. 이어 그가 가볍게 한숨을 내쉬고 웃었다.

—만나서 즐거웠네. 영원을 사는 우리에게 이런 일은 별똥별같이 스치고 지나가는 찰나의 즐거움이지. 프하니아스.

"정령님……."

란이 작게 그를 부르자 우라스가 표범 눈을 가늘게 뜨고 웃었다.

"드래곤도 잘 부탁하지."

아, 참.

드래곤.

란이 당황해 눈을 크게 뜨니 우라스가 마술처럼 품에 드래곤을 안아 들고 내밀었다.

란이 손을 뻗는 걸 저지하고 유스타프가 드래곤을 받아 들었다. 우라스가 란에게 말했다.

"그리고 그대에게 대가를 요구하지."

란은 신음을 삼키며 우라스를 보았다. 유스타프가 뭐라고 하려는데 우라스가 란에게 속삭였다.

"시간을 돌리는 마법은 위험해. 그것과 그것에 관련된 지식을 요구하겠네."

란은 안도와 함께 고개를 끄덕였다. 마법사들이 알면 자기 영혼과 바꿔서라도 원할 마법이지만, 란에게는 필요 없었다.

우라스는 빙긋 웃고 그녀의 이마에 가볍게 입 맞췄다.

"잘 있게, 녹음의 관의 주인이여. 우리의 우정이 계속되길."

그리고 그는 그대로 사라졌다. 란은 잠시 시간을 돌리는 마법에 대해 생각해 보려고 했지만, 아무것도 떠오르지 않았다.

란은 짧게 신음을 흘렸다.

유스타프가 자기 품에서 쿨쿨 자는, 생각보다는 가벼운 블랙 드래곤을 보고 란을 보았다.

"할 이야기가 많을 것 같은데요."

"응."

란이 고개를 끄덕이고 웃었다.

"들어갈까?"

힐끗 유스타프가 하늘 저택을 바라보았다.

약간 달라진 것 같기는 하지만 흰색 대리석은 여전히 눈처럼 아름답게 빛나고 있었다.

"네. 들어가죠."

*　　*　　*

그 뒤로 한 달은 정신이 없었다.

"지쳤어—"

란이 유스타프의 무릎에 몸을 던지며 말하자 서류를 보던 그가 작게 웃었다.

"그러실 만하지요."

란은 그의 허벅지를 베고 휙 돌아누웠다.

유스타프가 서류를 내려놓고 그녀의 앞머리를 살짝 정리해 주었다.

"각 나라에서 사신까지 보내고…… 진짜 난리도 아냐."

"그만한 일이니까요. 드래곤에, 빛기둥에…… 어둠이 다시 부활했다든가……."

심지어 라치아의 정원에서 파닥파닥 날아다니며 놀고 있는 작은 드래곤을 보면 그걸 꿈이라고 할 수도 없는 노릇이다. 덕분에 마법사들이 어찌나 라치아 빙벽 10km 라인으로 몰려들었는지…….

모두가 거기에 진을 치고 사건의 전말을 듣기 전에는 절대 떠나지 않겠다고 말해서, 란은 솔직하게 모든 걸 말했다.

이브리아가 자신에게 지식을 남겨 뒀다는 것만 빼고.

'이렇게 흥분했는데 그 사실까지 알려주면 노령의 마법사들은 심장마비가 올지도.'

안 그래도 바쁜데 마법사들까지 달라붙을 걸 생각하면 골치 아팠다. 지금도 뭐 기억나는 게 없냐며 쫓아다니니 말이다.

'나중에 조금씩 생각난 거 알려주겠다고 하면서 부려 먹을까.'

졸업 논문을 원하는 대학원생을 부려 먹는 교수님처럼.

'너무 악당 같군.'

란은 속으로 그런 생각을 하며 킥킥 웃었다.

게다가.

"세계수도 있고요."

유스타프는 한숨을 내쉬었다.

란은 고개를 끄덕였다.

"하늘 저택 구조도 바뀌고!"

"게다가 '란의 대로'는 어떻고요."

"아하하…… 나 그렇게 내 이름을 새겨 놨을 줄은 몰랐어."

"전 그런 걸 란이 요구할지도 몰랐습니다."

란은 한숨을 내쉬었다.

아마 라치아가 생긴 이후로 가장 하늘 저택이 북적거리지 않았을까 하는 시간이었다.

하늘 저택의 구조는 미묘하게 바뀌어서 방들도 커지고 증축이 되었다. 더해서 정원도 많이 늘어났는데, 그중의 한 정원에는 세계수가 크게 자라 있었다.

분명히, 작은 가지를 선물로 받아서 심었던 것인데 어쩐지 새로 생긴 정원 가운데로 옮겨 심어져 있고, 적어도 100년은 거기에 있었던 것처럼 아름드리나무가 되어 있었다.

게다가 세계수가 있는 정원은 따뜻했다.

야외인데도 봄 날씨였다.

그 정원만 벗어나면 살을 에는 듯한 추위가 닥쳐왔지만, 그 정원은 언제나 따뜻했다.

거기에 드래곤.

드래곤은 아직 어려서 그런지, 지적인 생명체처럼 보이지 않았다.

이브리아의 말마따나 커다란 개 같았다.

하는 말은 "뀨—"뿐이었고 파닥파닥 날아다니며 말썽을 피웠다.

"이성이 생길 만큼 자라려면 30년은 걸립니다."

샤레이아의 말에 란은 당분간은 큰 개로 생각하자고 마음먹었다.

거기다가, 란이 이브리아에게 '북쪽 바다랑 통했으면 좋겠어요.'라고 한 말 역시 이루어졌다.

예전에 어둠을 봉인하는 문이 있던 자리—어둠이 나오며 산산이 부서져 닫혔던 곳—에 거대한 문이 새로 생겼다.

높이는 10m쯤 되고 좌우 폭은 25m쯤 되는 거대한 문이었는데, 은색으로 빛나고 있었고 문 정중앙에는 '란의 대로'라고 크게 새겨져 있었다.

란은 그걸 보자마자 얼굴이 달아오르는 기분이었다.

문이 꼭 닫혀 있어서 어떻게 여는 걸까? 하다가 우라스가 준 팔찌를 끼고 손바닥을 올리니 스르륵 문이 사라졌다.

문 너머에는 문만큼 커다란 터널이 뚫려 있었다.

머리 위에는 육각형의 마력석이 빼곡하게 드러나 있었는데 빛을 내뿜고 있어서 어둡지 않았다.

'설마……?'

터널 안쪽으로 병사들을 보냈더니 그들이 며칠 만에 돌아와서 보고했다.

"건너편은 바다로 통하는 곳이었습니다."

"놀랍게도 항구로 딱 맞을 것 같은 장소였습니다."

역시나였다.

머리 위의 마력석은 태양과 똑같이 낮에는 밝았다가 저녁이 되면 어두워진다고 했다.

"하지만 완전히 깜깜해지는 건 아니고, 달빛 정도로 빛은 남아 있습니다."

"터널이라 그런지 기온도 낮지 않고요."

"숨쉬기에도 어렵지 않았습니다."

"길도 단단히 다져져 있어 출입이 용이합니다."

이 보고를 들은 드워프들은 역시 자신들이 가 봐야겠다며 터널 안으로 들어갔고, 다들 눈이 휘둥그레져서 나왔다.

"이 터널을 연구해야겠어!"

"옮겨 와서 살겠네!"

이런 이야기를 하며 그들은 일단 대족장에게 보고를 하러 돌아가겠다고 말했다.

샤레이아와 하레쉬 역시 세계수와 드래곤을 보고 장로들에게 보고해야 한다며 서둘러 돌아갔다.

물론 그렇게 각자 돌아가기 전에 우라스가 선물해 준 주머니를 열어보고 작은 다툼이 있었지만 말이다.

란이 주머니를 열어보니 거기에는 짙은 녹색 보석이 한가득 들어 있었다.

'아.'

란은 숨을 삼켰다.

그녀가 마법을 쓸 수 있게 도와줬던 보석이었다. 투명하고 아름다운 녹색을 띤 보석을 드워프들에게 보여주니, 파센은 열심히 루페로 그걸 들여다보았다.

"이건 에메랄드는 아닌데……."

"어디 봐 봐, 네 눈으로 제대로 보겠어?"

옆에 있던 다른 드워프들이 차례로 보석을 빼앗듯이 감식했다.

"녹색인데도 꼭 다이아몬드처럼 무지개색 휘광이 나타나는군."

"그렇다고 녹색 다이아몬드도 아니고. 으음, 정말로 홀릴 듯한 녹색이야. 투명도도 그렇고, 내포물도 하나도 없어. 아름다워."

그것의 정체를 알려준 것은 샤레이아였다.

샤레이아는 그 녹색 보석을 보더니 눈을 크게 뜨고 떨리는 목소리로 말했다.

"카리톨이에요."

"카리톨?"

란이 의아해하며 되묻자 샤레이아가 고개를 끄덕였다.

"세계수의 진액이에요."

드워프들이 그 말에 펄쩍 뛰고 다시 보석을 보았다.

란이 되물었다.

"진액이요?"

"네, 그러니까 일종의 호박인 거죠."

"아."

란은 신기한 기분이 되어 녹색 보석을 어루만졌다. 소나무 진액이 굳어서 호박이라는 보석이 된 것처럼 이건 세계수의 진액이 굳어서 된 것이다.

'그래서 나에게 세계수의 가호가 있기를, 하고 말했던 거였구나.'
란은 뒤늦은 깨달음을 얻었다.
"그게 녹색이라는 말을 듣기는 했지."
"결정화가 된다고도 들었어. 하지만 이 정도의 양이 나오려면 만 년쯤 걸릴 텐데?"
"네?"
단위가 너무 이상해서 란은 입을 딱 벌렸다. 파센이 란의 손을 꼭 잡았다.
"꼭 우리에게 맡겨 주게. 세상에서 가장 아름다운 관을 만들어 주겠네."
샤레이아가 재빠르게 말했다.
"세계수에 대해서 가장 잘 아는 건 우리지요. 저희의 미적 감각이 더 나을 겁니다."
"흥, 휘어지게만 만들면 우아한 줄 아는 것들이."
"단순한 걸 예쁘다고 생각하는 분들과는 달라서요."
옥신각신 다투다가 결국 둘은 란에게 결정을 밀어붙였다.
"어느 쪽이 나은가?"
"맞아요."
"그, 그게—"
느닷없는 자존심 대결인지라 란은 식은땀을 흘리다가 보석을 도로 주머니에 넣은 후에 두 사람 앞으로 내밀었다.
"두 분이 힘을 합쳐서 만들어 주세요. 양이 많으니까 세트로요."
"뭐?"
"뭐라고요?"
"이 풀쟁이들이랑 협력이라고?"

"직선밖에 모르는 땅딸보들과요?"

'으, 말이 심하네.'

란은 그렇게 생각하면서도 제 의견을 굽히지 않았다. 그녀의 입술이 호선을 그리자 샤레이아도 파센도 움찔했다.

"두 분 모두 양쪽의 기술이 궁금하지 않아요? 어떻게 만드는지, 같이 일해 보고 싶지 않으세요?"

샤레이아와 파센의 눈이 동그랗게 변했다.

여기서는 장인인 파센 쪽이 더더욱 확실히 움찔거렸다.

'궁금해!'

파센은 정곡을 찌르는 란의 말에 마음 한쪽이 근질거리는 걸 느꼈다.

'엘프의 기술, 궁금하다고. 기술 교환이 끊어진 지 오래되었으니까 말이야. 마력석을 쓰는 방법도 완전히 다르고. 게다가 이쪽은 카리볼이라는 걸 몰라봤어. 잘하면 기술을 빼낼 수 있을지도.'

샤레이아도 눈을 가늘게 떴다.

'드워프의 기술, 확실히 궁금하기는 하단 말이죠. 숲기지로서, 동족 전체에 도움이 되는 결정을 하는 게 좋겠지요. 게다가 나디움에 대해서 궁금하기도 하고.'

란이 쐐기를 박듯이 말했다.

"만약 싫다고 하신다면 그냥 인간에게 맡기겠어요. 그편이 서로에게 좋을 테니까요."

샤레이아가 한숨을 내쉬었다.

"그렇게까지 이야기한다면 어쩔 수가 없군요."

"그러게. 란이 거기까지 부탁한다면야. 우리도 어쩔 수 없지."

"협력하죠."

"협력하지."

"감사합니다."

란은 활짝 웃었다.

이로써 그녀의 중재로 엘프와 드워프 사이의 협력이 이루어졌다.

'이 말은 앞으로도 이런 일이 필요하다면, 가장 먼저 날 떠올리게 될 거라는 말이지. 게다가 라치아에서 드워프와 엘프의 합작품을 독점.'

이거 참, 남는 장사로군요.

란은 웃음을 삼키며 다시금 고개를 숙였다.

"제 부탁을 들어주셔서 감사해요. 그럼 작업실은 따로 라치아에 만들어도 되고, 편하신 곳으로 결정해도 됩니다."

"흐음, 이쪽으로 오는 게 낫겠지."

"저도 그편이 나은 것 같네요."

"필요한 게 있으면 말씀해 주세요. 전부 저희 쪽에서 지원하겠습니다. 그 정도는 하게 해주세요."

인간 시종도 필요하겠죠. 분명.

'어깨너머로 기술을 좀 배우라고 해야지.'

란은 속으로 흐흐 웃음을 짓고 이야기를 마무리했다.

이어 창백해져서 군대를 이끌고 뒤늦게 도착한 나머지 가신들은, 란과 유스타프의 이야기를 듣고 더더욱 창백해졌다.

그리고 란의 대로와 세계수, 드래곤을 보며 거의 기절할 지경이 되었다.

전투에 참여했던 일루미니티 백작과 와일드 남작은 란스 남작이 땅을 치며 아쉬워하는 것을 위로했다.

그가 겨울에 오기에는 너무나도 먼 거리였다.

일루미니티 백작은 스스로 생각해도 어이없다는 듯이 말했다.

"누가 들으면 건국을 위한 선전이라고 생각할 겁니다."

란이 웃었다.

"그러고 보니 그러네요."

어떤 나라든지 각자 고유의 건국 신화가 내려온다.

"라치아 왕국의 시작은 봉인된 어둠을 물리치고, 이걸로 시작하겠군요."

"심지어 그게 사실 아닙니까!"

란스 남작이 흥분해 외쳤다. 그는 아쉽다는 듯이 팔걸이를 두들기며 말했다.

"저도 그 자리에 있어야 했는데요. 이 빌어먹을 날씨만 아니었으면—"

말하고 그는 "실례했습니다." 하고 헛기침을 했다. 란 앞에서 비속어를 쓴 게 걸린 모양이었다.

와일드 남작 역시 아직 흥분이 가라앉지 않아 목까지 붉어져 연신 고개를 끄덕었다.

"드래곤과의 전투라니……."

오랫동안 라치아를 섬겨온 봉신들이니만큼 다들 어둠과 문에 대해서 알고 있었고, 스스로가 그 전설의 일부분이 되었다는 흥분을 가라앉히기 어려웠다.

란스 남작이 얼마나 괴로워할지 짐작 가는 부분이었다.

게다가 단순히 전투만이 아니라 빛기둥에, 제2 시대 이후로 등장하지 않았던 정령이 실제로 등장했다. 물론 청염처럼 사역하는 정령이 남아 있기는 했지만, 그렇지 않은 정령이 실체를 드러낸 것은 너무나 오랜만이었다.

게다가 그 크기라니.

그리고 그가 선물한 것이 빙벽을 가로지르는 거대한 터널이다. 심지어 부서진 건물을 다시 세우고, 부상자들이 모두 낫는 기적까지 목격했다.

말하면서도 자신이 허풍선이가 된 느낌이라고 일루미니티 백작은 고개를 흔들었다.

그나마 침착함을 유지하는 건 일루미니티 백작뿐이라, 란은 '역시 라치아 핏줄은 다 저렇구나.' 하고 감탄했다.

그렇게 정말로 아무것도 생각하지 못할 만큼 바쁘게 시간이 흘렀다.

일단 세계수와 대로에 대한 것은 당분간 비밀에 부치기로 했다.

드래곤에 대한 것도.

그렇다고 해도 어둠의 봉인이 깨지고 대현자 이브리아와 어둠이 나타났다는 것, 그걸 물리쳤다는 건 어마어마한 반향을 불러일으켰다.

덕분에 란과 유스타프 두 사람은 서류에 파묻혔다.

사방에서 밀려오는 편지—를 가장한 외교 문서—에 대응하기 바빴다. 아직 라치아는 제국에 속해 있어서, 타국에서는 직접 이야기를 하지 않고 제국을 거쳐 이야기했다. 그러니 제국에서도—정확히 말하면 라벨 쪽에서 '귀찮아. 빨리 나가 버려.'가 되어서 손이 부족할 지경이었다.

그러니 두 사람의 개인 시간은 거의 없었다. 모처럼 둘만의 시간을 가져도 손에는 서류가 들려 있었다.

늦은 새벽, 서재에는 아무도 없었다. 한쪽 팔걸이만 장미꽃같이 말린 조각을 해서 높게 해둔 긴 카우치에 유스타프가 기대어 앉아 있고, 그 다리를 베고 란이 방만하게 누워 있었다.

유스타프가 란의 머리카락을 손가락으로 꼬며 말했다.

"그래서 그냥 공국을 버리고 왕국으로 독립할까 합니다."

"아, 나도 그거 찬성. 제국 눈치 보느라 공국으로 하려고 했는데 그럴 필요가 없어졌어."

란이 고개를 끄덕여 유스타프가 "그편이 외교에서도 편하죠." 하고 덧붙였다.

"응, 격이 맞아야 잘되니까."

란은 그렇게 말하고 한숨을 내쉬며 깍지를 껴서 배 위에 올렸다.

"어쩐지 유스 얼굴 너무 오랜만에 보는 것 같아."

"그건 란이 일찍 잠들기 때문이죠."

란의 얼굴에 당황이 스쳤다.

"그, 그야 피곤한걸."

"밤을 기대하고 들어가면 침대에서 기다리는 건 잠자는 란뿐이고……."

유스타프의 중얼거림에 란의 얼굴이 붉어졌다.

"하, 하지만 유스랑, 음, 그러면— 이튿날 일할 체력이 안 남으니까."

"그래서 피하셨다는 겁니까?"

란의 얼굴에 더더욱 당황한 기색이 서렸다.

"아니, 그게, 일부러는 아니고—"

그의 푸른 눈이 가늘어졌다. 그가 서류를 옆에 내려놓고 일어나려는 란의 어깨를 꾹 눌렀다.

"란, 제가 재미있는 거 하나 알려드릴까요?"

"뭔데?"

그녀의 목소리가 줄어들었다. 유스타프가 속삭였다.

"카우치에서도 가능하다는 거요."

란의 얼굴이 삶은 새우마냥 새빨갛게 변했다. 말도 나오지 않아 금붕어처럼 뻐끔거리는 걸 보며 유스타프가 속삭였다.

"이제 가르쳐 드리겠습니다."

*　*　*

란은 잠에서 깨어나 눈을 깜박였다. 방 안은 어두워 낮인지 밤인지 알 수가 없었다. 더불어서 아랫배부터 허벅지랑 허리까지 근육통에 시달리고 있었다.

'으, 진짜.'

"일어나셨습니까?"

고개를 돌리니 유스타프가 침대가에 앉아 있었다.

"이럴 줄 알았어."

란이 한탄하듯 하는 말에 유스타프가 눈썹을 살짝 치켜 올렸다. 란이 푹 베개에 얼굴을 묻었다.

"나만 이렇게 지쳐 쓰러지고."

유스타프가 낮게 웃었다. 란이 다시 고개를 번쩍 들며 베개를 팡팡 손바닥으로 내리쳤다.

"이상하잖아. 난 거의 아무것도 안 하고 있고, 움직이는 건 네가 훨씬 더 많이 움직이는데— 콜록."

목소리를 높이자 갈라져, 란은 기침했다. 유스타프가 얼른 물을 건네주었다.

물 잔을 받아 마시고 란은 휴 하고 한숨을 내쉬고 물었다.

"몇 시야?"

"꼬박 하루 지났습니다."

"진짜?"

눈이 휘둥그레져서 란이 몸을 일으키다가 제가 알몸이라는 걸 깨닫고 얼른 이불을 끌어올렸다.

유스타프는 '새삼스레.' 하고 생각했지만 그러는 란도 귀여워 그냥 입을 꾹 다물었다.

"왜 안 깨웠어?"

"너무 푹 주무셔서."

"어쩐지 정신이 맑다 했지."

"계속 얼마 못 주무셨으니까요."

유스타프가 로브를 그녀에게 건네주었고, 란이 재빠르게 이불 안에서 로브를 입고 침대에서 빠져나왔다. 유스타프가 설렁줄을 당겨 목욕물을 준비하게 했다.

“혹시 욕실에 들어오려는 거면—”

방어적이 된 란의 얼굴에 유스타프는 웃었다.

“거기까지는 괜찮습니다.”

밤새 충분히 만족한 유스타프는 란의 뺨에 키스해 주고 느긋하게 마저 일하러 갔다.

‘만족할 만하지.’

전날 밤을 떠올리며 란은 그렇게 생각했다.

‘그 카우치, 이제 못 쓸 거야.’

란은 얼굴이 화끈거리는 걸 느꼈다. 천이 엉망이 되었으니, 못쓰겠지. 으—

뜨거운 물에 씻고 나서 가볍게 밀크티와 과일로 식사하고 나니 몸이 가뿐했다.

키리가 생글생글 웃으며 말했다.

“새 카우치를 주문했습니다.”

“풋—”

란은 얼굴이 새빨갛게 되어서 기침을 해댔다. 키리가 태연하게 말했다.

“임의로 비슷한 디자인으로 주문했습니다만, 괜찮을까요?”

“괜찮아.”

간신히 말이 나왔다.

“키리, 너 정말.”

란이 노려보자 키리는 손으로 입을 가리며 호호 웃었다.

그런 일이―전투에 나선― 있고 난 뒤로도 키리는 태연하게 시녀 제복을 입고 제자리인 양 시녀들 사이에 끼어 있었고, 소다와 카라는 침묵했다.

아니, 오히려 뭐라고 해야 하나.

든든해하는 것 같았다.

늑대인가 경계했는데 잘 보니 양치기용 보더콜리더라, 하는 그런 든든함이었다.

디모디아와는 약간 어색해졌지만, 그래도 아직 디모디아에 대해서는 긴가민가한 듯 보였다. 더해서 워낙 디모디아가 시치미를 뚝 떼고 있어서 그러려니 하는 듯 보였다.

나중에 살짝 소다와 카라만 불러 키리에 대해 이야기를 하니, 카라가 우아한 미소로 답했다.

"드래곤도 눈앞에서 봤는데 이 정도는요."

란은 '그건 그렇지.' 하고 고개를 끄덕였다.

비교 상대가 전설 속 드래곤이라면 뭐든 두려우랴.

'나도 이제 뭐가 나타나도 괜찮을 것 같은 기분인데.'

그러며 란은 두 사람의 손을 꼭 잡았다.

"이해해 줘서 고마워. 두 사람 다."

카라는 황공하다며 고개를 숙였고, 소다는 젊은 아가씨답게 감동으로 얼굴이 발갛게 달아올랐다.

그 후로 시녀들은 그녀들 나름의 결속을 다지며 잘 지내고 있었다.

비 온 뒤 땅이 더 굳어진다고 해야 할까.

"그런 건 말하지 않고 바꿔도 괜찮아. 아니, 바꿔 줘. 그리고 청구는 유스타프에게 해."

투덜거리며 덧붙이자 키리가 "그래야지요." 하고 웃었다.

남들이 보면 기어오르는 시녀라고 할 수도 있겠지만, 란은 그런 키리가 좋았다.

남들이 쉬쉬하느라 못 할 말을 키리는 거침없이 하리라.

그리고 란 정도의 자리에 있으면 그런 말을 해 주는 사람은 귀한 존재다.

카라가 헛기침하고 말했다.

"물론 부부의 사이가 친밀한 것은 좋은 일이지요."

"맞아요."

디모디아가 고개를 끄덕였다.

란이 이 화제에서 벗어나고자 빠르게 물었다.

"그럼, 오늘 내 남은 일정이 어떻게 되지?"

"원래는 골든로즈 상단주를 만나실 예정이었습니다만, 피치 못할 사정이 있어 내일 온다고 연락이 왔습니다."

"레버리가? 여기 오면 며칠은 묵고 가게 될 텐데, 손님방은 준비가 되어 있겠지?"

카라가 "물론입니다." 하고 고개를 가볍게 숙여 보였다.

"그럼 그건 됐고, 다른 일은?"

키리가 허리를 숙여 속삭였다.

"저녁에 칸이 할 이야기가 있다고 하네요."

"알았어."

란이 고개를 끄덕였다.

'저녁이라고 해도 곧이네.'

란은 슬쩍 창밖을 내다보았다. 노을이 지는 하늘과 시계를 번갈아 보니, 확실히 봄이 오는 게 느껴졌다.

'점점 낮이 길어지니 말이야.'

란은 새콤달콤한 눈딸기를 입안에 집어넣었다. 봄이 오기 전에, 겨울 추위가 약간 누그러진 그때 나오는 눈딸기의 맛은 가히 환상적이었다. 혀 위에서 터지는 달콤함을 느끼며 란은 한숨을 내쉬었다.

마지막 한 알까지 입안에 넣고 란이 자리에서 일어났다.

"그럼 이제 다시 일해야지."

* * *

칸은 흥미로운 눈으로 제 새로운 주군을 바라보았다.

란은 그가 가져온 보고서를 꼼꼼하게 읽고 있는 중이었다.

녹영이 공작 부인의—곧 라치아 왕비가 되겠지만— 소속이 된 이후로 란은 조직도를 보며 여러모로 궁리하는 것처럼 보였다.

"생각보다 가져올 수 있는 정보의 범위가 넓네? 진짜 잡다하다."

란이 가볍게 보고서를 접으며 말하자 칸이 웃었다.

"시험해 보신 겁니까?"

"응."

어떤 조직을 새로 인계받으면, 어디까지 기능이 가능한지 알아보는 건 당연한 일이지.

태연하게 답하고 란이 말했다.

"녹영을 상단으로 탈바꿈시키려고 생각 중이야."

"상단이요?"

"그래."

란이 빙긋 웃었다.

"대륙 어디나 구석구석 다닐 수 있고, 정보나 동향에도 민감하지. 게다가 돈도 벌 수 있어."

란이 금화를 튕겨 올리는 시늉을 하고 말했다.

"그리고 돈은 황제부터 거지까지, 흘러가지 않는 곳이 없지."

귀족이 귀족일 수 있는 이유는 영지를 소유하며 막대한 부를 손에 넣고 있기 때문이다.

이게 안 되니까 신분제가 무너졌던 거고.

고금동서를 막론하고 신분제를 무너트린 건 결국 자본이었다.

그러니 란은 자본은 조금도 놓고 싶지 않았다.

'황금만능주의 같은 걸 주장하는 건 아니지만.'

돈으로 뭐든 된다고는 생각하지 않는다. 인간은 돈으로만 움직이지 않는다.

지나가는 사람에게 '백억 줄 테니 지금 절벽에서 뛰어내릴래요? 가족에게 돈 주는 것만 빼고 그 돈으로 뭘 해도 됩니다.'라고 물으면 다들 거절할 거다.

그런 일은 돈 주고 산다고 되는 일이 아니다.

란은 칸을 바라보았고, 칸은 검은색 눈으로 그녀를 마주 보았다.

어쩐지 란은 가슴이 아파 와서 시선을 떨궜다. 시나가 생각났기 때문이다.

일에 바빠서 잊고 있다가도, 이렇게 불현듯 떠오르면 참기가 어려웠다.

루미에의 시신은 문 근처에 있었지만, 청염 기사단 전사자를 위한 묘지에도 따로 묘가 마련되었다.

그가 저쪽에서 다시 태어날 거라고, 머리로는 알고 있지만 그래도 다시는 보지 못하는 거니 그녀에게는 죽은 것과 다름없었다.

란은 그 생각을 애써 멀리 떨쳤다. 지금 울면 안 되지.

'좋아.'

란은 생각을 현재로 돌렸다.

녹영이 라치아 가문에 목숨을 건 충성을 바치는 것도, 단순히 돈 때문만은 아니다.

란은 그 점을 매우 높게 샀다.

사람은 자신이 옳다고 생각하는 것을 위해 싸우고, 죽는다.

그들이 라치아를 위해 그렇게 하는 게 옳은 길이라고 생각한다면, 라치아도 그에 걸맞은 보답을 해야 했다.

"새로운 상단을 만들어서 대륙 전체에 지부를 만들 거야. 어음을 만들고, 이 상단의 어음이면 어느 나라 어느 산골에서도 가치가 있도록 만들 거야."

칸이 고개를 갸웃했다.

"원대한 꿈입니다만, 녹영만으로 될까요? 게다가 일단 녹영의 임무는……."

"응, 그러니까 셋으로 나뉘는 거지."

란이 손가락 세 개를 꼽았다.

"하나는 지금 녹영처럼, 정보 수집을 전문적으로 하는 사람. 그리고 또 하나는 그런 건 모르는 상업을 열심히 하는 사람."

칸의 눈이 살짝 이채를 띠었다.

"무슨 말씀이신지 알겠습니다."

란이 씩 웃었다.

"빛이 강하면 그림자도 더 짙게 드리우는 법이지."

나무를 숨기려면 숲에.

그럴듯해 보이려면 정말로 자신이 무해하다고 믿고 있는 사람이 필요하다.

"네? 이 상단이 스파이라고요? 무슨 말도 안 되는 소리를 하시는 거예요?"

하고 웃음을 터트릴, 진짜로 아무것도 모르는 사람.

그리고 그런 사람이 있기 때문에 그 뒤에서 일할 수 있는 사람.

"그리고 세 번째로, 진짜 정예들."

"'녹영은 정보 수집 단체이지, 그런 짓까지는 안 해. 그런 건 괴담이지.'라고 할 만한 일을 하는 자들 말이군요."

칸의 말에 란은 그저 웃기만 했다.

확답이 없다는 점마저 녹영의 주인다워서 어쩐지 칸은 뿌듯해졌다.

란이 깊게 의자에 몸을 기대고 이어 말했다.

"그래서 전체적으로 재개편이 있을 거야. 어쨌든 대륙의 부를 손에 쓸어 넣어 보자고."

"존의."

짧게 말하고 칸이 씩 웃었다.

"녹음을 드리우시길."

란이 고개를 가볍게 까닥하고 답했다.

"생명의 정수가 그대에게."

칸이 "새 보고서를 가져오겠습니다." 하고는 물러서며 방구석의 그림자 속으로 스르륵 사라졌다.

란은 눈을 부릅뜨고 그걸 보았지만, 어디서 어떻게 사라지는지를 맞춘 적은 한 번도 없었다.

'진짜 신기하단 말이야.'

란은 방 모서리에서 시선을 떼고 책상 위에 놓인 초를 바라보았다.

마법 램프가 있으니 불빛을 위한 초는 필요 없었다. 이건 향초였다.

달콤하고 은은한 향기를 내는 초의 촛불이 흔들리는 걸 란은 멍하니 바라보았다.

'아.'

혼자다.

여기는 아무도 없고, 그녀는 지금 방 안에 혼자였다.

란은 다리를 의자 위로 끌어당겨 무릎을 모았다. 양손으로 얼굴을 꽉 누르고 란은 숨을 길게 내쉬었다.

어차피 달라졌어.

그래, 그건 안다.

하지만 이야기대로 되었다면 루미에는 죽지 않았겠지.

그게 란의 가슴을 따끔거리게 만들었다.

릴리에게도 상황을 설명하는 긴 편지를 보냈지만, 그녀가 어디까지 이해해 줄지는 알 수 없었다.

그녀가 자신을 원망하는 일도 있을 수 있다.

물론, 원래대로 갔다면 릴리는 죽었겠지. 하지만 그건 란의 변명이고 이들은 모르는 일이니까.

이렇게 운다고 하면 루미에는 분명히 "주인님도 참." 하고 웃었겠지.

'아.'

이런 생각만 해도 참을 수가 없이 눈물이 났다. 무릎 사이에 이마를 묻고 란은 잇새로 흐느꼈다.

"란."

그때 자신을 부르는 목소리에 퍼뜩 란은 고개를 들었다. 유스타프가 서 있었다.

어느 사이엔가 조명이 어두워져 있는 것도 몰랐다. 향초 불만 어둠 속에 흐릿하게 반짝였다.

그걸 다행이라고 생각하며 란은 재빠르게, 눈가를 닦아냈다.

"깜박 졸았나 봐."

"조는 사람은 그런 소리를 안 내죠."

유스타프가 손을 뻗어 부드럽게 그녀의 젖은 뺨을 눌렀다. 따뜻하고 굳은살이 박여 있어 단단한 손.

내가 사랑하는 사람의 손이다.

란은 눈을 감고 숨을 내쉬었다.

유스타프가 몸을 기울이더니, 무릎을 모으고 웅크린 채로 란을 가볍게 들어 제가 의자에 앉고는 란을 휙 허벅지에 앉혔다.

당황한 란의 얼굴을 제 어깨에 누르며 유스타프가 속삭였다.

"마음껏 우셔도 됩니다."

"……."

란의 얼굴이 일그러졌다.

루미에는 란에게 소중한 사람이었고, 연애 감정은 한 톨도 없었지만 그래도 유스타프 품에서 그 때문에 우는 건 좀 그렇다는 생각이 있었다. 나중에 생각해 보니 유스타프가 항상 루미에를 경계했던 것 같다는 생각이 들어서도 그렇고.

하지만 그래도 유스타프에게 위로받고 싶었다.

왜냐면 내가 가장 사랑하는 사람이니까. 그가 날 이해해 줬으면 좋겠으니까.

그래서 란은 마음껏 울음을 터트렸다.

유스타프는 우는 란의 등을 살며시 두들겼다. 제 앞에서까지 참는 란의 얼굴을 보고 싶지 않았다.

마음껏 울고, 어리광 부려 줬으면 했다.

내가 사랑하는 사람이니까.

한참 후 그녀의 울음소리가 잦아들기 시작해, 유스타프는 란의 관자놀이에 가볍게 입 맞췄다.

"쉬이— 괜찮습니다. 제가 있어요."

란이 그의 품 안에서 고개를 끄덕이며 꾸물꾸물 그를 꽉 끌어안아서 유스타프는 웃음이 나오는 걸 살짝 눌러 참았다.

웃을 때는 아니니까.

"란도 그랬잖습니까. 저쪽에서 다시 태어나서 시나를 만날 거라고요. 그럼 그렇게 되겠지요."

"응."

코맹맹이 소리로 대답하며, 이미 들은 말이지만, 다시 반복되는 위로에 란은 위안을 얻었다.

"유스."

"네."

"유스는 아프지 말고 다치지도 마? 응?"

"물론입니다."

유스타프의 대답에 란은 작게 숨을 내쉬었다.

조금 멋쩍어져서 란은 그를 바라보지 못하고 그의 옷자락을 만지작거리며 말했다.

"유스는? 울고 싶은 일 있으면 얼마든지 울어도 되는데."

란의 말에 유스타프는 잠시 침묵하다가 "글쎄요." 하고 중얼거렸다.

란이 고개를 들자 유스타프가 희미한 미소를 돌려주며 말했다.

"라치아가 잃은 것들에 대해서는 화가 납니다. 하지만, 슬프다거나 란처럼 운다는 식의 생각은 해본 적이 없습니다."

그런 느낌도 없고.

어머니가 돌아가셨을 때에도, 아버지가 돌아가셨을 때도.

눈물 한 방울 나오지 않았다.

이렇게 눈물이 콸콸 나오는 란 쪽이 그에게는 오히려 신기했다.

젖은 금색 속눈썹과 반짝거리는 녹색 눈이 아름답다고 생각하며 유스타프가 물었다.

"이상합니까?"

"아니."

란이 고개를 흔들고 푹 그의 가슴에 뺨을 묻으며 말했다.

"내가 두 배로 우니까 균형이 맞는 거 아닐까."

"그거 괜찮군요."

유스타프가 란의 허리를 감싸 안았다. 란이 뺨을 부비다가 허리를 쭉 펴고 고개를 들어 그의 입술에 가볍게 입 맞췄다.

"유스에게는 내가 있어."

"란이 있지요."

적도 아니고 부하도 아닌, 대등하게 이야기를 나누고 생각을 교환할, 조금도 물러서지 않는 상대.

란의 입꼬리가 올라가며 미소가 그려지자 유스타프는 어쩐지 마음이 놓여서 고개를 숙여 그녀의 어깨에 이마를 기댔다.

란은 갸웃하고 그의 머리카락을 가볍게 쓰다듬어 주었다.

잠시 후 유스타프가 가볍게 숨을 내쉬고 고개를 들었다.

"상단을 만드신다고요."

"아, 벌써 이야기가 들어갔어?"

"네. 그리고 대충 돌아가는 모습을 보면 알지요."

"괜찮은 것 같지 않아?"

"왕실에서 직접 상단을 운영한다는 게 어떨까 싶기는 하지만……."

"아, 그놈의 체통 문제인가?"

란이 가볍게 아랫입술을 물었다. 현대에서 온, 이쪽 세계에서 본다면 지극히 실리주의자인 란에게 이놈의 귀족적 자존심이란 아직도 이해가 안 되는 부분이었다.

망한 양반이라도 갓끈을 매고 엣헴, 뒷짐을 지며 얼어 죽어도 곁불을 쬐지 않는다.

그런 감각이라는 건 알겠다. 이쪽의 귀족은 묘한 곳에서 더 그런 게 심하기도 하고.

'올리비아만 봐도.'

란은 문득 그녀를 떠올렸다.

'자기가 틀렸다는 걸 인정하지 못한다고 해야 하나.'

자신의 방식이 틀렸다면, 틀렸다는 걸 인정하고 재빠르게 방향을 틀면 되는데 '예전에는 이 방식으로 잘되었으니까.' '이제 와서 바꾸기에는 내 자존심이.' 하는 것 때문에 방향을 틀지 않는다. 그리고 그 방식이 실패했을 때의 분노는 엉뚱한 곳에 쏟아지고.

'아, 하긴 그건 귀족만의 문제는 아닌가. 아냐. 귀족들이 더 심하기는 하지. 귀족이란 자부심 때문에.'

그에 비하면 라치아는 파격이다.

아마 북쪽에 살기 때문에, 생존이 최우선이 되었기 때문이겠지.

'제국 입장에서는 좀 야만이기는 하지. 천 년 가문이라서 그나마 인식이 괜찮은 거고.'

"그럼, 상단을 하면 왕국으로서 위엄이 떨어지는 거야? 안 되려나?"

"제가 지금까지 겪은 바로는…… 그 위엄이라는 건 그렇게 중요한 것 같지 않습니다."

"그렇지? 그럼 역시, 할래. 게다가 내가 가지고 있는 거니까 괜찮을 거야. 왕보다는 왕비의 심심풀이 놀이 같은 느낌인 거지."

"심심풀이요."

잠시 유스타프는 란이 구상한 상단의 자금을 떠올리며 중얼거렸고 란이 웃었다.

"말이 그렇다는 거야."

유스타프가 피식 웃고 그녀에게 속삭였다.

"저는 란이 그렇게 웃을 때가 좋습니다."

"응?"

"호승심 가득하게요. 란이 있어서 전 항상 거듭 저 자신을 돌아봅니다."

"유스를?"

의아한 얼굴이 된 제 아내를 보고 유스타프는 다시 웃었다.

"내가 라치아 가주에 더 적합한가, 하고요."

란이 눈을 크게 떴다.

"라치아의 가주는 유스야."

"란이 그렇게 말하는 건 제가 라치아의 혈통이기 때문이죠."

"엑, 아니 그것만이 아니라. 유스가 아니면 누가 해?"

"란이 이미 하지 않았습니까?"

"그거야—"

"임시지만 충분히 훌륭했죠. 만약에 란이 제 이복 누이였다면."

란이 입을 내밀었다.

"그건 싫은데."

유스타프가 뾰족 내민 그녀의 입술이 귀여워 가볍게 입 맞추고 말했다.

"그야 이복 누이면 이런 걸 못 할 테니 저도 싫습니다. 하지만 그랬다면, 전 가장 먼저 란을 암살해 버렸을 겁니다."

란이 입을 떡 벌렸다. 유스타프가 느긋하게 말했다.

"제가 가주가 되는 데에 가장 큰 걸림돌이 되었을 테니까요."

"그거 참…… 인정해 줘서 정말 고맙네."

란이 한숨과 함께 말하자 유스타프가 고개를 끄덕였다. 란이 저도 모르게 웃었다.

"유스, 이거 진짜 이상해."

너 암살해 버렸을 거야, 이게 최상급 찬사라니.

"이상한가요?"

갸웃하는 그를 보며 란은 다시 웃었다. 란이 씩 웃었다.

"만약 내가 가주가 되고 싶었다고 해도, 유스타프를 먼저 없애버렸을 거야. 중요하지만 위험한 직위를 줘서, 약간 외곽으로 보낸 다음에 샥—"

유스타프가 그 말에 만족스러운 얼굴을 하는 걸 보고, 란은 정말로 유스타프의 기준이 이상한 건지, 아니면 여기 귀족들의 기준이 이상한 건지 알 수 없다고 생각했다.

"내일 골든로즈 상단주가 온다지요."

"응, 뭐 할 이야기 있어?"

"아뇨. 란이 알아서 할 테니까요."

"응, 맡겨둬도 좋아. 난 그럼 군대의 재편성을 유스에게 맡겨 둘까. 그쪽은 진짜 모르겠어."

이곳은 경찰이 없다.

현대에서야 군대와 경찰이 따로지만, 이곳에서는 아니다.

마을의 치안부터 시작해서 영지전까지, 병사에서 기사 모두가 전부 군대에 속해 있다.

그러다 보니 편제나 규모도 어마어마하고.

란으로서는 이해할 수 없는 것들투성이라, 그녀는 감사하며 그 일은 유스타프에게 맡겨 두고 있었다.

물론 각각의 영지야 영주의 사병으로 치안을 맡고 있기는 하지만, 이제 라치아 왕국이 된다.

주요 요소마다 왕국군이 배치될 거고…….

'어지간하면 중앙집권화를 하고 싶은데, 여기는 좀 우습게 섞여 있어서.'

완전히 봉건제도 아니며, 완전히 중앙집권제도 아니다.

"다행히도 건국에 공신이 생기는 건 아니라서, 왕권 강화에는 충분하니까……."

란의 중얼거림에 유스타프가 고개를 끄덕였다.

"그리고 우리에게는 수호룡이 있으니까요."

"뀨, 말이야?"

"……설마 이름을 그렇게 지으신 건 아니겠죠?"

"아냐, 아직 안 정했어. 다들 드래곤 님이라고 부르던데."

"드래곤 님치고는 말썽이 잦지만……."

"그런데 수호룡이라니."

"간판으로는 그럴듯하지요. 저걸 숨길 수도 없는 노릇이고요."

"세계수는?"

"그건 은밀하게 뿌릴 내용입니다."

"아하, 이해했어."

란은 고개를 끄덕였다.

수호룡의 존재는 공표.

세계수의 존재는 비공식.

"신비감은 중요하니까."

"중요하지요."

란은 길게 한숨을 내쉬고 말했다.

"우리 언제 휴가 가지?"
"잘하면 올 여름쯤이요."
"진짜? 그렇게 빨리?"
"지금 같은 속도로만 하면요."
유스타프는 란을 보며 말했다. 란 밑에 있는 행정관들이 질려서 다들 "마님은 사실 서너 명인 거 아닌가요? 란, 로미아, 드, 라치아, 이렇게 넷이라든가요?" 하는 말을 할 정도로 란은 빠르게 일하고 있었다.
란이 만족스럽게 미소 지었다.
"그럼 여름 휴가를 기대하도록 하지요."

*　*　*

레버리는 '란의 대로'를 보고 거의 기절하기 직전이 되었다.
"항구, 항구 선점권 주실 거죠!"
바짓가랑이라도 붙잡을 기세로 말하는 레버리를 보고 란이 헛기침을 했다.
"물론 골든로즈 상단은 저희와 오래 거래해 오기는 했지요."
"그러니까요!"
레버리의 적극성에 란이 눈을 찡그리며 말했다.
"이런 거래에서는 보통 포커페이스를 유지하는 거 아닌가요?"
"그거야 정말로 그 거래를 대신할 패가 있을 때의 이야기죠. 라치아 왕국이 세워지면 이 북쪽 항구는 필수예요. 여기에 선박이 들어와야 한다고요."
"그건 그렇지요."
란은 고개를 끄덕였다.

레버리가 싱긋 웃고 손을 모았다.

"제가 하프엘프라는 걸 아시지요."

"알지요."

"북쪽 항구는 엘프와 드워프도 사용하겠죠?"

"물론이에요."

"라치아는 이종족과 정식 국교를 맺은 유일한 왕국이니까요."

"아직 왕국은 아니지만—"

"봄 되면 하실 거잖아요."

"그렇죠."

"그렇다면 그 중간에 있는 저! 레버리 리버티가 꼭 필요하지 않을까요. 인간과 엘프와 드워프 사이에!"

란은 저도 모르게 웃었다. 레버리가 우아하게 미소 지으며 말했다.

"물론 그냥 해 달라는 건 아니랍니다."

"그럼, 어디 이야기를 들어 볼까요?"

란이 빙긋 웃으며 말했고 두 여자 사이에서 작게 스파크가 튀었다.

이제부터가 진짜다.

두 사람이 새로운 계약 문서에 서명을 한 것은 저녁을 먹을 때가 되어서였다.

지친 얼굴로, 양쪽 모두 만족한 표정이 되어 레버리는 행복하게 하늘 저택을 떠났다.

란 역시 축 늘어져서 탁자에 엎드렸다.

'필요한 건 다 얻어냈지.'

너무 레버리를 조이지 않았다.

'어차피 중요한 곳은 로미아 상단에 줄 거니까.'

상단 이름을 뭐로 할까, 고민하니 키리가 "로미아 상단으로 하죠?" 하고 말했고 어쩐지 그게 찬성표를 잔뜩 얻어서 상단 이름은 로미아 상단이 되었다.

더 자세히 말하자면 R. 로미아 상단. 줄여서는 다들 R. R. 상단이라고 부르지 않을까 싶었다.

'어쩐지 민망해.'

상단의 깃발은 녹색 바탕에 은색의 세계수 그림으로 결정되었다.

그렇게 착착 상단도 준비되어 갔고, 눈코 뜰 새 없이 바쁘게 시간이 지나갔다.

Chapter 8.

건국, 휴가, 탄생

라치아가 왕국으로 독립하는 선언문이 제국과 각 왕국에 도착한 것은 봄에서 여름으로 넘어갈 때쯤이었다.

제국의 황제인 라벨은 약속한 대로 라치아의 독립을 축하한다고 말했고, 제국의 인정에 다른 왕국들도 속이야 어떻든 겉으로는 국교를 맺자며 인정하는 문서를 보내왔다.

일단 라치아와 척을 지면 얼음수정을 얻는 데 차질이 생길 수도 있다는 게 가장 큰 이유겠지만.

그래서 왕국으로 독립하는 나라답지 않게, 피 흘림 없이 라치아는 왕국으로 독립했다.

건국일 대축제는 어마어마하게 크게 벌어졌고, 온 국민에게 포도주와 고기가 내려졌다.

한 달 동안 벌어진 건국 대축제에는 각국의 사신이 찾아와 인사를 했고, 모두가 정원을 뒹굴거리는 드래곤을 보고 눈이 휘둥그레져서 돌아갔다.

키릭스 후작—이제 키릭스 공작이 된— 부처도 초대장을 받아 도착했다.

엘리제가 환하게 웃으며 가볍게 무릎을 굽혀 인사했다.

“비마마.”

“리제.”

란이 다가와 엘리제의 손을 꼭 잡았다. 그녀가 웃으며 말했다.

“전에 했던 말 기억나? 언젠가 라치아 공작이 아니더라도 친구가 되겠다는 말.”

“그게 왕비마마가 되겠다는 말인 줄은 몰랐지요.”

란이 키득거렸다.

“하지만 아직 유효해. 리제에게도 그래?”

“물론입니다.”

리제가 웃으며 말했고 란이 그녀의 팔짱을 끼며 답했다.

“그럼 오늘 하늘 저택 안내는 특별히 내가 직접 하지.”

“황송합니다.”

대답하고 두 사람은 가볍게 웃음을 터트렸다.

아내들의 모습을 보며 키릭스 공작이 유스타프에게 말했다.

“이제 전하라고 불러드려야겠군요. 폐하께서 직접 인사하러 오지 못해서 아쉽다고 전해 달라 하셨습니다.”

“제국의 황제가 왕국 건국일에 오는 건 이상하지.”

유스타프의 말에 키릭스 공작이 고개를 끄덕였다. 그가 주변을 한 번 둘러보고 말했다.

"어마어마하군요."
"뭐가?"
"사람들의 시선이요. 다들 라치아 왕국에 발을 걸쳐 보려고 난리입니다. 사실 제국 귀족들 사이에서도 말이 많고요."
"많아 봐야."
유스타프의 중얼거림에 키릭스 공작—카로크는 고개를 끄덕였다.
"뭐, 그래도 이 정도면 잡음이 없는 거지요. 왕국기도 굉장하던걸요. 검은 드래곤이라."
"이제 문은 없으니까."
"그거 말인데, 진짜로 어둠과 드래곤이 나왔습니까?"
"사실이야."
"하."
카로크는 한숨 같은 소리를 짧게 내고 고개를 저었다.
"안 믿고 싶어도 말이죠. 그 빛기둥을 봤으니, 원. 게다가 제 마법사가 어찌나 발작을 하는지. 안 그래도 제가 오늘 여기 온다는 거 알고서는 따라가게 해 달라고 하도 졸라서 떼어놓느라 고생했습니다."
"제국에서도 보였나?"
"전역에서 보였죠. 그리고 진짜 드래곤도 데리고 계시다면서요."
유스타프가 고개를 끄덕였다.
드래곤은 이제 부쩍 커서 제법 자유롭게 날아다녔다. 밥과 잠자리 때문에 하늘 저택으로 늘 돌아오긴 하지만.
"참, 새로운 미로 공작 이야기는 들으셨습니까?"
유스타프가 고개를 끄덕였다. 카로크가 히죽 웃었다.
"라벨 폐하는 편하실 겁니다. 미로 공작가를 손바닥 위에 올리셨으니까요."

"그게 나도 편하니까."

라치아에 얼음수정이 있는 이상, 제국은 언제나 라치아를 삼키고 싶어 할 터였다.

라벨이 라치아의 독립을 허락해 준 것도 수많은 논의를 거쳐서였고, 그중에서 가장 중요한 것은 얼음수정의 수입 문제였으니까.

제국이 라치아의 독립을 보장하는 대신 라치아에서 매년 일정량의 얼음수정을 제국에 수출한다는 게 계약이었다.

약간 많은가, 하는 양이었지만 그대로 계약했다.

란이 "점점 더 얼음수정의 수요는 늘어날 테고, 지금 좀 많은 듯이 계약해도 곧 부족해질걸." 하고 말했기 때문이었다.

란은 전기의 공급이 날이 갈수록 늘어난 것처럼, 생활에 스며들어갈 얼음수정의 양도 당연히 늘어날 거라 예상했다.

"그러니 그 계약대로 해도 괜찮아."

어차피 부족해질 테니까.

그래서 라치아 독립을 위한 물밑 작업은 편하게 진행되었다.

유스타프는 카로크에게 가까이 오라고 손짓했고, 그가 갸웃하며 몸을 기울였다.

"이렇게 하면 오늘 저녁에 제국과 왕국 사이에 물밑 거래가 오갔다는 소문이 파다하겠지."

유스타프가 낮게 말해 카로크는 신음을 흘리며 고개를 끄덕였다.

"물론 그렇겠지요."

"그럼 귀찮은데 따로 만남이라도 가질까. 왕국 사신들이 슬슬 지겹거든."

제국의 사신이라면 둘이 만나도 괜찮지.

"절 연회에서 빠져나갈 이유로 써먹지 말아 주십시오."

말하면서도 카로크는 웃고 있었고, 유스타프는 "지겨워." 하고 짧게 말하고는 걷기 시작했다.

제국의 공작과 유스타프가 함께 사라지는 모습에 연회장에 남은 사람들은 수군거리기 시작했다.

힐끔힐끔, 자신을 보는 엘리제의 눈초리에 란이 갸웃하며 시선을 보냈다.

"왜?"

"아뇨, 그게 그 유명한 녹음의 관인가 하고요……."

"아."

란이 제 머리에 꽂힌 작고 사랑스러운 관을 가볍게 어루만지고 웃었다.

"아니야."

"그렇죠? 예쁘기는 한데 너무 작다고 생각했어요."

"보여줄까?"

란의 말에 엘리제가 고개를 끄덕였다.

"당연히 환영이지요."

란이 씩 웃었다.

왕국 독립 선언 때에 맞춰서 아슬아슬하게 엘프와 드워프가 새로운 녹음 세트를 들고 왔다.

양쪽 모두 뿌듯한 얼굴이었다.

관과 목걸이, 팔찌, 귀걸이, 반지까지 풀세트로 이루어져 있는 세공품은 저절로 감탄이 흘러나오게 만들었다.

순식간에, 이 시대의 액세서리를 조잡해 보이게 만드는 그런 장신구들이었다.

"어떠십니까?"

드워프 장인이 물어 란은 활짝 웃었다.

"이 이상 훌륭할 수 없을 것 같아요. 정말로 너무 멋진 작품입니다. 세상에."

그녀가 감탄사를 내뱉으며 하나씩 물건을 들어 보일 때마다 장인들이 한 마디씩 내뱉었다.

관은 직선적인, 위엄과 당당함을 가지고 있는 디자인이었다. 세심하게 보석을 커팅하고 백금과 다이아몬드로 화려하게 장식된 관은 대관식에 어울릴 법한 느낌이었다.

"이 무거운 관은 항상 하고 다닐 수 없으니까요."

엘프가 그렇게 말하며 화려한 관에 있는 장식을 살짝 분리해서 란은 입을 벌렸다.

빗처럼 생긴 작은 티아라는 커다란 카리톨을 박아 넣고 그걸 중심으로 태양과 별을 형상화한 듯 다이아몬드를 촘촘히 박아 넣었다.

이런 자리에서 가볍게 머리 장식으로 할 수 있는 티아라였다.

란은 그 아이디어를 극찬했다.

"그래요, 녹음의 관을 항상 하고 다닐 수 없으니 아쉬웠어요."

그리고 그 빗처럼 된 부분을 본래 커다란 관에 딱 끼워 넣으면 맞아 들어가게 되어 있었다.

공학적으로 신경을 썼다는 것은 드워프 작품 같은 느낌이다.

반지는 작은 캐럿으로 촘촘히 만들었는데, 가드링 같은 디자인으로 란이 하고 있는 결혼반지와 나란히 하면 딱 맞아들게 되어 있었다.

섬세한 배려라 란은 얼른 그 반지를 결혼반지와 겹쳐서 끼웠다.

목걸이는 또 새로운 디자인이었다.

카리톨뿐만 아니라, 루비와 사파이어를 아낌없이 사용해서 목걸이는 짙은 유색 보석들로 이루어져 있었는데, 그게 생동감 넘치게 보였다.

귀걸이는 커다란 다이아몬드와 카리톨을 번갈아 사용해 늘어지는 디자인이었고, 팔찌는 한 뼘 정도의 길이였는데 양쪽 팔목에 착용하는 한 쌍으로 된 디자인이었다.

백금을 실처럼 길게 잡아 늘여서 만든 섬세한 걸작품이었다.

여름에 장갑 대신 사용할 예정이라고 란이 말해서, 엘리제는 새 유행이 될 팔찌를 유심히 보았다.

각각의 디자인이 확연히 다르지만, 또 함께 착용하면 어울렸다.

같은 색의 맞춤 보석보다 좀 더 고난도의 맞춤이었다.

무엇보다도 란은 항상 손에 낄 수 있게 만든 반지가 마음에 들었다.

머리의 티아라 장식도.

"양측이 다 고생했지."

덕분에 우리도 많이 배웠고.

란이 킥킥거리는 사이에 엘리제는 침을 꼴딱꼴딱 삼키며 관을 보았다. 이렇게 아름다운 물건은 본 적이 없었다.

엘리제는 콕 손끝으로 관을 찔러 보았다. 장식이 파르르 떨렸다.

"이건 저녁 연회 때에 쓰면 딱이겠네요. 누구라도 이 관을 쓴 마마께서 그 자리의 주인공인 걸 알아챌 거예요."

엘리제의 말에 란이 씩 웃었다.

"나도 그렇게 생각해."

그리고 속삭였다.

"근데 우리 둘인데 이제 말 놔도 되지 않아?"

엘리제가 주변을 둘러보았다가 고개를 저었다.

"아니에요. 전 허술해서, 이러다가 모두의 앞에서도 말실수할지도 몰라요. 말투야 상관없잖아요? 친구인 건 변함없으니까요."

"그거야 그렇지만……."

어쩐지 아쉬운 기분이라, 란은 어깨를 늘어트렸다.

이제 나라가 달라졌으니 만나기도 어려워질 것이다.

물론 또 새로운 사람들이 생기겠지만…….

"자주 놀러 와, 리제."

"네, 비전하."

엘리제가 활짝 웃었다.

건국일 마지막 날 열린 밤 연회는 그야말로 있는 대로 힘을 주었다.

한밤중에 열린 연회에 란이 유스타프의 에스코트를 받으며 등장하는 순간, 모두가 숨을 죽였다.

밀빛 머리카락은 금분이 없이도 반짝이며 금색으로 빛났고, 그 아래 녹색 눈동자는 테를 두른 듯이 선명했다.

아름다운 사람은 많지만 그 내면의 빛이 바깥으로 나오는 듯한, 카리스마와 더불어 외모에 힘을 가지고 있는 사람은 드물었다.

그리고 란은 그 드문 사람 중 하나였고, 그녀의 모습은 머리 위의 빛나는 관과 함께 모두에게 뚜렷하게 각인되었다.

붉은 입술로 살짝 미소 지으며 란은 사람들을 돌아보았고, 눈이 마주친 사람들은 저도 모르게 고개를 숙였다.

유스타프가 그녀를 플로어로 가볍게 이끌자 사람들 사이에서 작게 한숨이 흘러나왔다.

유스타프 역시 오늘을 위해 화려하게 성장을 했기에, 란에게 밀리는 감이 조금도 없었다.

누가 보았다면, 리치아의 국왕 부부는 외모를 보고 뽑았냐고 할 만한 완벽한 한 쌍이었다.

침묵이 가득 찬 홀에 떨리는 듯 바이올린 연주가 시작되고 란과 유스타프는 춤을 시작했다.

바싹 긴장했던 란은 유스타프의 눈을 마주 보자 곧 긴장이 사르르 녹아 사라지는 걸 느꼈다.

매끄럽고 완벽하게 빙글빙글 돌며 두 사람은 더블릿을 추었다. 란은 의아해져서 유스타프를 보았다.

네 마디가 끝나면 사람들이 춤추러 플로어로 들어와야 하는데, 아무도 들어오지 않았다.

'왜지?'

슬쩍 유스타프에게서 시선을 떼고 돌아보니 다들 홀린 듯이 이쪽만 보고 있는 걸 알 수 있었다.

'물론 내 유스가 그만큼 멋지기는 하지만…….'

춤이 다 끝나고 나서야, 주변에 서 있던 사람들은 중간에 플로어로 나가는 것조차 잊었다는 걸 깨달았다.

당황스러움이 번져나가는데 란이 미소를 지으며 입을 열었다.

"제가 시범을 보여 드렸으니, 이제 직접 춰 보시는 게 어떠신가요?"

그러자 사람들 사이에서 작게 웃음이 터져 나왔고, 오케스트라는 재빠르게 같은 곡을 한 번 더 연주하기 시작했다.

그제야 플로어에 사람이 차기 시작했고, 란과 유스타프는 한 곡 더 추고서야 플로어에서 벗어났다.

그날 밤의 하이라이트는 불꽃놀이였다.

마법으로 만들어진 불꽃은 환상적이었다. 란은 마법사가 있으니 다들 이런 것에 익숙할 거라 예상했었다. 그래서 "저녁에 불꽃놀이를 할까?" 했더니만 시녀들은 모두 의아한 얼굴을 했다.

'마법사가 없는 공작가라서 그런가?' 하고 생각해 보니 제국의 연회에서도 불꽃놀이는 없었다.

알고 보니, 마법사에게 그런 유흥을 위한 뭔가를 시키는 것은 거의 불가능하다고 한다.

'마법사의 자존심이라는 거지. 하긴, 그래서 마법 세공품이 팔렸지.'

그래서 란은 야심차게 불꽃놀이를 계획했고, 마법 세공사들은 란의 설명에 귀를 기울이고는 실제 불꽃보다도 멋진 불꽃들을 만들어 냈다.

프란체가 가져온 도면을 보고 란은 슬쩍 가필을 했고, 프란체는 눈이 튀어나올 듯 되었다.

"아니, 이건 어떻게 하신 겁니까?!"

"그냥 떠올라서?"

"그냥이요? 그냥이요? 그냥 이게 된다고요?"

"응, 그냥이야."

란은 그렇게 말하고 술술 도면을 하나 더 그렸고, 프란체는 입을 떡 벌렸다. 란이 히죽 웃으며 "이것도 그냥."이라고 말하자 그가 진지한 얼굴이 되었다.

"그 그냥을 저에게 좀 가르쳐 주시지 않으시겠습니까?"

"계속 우리 왕국 마법 세공사로 있을 거야?"

그러자 프란체가 펜을 꺼내 들며 "당장 영구 계약이라도 하겠습니다." 하고 말했고 란은 웃으며 약간의 이론을 그에게 알려 주었다.

프란체는 환한 얼굴로 몇 장의 종이를 붙잡고 연구하겠다고 방에 틀어박혔고 말이다.

'마법 세공사도 저 정도인데, 마법사에게 알려지면 장난 아니겠는걸.'

란은 그런 생각을 하며 가볍게 고개를 흔들었다.

어쨌든 그 결과물이 지금 눈앞에 펼쳐지고 있었다.

'예쁘다.'

란은 허공에 터지며 색색으로 색과 모양을 변화시키는 불꽃을 바라보았다.

하나하나가 터질 때마다 모두가 탄성을 내질렀다.

마법이니 소리가 없어도 되지만, 란은 불꽃놀이에서 소리도 중요하다고 생각했기 때문에 소리도 첨부했다.

커다랗게 붉은빛으로 터졌던 불꽃은 다시 무수히 반짝이는 금색의 불꽃이 되어 터지고 그 가루들이 반짝이며 비처럼 떨어져 내렸다.

성이나 드래곤 같은 복잡한 모습도 되었고, 심지어 움직이기도 했다.

"어때?"

란이 유스타프에게 속삭이자 유스타프가 불꽃에서 시선을 떼고 란의 입술에 입 맞췄다.

"아름답습니다."

"다들 보잖아."

란의 목소리가 더 낮아지자 유스타프가 낮게 웃고 속삭였다.

"다들 불꽃을 보느라 바빠요."

그는 란의 허리를 당겨서 다시 한 번, 좀 더 깊게 키스했다.

감은 눈꺼풀 안쪽으로도 반짝이는 빛 무리가 보였다. 간신히 란이 입맞춤을 끝냈을 때 그가 귓가에 속삭였다.

"건국식 마지막 날 국왕 부처가 먼저 사라지면 안 되겠지요."

"안 돼."

란이 붉어진 얼굴로 단호하게 말했고, 유스타프가 그녀의 젖은 입술을 가볍게 엄지로 훑고 미소 지었다.

"그거 아쉽군요."

그가 살짝 속눈썹을 내리깔고 유혹하는 듯한 달콤한 목소리로 말했다.

"누님을 기쁘게 해 드릴 여러 가지 계획을 가지고 있었는데요—"

"이, 이럴 때만 누님이지."

란이 쥐어짜는 듯한 목소리로 항의하자 유스타프가 "하지만—" 하고 더 낮게 말했다.

"이렇게 부르는 걸 더 즐거워하시는 걸 제가 몸으로—"

"—!"

란이 손바닥으로 철썩 그의 입가를 치듯이 막았다. 그리고 스스로 놀라 주변을 힐끗 돌아보았는데 유스타프의 말처럼 다들 불꽃을 보느라 정신없었다.

삶은 새우 껍질처럼 새빨개진 란의 얼굴을 보고 유스타프는 웃었다. 그가 그녀의 손목을 잡아 내리며 가볍게 그 손가락을 깨물었다.

"정말로 안 가실 겁니까?"

란이 손을 확 빼고 말했다.

"가고 싶으면 먼저 가지 그래?"

한 박자 쉬고 란이 재빠르게 이어 말했다.

"우리 침실 베란다에서도, 잘 보여. 불꽃."

유스타프가 파란 눈을 깜박이더니 웃고 "그럼 먼저 가겠습니다." 하고는 회장을 빠져나갔다.

'조, 좋아.'

란은 주먹을 불끈 쥐었다.

'이제 적당히 눈치를 봐서, 나도 회장을—'

하는데, 엘리제와 눈이 마주쳤다. 엘리제가 의미심장하게 빙긋 웃어 란은 온몸이 타오르는 것 같은 기분이었다.

'다 봤구나!'

엘리제가 봤다는 건, 엘리제 말고도 본 사람이 있을 수 있다는 거겠지. 키스하고 나서 슬쩍 사라지는 국왕. 그 뒤를 따라 살그머니 사라지는 왕비.

'왜인지 너무 적나라하잖아.'

란은 결국 불꽃놀이가 끝날 때까지 그 자리에서 꼼짝도 할 수가 없었다.

불꽃놀이가 끝나고, 연회장의 파장 분위기를 다독이고서야 란은 제 방으로 돌아갔다.

부부 침실과 연결된 문 앞에 서서 란은 깊게 숨을 삼켰다.

'뭐라고 해야 하나. 아내에게 오늘 꼭 일찍 돌아갈게, 라고 약속해 놓고 결국 일 때문에 늦어 버린 남편의 마음 같은……'

헛생각을 하며 란은 살며시 문을 열었다.

"유스……?"

살짝 이름을 부르며 침대가로 다가갔는데 유스타프는 보이지 않았다.

"유스?"

그녀가 갸웃하며 발코니 쪽으로 나가니 거기에 유스타프가 서 있었다. 이쪽은 돌아보지도 않는다.

란은 머뭇머뭇 다가갔다가 에잇 하고 뒤에서 그를 꽉 끌어안았다.

"늦어서 미안해. 죄송합니다."

여전히 대답이 없어 란은 주절주절 변명을 늘어놓았다.

"그게, 사람들에게 잡혀 버려서. 어쩔 수가 없었어. 응? 그래도 이제는 여유 있으니까."

그러며 란이 그의 등에 푹 얼굴을 묻었다.

"봐주세요. 한 번만. 네?"

란의 웅얼거림에 유스타프는 한숨을 내쉬고 그의 허리를 감싼 란의 팔을 풀어내며 말했다.

"설마 소박맞은 신부 같은 기분이 될지는 몰랐지요."

"무슨 말을! 내가 왜 유스타프를 소박맞히겠어."

란이 눈에 힘을 주며 말하자 유스타프가 픽 웃었다.

"심정적으로 말입니다. 기다려도 오지 않으시고, 처음에는 두근거리다가 그 다음은 화가 났다가 지금은 좀 식었다고 해야 하나요."

란이 애교 있는 미소를 지으며 그의 허리띠를 잡아당겼다.

"미안, 내가 오늘 밤 다 보상할게."

그녀가 뒷걸음질 치며 말하자 유스타프가 "보상입니까?" 하고 되물으며 그녀가 끄는 대로 끌려갔다.

란이 그를 침대에 밀쳤고 순순히 유스타프는 침대에 앉았다. 란이 손을 뻗어 그의 뺨을 어루만지고 진지하게 말했다.

"내 체력이 허락하는 한은?"

눈을 찌푸리며 하는 말에 유스타프는 저도 모르게 웃었다.

그가 정중하게 말했다.

"그럼 일단 시도해 보고 나서, 용서할지 안 할지 생각해 보지요."

그녀가 달칵하고 그의 허리띠를 풀어 잡아당겼다. 란이 허리띠를 쭉 당기며 말했다.

"그럼 일단 양손 내밀어 봐."

* * *

"이럴 줄 알았어. 내가 먼저 나가떨어질 줄 알았어."

란이 유스타프의 몸 위에 축 늘어져서 말했다. 유스타프가 낮게 웃어 그녀가 고개를 들고 물었다.

"손목 괜찮아?"

유스타프가 말없이 제 손목을 보여줬고, 란은 한숨을 내쉬며 다시 푹 고개를 그의 가슴에 묻었다.
"흔적도 없네."
"란보다 튼튼하게 되어 있거든요."
"아니, 같은 인간인데 왜 차이가 나는 거지."
"갑옷으로 무장하고 랜스를 든 채로 말을 달리는 저와 란의 체력이 같다면 그것도 큰일 아닙니까."
"하긴."
란이 그렇게 말하며 끙차 하고 상체를 일으켰다.
유스타프가 손을 뻗어 그녀의 머리카락을 쓸어 넘겨주었다. 서늘하고 가느다란 머리카락이 손가락에 엉킨다. 그는 이 머리카락이 그의 몸 위에 미끄러지는 것도 침대 위에 흐트러지는 것도 좋았다.
그의 커다란 손이 란의 새하얀 목덜미에 남은 붉은 흔적들을 따라 내려왔다. 란의 살결은 부드러웠고, 핥아 올릴 때마다 혀가 녹아내리는 듯했다. 그 감촉을 떠올리자 그는 저도 모르게 침을 삼켰다.
자신의 아내는 그런 건 모른다는 눈으로 순진하게 자신을 내려다보고 있었다.
유스타프가 한 번 더 할 수 있지 않을까, 하고 그녀의 매끄러운 등을 쓸어내리는데 란이 입을 열었다.
"유스."
"네."
"내가 세상에서 유스를 가장 사랑하는 거 알지?"
"알지만 말로 해 주셨으면 좋겠습니다."
"세상에서 유스타프를 가장 사랑해."
란이 씩 웃으며 말했다.
"저도 사랑합니다."

유스타프의 말에 란이 작게 한숨을 내쉬었다.

"왜 그러십니까?"

그가 다른 손으로 란의 뺨을 감싸며 묻자, 란이 뺨을 부비며 말했다.

"아니, 조세권 문제 때문에."

이 분위기에서 조세권이라니?

유스타프는 그렇게 생각하고, 손가락으로 그녀에게 지분거리면서도 착실하게 대답했다.

"가신들이 거부할까 봐요?"

"그거도 그렇고."

란은 갸웃했다.

"지존심 상해하지 않을까?

라치아 왕국은 본래 봉토와 함께 내렸던 조세권을 회수하고, 대신 봉록을 내리는 형태로 바꾸기로 했다.

"괜찮을 겁니다. 일단 봉록을 받는 게 조세권보다 낫고요. 라치아는 기본적으로 가난한 영토니까."

"하긴."

란은 웃고 그의 몸에서 굴러 내려와 옆에 나란히 누웠다. 유스타프가 이불을 끌어당겨 그녀에게 덮으며 다독여 주었다.

"북쪽 항구도 그렇고, 로미아 상단도 그렇고. 할 일이 많네."

"가장 중요한 건 아무래도 사람을 뽑는 일이지요."

"그렇지."

대답하고 란이 눈을 번득였다.

"대학을 세우자."

"대학이요?"

"응, 제국 아카데미 같은 거! 하지만 그보다 좀 더 고등 학문을 다루는 거지. 모여서 마음껏 연구하세요. 연구비는 라치아 왕실에서 지급합니다. 그러면 저명한 인사들이 모일 거고, 그러면 제자도 모일 거고, 그러면 사람들도 모일 거고—"

란이 양손으로 동그라미를 그려 보였다.

"대학 도시라는 게 생기는 거지. 학문의 왕국. 그러면 인재는 저절로…… 훌륭하게 낚읍시다. 아, 귀족만이라든가 그런 제한은 빼고."

"재미있는 생각이군요. 그쪽에는 그런 게 있나 보지요?"

"응."

란이 고개를 끄덕였다.

"얼음수정이랑 눈설탕을 열심히 팔자고요. 로미아 상단도 본격적으로 가동시키고…… 북쪽 항구는 민간 투자를 받는 게 좋으려나?"

"란."

유스타프가 그녀를 바싹 끌어안았고 란이 "응?" 하고 고개를 들었다.

"일이 많다고 투덜거리면서도 어쩐지 즐거워 보입니다."

란은 헤헷 웃었다.

"그야— 전투 같은 건 진짜 못하니까. 어쩐지 요즘 유스만 계속 일한 느낌이라서, 내가 잘할 수 있는 걸 한다는 게 기뻐."

순순한 란의 말에 유스타프는 "너무 무리는 하지 마십시오." 하고 말하며 그녀의 이마에 키스했다.

"응."

란이 고개를 끄덕이며 눈을 감았다.

"제국이나 왕국과의 외교도 앞으로는 중요하겠지……."

"그렇겠죠."

"유스는 그런 거 별로 신경 안 쓰지만."

"정치를 좋아하지 않습니다."

"응, 라치아에게 정치라는 건 무의미한 거지. 하지만 앞으로는 필요할 걸."

말하고 란이 물었다.

"유스, 정치에서 가장 중요한 게 뭔지 알아?"

"장기말일까요?"

"그것도 중요하지만."

란이 반짝 눈을 뜨며 미소 지었다.

"가장 중요한 건 판을 짜는 거야."

"과연."

유스타프가 웃고 속삭였다.

"그럼 저는 룰 브레이커가 되겠습니다."

그 말에 란이 웃으며 그를 꽉 끌어안았다.

"룰러와 룰 브레이커를 둘 다 쥐고 있으면, 무서울 게 없지."

"그리고 저 조금 반성이 되는데요."

"응?"

의아해하며 란이 갸웃하자 유스타프가 자세를 바꿔 그녀의 몸 위로 올라왔다.

"어— 유스?"

당황한 란이 눈을 깜박이자 그가 그녀의 양 손목을 잡아 눌러 고정하며 빙긋 웃었다.

"잠드시는 데 그렇게 도움이 된 것 같지 않아서."

"이제, 잘 거야. 잘 거예요. 잘 겁니다."

"네, 그러니 도와드리지요."

그건 잠이 아니라 기절이거든?

란이 가볍게 버둥거렸지만 유스타프의 품을 벗어날 수는 없었다.

결국 란은 기절하듯이 잠들었다.

* * *

로미아 상단의 깃발이 전 대륙 곳곳에 휘날리게 되는 데 걸린 시간은 고작 1년이었다.

다른 상단들은 돈이 되지 않는다며 지나치는, 보부상들이나 간혹 들어갈 산골까지 상단은 깃발을 가지고 들어갔다.

그런 곳에서는 상단이라는 말이 이미 '로미아가 오는 날이야.' 하는 말로 바뀔 정도였다.

로미아 상단은 누구라도 일정한 심사만 거치면 가입할 수 있었고, 이들에게는 동패와 작은 깃발을 지급했다. 덕분에 보부상들도 쉽게 로미아 상단에 가입할 수 있었고, 그들은 저렴하게 공급받은 물건을 팔러 돌아다녔다.

하지만 그 위에 있는 철패, 은패, 금패를 얻기 위해서는 상당한 노력이 필요했다.

그만큼 주어지는 혜택의 격차도 어마어마했고 말이다.

로미아 상단의 깃발 아래에는 항상 같은 문구가 적혀 있었다.

〈가장 훌륭한 것은 로미아 상단에게〉

란이 캐치프레이즈라고 이야기한 이 문구는 깃발과 함께 전역에 퍼졌고, 사람들은 뭔가 질이 좋은 물건을 사고 싶다 하면 로미아 상단을 찾았다.

민트색의 깔끔한 패키지를 들고 가는 사람은 그것만으로도 으쓱해졌고 말이다.

"할 수 있다면 음유시인에게 PPL을 부탁하거나 CM송이라도 부탁하는 게 좋을까."

란이 그런 알 수 없는 이야기를 중얼거리면 아랫사람들은 바짝 긴장했다.

'또 얼마나 일을 시키시려고!'

란이 고개를 저으며 "천천히 하는 게 좋겠지." 하고 말해서야 모두가 가슴을 쓸어내렸다.

잠시 눈을 찌푸렸다가 란이 말했다.

"아냐, PPL은 하자."

"그, 그게 뭡니까?"

로미아 상단에서 금패를 가지고 있는 사람은 총 다섯 명.

지국장급의 인사들이었다.

지점장, 지부장, 지국장.

이렇게 세 단계로 나눠지고 지국장은 각 국가에서 로미아 상단을 통솔하는데, 지금은 그 지국장들이 모인 모임이었다.

"그러니까, 음유시인이 돌아다니면서 이야기를 할 때 우리 로미아 상단을 거기에 끼워 넣는 거야. 예를 들어 다쳐서 약을 꺼내는데 그 약이 로미아 상단에서 사온 약이라든가…… 옷을 사는데 로미아 상단에서 사온 옷감으로 만들어요, 라고 한다든가."

어리둥절한 얼굴이 되어 지국장들은 서로를 살폈다가 말했다.

"그게 무슨 소용이 있을까요?"

"당연히 있지. 로미아 상단 이미지가 좋아지잖아. 게다가 어쩐지 '아, 나도 이야기 속 레이디처럼 되고 싶어. 그럼 나도 똑같이 로미아 상단에서 옷감을 살까?' 이렇게 된다고."

란의 설명에 그제야 그들은 고개를 끄덕였다.

"음유시인도 길드가 있지? 그쪽에 의뢰를 하는 게 좋겠다. 하겠다는 음유시인에게는 적절한 금액을 지불하자고."

란의 말에 모두가 고개를 끄덕였다. 그러고 나서 서로 편하게 의견 교환의 시간이 있은 후에 회의가 끝났다.

'역시 모이는 데도 시간이 걸리니까, 중계 지점을 두고 순간 이동 포인트 같은 걸 만들까.'

란이 팔짱을 끼고 한숨을 내쉬었다.

"다 돈이네."

"그래도 이제 로미아 상단은 흑자로 돌아서지 않았습니까?"

란이 몸을 빙글 돌려 유스타프를 보고 고개를 끄덕였다.

"응, 간신히 1년 만에. 1년 만에 흑자라니 쾌거이기는 하지."

버틸 자금이 있어서 다행이다.

어떤 사업이든지 초기에는 투자비용이 한없이 들어가고, 그걸 메우지 못하면 폭삭 망한다.

그러니 오랜 적자를 견딜 수 있을 만큼의 기본 자금이 사업 성공의 기본이나 마찬가지였다.

아슬아슬한 자본으로 사업을 시작한다면 그 돈까지 까먹을 확률이 높은 거다.

'오일 머니, 아니 마력석 머니 만세라고 볼 수 있지.'

유스타프가 피식 웃었다.

"충분하네요, 내탕금."

"충분하지. 이제 날이 갈수록 늘어날걸. 많이 벌면 주변 땅도 좀 사는 게 좋겠지."

중얼거리고 그녀는 축 늘어졌다.

"유스~"

"네."

"그때 여름이면 휴가 간다고 그랬었잖아."

"그랬죠."

"그런데 언제 가?"

"지금 갈까요?"

유스타프의 웃음 섞인 말에 란이 눈을 번쩍 떴다.

"진짜?"

"네. 틸라노이가 완성됐다는군요."

"1년 만에?"

"네."

"세상에."

란의 녹색 눈이 반짝이며 즐거움이 서렸다.

"진짜? 유스 시간 돼?"

"란이야말로 됩니까?"

"란 로미아 드 라치아를 뭐로 보는 거야? 당연히 갈 시간이 있지."

아랫사람은 이럴 때 쓰라고 있는 겁니다.

"그럼 가죠."

유스타프가 결론을 내려 순식간에 여름 휴가가 결정되었다.

두 부부가 하늘 저택을 떠나며 업무를 쉰다고 하니 밑의 수많은 부하 직원들은 작게 만세를 불렀다.

틸라노이는 엘프가 설계한 여름 별장으로, 숲과 호수에 둘러싸여 있는 아름다운 곳이었다.

원래 라치아 공작가의 사냥터였던 곳인데 지금은 왕실 별장으로 탈바꿈했다.

엘프들이 설계한 만큼 우아하고 높게 솟은 아치에는 아름다운 돋을새김이 새겨져 있었다. 그 새김 하나하나가 일종의 부적이라고 하레쉬가 설명해 주었다.

녹색과 푸른빛의 돌이 절묘하게 사용된 틸라노이는 공용어로 번역하면 '녹음의 관'이라는 뜻이었다.

"예쁘다……"

저절로 탄성이 튀어나왔다.

숲 가운데의 별저는 8개의 욕실과 6개의 방, 3개의 거실로 이루어진 소박한(?) 장소였다.

숲 속에 유리구슬을 놓아두면 주변의 나무와 흙과 하늘을 반사해 숲과 같은 빛깔을 띠고 햇살이 영롱하게 빛난다.

란은 틸라노이가 그런 유리구슬 같다고 생각했다.

"유스."

"네."

"굳이 지금 휴가를 오자고 한 이유가 있어?"

란의 물음에 유스타프가 갸웃했다.

"틸라노이가 완성되면 달려가겠다고 설계 단계부터 말하셨지요."

"했지."

"그리고 마침 시간이 여름이고요."

여름 휴가를 약속하기도 했었고.

그 말에 란의 눈이 가늘어졌다. 유스타프는 뭔가 자신이 계산하지 못한 게 있나 고민하다 물었다.

"역시 시녀를 상주하게 할까요?"

지금의 틸라노이에는 란의 부탁으로 단둘밖에 없었다.

아침저녁으로 식사와 세탁물을 배달해줄 시종이 오가기는 하지만 그 때 외에는 둘뿐이었다.

"아니, 둘인 게 좋아."

란이 빙긋 웃었다.

'역시 자기 생일을 또 까먹고 있잖아?'

란은 속으로 고개를 저었다.

'생일 선물이야 주문했지만…… 주문한 거 말고 다른 것도 해주고 싶은데. 역시 할 만한 건 생일 밥상인가.'

유스타프는 란의 표정에 눈을 찡그렸다. 저 표정이면 잘 알고 있다.

'무슨 음모를 꾸미는 거지?'

여기 와서도 일 생각인가, 하고 그가 괜히 란의 이마를 쿡 찔렀다.

"……?"

놀란 란이 제 이마를 누르며 눈을 크게 뜨자 유스타프가 말했다.

"여기서는 일 생각은 버리죠."

"응."

란이 활짝 웃으며 고개를 끄덕였다. 모처럼의 휴가다. 허투루 쓸 생각은 없다.

"그럼 내부도 둘러보자."

란이 유스타프의 손을 잡아끌었고 그는 웃으며 끌려갔다.

4개의 방은 사계절을 테마로 만들어져 있었다.

라치아의 봄, 여름, 가을, 겨울을 모티브로 해서 만든 방은 각 방마다 탄성을 지르게 만들었다.

봄은 연녹색 토파즈와 페리도트를 기본으로 해서 연한 노란빛으로 함께 꾸며져 있었다.

여름은 짙은 녹색 에메랄드와 투명한 물빛 아콰마린, 수정에다가 흰 레이스를 함께해서 만들어졌고, 수정으로 만든 발이 침대 머리맡에 쳐져 있었다.

가을은 홍산호에 진주, 베이지에 갈색 색조로 만들어졌고 겨울은 은으로 만든 가지, 다이아몬드와 루비에 작은 은방울로 이루어진 장식과 크림빛 비단으로 만들어졌다.

란은 은방울 장식을 흔들고 깔깔 웃었다.

유스타프는 그 모습을 보며 '란 정말 요정 같지 않나.' 하는, 남이 들으면 '전하의 탈을 쓴 넌 누구냐!'라고 할 만한 생각을 했다.

"진짜 다 예쁘다. 아, 너무 좋다. 한 달은 쉬고 싶어."

"쉬면 되지요."

"그럴까~ 신혼 때도 고작 일주일이었고. 두 번째 신혼여행?"

란이 유스타프의 목에 팔을 두르며 달콤하게 말했다. 유스타프는 일 생각을 접어 두고 아내의 눈가에 부드럽게 입술을 대었다.

"그거 좋군요."

*　　*　　*

란은 약간 초조해졌다.

유스타프와 하루 종일 같이 있는 건 좋다. 좋은데.

'시간이 없어.'

뭔가 혼자 만들 시간이 없다.

결국 란은 유스타프를 쫓아내기로 마음먹었다.

"유스."

"네."

"여기 원래 사냥터였다고 했지?"

"그렇습니다."

"그럼 나 토끼털이 가지고 싶어."

미안, 토끼야.

란은 속으로 토끼에게 사과했다. 유스타프가 의아한 표정이 되었다.

"토끼요? 이 계절에?"

"이 계절에는 안 돼?"

"털을 얻을 거면 여름 토끼털은 볼품없습니다."

"그, 그렇군."

그건 생각 못 했네.

하지만 여기서는 억지를 쓰기로 했다.

"그럼 산 채로라도 좋아. 보고 싶어. 토끼 귀엽잖아."

"산토끼요?"

"응."

란이 고개를 끄덕였다.

유스타프의 표정이 더욱 묘해졌다.

"……알겠습니다."

잠시 침묵하다가 대답하고 유스타프는 차비를 해서 밖으로 나갔다. 사냥용 장비를 갖춘 후에 유스타프가 말했다.

"밖으로는 나오지 마세요."

"응."

란이 고개를 끄덕였고, 그는 다시금 미심쩍다는 얼굴로 란을 보았다.

'토끼가 귀엽다니.'

도무지 그에게는 이해가 되지 않는 감각이었지만, 란이 귀엽다니 그런 거겠지.

그는 가볍게 말을 몰아 사냥터로 나갔다. 어차피 요즘 전혀 사냥하지 않았으니, 사냥감들도 방심하고 있을 터.

그렇게 오래 걸리지는 않을 거다.

사냥터지기에게 들러 사냥개를 몇 마리 데리고 유스타프는 숲으로 말을 달려갔다.

그 사이 란은 재빠르게 부엌으로 내려갔다. 부엌에는 하녀가 놓고 간 재료가 놓여 있었다.

란은 조심스럽게 도서관에서 가져온 요리책을 꺼냈다.

“좋아.”

그녀는 앞치마를 두르고 팔을 걷어붙였다. 유스타프가 사냥에 얼마나 시간이 걸릴지는 모르지만…….

‘유스는 오래 걸리지 않을 것 같단 말이야.’

서둘러야겠다.

란은 푹푹 밀가루를 푸기 시작했다.

‘밀가루 두 컵, 버터가 반 컵…… 눈설탕, 눈설탕… 설탕 한 컵…….’

입안으로 웅얼거리며 그녀는 계량하고 계란을 깼다.

“으라차차!!”

있는 힘껏, 란은 계란을 휘핑하기 시작했다.

흰색 뿔이 생길 때까지 흰자를 머랭화하는 과정이었다.

“팔 아파.”

잠깐 쉬었다가, 란은 다시 마구 흰자를 휘핑했다. 팔이 떨어져 나갈 쯤이 되어서야 간신히 머랭이 완성되었다.

란은 한숨을 내쉬고 조심스럽게 채 친 밀가루와 머랭과 기타 재료를 넣고 섞은 다음 틀에 넣었다.

‘그리고 마지막은!’

그녀는 오븐을 노려보았다.

얼음수정으로 온도가 조절되는 오븐이라 그래도 나무 장작 오븐보다는 가능성이 있었다.

‘죽이 되든 밥이 되든!’

란은 반죽을 오븐에 넣었다.

그러고서 그다음으로는 크림을 휘핑하기 시작했다.

'죽겠다.'

이미 흰자를 머랭 친 것만으로도 팔이 아픈데 생크림까지 올리려니 팔 근육이 '이 이상은 안 될 것 같아.'라고 호소했다.

'하지만 해야 해.'

그나마 접시를 차갑게 식힐 수 있는 게 다행이었다.

냉풍기가 돌아가는 부엌은 살 만했고, 란은 쉬지 않고 생크림을 마구 쳐서 푹신하게 부풀어 오르게 만들었다.

'하지만 그래도 흐늘흐늘하네…….'

빵실하고 단단하게 오르지는 않아.

란은 한숨을 내쉬었다. 부엌에서 달콤한 냄새가 솔솔 나기 시작했다.

"으아아아— 오븐에 타이머를 달아두라고. 타이머도 없이 어떻게 오븐을 쓰는 거야?"

란이 끙끙거리며 오븐 앞을 서성였다. 시계를 보고, 다시 요리책을 본다.

"됐나? 됐겠지?"

란은 꼬치를 하나 들고 오븐을 열어 케이크를 찔러 보았다.

꼬치에 아무것도 묻어나오지 않아서 그녀는 환호를 내뱉으며 틀을 오븐에서 빼냈다.

"주인님, 전하께서 오십니다."

속닥속닥 누군가가 속삭여서 란은 펄쩍 뛰었다.

"벌써?"

"시간이 좀 흘렀지요."

녹영은 그렇게 목소리만 내고는 사라졌다. 란은 "으아아—" 하고는 재빠르게 케이크를 틀에서 분리해서—하다가 옆구리가 왕창 뜯겼다— 냉장고에 넣었다. 크림도 함께 넣고 재빠르게 앞치마를 벗고 손을 씻은 후에 후다닥 위층으로 올라갔다.

“유스!”

헉헉거리는 란을 보고 유스타프가 “그렇게까지 뛰어오실 필요는 없는데요.” 하고는 웃으며 자루를 내밀었다.

“토끼입니다.”

“살아 있어?”

“네. 하지만 다리는 묶어 뒀어요.”

“그래?”

란은 희고 보송보송한 토끼를 생각하며 약간 기대감을 갖고 자루 입구를 열었다가 확 닫았다.

“이, 이게 뭐야?”

“토끼지요.”

“이렇게 커?”

“네.”

유스타프의 얼굴이 다시금 의아해졌다. 란은 자루를 열고 다시 들여다보았다.

갈색의 토끼는 그야말로 늠름하기 짝이 없었다. 덩치도 크고 생김새도 뭐라고 할까…….

‘깡패……?’

자루 안에서 토끼가 펄쩍 뛰어서 란은 깜짝 놀라 자루를 떨궜다. 그러자 자루가 펄떡펄떡 뛰어 란은 비명을 지르며 유스타프의 뒤로 잽싸게 숨었다.

“저거 잡아 봐.”

유스타프가 자루를 집어 들었다.

“귀여우시다면서요.”

“아냐, 내가 생각한 토끼는 저게 아니라고.”

그의 등에 이마를 박은 채 떨리는 목소리로 말하는 란을 보고 유스타프는 ‘역시 귀여운 게 아니었군.’ 하고 작게 안도했다.

란이 한숨을 내쉬었다.

“그냥 풀어줘.”

“잡느라 고생했는데요.”

“그럼 먹을 거야?”

“그럴까요. 토끼 고기 먹어 보신 적 없으시죠.”

“응…….”

“요리해서 올리라고 하죠.”

그러며 그가 걸음을 옮겨서 란은 깜짝 놀랐다.

“어디 가?”

“부엌에 가져다 두려고요.”

“내, 내가 가져갈게! 부엌!”

“란이요?”

“응.”

‘나 할 수 있어.’ 하고 란이 그의 손에서 자루를 빼앗듯이 들고는 자기 몸에서 멀리 떨어트렸다. 그러고는 후다닥 부엌으로 달려갔다.

‘왜……?’

다시금 의아함이 생겨 유스타프는 란의 뒷모습을 바라보았다.

‘부엌에 뭔가 숨기는 거라도 있나?’

하지만 딱히 숨길 것도 없어 보인다. 유스타프는 란이 요리한다는 건 상상도 할 수 없었다. 그의 주변에 요리하는 여자는 단 한 명도 없었고, 요리하는 귀부인에 대해서 들어본 적도 없었다.

달려가던 란이 돌아서며 말했다.
"유스는 일단 씻고 있어!"
"알겠습니다."
유스타프는 고개를 끄덕였다. 모처럼의 사냥이니 상당히 즐겼지만, 여름에 말을 달린 덕분에 땀도 흠뻑 흘렸다.
유스타프는 욕실로 향해 가볍게 차가운 물로 씻고 나왔다.
'토끼가 귀엽다니.'
다시 생각해도 웃음이 나와 그는 씻으면서도 계속 피식피식 웃음을 흘렸다.
잠시 있으려니 란이 차가운 냉차를 잔뜩 만들어서 올라왔다.
유스타프의 몫과 제 몫을 따르고 란이 그의 다리 옆에 털썩 앉아 몸을 기댔다.
"고생했어."
"아뇨, 나름 흥미로웠습니다. 죽이지 않고 포획하는 건요."
"어떻게 잡은 거야?"
란의 물음에 유스타프는 덫과 몰이에 대해서 가볍게 설명했고, 란은 감탄하며 고개를 끄덕였다.
"나 토끼가 저렇게 늠름한지 몰랐어. 난— 희고 보송보송한 토끼만 생각했다고."
"겨울이 되면 털이 하얗게 되기는 하죠."
"정말?"
"네."
"신기하네."
하지만 저 모습에서 털만 희게 변한다고 해도 늠름함은 변함없을 것 같다.

유스타프가 조심스럽게 란의 머리카락을 쓰다듬었다. 란이 작게 한숨을 내쉬며 그의 다리에 무게를 주어 기댔다.

"유스랑 이렇게 있으니까 좋다."

"이렇게 여유롭게 있는 게 얼마 만인지 모르겠네요."

"그러게."

둘은 그리고 입을 다물었다. 침묵 속에서 친밀함이 안개처럼 농밀하게 떠돌았다.

느긋하게 그녀의 머리카락을 쓰다듬는 손. 기대있는 온기. 서로의 무게, 숨소리.

충족감이 차올라 둘은 한참을 그러고 가만히 있었다.

창문 밖에서 바람이 불며 나뭇가지 휩쓸리는 소리가 명랑하게 쏴쏴 울리고, 차가운 물가로 내려온 새들이 가볍게 깃털을 고르며 우는 소리가 났다.

서로가 거기에 있고, 무슨 생각을 하는지 뚜렷하게 알지는 못하지만 적어도 함께 있어 행복하다는 확신을 가지고 유스타프와 란은 그렇게 앉아 있었다.

그날 밤,

란은 일을 마무리하려 살금살금 침대에서 일어났다. 힐끗 돌아보니 유스타프는 자고 있었다.

'좋아.'

슬그머니 란이 방을 나서자마자 유스타프는 눈을 떴다.

'정말이지.'

그는 궁금해 자리에서 살그머니 일어났다.

란이 자신에게 뭔가 숨기는 건 알겠는데, 그게 뭔지 모르겠다.

유스타프는 로브를 걸치고 조심스럽게 란의 뒤를 따르기 시작했다.

란은 그가 따라오는 걸 전혀 눈치채지 못하고는 등불을 들고 종종걸음으로, 심지어 소리를 안 내려는 건지 맨발로 복도를 달려갔다.

'어딜 가는 건지.'

란은 복도를 빠져나가서 아래층에 있는 부엌으로 들어갔다. 부엌의 불이 팟 하고 들어와 유스타프는 눈을 가늘게 떴다.

문틈으로 들여다보니 란이 냉장고에서 뭔가를 꺼내고 있었다.

"좋아, 반나절이면 충분히 촉촉해졌겠지. 시럽을 발라 뒀어야 했나? 책에는 그런 말은 없었는데…… 그나저나 생크림 이거 괜찮은 거겠지?"

혼잣말을 중얼거리며 란이 뭔가 열심히 하는 게 보였다.

'설마?'

눈을 크게 뜨고 란이 뭘 하는지 보니 케이크를 만들고 있는 듯했다.

"유스타프가 뭐 좋아하더라. 역시 생크림에는 딸기가 최고인데, 딸기는 없고."

그 자리에 붙박인 듯이 서서 유스타프는 란이 열심히 생일 케이크를 만드는 모습을 바라보았다.

란은 가끔씩 자루 안의 토끼가 움직이면 "힉." 하고 숨을 멈췄다가 자루 눈치를 보며 케이크를 만들었다.

"이거 돌림판이라도 필요한 거 아닌가, 매끄럽게 안 발리네."

란이 꿍얼거리자 그녀의 혼잣말 상대인 녹영이 슬그머니 그림자에서 나왔다. 그녀는 힐끗 문 쪽을 바라보았고, 유스타프와 눈이 마주쳤다. 그가 미소를 지으며 입가에 손가락을 대서 녹영은 잽싸게 시선을 내렸다.

"제가 도와 드릴까요?"

"아냐, 내가 스스로 만들 거야."

그녀의 중얼거림에 녹영은 가볍게 한숨을 내쉬었다.

"알겠습니다."

녹영이 다시 그림자 속으로 녹아들자 란은 끙끙거리며 케이크를 완성했다.

'이거 진짜 아니다.'

란은 케이크를 바라보며 절망적으로 생각했다.

깍지도 없고, 아무것도 없으니 케이크는 그냥 생크림을 바른 것뿐.

그 위에 글씨를 캐러멜로 썼지만 아무래도 내놓을 만한 물건은 아닌 것 같다.

'맛이야 나쁘지 않겠지.'

하지만 겉모습이 이래서야…….

선물이라고 내놓기에 민망하다.

'전위적인 작품이야.'

란은 그렇게 평가하고 다시 한숨을 내쉬며 이마를 꾹 눌렀다.

아니, 왜 이런 데에는 재주가 없는 것인가?

케이크가 타지 않은 거라도 감사해야 하는 건가.

'그냥 하녀에게 케이크를 가져오라고 하는 게 낫겠다.'

아니면 그냥 고집부리지 말고 시녀와 함께 만들 걸 그랬다.

란은 아까운 마음에 케이크를 돔으로 덮은 후 냉장고에 넣었다.

그리고 터덜터덜 위층으로 올라갔고, 유스타프는 그녀가 나오는 걸 보고 재빨리 침실로 돌아왔다.

'그런데 왜 안 오지?'

그녀의 발소리가 들리지 않아서, 유스타프는 다시 침대에서 일어났다. 부엌에서 나오는 걸 봤으니 지금쯤 도착해야 할 것 같은데.

결국 그는 다시 자리에서 일어나 란을 찾아갔다. 쉽게 문틈에서 빛이 새어나오는 방을 발견하고 유스타프는 슬쩍 문을 열었다.

거실에는 란만이 아니라 그녀가 불렀는지 녹영 서너 명이 옹기종기

모여서 뭔가를 열심히 하고 있었다.

"빨리빨리 움직여."

란의 타박에 종이를 가늘게 잘라 만든 고리로 종이 사슬을 만들며 녹영이 말했다.

"이런 건 또 어디서 배우셨어요?"

"어렸을 때."

"……?"

란이 피곤한 눈을 부비며 "얼른얼른 만들어. 내일까지는 완성해야 하니까." 하고 재촉했고, 녹영들은 가위질과 풀질에 집중했다.

유스타프는 거기로 뛰어 들어가서 란을 꼭 안아 주고 입 맞추고 싶다는 충동을 눌러 참았다.

동틀 때가 되어서야 란은 "아, 유스 일어나겠다." 하고 허둥지둥 완성한 종이 장식품들을 박스에 넣어 숨기고 침실로 돌아왔다.

슬쩍 어두운 침대를 바라보니 유스타프가 아직 자고 있는 듯 보였다.

살그머니 침대로 돌아가자 유스타프가 그녀를 당기며 웅얼거렸다.

"어디 다녀오십니까?"

"응, 화장실에 좀."

중얼거리는 란의 발을 유스타프의 발이 가볍게 눌렀다.

"발 차가워요."

"맨발로 다녀와서."

슬그머니 발을 빼며 하는 말에 유스타프는 그녀를 더 꽉 안으며 그녀의 발 위에 제 발을 올렸다.

"발 따뜻해져야죠."

"응."

란이 중얼거리고 그의 품 안에서 금방 잠들었다. 유스타프는 슬쩍 눈을 뜨고 란을 바라보았다.

어지간히 피곤했던 모양이다.

'밤새서 일했으니 그럴 만하지.'

손수 준비하는 생일 파티라니.

신기했다.

그리고—

가슴이 떨렸다. 살아 있는 쥐 한 마리를 삼킨 듯한—

유스타프는 제 가슴 위에 손을 올렸다. 이런 식으로 가슴이 두근거리는 건 처음이었다.

란은 참 다양하게 제 심장이 두근거리게 만들었다.

다채로운 감각의 세계.

란은 항상 그에게 새로운 문을 열어 주었다. 그저 지나가던 것들이 그녀와 함께 있으면 특별해졌다.

나비 날갯짓의 경이로움을, 물총새 깃털 빛의 오묘함을 란과 함께하면서 인식하게 되었다. 세계를 구축하는 게 반짝이는 것들로 이루어졌다고 란은 굳게 믿는 사람이었다.

그리고 그 반짝임이 너에게도 있다고, 란은 눈으로 항상 말했다.

'그리고 이런 식으로.'

그녀가 자신에게 기분 좋은 놀라움을 줄 때마다, 그녀로 인해 세상이 가치 있어지는 걸 유스타프는 느꼈다.

한 사람으로 인해서 세상이 가치 있어지고 아름다워 보인다는 걸, 누가 알 수 있을까?

유스타프는 란을 안은 팔에 힘을 주었다.

자신의 세계가, 팔 안에 있다.

*　　*　　*

란은 한낮이 되어서야 일어났다.

'진짜 자 버렸어!'

놀라 란은 옆을 돌아보았고, 자리가 비어 있어서 눈을 비비며 침대에서 내려왔다.

"유스?"

"거실에 있습니다. 일어나셨습니까?"

유스타프가 걸어와 란이 고개를 끄덕이고 허둥지둥 물주전자를 들자 유스타프가 그녀의 손에서 빼앗아 들어 세면대에 부어 주었다.

"미안, 나 늦잠 잤네. 어제 한 것도 없는데."

"괜찮습니다. 란, 오늘 따로 할 일이 있나요?"

"어? 아니, 딱히……."

란이 세수하고 중얼거리자 유스타프가 조심스럽게 말했다.

"그럼 저 낚시 나가도 될까요?"

"낚시?"

"네. 가능하면 혼자서."

"당연히! 괜찮아! 나가, 나가."

란의 얼굴이 밝아져서 유스타프는 웃음이 나왔지만, 짐짓 입술을 깨물고 말했다.

"제가 나가는 게 좋으신가요?"

"아, 아니. 그건 아니고. 나야 유스와 있고 싶지. 하지만 유스타프가 혼자만의 시간을 가지고 싶다면 그것도 응원하는 거지."

"그러면 같이 있을까요?"

"으—응?"

란의 표정이 왔다 갔다 하는 걸 유스타프는 즐겁게 바라보았다.

그 앞에서는 이렇게 서툰 그녀가 좋았다. 매끄러운 미소를 머금고, 협상 테이블 앞에서는 깨어지지 않는 가면을 쓰면서 자신 앞에서만은 표정과 몸짓에 속마음이 훤히 드러나는 그녀가.

"아니, 그래도 유스가 가고 싶다면 가야지."

이 기회를 놓치면 안 돼, 하는 절박함이 보여서 유스타프가 웃고 말했다.

"그럼 잠시 다녀오겠습니다."

"응! 큰 물고기 잡아 와."

유스타프는 란의 배웅을 받으며 별저를 나섰다. 호숫가로 말을 몰기는 했지만, 낚싯대는 가져오지 않았다.

부산히 생쥐처럼 몸을 놀릴 란을 생각하고 있는 것만 해도 기분이 나쁘지 않았다.

그는 문득, 란이 물총새 장식을 좋아하는 걸 생각했다.

'이 호수에도 있을까?'

유스타프는 힐끗 안장에 걸린 사냥용 활을 바라보고 좀 더 속도를 올렸다.

란은 재빨리 움직였다.

높은 천장에 사다리로 올라가 종이 사슬 장식과 모빌 장식을 늘어트렸다.

'그리고—'

생일 만찬은 눈을 딱 감고 주방 하녀의 도움을 받았다. 그녀가 가져온 비스킷이며 닭고기를 식지 않게 오븐에 넣어 두고, 란은 제 케이크를 꺼냈다.

'이건 아냐.'

만든 게 아깝기는 하지만, 혹시나 하고 시녀에게 부탁했던 케이크는 그녀의 작품에 비하면 예술품이다.

'마음만 주자, 마음만.'

란은 그렇게 생각하며 케이크를 도로 냉장고에 넣었다. 이어 그녀의 짐 가장 안쪽에서 종이 포장을 꺼냈다. 바쁘게 일하는 틈틈이 뜨개질하며 만든 목도리였다.

녹색과 흰색, 꽈배기 뜨기로 만든 작품은 그럴 듯했다.

'이거랑.'

하나는 주문품인 엘프제 활과 화살 통이었다. 활에 얼음수정이 딱 들어갈 공간이 있었는데, 이걸 작동시키면 훨씬 적은 힘으로 활을 당기는 게 가능해서 속사가 쉽다고 설명을 들었다.

그리고 식어도 괜찮은 것들은 미리 상에 차리고 란은 휴 한숨을 내쉬었다.

이제 유스타프가 오기만 하면 된다.

'아, 참. 옷 갈아입어야지.'

란은 짐을 뒤졌다.

오늘을 위해 준비한 속옷은 슬쩍 침실에 넣어 두고, 란은 연푸른색 하늘거리는 드레스로 갈아입었다. 란은 유스타프가 얼마나 놀랄까 기대하며 턱을 괴고 창밖을 바라보았다.

해가 기울기 시작할 무렵, 저택 앞으로 들어오는 유스타프의 모습이 보였다.

란은 얼른 문 옆으로 몸을 숨겼다.

"란? 저 왔습니다."

"유스, 여기야!"

란은 목소리만 높였다.
그녀는 두근거리며 준비한 줄을 꽉 쥐었다.
"란, 왜 나오지 않고—"
그가 문 앞에 들어서는 순간 란은 힘껏 줄을 당겼다. 그러자 문 위에 걸린 바구니가 뒤집어지면서 종이꽃이 후루루 흩날려 떨어졌다.
"생일 축하해!"
란이 웃으며 큰 소리로 말했다. 이 건 예상치 못했던 일이라 유스타프는 눈을 끔벅였다.
"유스?"
"아뇨."
유스타프가 제 몸에서 종이꽃을 털어 내며 웃었다.
"아무것도 아닙니다."
다 안다고 생각했는데 아니었다. 란이 그의 팔을 잡아끌었다.
"음식 만드는 거 나도 도운 거야."
"그거 놀라운데요."
말하며 유스타프는 생일 케이크가 없는 걸 보고 갸웃했다가, 뒤쪽에 둥근 은 뚜껑이 덮인 무언가를 보고 얼른 시선을 돌렸다.
"종이 장식이 특이하네요."
"예쁘지?"
"새인가요?"
"학도 있고, 종이 고리도 있고."
말하고 멋쩍은 듯 란이 덧붙였다.
"번쩍이는 샹들리에 옆에 붙이니까 좀 그렇지만."
"아닙니다."
란도, 유스타프도 돈은 흘러넘치게 있었다. 돈을 써서 사람을 부려 뭔가 만드는 건 쉬웠다.

그냥 '예쁘게 장식해 주세요.' 하고 돈만 지불하면 끝이니까.

그래서 이렇게 본인의 수고가 들어간 장식은 특별했다. 그들의 시간은 귀중했고, 그 시간과 귀찮음을 이기고 뭔가를 직접 한다는 건 무엇보다 가치가 있는 일이다.

시간은 흘러가며 돌아오지 않는다. 그 시간을 누군가를 위해서 투자한 다는 것.

그게 얼마나 소중한 것인지 두 사람 다 잘 알고 있었다.

되돌릴 수도 메울 수도 없는 것을 서로에게 준다는 것.

가치 있는 걸 누구에게 준다는 것은 기쁜 일이다. 하지만 상대가 그 가치를 알아준다는 건 두 배로 기쁜 일이다.

란은 유스타프의 얼굴을 보고 환하게 웃었다.

"마음에 든다니 다행이야."

그 모든 수고가 눈 녹듯이 사라진다.

"배고프지? 잠깐만, 먹기 전에."

란이 얼른 케이크를 가지고 왔다. 뚜껑을 열어 보이자 유스타프의 얼굴이 굳었다.

화려하고 매끄러운 케이크.

란은 그의 표정에 당황했다.

"마음에 안 들어?"

"아뇨, 그게 아니라……."

중얼거리고 유스타프는 단호하게 말했다.

"란이 만든 케이크는요?"

"어?"

화들짝 란이 놀라 그를 바라보자 유스타프가 말했다.

"케이크, 만들지 않았습니까. 혹시 버렸나요?"

"아니, 안 버렸…… 어, 어떻게 알았어? 내가 케이크 만든 거?"

"그 정도는 알죠."

"어? 아니, 아무리 그래도 그렇지."

뭐야? 뭐야?

당황하며 어쩔 줄 모르는 란에게 유스타프가 말했다.

"란이 만든 케이크로 주세요."

"아, 안 돼. 그거 진짜 이상하게 생겼단 말이야. 먹으면 병이 걸릴지도 몰라."

"그럴 리가요."

유스타프가 자리에서 벌떡 일어나 부엌으로 가자 란은 '어어' 하며 그의 뒤를 따라갔다.

"유스, 진짜 이상하다니까."

"안 이상해요."

유스타프가 정확하게 냉장고로 다가가 문을 여는 걸 보고 란은 신음을 내뱉었다. 유스타프가 케이크를 꺼냈다.

휘핑이 덜 된 생크림이 약간 흘러내린 듯한 케이크. 캐러멜로 써진 삐뚤삐뚤한 '유스, 생일 축하해' 하는, 아래로 갈수록 자리가 모자라서 작아진 글씨.

"……이상하잖아……."

그녀가 중얼거려 유스타프가 웃었다.

"아뇨, 전 이게 훨씬 더 마음에 드는걸요?"

"위로는 됐어."

란의 말에 유스타프가 눈썹을 치켜올리며 말했다.

"왜 제 말이 그렇지 않을 거라고 생각하십니까? 제가 거짓말을 하는 것처럼 보이시나요?"

"아니, 하지만 객관적으로 봐서……."

"객관성은 저희 둘 사이에 중요하지 않죠."

관계가 객관적이 되려면 타자화가 되어야 하고, 타자화가 되는 관계라면 이미 관계가 아니다.

관계는 항상 주관적인 법.

유스타프가 그렇게 말하고 웃었다.

"주관적으로, 란이 만든 케이크가 세상에서 가장 아름답습니다."

란의 뺨이 붉어졌다.

그녀가 작게 말했다.

"맛은 그래도 괜찮을 거야."

구워지기는 잘 구워졌어. 자투리 먹어 봤는데 괜찮았어…….

자그마한 변명 같은 말에 유스타프가 작게 웃었다.

"그럼요."

그가 그녀의 뺨에 가볍게 입 맞췄다.

"저도 장담할 수 있습니다."

쑥스러워하는 란과 케이크와 함께 자리로 다시 돌아와, 유스타프는 케이크를 잘랐다.

시트도 일정하지는 않아도 3단으로 잘려서 크림이 발려 있었다.

"맛있어요."

유스타프의 말에 란도 케이크를 한입 입에 넣었다.

보기에는 그래도 맛은 괜찮아서 란은 가슴을 쓸어내렸다.

"다행이다. 그리고 이것도."

란이 얼른 포장된 꾸러미를 내밀어 유스타프는 포장지를 조심스럽게 열어 보았다.

"내가 직접 뜬 거야. 목도리랍니다."
"직접이요? 아니, 어디서 시간이 난 겁니까?"
"손은 놀리고 입은 떠들면서."
란은 그렇게 말하고 웃었다. 유스타프가 몇 번이나 목도리를 만지작거리고 꽉 찬 음성으로 말했다.
"고맙습니다."
"응. 마음에 든다니 다행이다."
어쩐지 부끄러워 란은 얼른 접시를 유스타프 앞으로 밀었다.
"얼른 먹자."
"네."
두 사람은 느긋하게 저녁 식사를 했다. 포도주는 향긋했고, 음식은 흠잡을 곳이 없었다.
"시간 진짜 빠르다."
"그러네요."
"널 처음 본 게— 이제 10년도 전이네……."
란이 중얼거리고 가볍게 웃었다.
"유스, 근데 진짜로 내가 얼음수정 채굴권 가지고 가 버렸으면 어쩌려고 했어?"
"그럼, 가지고 가시는 거죠."
"진짜? 가신들이 난리 날 텐데?"
"그런가요?"
유스타프가 빙긋 웃어서, 란은 턱을 괴었다가 한숨을 내쉬었다.
"난 분명 채굴권을 누군가에게 팔았을 거야. 그리고 그랬다면—"
"라치아 영지에서 일하려면 통행료를 상당히 내야겠죠."
"그랬겠지……."

그녀가 그 채굴권을 가지고 거기에 눌러앉을 가능성은 없었다. 가능성 중 하나는, 골든로즈 상단에 채굴권을 단숨에 팔아 버린 후 어마어마한 목돈을 챙겨 사라지는 거다.

"진짜, 상상도 못 했어."

그런 제안을 할 거라고는.

"란은— 당시의 누님은 항상 초연했으니까요."

"초연?"

그게 무슨 나와 어울리지 않는 말인가, 하고 란이 갸우뚱하는데 유스타프가 말했다.

"누님은 항상 라치아가 좋지 않다고 했었죠. 보통, 어떤 대상에 힘과 정성을 쏟으면 그 대상을 좋아하게 됩니다."

"그렇지……?"

그렇지 않으면서 거기에 힘과 정성을 쏟는 사람은 없을 테니까. 만약 그런 일이 있다면 '난 이걸 좋아해.' 하고 합리화라도 하겠지.

"그런데 누님은 아니었습니다."

"……생각해 보니 그러네."

라치아는 어차피 자신의 것이 아니다. 그러니까, 그렇게 좋아할 필요도 없고. 또 딱히…….

그 땅에 애정이 있는 게 아니니까.

"저는 란을 좋아하니, 기회를 주고 싶었습니다. 저에게서 도망갈 기회를요."

그게 그가 할 수 있는 최대의 애정 표현이었다. 그는 애정을 다루는 방식을 어머니에게 배웠고, 어머니의 방식을 그녀에게 적용하고 싶진 않았다.

"그런데 도망치지 않았지."

"않으셨죠."

"눌러앉아 버렸네."

"네."

"그러면, 내가 그 뒤로 사라졌으면 어떻게 됐을까?"

"도망치지 못했을 겁니다."

"그런가?"

"네."

간결하게 대답하고 유스타프가 웃었다. 란이 포크를 빙글빙글 돌리며 "에이, 그건 모르지." 하고 말했고 유스타프가 답했다.

"10년이 걸리든, 30년이 걸리든, 내가."

그가 서늘한 미소 지었다.

"찾아내지 못할 것 같아?"

란의 녹색 눈이 동그래졌고, 유스타프가 부드럽게 웃었다.

"그런 겁니다."

"그, 그렇군."

중얼거리고 란이 한숨과 함께 말했다.

"좀 더 상냥하고 친절하게 대해 줘. 역시."

"충분히 상냥하고 친절하게 대해 드리고 있는걸요."

"그거야 그렇지만."

아니, 그런 게 아니라.

란은 그를 보다가 웃었다.

내가 널 사랑하는 방식으로 너도 날 사랑해 줘.

어쩌면 투정 같은 말.

하지만 서로 달라도, 사랑한다는 건 알지.

그녀는 그렇게 중얼거리고 냅킨으로 입가를 닦았다.

준비해 둔 속옷을 떠올리며 란이 말했다.

"마지막 선물이 있는데."

"뭡니까?"

"음, 이따가 보여 줄게. 일단 씻고 다시 만나자."

유스타프가 "씻고서 봐야 할 정도로 경건한 선물인가요?" 하고 물었고 란이 고개를 끄덕이며 진지하게 말했다.

"그럴 가치가 있는 선물이지."

"알겠습니다."

의아해하면서도 유스타프는 자리에서 일어났다. 란은 씩 웃어 보이고 제 침실로 돌아가 재빠르게 씻고 속옷을 꺼냈다.

란이 주문한 속옷 디자인화를 보고 소다는 얼굴을 새빨갛게 물들이며 "이게 옷이에요?" 하고 말했고 키리는 "어머어머어머? 진짜 참신한데…… 이런 건 어떻게 생각하셨어요?" 하고 진지하게 물었다.

란은 잠자리 날개 같은 천으로 된 속옷을 챙겨 입고, 레이스 달린 가터벨트와 실크 스타킹을 신었다.

슬쩍 거울을 보았지만, 스스로도 정면으로 거울을 보기 낯 뜨거웠다. 그 위에 로브를 재빨리 입고서 란은 깊게 숨을 들이마셨다.

'선물을 나, 를 실천할 때다.'

오늘은 겨울 침실이었다.

란이 침대에 앉아서 발을 까닥거리고 있으니 유스타프가 들어왔다. 유스타프는 로브 차림의 란을 보고 놀랐고, 란은 옷을 갖춰 입은 그를 보고 웃었다.

"유스타프 라반 드 라치아."

"네."

"이리 앉아 봐."

제 옆자리를 툭툭 두들기자 유스타프는 그녀의 옆에 앉았다. 란이 자리에서 일어나 그의 앞에 서서 끈을 당겨 풀었다.

유스타프의 눈이 커졌다.

그는 잠시 아무 말도 하지 않고 란을 바라보았다. 저절로 침이 꿀꺽 넘어갔다. 그는 마른 입술을 혀로 적시고 어두워진 눈동자로 란을 훑어보았다.

란이 웃으며 빙글 한 바퀴 돌았다.

"마지막 선물은 나야."

유스타프는 그 말에 그녀를 잡아끌고 가터벨트를 당겼다가 놓아 주며 말했다.

"란은 이미 제 것인 줄 알았는데요."

란이 그의 셔츠 단추를 하나씩 풀며 속삭였다.

"물론 제 사랑은 전부 당신의 것이지요. 하지만 그게 날 소유했다는 뜻은 아니랍니다."

유스타프가 손으로 그녀의 다리를 부드럽게 쓸어내리며 말했다.

"그럼 제 사랑을 전부 주어, 란을 사지요."

"나쁘지 않은 거래 같은데."

말하고, 단추를 풀던 란이 손을 멈추자 그는 약간 초조함을 느껴 그녀를 올려다보았다.

란이 다정한 녹색 눈으로 그를 내려다보며 뺨을 감쌌다.

"태어나 줘서 고마워, 유스. 생일 축하해."

그녀가 몸을 숙여 부드럽게 입맞춤을 했다. 유스타프는 란을 당겨 더 깊게 그녀의 안으로 들어갔다. 그가 그녀를 침대로 획 쓰러트리듯 눕히자 침대 장식으로 걸린 은방울이 짜르릉 작은 소리를 냈다.

유스타프가 란을 내려다보며 거칠게 제 옷을 벗었다. 그의 엄지손가락이 란의 붉은 입술을 짓뭉개듯 눌렀다가 입안을 훑자 그녀가 가볍게 그 손가락을 빨아들이고 핥았다. 유스타프는 불에라도 댄 것처럼 흠칫 하며 손을 뗐다. 란이 고혹적인 미소를 지으며 말했다.

"그럼 천천히 선물을 즐겨 주세요."

유스타프는 한 대 얻어맞은 듯 낮게 신음을 흘렸다. 천천히 해야 하는데 천천히 할 수 있을지 모르겠다.

그가 낮게 말했다.

"조금 거칠게 할지도 모르겠습니다. 물론 란을 아프게 하지는 않겠지만—"

란이 손을 뻗어 그의 입술을 손가락을 모아 막고 속삭였다.

"네, 기꺼이."

결국 참지 못한 유스타프가 거칠게 그녀에게 키스했다.

란도, 유스타프도 마지막 선물을 철저하게 즐겼다는 데에는 이견이 없는 긴 밤이 지나갔다.

그러고 나서 여름 휴가 내내 두 사람은 더더욱 거리낌 없이 깔깔거리고 장난치며 호수와 숲을 돌아다녔다.

이미 안다고 생각했는데도 더 깊이 알 수 있고, 친밀해지는 것에는 끝이 없다는 게 즐겁다고, 란은 생각했다.

밤의 호숫가에 서서 란은 팔을 벌렸다.

그녀의 머리 위에 올라간 관이 희미하게 빛났다. 란은 깊게 숨을 들이마시고 마법을 그려냈다. 호수 표면이 반짝이며 마법진이 빛나다가 천천히 호수 바닥으로 가라앉으며 사라졌다.

란이 숨을 내쉬며 팔을 내렸다.

"끝."

"이걸로 된 겁니까?"

유스타프의 말에 란이 고개를 끄덕였다. 그녀가 명랑하게 말했다.

"여기가 중계 지점이 될 테니까, 라치아 왕국 대부분 지역에서는 통신구를 쓸 수 있어. 순간 이동은 좀 더 촘촘하게 깔아야 하니…… 내가 나중에 시간이 나면."

란이 어깨를 으쓱했다.

"마법사들이 알면 또 난리 나겠군요."

"그렇지……. 하지만 이게 참, 전수해 주기도 어렵고 그럴 만한 시간도 없고."

게다가 인간에게만 전수하는 건 불공평하잖아? 하려면 엘프와 드워프에게도 모두 가르쳐야 하고.

자신이 그런 대단한 스승이 될 가능성이 있다는 생각은 들지 않았다.

"천천히 하나씩 해야지, 뭐."

란의 말에 유스타프가 고개를 끄덕였다. 그 역시 아내를 더 이상 일에 빼앗기고 싶지 않았다.

이렇게 휴가를 보내니 더욱더.

"오늘이 마지막 날이네요."

"마지막 날이지. 아쉽다—"

란이 관을 벗으며 달려와 유스타프의 품에 푹 안겼다. 유스타프가 그녀를 끌어안고 속삭였다.

"다음에 또 오면 되지요."

"꼭이다?"

"네."

그 역시 이런 시간이 너무 필요했다.

부부는 꼭 다시 오자고 굳게 다짐하며 휴가의 마지막 밤을 보냈다.

*　　*　　*

라치아 왕국의 건국 기념일 행사는 화려하게 열렸다.

도시 곳곳에 라치아의 깃발이 펄럭이고, 한밤중에도 가로등에 불이 꺼지지 않는 불야성이었다.

건국 기념일은 저녁이 되어도 통행금지가 없기 때문에, 모두가 등불을 들고 깔깔거리며 시끌벅적하게 야시장을 돌아다녔다.

이 시기에 맞춰서 북쪽 항구에 배가 가득 들어왔기 때문에 어디에나 물건이 흘러넘쳤다.

란도 등불을 하나 샀다.

가로등 때문에 등불은 필요 없지만, 그래도 다들 축제 분위기를 즐기려 등롱을 들고 다녔다.

란이 산 것은 그럴 듯하게 만들어진 드래곤 모양의 등불이었다.

"귀엽다."

란이 등불을 가볍게 흔들어 보이며 말하자 유스타프가 고개를 끄덕였다.

"귀엽네요."

란이.

뒷말을 접고 유스타프는 살짝 란의 허리를 잡아당겨 사람들을 피했다.

"아, 나오니까 좋다."

유스타프는 이렇게 많은 사람들 속에서 어떻게든 간격을 유지하려고 애쓸 녹영을 생각하며 고개를 끄덕였다.

"네, 좋습니다."

"유스는? 뭐 가지고 싶은 거 없어?"

란의 말에 그가 고개를 저었다.

"전 괜찮습니다."

"에이—"

축제 분위기에 들떠 란이 키득거리며 그의 팔짱을 꼈다.

두 사람 다 가벼운 옷차림으로, 란은 머리카락을 몽땅 틀어 올려 모자를 푹 눌러쓰고는 셔츠와 바지를 입고 있었다.

유스타프도 용병 같은 간단한 옷차림을 하고 있었고, 거리에는 두 사람 같은 사람들이 많았다.

야시장을 찬찬히 둘러보며 란은 만족스러운 미소를 지었다.

사람들의 얼굴도 밝고 옷차림도 훌륭했다.

야시장의 물건들은 전부 수제로 만들어졌기 때문에 조잡하고 가격도 비쌌지만, 그래도 축제날 한 번쯤은 살 만한 물건들이었다.

'아직 대량생산은 되지 않고 있으니까.'

란은 고개를 끄덕였다.

옷감은 당연히 사람들이 손으로 짜는 거고, 옷을 만들고 바느질을 하는 것 모두가 사람 품이 드는 일이다.

'일단은 인구수가 증가하고 있으니까.'

이대로 십수 년이 지나면 일할 수 있는 노동력이 대량 증가할 것이다.

'베이비 부머 같은 거지요.'

그래서 아직 야시장의 주요 물품은 대부분 먹는 것이었다.

"저거 사 보자."

란이 유스타프의 소매를 잡아당기며 하는 말에 유스타프는 픽 웃고 동화를 꺼내 음료수를 샀다.

설백나무 수액이었다.

희뿌옇고 달콤한 맛이 나는 수액을 한입 마시는 순간, 란은 헛구역질이 올라왔다.

"—!"

손으로 입을 막으며 란은 뺨을 부풀렸고 놀란 유스타프가 "란!" 하고 짧게 외쳤다.

'독인가?'

그가 란이 마신 수액의 냄새를 맡았다. 헛구역질을 하며 란이 손을 저었다.

"아니, 난, 괜찮, 그거 왜 그렇게 역겨워?"

"입맛에 안 맞으시나 보군요."

"그런가 봐. 아, 제길."

유스타프가 얼른 그 옆에서 오렌지 주스를 사왔다. 란은 조심스럽게 차갑고 시원한 주스를 마셨다.

"아, 살 것 같다."

"전 그렇게 이상하지 않은데요."

유스타프는 아직 의심을 풀지 못하고 조심스럽게 수액을 맛봤다.

혀가 저릿하지도 않고, 특별한 증상도 없었다. 뭐든 란처럼 바로 구역을 하게 하는 독은 아니었다.

"아무것도 들지 않은 것 같습니다."

"응, 그냥 냄새랑 맛이 역겨워서."

란은 한숨을 내쉬고 오렌지 주스를 한 모금 더 마셨다.

"미안. 내가 마시자고 해놓고."

"그냥 입맛에 맞지 않으셨던 거면 괜찮지요."

"역시 새로운 거에 함부로 도전하면 안 돼. 눈설탕은 맛있는데."

수액은 왜죠.

한탄하듯 말하고 란은 다시 걷기 시작했다. 야시장에서 뭘 먹고 싶은 마음이 사라졌다.

그 냄새 때문에 위가 계속 울렁거리는 듯했다.

다들 그 수액을 많이 사 먹는 걸 보니, 란에게만 그렇게 느껴지는 것 같았다.

'고수 같은 건가.'

다시 생각해도 역해서 란은 몸을 부르르 떨었다.

식당가도 환하게 불을 밝히고 있었고, 술집에서는 건배사로 "국왕 전하 만세! 비전하 만세! 라치아 만세!" 같은 소리가 여기저기서 흘러나왔다.

호기심 가득한 눈으로 란이 술집을 기웃거리자 유스타프가 물었다.

"들어가 보시겠습니까?"

"그래도 돼?"

"물론입니다."

"이럴 때는 위험하니까 안 됩니다. 하는 거 아냐?"

"전 란의 보모도, 호위도 아닙니다. 게다가 그런 소리는 지킬 자신이 없는 작자나 하는 거죠."

느긋하게 말하고 유스타프가 란을 돌아보았다.

"그래서, 들어가시겠습니까?"

"응."

란이 녹색 눈을 반짝이며 고개를 끄덕였다. 그리고 술집 입구에 서기가 무섭게 란은 돌아서서 뛰쳐나갔다.

그리고 성대하게 구역질을 시작했다. 놀라 따라 달려온 유스타프가 란의 등을 두들겨 주었다.

"란, 괜찮습니까? 란."

전부 게워내고서 란은 멍하니 고개를 들었다.

'잠깐. 이거 설마?'

란의 눈이 데굴데굴 굴러갔다.

'가능성이 너무 충분해서 이건 뭐라고 해야 하지? 그러고 보니 생리 주기가 지났던가?'

건국제 때문에 스트레스를 받았고, 스트레스를 받으면 항상 생리가 늦어져서 시녀나 그녀나 그러려니 했었다.

'하지만 이 증상은…….'

"란, 괜찮습니까? 어의에게 보여야 하는 거 아닙니까?"

유스타프가 란의 이마와 뺨을 어루만지며 하는 말에 란이 고개를 끄덕였다.

"음, 일단 오늘은 그냥 쉴까…… 몸 상태가 안 좋은가 봐."

"그렇게 합시다."

유스타프의 얼굴이 어두워졌다.

이런 식의 느닷없는 구역질이 결코 몸에 좋은 증상이 아니라는 건 그도 잘 알았다.

'무슨 병이라도 있는 건가. 그게 갑자기 증상이 나타난 거라든가?'

그렇게 생각하니 등에 식은땀이 흘러, 유스타프는 옆에서 걷는 란을 번쩍 안아 들었다.

"유스?!"

"얼른 돌아가죠. 당장 쉬는 게 좋겠습니다. 그러고 보니 요즘 계속 일만 했지요. 어지럽지는 않습니까? 과로로 몸에 이상이 생긴 걸 수도 있습니다."

"아, 하긴. 그러네. 그럴 수도 있겠다."

란은 맞아, 하고 고개를 끄덕거렸고 유스타프는 기가 찼다.

"뭐가 '그럴 수도 있겠다.'입니까? 도대체, 몸 상태가 안 좋으면 말씀을 해 주십시오."

느닷없는 돌발 사태에 인파를 뚫고 칸이 자연스럽게 다가왔다.
“괜찮으십니까? 무슨 문제라도?”
“란의 상태가 갑자기 안 좋아졌어. 환궁한다.”
“알겠습니다. 뒤쪽에 마차를 준비해 뒀습니다.”
허둥지둥 유스타프는 뒤쪽에 준비된 마차를 찾아 올라탔다. 란이 그의 어깨를 두들겼다.
“별거 아닐 거야. 걱정하지 마.”
“어떻게 걱정을 안 합니까?”
“아니……”
짐작되는 바가 없는 건 아닌데, 또 유스타프의 말을 들으니 그럴 듯했다. 임신이 아닐 가능성도 있었다.
‘괜히 들떴다가 실망하게 될 수도 있고…… 나도 너무 들뜨지 않는 게 좋겠지.’
란은 그렇게 생각하며 유스타프의 어깨를 토닥거렸다.

* * *

하늘 저택은 상당히 확장된 상태였다. 북쪽 항구로 통하는 란의 대로 때문에, 그 앞에 큰 길과 마을이 생겼고 하늘 저택은 그 험준한 땅에 성벽을 쌓았다.
란은 그 앞을 지날 때마다 항상 신기했다.
빙벽에 누가 마을을 만들겠어? 하고 생각했는데 돈이 관련되고 필요가 생기자 사람들이 꾸역꾸역 몰려들어 집을 짓고 마을을 만든 것이다.
그뿐 아니라 란의 대로 안쪽에도 건물들이 생겼다.
며칠은 걸리는 길이라서 중간에 휴식처로 여관이 생긴 것이다.

당연히 라치아 왕국의 허가를 받은 여관이었고, 임대료를 내고 있었다.
물론 치안소도 그 안에 있었고 말이다.
하늘 저택에 도착하자마자 유스타프는 다급하게 어의를 찾았고, 시녀들이 란의 옷을 갈아입히고 가림막 뒤에서 어의를 맞이했다.
진찰판을 들고 란을 진찰한 어의의 표정을 보고 란은 정답을 알 것 같아서 웃었다.
그녀의 웃음에 어의가 고개를 숙였다.
"경하드립니다, 비전하."
그 말을 들은 시녀들이 서로 얼굴을 마주 보았다가 활짝 웃고는 무릎을 가볍게 굽히며 한 목소리로 축하했다.
"경하드립니다!"
안에서 큰 소리가 나자 결국 참지 못한 유스타프가 문을 열고 들어왔다.
"란은 괜찮은 건가?"
란이 키득키득 웃고 손가락을 입술에 대자 모두가 미소를 감추며 방에서 물러났다.
란은 양 뺨을 찰싹찰싹 치고, 짐짓 어두운 얼굴을 하고 가림막 밖으로 나왔다.
"유스."
유스타프는 재빠르게 물러난 시녀와 어의를 보았다가 란의 표정에 심장이 덜컹 내려앉아 한달음에 다가갔다.
"무슨 일입니까? 괜찮은 겁니까?"
"그게—"
란은 비죽비죽 새어나오는 웃음을 막기 위해 입술을 깨물며 미간을 모았고 유스타프의 표정은 더더욱 어두워졌다.

"란?"

"내가 직접 이야기하고 싶다고 하고 다들 물러나라고 한 거야."

란은 숨을 깊게 들이마셨다.

"많이—"

아픈 거냐고, 묻는 말이 잘 나오지 않아서 유스타프는 입술을 깨물었다. 란이 심각하게 말했다.

"유스. 내가 일을 못 하게 된다고 하면 화낼 거야?"

"당연히 아니지요."

그의 목소리가 더 낮아졌다.

"요양이 필요하면 얼마든지 해도 됩니다. 란, 대체 뭐라고 한 겁니까? 많이 안 좋은가요?"

초조한 음성이 쏟아져 나왔다. 란이 발뒤꿈치를 들어 그의 입술에 가볍게 입 맞추고 속삭였다.

"아빠가 된 거 축하해."

유스타프의 눈이 둥그레졌다. 그렇게 얼빠진 얼굴은 처음이라 란은 경쾌하게 웃었다.

여전히 유스타프는 이해를 못 하는 듯한 얼굴이었다.

"임신이래."

다시 한 번 쐐기를 박듯 이야기하자 유스타프의 입술이 떨렸다.

그가 그녀를 향해 손을 뻗었다가 접기를 반복하고 물었다.

"만져도 됩니까?"

"당연하지?"

란이 웃었다.

"벌써부터 안 그래도 돼."

유스타프는 아주 천천히, 그녀가 살얼음으로 된 것처럼 살살 뺨을 만지고 꽉 막힌 목소리로 물었다.
"아이요."
"응."
란이 다시금 말하자 유스타프의 입에서 짧은 숨이 터져 나왔다. 그가 그녀의 어깨에 고개를 기댔다.
"란."
떨리는 그의 음성을 듣자 어쩐지 자신도 울음이 나올 것 같아서 란은 그를 꽉 끌어안았다.
유스타프는 차마 그녀를 힘주어 마주 안을 수 없었다.
"정말이지, 란 로미아 드 라치아—"
말꼬리가 저절로 떨렸다. 그가 그녀를 밀어내고 다시 물었다.
"아이라고요."
"응."
란이 히죽 웃자 유스타프가 웃었다. 순수하게 기쁨으로 가득 찬 얼굴, 그의 눈이 기쁨으로 반짝반짝 빛나는 걸 바라보기만 해도 좋았다.
"그럼 대체 얼마나, 아니—"
"글쎄? 내 예상으로는 두세 달쯤 된 게 아닐까 싶은데? 나도 오늘까지는 몰랐어. 입덧이 진짜 갑자기 오는구나. 이럴 수가 있나."
신기하다며 고개를 갸웃거리는 란을 보고 유스타프는 참을 수가 없어져서 그녀의 손을 꼭 잡았다.
차마 다른 곳은 잡을 수 없었다.
안 그래도 항상 그보다 가늘다고 생각하고 있었다.
그런데 이제 그보다 더 작고 연약한 것이 생겼다.
그가 떨리는 목소리로 말했다.
"어쩐지 믿어지지가 않습니다."

"사실 나도 그래."

란이 제 배에 살짝 손을 올려보았다. 이 안에 아이가 있다니.

유스타프와 나의 아이.

생각하니 어쩐지 간지럽고 사랑스럽다.

유스타프는 아무 말도 하지 못하고 있다가 문득 생각나 물었다.

"그럼 걸어 다녀도 되는 겁니까? 아까 밖에 나가서 무슨 일이 생긴 게 아닐까요? 아니면—"

"유스, 유스, 유스."

허둥거리는 유스타프의 어깨를 란이 웃으며 가볍게 눌렀다.

"괜찮아. 걸어 다녀도 되고, 뛰어도 돼. 일도 예전처럼 할 거고—"

"안 됩니다."

"음, 그래. 일은 좀 줄일게. 다행히 사람들도 많아졌으니까."

란이 웃으며 고개를 끄덕였다.

사실 인재를 모을 때까지가 가장 큰 일이지, 모으고 나면 어느 정도는 알아서 굴러간다는 게 조직 체계의 장점이다.

그리고 시스템만 잘 갖춰 두면 그 시스템이 잘 돌아가는지만 확인해도 평타는 친다.

란은 그런 생각으로 고개를 끄덕였다. 건국 초기가 가장 바쁘다고 하지만, 전쟁을 통해 건국을 얻어낸 것도 아니니 라치아는 놀랄 정도로 빠르게 안정이 되어 갔다.

'그만큼 적도 빠르게 느는 것 같지만.'

옆 나라가 지나치게 부강하게 되는 걸 바라는 나라는 없을 거다.

라치아는 남과 서로는 제국과 맞닿아 있고, 북으로는 빙벽, 동으로는 로샤펜 왕국과 맞닿아 있었다.

로샤펜 역시 라치아처럼 가난한 작은 왕국이었지만, 라치아가 왕국이 되고 부가 흘러넘치면서 로샤펜의 국민들이 일자리를 찾아 라치아로 넘어오는 게 문제가 되었다. 로샤펜 왕국은 국경을 통제하기 시작했고, 로미아 상단에 무리하게 관세를 매겼다.

그때 꾹 하고 유스타프가 란의 코를 잡았다.

"유스?"

코맹맹이 소리로 놀라 란이 그를 보자, 유스타프가 코를 놓아주며 말했다.

"일 생각하시는 거지요."

"어—"

"이제 쉬십시오."

"일을 줄인다고 했지, 안 하겠다고는 안 했어."

"란."

유스타프가 눈을 살짝 찌푸렸고, 란은 작게 한숨을 내쉬었다.

"알았어."

뭐, 임신 초기는 안정이 중요하다고 하니까.

란은 납득하며 고개를 끄덕였다.

그리고 이튿날부터 단숨에 일이 다 끊겼다.

'아니, 이럴 수가 있나?'

게다가 어딜 가든 어디서 나타났는지 유스타프가 나타나서 꼭 따라붙었다.

"유스, 회의는 어쩌고?"

"제가 없어도 잘될 겁니다."

"아니, 잘 안 될걸."

란이 기가 차서 말했다.

유스타프가 신음을 내뱉고 말했다.

"하지만, 란이 어디에 있나 불안해서."

"난 멀쩡해. 괜찮다구."

란이 제 팔다리를 이리저리 움직여 보이자 유스타프는 "그렇게 과격하게 움직이면—" 하고 말했고, 란이 눈을 찌푸렸다.

"아니, 이 정도는 괜찮다니까."

"저도 좀 알아봤습니다. 란의 뱃속에 있는 아이는 손가락만 하다고요."

"음, 그야 그렇겠지?"

"그러니 란이 움직이면—"

란은 기가 찼다.

"유스타프 라반 드 라치아. 내가 임신했다고 해서 내 모든 걸 네가 통제할 수는 없어!"

"통제하는 게 아닙니다. 통제하려는 거였으면 벌써 감금이라도 했겠지요. 전 그냥 따라다니는 거 아닙니까?"

"아, 아니, 그게 그렇지만."

그때 저쪽에서 재상이 헐레벌떡 달려왔다.

"국왕 전하! 여기서 뭘 하고 계시는 겁니까?"

"유스타프……"

란이 그의 옆구리를 쿡 찌르고 으르렁거렸다.

"혹시나 역사서에 아내에게 푹 빠져서 망한 나라의 군주로 이름을 올리고 싶은 건 아니겠지."

"아닙니다."

"그럼 얼른 가. 난 양옆에 키리랑 디모디아를 데리고 다닐게. 칸도 곁에 있으라고 하고. 응?"

란의 설득에 간신히 유스타프는 떨어졌고, 재상은 "비전하께서 왕국을 구하셨습니다." 하는 말과 함께 국왕을 끌고 사라졌다.

란이 눈을 찌푸렸다.
"저거 유스 맞아? 유스의 탈을 쓴 다른 사람 아닐까?"
키리가 웃고 말했다.
"전하께서는 가족을 전부 사고로 잃으셨으니까요."
"아……"
란은 작게 숨을 삼켰다.
생각을 못 했다.
유스타프의 어머니는 병으로, 나머지 가족들은 마차 사고로 사망했다.
유스타프는 별로 중요하지 않은 사람들이라는 양 말하지만, 그래도 그게 전부는 아니겠지.
"게다가 비전하를 잃으실 뻔한 경험도 여러 번 있으셨고요. 그분의 유일한 가족은 비전하셨는데, 이제—"
키리의 말에 란이 제 배에 손을 올렸다.
"첫 번째 혈육이네."
"그렇지요."
키리가 고개를 끄덕였다.
"그래도 이런 과보호는 너무 심해."
란이 투덜거려서 디모디아가 명랑하게 말했다.
"하지만 모처럼의 휴식이잖아요. 쉬시는 게 좋겠지요."
"응."
란이 고개를 끄덕이고는 걸음을 옮겼다. 키리와 디모디아가 서로 얼굴을 마주 보았다가 말했다.
"비전하, 이 길은 지금 행정실로 가는 길인데요."
란이 손을 휘휘 저었다.
"응, 그냥 확인할 게 좀 있어서."

"이러니까 전하께서 비전하를 과보호하시는 거라니까요."
디모디아가 한숨을 내쉬고 키리가 작게 덧붙였다.
"일중독."
란이 혀를 차고 말했다.
"그리고 갑자기 내가 일을 그만두는 것도 이상하잖아. 지금 내가—"
란이 목소리를 낮췄다.
"임신했다는 건 밖으로 새어 나가지 않게 하고 있는데."
갑자기 이렇게 내 행동이 달라져 봐. 바로 알아챌걸?
"나가지 않게 하고 있는 거였나요. 국왕 전하의 행동은 아무리 봐도."
키리가 한심하다는 얼굴로 말했다. 란은 걸음을 좀 더 빨리했다.
"라치아는 이제 거의 안정되었지만, 아직 안정이 되지 않은 곳도 있고 적도 너무 많아. 우리 둘 사이의 아이는 더더욱 바라지 않겠지."
후계가 생긴다는 건 왕위가 그만큼 견고해진다는 말이다.
란이 한숨을 내쉬었다.
"가장 좋은 건 아무 일도 없었다는 듯이 구는 거지만, 이미 그 단계는 지나 버렸으니까."
키리가 갸웃했다.
"하지만 그런 멍청이가 있을까요? 지금 하늘 저택은 요새나 다름없는걸요."
"그야 외부의 침입에는 그렇지만."
디모디아가 날카롭게 말했다.
"내부에서요?"
"새로운 사람이 많이 늘었잖아. 지금도 신입을 엄청 뽑고 있고. 전부 신분 확인을 한다고 하지만 사실 지금 같은 시기에 쉽지는 않지."
건국 초기는 아무래도 적당히 넘어가는 일도 많은 법이다.

란이 가볍게 입술을 깨물었다.
"새로운 시녀들의 얼굴은 나도 잘 모르니까."
"그걸 다 아는 쪽이 이상한 것 같은데요."
디모디아가 눈을 굴렸다. 란이 고개를 저었다.
"아냐. 적어도 내가 얼굴은 다 익히고 알고 있어야 하는데."
그녀가 피식 웃었다.
"유스타프도 같은 생각을 하고 있는 거지. 그러니까 이해는 하지만 그렇다고 저렇게까지는."
키리가 여우눈으로 히죽 웃었다.
"하지만 좋으시면서."
란이 웃음을 지으면서도 눈을 찡그리며 그녀를 돌아보았다.
"좋은 마음이 10이면 곤란함이 90이야."
그녀가 행정실 앞에 서자 병사가 정중하게 고개를 숙이며 문을 열었다.
"그러니까 일단 할 일은 할 생각입니다."
"비전하의 의지를 누가 막겠습니까."
키리가 웃었다.
"전하께서도 못 막으실 텐데요."

행정실에서 일을 끝내고서, 란은 해가 지기 전에 묘지에 들렀다.
저택에서 좀 떨어진 곳에 있는 묘지는 그렇게 멀지 않았다. 삶과 죽음은 가까운 법이라고 라치아 가주가 그랬다던가.
"어쩐지 보고해야 할 것 같아서."
란은 그렇게 중얼거리고 루미에의 무덤가에 섰다.
깨끗하게 손질된 무덤의 묘비에는 이름과 연도만 새겨져 있었다.
"그쪽으로 갔다는 건 알지만 말이야. 이쪽에서는 끝인 거니까."

란은 짧게 숨을 들이켰다.

아. 언제쯤이면 울지 않게 될까?

"루미에. 네가 진짜 많이 행복하기를 바라."

란은 그렇게 말하고 꽃을 내려놓았다. 눈을 감고 잠시 서 있다가 란이 돌아섰다.

새하얀 빙벽이 일몰에 반사되어 주홍색으로 빛났다.

잠시 그걸 멍하니 바라보는데 검은 점이 빠르게 가까워졌다. 손으로 그늘을 만들어 그걸 바라보고 란은 웃었다.

"노아."

순식간에 가까워진 드래곤은 이제 말만 한 크기였다. 드래곤은 사람의 모습으로 훌쩍 변했다.

이제 대여섯 살쯤 되는 사내아이의 모습이었다.

보통 이렇게 모습을 바꾸려면 30년은 걸린다는데 노아는 3년 만에 모습을 바꿨다.

"란. 마중 나왔어."

"그거 감사한 일이군요."

란의 말에 노아는 고개를 끄덕이고 다시 드래곤의 모습으로 변해서 란이 타고 온 마차 위에 앉았다.

사실 이렇게 달리는 마차 위에 앉아서 바람을 맞는 게 노아가 좋아하는 일 중 하나였다. 대부분의 말은 드래곤인 그가 다가오는 것만으로도 기겁해서 날뛰기 때문에, 이런 마차놀이는 란이나 유스타프가 타는 마차에나 할 수 있었다.

그 둘의 마차를 끄는 말은 군마여서 훈련이 되어 있었다.

키리가 노아를 보고 중얼거렸다.

"이 이상 든든한 가드는 없죠."

"없죠."

디모디아가 고개를 끄덕였다. 노아가 마차 꼭대기에 앉아 있으면 라치아의 누구나 그 마차가 누구의 마차인지 알았다.

비전하의 마차겠지.

그러니 표적이 되기 쉽다고도 하겠지만 아직까지 아무도 드래곤에게 정면으로 도전한 자는 없었다.

마차는 시민들의 환호와 만세 삼창 속에서 하늘 저택으로 무사히 돌아갔다.

* * *

'아니, 그렇다고 이건 아니지 않나. 감금이라니.'

란은 그렇게 생각하며 멍하니 베란다를 내다보았다.

그녀는 지금 왕국의 여름 별장인 '틸라노이'에 머물고 있었다.

란이 투덜거렸다.

"물론 내가 좀 일을 하기는 했지만 이건 너무하잖아."

"하나도 안 너무하거든요?"

키리가 찻주전자를 든 채로 경쾌하게 맞받아치며 물었다.

"차를 더 드시겠어요?"

"응."

란은 고개를 끄덕였고, 키리는 약차를 따르며 말했다.

"새벽까지 일하시는 건 좀이 아니지요."

"한 번이었잖아."

키리가 눈썹을 치켜올리자 란이 "어— 두세 번……" 하고 웅얼거리고는 차를 마셨다.

"나야 쉬니까 좋지만……"

"좋으시다면 좋으신 대로 즐겨 주세요."

키리가 그렇게 말하고 빙긋 웃어서 란은 한숨을 내쉬고 읽던 편지를 마저 펼쳤다.

루미에 대신 그녀는 릴리에게 꾸준히 편지를 쓰고 있었다. 그의 죽음을 알리고, 자세한 사정을 덧붙여 써 보내면서도 란은 그녀가 그걸 믿을까 하는 걱정을 했다.

그리고 믿는다고 해도, 이제 릴리가 이 세상에 혼자라는 사실에는 변함이 없었다.

그러니 란은 릴리에게 자신을 가족처럼 생각해 달라고, 루미에 대신 최선을 다하겠다고 편지를 썼고 릴리는 뜻밖에도 부드러운 어조의 편지를 써서 돌려보냈다.

'그 편지를 읽고 또 얼마나 울었는지.'

그리고 릴리의 성인식이 가까워진 요즘, 릴리는 라치아 왕국에서 일해도 되냐고 물었고 란은 기꺼이 환영한다는 뜻을 밝혔다.

그래서 란은 릴리가 오면 어디서 묵을지, 거처를 정하고 꾸미며 나름 즐거워하는 중이었다.

'엥?'

오늘의 편지를 받기 전까지는 말이다.

'하레쉬라니.'

릴리의 편지에는 '언니, 저 하레쉬가 좋아요!' 하는 내용이 담겨 있었다. 그녀는 '오빠에게는 말 못 할 내용이지만……' 하며 덧붙임을 보냈고 란은 눈을 가늘게 떴다.

'하레쉬가 보기에 릴리는 완전히 핏덩이일 텐데?'

나이 차이가 최소 70년 정도 나지 않나.

'뭐 자기가 좋다니 어쩔 수 없지.'

란은 고개를 끄덕였다. 아직 릴리는 어리니 짝사랑이든 연애든 마음껏 해 보는 게 좋을 터다.

이러니저러니 해도 모처럼 여유로운 시간을 가진 덕에 란은 여가 생활을 만끽하고 있었다.

"아, 일 안 하니까 할 게 없다."

란이 기지개를 켜며 외쳐서 디모디아가 눈을 찌푸렸다.

"쉬는 걸 좀 즐기세요."

"그러네. 책도 실컷 읽고 있고…… 어?"

란이 움찔해서 휙 디모디아가 몸을 돌렸다.

"무슨 일이신가요?"

"뱃속에서 움직였어……."

"어머?"

디모디아가 눈을 반짝이며 웃었다. 키리는 어쩐지 움찔하며 물러났다.

소다가 꺄아 하고 목소리를 높였다. 란은 신기해서 제 배를 한번 만져 보았다.

"음, 역시 움직이네."

"벌써 그렇게 움직이다니 활발하네요."

"평균이 아닌 건가?"

갸웃하며 란이 카라에게 묻자 카라가 고개를 끄덕였다.

"두 분의 아이니까, 평균이 아닌 게 당연하죠."

"으음—"

그런 식의 부담도 좀 그런데.

란은 피식 웃고 끙차 하고는 자리에서 일어났다. 이제 제법 배가 나와 있었다.

"그럼 모처럼이니 낮잠이나 잘까?"

란이 살풋 웃으며 말해 시녀들은 재빠르게 잘 준비를 했다.

낮에 모처럼 틸라노이에 손님이 한 사람 방문했다.

"란은?"

유스타프의 물음에 그의 망토를 받아 들며 키리가 말했다.

"낮잠 주무시고 계세요."

그리고 "깨울까요?" 하고 상투적으로 덧붙였다.

"아니."

유스타프가 고개를 흔들었다. 키리가 그의 어깨너머를 힐끗 보고 물었다.

"혼자 오신 건가요?"

"그래."

"아, 지금쯤 난리 난 호위대장의 모습이 그려지네요."

음미하듯 눈을 감고 키리가 중얼거렸다. 유스타프가 코웃음을 쳤다.

"혼자인 게 더 편해. 청염도 있고."

"그거야 그렇지만요."

키리는 유스타프가 적어도 호위대장에게는 말하고 왔겠지, 하고 생각했다.

유스타프는 아무 말 없이 빤히 키리를 보았고, 키리는 갸웃했다가 얼른 대답했다.

"그 뒤로는 딱히 멍청한 시도는 없네요."

"노릴 거면 분명 날 노릴 거라고 생각했지."

일부러 자신의 호위까지 느슨하게 했는데.

유스타프의 말에 키리가 킥킥 웃었다.

"전하를 노리든, 비전하를 노리든 효과는 같을 것 같거든요. 그러면 비전하 쪽이 좀 더 만만하다고 할까?"

"그러니까 란에게 호위가 더 붙어 있을 거라고는 생각 못 하나?"

"붙어 있어도, 라는 거겠지요. 비전하께서 저희 그림자의 주인인 걸 아는 자는 없으니까요."

게다가 위대한 대마법사라는 것도.

짙은 미소를 띠며 키리가 가슴에 손을 올렸다.

유스타프는 한숨을 내쉬고 침실로 향했다. 슬쩍 들여다보니 쿨쿨 편안한 얼굴로 자고 있는 란이 있었다.

저절로 그동안의 피로며 뭐며 전부 사라지는 기분이었다.

행정관들의 미묘한 기 싸움이라든가, 회계관이 쳐들어오더니만 '행정관들은 돈이 펑펑 나오는지 알아!' 하고 외쳤던 거라든가, 근위병단 재편성에서 나오는 병단장들의 알력 다툼—

같은 것들이 전부 사라지고 저절로 웃음이 나왔다.

슬쩍 뺨을 눌러보니 "흐냐." 하고 란이 입맛을 쩝쩝 다셔서 유스타프는 다시 웃었다.

그러자 스르륵 란이 눈을 떴다. 유스타프는 얼른 손을 허리 뒤로 숨겼다.

"유스—?"

"네."

"어서 와."

란이 팔을 벌리자 유스타프가 그녀를 끌어안았다.

"오랜만입니다."

"그런가. 그래서— 이제 돌아가도 괜찮아?"

"란을 믿을 수가 없으니 좀 더 여기 있어 주시면 좋겠는데요."

"엥? 암살 시도 다 처리된 거 아냐?"
란이 의아해하며 물어 유스타프가 움찔하고 물었다.
"아셨습니까?"
"그야."
란이 입을 비죽였다.
"난 녹영의 주인이야. 게다가—"
이런 식의 협잡이면 진짜, 어마어마하게 몸으로 겪었다.
제국이든 왕국이든, 일단 상대의 처리에 암살을 시도하는 게 기본 요건인 듯했다.
'보통 그런 건 최후의 수단이 되어야 하는 거 아닌가.'
란은 그렇게 생각하며 한숨을 내쉬었다.
'그만큼 상대도 궁지에 몰려 있다는 이야기겠지. 지금이 아니면 안 된다, 이런 느낌.'
암살은 결코 쉽지 않다.
가서 죽여라, 라고 하면 픽 죽는 게 아니다. 그런데도 불구하고.
"납치 시도 두 번, 암살 시도를 두 번 당한 게 접니다."
심지어 그중에는 최면을 이용한 것까지 있었다고.
나중에 뒤를 캐 보니 란만 없앤다면 트라반 왕국 재흥에 상당한 금액을 쏟겠다고 올리비아가 개인적으로 약조했던 모양이었다.
그야말로 반역죄인 것이라, 라벨이 새로운 미로 공작을 마음껏 휘두르는 데에 사용하고 있는 모양이었다.
덕분에 라치아 독립도 한층 더 수월했고.
하지만 이건 모든 일이 지난 후의 이야기고, 그때는 상당히 끔찍했다.
"그런데 내가 모를 리가 없잖아?"
란의 말에 유스타프는 낮게 신음을 내뱉었다.

"확실히."
"그렇지? 그러니까 앞으로 또 이런 일이 있을 시에는—"
"이야기하겠습니다."
"좋아."
유스타프는 변명처럼 "란이 놀랄까 봐—" 하고 작게 말했고 란은 웃었다.
"나도 알아."
그러며 그녀가 그의 손을 잡아당겨 제 배 위에 올렸고, 유스타프의 몸이 흠칫했다.
"움직이네요."
"응."
유스타프가 반은 경외하는 듯한, 반은 숭배하는 듯한 눈으로 란을 보아 란은 다시금 웃어 버리고 그의 입술에 입 맞췄다.
"이렇게 활달한 걸 보니 분명히 딸이야."
"딸이요?"
"응, 유스를 닮았으면 이럴 것 같지 않거든."
어쩐지 날 닮았지.
란의 말에 유스타프는 웃었다. 그가 말했다.
"그럼 이름을 미리 생각해 둬야겠군요."
"그게 좋겠지."
란이 고개를 끄덕이고 유스타프에게 진지한 얼굴이 되어 말했다.
"유스."
"네."
"나 먹고 싶은 게 있어."
"하명하시지요."

그의 말에 란이 킥킥 웃고 “눈딸기.” 하고 속삭여서 유스타프의 표정이 묘해졌다.

“눈딸기요.”

“응, 그거랑 밤 케이크가 먹고 싶어.”

“밤 케이크. 그건 알겠습니다.”

“복숭아도.”

유스타프가 고개를 끄덕이며 말했다.

“뭐, 저야 시키는 입장이니까요.”

부하들을 닦달하지요, 하는 그의 말에 란은 웃음을 터트렸다.

유스타프는 이제 눈에 띌 정도로 나온 란의 배를 바라보았다.

“불안합니다.”

“뭐가 불안하신가요?”

란이 그의 양 뺨을 감싸며 시선을 들어 올렸다.

“나도 튼튼하고 유스도 튼튼하고, 게다가 세계수의 가호까지 있는걸. 아이도 분명히 튼튼해.”

“아뇨, 그게 아니라.”

유스타프가 제 뺨을 감싼 그녀의 손을 잡았다.

“제가 좋은 아버지가 될 수 있을까요?”

뜻밖의 고민에 란은 눈을 깜박였다. 유스타프가 눈을 찌푸렸다가 웃었다.

“좋은 가주가 되기 위해서 어떻게 해야 하는지는 배웠습니다. 하지만, 아이는 다르죠.”

“유스타프는 좋은 아빠가 될 거야.”

란이 강한 어조로 말했다.

“이렇게 고민한다는 것 자체가 이미 훌륭하다는 거지.”

란이 그의 입술에 가볍게 키스하고 이어 말했다.

"그냥 부모가 되는 건 쉬워. 하지만 좋은 부모가 되는 건 끝없는 성찰이 필요하고, 쉽지 않다고 생각해. 나도, 유스도 초보니까 둘이 같이 하면 돼. 괜찮아. 그리고—"

란이 속삭였다.

"우리는 주변에 좋은 사람들 많잖아?"

모르면 물어보면 되지.

란의 말에 유스타프가 웃고 이마를 그녀의 이마에 맞대었다.

"큰 고민이었는데, 란에게 말하니 아무렇지도 않게 변해 버리네요."

"그러니까 부부지."

둘이서 짐을 지면 된다구.

란의 말에 유스타프가 다시 웃었다. 그가 손을 뻗어 조심스럽게 란을 안았다.

그녀의 임신 사실을 알았을 때부터 이 조심스러운 손은 변하지 않아서, 란은 어쩐지 웃음이 나와 그의 어깨에 기대며 그녀 쪽에서 그를 꽉 끌어안았다.

*　　　*　　　*

칸은 빙벽을 올려다보았다.

'이건 너무한 거 아닌가.'

물론 상사가 까라면 까는 게 부하의 미덕이라고 하지만, 여름이 온 이 상황에 빙벽에서 눈딸기라니.

구석구석 산을 뒤지고 다니는 녹영을 보니 어쩐지 마음이 짠했다.

겨울에서 봄이 되는 그 짧은 시기에 나오는 딸기인지라, 이미 날씨가 온화한—빙벽치고는— 여름에는 딸기를 구하는 게 거의 불가능에 가까웠다.

'하지만 주인님이 드시고 싶으시다니까.'

유스타프의 말도 말이지만, 어쨌든 녹영의 주인이 원하는 게 있다면 가져다 바치는 게 녹영의 자존심.

"여기에 있습니다!"

그때 위쪽에서 부하가 외쳐 칸은 반색했다.

"정말인가!"

"네!"

거의 사람의 발이 닿지 않는, 꼭대기에 가까운 곳까지 올라온 보람이 있었다.

다행히도 눈딸기 서너 알을 건져서 녹영은 뿌듯한 얼굴로 빙벽을 내려왔다.

이제 딸기를 보존 마법이 걸린 용기에 넣어서 틸라노이로 부치면 끝난다.

칸은 주인님 옆에서 편안하게 생활하고 있는 키리를 생각하니 한숨이 저절로 나왔다.

'그 일이 잘 맞는다니 다행이지만.'

성실한 녹영인 디모디아와 달리, 두 번째인 키리는 제멋대로인 구석이 있다.

'주인님은 그 점도 마음에 들어 하는 것 같고.'

녹영의 규모도 어마어마하게 커져서 칸 역시 그럴 듯한 직함을 여럿 가지고 있었다.

로미아 상단의 부상단주라는 자리 역시 그의 자리였다.

상단주는 란이기 때문에 상징적으로 그 자리는 비어 있었고, 부상단

주인 그가 실질적으로 여기저기 안면을 트고 다녔다.

종종 보는 키리는 "제법 상단주처럼 보이네요." 하고, 비웃는 건지 아닌지 모호한 웃음을 킥킥 흘리고는 했다.

'재미있는 주인님이지.'

칸은 란을 떠올렸다.

한없이 다정하고 물러빠져서, 이래도 되나 싶을 정도면서도 어떤 때는 놀랄 정도로 날카롭고 잔혹했다.

'본인은 모르는 것 같지만.'

모른다는 점이 너무하지 않나, 싶을 때도 있었고 모른다는 점이 괜찮다는 생각이 들 때도 있다.

그리고 어쨌든 간에.

'자기 건 아끼니까.'

그런 점은 유스타프와 똑같다.

이런 일을 하면 자신이 장기말로 쓰이고 버려질지도 모른다는 압박감을 느낄 때가 있었다.

하지만 란이 결코 그렇게 쓰고 버리는 사람이 아니라는 걸 칸은 알았고, 키리도, 그 아래 모든 녹영들도 알았다.

'그렇게 믿게 하는 건 대단한 거지.'

칸이 그렇게 생각하며 뒤를 돌아보았다. 녹영들은 딸기를 구해 생글생글한 얼굴이었다.

주인의 명령이면 잔혹한 고문도 암살도 아무렇지도 않게 해치울 작자들이 딸기를 구했다고 기뻐하는 모습이 좀 우습기도 했다.

'뭐, 주인님은 그런 점이 건강하고 좋은 거야, 라고 했지만.'

뭐가 건강한지는 모르겠다.

하늘 저택으로 들어가는 성벽을 통과하는데, 블레인이 그를 불렀다.

"칸."

칸은 힐끗 그를 보고 부하들에게 딸기를 보내라고 하고는 블레인에게 다가갔다.

"무슨 일입니까?"

"표정을 보니 눈딸기를 구한 것 같군요."

블레인의 말에 칸은 피식 웃었다. 블레인은 조금 신기한 기분이었다.

녹영의 첫 번째 그림자와 이렇게 대낮에 대화하게 될 거라곤 생각도 못 했다.

"그걸 확인하시려고?"

"아니, 그게 아니라."

블레인은 이제 왕실 기사단 단장이었고, 그의 옷은 예전보다 더 화려했다.

무엇보다도 푸른색 망토를 걸치고 있었는데, 푸른색 망토는 왕실 기사단 단장에게만 하사되는 물건이었다.

"북쪽 항구에 엘레비스 상단이 들어왔습니다. 그런데 벌써 두 번째거든요."

"이번 주에 말입니까?"

"네. 이렇게 자주 상선을……"

"보낼 만큼 큰 상단이 아니죠."

칸이 고개를 끄덕였다.

"알겠습니다. 경비병들 조사에서는 아무것도 안 나온 건가요?"

블레인이 고개를 끄덕이고 머리카락을 거칠게 쓸어 올렸다.

"저희 쪽으로는 한계가 있는지라. 뭐, 물론 엘레비스 상단이 커질 수도 있는 거지만."

"알겠습니다."

칸이 고개를 끄덕였고 블레인은 작게 웃었다.

"직접 녹영에게 이야기하게 될 줄은 몰랐네요."

"저도 기사단장에게 직접 듣게 될 줄은 몰랐지요. 그보다 업무 과중 아닙니까?"

항구 경비대 일까지 왕실 기사단장에게 들어간다면?

"북쪽 항구는 왕실 영역이니까요."

"거기로 쳐들어올 멍청이는 없을 텐데요."

란의 대로를 통하지 않으면 대륙으로 들어올 수 없다.

그리고 그 문을 열고 닫는 것은 오로지 란의 손에 달려 있었다.

"그래도 아무것도 안 하면 안 되죠."

나중에 가주님께, 하다가 블레인이 눈을 찌푸리고 정정했다.

"전하께 혼납니다."

칸은 피식 웃었다.

"국왕 전하는 무섭지요."

"무섭죠."

무슨 생각을 하는지 알 수 없는, 무감정한 푸른 눈이 자신을 보면 전부 꿰뚫려 보이는 기분이었다.

그를 분노하게 만들거나 화내게 만들고 싶지도 않았고, 그렇게 만들기도 어려웠다.

'웃게 만드는 건 비전하뿐이고.'

블레인이 그렇게 생각하며 칸에게 말했다.

"할 이야기는 그것뿐입니다."

"알겠습니다."

고개를 끄덕이고 칸이 성벽을 내려갔다.

블레인은 그의 뒷모습을 보다가 돌아서서 성벽 너머를 보았다.

몇 년 전만 해도 이런 일이 생길 거라고는 믿을 수 없었던 광경이 펼쳐져 있었다.

하늘 저택 바로 근처까지 들어온 마을과 길의 북적임이 보였다.

변하지 않은 건 빙벽뿐이었다.

한없이 높은, 그 깎아지른 듯한 산맥은 만년설이 쌓인 채 그대로 거기에 있었다.

그때 날개를 펄럭이는 소리가 들려 돌아보니 검은 드래곤이 날아오고 있었다.

성벽에 내려앉은 드래곤은 순식간에 모습을 바꿨다.

이제 대여섯 살쯤 되는 어린 남자아이 모습이었다.

"블레인."

"노아 님."

블레인은 정중하게 인사했다.

란은 고심 끝에 드래곤의 이름을 노아라고 지었다. 드래곤이 없는 이 시대 마지막 드래곤에게 어울리는 이름이라고, 란이 웃으며 말했다.

혼란을 막기 위해서, 이 드래곤이 어둠이었다는 걸 아는 건 극히 일부에 불과했다.

덕분에 모두가 적대감 대신 이 생물에게 경외감을 가지고 있었고, 노아의 머리를 마구 쓸어대는 건 란뿐이었다.

물론 노아가 그걸 용인하는 것도 란뿐이고.

란도 유스타프도 노아의 모습을 딱히 숨길 생각은 없었다. 어차피 수호룡으로 공표되어 있는 존재다.

그리고 드래곤이면 어떻게 제어할 수 있는 상대도 아니니 그가 원하는 대로 해 주는 게 가장 나았다.

그가 자아가 생기자마자 생긴 그의 출생에 대한 궁금증이나 여러 가지 질문들을 란은 진실로, 성심성의껏 답했다.
하지만 그런 이야기를 들어도 노아는 그냥 신기할 뿐인 듯했다.
그리고 조심스럽게,
"그럼 난 그대의 원수인가?"
하고 물어와 란은 희미하게 웃으며 아니라고 조용히 대답했다.
그러자 노아는 환해진 얼굴로 "그럼 됐다." 하고 고개를 끄덕였다.
그 후로는 마음껏 하늘 저택에서의 생활을 즐기고 있었다.
"성벽까지 무슨 일이십니까?"
블레인의 물음에 노아가 갸웃하고 말했다.
"싸움 났다."
"네?"
"1번 대랑 2번 대."
블레인의 미간이 좁아졌다.
왕실 기사단이 되면서 청염 기사단은 재편성이 되었고, 사람 역시 늘어났다.
그래서 단일 편성이 아니라 부대를 나눠 총 5개의 부대가 되었더니만, 서로 경쟁심을 지나치게 드러내고 있었다.
"그놈들이 또! 어딥니까?"
"연무장."
블레인이 씩씩거리며 성벽을 내려가는 걸 보고 노아는 길게 하품을 했다.
"인간들이란."
드래곤인 그는 그렇게 말하고는 고개를 돌려 멀리를 바라보았다.
란의 존재를, 그는 느낄 수 있었다. 더 정확하게 말하자면 란의 뱃속에 있는 새로운 생명은 그의 주의를 사로잡았다.

뱃속에 아이가 있다니.

"얼른 보고 싶다."

작게 중얼거리고 노아는 슬쩍 병사들을 보았다.

성벽의 병사들은 시선이 마주치자 재빠르게 경례를 했고, 노아는 곧 다시 드래곤으로 몸을 바꾸어 날아갔다.

느긋하게 세계수 밑에서 간식이나 먹을 예정이었다.

봄의 정원으로 들어가자 온화한 공기가 느껴졌다. 노아는 재빠르게 모습을 바꾸고는 뜻밖의 인물을 보고 갸웃했다.

"하레쉬."

"노아 님."

"여기는 무슨 일이야?"

란이 하늘 저택에 없는데?

"제가 란에게 볼일 있을 때만 온다는 말처럼 들리는군요."

"사실이잖아?"

노아의 반문에 하레쉬가 정색했다.

"아닙니다."

"아냐?"

"네. 그리고 오늘은 노아 님을 뵈러 온 겁니다."

그가 그러며 양피지 뭉치를 내밀었다. 너덜너덜해서 금방이라도 바스러질 듯한 문서였다.

"드래곤에 대한 이야기입니다."

"아, 고마워."

"하지만 저희도 자료는 거의 없어서……"

"알아. 어둠에게 대륙이 다 먹히기 전에 드래곤들은 떠났고, 남은 건 나뿐이라며. 어둠 때문에 기록은 대부분 파괴됐고."

"네."
"이상해."
노아가 눈을 찌푸렸다.
"내가 모르는 나라니."
하레쉬가 조심스럽게 물었다.
"기억을 되찾고 싶으십니까?"
노아가 눈을 들어 하레쉬를 보았다. 드래곤의 금색 눈동자에 하레쉬는 살짝 시선을 피했다.
"아니, 전혀. 이상한데 여하튼 나랑은 상관없는 이야기 같아. 그런 이야기."
"그렇군요."
"게다가 여자 때문에 생을 망치다니 한심하잖아."
투덜거리며 노아가 하레쉬에게 양피지 뭉치를 받아 들고 물었다.
"란은?"
"건강합니다."
"뱃속의 아기도?"
"네."
노아가 어린아이답게 웃었다.
"기대된다."
"그러십니까?"
"응. 그리고 내가 장담하는데."
노란빛에 가까운 금색 눈이 반짝 빛났다.
"여자아이일 거야."

겨울이 오기 전에 란은 하늘 저택으로 돌아왔다.

저택의 주인이 돌아오니 저택 역시 활기를 띠었다.
사실은 이제 왕궁이라고 불러야겠지만, 모두가 여전히 하늘 저택이라고 부르고 있었다.
저택이라고 하면 왕실의 위엄이 떨어지는 게 아니냐는 의견도 있었지만, 새로운 왕궁을 지음으로써 그 의견도 잠재웠다.
치우친 빙벽이 아니라 새로운 왕궁이 나라 중심부에 세워지는 중이었다. 그래서 그쪽을 왕궁이라고 부르고, 이쪽은 여전히 하늘 저택이었다.
제복도 왕국이 되면서 새로 싹 바꿔서 하인부터 수석 집사까지 모두가 제복을 입고 근무했다.
그 많은 인원에게 제복을 맞추는 것은 어마어마한 금액이 들어가는 일이지만, 라치아 왕실이 기꺼이 그 모든 금액을 지불했다.
"쓴 만큼 얻는 것도 있으니까."
란은 그렇게 말했고 왕실에 들어오는 하녀가 가장 기대하는 날은 역시 제복 지급일이 되었다.
제복은 맞춤이라 일주일 정도 시간이 걸렸고, 처음 제복을 입는 순간 모두 뿌듯한 웃음을 짓고는 했다.
"모두가 기뻐하는 얼굴을 하는 그때가 좋지요."
이제 수석 시녀장이 된 카라가 흐뭇한 얼굴로 말했다. 란이 고개를 끄덕였다.
"그렇다니 다행이네. 역시 카라에게 맡기기를 잘했어. 항상 카라를 못 보는 건 아쉽지만."
수석 시녀장은 란의 곁에서 시중을 드는 시녀와는 역할이 달라서 카라와 란은 업무로 만나는 사이가 되었다.
카라가 "후후, 황공한 말씀을." 하고는 덧붙였다.
"그래도 소다가 있으니까요."

카라의 말에 란이 고개를 끄덕였다. 이제 소다도 제법 관록이 붙어서 새로 들어온 시녀를 잘 다루고 있었다.

옆에서 듣고 있던 키리가 웃으며 말했다.

"그런 말은 본인이 들을 때 큰 소리로 해 주세요."

"다음에는 꼭 그러지."

란의 말에 카라가 "어머?" 하고는 "소다는 그러면 얼굴 빨개질 거예요." 하고 말했다.

때마침 소다가 쟁반에 다과를 들고 들어오며 물었다.

"무슨 말씀을 그리 즐겁게 하고 계시나요?"

란이 씩 웃었다.

"음— 소다가 엄청 잘해 주고 있다는 이야기."

란의 말에 소다의 뺨에 붉어졌다.

"화, 황공합니다."

키리가 소리 내어 웃었다.

"이렇게 변하지 않는 사람도 드물죠. 비전하도 참, 보는 눈이 있으시다니까요."

"키리, 무례하게."

소다가 눈을 찌푸리며 얼른 쟁반을 내려놓았다. 카라가 빙긋 웃고 말했다.

"거의 완성되어 가시는군요."

"응."

란이 무릎 위에 올려뒀던 작은 털신을 들어 올렸다.

소다가 양손을 꽉 맞잡았다.

"세상에, 이거 너무 귀여워요."

곰돌이 무늬까지 들어간, 새하얀 털신이었다.

란이 제 손바닥 위에 털신 한 쌍을 올려두고 살펴보았다.

"그지? 내가 봐도 잘 만들었어. 역시 이런 쪽이 더 취향이라니까."

란이 한숨 섞인 웃음을 내쉬었다.

여기 와서 느낀 건데 자신은 수에도 뜨개질에도 재주가 있었고, 또 거기에 집중하는 시간은 상당히 즐거웠다.

"평범한 레이디가 될 준비가 되어 있는데 말이야. 재능도 있고."

"그럴 마음이 없으시다는 게 문제 아닙니까?"

뒤에서 들려온 목소리에 시녀들은 재빠르게 고개를 숙였다.

"국왕 전하를 뵙습니다. 청염을 떨치시길."

유스타프가 가볍게 손을 들어 인사를 물렸다. 란이 "왔어?" 하고 고개를 들었다.

"나가기 전에 인사를 하러 들렀습니다."

"겨울 사냥?"

"네."

"올해도 가는구나."

"가야지요."

"잘 다녀와요, 아빠."

그 말에 유스타프는 쑥스러운 얼굴을 했다가 란이 만든 털신에 시선이 닿았다.

"작네요."

"작지."

그의 푸른 눈이 란을 바라보았다.

"원하신다면 정말로, 느긋하게 지내셔도 상관없습니다."

"지금은 느긋하잖아."

달이 거의 찬 후로는 하는 일도 없이 빈둥거리고 있었다. 심심해서 빈 손을 채우려 일하니 벌써 털신만 세 켤레, 손수건도 열 개쯤 되었다.

그녀가 털신을 테이블 위에 놓으며 눈을 찌푸렸다.

"진짜로 나 일중독인가 봐."

"부디 쉬어 주세요."

"알았어."

란이 고개를 끄덕였고, 유스타프는 그녀의 배를 보며 말했다.

"사실 이런 시기에는 떠나고 싶지 않지만……."

"얼른 다녀오면 되지. 그리고 아직 시간은 남아 있다고."

"최대한 빠르게 다녀오지요."

유스타프가 고개를 끄덕였다. 란이 덧붙였다.

"그리고 오늘이나 내일쯤 새로운 손님이 오니까."

"아. 키릭스 공작 부인이 오는군요."

이 시기에 와 주다니 고마운 손님이다. 카라가 고개를 끄덕였다.

"불편하신 것 없이 모시겠습니다. 손님방도 준비해 두었습니다."

란의 출산 시기 때문에 겨울 사냥도 확 앞당겼다.

"그럼."

인사하고 유스타프가 란의 입술에 입 맞추고, 조심스럽게 배를 쓰다듬고는 방을 나섰다.

"녹음을 드리우시길."

알현실에 우아한 인사가 울려 퍼졌다.

"생명의 정수가 그대에게. "

마주 인사하고 란은 활짝 웃으며 손을 내밀었다.

"리제!"

"비전하."

꺅꺅거리며 소녀처럼 손을 마주잡고 엘리제는 란을 바라보았다.
"경하드립니다."
"편지로 이미 이야기했잖아."
"그래도요."
엘리제가 흠흠 하고 란을 살폈다.
"이상하네요, 왜 이렇게 혈색이 좋은 거지요?"
"좋기는, 동글동글해졌지. 게다가 다리도 붓고, 툭하면 눈물도 나고."
란이 목소리를 낮췄다.
"심지어 화장실도 자주 간다고."
엘리제가 명랑하게 웃어서 란도 웃다가 한숨을 내쉬었다.
"리제가 와줘서 기뻐."
"황공합니다."
"공작가는 어때?"
"아—"
엘리제가 빙긋 웃었다.
"즐거워요. 후작과 공작이 뭐가 다를까 했는데, 확실히 다르던걸요. 공작 부인은."
"음, 상상이 되는걸, 리제가 제국 사교계의 중심이 돼서 마구 휘두르는 모습이."
"어머? 비전하. 설마요."
리제가 한숨을 내쉬었다.
"아직 폐하께서 결혼하지 않으셨으니까요."
"황태후 마마는?"
"여러 가지로 충격이 크신지 물러나 계세요."
"뭐, 그렇겠지."

란은 고개를 끄덕였다.

이미 녹영을 통해서 제국 황실 이야기야 알고 있지만, 그래도 보고서가 아닌 이런 생생한 이야기를 듣는 건 즐거웠다.

"조코 남작 부인의 앵무새는? 여전해?"

"아, 얼마 전에 열린 티파티에 날아 들어와서는 케이크를 훔쳐 먹다가 딱 걸렸다는군요."

"진짜? 앵무새가 케이크도 먹어?"

"견과류 타르트였거든요. 조코 남작 부인이 짠하고 새로 만든 다실로 손님들을 안내했는데— 그녀의 앵무새가 정신없이 타르트 위의 견과류를 먹고 있었던 거지요."

"아, 저런."

"저런이지요."

두 사람은 다시 웃음을 터트렸다. 란이 말했다.

"다시 한 번. 와줘서 고마워, 리제."

"별말씀을요. 겨울 내내 곁에 있으면서 수다를 떨 테니까 각오하시는 게 좋을 거예요."

"그거 기대되네."

란이 빙긋 웃었다.

엘리제가 와서 시간은 빠르게 흘렀다.

유스타프는 마중을 나온 란을 보고 눈을 찌푸렸다.

"나오지 않아도 된다고 말했는데요."

"응, 하지만 나오고 싶었으니까."

란이 빙긋 웃고 손을 뻗어 유스타프는 한숨을 내쉬고 그녀를 조심조심 마주 안았다.

만삭인 그녀를 정면에서 안는 건 피하고 싶다.

가볍게 그녀의 뺨에 키스하는 입술이 차가워서 란은 미간을 모았다.
"차가워."
"밖은 겨울이거든요."
"마수는?"
유스타프는 언제나처럼 겨울 사냥에서 돌아오는 길이었다. 유스타프가 가볍게 고개를 저었다.
"마수는 이제 거의 보이지 않습니다. 어둠이 없어졌으니 그 영향일까요. 대신—"
"사람?"
"네. 사람과 돈이 모이니 범죄자가 생기는군요. 이런 한겨울에도 말입니다."
"국왕 전하는 그런 일 하면 안 되는 거 아냐?"
유스타프가 빙긋 웃었다.
"이 정도는 기분 전환용이지요."
"아, 밑에서 벌벌 떨 하급 관리들 얼굴이 눈에 선하다."
국왕이 전면에 나서서 사냥과 범죄자 척결이라니.
같이 말을 달릴 경비대장의 등에 식은땀이 흐를 게 눈에 보인다.
"뭐, 라치아는 작으니까 가능한가."
공작일 때와 크기가 동일하니, 사실 업무적으로 어려웠던 것은 재편성 때뿐.
작아서 인구수에는 한계가 있겠지만, 대신 구석구석 행정이 손에 닿는다는 점은 좋았다.
"몸은 괜찮으십니까?"
"아니, 안 괜찮아. 하지만 임산부로서는 괜찮아."
란의 말에 유스타프가 조심조심 란의 배를 어루만졌다.

"조용하네요."
"그래도 지금은 좀 움직이는걸."
원래 출산일이 가까우면 거의 안 움직인대, 하고 란은 한숨 섞인 웃음을 내뱉었다.
"아빠랑 만나서 좋은가 보네."
"제 목소리를 안다는 게 신기합니다."
"나두."
란이 고개를 끄덕였다.
"하지만 이제 빨리 나왔으면 좋겠어."
란의 말이 씨가 된 것처럼, 그날 새벽에 하늘 저택의 불이 전부 켜졌다.
방 밖에서 서성이는 유스타프는 안쪽에서 비명이 터질 때마다 몸서리를 쳤다.
"전하, 차라도 드릴까요?"
곁에서 엘리제가 물었다. 그녀의 얼굴도 긴장이 가득 차 있었다.
유스타프가 고개를 저었다.
"아니, 괜찮네."
란이 저러고 있는데, 뭐가 넘어갈 리가 없었다.
그때 문이 활짝 열렸다. 키리가 지쳤지만 웃는 얼굴로 말했다.
"비전하는 무사하십니다. 그리고 공주님도 역시 무사하시고요."
"내가 들어가서—"
유스타프가 그녀의 어깨너머를 기웃거리며 말하자 키리가 손가락을 들었다.
"딱 1분만요."
엘리제는 안도하며 복도에 놓인 카우치에 털썩 주저앉았다. 그녀가 시계를 보고 말했다.

"그래도 빨리 나왔네요. 초산은 하루 종일 걸리는 경우도 있다고 들었거든요."

유스타프는 대답 없이 초조하게 문이 다시 열리기를 기다렸다. 말은 들었지만 역시 눈으로 직접 란을 확인하고 싶었다.

잠시 후 치료사가 문을 열고 들어오시라고 말해 유스타프는 얼른 안으로 들어갔다.

잔뜩 지친 얼굴로 란이 희미하게 미소 지었다.

"유스."

"란."

그가 그녀의 손을 꽉 잡았다. 란의 오른쪽 눈 실핏줄이 다 터져 있었다. 그가 손을 뻗어 조심스럽게 눈가를 쓸자 란이 말했다.

"얼굴 빨갛지?"

"세상에서 가장 예뻐요."

유스타프가 그렇게 말하고 몸을 숙여 그녀의 뺨에 입 맞췄고 란이 가볍게 웃었다.

"아기 봤어?"

"아직요."

란이 시선을 돌리자 포대기에 아기를 감싸서 디모디아가 살며시 다가왔다.

"예쁜 공주님이에요."

란은 아기를 보자 왈칵 눈물이 솟구치는 걸 느꼈다.

"안녕, 아가야."

유스타프가 조심스럽게 디모디아에게서 아기를 받아 들었다. 그는 잠시 홀린 듯이 아기를 바라보았다.

유스타프가 약간 떨리는 목소리로 말했다.

“란을 닮았어요.”

란이 웃었다.

“아직 누구를 닮았다고 할 단계는 아니지 않아? 빨갛고, 못생겼지. 아, 머리카락은 유스를 닮아서 검은색이네.”

“아뇨, 귀엽습니다.”

힘주어 유스타프가 말해서 란은 다시 웃었다.

“머리카락이 검은색이면…….”

눈동자는 무슨 색이려나?

갸웃하자 키리가 말했다.

“눈동자 색을 알려면 시간이 더 걸릴 거예요. 자, 아기님은 제가 데리고 있을게요. 비전하께선 쉬셔야 해요.”

“응…….”

중얼거리자 유스타프가 말했다.

“잠들 때까지 곁에 있어도 됩니까?”

“그럼 나중에 침실에서 뵙지요.”

키리의 말에 유스타프는 고개를 끄덕였다.

란의 손을 붙잡아 그 손등에 입 맞추고 유스타프는 방을 나갔다. 란은 축 늘어져서 한숨을 내쉬었다.

그녀는 제 목걸이를 어루만졌다. 카리톨 목걸이에서 따듯한 기운이 나오는 것 같았다.

남아 있는 통증이 조금씩 수그러들었다. 이어 들어온 하레쉬에게 그 말을 했더니 그가 고개를 끄덕였다.

“카리톨에는 그런 능력이 있으니까. 착용자를 치유하는 능력이 있지.”

“그랬구나.”

란은 키리가 가져온 약을 마시고 다시 누웠다.

"혹시나 추가적인 출혈이 있는지 보고, 그 다음 침실로 옮겨드리겠습니다. 푹 주무시면 됩니다."

란은 고개를 끄덕였다.

서너 시간 후에야 란은 침실에 누웠고 이미 꾸벅꾸벅 졸고 있었다.

유스타프가 누운 란의 손을 잡아주었다.

"주무세요."

"응…… 그리고 이름."

"생각해 두지요."

유스타프가 말하고 잠드는 란의 얼굴을 빤히 바라보았다. 얼마 지나지 않아서 란은 완전히 잠들었다.

Epilogue

"탈출 성공!"

초록색 눈을 반짝이며 소녀가 만세를 불렀다. 그 뒤를 느리게 따라온 소년이 곤란한 얼굴로 말했다.

"누나, 그냥 돌아가죠."

"싫어. 간신히 빠져나왔다고. 그런데 돌아갈 성싶으냐."

"하지만—"

소년이 끙 하고 한숨을 내쉬었다.

"넌 돌아가도 좋다."

소녀의 말에 그가 눈을 찌푸렸다.

"여기까지 따라왔는데 돌아가진 않습니다. 하지만……."

"그럼 마음대로 해."

소녀는 그렇게 말하고 새까만 머리카락을 흩날리며 당당히 걷기 시작했다.

이제 열 살이나 되었을까?

왕궁 하녀가 입는 제복을 입고 있었다. 품이 약간 크기는 하지만 허용되는 범위 내였다.

소녀가 의기양양하게 말했다.

"제복도 입었고, 라치아에서 이 제복을 입고 있으면 건드릴 사람은 없는걸."

그녀의 말에 틀린 곳은 없었다. 하늘 저택의 코앞에서 왕궁 제복을 입은 어린 하녀를 건드릴 사람은 없으니까.

하늘 저택 앞의 도로는 넓었고, 간간이 수레와 마차가 지나다녔다.

두 사람은 반쯤 넋이 빠져 그것들을 구경하며 길을 걸었다.

대담하게도 눈이 마주친 경비병에게 가볍게 인사까지 해 가며 말이다. 어린 하녀를 보고 경비병은 싱긋 마주 웃어 주었다.

어린아이 걸음으로 20여 분을 걸어서야 둘은 시장에 도착했다.

"역시 굉장하군."

소녀가 시장을 이리저리 둘러보았다. 말로만 듣는 것과 실물 경제는 완전히 다르다.

"후후, 나도 백성들의 경제 활동에 참여하러 왔노라."

그녀는 그렇게 중얼거리며 주머니에서 동화를 꺼냈다.

"에비 누나, 그건 또 어디서……."

"내 머리띠를 주고 하녀에게서 받아냈지."

에비게일 이브 드 라치아는 동화를 손가락으로 퉁 튀기며 웃었다.

"내 비단 머리띠가 더 비쌀 게 뻔하니까, 하녀에게 이득이 된 거래였다고?"

"그걸 동화 하나랑 바꿨다고요?

"그럴 리가. 동화 다섯 개랑 바꿨지. 자, 시드 너도 하나 받아."

그녀가 건네주는 동전을 시드는 눈을 크게 뜨고 받았다.

그도 동화는 한 번도 본 적 없었다. 게다가 이렇게 사용감이 있는 동화는…….

"그런데 이렇게 닳아 버리면, 가치가 줄어드는 게 아닐까요?"

"나도 그렇게 생각해. 이러면 동전의 무게가 줄어들잖아? 그러면 새 동전의 가치가 더 높아야 하는 게 아닐까?"

에비게일이 중얼거리며 동전을 보고 있는데 낮은 목소리가 들렸다.

"닳은 동전을 새 동전으로 바꿔 주기 때문에 같은 가치가 유지되고 있는 거지."

두 사람 다 펄쩍 뛰며 돌아보니, 거기에는 노아가 서 있었다.

노아는 이제 10대 중반쯤으로 보였다. 하지만 그게 겉모습뿐이라는 걸 에비게일은 잘 알고 있었다. 그의 실체는 드래곤이다.

하지만 그녀는 단 한 번도 그를 무서워해 본 적 없었다. 노아는 미간을 살짝 찌푸리고 에비게일을 바라보았다.

그 금색 눈동자를 똑바로 마주 보며 에비게일이 안심한 듯이 말했다.

"아, 뭐야. 노아였잖아?"

"'아, 뭐야. 노아였잖아?'가 아닐 텐데? 여기서 뭘 하는 거지?"

"보면 몰라? 백성들의 실물 경제에 직접 참여하려는 참이지."

에비의 당당한 말에 노아는 한숨을 내쉬었다.

"너희들이 성에 없는 게 알려지면 얼마나 난리가 날지 알고 있나? 아니, 이미 난리가 났을 테지."

"하지만 이렇게 나오게 해 주지는 않잖아. 내가 몇 번이나 부탁했다고? 하지만 안 된다는 말만 반복하고. 그럼 직접 움직이는 수밖에 없잖아?"

노아가 미간을 찌푸렸다.

"쓸데없는 소리 하지 말고 당장 돌아가."

"소리 지를 거야."

"뭐?"

"왕실 하녀를 납치하려고 하는 사람이라고 소리 지를 거다?"

"이브."

에비게일은 히죽 웃었다.

노아만이 자신을 저렇게 미들네임으로 불렀고, 에비게일은 솔직하게 말해서 그게 매우 마음에 들었다.

"시장만 둘러보고 올 거야. 걱정이 되면 노아가 있어 주면 되잖아."

노아가 뭐라고 하기도 전에 쏜살처럼 에비게일이 튀어 나갔다. 시드가 그 뒤를 바싹 따라가며 "죄송합니다." 하고 인사했고 노아는 느리게 그 뒤를 따랐다.

"모른다, 나는."

에비게일은 시장을 천천히 돌아보고 동화를 내밀어 오렌지 주스를 하나 구매했다.

"이것만 마시고 돌아갈 거야."

에비게일의 말에 노아가 고개를 끄덕였다. 에비게일이 킥킥 웃었다.

"성에서 나온 꼬마 하녀님이냐고 하면서 양을 더 줬어."

음음, 백성들에게 성에 사는 사람의 인식이 좋다는 것은 아바마마와 어마마마가 훌륭하다는 말이지.

고개를 끄덕끄덕하는 그녀 옆에서 시드는 설백나무 수액을 마시며 말했다.

"신기하네요."

"신기?"

노아가 묻자 시드는 얼굴을 살짝 붉히고 말했다.

“사람들이 이렇게 많고, 다들 활기차요. 그리고 정말로 배운 대로인 것 같으면서도 다르네요.”

“그러게. 난 라치아 화폐만 생각했는데 의외로 로미아 상단에서 발생한 어음이나 제국 화폐가 혼용되고 있네. 하지만 어째서 제국 주화가 우리 주화보다 더 가치가 낮은 거지? 같은 금 아냐?”

에비게일이 갸웃했고 시드가 “그러네요.” 하고 환전소에 달린 표지를 바라보았다.

“순도가 달라.”

노아의 말에 에비게일이 눈을 크게 떴다.

“금을 적게 넣었다고? 그건 국가 신뢰 문제잖아. 그래도 되는 거야? 아니, 그보다 그게 알려져서 바로 이렇게 환전소에 반영된다는 게 놀랍군…… 다들 부피라도 재 보나?”

궁금하다, 하는 얼굴을 한 에비게일의 머리를 노아가 꾹 눌렀다.

“돌아가기로 했지.”

“칫.”

에비게일이 입을 비죽였다. 그녀는 말을 이었다.

“로미아 상단의 어음이 유통되는 이유는 알겠어. 국가에서 운용하는 상단이니까, 기본적인 신뢰가 있는 거겠지.”

“로미아 상단과 라치아 왕국은 별개야.”

노아가 말했다. 에비게일이 눈을 찌푸렸다.

“그 점이 이해가 안 간단 말이야. 어떻게 그럴 수가 있지? 상단주는 어머니잖아?”

“란이 라치아 왕비를 그만둬도 계속 네 어머니일 수 있는 것과 같은 이유지.”

에비게일이 그 말에 눈을 크게 떴다. 그때 노아가 "아." 하고 말했다.

"역시 난 몰라."

"응?"

"네?"

두 사람이 동시에 노아를 바라본 순간 노아가 스르륵 사라졌다.

"뭐야? 잠깐?"

"노아 님?"

놀라 두 사람이 이리저리 고개를 돌리는데 콱 뒷목덜미가 붙잡아졌다.

"꺅?"

"우왓—"

놀라 버둥거리는데 으르렁거리는 목소리가 들렸다.

"두 사람 다 여기서 뭐 하는 거지?"

"힉."

에비게일은 움찔하며 새끼 고양이처럼 몸을 웅크렸고, 시드 역시 숨을 죽였다.

"에비게일, 시드."

"아, 아버님, 어쩐 일이세요."

에비게일이 에헤헤 하고 웃는 얼굴을 했지만, 유스타프의 얼굴은 조금도 펴지지 않았다.

"너야말로 이게 어쩐 일이지?"

"그게—"

유스타프의 푸른 눈이 가늘어져서 에비게일은 입을 꾹 다물었다. 지금은 어떤 변명도 통하지 않는다.

"시장에 직접 나가고 싶었을 뿐이에요."

"호위도 없이."

유스타프는 분노로 말이 제대로 나오지 않았다. 그가 붙잡은 뒷목덜미를 흔들자 두 아이는 찍소리도 하지 못했다.

"일단은 돌아가지."

여기서 화를 낼 수도 없으니까. 게다가 제복을 입은 에비게일을 붙잡고 있으니 사람들이 힐끔힐끔 이쪽을 보기 시작했다.

경비병마저 시선을 주는 게 느껴져서 유스타프는 그곳을 떴다.

시드가 힐끗힐끗 제 누이를 보았다. 눈이 마주치자 시드가 벙긋거렸다.

'누나, 어떻게 해요?'

'기다려 봐, 일단. 침착해.'

벙긋벙긋 이야기하는 자식들을 보고 유스타프는 기가 찼다.

하늘 저택 안으로 들어가는 건 간단했다. 경비병들은 모두 유스타프의 반지를 보고 재빠르게 경례를 붙이며 그를 통과시켰다.

성큼성큼 걸어서 저택으로 들어가자 소식이 들렸는지 란이 뛰어나왔다.

"에비! 시드!"

창백해진 어머니의 얼굴을 보자 에비게일도 시드도 찔린 듯한 죄책감을 느꼈고, 유스타프는 더더욱 화가 났다.

"두 사람 다!"

유스타프가 손을 놓자 둘은 엉덩방아를 찧었고, 란이 꽉 둘을 끌어안았다.

"왜 걱정을 끼치는 거니?"

"죄송합니다."

"죄송해요."

달콤한 냄새가 나는 어머니의 품 안에서 에비게일과 시드는 차례로 사과했다. 그러나 곧, 란의 눈이 가늘어졌다.

"그래서 대체 어떻게 나간 거야? 일단 안으로 들어가서 이야기하자꾸나."

"네에……."

"네."

저택으로 들어가 에비게일은 옷을 반납하며 말했다.

"하녀를 혼내지는 말아 주게. 내가 이렇게 할 거라고는 생각 못 했을 테니. 게다가 내가 훨씬 상급자니까—"

"알면서 이런 짓을 하셨습니까?"

수석 시녀장인 카라가 제복을 받아 들고 말했다.

"그래도 처벌받을 겁니다. 하녀는."

"말도 안 돼!"

"제복을 다른 사람에게 주면 안 된다. 그게 규칙입니다."

"내가 억지로 빼앗은 거다."

"아뇨, 거래하셨다고 하셨지요."

"아냐, 내가 공주니까 하녀는 따를 수밖에 없잖느냐!"

"네, 책임지시지도 못하면서요."

카라의 말에 에비게일의 뺨이 붉어졌다. 그녀의 녹색 눈이 번득였다.

"그럼 내가 명령하지. 그 하녀를 내버려 둬."

"정말 그걸로 괜찮으신 겁니까?"

카라가 정면으로 물어왔고 에비게일은 조금도 물러섬 없이 말했다.

"그래."

"그렇다면, 알겠습니다."

카라가 고개를 숙이고 물러나자 에비게일은 한숨을 삼켰다.

'정말이지.'

만만한 사람이 하나도 없다니까.

'지금 안 감싸면 어떻게 하라는 말이야?'

이건 충성심 시험이나 마찬가지다.

더러운 일을 시킨 사람을 잘라 버리는 건 쉽다.

'하지만 그러면 충성심이 안 생기잖아.'

버리는 건 이런 간단한 일이 아니라 최후의 최후에 가서라구요.

입을 비죽이고 에비게일은 깊게 숨을 들이마셨다.

그녀가 문을 열고 안으로 들어가자 아버님과 어머님이 기다리고 있었다. 시드 역시 어색한 표정으로 그 앞에 서 있었다.

"죄송합니다, 어머니, 아버지."

"죄송하다는 걸 알면, 왜 그랬는지 이야기를 들어볼까?"

낮은 아버지의 목소리에 에비게일은 고개를 들고 똑바로 바라보았다. 아버지가 제 녹색 눈동자에 약하다는 걸 에비게일은 이미 알고 있었다.

자기 어머니와 똑같은 녹색 눈동자에.

"하지만 계속 나가고 싶다고 이야기했었는데, 나중에라고 말하기만 하고 계속 미루셨잖아요. 그래서 직접 나가자고 생각했습니다."

"호위도 없이? 네 위치가 뭐지?"

"라치아 왕국의 후계자입니다."

"그런데?"

"제 생각에는—"

에비게일은 드레스 자락을 꾹 쥐었다.

"제복을 입고 나가니까 괜찮을 거라고 생각했습니다. 게다가 가까이에 있는 시장에 잠깐 나가는 것뿐이고요."

"그건 네 생각이지."

"그리고 실제로도, 아버님에게 들키지만 않았다면."

무사히 다녀왔을 거라 생각합니다. 하는 눈으로 그를 보아 유스타프는 기가 찼다.

죄송하다고 말만 번드르르하고 사실은 조금도 죄송하지 않다.

그녀는 그렇게 말하고 있었다.

"그럼 대체 뭐가 죄송한 거냐?"

유스타프의 물음에 에비게일이 눈을 굴리고 말했다.

"몰래 나가서요."

"그게 잘못된 건 아니고?"

"거짓말을 한 건 잘못이지만, 나가지 말라고 하신 건 제 안전을 걱정하셔서니까, 안전하기만 하면 괜찮다는 게 아닐까요."

유스타프는 순간, 자신의 딸이지만 엉덩이를 때려 주면 안 될까, 하는 충동에 사로잡혔다.

그 충동을 억누르고 유스타프는 입을 열었다.

"그런 생각을 하고 실천을 한다는 것 자체가 이미 나갈 준비가 안 되어 있다는 뜻이다."

유스타프의 말에 란이 한숨을 내쉬며 고개를 끄덕였다.

"하지만—"

에비게일이 고개를 들자 란이 말했다.

"그 말은 '나중에' 된다는 내 말을 믿지 않았다는 거지?"

에비게일이 움찔했다.

"어머니의 판단을 믿지 못하겠다고 생각해서 스스로 판단을 내린 거지. 날 신뢰하지 못하겠다는 거고, 그렇다면 함께 나가서도 내 명령을 무시하고 네가 네 생각대로 행동할 수 있다는 거지."

"그, 그렇지는—"

당황해 에비게일이 웅얼거리자 란이 비스듬히 팔걸이에 몸을 기울이며 물었다.

"그렇지 않으면 다른 이유가 있니?"
에비게일이 고개를 숙였다.
"그건……."
에비게일이 입을 내밀었다.
"안 된다고 하셨으면 차라리 포기했을 거예요, 근데 나중에라고만 하시고……."
"그래서 이런 일을 저질렀니. 그럼 더더욱 나가지 못할 거야. 신뢰가 깨졌으니까. 깨진 신뢰를 다시 쌓으려면 상당한 시간이 걸릴 거다."
란의 말에 에비게일은 자기 발끝만 내려다보았다. 유스타프가 제 딸을 보며 말했다.
"넌 네 판단이 옳고, 스스로가 현명하다고 느끼겠지만 그게 아니라고 말해 두고 싶구나."
이어 유스타프가 시드를 보았고, 시드는 재빨리 고개를 숙였다.
"시드, 너는."
"죄송합니다."
"왜 누나를 따라갔지?"
"그게……."
시드는 솔직하게 대답했다.
"재미있어 보여서."
하아, 깊게 유스타프가 한숨을 내쉬었다.
"그, 그리고 밖이 궁금하기도 했고요."
"시드. 그런 식으로 하면 누나에게 휘둘리기만 할 거다."
유스타프가 눈을 찌푸리며 말해서 란이 히죽 웃었다.
"맞아, 누님에게 휘둘리기만 하면 큰일이지."
그녀가 툭 유스타프의 팔을 찔러서 유스타프는 저도 모르게 웃었다.

다행히도 남매는 고개를 숙이고 있어서 그걸 보지 못했다.
“그런데 대체 어떻게 저택을 나간거지? 시녀와 호위는 어쩌고?”
유스타프의 말에 에비게일이 발끝으로 바닥을 후비며 말했다.
“6개월 전부터 준비했어요.”
“뭐?”
여기에는 란과 유스타프 양쪽 다 놀라 에비게일을 보았다.
“시녀들에게 혼자 목욕하겠다고 말하고, 제복이랑 동전도 바꿔 두고, 목욕 시간을 점점 길게 가지고…….”
그래서 모두가 방심한 틈을 타서 빠르게 목욕을 마치고, 제복으로 갈아입고는 빈틈을 타서 샤샥.
유스타프는 관자놀이를 꾹 눌렀다.
‘이제 열 살인데.’
앞으로 자랄수록 어떻게 될지 앞날이 두렵다.
“원래라면 매라도 들어야겠지만.”
유스타프는 팔걸이를 두들겼다. 남매의 어깨가 움찔했다.
“둘 다 다른 벌을 주지.”
유스타프가 란을 바라보고 말했다.
“일주일간 정원사 보조다.”
란이 눈을 크게 떴다가 고개를 끄덕였다.
에비게일도 시드도 ‘정원사 보조?’ 하고 의아해하면서도 얌전히 고개를 끄덕였다.
두 사람이 차례로 나가고 나서 유스타프가 한숨을 내쉬었다.
“저게 열 살짜리가 할 법한 생각입니까?”
“그러게. 누구 딸 아니랄까 봐.”
“설마 절 보고 하는 말은 아니겠죠?”

"아냐?"

"아닙니다. 오히려 란을 닮은 거겠죠. 에비는—"

유스타프는 하던 말을 멈추고 생각에 잠겼다가 다시 말했다.

"머리가 돌아가기는 하지만, 아직 교활한 점은 없으니까요. 그에 비하면 시드는."

"휘둘리고 있지."

"있죠."

"그야 아직 어리니까. 고작 여덟 살이잖아?"

"하지만 그러면서도 에비를 따라간다는 점이."

"유스를 닮았네."

"……란을 닮았죠."

란이 키득키득 웃고 말했다.

"하여간 정원사 보조라니, 어마어마한데. 일주일간은 고생 좀 하겠네."

"잠자리도 옷도 식사도 정원사 보조와 같이 할 겁니다. 그렇게 백성의 삶이 궁금하다면 직접 체험해 보는 게 좋겠지요."

유스타프는 다시금 한숨을 내쉬었다.

"그래도 어떻게 만났네?"

"녹영이 보고했습니다."

"아, 역시."

녹영이 붙어 있는 건 그녀도 알고 있었다.

"알고 있었으면서."

"그러니까 매를 들지 않은 거죠."

"어차피 들지 않을 거면서."

란이 그의 팔에 손을 얹었다. 그 밑에는 아직도 옅은 흉터가 남아 있다.

"하지만 저 녀석들은 그 사실을 모르죠."

대답하고 유스타프가 그녀의 입술에 가볍게 입 맞췄다.
란이 웃고 마주 입 맞춘 후에 말했다.
"그러면 어땠어? 만남은?"
괜히 유스타프가 저택 밖으로 나가 있었던 게 아니다. 란의 물음에 유스타프가 고개를 끄덕였다.
"잘 이루어질 것 같습니다."
"그런가. 그러면 영토가 아주 조금 더 넓어지네."
"대신 강이 포함되니까요. 그게 크죠."
유스타프는 제국의 백작과의 거래로 땅을 사기로 한 것이다. 제국의 모든 땅은 황실의 것, 영주는 그걸 빌리고 있는 것뿐이기는 하지만 그래도 토지의 거래는 이루어진다.
"백작과 거래는 끝. 라벨에게 이야기만 하면 됩니다."
"그런가. 정복 황제 때의 영토를 판다는 건 말이 안 되는 일이지만."
"상당한 금이 우리 쪽으로 흘러들어오고 있으니까요. 그 출혈을 막고 싶겠죠."
토지 약간과 맞바꿔서라도, 현금이 필요한 거다.
"응."
얼음수정과 드워프, 엘프가 만든 사치품을 거래하느라 제국은 상당한 지출을 하고 있었다.
'우리야 덕분에 많이 벌고 있으니까.'
란이 말했다.
"싸움이 아니라 이런 식으로 영지를 얻을 수 있으면 최고지."
"그렇죠."
유스타프가 고개를 끄덕였다. 란이 빙긋 웃고 그에게 키스하며 말했다.
"그리고 우리 후계자도 다행히 만만찮은 것 같네."

란의 말에 유스타프는 웃었다.
"확실히. 그건 그렇지요."
고작 열 살이지만 그녀를 가까이서 본 사람들은 에비게일이 다음 대국왕이라는 것에 이견이 없었다.
"어쩐지 파란만장해질 것 같네요. 라치아 왕국은."
유스타프의 말에 란은 고개를 끄덕였다.
"하지만 나쁘지는 않을 것 같네."
살그머니 유스타프가 그녀의 손을 잡았다.
"물론 그런 시기가 오려면 아직 한참 멀었지만 말입니다."
"그거야 그렇지."
키득거리는 란을 보고 유스타프는 행복하다는 실감이 들었다. 그냥 이런 순간들이, 전부.
"란."
"응?"
"란도—"
행복하냐고, 유스타프는 물으려다가 미소를 지으며 고개를 저었다.
"아닙니다."
반짝반짝 빛나는 깊은 녹색 눈동자, 변하지 않는 다정함.
"사랑해."
유스타프의 말에 란이 활짝 웃었다.
"나도 사랑해요."

* * *

란은 침실에서 머리카락을 빗으며 생각에 잠겼다. 에비게일과 시드는 지금쯤 정원사가 쓰는 오두막 바닥에서 불편한 잠자리를 청하고 있을 거다.

걱정이 되기는 하지만, 주변에 녹영이 있으니 괜찮겠지.

그녀는 목걸이의 펜던트를 어루만졌다. 세계수의 일부, 그 정수라고 할 수 있는 진액으로 만들어진 카리톨.

만지면 언제나 기분이 침착해진다.

거울 속의 자신을 보고 란은 지금 더할 나위 없이 행복하다고 생각했다.

그리고 이렇게 행복할 때면 루미에가 생각났다.

'거기서 행복한 거지? 괜찮은 거지?'

그녀에게 남은 작은 가시는 그것뿐이었다. 그녀는 펜던트를 꽉 쥐었다.

'행복해져. 루미에.'

란은 그렇게 기도하며 눈을 감았다. 그리고 조용히 자리에서 일어나서 부부 침실로 향했다. 이미 와 있는 유스타프가 가볍게 미소 지었다. 란이 에잇 하고 침대에 몸을 던졌다.

"피곤해."

유스타프는 이불을 정리해 그녀에게 덮어 주고는 란을 꽉 끌어안았다.

"유스."

"네."

"루미에…… 괜찮겠지?"

"물론이죠."

"어디서 오는 거야, 그 확신은."

"어쩐지요."

유스타프의 말에 란은 피식 웃고 눈을 감았다.

"잘 자."

"네. 주무세요."

시나는 퉁퉁 부은 눈을 문질렀다. 밤에 우는 날이 너무 많다.
꿈에 루미에가 자꾸 나온다.
'돌아온 지 3개월이 지났는데.'
그녀는 주머니 속에서 다이아몬드 머리핀을 꺼냈다.
이것만이 그녀에게 그 모든 게 꿈이 아니라고 말해 주고 있었다.
너무 빠르게 라치아에서의 일이 퇴색되어서…….
'무서워.'
벌써 루미에의 목소리가 잘 기억나지 않는다.
그녀는 한숨을 삼키고 현관을 나섰다. 아파트 단지를 나서는데 그녀를 누군가가 뒤에서 불렀다.
"시나."
반사적으로 뒤를 돌아보니 모르는 남자가 서 있었다.
붉은 갈색 머리카락에…….
'혼혈인가?'
그런데 어딘가 익숙한.
남자가 웃었다.
그 웃음을 보는 순간 그녀는 전신에 소름이 쫙 끼쳤다.
'말도 안 돼.'
어깨에서 가방이 미끄러져 떨어졌는데도, 시나는 눈치채지 못했다.
"루, 루미……."
내뱉고서 바보 같다고 생각했지만, 이미 입 밖으로 나왔다.
남자가 성큼성큼 다가와 떨어진 가방을 주워줘서 시나는 간신히 정신을 차렸다.
"아, 저기. 감사합니다. 그, 저를 어떻게……."
"뭐야, 벌써 잊어버린 거야? 이 봄날 망아지 같은 아가씨가?"

다시금 번개 같은 충격이 시나를 때리고 지나갔다. 남자가 갸웃하고 말했다.

"이게 아니라, 우리 예전에 한번 만난 적 있지 않아요? 라치아에서 뵌 것 같은데."

라고 해야 하나, 하고 그가 다시 웃었다. 받아 든 가방이 다시 떨어졌다.

"루, 루미, 루미에?"

제 스스로도 목소리가 와들와들 떨리는 게 느껴졌다. 루미에가 미소 지었다.

"응."

시나는 전신을 부딪치듯이 그를 끌어안았다.

"루미에, 루미에, 루미에에—"

울음이 터져 나왔다.

어떻게 된 건지, 이상하다든지, 왜 여기에 있는 건지, 어째서 다른 모습인 건지.

그런 의문은 조금도 들지 않았다.

여기에 그가 있다.

루미에가 여기 있다.

그걸로도 충분했다.

"겨우 만났네."

루미에가 그녀를 마주 끌어안았다.

란은 눈을 떴다.

관자놀이를 타고 눈물이 흘러내렸다. 저도 모르게 펜던트를 쥐니 확 온기가 느껴졌다.

흠칫 하고 란은 녹색 펜던트를 바라보았다. 어둠 속에서 펜던트는 희미한 녹색빛을 위로하듯이, 꿈이 아니라고 말하듯이 반짝이고는 사그라졌다.

란은 양손으로 얼굴을 감쌌다.

울음이 터져 나올 것 같았다.

"란……?"

유스타프가 손을 뻗어 란의 허리를 당겼다.

"무슨—"

일이냐고 물으려다가 란이 우는 걸 보자 잠이 확 달아났다.

"란?!"

"아냐, 괜찮아."

란이 웃으며 그를 당겼다. 그의 품에 얼굴을 묻고 그녀가 속삭였다.

"유스타프가 맞았어."

유스타프는 란의 등을 쓸어내렸고 그녀는 웃고 울었다.

"루미에랑 시나, 만났어."

그 뒤는 보지 않아도 괜찮다. 분명히 두 사람도 행복해질 테니까.

우리처럼.

파도처럼 밀려오는 안도에 란은 눈을 감았다.

"유스."

"네."

"어떻게 그렇게 확신했어?"

란의 물음에 유스타프가 가볍게 웃고 말했다.

"이게 책이라면 분명히 그렇게 될 테니까요."

해피엔딩.

란은 웃었다.

"그러네, 그래. 맞아."
그리고 그렇게 되었지.
해피엔딩.

* * *

시나는 가볍게 아이스 아메리카노를 빨대로 저었다.
"한 가지 아쉬운 점이 있어."
"뭔데?"
루미에가—루이가 느긋하게 물어왔다. 시나는 새삼 신기하게 그를 바라보았다. 캐주얼한 차림의 그는 카페 인에 있는 사람들의 시선을 끌고 있었다.
항상 만나지만 그래도 영 실감이 나지 않는다.
아버지는 러시아 사람이고 어머니는 한국 사람이라고, 그는 그렇게 자신을 소개했다.
그리고 어떻게 여기까지 오게 되었는지도 전부.
"란 언니에게 우리가 잘 만났다고 전해줄 수 있으면 좋을 텐데. 언니 성격상 계속 걱정하지 않을까."
"그래?"
"그렇지 않아?"
"아니, 어쩐지 알 거라는 느낌이 있어. 그야 정령이며 드래곤이며 마법이 있는 세계잖아."
"그건 그렇지. 그런가, 그러네."
시나는 그제야 안도하며 가슴을 쓸어내렸다. 루미에가 테이블에 턱을 괴었다.

"그래서 왔어. 약속 지켜야지."

다시 태어나면, 널 가장 처음 만나서.

시나의 눈에 다시 눈물이 왈칵 들어찼다.

"네가 내 첫사랑이야."

루이의 말에 시나가 속삭였다.

"사랑해."

"응, 나도."

루이가 싱긋 웃었다.

시나는 눈물을 재빨리 닦아 냈다. 이제 웃는 일만 있을 거야.

'란 언니도 그러길.'

마음속으로 시나는 작게 빌었다. 그러면서도 그녀는 확신했다.

란도 자신도 분명히 행복하다고. 그리고 앞으로도 그럴 거라고.

*　　*　　*

밤의 평원을 말 두 마리가 질주하고 있었다.

밤눈이 어두운 말을 타고 밤에 달리는 것은 위험 행위겠지만, 이곳은 걸릴 것이라고는 바람밖에 없는 초원이다.

그래서 란은 지평선 끝자락까지 별이 드리워진 어두운 밤을 달리다가 간신히 말을 멈췄다.

그녀가 말을 멈추자 앞서가던 유스타프가 말 머리를 돌려 돌아왔다.

"괜찮으십니까?"

"나도 열심히 타는데 왜 실력이 안 느는 거지?"

란이 숨을 헐떡이며 투덜거려서 유스타프는 웃었다.

"이 정도면 많이 느신 건데요? 아직도 란이 처음으로 가주가 되었을 때 갔던 봉인식이 생각납니다."

모두가 말에서 그녀가 떨어질까 봐 조마조마했다.

"그거야 그렇지만."

"저만큼은 안 되실 겁니다."

유스타프가 그렇게 말하며 가볍게 제자리에서 말을 빙글빙글 돌게 해 보였고 란은 입을 내밀었다.

자신은 죽었다 깨어나도 저렇게 자유자재로 말을 몰지는 못하겠지.

두 사람은 틸라노이 근처에 있는 평원을 달리는 중이었다.

한밤에 마구간에서 슬쩍 말을 꺼내서 순간 이동으로 이곳까지 날아온다.

종종 하는 일종의 네이트였다.

"승마로 절 이길 생각은 안 하시는 게 좋을 겁니다."

"너무해."

란이 그렇게 외치고 웃었다.

달빛 아래서 그녀의 머리카락이 희미하게 빛나는 것처럼 보였다.

유스타프는 란을 향해 손을 뻗었다. 그의 손바닥에 란이 눈을 감으며 뺨을 대자 그는 저도 모르게 웃었다.

무방비한 그녀의 편안함과 애정이 그를 부드럽게 감쌌다.

극도로 얇고 매끄러운 크리스털 잔을 만지는 듯한 황홀감과 일말의 불안감.

그 불안감이 그가 그녀를 대할 때 한없이 부드러워지게 만들었고, 때로는 거칠어지게 만들었다.

침실에서.

흐느끼는 목소리, 자신밖에 담기지 않는 흐려진 눈동자, 떨면서도 절박하게 감기는 가느다란 팔, 제 이름밖에 나오지 않는 입술.

생각하니 벌써부터 피가 몰리는 기분이었다.

"유스?"

살짝 눈을 뜨며 란이 그를 보자 유스타프가 미소 지었다.

"제가 란을 아주 사랑한다고 말했던가요?"

"또 말해 주세요."

란이 그렇게 말하며 얌전한 소녀 같은 표정을 지어 유스타프는 웃었다.

"당신을 아주 많이 사랑합니다."

"나도 유스를 너무너무 사랑해."

란은 웃었다가, 달빛 아래 유스타프의 눈을 보고 침을 삼켰다.

아주 자주 보는, 이제 익숙한 얼굴이다.

욕망이 담긴 눈.

그런 눈을 볼 때면 란은 자신도 똑같은 눈을 하고 있을까? 하고 생각하게 되었다.

그가 키스해 주면 좋겠다. 더 만져 주면 좋겠다, 좀 더 강하게 안아 주면 좋겠다.

흐릿한 시야 속에서 보이는 유스타프의 표정이 좋았다.

쾌락에 잠겨 자신의 이름을 부르는 그의 목소리는 다른 때보다 훨씬 낮았고, 드물게도 미간은 살짝 찌푸려져 있다.

그 표정이 좋았다.

그녀의 손길에 그의 꽉 짜여진 몸이 수축하는 감각도 좋았다.

'점점 밝히는 여자가 되어 가는 것 같아.'

란은 뺨을 붉히며, 유스타프가 들었다면 웃었을 생각을 했다.

유스타프가 다가와 그녀의 목에 달린 브로치 핀을 빼며 속삭였다.

"틸라노이로 갈까요?"

"아마 난 내일 아침까지 눈을 못 뜰 테고, 그럼 빈 침실을 보고 왕궁이 난리 날걸."

"그럼 왕궁 침실로 돌아가야겠군요."

브로치를 떨어트리고 유스타프가 그녀의 블라우스 단추를 풀기 시작했다.

"유스!"

놀라 앞자락을 잡는 란을 보고 유스타프는 웃었다.

"빨리 이동하지 않으면, 여기서 옷이 다 벗겨질 겁니다."

"하지만 브로치가—"

"누군가 운 좋은 사람이 있겠지요."

"마, 말 타고 너무 가까이 오면—"

"전 말을 아주 잘 다룹니다."

그녀의 목덜미에 숨결을 불어넣으며 유스타프가 그녀의 벨트를 풀었다.

란은 목덜미 솜털까지 곤두서는 걸 느꼈다. 찌릿찌릿한 감각이 하복부에 몰려든다.

'정말이지, 난 몰라.'

란은 그렇게 생각하며 유스타프의 팔을 붙잡고 그대로 순간 이동해서 왕궁 침실로 돌아왔다.

"마구간지기가 돌아오지 않은 말을 보면, 으음—"

더는 말하거나 생각할 여력이 없다. 란은 숨을 토해 내며 유스타프의 눈가에 입 맞췄다.

뭐, 국왕 부부니까 이 정도는 괜찮겠지.

유스타프가 신호해서, 기상 준비를 하러 들어왔던 시종들은 조용히 다시 방을 나갔다.

하지만 기척을 느꼈던 것인지 란이 작게 소리를 내며 눈을 떴다.
"아침이야?"
"좀 더 자도 됩니다."
"응—"
중얼거리며 란은 손을 뻗었고, 유스타프는 그 손을 깍지 끼워 잡았다. 그에 비하면 한참 작고 희고 가는 손가락이다. 그 손가락에 하나씩 입 맞추었다.
"유스."
"네."
"행복해?"
란의 웅얼거리는 듯한 물음에 유스타프는 눈을 크게 떴다가 웃었다.
"물론입니다."
그의 대답에 그녀의 입가에 만족스러운 미소가 번졌다.
"그럼 됐어."
"란은요?"
"유스가 행복하면 나도 행복해."
"아뇨, 그게 아니라."
란이 살며시 눈을 떴다. 헝클어진 금발을 후광처럼 두르고, 흰 시트에 몸을 만 채로 그녀가 가늘게 뜬 눈으로 웃었다.
어쩐지 유스타프는 그 장면을 잊지 못할 거라는 생각이 들었다.
닫힌 커튼 사이로 들어온 햇빛이 만들어 낸 줄무늬까지 선명했다.
"매일매일이 아까울 정도로 행복해."
유스타프는 그 말에 동감했다.
그가 몸을 숙여 사막에서 찾아낸 차가운 샘을 마시듯, 그녀에게 입 맞췄다.

란 로미아 드 라치아.

자신이 원하는 모든 것이, 한 이름 안에 있다는 게 신기하기만 하다.

그녀는 라치아고, 자신의 것이다.

이 샘을 독점하는 건 그뿐이다.

그리고 그녀 역시 자신을 독점하고 있다.

그게 가장 마음에 드는 점이었다.

더는 흘러가는 빗방울이 아니라, 바위에서 나오는 샘이 된 그녀를 삼키며 유스타프가 속삭였다.

"사랑해."

"나도."

마주 작게 속삭이고 란이 미소 지었다.

그의 말에, 속삭임에 단 한 번도 설레지 않은 적이 없었다.

앞으로도 영원히 그럴 터였다.

〈완결〉

외전—1

“유스타프!”
수업이 끝나자마자 자리에서 벌떡 일어나는 그를 란이 불렀다. 유스타프는 멈춰 서서 자동인형처럼 빙글 돌아섰다.
“네, 누님.”
란이 어색한 미소를 지으며 슬그머니 책상 안에서 도자기 접시를 꺼냈다. 푸른 덩굴에 산딸기가 그려진 접시는 소왕국에서 수입된 것으로, 고가의 물품이었다.
그 위에 바삭바삭하게 구워진 과자가 놓여 있었다.
“같이 먹자. 응?”
접시를 내밀며 말하는 제 의붓누이를 유스타프는 무감한 눈으로 바라보았다. 단것을 먹지 않은 지 제법 오래되었다. 딱히 싫어하는 건 아니었지만 먹을 일이 없었다.

설탕은 비쌌고, 추운 라치아에서는 우유의 생산량도 많지 않다.

설탕도, 버터도, 새하얀 밀가루도 모두 사치품이다.

공작가라면 그 정도 여유는 있지 않겠냐고 말할지도 모르지만, 적어도 그가 과자를 먹은 건 손에 꼽힐 정도로 적은 일이었다.

유스타프는 과자를 바라보았다.

'왜 이러는 걸까.'

의문이 다시금 몽글몽글 그의 가슴속에서 솟아올랐다. 동시에 경계심이 발동했다. 자신 때문에 죽을 위기를 넘겼던 란은 그 후에 저에게 잘 해주려고 애쓰고 있었다.

같이 시간을 보내려고 하거나, 말을 걸거나, 같이 놀이를 하자고 하거나, 종종 이렇게 먹을 걸로 유혹하기도 했다.

과자 접시를 사이에 두고 침묵이 공부방을 내리눌렀다.

란이 멋쩍은 얼굴로 물었다.

"단 거 싫어해?"

"네."

단호하게 대답하고 그는 그녀의 안색을 살폈다. 란은 당황한 듯이 과자를 내려다보았다가 그를 바라보았다.

"이거 아마 그렇게 안 달 거야."

'대신 독이라도 들었나요?'

비아냥거리는 질문은 일단 목 뒤로 삼켰다. 겉으로는 친절하게 보일지라도 그 내막은 알 수 없었다. 느닷없는 친한 척도 거슬렸고, 그를 살피는 눈초리도 짜증 났다.

대체 무슨 생각을 하는지 알 수가 없어서 계속 신경을 써야 하는 것도 그 짜증의 원인 중 하나였다.

"알겠습니다."
말하고 그는 란의 손에서 접시를 빼앗았다. '앗' 하는 사이에 접시를 빼앗겨서 란의 양손이 허공을 맴돌았다.
"잘 먹도록 하죠."
그는 그렇게 말하고는 접시를 들고 공부방을 나섰다.
"……같이……."
뒤에서 작게 중얼거리는 소리가 들리는 것 같았지만, 그는 무시했다. 제 방으로 돌아와서 유스타프는 창문 쪽으로 다가갔다. 창문 아래는 바로 절벽 같은 비탈이었다. 그는 접시를 기울여 과자를 전부 쏟아버렸다.
먹을 생각은 애초에 없었다.
"도련님?"
그의 방에서 대기하고 있던 로스가 당황해 그를 부르자 유스타프가 창문을 닫으며 말했다.
"란이 준 거야."
대번에 그의 얼굴이 구겨졌다.
"재수 없게."
그가 그렇게 말하고는 헛기침을 했다.
"실례했습니다."
유스타프는 고개를 저었다. 그러며 물끄러미 로스를 보았다. 과자를 하나라도 먹어볼 걸 그랬나? 그럼 독이 들어있는지 아닌지 확인할 수 있었을 텐데.
'아니지, 안 그래도 내 편이 부족한 실정에.'
충성을 맹세한 가신을 잃을 수는 없었다. 그는 한숨을 삼키고 소파에 깊게 몸을 묻듯이 앉았다. 란의 바뀐 행동 패턴은 항상 그의 예상 외라서 피곤했다.

하지만 그게 자신에게 해가 된 적은 없었다.

오늘 같이 공부한 것도 그랬다.

란이 제 부모를 졸라서 그의 가정교사에게 같이 수업을 받겠다고 한 것이다. 가정교사는 난색을 표했지만, 란이 단호하게 나오자 어쩔 수 없이 허락했다.

그 후에는 책 모서리로 얻어맞거나, 가느다란 회초리로 허벅지를 때리는 일은 없어졌다.

'내 몸에 손을 대거나, 제 몸에 손을 대게 하는 일도.'

가정교사는 그 후 유스타프에게 나머지 공부를 시키거나 별도의 시간을 가지려고 했지만, 그때마다 란이 꼭꼭 자신도 함께하겠다며 따라붙었다.

그러며 이미 다 안다는 듯이 저에게 싱긋 웃어 보이는데, 정말로 아는 건지 아니면 그냥 경쟁심의 발로인지, 그로서는 파악하기가 어려웠다.

"그 여자는 무슨 생각인지 모르겠군요. 제 어미처럼 도련님께 꼬리라도 흔들려는 수작일까요?"

로스의 말에 유스타프는 팔걸이에 기대어 그를 바라보았다. 그 시선을 동의라고 생각해 로스는 더더욱 목소리를 높였다.

"앞으로 가주가 될 분은 도련님이시니까요, 살겠다고 아양 부리는 꼴이 제 어미랑 똑 닮았군요."

유스타프는 굳이 거기에 대고 '내가 가주가 되는 것보다는, 제 친남동생인 타스를 가주에 올리는 편이 더 나을걸.'이라는 말을 하지 않았다.

실제로 공작 부인의 공세가 점점 거세어지는 것도 타스가 자라고 있기 때문이다.

유스타프는 제 이복남동생의 얼굴을 한 번밖에 보지 못했다.

공작 부인이 제 아들과 유스타프가 만나는 것을 철저하게 차단했기 때문이었다. 유스타프가 달려들어 목이라도 조르거나 독이라도 뿌릴 거라고 생각하고 있는 거겠지.

하여간 그러니 란이 피가 절반이라도 섞인 이부남동생을 두고, 굳이 자신을 선택할 이유는 없었다.

'그러니 더더욱 경계가 되는 거지.'

차라리 예전처럼 대놓고 미워한다면 대처는 간단했다. 눈을 닫고, 귀를 막고, 이를 물고서 참아내면 된다.

그런데 이런 방식은…….

그는 이마를 꾹 눌렀다.

* * *

"유스타프."

수업이 끝나고 다시 란이 그를 불렀다. 유스타프가 돌아보니 이번에는 란이 책상 안에서 파운드케이크를 꺼냈다.

"이건 달지 않은 케이크야. 아버님께 드리는 건데 내가 한 조각 몰래 가져왔어."

그러며 "같이 먹자." 하고 접시를 내민다.

유스타프는 제 쪽으로 놓인 파운드케이크 조각을 바라보다가 물었다.

"왜 이러십니까?"

"같이 먹는 게 맛있으니까."

당당히 말하며 눈이 마주치자 다시 배시시 웃어 보인다. 에메랄드, 에메랄드, 에메랄드색 눈동자.

라치아의 녹음.

그녀의 눈을 피해 유스타프는 케이크로 시선을 내렸다.

"저는 같이 먹고 싶지 않습니다."

"독이라도 들었을까 봐?"

태연한 물음에 퍼뜩 고개를 드니 아까와 마찬가지로 태연한 웃음을 지으며 란이 말했다.

"그럼 자."

포크를 들더니 그녀가 케이크를 반으로 쪼갰다. 눈을 감고 란이 말했다.

"유스타프가 먹고 싶은 쪽을 골라봐."

유스타프는 케이크를 내려다보다가 그대로 방을 나갔다. 눈을 감은 채인 란은 그가 나가는 것도 모르는 듯했다.

복도를 한참 걷다가 제 방문 앞에 이르러 유스타프는 멈춰 섰다. 그가 입매를 손바닥으로 눌렀다.

'도망쳤어.'

자신이 도망쳤다.

어째서 도망친 걸까? 란은 위협이 되지 않는 인물인데.

'다음에 만났을 때는 화내고 있겠군.'

어지간하면 공작 부인 측 인물의 심기는 건드리지 않으려 했는데. 선을 넘어버렸다.

하지만 다음에 만난 란은 태연하게 미소를 지었다.

"유스타프. 날씨 좋은데 같이 나가지 않을래?"

그녀의 태연함에 그는 기묘하게 분노가 치밀어 오르는 걸 느꼈다.

"몸이 좋지 않아서."

그의 말에 눈을 둥글게 뜨고 란이 한 걸음 다가왔다. 달콤한 바닐라 향이 훅 끼쳐왔다.

"괜찮아? 어디 안 좋아?"

"신경 쓰실 일이 아닙니다."

"아니, 신경 쓸 거야. 엄청 쓸 거야."

힘을 줘가며 강조하는 말에 유스타프는 눈을 찡그리지 않으려 애쓰며 말했다.

"쓰지 마십시오."

"신경 쓰이는 게 당연하잖아. 가족인데."

가족.

그 단어를 듣는 순간 유스타프는 '란이 미쳤나?' 하고 생각했다. 떨떠름함이 얼굴에도 드러났는지 란이 멋쩍게 웃었다.

"이상하게 들릴지 모르지만, 난 그렇게 생각하고 있으니까."

"사양하지요."

정중하지만 날카롭게 말이 나갔다. 란은 입술을 살짝 벌렸다가 닫았다. 그녀는 고개를 숙이고 "그래." 하고 작게 말하고 물러났다.

다시금 실수했다고 유스타프는 생각했다.

이제 완전히 그녀는 공작 부인 측으로 돌아서겠지.

하지만 참을 수가 없었다. 그는 란이 떠나는 뒷모습을 바라보았다. 여름 햇살에 황금색 머리카락이 나풀거렸다.

가끔 사람 머리카락이 어떻게 저런 색일까 싶을 때가 있었다.

그는 의식적으로 시선을 거기서 떼어내어 창밖으로 돌렸다. 칠월의 라치아는 찬란하게 빛나고 있었다. 하지만 이 잠깐의 기간이 지나면 맹혹한 추위가 라치아를 덮칠 터였다.

척박한 땅.

빛나는 것이라고는 눈과 얼음뿐인 이 얼어붙은 땅.

'나와 똑같군.'

제 것인 라치아와 자신이 같은 건 당연한 일일지도 모른다.

다른 점은 자신에게는 여름이 오지 않는다는 것 정도일까?

몸을 돌려 그는 란과 정반대 방향으로 걸었다.

이제 끝이라고 생각했다.

'했는데…….'

빤히 보는 시선을 느꼈는지 란이 "응?" 하고 그를 돌아보았다.

"아무것도 아닙니다……."

유스타프는 그렇게 말하고 시선을 내렸다.

그녀는 그의 옆에서 아카데미로 가기 위한 짐을 싸는 걸 도와주고 있었다. 공작 부인의 눈치를 보느라 시종들은 적극적으로 그를 도우려 하지 않았지만, 란 아가씨라면 이야기가 다르다.

나무 궤짝에 필요한 물건들을 정리하며 란이 말했다.

"아카데미 가면 꼭 연락해, 알았지? 나도 편지 쓸 테니까."

재잘재잘 그녀의 수다는 끝이 없었다.

유스타프를 아카데미에 보내자는 건 그녀의 착안이었다. 라치아 공작가의 차기 가주는 전통적으로 가정교사에게 교육을 받는다.

아카데미에 가는 것은 그가 최초였다.

이런 법은 없다고, 유스타프를 지지하는 가신 층이 반발했지만 공작은 끄떡하지 않았다. 그리고 유스타프도 솔직히 말하자면 고마웠다.

공작가를 떠나면 자신의 세력이 급속히 약화될 수도 있겠지만, 본래부터 많지도 않은 세력이었다. 남아 있는 가신들은 자신이 떠나있다가 돌아와도 받아줄 터였다.

만약 그렇지 않다면, 처음부터 소용없던 거겠지.

'그리고 사람은 누구나 배신하니까.'

제 어머니가 손을 꼭 붙잡고 항상 가주의 마음가짐에 대해 속삭였었다.

"아무도 믿으면 안 됩니다. 가장 충성스러운 자라고 해도 마음을 놓지 마세요."

힐끔힐끔 불편함이 가득한 얼굴로 노골적으로 이쪽을 노려보는 로스를 보며 유스타프는 생각했다.
그도 뭔가 다른 일이 있으면 자신을 배신할지 모른다.

"유스타프, 그대는 혼자입니다. 철저하게 혼자예요."

그것도 알고 있었다.
권력자의 마음이 변덕스러운 것은 그것을 헤아릴 수 없게 하기 위해서다. 비위를 맞춰주기 원하면서도, 어느 이상 마음을 꿰뚫어 보는 건 싫어한다.
"유스, 내 말 안 듣고 있지?"
"네."
간결하게 대답하자 란이 뺨을 부풀렸다. 유스타프는 신경 쓰지 않았다. 저쪽의 행동에 일일이 반응해봐야 소용없다는 걸 이제는 알게 되었다.
"아카데미, 분명 즐거울 거야."
소녀답게 웃으며 란이 말했다.
'그리고 제 목숨을 보존하게 되겠죠. 적어도 성인이 될 때까지는.'
유스타프는 그렇게 생각하며 눈을 내리깔았다.
공작 부인의 공세가 점점 날카로워지고 있었다. 식사도 제대로 하지 못한 지 며칠 되었다. 아카데미에는 아카데미생을 보호하기 위한 거대한 보호 마법이 걸려 있다고 한다.

거기에서라면 적어도 편안히 시간을 보낼 수 있겠지.

'다시 라치아를 볼 수 있을까?'

춥고 차갑고 척박한 토지.

계모의 물욕을 감당하기 벅차고, 겨울이 되면 영지민이 얼어 죽고, 마수가 설치는 그런 땅.

내리누르는 천 년의 의무에 비해서 얻을 수 있는 것이라고는 명예뿐인 곳.

하지만 자신은 유스타프 라반 드 라치아.

이 땅이 그의 전부였다.

* * *

아카데미는 그의 삶에 새로운 장이었다.

이렇게 많은 또래를 만난 것도, 이렇게 많은 사람들을 만난 것도 처음이었다.

'이렇게 주목을 받는 것도.'

라치아 공작가는 놀랍게도 상당한 주목을 받는 모양이었다.

폐쇄주의가 강한 영지이니 그럴 수도 있겠다, 하고 생각했지만 시선도 정도껏이다.

처음 대강당에서 호명되던 순간 사람들 사이로 퍼지는 술렁임, 그리고 그 시선.

그때뿐이겠거니 했는데 그렇지도 않았다.

'지겨워.'

그렇게 생각하며 유스타프는 눈을 감았다.

외부 세력을 라치아로 끌어들일 생각은 추호도 없기에, 굳이 사교 활동을 펴지도 않았다. 제국은 제국, 라치아는 라치아다.

하지만 사교 활동에 참여하지 않는 것 자체가 호기심을 더 부추기는 모양이었다.

그래서 조금 맞춰주면 잠잠해질까 해서 그는 억지로 몇몇 초대에 응했다.

그리고 계모가 입버릇처럼 하던 말—라치아는 촌구석이다, 유행에 뒤처진다, 촌스럽기 짝이 없다—이 무슨 뜻인지 뼈저리게 이해했다.

말투도, 옷차림도, 장신구도, 손짓조차도 미묘하게 달랐다.

그는 듣도 보도 못한 파티 장식이며 새로운 모자, 유행이 스치듯 빠르게 움직였다.

재잘거리는 영애들의 모자에 달린 이국의 깃털 장식은 라치아에서는 들어보지도 못한 것이었다.

식탁에 나오는 요리들은 종종 어떻게 먹는 건지조차 모를 때도 있었다.

'보통은 이런 건가.'

여기에 비하면 확실히 라치아는 칙칙하고 어둡다.

왜 공작 부인들이 전부 녹색 아치에 머무는지 유스타프는 그제야 이해했다. 자신이라도 이런 세계에 있었다가 라치아로 돌아가는 건 싫을 테니까.

'나에게는 라치아밖에 없지만.'

그는 화려하게 은장식한 크리스털 글라스에 비친, 일그러지고 뒤집어진 상을 물끄러미 바라보았다.

그런 생각은 오래 할 수가 없었다. 모두가 그에게 다가와서 말을 걸었기 때문이었다.

모두가 유스타프에 대해서, 라치아 공작령에 대해서 궁금해했다.

그들은 기본 예의에 따라 자기 영지에 대한 소개를 먼저 늘어놓았다.

“저희 영지는 밀밭이 아름답습니다. 황금색 벌판에 바람이 불면 그 모습이 꼭 벌판 속으로 늑대가 달리는 것 같지요. 노을이 질 때 밀밭을 꼭 보여드리고 싶군요.”

“저희 영지 남쪽은 올리브와 포도나무가 굉장해요. 끝도 없이 포도 넝쿨이 뻗어나가서 아름답지요. 봄이 되면 라벤더 향에 취할 것 같답니다.”

그러고는 유스타프가 입을 열기를 기다렸다.

그는 웃음이 나왔다.

뭘 말해야 하나?

사람이 얼어 죽는 추위? 빙벽에 나오는 무시무시한 마수? 찢겨 죽은 사람들의 시체가 그 눈 밑에 있다고?

그것도 아니면 농사가 안 되는 황무지?

그는 침묵을 택했다.

나와봐야 별반 도움이 되지 않는다는 건 한두 번의 파티로도 충분히 알 수 있었다. 오히려 거기서 나눈 몇 마디가 기묘할 만큼 부풀려지고 뒤틀려서 떠돌아다녔다.

결국, 이런 식의 사교 모임에 학을 뗐다.

아카데미의 모든 것은 화려하고 풍성하고 반짝였지만 어쩐지 그는 자신이 거기에 어울리지 않는다는 생각이 들었다.

‘무엇보다도 돈이 없어.’

솔직하게 그는 무일푼이었다.

아카데미의 귀족들은 용돈을 펑펑 써댔다. 새로운 장신구나 옷을 맞추기에 여념이 없었다. 아카데미 제복이 있는데도 불구하고 쉬는 날만 되면 모두가 사복을 입었다.

그에게 첫 번째 편지가 도착한 것은 아카데미에 입학하고 한 달이 좀 지났을 때였다.

금화 몇 개와 함께, 란이 쓴 편지였다.

부모님께 네 생활비를 대야 한다고 말씀드렸는데, 들어주지를 않으시네.

하는 말과 함께 수많은 질문을 담아서 그녀는 편지를 보냈다.

유스타프는 편지를 찢으려다가 그만두었다. 그는 책상 서랍에 편지를 던져 넣었다.

한두 번 하다 말겠지.

그런 생각이었다.

하지만 란은 질리지도 않고 편지를 보냈다.

그의 주변에 남은 친구들이 '야, 네 누나 진짜 정성 대단하다.'라고 말할 정도로 그녀는 끈질기게 장문의 편지를 보냈다.

하지만 그가 한 번도 답장을 하지 않았다는 걸 안 친구들은 '독한 자식' 하고 눈을 찌푸리기도 했다.

그녀가 보내는 돈은 금화도 있었고 은화도 있었다.

닳은 주화를 손끝으로 굴리며 그는 그녀가 이걸 어떻게 얻었을까 생각했다.

아카데미에 오기 전까지만 해도 용돈이라는 개념조차 몰랐던 그였다. 궁금하지만 그는 묻지 않았다. 란의 행동에 대해서 생각하는 건 쓸데없다.

이제는 그녀의 친근한 어투나 끈질김에도 익숙해져서 무감하게 대할 수 있었다.

방학 때는 일부러 집으로 돌아가지 않았다.

대신 아카데미에 머물면서 도서관 사서 일을 했다. 평민이 하는 아르바이트지만 그에게도 돈은 필요했으니까.

다행히 귀족들 중에도 엄격한 집안이면 '직접 일을 해봐야 한다.'는 축도 있어서, 다들 '라치아는 역시 삭막하구나.' 하는 시선을 보냈을 뿐이었다.

어째서 돌아오지 않는 거야?
얼굴 잊어버리겠어.

그런 편지들이 왔지만 여전히 그는 무시했다.

'얼굴을 잊어버린다고.'

그럴 리가 없지.

그는 아직도 선연하게 기억하고 있었다. 계모의 치맛자락을 붙잡고 서 있던 어린 소녀.

'아니, 반대인가?'

란이 제 얼굴을 잊어버린다는 말인 거다, 이건.

'그건 별 상관 없지 않나.'

그런 생각을 하며 그는 편지를 접었다. 편지 내용은 항상 상세해서, 그는 지금 하늘저택에서 무슨 일이 일어나고 있는지 훤히 알 수 있었다.

굳이 분위기를 살피러 돌아갈 필요를 느끼지 못할 정도로 말이다.

"유스타프."

그때 문이 벌컥 열리고 카루소가 들어왔다.

"너 면회 신청 들어올 거다."

"면회?"

의아한 눈으로 그가 카루소를 보자 카루소가 씩 웃었다.

"네 누나인 것 같던데? 금색 머리카락에 에메랄드색 눈동자. 올라오다가 면회실로 들어가는 거 봤지. 금방 방송 나오지 않을까?"

"그럴 리가."

간단하게 유스타프는 부정했다. 란이 여기에 올 리가 없었다. 아무리 그녀라고 해도…….

하지만, 설마, 어쩌면.

그런 의혹이 그의 머릿속 한쪽에 슬그머니 부풀어 올랐다. 이어 때마침 방송이 흘러나왔다. 마법으로 흘러나오는 이 소리에도 처음에는 깜짝 놀랐지만 지금은 익숙해졌다.

마법 역시 그에게는 새로운 것이었다.

마법사 없는 공작가.

그게 바로 라치아니까 말이다.

[유스타프 라반 드 라치아, 유스타프 라반 드 라치아 학생은 지금 면회실로 내려와 주길 바랍니다.]

방송은 두 번 반복했고 유스타프는 기가 찼다.

'정말로 왔단 말야?'

정말로 란이 여기까지 왔다. 이 아래 면회실에 와 있다. 유스타프는 입술을 깨물었다가 몸을 책상으로 돌렸다. 카루소가 당황했다.

"야, 방금 방송 나온 거 못 들었어?"

"……."

유스타프는 침묵으로 무시하며 일관했다. 시간이 흐르고 방송이 한 번 더 나왔지만 그는 꼼짝도 하지 않았다. 오히려 안절부절못하는 건 룸메이트 쪽이었다.

결국 시종까지 유스타프를 찾아왔고, 유스타프는 '내려가지 않겠다.'

는 말을 전했다. 시종은 당황한 얼굴로 돌아갔다.

'이제 끝이군.'

유스타프는 그렇게 생각하며 책상 서랍을 열었다. 거기에는 란이 보낸 편지들이 들어 있었다. 어느 사이엔가 이렇게 한가득 모였다. 이 중에서 한 번만 읽은 편지는 없었다.

하지만 이런 편지도 이제는 끝이지. 이번에야말로 본색을 드러내고 험악하게 나올 것인가, 그렇게 생각하면 기묘한 씁쓸함이 섞인 호기심이 일어나기도 했다.

유스타프는 창밖을 바라보았다. 석양이 느리게 떨어지는 게 눈에 들어왔다. 진홍빛으로 물든 황혼에 녹아떨어지는 황금 같은 내양이 선명했다.

유스타프는 저도 모르게 란을 떠올렸다. 금색을 보면 항상 떠올랐다. 아카데미에 와서도 그녀 같은 금발을 찾기는 힘들었다.

유스타프는 눈을 감았다. 밝은 빛을 본 잔영이 남아 눈 안쪽에 어른거렸다.

그날 밤은 어쩐지 잠이 오지 않았다.

이튿날 란이 두고 갔다는 장문의 편지를 받았다.

유스타프는 자신이 심호흡을 했다는 걸 깨닫지도 못하고 편지를 열었다. '절연장' 같은 게 아닐까, 아니면 욕이나 저주가 쓰여 있는 게 아닐까?

그런 생각을 하며 편지를 읽고 그는 허탈해졌다.

물론 원망은 쓰여 있었다.

야, 이 나쁜 녀석아.

이렇게 시작하는 편지는 '다음에 또 보자.'로 끝나고 있었다.

'어째서.'

편지를 누군가에게 대필이라도 시키는 걸까? 그렇지 않고서야 이럴 수가 있나? 어제 면회실에 왔다고 하는 것도 닮은 다른 사람이 아닐까?

그런 생각이 들었다. 그렇지 않고서야…….

편지는 다시 꾸준히 왔다.

유스타프는 가끔 펜을 들기도 했지만, 결국 답장은 하지 않았다. 그로서는 도무지 란을 이해할 수가 없었고, 그렇기 때문에 함정이라는 생각만 들었다.

그러다 결국 세 번째로 그녀가 면회를 온 날, 카루소와 데릴의 성화에 시달려서—라는 뻔한 핑계를 대며 유스타프는 면회실로 내려갔었다.

그리고 문을 잠그고 당황한 그녀의 목소리를 뒤로 들으며 올라올 때, 그는 단숨에 계단을 뛰어 올라와서인지 심장이 세차게 뛰는 걸 느꼈다.

'그런 얼굴이었나.'

자신이 기억하고 있던 얼굴과는 너무도 달랐다. 짧은 시간이 지나갔다고 생각했는데 충분히 긴 시간이었나 보다.

더 이상 란은 그의 기억 속에 있는 치맛자락을 잡고 있던 어린 소녀가 아니었다. 심술을 부리던 사람도 아니었다. 과지를 나눠 먹자던 사람도 아니었다.

유스타프는 머리카락을 양손으로 거칠게 쓸어올리고 방문에 기대어 섰다. 이대로 들어가면 또 룸메이트들이 시끄럽게 떠들 게 뻔했다.

유스타프는 눈을 감았다.

부모님과 남동생이 죽었다는 소식이 들려온 것은 그로부터 얼마 지나지 않은 뒤의 일이었다.

*　　*　　*

“나 죽이지 마.”

순간 말이 나오지 않았다. 유스타프는 침대에 누워 있는 란을 바라보았다. 본가에 돌아오자마자 들은 소식은 란이 쓰러졌다는 이야기였다.

과로로 쓰러지다니.

울컥하고 뭔가가 치솟았다. 분노? 화? 그게 무슨 감정인지도 모르고 그는 그녀의 침대 곁에 앉았다. 흐린 불빛 아래서 란은 한눈에 보기에도 푸석한 얼굴을 하고 있었다. 장례식장에서 봤을 때는 눈물에 젖어 부은 눈을 하고 있었는데, 그 사이에 이렇게.

“열심히 할 테니까…….”

작게 내뱉고 란은 다시 잠에 빠져들었다. 유스타프는 아무 말도 할 수 없었다. 그녀는 완전히 무장 해제가 된 상태로, 자신에게 양손을 내밀고 목을 들이밀면서 죽이지 말아 달라고 말한다.

‘처리를 하라는 건지, 말라는 건지.’

유스타프는 서류로 눈을 돌렸다. 란이 벌인 얼음 수정 사업은 벌써부터 가열찬 속도가 붙고 있었다. 들어온 자금은 일단 빚을 갚는 데에 쓰이겠지만 유스타프는 무엇보다도 녹영을 궤도로 되돌리는 데 자금을 쓰고 싶었다.

‘정보는 중요하니까. 이런 촌구석에서야 더더욱.’

수도와 떨어져 있어서 뭐든 두 발짝씩은 느린데, 거기에 정보까지 어두우면 청맹과니 신세다. 아카데미를 경험한 유스타프로서는 그런 일은 피하고 싶었다.

‘자금을 빼돌리면 알게 되겠지만.’

녹영에 대해서는 란에게 가능한 숨기고 싶었다. 이건 자신이 쥐고 있는 유일한 패니까.

이튿날 아침에 일어난 란이 '꿈이 아니었어?' 하고 당황하면서 얼굴이 빨갛게 되는 걸 보는 건 상당히 즐거웠다.

'평범, 하다고 할까?'

이런 것까지 연기로 할 수 있다면 대단한 거겠지.

그 후 가까이서 지내게 되면서 점점 더 눈을 뗄 수가 없었다. 웃고, 울고, 화내고, 눈을 찌푸리고, 짜증을 냈다가 늘어지고.

표정이 어떻게 저렇게 변하는지 신기할 정도였다.

그에 비하자면 자신은 음험하기 짝이 없다, 는 것 정도는 유스타프도 알고 있었다. 일부러 조금씩 시험하는 것처럼. 호위를 물린 걸 말해주지도 않고, 녹영으로 그녀의 뒤를 캐면서도 알려주지 않는다.

그리고 일이 터지고서 어떤 반응일지를 지켜보고 있었다.

'그런 주제에 의심할 만한 일은 또 추궁하지 않고 있지.'

붉은 마력석에 대해서 어떻게 알아냈는가, 골든로즈 상단과 어떻게 그렇게 계약을 맺었는가. 엘프에 대해서는 어찌 그리 잘 아는가?

수많은 물음들에 대해서 자신은 눈을 돌리고 있다.

유스타프는 인정할 수밖에 없었다.

의심한다고 하면서, 경계한다고 하면서 문빗장은 애저녁에 풀려 있었다.

그는 그녀를 믿고 있었다.

믿고 있으니 쉽게 알 수 있었다. 란은 조금도 자신을 믿지 않는다는 것을.

그걸 확인한 것은 신년회에서였다.

"유스!"

환하게 웃으며 란이 양손을 흔들었다. 취한 것인지 머리카락은 다 풀어헤치고 난간에 걸터앉아 있는 모습이 아슬아슬하기 짝이 없었다.
"여기야, 여기! 여기!"
'같은 말을 반복하는 걸 보니 취했군.'
란이 취한 모습을 보는 건 처음이었다. 하지만 저대로 미끄러져서 뒤로 넘어가면 그대로 아래로 추락할 터였다. 유스타프는 걸음을 빠르게 했다.
그때 휙 바람이 강하게 불어와 그녀의 머리카락이 나부꼈다.
'아.'
추수할 때의 밀밭 빛깔.
태양에 반짝이며 빛나는 무수한 황금의 색.
그녀의 몸이 뒤로 완전히 넘어가기 전에 유스타프가 그녀를 꽉 붙잡았다. 심장이 강하게 뛰었다.
뭐가 좋은 건지 그녀는 웃음을 터트리고는 깔깔 웃고 있었다. 그 웃음이 제 팔로, 어깨로 전해져 오는 것을 느끼고 있으려니 란이 고개를 기울였다.
"유스?"
부르면서도 웃음이 섞인 목소리다. 유스타프는 고개를 들었다.
녹색의 눈동자.
한겨울의 라치아에서는 볼 수 없는, 아주 아름다운 녹음의 빛.
추위 때문인지 아니면 술 때문인지 뺨을 붉게 물들이고 웃으며 란이 중요한 걸 말하는 것처럼 속삭였다.
"나 방금 날아갈 뻔했어."
유스타프는 기가 차서 란을 올려다보았다. 날아가? 추락하는 거겠지.
"그런 말이 나오십니까?"
되묻자 란이 어벙한 얼굴로 되물었다.

"응? 왜?"

"왜?"

왜? 왜라는 말이 나오나? 여기서 떨어지기라도 한다면—

저도 모르게 그녀의 허리를 감싼 팔에 힘이 들어갔다. 란이 불편한 듯 몸을 움츠려 그는 힘을 빼고 말했다.

"조약에 집어넣어야겠습니다. 제가 가주가 될 때까지는 죽지 않으시는 거로요."

"죽을 생각은 없는데."

그녀가 나름대로 진지한 표정을 지으려 했지만, 술 때문인지 얼굴은 헤실헤실 풀려 있었다. 유스타프는 웃음이 나오는 걸 감추려 길게 한숨을 내쉬었다.

쉽게 죽는 사람은 싫다.

그래서 란이 죽어주겠다고 이야기했을 때 싫었다. 오히려 그녀가 달려들겠다고, 싸우겠다고 말했을 때 기뻤다.

증오를 품고 죽어가면서도, 어머니는 아버지에게 대항해서 싸울 생각을 하지 않았다. 차라리 칼로 찌르기라도 했다면 시원하지 않았을까?

유스타프는 종종 그런 생각을 하고는 했다. 그래서 그는 확인 도장을 찍듯이 말했다.

"제발 그래 주십시오. 제가 말했었죠. 쉽게 죽는 사람은 싫다고."

"응, 응, 응, 안 죽는다니까."

장난스러운 대답 같아서 그는 그녀를 올려다보았다. 웃던 그녀의 얼굴이 살짝 흐려지더니 그녀의 표정에서 미소가 사라졌다. 빤히 녹색 눈이 자신을 내려다본다.

그 눈이 너무나.

너무나.

유스타프는 숨을 삼켰다.

'잠깐, 지금 이거.'

그가 시선을 돌리려는데 란이 말을 걸어왔다.

"유스."

"네."

"웃어 봐."

유스타프가 다시 한숨을 내쉬었다. 취한 사람을 붙잡고서 할 이야기는 아니다. 아니, 취하지 않은 사람을 붙잡고도 할 이야기가 아니고. 그보다 란이 술에 약했다니, 그는 그 정보를 머릿속에 집어넣었다.

그가 지켜본 바로는 술 한두 잔 마신 게 전부였다.

"그렇게 많이 마신 것 같지 않았는데."

그의 중얼거림에 란이 눈을 찌푸렸다.

"안 마셨어."

"정말로 안 마신 사람은 그렇게 말하지 않습니다."

반박하니 란이 눈을 찡그리고 내뱉었다.

"심술쟁이."

"제가요?"

심술쟁이라니? 유스타프는 약간 당혹했다.

'그런가……?'

그렇게 보일 수 있었을지도 모른다. 하지만 이쯤 되면 단순히 심술쟁이라고 불리는 게 아니라 '살인미수자' 혹은 '개새끼'라는 호칭 쪽이 더 정확할 거다.

'나도 어지간히 했군.'

갸웃하는데 그녀가 와락 외쳤다.

"그래. 요 못된 입!"

그러더니 그의 옷깃을 확 잡아당기며 몸을 숙였다. 이마에 뜨거운 입술이 와 닿아서 유스타프는 그대로 경직했다. 생각지도 못한 행동이었다.

'대체……?'

혼란에 빠져 있는데 란이 크게 웃으며 노래하듯이 이어 말했다.

"유스는 심술쟁이, 바보. 나빴어. 나 진짜 열심히 하는데."

"압니다."

그걸 누구보다도 잘 알고 있는 건 자신이었다. 옆에서 계속 함께 일했으니까.

그 말에 그녀가 입을 비죽였다.

"그럼 왜 심술쟁이야."

"그다지 심술부리지 않았는데요."

요즘은 그래도 덜하지 않았나? 과거 전적이 있었지만, 과거 전적은 심술이라고 말할 정도의 것이 아니니 유스타프는 간단히 넘어갔다.

"하지만, 그렇지만."

반박하고 싶은 것인지 란은 눈을 찌푸리며 말끝을 흐렸다. 유스타프는 빤히 그녀를 보다가 물었다.

"그럼 어떻게 대해주길 원하십니까?"

"좀 더 친절하게 대해줘."

"친절하게, 그리고요?"

"상냥하게."

"충분히 친절하고 상냥하게 대하고 있지 않습니까?"

여기서 더 뭘 바라는 걸까?

이 난간에서 이렇게, 당신과 내가 마주 보고 있는 상황에서.

"아냐."

란이 눈을 찡그렸다. 유스타프가 그런 그녀를 바라보다가 물었다.

"라치아를 좋아하십니까?"

저도 모르게 같은 질문을 던졌다.

라치아를 좋아하십니까? 이 척박한 땅을, 겨울이 긴 이 땅을, 당신이 내준 부박에 없는 땅을. 거기에 속해 있는 나를.

결국 묻고 싶었던 것은 그것이다.

제 마음이 얄팍해서 유스타프는 미소조차 나오지 않았다. 결국 묻고 싶은 건 그것이다.

저를 어떻게 생각하십니까?

"으음, 그다지?"

갸웃하며 단순하게 대답하는 그녀를 보고 유스타프는 시선을 돌렸다. 입김이 하얗게 솟아 나왔다. 새하얀 눈으로 덮인. 눈, 눈, 눈. 사방이 새하얀 이 땅.

'알고 있어.'

누구도 이 땅을 좋아하지 않는다.

하지만 자신에게는 이 땅뿐이다.

그는 다시 시선을 란에게 돌렸다. 조금 미안한 듯한 얼굴로 그녀가 애매하게 자신을 보고 있었다. 하지만 솔직하게 말해주었다.

'생각해보면 항상 솔직했지.'

지나치게 솔직해서 오히려 속임수가 아닐까, 생각하게 만들 정도로 솔직했다.

'그 과자, 같이 먹었으면 좋았을 뻔했지.'

아카데미에서도 편지에 답장을 했으면, 면회실에서도 만났더라면.

하지만, 그렇지만.

'그렇지 않아서 다행이야.'

유스타프는 란을 바라보며 말했다.

"매정한 사람이 누군가요."

사실은 마음도 없는 주제에, 조금도 자신을 믿지 않는 주제에, 사실은 조금도, 조금도, 조금도.

약간의 틈도 만들어 주지 않았으면서.

그러면서 왜 다정하게 대해서, 상냥하게 대해서, 애정을 주어서.

그러면서도 당신은 하나도 필요 없지.

그의 말에 란이 분한 듯이 반박했다.

"안 매정한데. 얼른, 다정하게 대해 줘."

유스타프는 웃었다.

그대는 자각 없이 다정하고, 자각 없이 상냥하고. 그렇게까지 했으면서도 호감이란 조금도 없으면서.

"어떻게 하면 다정한 겁니까?"

웃으며 그는 물었다. 그녀가 원한다면, 이제 자신이 그녀에게 맞춰줄 수도 있을 터다.

"상냥하게 말해줘."

"상냥하게요. 그거 참 추상적이군요. 그리고요?"

"나 죽이지 말고."

란의 말에 유스타프는 확 기분이 저조해졌다. 그가 그녀의 허리를 안았던 손을 놓고 물러서자 란은 의아한 얼굴로 그를 보아, 유스타프는 그녀를 난간 너머로 밀었다.

당황하며 허둥거리는 그 손을 유스타프는 붙잡았다.

붙잡고 그는 쓴웃음을 삼켰다.

'손을 놓을 수도 없군.'

"유스?"

버둥거리며 란이 일어나려고 해서, 그는 한 걸음 앞으로 다가섰다. 그러자 란의 상체가 다시 뒤로 밀렸다.

"나 떨어트릴 거야?"

그렇게 물으면서도 목소리에는 떨림도 두려움도 없었다.

"어떨까요?"

오히려 그래서 대답은 더더욱 딱딱하게 나왔다. 어떻게 행동하려나 지켜보는데 란이 웃었다.

"—!"

"약속했으면서."

그녀의 말에 그는 복잡미묘한 기분이 되어 그녀의 손을 확 당겼다. 상체가 단숨에 올라오며 그녀의 몸이 그와 가볍게 부딪쳤다. 그래도 조금은 놀랐는지 작게 숨을 헐떡이는 소리가 들렸다.

유스타프는 눈을 감았다.

그와의 약속은 믿는다.

하지만 그는 믿지 않는다.

이 모순을 그는 뭐라고 설명해야 할지 몰랐다. 자신이 약속을 지키는 사람이라고 굳게 믿고 있는 거겠지. 하지만 자신의 무엇을 보고?

자신을 어떻게 알아서?

의문을 누르며 유스타프는 눈을 떴다.

"아시면서 왜 그렇게 말을 하십니까? 제가 당신을 죽일 거라고?"

"동맹 이후를 말하는 거야, 이후를."

유스타프가 다시 길게 한숨을 내쉬었다.

"정말로 매정한 분이군요."

여기에는 조금의 미련도 없다고, 난 너를 떠날 거라고.

란은 몇 번이나 강조해서 이야기를 하고는 했다. 이 모든 것을 두고 나는 너를 떠날 거야. 너는 나에게 아무것도 아냐.

그렇다면 처음부터 다정하게 대해주지 않았다면 좋았을걸.

유스타프는 그렇게 생각하며 손을 뻗어 그녀의 몸을 망토로 감쌌다. 어쩐지 지금 제 표정을 보여주고 싶지 않았다.

'이제 곧 수도로 올라가겠지.'

수도로 올라가면 다시는 라치아에 내려오지 않을지도 모른다. 아니, 내려오고 싶어지지 않을 거다. 란이 가진 책임감이 무엇 때문인지는 모르겠지만, 그게 언제까지 그녀를 여기에 더 묶어 둘까?

'내가 가주가 될 때까지인가.'

유스타프는 그녀를 안아 들며 한숨을 삼켰다.

* * *

쏴아아—

비가 쏟아지는 소리에 다른 소음이 전부 묻힐 정도였다. 유스타프는 뒷문이 열리는 걸 바라보았다.

이렇게까지 화가 나 보는 것은 처음이었다. 이를 악문 채 아무 말도 하지 않는 게 그가 할 수 있는 전부였다.

"어딜 다녀오십니까?"

깜짝 놀란 듯 작은 그림자는 머뭇거리다가 작게 말했다.

"유스."

"네."

설명해보라고, 유스타프는 대답했다. 그러나 들려온 말은 엉뚱한 것이었다.

"나 지금 토할 것 같아."

유스타프는 눈을 찌푸렸다.

"그리고 엄청 피곤해. 그러니까—"

더는 참지 못하겠어서, 그는 그녀의 모자를 확 벗겼다. 흠뻑젖은 란의 얼굴이 드러났다. 그녀의 얼굴이 창백해서, 유스타프는 순간적으로 화 대신 걱정이 솟아났다.

그러나 란의 얼굴에는 짜증이 먼저 서렸다. 그녀가 모자를 도로 빼앗아 가려고 하며 뾰족해진 목소리로 말했다.

"진짜, 나중에 하면 안 돼?"

지금 누가 화낼 순번이냐고, 한 소리 하려는데 란이 다리힘이 풀린 듯 비틀거려 그는 손을 뻗었다.

품에 안는 순간 훅 하고 피비린내가 풍겨왔다.

"피비린내가 납니다."

"진짜?"

놀라 되묻는 걸 보니 본인이 당한 상처는 아닌 것 같았지만, 그래도 살펴보지 않으면 직성이 풀리지 않을 것 같았다. 그가 그녀를 번쩍 안아 들자 란이 당황한 듯 몸을 움찔거렸다.

"유스, 옷 다 젖어. 게다가 내 부츠 더럽단 말야."

유스타프는 대답하지 않고 계단을 순식간에 올라가서 그의 방으로 향했다.

소파에 란을 내려놓고서 램프를 켜고 돌아서니 란이 제 케이프를 벗으려고 낑낑거리고 있었다. 어쩐지 한숨이 나와 유스타프는 숨을 삼키고 다가가서 그녀의 케이프를 대신 벗겨 주었다. 란은 얌전하게 그의 손길을 받고 앉아 있었다.

옷을 벗기며 그는 그녀의 몸을 샅샅히 살폈다. 케이프에 피가 좀 튀어 있었지만, 안은 멀쩡했으니 그녀가 다친 건 아니다.

하지만 손가락의 붕대는 신경 쓰였다.
"손가락은 어쩌다가 그러신 겁니까?"
"어? 아, 그냥 어쩌다가—"
란이 붕대가 감긴 손가락을 보며 어색하게 웃었다.
"별거 아냐."
"별게 아니라고요?"
기가 찼다.
유스타프는 그녀의 코트를 벗겨내고 안의 재킷과 조끼까지 벗겨냈다. 이렇게 옷을 벗기고 있는데도 란은 순순했다. 그것마저도 기가 찼다.
"어디 그 별거 아닌 이야기가 뭔지 한번 들어 보죠. 저에게 말도 하지 않고 디모디아와 둘이 나가서 뭘 하셨습니까?"
"그게……."
란은 우물거렸고 유스타프는 기다렸다.
"그냥, 일이 좀 있어서……."
"무슨 일이요?"
"유스타프는 몰라도 되는 일."
그는 입술을 깨물고 그녀의 롱부츠 뒷굽을 당겼다.
"유스, 더러워!"
"그 더러운 걸 신고 제 방을 돌아다니시려고요."
"아니, 유스 손이—"
당황하는 거에 비해서는 반항이 약하다. 본래 란의 체력이 그렇게 좋지도 않으니 지금 반항할 힘 따위는 없겠지. 유스타프는 그녀의 부츠를 다 벗겨서 한쪽에 던져버리고 세숫물로 손을 씻었다.
"그래서요? 무슨 일입니까?"
"그게……."

머뭇머뭇 내키지 않는 듯 란이 입을 열었다.
"아는 사람이, 검투노예로 팔렸다고 알게 됐어. 불법 투기장에. 그래서 일루미니티 백작에게 부탁해서 찾아달라고 했어. 그리고 오늘 가서 그 사람을 찾아온 거야. 그런데 그 사이에 사고가 있어서……."
'전부 거짓말이군.'
그 정도는 쉽게 알 수 있었다.
반쯤 누워 소파 팔걸이에 팔과 머리를 묻고 이야기하다가 란이 슬쩍 고개를 들었다.
"그런데 그 사람 여동생이 많이 아파서…… 라치아령으로 함께 가자고 했어. 하레쉬에게 보이려고."
"어떻게 아는 사이십니까?"
"그건, 유스가 알 바는 아니잖아."
거기까지 거짓말을 하지 않아서 고맙다고 해야 하나? 아니면 추궁을 해야 하나?
그것도 아니면.
말을 고르는데 란이 재빠르게 말을 이었다.
"라치아에 해가 가게 하지는 않을 거야. 그건 걱정하지 않아도 돼."
유스타프는 순간 허탈해지며 분노가 솟구쳐 올랐다.
지금 자신에게 할 말이 그것뿐인가? 라치아에 해가 가지 않게 할 거라고?
'아, 그렇지. 내가 자신을 걱정할 거라고는 조금도 생각하지 않으니까. 난 어디까지나 당신에게는 당신을 죽이고 싶어하는 사람이고, 당신을 조금도 신경 쓰지 않는 사람이니까.'
"유스?"
대답이 없는 게 신경 쓰였는지 란이 작게 그를 불렀다.

“제가 화나는 게 뭔지 아십니까?”

“어—?”

“저와 약속하셨지요.”

“응?”

“제가 가주에 오를 때까지는, 죽지 않으시겠다고 하셨지 않습니까.”

“안 죽었잖아.”

그 태연한 대답에 더더욱 화가 났다. 안 죽었잖아? 잘 끝났으니 됐다는 말인가?

란이 없어진 걸 깨닫고 나서, 디모디아와 함께 간 걸 알았으면서도 그녀가 돌아올 때까지 그는 뒷문을 서성거렸다.

“그게 문제가 아닙니다. 그런 일은 다른 자에게 맡기십시오. 대체 왜 직접 가신 겁니까? 아니면 적어도 제대로 된 호위를 데려가시거나요.”

“디아를 데려갔잖아.”

“로스는요? 로스를 따돌린 거에 대해서는 뭐라고 하실 겁니까?”

“그건…… 미안한데.”

“그리고 만약 무슨 일이 생겼다면요? 거기서 일이 생겼으면 어떻게 되셨을 거라고 생각하십니까?”

“어—”

당황한 듯 그녀가 눈을 굴리더니 조심스럽게 몸을 세웠다.

“라치아의 이름에 누를 끼치려는 건 아니었어. 아, 어차피 라치아 공작인지 모를 테니까 괜찮았을 거야!”

‘아.’

툭 하고 뭔가가 끊어지는 것 같았다.

그러니까 그녀는 지금 자신이 화내는 게 전부 라치아 때문이라고.

“제가 어떤 마음으로 기다렸는지—!”

목소리를 높이다가 그는 이를 악물었다. 저절로 빈정거리는 소리가 튀어나왔다.

"그렇게 죽고 싶으시면, 그냥 저에게 죽여 달라고 하시지 그랬습니까? 호위 한 명 데리고서 악당 소굴로 들어갈 거라면 말입니다."

"나도 생각 없었던 거 아니거든? 잡히지 않을 자신이 있었어!"

"그게 뭡니까?"

"그건—"

입을 벌렸다가 다물고 란은 오만상을 찡그렸다. 어쩔 줄 몰라 하며 란은 신음을 내뱉었다가 외쳤다.

"하, 하여간 지금 가주는 나잖아! 내가 너에게 내가 하는 일을 다 보고할 필요는 없어!"

꽥 그녀가 외친 소리에 그는 란을 똑바로 바라보았다.

'그렇다면 지금까지 일들은 뭔데? 그럼 왜 보고한 건데? 아카데미에 있는 나에게까지 왜 그런 편지를 보낸 건데?'

그런 생각을 하면서도 그는 깊게 숨을 들이마셨다. 그녀의 다정함이 제멋대로라는 건 이미 알고 있다. 유스타프가 등받이에서 손을 떼며 몸을 일으켰다.

"물론 그러지요. 가주님이 하시는 일에 제가 감히 토를 달 수는 없지요. 그게 자기 목숨을 가지고 하는 장난질이라고 해도 말입니다."

"걱정하지 마, 그렇게 걱정하지 않아도 네 성인식에는 무사히 잘난 가주직을 넘겨줄 테니까. 너에게는 그렇게 소중한지 몰라도 나에겐—"

'별거 아냐, 겠지.'

유스타프는 마음속으로 쉽게 뒷말을 이을 수 있었다. 이미 뻔히 알고 있는 사실이지만 입으로 확인 사살을 당하는 건 생각보다도 더 짜증 나는 일이었다.

하지만 말을 멈추고 란은 오히려 제가 상처받은 얼굴을 하며 고개를 들었다.

“미안, 유스. 지금 거는 진짜 말실수였어. 나 지금 너무 피곤해서, 말이 잘 안 나와. 미안.”

필사적으로 변명하는데 그는 조용히 대답했다.

“누님께서 절 어떻게 생각하시는지, 새삼스럽지만 다시 알았습니다.”

더 있어 봐야 상황만 악화될 것 같았다. 어차피 이 마음은 평행선이다.

‘그래서 어머니가 그렇게 말했나?’

죽이라고. 상대를 죽이라고.

이렇게 부딪치는 건 괴롭고, 힘든 일이니까. 마음속에만 있는 상대라며 내 손으로 그 목을 조여서 마지막을 보내게 한다면. 그걸로 완전히 내 것이 되니까?

“잠시 쉬십시오.”

더는 참지 못할 것 같아 그는 그렇게 말하고 방 밖으로 나갔다.

하지만 견디지 못하고 돌아온 쪽은 그 자신이었다. 돌아와 보니 웅크린 채로 란은 잠들어 있었다. 눈가에는 눈물이 맺혀 있었다.

유스타프는 빤히 그녀를 내려다 보다가 안아 들었다. 조심스럽게.

그녀가 원하는 만큼 상냥하고 다정하게 해 줄 수 있을지는 모르겠다. 자신은 애초에 그런 인간이 아니다.

방에 그녀를 데려다 놓고, 디모디아에게 이야기를 들었다.

‘왜지?’

왜 루미에를 데려왔을까?

차라리 그녀가 그를 암살자로 쓰기 위해서 데려온 거라면 유스타프의 마음도 정리가 되었을 것이다. 하지만 이야기를 들으니 그것도 아니었다.

여동생의 병이 아니었다면, 란은 거기서 루미에를 놓아주고 왔을 테니까.

'그랬으면 좋았을 텐데.'

그 남자가 신경 쓰였다.

'처리해버릴까.'

지금 처리해버리고 여동생과 함께 밤새 떠난 것 같다고 해버리면 되지 않나?

어차피 놓아줄 예정이었다면 찾지도 않을 거고, 이런 일에 있어서 란은 상당히 둔했다. 아무래도 죽이는 일에 익숙해 보이지가 않는다.

영지전이 줄어들면서, 대신 귀족들 사이에서는 물밑에서 독이나 암살을 하는 게 상당히 흔한 일이 되었다. 조용히 사람이 죽고, 그 사람을 대신하는 사람이 들어온다.

대다수의 귀족들은 독에 면역이 되게 길러지고, 그렇지 않은 독을 찾아내는 것도 큰일이었다. 하지만 란은 그런 과정을 거치지도 않았다.

'그러니까 그런 약물에 쉽게 잠들지.'

그러고서도 자신이 사촌형을 죽였다고는 꿈에도 생각하지 않는 눈치였다.

'일은 그렇게 잘하면서. 묘하게 영지 일에서는 허점이 있고.'

전형적인 책상물림이라고 해야 할까? 라치아 영지 구석구석을 파악한다기보다는 시스템 자체를 뜯어고쳐서 효율적으로 바꾸는 게 대단했다.

혁신적이지만 영지 분쟁은 그것만으로 되는 건 아니다.

'아마 사교계에서 가장 순진한 게 란일걸.'

유스타프는 그렇게 생각하며 디모디아를 바라보았다. 이름을 얻은 녹영의 그림자는 한 치의 잘못도 없다는 얼굴로 서 있었다.

"보고가 늦었다고 말하고 싶은데."

"란 님의 의견이 우선이라고 생각했습니다. 게다가 무슨 일인지 캐보고 싶었으니까요."

디모디아는 그렇게 말하며 우아하게 웃었다. 귀족 여성들 사이에 파고들 수 있게 훈련된 암살자는 귀족처럼 웃고, 귀족처럼 행동했다.

"그래."

유스타프의 대답에 디모디아가 조심스럽게 의견을 제시했다.

"처리할까요?"

유스타프가 시선을 들자 그녀가 고개를 숙였다.

"주제넘는 의견이었다면 죄송합니다."

"주제넘었어. 그대로 란 곁에 붙어 있도록."

"네."

대답하고 디모디아는 퇴석 인사를 하고 물러났다. 유스타프는 눈을 감았다.

죽이는 건 관두자.

어설픈 상냥함과 다정함이 들러붙은 건, 분명히 란 탓일 터였다. 하지만 혹여라도 란이 실망하는 건 싫었다.

게다가 만약 란이 그 남자를 좋아한다면, 아직, 아직, 기회는 있었다.

이런 고민도 고뇌도 없이 깨끗하게 란을 제 소유로 만들어 버리면 된다.

유스타프는 얼마 지나지 않아, 이제 자신이 그럴 수도 없다는 걸 깨달았다.

스스럼 없이 제 뺨을 꼬집고 란이 "그럼 그렇게 겁주지 마! 무섭단 말야." 하고 외치는 순간, 그는 깨달았다.

"나 걱정한다며. 나 그거 좀 기뻤는데."

살그머니 눈치를 보며 하는 말에 그는 가슴이 꽉 막히는 거 같았다.

적어도 그녀가 자신이 그녀를 걱정한다는 걸, 드디어, 알아준 모양이었다.

"그럼 저 작자에게 아무런 말도 하지 않으신 거라고요."

자신을 죽여달라거나 하는 말은 하지 않았다는 말이지. 만약 말했다면 저 자식은 기쁘게 그 일을 했을 것 같은데.

란은 억울하다는 얼굴로 고개를 끄덕였다.

"응."

"그럼 하나 더 묻겠습니다."

"응."

"저 자식과 아는 게 혹시 예전에 연인 사이였거나 하는, 그런 식의 아는 사이였습니까?"

이거 하나는 확인하고 싶었다.

루미에에 대해서 옛지인이라고 하고, 그것마저도 거짓말이지만. 당신이 그에 대해서 했던 말은 전부 거짓이지만.

하나만은 말해줬으면 한다.

란의 눈이 커졌다.

"아니거든요? 전혀? 조금도?"

"알겠습니다."

그렇다면 그도 마음을 정했다.

그녀가 바라는 대로 상냥하고 다정하게.

란이 입을 비죽였다.

"정말로. 가주직은 네 것이라니까, 유스. 라치아가는 몽땅 다 네 것이야. 네 것."

"네, 제 것이지요."

조금의 망설임도 없이 유스타프가 매끄럽게 대답했다.

"라치아의 것은 전부 제 것입니다."

그렇다면 당신도 내 것이다.

란이 자신을 3년이나 당겨 주었으니, 자신도 그 정도는 자신있었다. 아니, 더더욱 유스타프는 제 끈질김에 자신이 있었다.

그럴 듯하게 도망치게 해줄 계획도 있었다.

그녀가 라치아의 뭐든 가지고 가게 하면 된다. 떠나면서 광산이든 뭐든 가지고 간다면, 그걸로 어떻게든 라치아와 이어질 테니까.

뱀처럼 오래오래 그는 버틸 자신이 있었다.

상냥하고 다정하게, 조금도 아프지 않게 통째로 삼켜버릴 테니까.

유스타프는 빙긋 웃었다.

외전—2

루미에는 눈을 가늘게 떴다.
가로등 조명이 깜박거렸다.
'조명 갈아야 하는 거 아닌가.'
그는 시선을 아래로 내렸다. 새까만 아스팔트 바닥과 자신의 스니커즈.
'익숙해지지가 않아.'
제 손도 내려다 본다.
굳은 살도, 흉터도 없이 매끄러운 손. 연필만 잡은 손. 사람을 죽인 적이 없는 손.
그는 눈을 감았다.
'전생이라니.'

전생이 이렇게 생생한 거라면 이건 전생이라고 하면 안 되는 건지도 모른다. 이브리아와 용과 제 얼굴에 뚝뚝 떨어지던 주인님의 눈물이 선명한데 어떻게 그게 전생인 걸까?

한여름 교실에 앉아 있으면 그는 어느 쪽이든 꿈이 아닐까, 그런 생각이 들었다.

현실에 안착하지 못한 느낌은 언제 어디서나 마찬가지였다.

이런 어스름한 황혼 아래에서만이 아니라.

교복을 입고 자리에 앉아 조용한 국어 선생님의 목소리를 들으면서, 그는 햇살이 쨍한 밖을 내다 보았다.

'거짓말 같아.'

부모님은 평범하고, 자신은 혼혈이지만 그렇게 큰 어려움은 없었다. 화목한 가정이었다. 평범한 가정이란 게 이런 거구나 할 때마다 놀란다.

놀라면서도 거기에 익숙한 자신이 있다.

자신이 루미에인지, 아니면 루이인지.

그 경계선은 애매모호했다.

대여섯 살때부터 전생의 기억이 돌아오기 시작했는데 투기장이나 검투 시합의 영향은 커서 비명을 지르며 잠에서 깨어나고는 했다. 오죽하면 한국으로 들어와 심리 상담까지 갔겠는가?

'심리 상담 선생님 진짜 심각했지. 러시아에서 험한 꼴 본 줄 알고.'

몇 번이나 발작하듯 잠에서 깨어나 어머니의 품에서 다시 잠들고는 했다.

시간이 지나면서 전생의 기억들은 희미해졌다. 란을 만난 이후를 빼면 말이다. 그 이후는 희망과 빛으로 반짝이고 선명해서 루이는 그때의 꿈은 몇 번이나 다시 꾸었다.

그 이전은 이미 다 잊어버린 것처럼 색도 빛도 옅어졌는데 그 후는 아니었다.

'생각하면 부끄러울 정도란 말야. 그런데 깔끔하게 차여버리고.'

차일 수밖에 없었다, 하는 생각은 이제 와서 드는 생각이었다. 만약에 이어졌다고 해도 정상적인 관계는 아니었을 거다.

'이러는 것도 차인 자의 변명인가.'

유스타프와 란 사이에는 자신이 끼어들 수 없는 무언가가 있어 보였다. 어쨌든 남매로 보낸 세월이 있기 때문인지, 아니면 그저 자신의 자격지심인 건지.

'이제 내가 상관할 바는 아니지만. 둘은 어쩐지 엄청 잘 살고 있을 것 같고. 주인님이 그렇게 울던 게 좀 신경 쓰이기는 하는데…….'

유스타프가 있으니까 괜찮지 않을까?

그보다도 그에게 중요한 건 시나 쪽이었다. 처음에는 미친 여자라고 생각했다. 란이 부탁했으니까 의무적으로 잘 대해주었다.

고양이처럼 캬캬 털을 세우며 대드는 게 짜증도 났고, 우습기도 했다. 란 앞에서 스르르 그 털이 얌전하게 눕는 걸 보면서 어쩐지 동질감도 느꼈고.

하지만 기본적으로 투닥투닥하는 상대였다.

'그 이전에는 그런 사람이 없었으니까.'

보호해주어야 하는 사람들뿐, 자신과 대등한 존재는 없었다. 란은 예외적이니 빼고 말이다. 지금 와서 생각하면 첫 친구였다.

'친구에서 연인으로.'

차곡차곡 스텝을 밟아왔다. 주변 환경 때문에 좀 더 급박하게 진행되기도 했지만, 하는 생각을 주절주절 하는 이유는 간단했다.

'다시 만나도 좋을까?'

루이는 불안감을 느꼈다.

그것은 사춘기 이후로 계속해서 느끼는 불안감이었다. 어렸을 때 잠시 러시아에서 살다가 한국으로 귀국한 뒤, 혼혈아라 차별도 당했지만 그의 외모 덕분에 이익도 많이 보았다.

모델이나 아역 배우 권유를 받는 건 흔한 일이었고, 그건 자라면서도 마찬가지였다. 자신이 이성에게 인기가 있다는 걸 모를 수는 없었다.

'고백도 많이 받았고…….'

그러나 누구와도 사귀어 본 적은 없었다.

'그 전에 누구를 좋아해 본 적도 없어.'

"야, 수업 끝났어. 매점 콜?"

갑자기 등을 퍽 때리며 하는 말에 루이는 고개를 돌렸다. 친구인 경수였다.

"갈까?"

씩 웃고 루이는 자리에서 일어났다. 이런 생각은 아무리 해봐야 다람쥐 쳇바퀴 돌 듯이 제자리였다. 미어터지는 매점에서 하드를 하나씩 사서 물고 둘은 교실로 올라갔다.

"루이, 뭐 먹어?"

계단 위에서 여학생이 그를 불러 루이는 하드를 들어보였다.

"스크X바."

"그거 먹으면 혀 빨개진다."

"알아."

"보여줘."

"됐네."

그렇게 말하고 그가 눈을 찌푸리자 여학생은 낄낄 웃으며 계속 보여달라고 보챘지만 그는 그 자리를 피했다. 경수가 옆에서 떨떠름한 얼굴로 말했다.

“너 고자 아니냐?”
“뒈진다?”
“방금 걔 미영이잖아? 완전 예쁜데, 3학년 선배들도 찍었다고 하던데.”
“그게 뭐.”
“그게 뭐라니, 너에게 관심있는 거잖아. 계속 말 걸고.”
“아니야.”
“아니긴 뭐가 아냐, 너 미팅 때도—”
주절주절 떠는 친구의 말을 한 귀로 흘리며 그는 마지막 한입 남은 하드를 먹고 막대기를 쓰레기통에 던졌다.
‘고등학교 오니까 더 이러네.’
중학교 때도 이성에게 인기가 없었던 건 아니지만, 루이는 그때 싸움꾼이었다. 혼혈이라고 시비 거는 새끼들을 두들겨 패고 다녔고, 검투장의 기억이 있는 그를 이길 만한 중학생은 존재하지 않았다.
어머니는 진저리를 쳤고, 아버지는 ‘네가 브라츠바(러시아 마피아)냐?’ 하며 그의 머리를 마구 휘젓고는 했다. 그래서 중학교를 졸업하자마자 그는 어머니의 뜻을 따라 이사하며 시험을 치는 고등학교에 지원했고 원래 성적이 좋았던 터라 무난하게 합격했다.
중학교와 고등학교는 또 완전히 다른 세계인 데다가, 나름대로 명문고라서 그런지 그에게 시비를 거는 학생은 없었다.
그러니 당연히 중학교 때에 비해서 그의 인기는 수직으로 상승한 것이었다. 하지만 그는 누구도 좋아할 수 없었다.
아니, 그보다 이성에 관심이 가지 않았다.
‘그런데 시나를 만나면 좋아할 수 있을까?’
약속은 했지만……

이 세계 어딘가에 그녀가 존재하고 있다. 지금은 아마 기억이 없겠지. 그 전일 테니까.

시나에게 대한민국 이야기를 미리 들어 두기를 잘했다고, 루이는 생각했다.

그것만 빼면 평범한 고등학교 생활이었다.

고3 때는 죽어라 공부했고, 만족스러운 대학교로 진학했다.

'그럼 만나러 가 볼까.'

성인이 되었고, 제 손으로 돈도 번다.

그러니까 확인을 하러 가보자, 하고 루이는 단순히 생각했다. 계속 생각했던 일이기도 했다.

시나를 만나러 간다.

그건 너무 당연한 명제라서 초등학교 때도 중학교 때도, 고등학생이나 대학생이 되어서도 '만나러 간다'는 전제는 똑같았다. 단지 어떻게 만날까? 무슨 이야기를 해야 할까? 그것만 변했을 뿐이지.

그는 지하철을 타고 휴대 전화로 그녀가 알려준 곳 주변을 검색해 보았다. 다른 건 이제 거의 희미한데도 몇 번이나 되새겨서 그런지 이런 기억은 선명했다.

역에서 내려서 무작정 그 주변을 뒤지기 시작했다. 어차피 한 번에 만날거라는 생각은 하지 않았다.

'않았는데.'

루이는 그대로 멈춰 섰다.

'말도 안 돼.'

역 주변은 사람이 상당히 많았고, 그녀는 휴대 전화를 보면서 걸어가느라 이쪽을 보지도 않았다. 그런데도 모든 것이 느리게 보였다.

슬로모션처럼 사람들이 지나가고, 그녀가, 시나가 보였다.

세상이 총천연색이다.
어떻게 이럴 수가 있지?
하늘이 파랗고 나뭇잎이 녹색인 건 이미 알고 있었는데, 이런 빛깔이었나? 이런 색이었나? 세계가 이런 모습이었나?
"하."
헛웃음이 흘러나왔다. 루이는 주먹을 꽉 쥐었다.
이런 건 반칙 아닌가?
"제길, 빌어처먹을."
욕설을 내뱉으며 그는 눈을 꽉 눌렀다. 눈물이 흘러나온다. 심장이 미친 듯이 뛴다.
운명의 사랑을 만났다고 해도 이런 반응은 보이지 않을 텐데.
'네가 좋아.'
역시 네가 좋아.
아니, 단순히 좋아가 아니라, 이건.
루이는 웃었다.
'세계를 뛰어넘어서 만나러 왔습니다, 잖아.'

* * *

루이는 기다렸다.
충분히, 그녀가 자신을 알게 될 때까지. 라치아에서 그 모든 일을 겪고 돌아올 때까지 기다렸고 그 사이 그녀가 사는 단지며 아파트까지 알아냈다.
어느 날부터 시나는 두문불출하기 시작했고, 어쩌다 외출을 해도 항상 어두운 얼굴이었다.

어떨 때는 울어서 부은 눈으로 아파트를 나서기도 했다. 이렇게 지켜보는 건 범죄지만, 다른 방법이 없었다.

'이제 확실하려나?'

루이는 그렇게 생각하며 깊이 호흡을 들이마셨다.

'오늘은 인사를 할 거야.'

인사를 하고, 뭐라고 해야 할까?

'못 알아보면 어쩌지? 아— 그런데 나라도 못 알아볼 것 같은데.'

아니면 기억이 없거나, 자신을 좋아하지 않거나 그러면 어쩐다. 걱정하며 루이는 옷을 골랐다. 최대한 깔끔하게 차려입고, 미용실에서 머리까지 하고 나서 루이는 시나를 만나러 나갔다.

아파트 입구를 나와서 자신이 서 있는 방향이 아니라, 반대 방향으로 그녀가 휙 걷기 시작해서 반사적으로 루이는 그녀를 불렀다.

"시나."

목소리는 적절하게 잘 나와서 스스로 놀라울 정도였다. 시나가 뒤를 획 돌아보았다. 놀란 듯했다가 갸웃하는 얼굴.

'역시 못 알아보나?'

뭐라고 소개하지, 하고 루이는 씩 웃었다.

그 순간 시나는 경직했다. 빳빳하게 굳은 시나의 어깨에서 가방이 떨어져 내렸다. 꽤 둔탁한 소리가 나서 루이가 움찔할 정도였지만 시나는 알아채지 못한 것처럼 그대로 서 있었다.

멍하니 서 있다가 시나가 입을 열었다.

"루, 루미……."

"—!"

루이는 그 순간 환희가 확 치솟는 걸 느꼈다.

알아봤어!

루이는 성큼성큼 걸어가서 그녀가 흘린 가방을 집어 들었다.

"아, 저기. 감사합니다. 그, 저를 어떻게……."

더듬는 목소리가 꾸며낸 거라는 정도는 그도 쉽게 알 수 있었다.

'하긴, 시나는 모르지.'

시나가 먼저 세계를 건너고서 자신이 건너왔으니까 그녀가 모르는 건 당연하다. 모르고 있으면서도 알아봐 주었다.

웃음이 흘러나와 그가 경쾌하게 말했다.

"뭐야, 벌써 잊어버린 거야? 이 봄날 망아지 같은 아가씨가?"

시나는 헤 입을 벌리고 그를 바라보았다. 그녀의 검은색 눈동자. 날 똑바로 보는 눈동자.

내가 누구든, 어떤 사람이든 상관없이 직시하는 그 예쁜 눈.

"이게 아니라, 우리 예전에 한번 만난 적 있지 않아요? 라치아에서 뵌 것 같은데. 라고 해야 알아들을까?"

말하는데 다시 웃음이 흘러나왔다.

그녀에게 건네준 가방이 다시 떨어졌다. 다시 둔탁한 소리.

'저거. 가방 안에 든 거 멀쩡하려나……?'

에코백이라 더 불안하다, 하는데 그녀가 한 발짝 다가왔다.

"루, 루미, 루미에?"

목소리가 부들부들 너무 떨려와서 루이는 가슴이 아플 지경이었다. 그는 부드럽게 웃었다.

"응."

그 순간 그녀가 전력으로 그를 끌어안았다.

이렇게 안길 거라고 상상은 해봤지만, 실제로 당하니 완전히 다른 느낌이었다.

"루미에, 루미에, 루미에에—"

몇 번이나 제 이름을 부르면서, 그녀가 전신을 떨며 울기 시작했다. 필사적으로 매달리는 손이 애처롭고 사랑스러웠다.

무엇보다도 너무 행복해서 루이는 그녀를 마주 안았다.

"겨우 만났네."

"흑, 으흑, 나, 보고, 보고, 싶, 읏—"

"응, 나두."

부드럽게 등을 쓸어내리면서 시나를 달랬다. 지나가는 사람들의 시선이 느껴졌지만 그런 건 아무래도 좋았다.

한참 울다가 시나는 간신히 정신을 차렸다. 조심스럽게 루이가 그녀에게 휴지를 건네주어 시나는 눈물을 닦고 다시 그를 꽉 안았다. 그의 코트에 눈물 지국이 생겼지만 그보다는 떨어지는 게 더 싫었다.

"시나, 춥잖아. 어디 들어가자. 손이랑 얼굴 다 얼겠다."

"응……."

코맹맹이 소리로 작게 대답하는 그녀가 너무 귀엽고 사랑스러워서 루이는 웃으며 그녀의 어깨에 팔을 둘렀다.

근처 카페로 들어가서 따뜻한 음료를 시키고 돌아오자 시나가 그를 노려보았다.

"왜?"

"어떻게 루미에는 그렇게 태연해?"

"뭐?"

"나만 이렇게 울고불고."

루이는 피식 웃었다.

"돌아온 지 얼마나 됐어?"

루이의 물음에 시나가 눈을 찡그리며 "3개월쯤?"이라고 말했다. 루이가 조용히 대꾸했다.

"난 이십 년은 기다렸어."
요 일 년 사이가 가장 스토커 같기는 했지만.
다시 그녀의 눈에 눈물이 그렁 고여서 루이는 웃으며 손을 뻗어 눈가를 문질렀다.
"울지 마."
"눈물이 나오는걸."
시나는 그렇게 투덜거렸다. 벨이 울려 음료를 가지고 돌아오자 시나는 자신의 카페 라테를 빤히 바라보다가 조심스럽게 물었다.
"그럼…… 루미에……?"
"루이."
"루이?"
"루트비히 블라디미로비치 이바노프. 풀네임은 이거지만 귀찮으니까 그냥 루이."
"러시아 사람이야?"
"아버지가."
싱글싱글 웃으며 루이는 턱을 괴었다. 이제 이렇게 이야기를 할 수 있으니 좋았다. 그녀가 무슨 이야기를 해도 자신은 기분 좋을 터였다.
"루미에가 루이라니, 이름까지 비슷하니까 신기해."
"운명인 거지."
그의 말에 시나의 뺨이 붉어졌다. 그녀가 시선을 내렸다가 다시 그를 직시했다.
"어떻게 된 거야?"
"그러니까—"
그녀에게 무슨 이야기를 할지, 어떻게 할지는 이미 수십, 수백 번이나 연습했다. 그래서 그럭저럭 능숙하게 루이는 이야기를 할 수 있었다.

"나 그거 완전 사망 플래그라고 생각했어."
다시 만나면 이라든가, 그런 말.
시나의 중얼거림에 이제 그게 무슨 말인지 제대로 알아 들어서 루이는 웃었다.
"아니, 그런데 진짜로 사망 플래그가 맞기는 했잖아?"
그 말에 시나는 기묘한 얼굴을 했다. 루이가 그런 그녀의 눈치를 살피다가 조심스럽게 물었다.
"저기 말야."
"응?"
"나 마음에 들어?"
"어?"
무슨 말이야? 하는 얼굴로 그녀가 그를 바라보자, 루이는 얼굴을 붉히며 쑥스러워 시선을 내렸다.
"아니, 그게 말야. 나 루미에일 때랑 얼굴 다르니까. 시나가 원래 얼굴이 더 좋았으면 어쩌나 하고."
시나가 눈을 크게 떴다가 웃었다. 소리 내어 웃는 그 목소리와 모습이 좋아서, 부끄러운데도 어쩐지 뚫어지게 보게 된다.
"어떤 모습이라도 상관없어. 루미에는 루미에니까."
말하고 시나가 갸웃했다.
"아니, 이제 루이려나?"
"아직은 루미에가 더 편한가?"
루이의 물음에 시나는 눈을 찌푸렸다가 고개를 저었다.
"아냐, 모처럼 다시 만났으니까 루이라고 부를래."
"그래 주면야 고맙지."
루이가 고개를 끄덕이자 시나가 양손을 맞잡고 눈을 감았다.

"나 이제 평생 란 언니의 행복을 빌 거야. 언니, 돈 많이 벌고 꽃길만 걸으세요."

중얼중얼하는 시나를 보며 루이는 웃었다.

"주인님은 행복할걸."

유스타프가 붙어 있는데. 그는 란이 행복하지 않다고 하면 무슨 짓이라도 할 인간이다. 자신과 비슷하면서도 다른 부류의 인간.

딱 한 사람 신경이 쓰인다면 여동생인 릴리였다.

죄책감 가지지 않으면 좋을 텐데.

자신은 여기서 행복하니까, 그녀도 거기에서 행복하면 좋겠다고 진심으로 바랐다. 그러며 슬쩍 루미에가 말했다.

"그러고 보니 시나는 직장인이지? 주말은 쉬지?"

이미 알면서도 확인차 묻는 거다.

"응, 아. 루이는?"

"난 학생."

히죽 웃자 시나의 눈이 둥그래졌다. 그녀가 멍하니 그를 보다가 외쳤다.

"연하였어?!"

순간 주변의 시선이 집중되어 루이는 목소리를 낮추라고 손짓했다. 시나의 뺨이 붉어졌다. 그게 부끄러움 때문인지 흥분 때문인지는 알 수 없었지만 말이다.

"그, 그러면 뭐야? 몇 살이야? 나보다 얼마나 어려? 설마 고등학생? 그런 거 아니지?"

아무리 그래도 미성년자를 사귈 수는 없어. 하며 필사적인 얼굴이라 루이는 웃었다.

"제대로 성인이야. 이제 대학교 2학년."

"그렇구나…… 그렇구나…… 그럼 루이 군대 가는 거야……?"

"그렇겠지? 기사단 생활이랑 비교하면 어떠려나?"

"갑자기 현실감이 들었어. 루이가 군대라니. 군대라니. 정말로 여기 있는 거구나. 정말로."

홀린 듯이 말하는 그녀가 예뻐서, 루이는 손을 뻗어 그녀의 뺨을 가볍게 어루만졌다.

"왜, 왜에?"

"예뻐서."

"루미, 아니 루이는 그러고 보니 이런 성격이었던 거 같기도 하고."

뺨을 붉히면서도 그녀는 그의 손길을 피하지 않았다.

보들보들한 뺨을 어루만지고 루이는 만족하며 손을 내렸다. 시나가 아쉬운 눈길로 그 손을 바라보며 중얼거렸다.

"주변에서 뭐라고 할까. 갑자기 연하 남친이 생겼다고 하면."

"능력 있네?"

루이가 씩 웃으며 하는 말에 시나는 눈을 둥글게 떴다가 웃었다. 둘은 커피가 다 식을 때까지 앉아서 이야기를 나눴다.

라치아 이야기는 누구에게도 하지 못한 이야기라 끝이 없었다.

밤이 어두워져서 그녀를 집 앞으로 바래다 주자 시나가 머뭇거렸다.

"왜?"

"이거 다 꿈이면 어떻게 하지?"

불안한 얼굴의 그녀를 보고 루이는 몸을 숙여 가볍게 그녀의 뺨에 입맞춰주었다.

"꿈 아냐."

시나가 팩 그를 바라보고 말했다.

"할 거면 제대로 해줘."

루이는 가볍게 웃음을 터트리고 다시 몸을 숙였다. 부드럽게 입술이 와닿았다. 아까 마신 커피 향이 느껴졌다. 입술을 살짝 당겼다가 닿았다가 무방비하게 절로 벌어진 입술 사이로 혀가 살짝 와서 찌릿하게 건드리고 나갔다. 아이스크림을 먹듯이, 입술이 부드럽게 녹이듯 훑어왔다.

허리를 안은 팔에 힘이 들어가고 키스가 좀 더 깊어진다 싶은데 끝났다.

'뭐야, 이거.'

시나는 멍하니 루이를 바라보았다.

'이렇게 키스를 잘하는 사람이 어디 있어?'

루이가 갸웃하고 "한 번 더해?" 하고 물어서 시나는 저도 모르게 고개를 끄덕일 뻔했다. 하지만 여기는 집 앞이고 누군가가 볼지 모른다.

이미 길에서 하기에는 너무 진한 키스였다.

"다, 다음에."

시나의 말에 루이는 웃고 손을 풀어주며 계단을 하나 내려왔다.

"잘 들어가."

"응."

시나는 아파트 현관으로 들어가며 웃기 시작했다. 입꼬리와 광대가 아프다. 그녀는 다시 눈을 감고 란의 행복을 빌었다.

자신의 행복은 확실하니까.